Mendès France, et
ceux qui l'ont précédé et
ses suivants les ministres français, et
John Ford et les autres USA des
hommes politiques à toute vue, impressionnés
par la désinformation communiste et socialiste
et démocrate. Portent le fardeau de leurs
responsabilités de ce gauchisagaré par leur lâcheté.

Bravo Michel Tauriac pour
la mesure, la poésie, l'amour qui se dégagent
de ce très beau livre -

le 24/7/86

16/20

JADE

DU MÊME AUTEUR

chez le même éditeur :

LE TROU, *roman*, 1955, (Grand prix littéraire d'Indochine).
LES YEUX BRIDÉS, *roman*, 1968.
LA POUPÉE CASSÉE, *roman*, 1973.
LA VIE SANS FIN, *roman*, 1979.

LES ANNÉES CRÉOLES, *romans* :
  I. LA CATASTROPHE, 1982.
 II. LA FLEUR DE LA PASSION, 1983.
III. SANGS MÊLÉS, 1984 (Prix Roland Dorgelès).

chez d'autres éditeurs :

LA LOUISIANE AUJOURD'HUI, *guide*, Jeune Afrique, 1980.

MICHEL TAURIAC

JADE

roman

ZR

LA TABLE RONDE
40, rue du Bac, Paris 7ᵉ

PREMIÈRE PARTIE

1

Voilà. Quelque chose vient de se rompre, ici. Un cordage qui me maintenait amarré, une corde a cassé, a filé. Et je m'élève soudain comme un ballon captif libéré, m'élève vers les étoiles, m'élève malgré moi, attiré par les pâles étoiles d'avril. Vite. Se pencher encore et boire. Boire le vent gorgé de mousson marine, boire ces immensités noyées, cette mer abusive, boire la mer de Chine. Se coucher une dernière fois sur cette laque irisée comme une flaque d'huile. Enfoncer sa joue, son flanc dans la boue grasse des rizières que des buffles piétinent dès l'aube, s'allonger dans cette plaine éponge où un rai de lune se faufile comme une anguille, s'étendre de tout son long et boire comme une éponge. Boire une dernière fois. Boire le Viêt-nam.

Et entendre. A travers les gémissements de cet hélicoptère que l'on croirait pris d'une douleur insurmontable, que l'on croirait enlevé de force, arraché à la chair vive du Viêt-nam. Entendre les voix, toutes les voix du Viêt-nam. Entendre ce pays parler à l'oreille, toutes ces voix qui survivront à l'oubli, qui parleront longtemps, longtemps, aussi éclatantes qu'à leur naissance. Entendre ces voix comme si elles sortaient encore toutes chaudes des bouches aimées. Les entendre à travers la porte refermée.

Sa voix. La voix de Jade. Sa voix de petite fille, sa voix de magicienne. Et la voix de Lemaître, le sage. Et la voix de tous les morts du Viêt-nam crucifié, de toutes ces bouches aimées, de toutes les âmes errantes. La voix de tous ces morts dont la vie se prolonge au-delà du tombeau sous une forme nouvelle.

Ces âmes qui ne rompent que progressivement leurs liens avec le monde, qui errent longtemps autour de leur cadavre, inquiètes et agitées, qui ne connaissent la liberté, celle de l'existence immatérielle, qu'une fois le corps détruit, devenu poussière. Que lorsque leur mort a pris dans la conscience des survivants un caractère définitif. Que lorsque les survivants ont prié longtemps, longtemps pour elle. L'âme corporelle nidifie alors dans le cadavre purifié, demeure en lui pendant dix mille générations, et l'âme spirituelle est admise chez les ancêtres, là-haut, dans l'Empire de Jade.

Ces voix que j'entends dans le hurlement des réacteurs, que j'entendrai toujours malgré tous les hurlements de la vie. Voix de Jade dans sa grande maison du fleuve, à Cântho. Cette grande maison si près du fleuve qu'elle semble flotter sur le fleuve, embarquée sur l'infatigable bac à treuil qui geint du matin au soir comme une éolienne. Jade que j'aperçois, que je surprends en ce matin, tout à sa toilette, dans la courette attenante à la cuisine, un endroit réservé normalement aux ablutions des seuls domestiques. Aspergeant son corps accroupi de quelques bolées d'eau fraîche puisée à la jarre avec la moitié d'une noix de coco évidée. Une main assurant le va-et-vient de la source à la cascade, l'autre frottant creux et bosses à travers la peau vernie d'une indienne nouée aux aisselles. Frictionnant ce corps de sylphide avec énergie, moins assurément par souci d'hygiène que pour atténuer le saisissement dont il frémit. Et ensuite, debout devant un morceau de miroir, offrant son dos d'un blanc mat, ses rondes épaules, ses reins enveloppés dans une seconde peau comme ces rouleaux délicieux dans leur crêpe de riz, brossant à petits coups vigoureux, sans ménagement, la torche noire de ses cheveux. Ce cou, ce dos, ces reins qui me rappellent le galbe des poteries vietnamiennes de l'époque des Trân, ces « bleus et blancs » et ces « chocolatés » du XIIIe siècle dont me parlait Lemaître.

Jade telle que je l'aperçois donc. Dévoilant subitement sa nuque en un tour de main, d'une torsion rapide de sa queue de cheval, au ras de ses racines. Telle que je l'aperçois au bord du grand fleuve jaune, de ce grand boulevard courant, toujours pressé, indifférent à ses plates rives et à tous ceux qu'il abreuve. Et telle que je l'aperçois après, à Saigon, marchant à côté de moi dans les allées du jardin botanique. Marchant dans cette oasis, loin du bruit, loin du tumulte des hommes en armes, marchant avec Hông sur la hanche. Hông notre enfant, notre chère petite fille.

Nous voici marchant côte à côte comme ces soldats au repos attachés par le petit doigt, les bras ballants. Nous voici. Et voici la voix de Jade me nommant tous les arbres qui nous entourent. Me détaillant (avec un soin méticuleux comme si elle voulait exposer tout cela dans ma tête pour toujours, tous ces tableaux dans le musée de ma tête) les différents arbres d'ornement qu'une main d'artiste a plantés là comme dans un de ces jardins miniatures d'Annam, au milieu d'un bassin, sur des rochers nains aux allures de baie d'Along.

Main d'artiste, où est-elle donc aujourd'hui? Où sont ces hommes qui ont enfanté les arbres innombrables de Saigon? L'homme des sapotilliers du boulevard Nguyên-Huê, et celui des corossoliers de la rue Tu-Duc, et celui des palissandres du consulat de France? Le planteur romantique des faux camphriers de la rue de Massiges, et le planteur des hévéas très sages de Biên Hoa et de Gia Dinh, et celui de tous les hévéas consciencieux de l'Indochine qui produisaient en rangs serrés, disciplinés, mille cinq cents kilos de caoutchouc à l'hectare? Où sont tous ces inventeurs de frondaisons, de cimes à l'heure du produit orange et de la défoliation générale?

Jade me présente chacun de ces arbres comme un membre de sa famille, chacune de ces plantes comme si elle voulait m'en faire don. (Pour que je les emporte? Que je les lui garde pour plus tard?)

Elle dit : voici le roucouyer, ses graines gonflées de sang comme des hématomes, et le filao que le moindre vent fait chanter en lissant ses cheveux. Écoute.

Nous écoutons, et Hông semble écouter aussi, son petit nez en l'air.

Et elle me montre le cerisier des Antilles et le teck de Coromandel, et le manguier toujours pillé par les enfants. Et l'arbre à lèpre au feuillage dense, aux fruits volumineux, le cassia rose et son frère le jaune, et le flamboyant dont le pavoisement annonce la saison des pluies. Et elle me montre encore le banian qui dénude ses racines comme des veines. (Là.) Et ces troncs où ruissellent les orchidées sauvages, et ceux que la fougère calfeutre comme des tuyaux frileux. (Là, voyons, là.)

Combien de fois ai-je déjà traversé ce jardin, un livre sous le

11

bras, la tête ailleurs, entre deux plongeons dans la mare de sang? Ile solitaire, loin des flots sauvages, loin du feu qui brûle jusqu'à l'os. Combien de fois ai-je crié « pouce! » aux hommes casqués? Besoin de ce répit, de cet anticyclone quand les autres s'assommaient avec les bruits de la ville dès leur retour du massacre, leur retour à la vie, recherchaient tous les plaisirs, aussitôt débarrassés de leur peau de reporter, de leurs habits de sueur, de poussière, de leur gilet pare-balles. Pouce! Besoin de ce jardin intérieur.

Jade me prend par le bras : rentrons, ils vont fermer les grilles.

Nous voici maintenant dans la chambre de la rue Phan Thanh Gian, dans sa chambre. Voici sa voix mêlée aux soupirs exagérés du ventilateur qui s'obstine, au plafond – sans grand succès – à déranger l'air lourd, à le bousculer comme un gros chien paresseux.

Sa voix alors que nous sommes allongés flanc contre flanc comme deux sampans dérivants : Saigon tombera aux mains des communistes comme un durion trop mûr s'écrase dans la boue. Plaf!

Et elle éclate de rire. (Comment peut-elle rire de ces choses-là?) Sous la parcimonieuse lumière, je la vois retrousser son nez et ses babines comme un chiot rageur, comme si elle était prête à me mordre. Et j'ai mal. Je me demande si, après tout, elle ne souhaite pas que cela arrive. Très vite. Pour en finir. Pour tirer un rideau noir sur des temps révolus. Elle rit. Comme si cette perspective ne semblait pas plus l'inquiéter que l'annonce d'un de ces typhons que la mousson va ramasser au fond du Pacifique.

Elle rit et elle dit : nous les Asiatiques, nous sentons tout à l'avance, nous avons du nez. Vous, vous avez un long nez, c'est tout. (Elle partage toujours le mot a-sia-tique de trois coups de dents, lançant la dernière syllabe en l'air comme si elle appelait quelqu'un du nom de Tique, un boy, par exemple.)

Elle rit et elle m'explique pour m'embrouiller davantage, la friponne, pourquoi elle a ce sens que je n'ai pas. Que Lemaître a acquis, lui, parce qu'il est aussi vietnamien que les Vietnamiens, mais que moi je crains fort de ne jamais acquérir.

Elle dit : vous ne voyez rien de loin parce que chez vous tout est abstrait. Prenons l'espace. L'espace pour vous est une étendue indéfinie, le vide, l'abstraction parfaite. Erreur. (Son rire redouble.) L'espace est une étendue précisément limitée. Oui, oui. En bas on a la terre, en haut le ciel et au milieu l'univers. Le ciel est une calebasse coupée en deux reposant sur la terre. Une calebasse : *bâu troi*. Répète avec moi.

Elle se moquera toujours de mon accent déplorable. Pas un mot que je ne prononce dans sa langue sans qu'elle s'esclaffe comme si j'avais proféré une incongruité.

Elle dit encore : *bâu troi*, répète derrière moi.

Je répète. Pour voir le beau fruit de son visage éclater, jeter mille éclats de soleil.

Jade, hors du temps et de l'espace, hors de la logique. De la logique des hommes au long nez. Habitante de l'Empire de Jade, de cette contrée si éloignée du Viêt-nam en guerre. Si éloignée du grand carnage, de Diên Biên Phu, de Khé Sanh, de Dak To. Si éloignée de la souffrance incommensurable des Vietnamiens, et pourtant si vietnamienne.

Elle, encore : vous ne pouvez rien toucher du doigt de ce qui n'est pas à votre portée immédiate. Vous êtes à la merci de l'impondérable. Vous vous perdez corps et biens dans l'espace. Nous, pas de danger. Nous avons divisé l'espace en royaumes bien distincts. Le Sud est gouverné par l'Oiseau rouge, le Nord par la Tortue noire, l'Est par le Dragon bleu et l'Ouest par le Tigre blanc. Tu vois, c'est facile. Du moins pour un A-sia-tique !

Et je dis : oui, c'est facile.

Et je hurle, à présent, je crie pour moi, à travers les clameurs de l'hélicoptère : tu vas du royaume du Dragon bleu à celui du Tigre blanc. Tu vas vers le royaume où les hommes ne confondent pas l'espace avec le temps, où ces deux notions sont nettement différentes, irréductibles. Et dans les bras l'un de l'autre, alors que s'essouffle le ventilateur, alors qu'il gémit, gémit, nous en faisons autant. Nous perdons toutes notions, nous nous confondons. Le ciel entier est notre royaume. Nous sommes tout à la fois l'oiseau, la tortue, le dragon et le tigre. Nous avons des ailes, des pieds palmés, du feu et des griffes à revendre. Plus de points cardinaux, l'azur. Le plus profond azur. Plus de corps non plus, nous l'avons abandonné. Nous avons laissé tomber ces supports du plaisir, nous les avons désertés comme un bombyx sa chenille. Nous les voyons filer comme deux sampans détachés, filer sur le Mékong jusqu'à l'embouchure. Filer comme ces deux cadavres que nous

13

voyons passer, collés l'un à l'autre, faisant la planche, filant vers la mer pour aller la boire ensemble. Deux cadavres. Nous sommes ces cadavres que nous voyons passer, glisser, assis près de la fenêtre, dans la grande maison du fleuve pleine des voix du fleuve. Ces cadavres inséparables. Avec leur soif de la mer.

La voix de Jade à travers les voix du fleuve. Et à travers les cris de cette machine volante. Jade nue avec sa fille nue contre elle, madone douloureuse et souriante. Le sourire douloureux et serein de Quan Am, la déesse protectrice des enfants, invoquée par les femmes stériles. Jade et sa douce voix de devineresse. Voix que l'on entend dans les villages, le soir, solitaire, au moment où s'éteignent les cigales, incantation de la devineresse entrant en communication avec les immortels. La douce et tendre voix de Jade, sa voix d'immortelle.

Il y a Jade et il y a Lemaître. La voix de Gilles Lemaître dans cette machine tonitruante qui vient enfin de se détacher de Saigon, la moribonde, de desserrer ses bras, son étreinte de noyé. Cette machine exhalant toute sa souffrance.

Il y a la voix de Lemaître qui me dit : pourquoi la machine, enfant de l'homme, n'épouserait pas ses sentiments dans certains cas suprêmes? Un avion qui tombe ne mugit-il pas pour tous ceux qui vont mourir à son bord? N'y a-t-il pas au Viêt-nam un génie de l'avion ou de l'hélicoptère comme il existe un génie pour chaque chose inerte ou vivante, un pour chaque objet, un pour chaque espèce d'animaux, un pour chaque insecte, le plus minuscule soit-il?

Lemaître. Assis à mes côtés dans cet hélicoptère des marines, le 20 avril 1975, dans l'un de ces derniers hélicoptères évadés de Saigon avant que le Viêt-nam ne se referme à jamais sur les siens comme une fleur carnivore. Assis près de moi avec la chaleur de son souffle pareille à celle d'un brûle-parfum. Avec son profil contre le hublot comme cette médaille frappée sur le ciel, son profil de Ngô Quyên, de la statue de bronze de Ngô Quyên, dans le sanctuaire de Cô Loa. Sa tête de bronze. Sa tête bien posée sur les épaules, bien d'aplomb, le front rehaussé d'une couronne de cheveux drus, et le tout finement taillé.

Sa tête de bronze, sa voix, alors que je surveille, il y a deux ans – deux ans exactement – que je guette dans la bourre des nuages la trouée au fond de laquelle le Viêt-nam va m'apparaître, se révéler à moi comme l'intelligence dans un regard. Alors que j'admire, une fois l'altitude perdue, le cuir bien tanné des eaux-vives et la peau écaillée, la peau de reptile de la mangrove croupissante. Que j'admire ce plateau de coquillages encore baveux de mer. Ces mares, ces viviers, ces flaques lagunaires aux mille reflets glauques. Et que j'admire ces rachs, ces canaux, tous ces serpents d'eau qui se mordent mutuellement la queue. Que j'assiste à la naissance du Viêt-nam derrière le hublot de cet avion qui nous amène ici, l'un à côté de l'autre, en avril 1972. Que je m'extasie, et que je m'entends crier au fond de moi-même : enfin m'y voici! Et que je me dis, tout frissonnant d'émotion : bientôt tu vas fouler ce monde au commencement du monde.

Marqueterie vert amande des rizières, bourrelets des diguettes, soierie des joncs, dentelles des palétuviers, lacis des sentiers d'eau. Indécise bataille du liquide et du solide, trompeuse surface où le pied ne sait jamais à qui il a affaire. Infinie beauté de l'infini inondé. Mais aussi lassitude des yeux. Leur course épuisante à la recherche d'un refuge. Quand, tout à coup, au bout de l'horizon, tout au bout de ces étendues sans bornes, une borne! Un point qui met un point final à la solitude. La ville. La monotonie vaincue. La ville, plate comme le reste, certes, mais si chaude après l'angoisse du vide, si chaude de toutes ses vies, de son fourmillement d'êtres que l'on sent tendus dans l'effort d'être. Au bord de cette rivière jaune où des navires agglutinés fumeronnent comme des courts-bouillons dans leurs poissonnières. Saigon sous sa toison de bel animal vert.

Je demande à Lemaître : mais, là-bas, en bordure de ces longs boulevards tracés dans les marécages, ces objets brillants, rangés comme des couverts dans un tiroir de cuisine? Ces lames effilées, piquantes, prêtes à bondir vers les nuages, à siffler?

Et Lemaître : laisse donc la guerre tranquille.

J'insiste : et ces grands jardins tristes semés de roches comme une grève à marée basse, semés d'épaves jusqu'à l'horizon? Et ces forêts dépouillées, ces millions d'arbres bras en l'air, décharnés, comme des millions de déportés implorant le ciel?

Lemaître (agacé) : laisse donc la guerre tranquille, je te dis, laisse donc ça aux autres. Regarde plutôt, là-bas, tout là-bas, derrière ces montagnes, sur ces hauts plateaux émeraude. C'est là.

Je dis : quoi?

Lemaître : c'est là, le Viêt-nam. C'est là où l'on trouve tous les plus beaux animaux du monde, le tigre royal et l'éléphant blanc, et le grand bœuf gaur qui avale les serpents après les avoir hypnotisés. Et le crocodile dont la chair musquée est délicieuse quand on l'agrémente de curry, de piment et de poivre rouge. Et le rhinocéros dont la corne coupée brille la nuit comme du phosphore et oscille comme une boussole quand on la tourne vers le nord. C'est là, au bord du lac de Dak Lak, la sagesse, la sérénité. C'est là où j'irai vivre un jour. Regarde.

Je regarde, et je vois au loin, très loin, et haut, très haut, un oiseau s'envoler, le plus bel oiseau que j'aie jamais vu.

Jade : c'est un phénix.

Et Lemaître : c'est le plus beau et le plus fabuleux des oiseaux du Viêt-nam, celui qui tient de cinq animaux à la fois et qui porte les cinq couleurs sacrées.

Alors, tandis que cet oiseau s'élève, je commence ma descente vers le Viêt-nam. Commence ma brutale descente sur terre, ma chute. Et commence pour moi le pays des millions de génies, le pays des âmes errantes, le pays de Jade. Le pays des phénix, de l'oiseau immortel.

2

Je la vois. Dès mes premiers pas au Viêt-nam, à la remise des bagages. Ne vois qu'elle. Sa grâce, sa fragilité. Malgré la foule qui la cerne, la foule des autres. Dans cette tunique à fleurs rouges et blanches qu'elle revêtira toujours pour moi à chaque fois que mes pensées la feront revenir, me la rendront intacte comme au premier jour. Vois l'élan de son cou au départ de son col officier, son envol vers l'achèvement. Ses cheveux tirés en arrière, énergiquement tirés comme par une main volontaire, cette courte main d'écaille sur la nuque, ces doigts d'écaille noire plantés dans son chignon. Vois ses yeux noirs, ne vois qu'eux. Ses yeux qui vont et viennent des yeux de l'un à l'autre, de mes yeux bleus de blond aux yeux sans couleur définie de Lemaître. Vois sa bouche quand elle parle, le délicat dessin de sa bouche, ses légers battements d'ailes. Et imagine le voyage de son bâton de rouge, sa glissade en haut et en bas. Et l'envie. Et imagine tout de suite le voyage des mains de Lemaître du haut en bas de son corps, sa glissade, de ses joues si polies à sa taille de guêpe et à ses pieds de poupée. Le doux voyage des mains de Lemaître que j'envie.

Jade, la fille de Tô Van Hùng.

Elle parle. Aligne des mots ordinaires :

« J'espère que vous avez fait un bon voyage. »

Et : « Ici nous avons essuyé une queue de typhon. Affreux. Saigon était en enfer. »

Parle encore. Mais je ne l'entends pas. Je fixe ses lèvres, leurs mouvements. Des images en gros plan, et pas de son. Jusqu'au moment où Lemaître me jette :

17

« Alors, tes valises, tu rêves ? »

C'est vrai. Je ne regarde pas ce continent nouveau qui s'offre. Ne regarde pas ces hommes si différents de moi que j'essayais pourtant d'imaginer avec tant d'obstination il y a quelques heures encore. Ne regarde pas ce Viêt-nam dont Lemaître m'a rebattu les oreilles. Ce Viêt-nam en guerre qui apparaît partout, dès les premiers pas, avec ce pullulement d'uniformes, avec cet appareil policier omniprésent, avec ces corps mutilés que la rue grouillante malmène. Avec ces Américains dont les silhouettes dominent les têtes comme les cocotiers savent le faire à l'horizon. Ne regarde rien. Que cette femme dont je viens d'apprendre la présence sur terre. Lemaître me harponne à nouveau :

« Alors, qu'est-ce que tu fais ? »

Et puis après, dans cette voiture louée par Tâm pour la circonstance. Assis près d'elle à l'arrière pendant que Lemaître interroge le brave Tâm au volant, le gentil pigiste local. L'interroge sur la situation au Viêt-nam, sur la guerre, sur le travail, sur la vie en général, sur sa famille, et le fait éclater de rire. (Le premier rire de Tâm.) Et se retourne parfois vers Jade pour l'interroger à son tour, ou la prendre à témoin. Pour lui lancer à un moment (et là, je mobilise mes deux oreilles) :

« Tu vois, je n'ai pas été très long à revenir. Combien ? Cinq mois et demi ? »

Et elle : « Sept mois, quatre jours exactement. »

Un calcul qui pourrait prouver son grand attachement pour Lemaître. Depuis sept mois et quatre jours elle l'attendait donc ? Elle ne vivait que dans l'espoir de connaître cet instant à l'aéroport ? Perplexité. Elle si jeune, si affriolante. Lui, la cinquantaine, bel homme encore, mais si éloigné d'elle : toutes ces années entre eux deux, cette éducation, ce passé qui pèse sur lui. Alors, pour son argent ? Lemaître n'a rien d'un fortuné. Pour l'attrait de l'étranger, de l'Occident pacifique et prospère ? Sont-elles si nombreuses les femmes de ce pays à vouloir prendre le bras de l'homme qui tombe du ciel pour partir avec lui ?

Sur le trottoir que l'auto longe. D'autres tuniques, d'autres formes frémissantes et d'autres couples similaires. Cet échalas blondasse – un fonctionnaire de l'ambassade américaine ? – écrasant cette maigrichonne contre un mur. Et ce marin chaloupant des mers lointaines – Hambourg ou Rotterdam ? –

18

traînant sa frêle compagne comme une péniche sa barque. Nombreuses ces femmes qui recherchent dans les bras d'un homme l'occasion d'un passage, d'un billet d'avion sans retour?

Et Jade, faudrait-il la compter parmi elles?

Je l'effeuille. Ces deux bagues, ces trois bracelets, cette montre dernier cri, ce collier lourd, trop lourd de son or, et ces boucles d'oreilles scintillant de clins d'yeux supérieurs, assurés de leur importance. Un certain air de cocotte. Et ce sac trop luxueux pour la promenade. Et ce parfum plus pesant encore, imposant, bousculant tout le monde. Pourtant le port est d'une belle distinction et la parole châtiée, élégante, en dépit de cet accent inévitable. Bonne éducation, études jusqu'au bac, sans doute. Elle dit à Lemaître:

« Nous sommes allés au théâtre traditionnel, l'autre soir. Une pièce épatante. J'ai pensé à toi. Tu aurais aimé ça. »

Tu, toi. Depuis quel moment se tutoient-ils? Depuis le début? Leurs premiers mots, tout à l'heure, à l'aéroport, ne semblaient pas si familiers. Et leurs gestes? Un baiser sur chaque joue. Léger, sans supplément. Cousin, cousine. A côté des effusions que l'on surprenait par ailleurs! Retrouvailles de deux amants? Pourquoi pas. Les passions les plus dévorantes savent parfois se cacher comme les bêtes sauvages. Je me dis alors tout à coup: « C'est bien de moi! Me mettre cette femme dans la tête, à peine aperçue! Cette femme qui appartient à un autre! » Et je vois pour une fois ce que j'aurais dû voir dès ma descente d'avion. Vois ce pays, ses habitants. Vois cette ville bruyante, encombrée, enfumée, ces mendiants, cette crasse, ce désordre asiatique. Et je ne peux pas empêcher la déception de me circonvenir. Puis bien vite je retourne à la seule image consolante. Quand j'entends soudain Lemaître:

« Stop, Tâm. Jade s'arrête là. Elle a des courses à faire. »

Elle ne va donc pas jusqu'au bout du chemin avec lui. Saute en marche. Le premier jour! Une heure après son retour! Lemaître descend de voiture pour lui ouvrir la portière. Elle déplie ses jambes sous sa tunique avec la grâce d'un flamant rose pour sortir les pattes de son aile, pose sa mule dorée sur le trottoir, se retourne. Sourit à Tâm, me sourit aussi. A peine Lemaître lui a-t-il effleuré le bout des doigts.

Ainsi n'habitent-ils pas ensemble. Un bon point pour elle dans ce pays de concubins. Et puis Lemaître tient peut-être avant tout à son indépendance. Je l'imagine mal avec un fil à la patte, une marmite fumant sur le feu, le soir, en rentrant du travail, la table mise, son rond de serviette... Il paraît que nombre de confrères vivent ainsi, à Saigon, « encongaïés » comme l'était un sous-off de la Coloniale.

Second arrêt dans cette rue animée, devant cette porte cochère qui va happer Lemaître et ses valises.

« Ton hôtel n'est pas loin. A demain. »

La voiture repart, pleine du parfum de Jade et de mes questions sur elle et lui. Mais Tâm sait répondre sans répondre, et le plus souvent répond à côté. Ou se contente d'éponger son embarras d'un rire niais ou d'un sourire béat qui voudrait me persuader qu'il ne comprend pas ce français-là.

Jade. Je penserai à elle, dorénavant, quand je penserai à lui, Lemaître. Déjà, sur ces quelques mètres, je m'applique à recomposer ses traits, un à un. A cueillir un bout d'elle dans chaque passante qui glisse le long des vitrines. Mais la trace est trop légère pour contraindre la mémoire.

Tâm m'annonce que nous sommes arrivés, qu'il faudrait peut-être me décider à quitter mon siège.

Alors je mets Paris en bouteille. Je me dis que si... Que si je n'avais pas débarqué ici avec Lemaître, je ne l'aurais pas rencontrée. Que si le destin ne s'était pas fait à l'idée que Lemaître et moi devions croiser nos pas... je me dis que si, si, si...

Lemaître. Pourquoi, en effet, quelqu'un de haut placé – si haut qu'on ne le voit jamais – a décidé un jour de me pousser vers lui? De me souffler à l'oreille : « Suis-le, tu iras loin avec lui. » Un jour, à Paris, au cours d'une conférence de presse à laquelle nous assistions, assis côte à côte. Un jour où quelqu'un avait donc dit, là-haut, au moment où nous étions entrés dans cette pièce : « Celui-ci occupera ce siège et celui-là le siège voisin. »

Assis à côté d'un homme que je croyais connaître. A travers ses livres, ses articles, ses interviews à la télévision. Gilles Lemaître. Tout le monde connaît Gilles Lemaître. Mirage. Il est ce voisin de palier que l'on croise dans l'escalier, dont on pense pouvoir deviner la vie à travers les murs, dont on entend le bain couler, la chasse d'eau pousser son chuintement de train dans la nuit. Ce voisin dont on ne retient rien, finalement. Qu'un peu de son visage et de sa voix. Bonjour, bonsoir

20

entre deux étages. D'ailleurs, au *Journal* où il travaille depuis un temps immémorial, que sait-on vraiment de lui? Une femme? Un divorce il y a deux ans? Des bruits derrière un mur, un mot dans l'escalier, vite, en courant.

Lemaître, mon exemple, mon maître à penser. Cet aveu, ce jour-là, après cette conférence sur le Viêt-nam, entre deux gorgées d'un alcool de feu. Ça : « Tu ne peux pas savoir combien tu m'as influencé dans ma carrière. » (J'ai osé le tutoyer tout de suite. J'ai osé. Après avoir lu tout de suite dans ses yeux : dorénavant tu peux entrer sans frapper.) Mon aveu, ce jour-là, déclenchant ce haussement de sourcils qui lui est propre, et du même coup cette vague de rides qui lui emporte le front jusqu'aux cheveux, des cheveux ras, collés comme de la mousse à son roc. Et du même coup l'ouverture démesurée de ses yeux décolorés, et l'apparition, au fond, inattendue, surprenante – feuille oubliée par l'automne – d'un petit reste de sa jeunesse. Mon aveu et sa réplique gouailleuse : « Allons, petit, arrête ton char. Ce tord-boyaux te monte à la tête. » Et moi : « Non, non, je te jure, sans toi je ne serais sûrement pas devenu journaliste. Il faut que je te remercie. »

Et lui, déterminé à ne pas mettre plus longtemps sa modestie à l'épreuve : « Eh bien! il n'y a vraiment pas de quoi. »

Depuis lors, effrayé à l'idée de l'agacer à nouveau, je ne lui ai jamais plus rien avoué de semblable. J'ai toujours gardé ça sous ma langue. Je ne lui ai jamais fait savoir, par exemple, qu'il est à l'origine de mon départ pour le Viêt-nam. Jamais fait savoir cette volonté de l'imiter en tout, de le copier fidèlement. Comme les potiers de la cour de Huê ont copié ceux de Canton malgré tout ce qu'ils ont pu prétendre.

Mon départ pour le Viêt-nam. Rien ne m'obligeait à cette aventure. J'aurais pu très bien poursuivre mon métier à Paris sans protester contre moi-même. Sans m'avouer coupable. Continuer ma grande quête d'homme curieux des autres, de tout, avide d'étreindre. Continuer, satisfait du travail accompli. Car, à trente ans, j'estime ne pas avoir trop mal réussi. Surtout lorsque je considère certains de mes confrères. Lorsque je les aperçois loin derrière moi, traînant les pieds le long des murs du *Magazine,* mâchonnant leur ennui quotidien, ruminant leurs sordides calculs, ceux de leurs jours de récupération et de leurs points de retraite. Pas trop mal réussi. Quand je me vois courir après le train, à mes tout débuts, après ce merveilleux train international, ce traîneau du père Noël, ce carrosse de toutes les promesses. Courir comme un voleur et me suspendre aux tampons, et dans un effort mémorable me hisser jusqu'au wagon, jusqu'à la porte du couloir inondé de lumière et de bruits luxueux. Puis debout dans ce couloir, regarder à travers la vitre, sans y croire tout à fait, le monde entier glisser, s'étirer devant moi – pour moi seul? – comme un bel animal. L'œil droit sur cet animal et le gauche sur les compartiments bondés, pleins de courageux au travail, de piocheurs, et pleins de dormeurs, pleins de bluffeurs, pleins de truqueurs, et pleins de manchots, d'incapables. Seulement capables de s'accrocher à leur siège. L'œil gauche guettant la première place libérée, l'assurance d'aller jusqu'au bout du grand voyage.

Oui, rien ne m'obligeait à ce grand voyage, au plus grand voyage de ma vie. Jusqu'au jour où j'ai senti le bras de Lemaître se couler sous le mien. Et des ailes me pousser dans le dos. Et des bottes de sept lieues me donner des fourmis dans les jambes. Viêt-nam. Avec lui, j'y étais déjà. Le Mékong débordait de ses yeux, la forêt grondait dans sa voix, j'y étais. Avant de palper ce billet qui allait m'y expédier vraiment, avant de le soupeser comme un orpailleur sa pépite. Alors j'ai tout abandonné. Tout. Et Jacqueline. Cette femme qui croyait pourtant bien m'avoir attaché, m'avoir coupé les ailes. Qui se figurait être la plus forte. Qui ne m'a laissé qu'au pied de l'avion en espérant encore pouvoir me retenir. Qui m'attendra un an, deux ans s'il le faut. En espérant toujours. En épiant dans mes lettres les signes de lassitude, en examinant mon écriture comme un médecin le blanc de l'œil ou la roseur de la langue. Qui ne sait pas que Jade existe.

Vers six heures je sors de l'hôtel. Incapable de me reposer, à peine ma valise défaite. Je remonte cette rue si passante, la rue Tu Do, et entre dans ce salon de thé-pâtisserie (pourquoi?) et me dirige vers l'une des tables alignées près de la vitrine (pourquoi?). Et j'aperçois qui? Elle. Elle. Assise face à un homme âgé, un Vietnamien bien mis, le visage noble et grave. Elle. Pourquoi, oui pourquoi faut-il que nous nous revoyions si vite alors que nous ne nous sommes pas donné le mot? Alors qu'il y a quelques heures encore, je ne soupçonnais pas que de l'autre côté de ce vaste monde...?

J'hésite, puis je vais jusqu'à eux. Audacieusement. Elle me présente son vis-à-vis. M. Tô Van Hùng. « Mon père. » Je m'en doutais. Et puis : « Asseyez-vous donc avec nous. » D'un signe bref l'homme appuie. Miaulement de la chaise. Me voici près d'elle, m'enivrant de son parfum. (J'aurais décidé de la retrouver, j'aurais fait chou blanc.) Je l'entends exposer à son père que je suis un ami de. Que je suis arrivé de. Que je travaille pour. Son père hoche sa tête d'ivoire en souriant. Moi, je la regarde parler. Note le gracieux dessin de sa bouche, cherche un adjectif à poser dessus. Pulpeuse. Trop banal. Onctueuse. Mieux : d'un succulent moelleux. (Pauvreté du langage devant pareille perfection.) Examine tellement ses lèvres, les deux petites crêtes de ses lèvres supérieures qui montent avec effronterie vers les racines du nez, qu'elle finit par s'en rendre compte et qu'elle rougit. Alors je prends la parole à mon tour. Pour lui laisser le temps d'éteindre son incendie. Livre mes premières impressions du Viêt-nam. Mens. Un pays qui. Une ville qui. Des gens qui. Mens comme je respire. (Je n'ai encore rien vu du Viêt-nam. Qu'elle.) Et tout en discourant, en inventant, je reprends, au bout d'un moment, mon inspection minutieuse. Frôle le front – spacieux? – plonge dans ses yeux – frileux? – rebondis sur le nez – mutin?

L'heure tourne très vite ainsi. Et soudain je la vois se lever à l'exemple de son père. Me tendre la main comme son père. Quitter la boutique devant son père. Tandis que je reste assis, là, contre la vitrine, la regardant s'éloigner. Regardant la nuit me la voler. Et essayant encore de recoller les morceaux, les lèvres, le nez, les yeux, le front. Et les morceaux de la conversation. Saigon. Le père a parlé de Saigon? Oui. Des fenêtres de la rue ex-Guynemer qui s'ornent encore de vitraux en losange, pareilles à celles des riches maisons chinoises d'autrefois. De ces vitres fardées, ensoleillées derrière lesquelles le comprador cachait ses femmes. Derrière lesquelles les femmes de la porte des Orchidées et de la chambre Rouge vivaient en recluses. Son père a parlé de Saigon et de ses Chinois. Et aussi de ses Indiens, de ceux que l'on appelle ici les Malabars parce que les premiers arrivés venaient de la côte des Malabars. Et de ses Chettys de la rue Ohier, ces changeurs usuriers qui arpentent le trottoir roulés dans une toge de coton blanc, les cheveux huilés, le front barbouillé de bigarrures religieuses. Soupramaniaswamy. Pourquoi ai-je retenu ce nom si compliqué alors que le reste, si simple, ne me revient pas ou

23

si peu? Le temple des Chettys dédié à la déesse Soupramanias-wamy. Véritable forteresse entourée de murailles, la porte ornée de grosses chaînes d'ancre et parfois de bananiers entiers attachés tête en bas comme un animal de boucherie, avec leur régime.

« Si ça vous intéresse, un jour je vous emmènerai », m'a proposé le vieil homme.

Avec Jade, d'accord. (Où n'irais-je pas avec elle?) J'irais visiter le temple des Chettys, la grande salle à piliers pavée de faïence. Et ce plafond surchargé de lampes de couleur, de guirlandes, de boules dorées, lourd de sa richesse comme un badamier de sa rouge parure d'automne. Et tous les chromos naïfs recouvrant les murs, les portraits de famille du panthéon hindouiste, le dieu à la trompe d'éléphant, Kâli au corps d'ébène, Civâ se trémoussant dans les flammes avec ses cinq têtes et son troisième œil au milieu du front. J'irais n'importe où avec elle. Si toutefois elle le désire.

A présent j'ai retrouvé Lemaître. Ou plutôt Lemaître s'est ouvert un couloir jusqu'à moi à travers la cohue papotante. La foule des journalistes, des militaires, de leurs femmes, de leurs petites amies qui se pressent sur le toit de cet hôtel réquisi-tionné, réservé aux officiers célibataires américains. Haleine humide de la nuit. Pont d'un navire arrêté en pleine mer du Sud. Les étoiles percent une à une, les glaçons dansent à travers l'ambre des verres. Noix salées, petits fours, transpiration, *after shave*. Je ne sais pas ce que l'on célèbre ce soir. Quelle victoire? Lemaître contemple les lumières de la ville, et au-delà, l'éten-due ténébreuse et insondable, la banlieue, les marais, les cocoteraies. Le Viêt-nam. Loin de ces toasts et de ces chemises blanches. Tout ce pays qu'il me faudra apprendre.

« Alors, comment trouves-tu? (Les prunelles de Lemaître ont ces mêmes reflets jaune doré.)

– Quoi? Ça ou Saigon?

– Saigon, bien sûr. »

Il étend la main vers les toits, vers les étoiles avec la douceur d'un prêtre pour bénir un nouveau-né.

« Je ne sais pas encore, dis-je, laisse-moi quelques jours. »

Lui parler de Jade, de ma rencontre à la pâtisserie avec son père? Un fil me retient. Pourtant je souhaiterais tellement la voir apparaître à nouveau, se glisser entre nous deux, admirer la nuit avec nous, sur cette terrasse, son Viêt-nam avec nous.

Déjà je ne peux plus supporter ces femmes si différentes. Toutes ces grandes femmes grignotantes et sirotantes, blanches, trop blanches, blondes, trop blondes, ces poitrines trop nourries, ballottantes, ces charpentes d'un autre monde. A la fin, je me risque :

« Jade n'est pas avec toi? (Première fois que je la nomme. Curieuse sensation de douceur. Crème dans la bouche.)

– Elle ne m'accompagne jamais dans les pince-fesses. D'ailleurs nous ne sortons pratiquement pas ensemble en public. Je n'aime pas l'exhiber. »

Peur qu'on la prenne pour une fille sans honneur, pour une de ces demi-mondaines qui se tortillent à l'instant sous leur satin criard? Ou peur de la perdre, de se la faire voler? Peut-être va-t-il m'éclairer sur leurs liens. Mais non. Il me tape sur l'épaule. « Viens, petit, on ne va quand même pas finir la soirée ici. » Et il m'entraîne vers la sortie. Et en rejoignant un taxi 4 CV garé dans une rue voisine, en foulant ce trottoir défoncé par les racines traçantes des banians :

« Je t'emmène dans un endroit où nous ne pourrons plus aller si l'ordre moral de l'Oncle Hô finit par aplatir ce pays comme une galette de riz.

– Au bordel?

– Plus loin que ça encore dans l'oubli volontaire. Dans une fumerie d'opium. Tu n'as pas peur?

– Si, je tremble. »

Je rigole mais je suis quand même saisi d'une légère appréhension. Lemaître fumeur? Son teint mat, ses joues légèrement creusées... La petite auto bondit. Un chat. Se faufile entre les voitures, les camions militaires, les scooters, les tricycles, les charrettes, les cyclo-pousses. Adieu Saigon. Voici la Chine. Adieu ville somnolente, proche de la léthargie. Voici Cholon, la ville chinoise. Je croyais être entré en Asie en entrant au Viêt-nam, entré dans le cœur juteux de l'Asie. Erreur. L'Asie commence ici. Ici où s'arrête l'inquiétude occidentale, où commence l'hédonisme oriental. Où s'arrêtent les inutiles pendules, ces machines prétentieuses qui s'imaginent pouvoir emprisonner dans leurs rouages la vitesse de rotation de la terre, la mouliner, la transformer en chiffres. Quand le Chinois dort-il? Jamais. Quand le Chinois mange-t-il, boit-il, travaille-t-il, marchande-t-il, joue-t-il, chante-t-il, crie-t-il, fume-t-il? A toute heure du jour et de la nuit.

Le taxi s'enfonce dans l'épaisseur de la Chine. Dans une rue qui n'a de rue que son nom. Dans un corridor aux murs constitués de compartiments délabrés, croulant sous le poids de leurs balcons surchargés, de leurs toitures couvertes de terre, de moisissures, d'herbes folles, de leurs sculptures en bois doré. Sous le poids des années, de la rouille, de la crasse, de la vermoulure. Sous le poids de la multitude. Compartiments, c'est le mot, ces constructions attelées les unes aux autres comme des wagons vétustes dégorgeant de marchandises. Deux trains oubliés par leur locomotive au milieu d'une gare bruyante. Le long d'un quai où la foule flâne sans idée de voyage.

Car ils sont là à demeure les vendeurs ambulants. Avec leur buffet, leur table, leur roulante, leurs marmites à même le trottoir. Tout se vend, tout se discute. Tout s'offre, déploie ses formes, ses couleurs, ses fumets. Impudeur des poulets nus, pendus, des canards. Vanité du pain qui s'exhibe en plein vent, du riz gluant, des saucisses, des gâteaux, des boissons. Bols de soupes fumantes au sommet des bras accoudés, au ras des yeux perdus dans la volupté de la dégustation, dans le verre gravé, les laques, les enluminures de l'étal. Écheveaux de nouilles blanches, piments verts et rouges, bouquets d'herbage. Pourpre cruel d'un quartier de viande. Gibet sanguinolent. Saphir des mouches. Cigarettes en paquet ou à la pièce à côté du bâtonnet d'encens qui conserve le feu. Journaux bavant leur encre, affalés sur le pavé, un fer à cheval sur le ventre.

Et le bruit. Tout le bruit de l'Asie, comme s'il arrivait de la Chine elle-même par-delà les montagnes, porté par le vent de la nuit. Bruit des millions de Chinois infatigables. Bruit de ces millions d'insomniaques, de leurs baguettes, de leurs claquettes, de leurs clochettes, de leurs sonnettes, de leurs gongs, de leurs pétards, de leurs dominos, de leurs soupirs, de leurs crachats, de leurs rots.

« Nous y sommes. »

Et je me demande : qu'est-ce que tu fais là? Mais je suis son pas nonchalant. J'enjambe l'éventaire d'un savetier, manque de renverser la lampe à souder d'un plombier, de défoncer la boîte vitrée d'une mercière. Bouscule un devin accroupi, torse nu, devant ses cartes, gros dindon devant sa pâtée.

Néon. Lividité du néon envahisseur, la grande découverte chinoise pour tuer la nuit, l'ignorer. Bains blafards où tout

26

verdit. Œillades racoleuses. Celle d'une enseigne qui semble attirer Lemaître. Qui l'attire, l'avale. Celle d'un hôtel. Hôtel ou caravansérail? Ou bastringue? Porte ouverte sur la rue, bouche béante avalant la faune, les haut-parleurs, les odeurs, toute la nuit. Lemaître me pousse devant lui dans un couloir vernissé de faïence, sur un carrelage suintant où le pied patine. Une première pièce, à droite. Enfumée. Des joueurs silencieux mais les doigts claquant sous l'ivoire du mahjong. Une seconde, à gauche, avec des buveurs de vin chaud parlant fort. Du vin de riz fermenté ou de l'alcool de sorgho parfumé aux pétales de rose. Parlant fort, criant même. Et d'autres avachis sur les tables, l'œil sur un groupe de chanteuses que l'on entend à peine, et sur des gratteurs de cithare indifférents à tout, pénétrés de leur art. Une troisième pièce, enfin, au fond, avec des mangeurs très occupés, trop occupés pour parler, autour d'une table ronde plus occupée encore, jonchée de victuailles et de sauces. Des hommes, rien que des hommes engouffrant, s'empiffrant, tandis qu'une radio hurle à pleine gorge, solitaire. Des hommes entre eux. Non. Une femme est là, un objet de luxe est là comme posé à part, fait pour être admiré entre deux goulées, deux lampées. Gracile, muette, jambes croisées dans sa robe fendue jusqu'à mi-cuisses. La concubine d'un de ces messieurs. Patiente, immobile, elle attend que son maître ait fini de se remplir la panse.

Un escalier monte de guingois, fatigué. Je me dis encore : qu'est-ce que tu fous là? Mais je m'engage derrière Lemaître après ses conciliabules avec un homme adipeux qui doit être le tenancier. Deux étages. Et soudain, tout s'estompe, le bruit, la lumière. Glissement des semelles sur le revêtement caoutchou-té, chuchotis des ombres. Revanche du silence et de la nuit sur le tintamarre et les soleils artificiels. Une porte s'esquive devant un boy nu-pieds. Et apparaît une crypte. Avec des lueurs étranges et des murmures. Avec une puanteur âcre de fumée prisonnière. Deux des quatre bat-flanc supportent une forme allongée, un fumeur. Au chevet veille la flamme d'une lampe à huile. Les têtes reposent sur un petit polochon en porcelaine.

A la porte, j'hésite. Je résiste aux sollicitations étouffées de Lemaître. Je me dis : non, non, je n'irai pas plus loin. Et Lemaître : « Viens, viens, petit, tu ne vas pas en mourir. » Et je me dis : jusqu'où faudra-t-il donc que je le suive?

Sa main s'accroche. Alors, les yeux fermés, j'entre. Et je me couche sur le lit de bois, sur le côté droit. Et j'attends que la cérémonie commence telle que Lemaître me l'a décrite. Attends avec un certain trouble que le boy-pipe me tende le long tuyau de poivrier. Qu'il me prépare la boulette d'opium et qu'il la soumette au feu de la lampe. Attends le grésillement et le bouillonnement caractéristiques que Lemaître m'a décrits dans le taxi avec une minutie d'alchimiste. Attends pour tirer fortement. Tire. Tire. Foin. Un feu de foin que j'aurais traversé. Qui m'aurait envahi la gorge, les narines, le cerveau, brûlé les yeux.

Haut-le-cœur. Il me faut respirer, me laver les fosses nasales, me vider la tête. Je repousse le tuyau, ce serpent qui rampe à nouveau vers moi, qui vient me tenter à nouveau. Et je me lève. Marche à tâtons vers la porte. L'ouvre. Dévale l'escalier. Sors de l'hôtel. Pique un cent mètres sur le trottoir, au milieu de tous les obstacles. L'air force mes poumons, un air chaud souvent empesté de graillon, de sueur, de pourriture, mais qu'importe! J'ai fui le poison. Le boy-pipe peut toujours courir, il ne m'aura pas, son long tuyau ne m'atteindra pas. Je suis loin déjà. J'ai franchi la grande muraille de Chine. Franchi les océans. Loin de l'Asie, loin du Viêt-nam. Lemaître peut toujours courir, il ne m'aura pas. Et tant pis pour ce qu'il pensera de moi.

Moi je ne sais plus que penser de lui. Que penser d'un homme qui laisse une femme dans la nuit, une femme comme Jade, pour aller à la chasse aux chimères.

3

La guerre ne perd jamais une minute. Elle est toujours impatiente de sauter sur le nouvel arrivant pour lui faire comprendre qui règne ici. Je n'y échappe pas. Dès le second soir. A peine installé au Continental. A peine dans mes meubles, au troisième étage de ce vieux palace colonial ancré à demeure dans la nostalgie et la touffeur. Vieux paquebot désaffecté après un siècle de flâneries, ancré, là, dans une escale éternelle, résigné mais souriant comme certaines vieilles personnes à l'évocation de leur jeunesse.

La guerre me prend sans attendre alors même que je me prépare à traverser ma seconde nuit vietnamienne. Que j'écarte ma moustiquaire, m'étends sous le ventilateur, encore mouillé, tout frais sorti de la douche. Dix heures. Après le dîner dans le jardin intérieur où trônent des éléphants de céramique sous un banian aux racines aériennes, où mitonne un frangipanier dans son odeur de confiserie. Dix heures quand des coups ébranlent ma porte. Tâm. De nouveau devant moi, sa tête et son cou d'oisillon imberbe et fripé jaillissant de sa chemisette à fleurs, ses bras en caoutchouc battant l'air.

« Un train est arrivé tout à l'heure. Il y a des dizaines de blessés et de morts.

– Où est Desmaisons?

– Déjà sur place. » (Il rit. Pourquoi?)

Jean-Claude Desmaisons, le photographe du *Magazine*. Un grand osseux avec des yeux auxquels la vie n'a plus rien à apprendre. Des dents très apparentes et très aiguisées pour mordre dans la viande. Des narines grandes ouvertes (avec un

nez comme ça, il est obligé de se mettre les doigts dedans). Au Viêt-nam depuis un an déjà. Des photos primées, célébrées jusqu'en Amérique. Et un caractère de chien. Avare en sourire avec moi, hier, à mon arrivée à l'hôtel. (Finie sa belle indépendance!) Pressé d'en terminer avec les salamalecs d'usage, pressé de retourner au boulot. Je demande à Tâm :
« Pourquoi ne m'a-t-il pas appelé avant de partir?
– Il m'a chargé de le faire. » (Il rit encore.)

Sur son scooter, mes mains sur ses épaules, dans le vent épais, lourd des miasmes de la nuit, de l'haleine usée laissée par la chaude journée. La gare au bout du boulevard désert, et devant, des grappes de camions et d'ambulances, une foule inhabituelle pour cette heure tardive.

« Ils font ça la nuit, c'est plus discret. C'est pas beau à voir. »

Des blessés, des morts, encore des morts, le train en regorge. Du sang caillé partout comme un dépôt de glaise après la crue. Des allongés, des agenouillés comme en prière, des recroquevillés, des assis, jambes repliées, bouddhas apathiques. Sur des brancards, sur des lits de camp, à même le sol, dans les wagons, sur les quais, dans la gare, au milieu d'un chahut de préau d'école. Avec parfois, s'imposant comme un solo dans un concert, le geignement d'une femme (celui d'un enfant dans son cauchemar).

Je sens le roulis s'emparer de moi par en dessous. Mon estomac chavirer. Je voudrais vomir mais la honte m'en empêche. Mon Dieu, mon Dieu. Je hais soudain ce métier qui m'oblige à descendre aussi bas dans le malheur.

Desmaisons, lui, est tout à son ouvrage. Clic-clac. Actif, absorbé, pas le temps d'un mot, d'un œil de côté, d'un mouvement de menton, pas de concession à la pitié. Demain matin l'avion doit partir avec ses photos, et dans cette boîte noire qui comprime son nez, le petit rouleau tournant sur lui-même est seul à se laisser impressionner. Clic-clac, encore une. Ce type au front raboté, au visage comme aplati à coups de marteau, ce gosse qui ne doit pas dépasser quinze ans, et celui-là pleurant sur l'épaule d'un autre comme s'il était sa mère. Encore une pour Jean-Claude Desmaisons, le plus grand photographe international. Et encore une pour tous les autres photographes, les Américains, les Allemands, les Japonais. Pour tous ces vautours alléchés par le sang chaud et la chair fraîche, débusqués de leur lit, de leur assiette ou de leur nid à filles. Encore une avant que la dernière ambulance n'ait refermé ses portes sur la dernière souffrance. Et merci, la guerre! Merci folie des hommes, paranoïa, délires sanguinaires qui nous permettent de si beaux Fragonard!

Voici Lemaître, sa pipe, sa fumée solitaire. Il a quitté son costume d'alpaga de la veille, a revêtu sa peau d'Asie, un ensemble à manches retroussées, de couleur sable, d'allure militaire, plaqué d'une poche à revers de chaque côté de la poitrine et sur chaque hanche comme quatre mains qui l'étreignent. Rien d'autre ne pourrait mieux lui convenir, envelopper son corps de vieux broussard. Où donc l'alerte l'a-t-elle surpris? Dans les bras de Jade? Je chasse cette idée comme une mouche à viande à coups de torchon.

Calepin, stylo à bille. Il interroge un officier. Un petit bonhomme écrasé par sa casquette autant que par l'adversité. Il m'a vu. A vu ma pâleur d'endive, mes tremblements de feuille, mon front suintant comme un plafond de buanderie. Il a mal pour moi. Il me dit : « Allez, viens, petit. » Nous embarquons dans la Jeep de l'officier pendant que Tâm enfourche son scooter et que Desmaisons s'assied derrière lui. Chemin faisant, Lemaître continue son interview en vietnamien et s'arrête par moments pour traduire à mon intention. Un traquenard du côté de Phan Thiêt. Terrible. Une division nord-vietnamienne contre un régiment de paras. Terrible. Une nuit de corps à corps. Et à l'aube, le bouquet : l'aviation qui se trompe de cible et pilonne les survivants. Terrible, terrible.

L'air s'engouffre sous la toile et me revigore un peu. Mais l'hôpital arrive, et sa boucherie. Alors me reviennent des images anciennes. Terribles. Celles d'un reportage près d'Orly. Un accident d'avion. Morceaux de vie épars dans un champ de betteraves, lambeaux d'homme. Et me reviennent les plaisanteries des autres, après coup, à la rédaction, leurs plaisanteries de carabins devant un macchabée d'exercices. Odieuses.

J'admire le calme de Lemaître au milieu de la précipitation et du désordre, devant les monstruosités. A côté de l'insensibilité des photographes, de Desmaisons, de leur mépris pour ces malheureux qui impriment leurs clichés. Clic-clac. J'admire sa grande douceur pour questionner ces êtres de douleur, sa politesse, son humanité sous cette fusillade de lumière, dans cette curée. J'admire à nouveau Lemaître alors que je l'ai tant haï, hier soir. Que j'ai vu sa belle image s'altérer, se corrompre dans la fumée brune.

La police nous a flanqués à la porte et chacun regagne son gîte. Desmaisons a profité du scooter de Tâm pour aller réveiller un quidam qui s'envole demain et se chargera de livrer ses chefs-d'œuvre au monde. Demain, après-demain, du sang au petit déjeuner. Je monte avec Lemaître dans la voiture de Benson, un journaliste australien. (Odeur de bière, rousseur et ventre de kangourou.) Monte dans sa Peugeot rouillée, couleur du Mékong. Et descends avec lui, derrière Lemaître, rue Tu Do, et grimpe avec lui, derrière Lemaître qui nous a invités à boire un verre avant d'affronter la nuit. Je les suis à contrecœur, mais comment se retrouver sans autre compagnie que soi-même après tout ce que l'on a vécu ensemble? Comment traverser la nuit, aller jusqu'à son bout?

Une porte vert Empire, un bouton de cuivre. L'antre de Lemaître. Des livres, des livres, des journaux, des cahiers. Et très peu de place pour le reste dans cette unique pièce où le papier est roi. Pour dormir, pour manger. Juste un peu de place pour s'asseoir, là où je m'assieds, entre le climatiseur et le réfrigérateur ronflant à l'unisson.

Benson a vite fait de tourner de l'œil. Vaincu par cette éprouvante soirée et trois whiskies bien tassés qu'il vient de siffler sans reprendre souffle. En tas dans le fauteuil éculé, il ronfle, lui aussi. Rêve à ses kangourous. Puis, soudain, au bout d'un moment, sursaute comme s'il avait entendu crier son nom, malaxe sa tignasse comme s'il la shampooinait, se lève et nous quitte en bâillant, en traînant les pieds, disparaît dans le couloir comme une vieille concierge en chaussons. Me voici donc seul avec Lemaître. Et je me dis : allez, pars à ton tour, va dormir. Va oublier dans le creux du sommeil les horreurs de la guerre. Va-t'en d'ici tout de suite si tu ne veux pas te laisser rattraper, emporter au-delà de la grande muraille. Et je sens l'odeur âcre de l'opium, son odeur de foin brûlé pendant que Lemaître tire sur sa pipe, son innocente pipe de bruyère. Pouah! Jamais la drogue n'aura raison de ma raison. (Ce soldat noir que j'ai croisé, hier soir, en m'évadant de la ville chinoise, ses yeux brillants de folie, et cet autre couché sur mon passage, que j'ai dû enjamber comme un cadavre. Pouah!) Mais je me dis aussi : et s'il me parlait de Jade? Et la tunique à fleurs de l'aéroport frémit à nouveau, les fleurs rouges et blanches se mettent à papillonner. Et je la revois dans la pâtisserie, près de son père. La revois comme si elle était ici, dans ce fauteuil avachi, près de ce cendrier plein. Assise très droite, les reins légèrement creusés, la taille bien prise dans la soie, son corps bien pris jusqu'au cou comme un long flacon en cristal enveloppé dans du papier de soie.

Ah! s'il me parlait de Jade! Alors je demeurerais là toute la nuit. Je ne me lasserais jamais de l'entendre. J'irais visiter avec eux deux la pagode des Chettys, j'offrirais des baguettes d'encens et des guirlandes de fleurs à la déesse Soupramanias-wany. A toutes les déesses du Viêt-nam. Je n'hésiterais pas à les suivre dans les lieux les plus secrets, les plus mystérieux, et même les plus dangereux. Avec lui, si Jade est à nos côtés, je veux bien me plonger dans le Viêt-nam. Et même dans la Chine. Jusqu'au Sin Kiang, jusqu'à la Mongolie intérieure. Et même jusqu'au royaume des chimères. Oui, je veux bien respirer l'âcre fumée au bout du tuyau de poivrier. Si c'est elle qui le tient, qui le donne à ma bouche.

S'il me parlait de Jade! Mais il m'explique seulement pourquoi elle lui a paru si différente après en avoir connu tant d'autres avant elle à la faveur de toutes ses migrations professionnelles. De belles passantes qui ne laissaient aucune trace. Et tant d'autres femmes au Viêt-nam lorsqu'il est venu ici, il y a bien longtemps, pour y faire la guerre. Me parle de ces filles simples de la campagne, si éloignées de Jade. De ces congaïs qui partageaient la vie des soldats français et qui n'étaient pas ces filles de bar que l'on aperçoit aujourd'hui, perchées sur leur tabouret, leurs jambes d'échassier haut croisées. Qui n'étaient pas ces fines demoiselles de Numidie, le bec prêt à frapper comme un couteau tiré, l'œil sur le billet vert sortant de la poche-revolver. Me parle de ces braves et robustes filles de la campagne vietnamienne que l'on voit marcher comme des canards, comme les milliers de canards de la campagne vietnamienne, les jambes arquées pour avoir été portées, dès leur naissance, à cheval sur la hanche de leur mère. Que l'on voit marcher, le ventre en avant et les pieds collés au sol, poussant leurs claquettes comme des patins de feutre sur un parquet ciré. Ces braves filles de paysans que l'appât du gain ne tourmentait guère. Qui gardaient la tête froide sous leur serviette de toilette enroulée comme un chèche. La tête froide, superbe et dédaigneuse devant les saphirs d'Australie garantis

33

sur facture de chez Kim Thinh ou de chez Robert Beau, rue Catinat, devant leurs perles et leurs jades, et devant les robes et les blouses de la Maison Rouge, passage de l'Eden, devant tous les articles de Paris dont les filles d'aujourd'hui se parent grâce au dollar. Ces bonnes et courageuses filles de la campagne prêtes à tout faire pour leur homme. A le masser entre les sourcils quand il avait la migraine. A asperger son linge d'une gorgée d'eau soufflée avec force et bruit quand il fallait repasser. A le panser quand il était blessé. A prendre son fusil quand il le laissait tomber. A le porter en terre avec de grosses larmes.

Je l'entends me parler de ces filles-là avec une grande tendresse. Mais non de Jade. Quand tout à coup, je l'entends me parler d'elle, mais si peu! Alors sa voix change de couleur.

« Avant, je ne savais rien de ce pays. Je n'y étais pas entré. Je m'y étais battu de nombreuses années, j'y avais traîné mes guêtres de journaliste aussi longtemps, mais je n'avais fait que l'effleurer. Je l'avais vu de haut. Comme les Américains du haut de leurs B-52. Et peu à peu Jade m'a ouvert ses arcanes. C'est à ce moment-là que j'ai mesuré mon ignorance. Alors je m'y suis jeté à corps perdu. Quel voyage! »

Répit. Le temps de me servir à boire et de se bourrer une pipe. Ses gestes ne semblent pas lui appartenir. Sont plutôt le souvenir de ceux qu'il a dû faire il y a longtemps, à l'époque qu'il évoque. Sur le mur, un margouillat s'approche lentement d'un moustique. D'un coup de mâchoire il va le happer. Je ne sais pourquoi, je pense soudain à la guerre, aux maquisards qui doivent s'approcher d'un poste de la même façon, au même instant, dans la nuit, à tous ces hommes dont la mort va s'emparer, cette nuit, comme tous ceux que nous avons vus tout à l'heure. Le cœur du lézard bat sous sa peau translucide. Et mon pouls bat dans mes tempes.

Gorgée glacée. Lemaître tire une longue bouffée de sa pipe, les yeux au plafond, comme s'il revenait de très loin lui-même avec cette fumée. Nées sur son cou, des rigoles de sueur sont absorbées par le tissu buvard de sa chemise. C'est l'heure la plus chaude de la nuit, où l'air paraît bloqué, comprimé dans un cul-de-sac. Et près d'exploser. Sa voix a abandonné Jade. A présent il remonte les années sans elle. Remonte la rivière de Saigon à bord du *Barfleur*. A vingt ans, en 1946, avec un

34

casque colonial hérité de l'Afrika Korps, des chaussettes vert foncé. A vingt ans. Découvrant ce pays comme je le découvre moi-même aujourd'hui avec dix ans de plus, vierge de toutes idées préconçues, neuf. (Sa voix alors que la pluie vient de surgir comme une vague déferlante, bat le toit et les persiennes, flanque ses gifles à toute volée, ses torgnoles de marâtre.) A vingt ans, et après, au bout d'un parachute pour la première fois de sa vie. Descendant vers Ban Mê Thuôt, chez les Moïs, vers le royaume des Moïs, entre le vingtième et le vingt-deuxième degré de latitude nord, des frontières de Chine aux confins du Cambodge et du Sud-Viêt-nam. Chez ces peuplades pour lesquelles les Vietnamiens manifestent un mépris sifflant. Ces gens frustes qui vivent à peu près nus dans la montagne et la forêt. Les Moïs à la peau terreuse. A l'odeur de fauve bien tenu, aux cheveux noirs roulés en chignon et maintenus par un peigne ou une bande d'étamine, au front étroit terminé en pointe, aux yeux obliques, aux pommettes proéminentes, aux lèvres charnues d'une pâleur de tuberculeux. Les Moïs doux et paisibles.

Sur les traces de Lemaître, je pars chez ces primitifs arrivés un jour sur les hauts plateaux du Viêt-nam grâce aux courants marins, de Sumatra, de Bornéo ou des Célèbes. Pars chez les Moïs dont l'orteil, dit Lemaître, tout en gardant la faculté de préhension commune aux races d'Extrême-Orient, n'est pas détaché des autres doigts comme chez les Vietnamiens, parti-cularité qui vaut à ces derniers la dénomination de *giao chi* (orteil détaché). Et il s'est déchaussé, a dénudé son pied, et me montre comment prendre un crayon, une pipe, comment recueillir n'importe quoi sur le sol avec ses orteils.

Au loin, un village. Agrippé au versant comme un nid de frelons à un mur. Et pour l'atteindre, un sentier gravissant la pente abrupte à travers les ronces et les épines. Courageuse-ment. Et sur ce sentier, Lemaître.

Ou du moins un homme qui a le visage de Lemaître, qui a la voix de Lemaître. Je jurerais que c'est vraiment lui. Mais comment le savoir dans ce pays où tant d'êtres surnaturels président à la destinée de chacun? Et comment savoir si c'est vraiment moi qui marche à l'instant derrière lui?

Lemaître : nous arrivons. (Il est essoufflé. Il charge à nouveau nos verres.)

Apparaissent cinq ou six huttes en paillote juchées sur leurs pilotis comme des marabouts endormis. Et devant, des femmes aux seins nus, à la croupe empaquetée d'un linge, croupe mouvante, agitée au rythme du pilon qui tombe dans le mortier de bois de fer et remonte à la vitesse d'un métronome. Tombe et remonte accompagné à chaque mesure du chant plaintif des travailleurs.

Il me recommande : n'essaie pas de leur parler, elles ne détourneront même pas la tête. Quand on veut offrir le moindre cadeau à une femme coolie, elle répond souvent d'un mot : *bao*! (Je suis mariée!) La femme moïe est l'humble servante de son mari, et elle doit accepter la concurrence d'autres épouses au foyer. Mais l'épousée en premières noces restera toujours la véritable maîtresse. Femme première, disent les Vietnamiens.

Au bord du Da Nhim, torrent plus que rivière, des fiançailles ont justement lieu.

Je m'écrie : des fiançailles?

Et lui (ses yeux brillent) : oui, nous avons de la chance.

Nous approchons à pas de loup et assistons avec ravissement au bain rituel auquel doit prendre part la famille de la fiancée, du plus petit au plus grand, du nourrisson à l'ancêtre. Assistons à cette immersion dans l'onde couverte d'écume, puis après, à la station des baigneurs sous le soleil, au séchage par le dieu Soleil de leur corps ruisselant, comme couvert d'huile.

Lemaître : demain on abattra un buffle pour le festin du mariage. Groupés à dix pas de l'animal, les jeunes gens du village lui enverront leur lance jusqu'à ce qu'un coup mortel provoque son effondrement. Alors on procèdera à son dépeçage en fines lanières. Ses cornes iront en rejoindre d'autres au sommet de ces mâts totémiques devant lesquels le couple et les parents attendront l'arrivée du sorcier. Le sorcier qui tranchera le cou d'un coq blanc, jettera son corps par-dessus son épaule droite, et examinera dans la position prise par le volatile pour expirer, les chances des jeunes époux de devenir des parents prolifiques. Puis liera avec un fil de coton la main droite du fiancé à la main gauche de la jeune fille pendant que s'élèveront les cinq notes étranges des pipeaux de bambou soudés ensemble.

Je veux partir. Mort de fatigue. Je le dis.

Lemaître m'accrochant à l'épaule : attends, voici la danse.

Un homme vient de se détacher des autres, et suivant le

36

rythme des pipeaux, frappe le sol de ses talons et d'un bâton comme s'il voulait réveiller quelque dieu souterrain. Frappe à chaque mesure, et frappe de plus en plus vite jusqu'à la note finale qu'il salue d'un déhanchement majestueux. Délire de l'assistance.

Cette fois-ci je me lève, tends la main. Mais dans le vide.

Mais lui, l'œil froncé : tu ne vas pas t'en aller sous cette pluie-là. Tu entends ce qu'il tombe? Les noces viennent de commencer. Attention, on va te lancer quelque chose, attrape, hop!

Un citron fraîchement cueilli me rase le nez et manque de culbuter bouteilles et verres.

Lemaître : hop! quel maladroit tu fais!

D'autres fruits volent en tous sens au-dessus des têtes, s'abattent comme des pigeons visés par une sarbacane : oranges sauvages, bananes naines, mangues roses comme des joues de bébé, noix d'arec. La distribution des cadeaux aux invités. Hop, hop! Chacun veut prendre au vol l'un de ces fruits porte-bonheur, et c'est une joyeuse bousculade. Quand retentit un roulement de tam-tam. La forêt entière vibre alors lugubrement comme si chaque arbre était une peau tendue. Je me sens coincé, obligé de remettre mon départ à plus tard. D'ailleurs Lemaître m'a signifié le risque que je courrais de quitter subrepticement le village. Car Mé Saô vient d'arriver. Mé Saô est le roi des Moïs, et la règle absolue exige que l'on s'immobilise à ses pieds. Mé Saô va procéder à la cérémonie d'ouverture d'une jarre d'alcool de riz.

Lemaître avalant ses paroles : surtout laisse-toi faire et montre ton contentement.

Je me laisse faire à son exemple. On nous offre de nous asseoir sur un tabouret. Puis des valets nous déchaussent et nous oignent les pieds d'eau aromatisée. Puis ils nous posent les pieds sur une barre de fer grossièrement sculptée et ancrée dans la glaise. Une jarre énorme (elle contient trente litres d'alcool) est fixée à un poteau face aux invités d'honneur, ficelée comme un cochon sacrifié.

Ma voix : Seigneur, nous n'allons pas boire tout ça!

La sienne : silence!

Un Moï s'est couché devant la jarre, et d'une voix traînante il s'est mis à chanter. Monotones litanies incitant au sommeil.

37

Lemaître entre ses dents : ne ris pas. Il chante nos louanges.

Un sourire me chatouille la paupière droite mais je le réprime aussitôt car le roi Mé Saô vient de se lever et se dirige vers nous avec une telle solennité qu'on le croirait en tenue de gala alors qu'il est nu ou presque, qu'un simple morceau de coton lui ceint les hanches, laissant poindre à chaque pas un phallus à la mesure de sa corpulence. Il s'empare maintenant de notre poignet droit et l'enserre d'un bracelet de cuivre. Signe d'alliance, gage d'entente cordiale. La jarre est alors débouchée après une série d'invocations aux génies, son bouchon de paddy et de glaise voltige sous la lame, et son odeur se répand avec la rapidité d'un essaim d'abeilles enfumé. Une odeur écœurante de vieille fille mal lavée, rancie. Et je ne peux même pas me boucher le nez! Et il faudra boire ce breuvage! Et qui plus est avec le même chalumeau que celui de ces sauvages qui puent le rat musqué. Car dans l'ouverture de la jarre, Mé Saô vient d'introduire une longue tige creuse, un rotin flexible. Car il aspire une première gorgée pour amorcer ce tuyau de narguilé, une longue lampée qui lui semble sublime, qu'il goûte comme un échanson un vin millésimé avec un air inspiré. Ce tuyau sucé dont il nous offre maintenant l'embouchure en témoignage de son amitié et de sa fidélité.

Lemaître, les dents toujours serrées : ferme les yeux et bois.

Je m'exécute. Pompe à deux reprises cet alcool qu'un esclave allonge d'eau au fur et à mesure, à l'aide d'un entonnoir façonné dans une corne de buffle. Pompe cet alcool d'une âpreté de tamarin qui durcit la denture mais n'agresse rien d'autre. Au contraire. Je le sens descendre en moi comme une coulée veloutée, du sirop d'orgeat. Une pelote de laine angora. Descendre le long de moi comme un chat angora jusqu'à mon estomac où il se ramasse en boule et ronronne. Aurais-je encore envie de m'éclipser que j'en serais incapable. D'autant que des musiciens s'y sont mis. Frappant à tour de bras d'énormes jeux de gongs dont la résonance caverneuse aide l'alcool à faire son œuvre, à quitter les fonds pour les sommets.

Lemaître : bois, petit, c'est tout le Viêt-nam qui s'infiltre en toi, s'insinue sous ta peau comme une drogue assoupissante. Sens comme c'est chaud, comme c'est bon maintenant que tu as su repousser ta répugnance du début, ton haut-le-cœur. Enivre-toi doucement du Viêt-nam.

Les musiciens s'adonnent à leur besogne. Et la tige de feu passe d'une bouche à l'autre, allume une bouche après l'autre. Mèche distribuant la lumière. Et les goulées se suivent dans une folle cadence. Et l'esclave ajoute à chaque fois son eau. Si bien qu'à la fin, lorsque les femmes arrivent, seins pointés comme sortant d'une cuirasse de bronze (on ne les invite jamais qu'au moment où l'ivresse a vaincu toutes les résistances, où les sens dénudés, écorchés vifs exigent un apaisement, un assouvissement rapide), le breuvage a subi tant de mouillages successifs qu'il a perdu toute propriété, qu'il n'est plus bon à rien.

Allez entendre s'il pleut ou non dans ce tintamarre de gong! La pluie travaille encore, mais secrètement. Souvenir de pluie, plutôt. Babils de vieilles dans une pièce voisine. Je repose mon verre à côté du sien, à côté de la bouteille vide. Deux verres vides, tristes comme deux amis muets aux pieds d'une veuve. Nous sommes revenus du pays moï, revenus harassés et émerveillés jusqu'à cette chambre sous les toits, à Saigon, et je crois toujours percevoir le martèlement du gong dans ma poitrine et dans mon ventre. Mais ce sont mes pas dans l'escalier. Les lourds pas d'un homme qui a bu. La rue m'attend avec sa fraîcheur illusoire et sa poussière d'eau. Elle me prend et m'emmène, me guide d'un arbre à l'autre, d'un lampadaire à l'autre. D'une femme à l'autre. Elles sont là sous leur ombrelle, menues, cassantes, statuettes si friables. Toutes là. A ma portée, disponibles, dociles. Je n'ai qu'à allonger le bras, glisser un mot. Leurs sourires clignotent dans la nuit. Fleurs vénéneuses. Laquelle ressemble à Jade? Je choisis la moins fardée, la moins attifée, celle qui me paraît la moins impure, la plus novice. Viens, accompagne ma solitude. Elle coule son bras sous le mien comme s'il lui appartenait déjà. Un bras si fin qu'il semble impalpable, qu'on dirait une aile d'oiseau. Mais c'est celui d'une femme. (Le bras de Jade doit avoir cette même immatérialité.) L'hôtel s'avance dans la bruine, précautionneusement, étrave fendant la crasse au milieu d'un port encombré, papillotant de mille fanaux. Souple, silencieuse, une patrouille frôle les murs. Loups en chasse. Une heure. L'heure du couvre-feu. Tandis que loin, loin, une explosion retentit, sourde, étouffée, comme honteuse de troubler le sommeil général. La guerre, ma belle.

La guerre, je l'oublie pendant quelques heures encore, jusqu'à cc que le soleil cogne à mes persiennes, jusqu'à ce que j'entende contre elles les coups de poing répétés de la ville. Pendant quelques heures encore où je suis l'invité d'honneur du roi des Moïs. Dans la plus belle case sur pilotis. Entre les bras de la plus belle fille du village comme l'exige la tradition. Pour moi cette chair brûlante qui s'offre avec soumission dans le tintement des bracelets de cuivre cerclant poignets et chevilles. Dans l'écho envoûtant des gongs et des unissons montant de la forêt. Pour moi ces cheveux parfumés aux grains de vétiver. La saveur juteuse de cette bouche aux dents laquées, la caresse de ces ongles rouge vif, vernis du suc de l'arbuste *semrang*. Pour moi toutes les Jade du Viêt-nam. Pendant quelques heures encore je suis l'épousé des noces du pays moï. Le village entier veille sur mes amours, arcs et carquois prêts à riposter aux attaques du tigre. Couchés devant ma porte, les guerriers se relaient autour d'un brasier en poussant leur mélopée monocorde. Et pour que je savoure sur cette couche la félicité parfaite, le sorcier offre aux dieux le plus grand buffle du troupeau sauvage. Celui qui lèche les vieux ossements, la nuit, pour se donner du calcaire.

A Biên Hoa, le lendemain, à cent mètres d'un hélicoptère trépignant. Rotors à l'avant et à l'arrière. Jouant de tous ses élytres comme pour faire le beau. Desmaisons dans une attente grincheuse. Déhanché par son sac de reportage comme une femme par un gros bébé. Lippe tombante :

« Tu sais où on va ?

— Phan Rang. Une offensive se prépare.

— Va pour Phan Rang. »

Desmaisons, je le connais depuis si longtemps! Je connais son talent et son irritabilité. Vingt fois j'ai réussi à éviter sa compagnie en reportage. Mais aujourd'hui, nous prenons ce Chinook ensemble, à Biên Hoa, au Viêt-nam. Nous courons en baissant la tête, retenons notre casque dans le tourbillon de poussière né de la folie des pales, fermons les yeux sous le fouet du gravier et des gouttes d'eau boueuse. Dieu sait que nous n'avons pas choisi de nous retrouver! Mais nous voilà donc pliés en deux sous les rafales aveuglantes, accrochés l'un à l'autre, attachés par une main, par un pied, nous ruant vers la même étoile dangereuse.

Chance. Lemaître est du voyage. Avec Benson, l'armoire à

glace australienne. Lemaître ficelé sur son siège, contre la carlingue nue, pensif sous sa coiffure d'acier. (Jade dans ses pupilles rêveuses?) Quarante autres casques jettent leurs reflets de flaque, alignés comme sur une étagère. Trente marines vietnamiens grignotant l'ombre de leurs yeux rieurs. Lemaître nous a aperçus, nous fait signe, nous fait place entre lui et Benson.

Rugissement du Chinook furieux d'avoir à soulever pareille charge. Et maintenant piquant du nez comme pour mordre une dernière fois cette terre qu'il abandonne, pointant la queue vers le soleil. Dans le hublot, soupière malmenée, la moitié du ciel a chaviré. Premier voyage aérien au-dessus de la guerre, d'une terre qui peut m'envoyer gentiment au Ciel. Je scrute les physionomies au ras de leur gamelle. Déceler une trace d'appréhension! Mais rien. Que la solide et muette assurance des gens de métier. Pourtant, on me l'a dit, aussitôt quitté cette base supérieurement protégée, les roquettes commencent leurs chandelles. Alors il faut craindre le pire. Car il suffit parfois de peu, de quelques grains de cupro-nickel pour abattre ces gros engins comme des hannetons de la Saint-Jean.

Desmaisons. Je paierais cher pour voir sa mauvaise tête perdre subitement ses couleurs, le voir s'interroger sur son devenir. Car il s'ingénie tellement à cacher sa moindre peur. Mais à l'instant, vieil Anglais sous son canotier face à la mer, il semble assoupi sous sa cloche de fer. Sommeil feint? Cette volonté de passer pour un homme qui en a trop vu, trop connu, qui a trop bu pour avoir encore soif! D'apparaître impénétrable, comme cette forêt survolée, immobile comme elle, et de ne reprendre vie que lorsque le métier l'exige! Et là, en jouant encore. En interprétant le rôle du meilleur photographe mondial. En retournant contre lui-même l'œil de son Leica. Car sa célébrité ne lui suffit pas. Il veut l'hommage suprême : le sien. Ce cirque, hier soir, au milieu de toute cette humanité souffrante! Exagérant ses poses, se lançant dans sa gymnastique habituelle, ses extravagances pour saisir l'angle idéal. Dans un simulacre de combat acharné contre la concurrence. Pour quels spectateurs?

Choc. L'hélicoptère vient d'accuser un choc. Et il a fait une embardée comme s'il avait heurté un obstacle en vol. Percuté quelque gros oiseau. Choc d'une coque contre un haut-fond. Quarante regards se jettent sur les hublots. Quarante mouches

41

sur un pare-brise. Et quarante paires d'oreilles prennent l'écoute. Des rotors ou de quelque autre bruit. Ou de l'explication du voisin. Mais le voisin reste muet. Les rotors semblent tourner rond, les réacteurs continuer leur besogne de machines obéissantes. Alors comme sur un ordre, un coup de sifflet, la pression se relâche, détend les crânes et les cages thoraciques. Tout le monde se met à parler en même temps. Et les rires partent. Les rires de fille des Vietnamiens. Et le rire carnassier de Benson. Et celui de Desmaisons qui se regarde rire. Le rire m'a pareillement gagné mais il sonne faux. La peur est toujours là, collée à ma poitrine, me suçant comme un vampire. Chez les autres elle est déjà loin. C'est une peur de professionnel. Disciplinée. Qui rentre la tête au commandement.

Dans une minute, maintenant, on saura. Quand l'hélicoptère se posera sur la plage de Phan Rang, quand les ambulances apparaîtront dans leur robe tachée de sang, au-delà du cercle de poussière jaune enfanté par le souffle. On saura que Lemaître a deviné juste tout à l'heure lorsqu'il m'a crié dans l'oreille qu'une rafale avait dû transpercer la carlingue. Quand on verra qu'un des deux pilotes a été tué sur le coup par une rafale solitaire et que son compagnon a bien failli le suivre *ad patres,* vu les plaies vives faites au métal autour de lui. Que le Chinook a bien failli aller mesurer la terre, disparaître corps et biens dans la nuit des temps et de la forêt.

Nous assistons à cette cérémonie spontanée. La descente du corps de ce jeune pilote hors de son habitacle, dans sa combinaison décorée de badges enfantins, badges sur son uniforme d'enfant déguisé, de petit soldat. Dans sa défroque mouillée sur le ventre et dans l'entre-jambes. Mouillé comme l'est un enfant qui s'est oublié. La descente de ce jeune homme foudroyé glissant doucement devant nous sur les épaules de ses camarades. Devant Desmaisons, ses contorsions, ses trémoussements, ses protestations, ses luminaires, grand prêtre officiant de la pellicule. Pendant que les marines passent derrière, en file indienne, passent, l'œil vide et la bouche pleine d'une cigarette indifférente. S'en vont vers les camions bâchés piaffant, en file indienne, eux aussi, wagons d'un train interminable. Vite, le train s'impatiente. Chargeons les wagons un à un de ces hommes couleur de terre. L'aciérie qui rougeoie, là-bas, qui régurgite sa fumée avec des ronflements de dragon risque de manquer de matière première. Et il ne faut pas qu'elle s'arrête. Que diraient tous les esprits malfaisants de ce pays s'ils ne pouvaient plus compter sur leurs fournées quotidiennes d'âmes errantes?

Lemaître : que diraient tous les *ma qui,* les fantômes, les démons cornus qui se nourrissent de la guerre? Les esprits épouvantails, ceux des feux follets que l'on voit voltiger la nuit dans les plaines marécageuses comme au-dessus des cimetières? Et ceux qui vous tirent la langue? (Il tire une langue démesurée et les marines gloussent comme des collégiens dans ce camion roulant à tombeau ouvert.) On rencontre quelqu'un sur son chemin, il vous adresse la parole, et vous faites route ensemble. Bon. Mais un peu plus tard il vous demande une chique de bétel. Bien sûr, vous la lui donnez. Et au moment de la prendre, il vous sort une langue comme ça, une langue léchant la terre. A ce moment seulement vous savez à qui vous avez affaire. Vous n'avez plus qu'à prendre vos jambes à votre cou.

Et moi : tous les Vietnamiens croient à ça?

Lemaître : beaucoup de Vietnamiens y croient. Ils croient à ces esprits qui parcourent les routes en temps de guerre et sèment la mort. On ne les voit jamais. On les entend. La nuit seulement. Ils se disent entre eux : allons dans cette maison, et puis après nous irons dans celle-là. Et le lendemain, on apprend que dans ces maisons la mort a emporté ses proies.

Desmaisons n'en finit pas de rire, de se forcer à rire.

Alors ma voix : arrête ton cinéma.

Et Lemaître continue comme si de rien n'était : et puis il y a les esprits raccourcis. (Sa main s'abat, tranchante, sur le cou de Desmaisons interloqué.) Ce sont les âmes des hommes décapités d'un coup de coupe-coupe. Beaucoup de prisonniers des deux camps finissent ainsi. On ne distingue pas ces esprits des autres à première vue, mais lorsqu'ils traversent un champ de riz mûr, les épis sèchent sur pied. Parfois ils soulèvent sur leur passage un grand tourbillon de poussière. La famine est leur profession. Mais les plus redoutés sont sûrement les esprits des coins.

Moi, sans pouvoir me retenir de rire à mon tour : des coins?

Lemaître : oui, des coins. Des coins sombres des maisons. On les rencontre surtout dans la haute région du Nord-Viêt-nam. Malheur à celui qui, par exemple, dépose un balai derrière une porte ou dans un angle obscur. Le génie s'en empare aussitôt, et lorsque vous touchez le balai, il passe dans votre corps. Foutu! Vous êtes foutu. Ils naissent des cadavres de jeunes filles enterrées dans un coin de la maison. Les cambrioleurs les redoutent, car lorsque ceux-ci sont à l'ouvrage, il leur arrive d'entendre une voix compter les objets qu'ils dérobent. C'est la voix du génie des coins.

Coup de frein brutal. Bousculade. Retombée de la poussière. Cous hissés à l'arrière du camion, par-dessus la bâche. Des réfugiés obstruent la route. Leur trottinement de mouton le long du fossé. Leurs fardeaux. Ballots sur la tête, marmots sur les bras. Bicyclettes bâtées comme des mulets, fléau sur l'épaule prêt à rompre. Photos, photos. Photos de la misère banale. Photos si banales qu'elles ne prendront même pas l'avion. Sauf celle-là, peut-être, celle de ce Chinois poussant dans une charrette à bras son coffre-fort, suivi de sa femme et de sa marmaille à pied.

Lemaître : les Vietnamiens disent volontiers que les Chinois se servent des esprits des coins pour garder leurs trésors. Ce sont les âmes des jeunes filles vierges qu'ils achètent dans ce but. Avant de les ensevelir vivantes dans une fosse creusée sous leur bat-flanc, là où ils cachent leur magot, ils leur font promettre de veiller au grain tout le temps de leur mort. Puis ils leur bourrent la bouche de gingseng et leur demandent de s'allonger dans leur dernière demeure.

Desmaisons : ça ne m'étonne pas des Chinois. Tous des ordures!

Lemaître : les génies de la malemort sévissent en bataillons serrés, mais les Vietnamiens savent s'en protéger. Conscients de ne pouvoir se les concilier, ils les neutralisent. En sacrifiant un animal au bord d'une eau courante, tout en veillant à faire couler son sang, chaque goutte de son sang dans la rivière. Le mauvais génie fond alors dessus avec une avidité de requin et le courant l'emporte. Bye-bye! On a aussi recours au talisman. Par exemple à des aiguilles d'or glissées entre le derme et l'épiderme. Ou à des pierres spéciales portées en sautoir. (Sur la gorge d'un marine, un béryl oscille au gré de la route, pendule d'un sorcier au bout de son fil.) Ces pierres vous rendent invisibles à la vue des mauvais génies. (Je vois le marine disparaître avec barda et fusil, se confondre à la fumée de sa cigarette, avec sa pierre porte-bonheur.) On a recours aussi à des tatouages et, pour protéger les maisons, défendre leur entrée contre ces intrus, à des formules magiques peintes sur des carrés d'étoffe ou de papier et fixés au sommet des colonnes, sur le faîtage des toits ou sous l'escalier.

Silence. On arrive dans la zone des combats. L'un après l'autre les camions lâchent leurs cargaisons, sèment leurs hommes que des ordres brefs regroupent aussitôt, reprennent aussitôt en main, rangent, arrangent comme des haies bien taillées. Le silence s'est fait parmi eux. D'un commun accord. Comme il se fait toujours lorsque les soldats approchent de l'instant où ils vont se retrouver au pied du mur. Au pied du grand miroir de la vérité qui les réfléchira tels qu'ils sont, dépouillés de leur vanité et de leur forfanterie. Le silence s'est fait aussi parce que la mort est là, réelle. Je l'ai vue, tout le monde l'a vue. Là, couchée sous les arbres comme des dormeurs à l'ombre. Tous ces corps gisant sous leur poncho, sous la pluie pulvérisée, ce poudroiement infini que fabrique maintenant le ciel comme s'il s'en lavait les mains. Car il est vide de nuage, lumineux, très haut, très détaché de tout cela. Douceur de ce semblant d'eau et de son murmure, petite musique de la tristesse. Le silence comme celui des chasseurs lorsqu'ils ont repéré le fauve, lorsqu'ils le sentent tout prêt, dans la nuit, prêt à bondir. Ou le silence du fauve lui-même, celui d'une bête blessée à mort, allongée dans l'herbe haute, dans la mare de son sang, entendant les voix cruelles des chasseurs, leurs pas, leurs bruits de culasse. La mort est là, sous les arbres, gens du Sud, gens du Nord confondus, et les photographes opèrent dans ce silence étrange qui précède toujours l'éclatement des armes.

Assis au bord de la route, à côté de Lemaître, je regarde les brancardiers soulever les cadavres, les emmener au loin. Agissant avec délicatesse et avec tendresse comme s'ils ne voulaient pas les bousculer dans leur sommeil, comme s'il s'agissait de leurs propres enfants assoupis sous ces eucalyptus après le battage du paddy.

Lemaître : les magiciens de profession vont avoir du travail avec tous ces morts. Avec toutes ces âmes errantes.

Moi : les âmes errantes?

Lui : les âmes de tous ces morts oubliés par les leurs, ceux pour qui personne ne prie, dont aucun autel ne rappelle la mémoire, ne leur offre de nourriture ni d'encens. Ces âmes sont condamnées à l'éternelle errance, à ne jamais connaître de repos. Elles ne vivent que de mendicité et de rapine. Aussi sont-elles craintes comme la peste. Pas étonnant que les sorciers s'en servent pour les aider dans leurs opérations magiques. Leur recrutement s'effectue dans des conditions très précises. Cela commence par une cérémonie préparatoire, des offrandes, des prières. Puis le sorcier se rend dans un endroit désert, un cimetière de préférence. Ce n'est pas ce qui manque ici. (Une odeur de mort arrive par bouffée, portée par un souffle caressant né de la mer toute proche, une odeur de fauve, de charogne délaissée par un fauve.) Le sorcier va demeurer entre les tombes pendant cent nuits consécutives, de minuit à trois heures du matin, au moment du sommeil profond de la nature, quand les insectes, les oiseaux se sont tus, quand le coq n'a pas encore dit son premier mot et quand les chiens ont dit leur dernier. Il voit alors apparaître des lucioles. Ce sont les âmes errantes qui deviendront ses partisans. Une fois les cent jours expirés, il les convoque toutes dans un petit temple et assigne à chacune un rôle et un lieu de résidence. A partir de ce moment, elles doivent répondre aux appels de leur maître et exécuter sans broncher les besognes qu'il leur prescrit.

Moi : et elles sont nombreuses?

Lui : innombrables. Comment peux-tu imaginer le contraire avec cette guerre vieille de trente ans? Le Viêt-nam n'a jamais compté autant d'âmes errantes depuis le début de son histoire. Depuis le IIe siècle avant J.-C., lorsque son peuple s'est stabilisé dans la vallée du fleuve Rouge. Depuis la première dynastie féodale, celle des Hông Bàng, dont le fondateur était issu de l'union d'un homme de la race des dragons avec une immortelle originaire de Chine.

Puis il entreprend de remonter, pour moi, la succession des souverains vietnamiens. La dynastie des Dinh, celle des Lê, celle des Ly, celle des Trân, et celle des Nguyên. Entreprend de les passer en revue comme un escadron de chevaliers prestigieux. Quand la guerre, la guerre vieille de trente ans, l'interrompt comme une mal élevée. S'interpose à coups de mitrailleuse.

Volée de canards. Culbutes.

« Couchez-vous! »

Un petit lieutenant époumoné. (Il a charge des journalistes.)

La terre retombe avec regret, en prenant tout son temps, comme heureuse d'être pour une fois en l'air. Navajas sifflants des balles. Lemaître s'est jeté sur moi, m'a abattu d'un coup comme l'aurait fait un de ces projectiles. Comme une palissade sous le vent. Aplati. Moi qui n'avais pas compris. Restais là, debout, en plan, interdit. (Ça la guerre? Ça le danger de mort?) Alors que chacun avait déjà rejoint sa terre natale, giflé la boue. Moi au fond du fossé, maintenant, à plat ventre dans ce fossé fangeux. Avec des bras, des jambes, pêle-mêle, tout autour, des têtes abandonnées par leurs corps comme des chapeaux égarés, des corps mimant le cadavre. Corps des réfugiés, leurs vélos, leurs baluchons, leurs volailles, leurs cochons. Et Lemaître? Accroupi derrière cet arbre, chasseur de cèpes guettant la fin d'une averse. Calme. Comme cet arbre dont aucune feuille ne bouge. Et les photographes? Invisibles. (Desmaisons a dû déclencher sa caméra intérieure. Doit filmer le photographe courageux qui se rit des obus, continue sa tâche comme si de rien n'était.) Exact. Desmaisons apparaît. (Il est fou.) Saute comme s'il sautait à la corde. Comme s'il sautait au-dessus des balles que cette pétrolette envoie toujours par courtes quintes sèches, saute sur place, saute d'un arbre à l'autre, le viseur à l'œil, se couche, se relève, saute encore. (Complètement fou.) Et soudain il *la* tient. Il tient son image. *La* photo. Comme s'il venait de capturer un oiseau, le plus bel oiseau de la création. Un paon spicifère, au cou vert, à la peau des joues jaune et bleue, un familier des grandes forêts vietnamiennes. La photo majuscule. Un enfant blessé en tétant le sein de sa mère. Enfoncé dans son sein comme s'il voulait y retourner. Blessé au bras, le bras presque arraché. Bel oiseau aux couleurs royales. Qu'il va empailler, que l'on exposera plus tard dans une vitrine, avec l'étiquette : capturé par Desmaisons, le plus grand, le plus courageux photographe du Viêtnam.

La petite mitrailleuse a arrêté ses cancans – sans doute l'a-t-on aidée – et, aussitôt, chacun reprend sa dignité et son rôle. Les artilleurs leur position derrière leurs pièces, les marines leurs bonds en avant et les réfugiés leurs divagations de réfugiés. Les réfugiés qui réajustent leur charge, retournent à leur fléau, à leur charrette, à leur destin misérable.

Alors survient une merveille. Au milieu de cette multitude affligeante, de ce cloaque. Merveille de deux libellules sur une mare croupissante. Deux jeunes filles à bicyclette. Deux fées dans leur satin froufroutant, avec leur queue de cheval coulant jusqu'à la selle, s'écoulant de leur chapeau conique retenu sous le menton par une faveur chatoyante. Merveille. Deux jeunes filles pédalant sous le soleil ressuscité, altières, impassibles. Avec pour tout bagage une ombrelle repliée. Pédalant tranquillement comme si elles allaient chercher des œufs à la ferme.

Benson siffle d'admiration. Et Lemaître s'exclame : « Viêtnam éternel! On le broie, on jure la mort de tous ses enfants, et le voilà qui revit plus beau qu'avant! »

Et je pense à Jade. Jade traversant la guerre à bicyclette, dans sa belle tunique à fleurs. Et j'appelle Desmaisons et je lui lance : « Regarde! » Je voudrais tant qu'il immortalise ces deux jeunes filles. Tant garder cette image de la beauté et de la sérénité défiant le malheur du monde. Mais Desmaisons hausse les épaules. Seule la souffrance l'intéresse. La souffrance et la cruauté qui l'engendre. Et puis on ne photographie pas les génies, les purs esprits.

Trois heures encore à baguenauder dans ce mauvais coin. A tenter de comprendre, devant les cadavres, pourquoi il faut mourir à cet endroit plutôt qu'ailleurs. Trois heures. Puis le retour vers Saigon. L'hélicoptère auquel on reproche lenteur et altitude, qui vole trop près de cette forêt d'où peut surgir le harpon fatal. Et ces housses en plastique que l'on se refuse à regarder, ces housses oblongues alignées au fond de l'appareil comme des bergers exténués, enroulés dans leur houppelande. Ces sacs chargés tout à l'heure par les croque-morts de service. Et Lemaître dans ses notes, dans son papier, déjà. Et moi dans mes songes. Avec Jade à bicyclette.

4

Le surlendemain de cette cavalcade aérienne, le surlendemain matin à neuf heures : le téléphone au Continental. Pieds
sous la table, à la terrasse, le soleil dans l'œil et devant moi, *le
Courrier d'Extrême-Orient* ouvert entre mes bras ouverts,
empiétant sur les couverts voisins. Café, croissants, mangue
salivante. « On vous demande au téléphone. » Dans la cabine
four une voix de très jeune fille, de la fraîcheur de cette
mangue. Elle. Jade. (Pas possible !) A travers la vitre je regarde
sans voir un couple d'Américains montrer les dents à l'ascenseur en panne, et j'entends cette voix pépiante me dire : « Je
voudrais vous revoir. » J'entends cette menue voix et une
seconde, la mienne, répéter dix fois dans l'autre oreille : pas
possible ! Et la première voix continuer : « C'est à propos de
Gilles. Vous êtes son ami. J'ai quelque chose à vous demander
à son sujet. »
    Voilà. Je raccroche. La communication n'a pas duré une
minute. En eau, je sors du placard, rejoins ma place, escorté de
ses dernières paroles : « Je souhaiterais que ceci reste entre
nous. » Et des miennes : « Bien sûr, bien sûr. » Et maintenant
je suçote le noyau de la mangue, m'en mets partout, le long des
bras, sur ma chemise, mon pantalon, et je recolle les mots les
uns aux autres, agglutine les phrases. « Vous êtes son ami... »
Qu'en sait-elle ? Et que sais-je de lui pour être en mesure de la
renseigner utilement ? Et intimement puisqu'elle désire le
secret. Et pourquoi s'adresser à moi ? Qui arrive, qu'elle n'a vu
qu'une fois. Entrevu. Toutes les relations que Lemaître doit
compter ici ! Ces vieux correspondants de guerre qui ont fait de
Saigon leur résidence principale et en connaissent plus sur

49

leurs confrères que sur les Viêt Công. D'autant qu'ils troquent entre eux leurs petites amies, qu'ils les échangent comme des timbres-poste. Jade différente des autres, de ces filles que l'on se refile avec le trousseau de clefs?

Et si ce n'était que prétexte pour me revoir?

Rendez-vous demain chez elle. Dans la très bourgeoise rue Phan Thanh Gian. Chez elle! « Si ça ne vous gêne pas. » Si ça ne me gêne pas! (Les caressantes choses que la soie sait dire de ce corps, à demi-mot.) Introduire sous son toit un homme à peine rencontré? Pour quoi faire sinon...? Elle a beau avoir ajouté : « Ça sera plus discret, vous comprenez... » Et si Lemaître avait vent de tout cela? Le pilleur de nid! Le traître! Insupportable idée. Sans compter les conséquences pour ma carrière. Se mettre à dos un homme de cette envergure!

Mais demain, c'est demain. Et demain personne ne sait quelle sera la couleur du jour.

Ce soir j'ai décidé de suivre Tâm, d'entrer dans sa maison, d'entrer dans une maison vietnamienne. Après un détour par la poste centrale pour envoyer mon premier article au *Magazine*. (Autant envoyer un coup de pied dans une boîte de conserve! Je regrette tellement de l'avoir écrit. De ne pas avoir attendu plus longtemps avant de noircir mon papier. Attendu que vienne cette grâce, cette aide surnaturelle qui rend fondant le cœur le plus sec, transmue en or les plumes d'acier.)

Derrière Tâm, sur son scooter, je veux voir la ville. M'enfoncer, pour une fois, tranquillement en elle comme dans une rêverie sans fin. Cette ville que Lemaître chante si bien dans ses écrits, dans ses interviews, qu'il me vantait à Paris comme Venise. « Saigon, si tu savais! » Celle que les vieux coloniaux décrivent avec des trémolos dans la voix. « Vous y allez? Comme vous avez de la chance! » Saigon, capitale de la nostalgie. Je veux voir ses haies fleuries, ses pelouses dormant sous les lucioles. Ses belles demeures aux carreaux de faïence que des domestiques en blanc caressent de leurs pieds nus. Ses villas enfouies dans les jardins luxuriants, pleins d'arbres inconnus bruissant d'insectes et d'oiseaux rares. Voir les pousse-pousse langoureux, les autobus trompéteurs, les boutiques riches de soieries, les pagodes toutes scintillantes de leurs bâtonnets d'encens, toutes musiquantes de gongs et de clochettes. Voir Saigon, la nuit. M'enfoncer en elle comme dans la contemplation de la mer.

Hélas! c'est dans un vagin purulent que je m'enfonce derrière Tâm qui ne veut rien me cacher, ne veut pas me mentir. Dans le ventre putride d'une vieille prostituée. Dans une charogne en lente décomposition gigotant sous les coups de bec des vautours et les dents affairées des rats. Corps d'une belle femme morte de s'être trop donnée, morte dans le stupre et la fange. L'enchantement, la magie, l'ivresse des sens? L'œil n'accroche que misères, infirmités, pourritures. Maisons aux yeux crevés, murs en ruine, ferrailles rouillées par les moussons. Paillotes aux puanteurs de poulailler, bidonville, armada désarticulée, épaves abandonnées par un mascaret légendaire, embourbées pour l'éternité. Piétinement infini d'un peuple de loqueteux dans la vase et les détritus. Occupant le moindre espace, le moindre trou, même ceux des morts dans les cimetières. Bernard-l'ermite dans la coquille des autres. Et partout la turpitude, la drogue dure et la chair faible. Troupeaux de filles à vendre alignées le long des bouges et des trottoirs, immense lupanar. Meutes de soudards en rut, mamelouks avinés, furie des amazones en Honda, des gommeux en pantalons collants, commandos de filous. Montagnes d'objets volés. Supermarché du recel. Trafiquants de tout acabit et de toute provenance, requins, sangsues. Monstres accouchés du dollar.

A présent l'odeur est devenue insoutenable. Au point que je dois me boucher le nez, d'une main, l'autre étreignant l'épaule de Tâm, les os saillants de Tâm arc-bouté dans le vent de la vitesse. Odeur de toute cette humanité compressée, enfouie sous les tôles, dans l'inextricable enchevêtrement des cahutes. Odeur du malheur. Celle d'un immense tas d'immondices que l'homme amasse chaque jour un peu plus, qu'il sécrète comme les termites leur tumulus de rejets, et s'en repaît pour survivre. L'épouvantable odeur de la misère inexorable, les effluences de la putréfaction médiévale. Et au milieu de ces margouillis, de ces lavures de vaisselles, de ces rinçures, de ces défécations : miracle. Le miracle vietnamien. La maison de Tâm, sa maisonnette au bout d'une ruelle pavée de flaques. Sa maison de poupée au fond d'un jardin bucolique. Ignorant superbement le reste, le fumier, le dépotoir, la lèpre. Comme ces deux jeunes filles aperçues l'autre jour, dans leur *ao dài* immaculé, ces deux nymphes traversant la guerre à bicyclette au milieu des blessés et des réfugiés. Miracle de la pudeur. La femme de

Tâm devant sa porte. Sa netteté, sa grâce. Comme la netteté de cette chemise sur le dos d'un passant, là-bas, marchant dans les ordures. Netteté de cette jeune femme sous les pans soyeux de sa robe, devant sa maison de poupée. Verni de ses pieds chaussés menus qu'aucune flaque ne semble jamais pouvoir éclabousser. Chatte. Des chattes, ces Vietnamiennes. Qui se lèchent à toute heure dans leur coin, sur lesquelles la boue glisse. Sur lesquelles tout glisse.

Pudeur, ce rire plaqué à demeure sur ces visages où tout glisse. Le rire des hommes, le rire de Tâm, son rire bien vietnamien. Si habile à dissimuler la tristesse et le désarroi. Ce rire que l'on apprend à l'école avec le calcul et l'orthographe. Rire du comédien, du théâtre populaire. Du théâtre de la vie. Rire qui se joue des épreuves, mais surtout de soi-même et des autres. Jouer. Toujours jouer. Joie du jeu. Dans toutes les règles de l'art vietnamien du jeu.

Tâm est ainsi. Il rit souvent lorsque rien ne prête à rire. Il rit comme il poserait un masque sur son visage. C'est de cette façon qu'il faut le comprendre. Comprendre pourquoi son rire tombe parfois comme des cheveux dans la soupe et le fait passer souvent pour un imbécile. Il ajuste ce masque pour que tout glisse mieux.

Le rire de Tâm dans sa maison décorée de chromos, de tentures en bambou peinturluré, de fanfreluches, de lanternes en papier, de toutes ces japonaiseries habituelles. Son rire entre deux gorgées de thé au jasmin alors que je suis assis à côté de lui, sur le rebord du bat-flanc encombré de coussins brodés, de traversins nains durs comme du pain rassis. Son rire pour me parler de ces filles qui font profession de masseuse dans les grandes bases américaines et qui gagnent trois cent mille piastres par mois. Il répète ce chiffre astronomique, s'en gargarise, dit :

« Tu te rends compte, à côté de mon salaire, moi, licencié ès lettres ? »

Il rit en montrant son chicot dans le coin gauche, fausse note sur un clavier parfait. Sa femme, ses quatre enfants ne comprennent pas le français, mais ils rient aussi fort. Pendant que de son côté, dans la pièce voisine, un petit violon pleurniche comme s'il désespérait de pousser la porte pour venir nous voir.

« Tout se vend, ici, dit Tâm, les corps comme les vélomoteurs, comme les climatiseurs. »

Et il recommence à rire comme s'il venait de raconter l'histoire la plus drôle de l'année.

« Mais enfin, Tâm, ce n'est pas risible du tout! C'est affligeant toutes ces femmes qui abandonnent ainsi leur dignité, toutes ces jeunes filles, ces épouses, ces mères de famille qui se font putains. »

Il dépose son masque, en applique un autre :

« Je ne ris pas d'elles. Je ne me le permettrais pas. Elles font ça par nécessité, pour manger. Je ris de leur façon de narguer les difficultés et d'en venir à bout. Je ris aussi de leurs victimes, de tous ces étrangers qui donnent leur argent stupidement en échange de quelques rapides caresses. Car ça ne va jamais beaucoup plus loin. Trois caresses et pfuitt! »

Cette fois-ci, on dirait qu'il secoue un casier à bouteilles. La contagion me prend. Comment rester sans rire à la vue de ces grands dépendeurs d'andouilles bernés par ces vibrions, ces bestioles astucieuses? Maintenant il me décrit le petit commerce auquel se livre sa voisine, la femme d'un colonel. Elle vend des femmes. Aux Américains, bien sûr. Il m'annonce les tarifs. Tant pour montrer la photo de la candidate, tant pour montrer le modèle en chair et en os, tant pour le conduire à l'hôtel, tant pour le conduire à l'autel si toutefois il accepte cette conclusion morale. Et je demande :

« Et le colonel de mari est au courant? »

Tâm, éberlué : « Bien sûr! Comment pourrait-il vivre avec sa solde de colonel? »

Je demande encore : « Et ils s'arrangent tous les deux avec leur conscience? »

Conscience. Le rire de Tâm s'est figé d'un seul coup laissant sa mâchoire supérieure à découvert comme la mer dévoile un récif en se retirant. Conscience. Un mot qu'il semble avoir quelque mal à digérer. Il a allumé une cigarette et il tire dessus avec avidité en la tenant à deux mains, en la pinçant entre le pouce et l'index de chaque main selon l'habitude vietnamienne. Puis il fronce les sourcils, et en reprenant sa musique agaçante : « On s'arrange avec tout quand on veut gagner sa vie. Dire qu'on accepte tout au fond de soi-même, ça c'est une autre affaire. L'essentiel c'est de gagner, de ne pas perdre. De ne pas perdre au jeu. »

Le jeu, toujours. J'entends justement des joueurs de *tu sac* se livrer à leur passion derrière la mince cloison. Car une autre famille partage cette maison. J'entends le raclement des gorges et ceux des ongles sur la natte de paille de riz. Et je les imagine assis sur leurs chevilles, bras reposant sur les genoux, dans cette position si familière ici. Accroupis devant leurs cent douze cartes aux quatre couleurs et aux sept figures.

Le jeu partout. Dans les cases comme dans les maisons bourgeoises. Dans les tripots, sur les trottoirs, les places publiques et parfois au milieu de la chaussée. En cercle autour d'une natte crasseuse, devant leurs cartes aussi crasseuses, leurs figures magiques, l'éléphant, la lettre, le char, le général, le cheval, le poisson et le pétard. Le jeu à toute heure du jour et de la nuit. Sel de la vie. Besoin vital. Seconde nature du Vietnamien. De ce personnage qui occupe la scène de son petit théâtre. De cette entremetteuse avec laquelle l'épouse de monsieur le colonel entretient les meilleurs rapports.

« Tout le monde sait jouer ici, dit Tâm. Le Vietnamien apprend à jouer dès son plus jeune âge. Quand il commence à compter ses parents, à leur donner des numéros : tante première, oncle deuxième, sœur troisième etc... Tout le monde sait jouer et aime jouer. Les Français commençaient à savoir jouer et à aimer jouer. Mais les Américains ne sauront jamais jouer. (Il aspire une bouffée. Goulûment. Comme si c'était sa dernière cigarette.)

– Et les Viêt Công, et les Nord-Vietnamiens, ils jouent aussi ?

– Bien sûr. Ils jouent aussi bien que les autres. »

A l'entendre, cette guerre civile pourrait se terminer par une formidable partie de *tu sac* ou de « trente-six bêtes » entre Vietnamiens de tous bords. Une partie au bout de laquelle il n'y aurait ni vaincus ni vainqueurs, que des joueurs heureux de s'être si bien battus.

Alors soudain Jade apparaît. Tunique à fleurs, front haut et lisse. Odalisque. Apparaît sous la langue de Tâm. S'avance comme ces deux jeunes filles en *ao dài*, sur leur selle, au milieu de la guerre, majestueuses et graves. Apparaît. Au début, donc, très digne, comme la statuette de ce génie féminin qui trône sur une étagère au-dessus de la tête des enfants, au cœur d'un bouquet de *joss sticks*. Bonne famille, bonne éducation, belles manières. Puis le portrait se dégrade vite sous le brutal pinceau. Ses couleurs pleurent, ses traits s'accentuent jusqu'à la charge. Après ces cinq mots : « Elle travaille chez les Américains. » Cinq mots métalliques, cinq claquements. Comme si la statuette venait de tomber sur le carrelage, d'éclater en cinq morceaux.

Et moi, aussitôt, chevaleresque :

« Allons, allons, toutes les personnes qui travaillent avec les Américains ne sont pas forcément des putains. La plupart s'emploient honnêtement. Jade est sûrement de celles-là. Elle est interprète.

– Peut-être », répond-il. Et je crois entendre maintenant le tintement d'une cloche fêlée, un son équivoque et déplaisant. Et tout de suite après, un carillon infernal. Quand il me révèle où on l'a surprise, certains jours. Dans la voiture d'un Américain qui la raccompagnait chez elle. Et une autre fois dans la voiture du même Américain, à la sortie du Cercle sportif où elle avait passé la journée au bord de la piscine. Et une autre fois encore, au cap Saint-Jacques, sur la plage réservée aux Américains, pique-niquant avec tout un groupe d'étrangers.

« Pendant l'absence de Lemaître?

– Pendant l'absence de Lemaître. » (Le rire a refait surface, mangeant tout le haut de sa figure aplatie, et cette fois-ci j'aimerais bien le gifler pour le voir le ravaler.)

Pourquoi se refuser à entendre ce bruit de destruction? A admettre que Tâm peut avoir raison, qu'elle m'a peut-être trompé avec ses airs de sainte-nitouche? Parce que j'ai mal pour Lemaître, pour la sincérité de ses sentiments à son égard? Ou parce que j'éprouve de la déception à constater que la proie convoitée risque d'être, non la caille escomptée, mais une faunesse sur le retour qui me privera de toutes les joies de la poursuite et de l'hallali?

Je ne quitterai pas Tâm sans en avoir le cœur net. Avant de savoir ce qui agite cette langue de vipère. La vérité ou sa haine pour les Américains? Ou sa jalousie pour une femme que la naissance distingue des autres? De sa propre femme, de cette petite femme sans beauté qui s'est assise en tailleur sur le bat-flanc, derrière nous, et tripote ses orteils comme des dominos.

« Se montrer dans une voiture à côté d'un homme, ce n'est pas suffisant pour qu'une femme perde son honneur, dis-je.

– Non. Mais quand on voit cette voiture stationner ensuite toute la nuit devant chez elle... »

Le rire encore. Celui d'un policier devant les arguments grossièrement fallacieux d'un prévenu. Que répondre?

Et Lemaître, qu'en pense-t-il? Un homme droit, Lemaître, et courageux. Aimant ce pays. L'aimant profondément. Au point que l'on se demande parfois s'il n'est pas né ici. Non, il est arrivé d'ailleurs, mais Tâm peut le dire comme beaucoup d'autres pourraient le dire: il ne sera jamais plus heureux ailleurs. Leur première rencontre? En 1965. Il avait trente-neuf ans. Elle, vingt-deux. Il travaillait depuis dix ans déjà pour *le Journal.*

Alors devant moi Jade s'avance à nouveau. Dans une robe de soirée. A la résidence de l'ambassadeur de France. Quatorze juillet. Grand tralala. S'avance avec son père, sa mère, morte depuis, son frère aîné, mort depuis, son autre frère, aujourd'hui officier, sa sœur aînée («presque aussi jolie qu'elle»), en France chez son oncle. S'avance sous les lustres de ce grand salon plein de monde, tête dressée, consciente de sa beauté, l'air victorieux comme si on venait de l'applaudir.

«J'étais avec Lemaître. Avec un groupe de journalistes, dans un coin, derrière l'ambassadeur. L'orchestre a attaqué. Tout à coup il s'est lancé à l'assaut. Il nous a quittés et s'est dirigé vers elle. Elle se tenait à côté de son père. Un moment après, ils dansaient ensemble.»

Son fou rire l'étrangle. (C'est sûrement ainsi que l'on finit par mourir de rire.)

«Il y avait un jeune Vietnamien qui faisait une sale tête: Pham, le garçon à qui ses parents l'avaient promise. Et ses parents aussi faisaient une sale tête. D'ailleurs ils sont partis très vite, ils ont vite abandonné la soirée.

– Avec elle?

– Avec elle.»

Le rire semble maintenant une machine emballée. Je me dis: «Sacré Lemaître!» Je le vois traverser le salon comme monté sur des patins à roulettes, bousculer tout le monde, et prendre Jade par la taille sous les yeux de son fiancé, sous les éclairs de cette lame de poignard. «Sacré Lemaître!» Et j'entends Tâm me dire encore:

«On a parlé mariage pendant un moment, et puis après, on n'en a plus parlé.

– Pourquoi?

– Va savoir! (Danse de ses prunelles. Insincères.)

– Peut-être que ses parents à elle s'y sont opposés?
– Peut-être. Ou peut-être voulait-il seulement s'amuser avec elle. Ou peut-être ne voulait-elle pas épouser un étranger?... »
(Sa gorge clapote à nouveau. Un enfant qui s'amuse à piétiner des flaques.)
« Ou peut-être, reprend-il, avait-elle trop d'hommes sur sa liste pour s'arrêter à un seul? »
Lui tordre le cou. Son cou de poulet déplumé. Pour l'obliger à cracher ce qu'il sait vraiment. Pour étouffer ce clapotis foireux.

Maintenant me revoici derrière lui, dans le vent aqueux de Saigon, sa nuit brouillassante. Me voici sur son engin pétaradant. Avec son rire pétaradant dans la tête. Et Jade dans la tête. (Demain, le rendez-vous chez elle. Demain, je saurai.)

Puis nous voici au bord de la rivière de Saigon, et l'on se croirait au bord de la mer de Chine, au bord de la terre finissante. Nous nous asseyons sur un banc, à un endroit que l'on appelle la pointe des Blagueurs, et Lemaître m'explique pourquoi on appelle ce lieu ainsi. Parce qu'au moment de l'installation des Messageries impériales, en 1862, un bistro marseillais a eu l'idée de s'ouvrir là. Là, sur ces « vilains terrains vaseux avec ses petites cases annamites de bien méchante allure ». Et le parfum de l'absinthe a commencé à flotter, à se mélanger au remugle de la pourriture végétale, à cette odeur de marigot, de tourbière, à cette odeur typique du Sud-Viêt-nam. Le parfum de l'absinthe et l'accent marseillais.

Nous voici donc assis au confluent de la rivière et de l'arroyo chinois, dans la tiède brise que l'eau lente va chercher au large, de méandres en méandres. Le jour décline. Sans crier gare.

Lemaître dit : regarde vite. Bientôt nous ne pourrons plus distinguer la silhouette bleu pâle des collines de Baria. Au bout de mon doigt. (De quatre nuages dorés, à travers les derniers rayons, une poussière précieuse tombe lentement comme du tablier de cuir d'un bijoutier distrait.)

J'ouvre grand les yeux, mais en vain.

Lemaître : alors regarde derrière nous. Les deux tours de la cathédrale. Le point de repère des voyageurs qui arrivent en bateau. Cette nef qui s'approche doucement au bout de l'océan des joncs comme celle de Péguy au milieu de ses épis. Ces deux mâts qui annoncent Saigon aux marins après trente jours de traversée.

Des mâts, il y en a partout devant nous, dans le port. Dressés comme pour essayer de voir aussi ce que Lemaître voudrait que j'admire. Mâts des navires de guerre armés de piquants, cactus. Mâts malingres des gentils bateaux de pêche pressés contre les jonques obèses avec un air d'agneau téteur. En face, brisant la platitude, la découpe inattendue d'un bouquet d'arbres cérémonieux : kapokiers, badamiers, tamariniers. Montant la garde.

Lemaître : la garde, c'est le mot juste. Ce pagodon sous les arbres marque l'emplacement du dernier fort qui défend la bourgade annamite le long de la rivière. Les hommes de l'amiral Rigault de Genouilly le prennent d'assaut sans coup férir.

Nous avons commandé deux absinthes et nous levons aussitôt nos verres en l'honneur de cet amiral. Il le mérite. Derrière les remparts hérissés de canons muselés, les prisonniers défilent. Les mandarins militaires. Je note le triste balancement de leurs nattes de fille.

Furtivement, un sampan se coule sur l'eau noire. Rameur debout à la poupe, femme à la proue, un enfant dans les bras comme si elle l'offrait au fleuve ou à la nuit. Car elle a gagné, la nuit. Ça y est. Lumières éteintes, promeneurs évanouis. Tournoiements affolés des chauves-souris autour du vieux banian. L'heure des âmes errantes. (L'angoisse me saisit soudain. Frissons.) Une chanson quitte alors un bateau, volette comme ces âmes, comme ces chauves-souris.

Lemaître : le chant de Mgr Lefèvre.

Et il raconte l'histoire de ce prélat traqué par les émissaires de l'empereur Tu Duc, sa tête mise à prix, réfugié parmi les seuls chrétiens que compte la Cochinchine en 1859, dans un village proche de cet ancien fort. Raconte la fuite de ce pauvre homme miné par les fièvres et la dysenterie, qui doit chaque jour changer de cachette. Car il ne veut pas compromettre ses ouailles. Quand il entend parler de la présence d'une flotte française aux abords de Go Công. (Lemaître me montre la carte, le visage du Sud, ses veinules à fleur de peau, sa couperose.)

Ma voix : à l'embouchure de la rivière ?

La sienne : presque. Alors avec la complicité d'un de ses fidèles, il monte dans une barque, là, exactement là, se cache sous des nattes et se laisse porter au gré du courant jusqu'au moment où se profilent trois gros navires à l'ancre : les Français. La nuit vient juste de tomber comme à l'instant même, et les marins se mettent à tirer. Car le batelier ne sait pas répondre aux sommations. Il supplie l'évêque de sortir de dessous ses nattes et de se faire connaître. Mgr Lefèvre s'exécute. En entonnant un vieux chant français. Et l'équipage voit apparaître le vieillard, pieds nus, pyjama annamite en lambeaux, couvert de boue et de pustules. Sauvé!

Lemaître : buvons à ce prélat, petit. Nous ne boirons jamais assez pour célébrer son courage.

Et nous levons encore une fois nos verres pistache.

Nous voici maintenant remontant la rue Catinat, du nom de ce maréchal du Roi-Soleil et de celui d'une corvette à roues qui stationnera longtemps en mer de Chine. Et Lemaître s'extasie sur la fraîcheur des tamariniers plantés le long de cette rue par les premiers amiraux, et sur le parfum pénétrant qu'ils dégagent.

Sa question : tu sens cette odeur de forêt vierge? C'est un parfum qui a manqué de coûter cher à ces arbres. Car en 1903, puis en 1912, des partisans fanatiques de l'hygiène veulent les faire couper. Ils s'élèvent contre leur humidité et leur odeur, prétendent qu'ils entretiennent une culture de toutes espèces de ferments infectieux.

Lemaître s'extasie sur la fraîcheur de ces grands arbres, sur leur majesté et sur le charme particulier de cette rue, et sur le charme de toute la ville, de cette cité qui passe pour être le petit Paris de l'Extrême-Orient.

Avec la voix d'un père qui n'en revient pas de découvrir son fils en pantalon long, il s'exclame : quand je pense à cette rue au temps de Catinat, à cette vieille chaussée empierrée de latérite conduisant du fleuve à la citadelle! A ce mauvais chemin bordé de paillotes misérables et de fossés aux eaux croupissantes!

Et brutalement, je lui lance : qu'est-ce qui a changé? Tu veux me dire ce qui a changé?

Je lui montre les bars à GI's, les salons de massages, les officines de la drogue, la prostitution, la lie, le purin, les égouts puants de la plus belle rue de Saigon. Je lui montre la plus belle ville d'Extrême-Orient, cette ville croupissante, sa pisse, ses étrons, ce champ d'épandage, cette décharge publique.

Et j'ajoute cruellement : sens le parfum des tamariniers, leur odeur de forêt vierge.

Alors il me dit tristement : tu es déçu. Il ne faut pas. Ne te laisse pas prendre aux apparences. Saigon, le Viêt-nam, les Vietnamiens, c'est autre chose. Attends avant de juger, de condamner.

Et il me parle de ces hommes aux mœurs si raffinées, à la politesse si exquise comme il en parle d'une bouche gourmande dans ses articles et dans ses livres. Comme parlerait un confiseur de ses chocolats fourrés. Et il me parle de l'empreinte si marquée de l'héritage confucéen, de cette réaction rare et précieuse que possèdent ces hommes et ces femmes. Me parle de leur âme, des traits saillants de cette race à part à travers les siècles. De leur sagesse, de leur vénération pour les sages, de leur refus de l'effort excessif considéré comme une inutilité et comme une grossièreté morale. De leur dédain pour l'individu, conséquence du culte de la race. De leur mépris du temps, résultat de l'amour de la collectivité. De leur désir d'être aujourd'hui supérieurs à hier, de savoir plus, de se mieux conduire, d'être plus courtois. Me parle de la communion perpétuelle et respectueusement confiante de chaque membre de leur famille avec les ancêtres, et de par les ancêtres avec les dieux.

Interloqué, j'objecte : mais ce ne sont pas les hommes que je vois !

Et lui : si, si. Patience. Laisse-toi doucement capturer, et tu verras qui a raison. La guerre te cache tout, défigure tout. Un jour la guerre ne comptera plus pour toi, ou presque, alors tu entreras vraiment au Viêt-nam.

J'insiste : mais la guerre...

Il s'insurge : encore ton obsession de la guerre ! Le Viêt-nam était là avant cette guerre éternelle, avant toutes les guerres et les invasions de son histoire, et il est toujours là, immuable, intact sous les ruines, les cadavres, la déchéance, l'ignominie. J'en suis sûr. Creuse un peu et tu le trouveras.

En attendant, je creuse pour revenir à la surface. Pour m'extraire du sommeil. On vient de frapper à ma porte. J'entrevois les yeux bridés des persiennes, et dedans, la nuit qui se désagrège. Et au-dessus de moi, maintenant, les yeux aussi bridés de Tâm, son nez en pied de marmite.

« On vous emmène au Laos. Vous allez couper la piste Hô Chi Minh.

– Couper quoi ? »

Deux mâchoires de crocodiles bâillent dans le brouillard.

Vingt minutes après, à la mission militaire américaine : « La piste Hô Chi Minh n'est pas, comme on pourrait l'imaginer, un sentier tracé par les Comanches dans la forêt vierge. Il s'agit, le plus souvent, d'une véritable route stratégique empruntée par le matériel le plus moderne... »

Newton. Un nom plein d'attraction magnétique. Edward Newton. Son nom flamboyant sur son sein comme une croix de guerre. (Manie des Américains de crier leur identité à tue-tête, de l'imposer à tout le monde.) Le colonel Newton et son cours d'anatomie devant l'écorché du Viêt-nam, son squelette sous plastique épinglé au mur. Et devant quarante générateurs de fumée, de volutes, d'auréoles, quarante journalistes attirés par Newton, tirés hors de leur lit. Tous là. Desmaisons, le premier, avec son troisième œil retourné vers les deux autres, vers leur propriétaire, guettant déjà le geste impérissable. Et Benson, tout rouge. Rouge de son teint de buveur, du feu de ses cheveux et de sa moustache, de ses ancêtres écossais. Et Glenmore, l'écureuil, pattes gigotantes, tête pivotante. Une tête ou un transistor ? Car à chaque instant s'en échappent les tubes de Mike Jagger ou de Jimmy Hendrix. Tous là. Et Lemaître que j'aperçois, enfin, tranquille au bout de sa pipe, au bout de la fumée tranquille de sa pipe. Et quand je l'aperçois, j'entends le rire de Tâm, ses ratés de moteur. Et je revois la scène du bal à l'ambassade de France. Le vois traverser le salon comme s'il volait vers les toilettes et enlever Jade sous les yeux de son fiancé. Sacré Lemaître !

« A l'endroit où nous allons nous poser, nous pourrons assister au départ d'éléments de la First Cav qui ont pour mission de couper cette source de ravitaillement viêt công à cet endroit. (Coup de règle sur la carte. Combien ce coup de règle vaut-il de blessés et de morts ?) Pendant que les parachutistes vietnamiens occuperont ces collines ici. (Coup de règle.) Et là. » (Coup de règle.)

Jade que je n'ai pu prévenir de mon départ. Qui va attendre, ne pas comprendre. (Et alors ! N'a-t-elle pas l'habitude d'attendre les hommes ?) Pauvre de moi bercé d'illusions ! Qui la place au-dessus de tout, de toutes. Qui ignore sa seconde vie, cette seconde Jade, cette inconnue, cette Jade clandestine et perfide, thésauriseuse de dollars.

Le déluge nous surprend en bas au moment où nous sautons à terre comme s'il s'était retenu jusque-là pour mieux pouvoir nous matraquer. Le temps de courir jusqu'aux camions, de patauger dans cette latérite liquéfiée, ce *ketchup,* et les vêtements collent déjà à la peau. La peau a les écailles du poisson. Avec une pluie pareille, même la guerre déclare forfait. Cloués au sol, les chevaux ailés de la First Cav ressemblent à des grenouilles assises, bouches ouvertes, remerciant le dieu des Nuées et des Ondes.

Tant pis pour les prévisions du professeur Newton. La piste Hô Chi Minh devra attendre l'éclaircie pour se voir couper en deux comme une scolopendre venimeuse.

L'éclaircie, ce mamelon dévoilant soudain son dos rond et pelé, et ce pan de forêt dense, là-bas, traversé de floches de brume? Non. Une nouvelle pile de nuages s'effondre avec la détermination d'un désastre, et l'échancrure lumineuse se referme. Nuit. On pourrait le croire si ce n'était cette pauvre lueur coulant à travers l'herbe géante de l'averse impitoyable.

L'ennui. L'ennui sécrété par la pluie, instillé goutte à goutte. Vide, inutilité, désœuvrement. L'ouverture voûtée de notre abri vient de livrer passage à une section de marines, à du caoutchouc et de l'acier dégoulinant, et quelques photographes passent leurs nerfs dessus, les aveuglent. Ce qui n'est pas du goût de tous ces guerriers intrépides vaincus par les forces naturelles.

L'ennui ne risque pas d'atteindre Glenmore battant la mesure du pied. Ne risque jamais de l'atteindre. Il est avec Jimmy Hendrix, dans un de ses meilleurs récitals. Avec Jimmy Hendrix chantant « Foxy Lady ». Dix mille fans hurlent leur joie dans sa petite tête d'écureuil, et l'extase lui fend la bouche jusqu'aux oreilles. Glenmore n'est pas au Viêt-nam. S'il en repart un jour, il n'aura jamais rien entendu du Viêt-nam. Et s'il arrive plutôt que la mort frappe à grands coups sur son casque, il ne l'aura pas entendue davantage.

Finie la pluie? On entend maintenant un doux ruissellement, la musique bucolique d'une source de montagne. Et apparaît la forêt. Sa fourrure drue perce sous la nuée comme à travers l'haleine d'un volcan. Et peu à peu le dessin d'une colline se précise, impose ses contours. Tandis que le soleil (le soleil?) risque un rayon, rappelle son existence. Alors fusent des cris de victoire : « On en est sorti ! »

« Non, réfute aussitôt Lemaître, on y est encore pour longtemps. Jusqu'à la nuit.

– Jusqu'à la nuit !

– Oui, soutient-il, car la lune est souvent plus habile que le soleil à venir à bout des nuages de la mousson. »

Il dit vrai. A neuf heures, la cavalerie du ciel n'a toujours pas battu des ailes. Désespérance. A neuf heures, chacun déplie son sac de couchage et s'y ensevelit pour la nuit. Quand la lune entre par la porte. « La lune ! » On regarde sans y croire ce bol de miel sorti des ténèbres. Et tandis que le sommeil commence son œuvre, Lemaître me parle. Seulement à moi qui ne me lasse pas d'admirer l'astre vainqueur. Lemaître me parle et je brûle de l'entendre prononcer le nom de Jade, brûle de savoir tout sur Jade et lui. Et brûle de l'interroger sur eux deux mais n'ose pas. Et je l'entends me parler de la lune qui tient comme le soleil une place importante dans les croyances des Vietnamiens. L'entends me parler de cette divinité qui est considérée au Viêt-nam comme la patronne de la vie conjugale.

Il dit : la lune est femme et le soleil est son mari.

Je demande : comme en Égypte, en Grèce et à Rome ?

Il répond : comme dans l'Antiquité, oui. La lune ne semble-t-elle pas s'unir au soleil une fois par mois et sortir de ses rayons après en avoir été fécondée ? Une grande fête est donnée en son honneur au moment où elle triomphe le plus, c'est-à-dire au milieu de l'automne, la grande fête lunaire. La revanche de la femme sur l'homme, la femme dont la lune est le symbole.

Je ne peux plus détacher les yeux de la pleine lune, et soudain, à force de la fixer, se dessine à la surface comme lorsque j'étais enfant, un visage : celui d'une femme. (Jade ?)

Je m'écrie : je la vois ! Elle me sourit !

Lemaître : elle sourit parce que commencent, cette nuit, les joutes chantées des garçons et des filles en vue du mariage.Réunis dans la cour des maisons, les garçons chantent pour les jeunes filles groupées aux portes et aux fenêtres, et chaque chœur se renvoie les couplets des chansons d'amour. Des ritournelles émaillées de traits satiriques, de gentilles railleries. Cela s'appelle « chanter en se taquinant ». Après ces chants, il

63

arrive qu'un des chanteurs demande à celle des jeunes filles qui lui plaît de venir jusqu'à lui, et il peut en faire sa femme sans demander le consentement des parents.

(Benson ronfle comme un porc et j'ai bien envie de lui pincer le nez, de lui couper le sifflet.)

Lemaître, imperturbable : il existe une autre coutume appelée « chanter pour choisir un mari ». Dissimulées derrière un rideau ou un paravent, les jeunes filles posent des devinettes, des énigmes aux jeunes gens. Elles le font en improvisant un poème. Celui qui donne la meilleure réponse peut être agréé comme époux.

J'ironise : c'est ce que l'on appelle acheter un chat dans un sac.

Lemaître toujours imperturbable : cette nuit, toutes les maisons sont ouvertes, chacun peut y entrer. C'est une procession de curieux, de voisins, un défilé qui ne se termine qu'aux premières heures de l'aube. Pour démontrer ses talents de bonne ménagère la jeune fille a donné à la pièce de réception sa décoration des grands jours. Elle a fait cuire les pains de lune, ces petits pains blancs et ronds que chacun est tenu d'offrir à ses parents et amis. D'autres pains affectent la forme de lièvres, de crapauds, d'hommes rappelant les mythes lunaires. Et sur des plateaux superposés, des serviteurs muets qui montent parfois jusqu'à la toiture et débordent des fruits de saison : pamplemousses verts, pommes cannelles, kakis. Et débordent de bâtons de canne à sucre et de petits paquets ficelés de rouge, symbole du mariage.

Lemaître raconte encore bien des choses pendant que Jade nous offre des pains de lune et des fruits, tous les fruits du Viêt-nam. Pendant qu'elle sourit sur sa médaille, là-haut.

Et à trois heures, profitant de ce clair de lune qui vaut toutes les fusées éclairantes, profitant de cette grande fête lunaire du Quinzième jour du Huitième mois, les Viêt Công attaquent avec mille hommes.

5

C'est la première fois pour moi. La première fois que je l'entends. Que je la vis vraiment. La guerre. L'autre jour, à Phan Rang, ce n'était pas ça encore. Trop loin, invisible, presque inaudible. Il faut vraiment être dedans pour en faire connaissance. Pour se dire : c'est ÇA. Autrement, on a beau se l'imaginer, ce n'est jamais ÇA. C'est autre chose né de la mémoire et arrangé par les fantasmes. Les scènes vues et revues au cinéma et à la télévision. Les histoires racontées par les uns, par les autres. Les héros traversant un feu d'enfer avec une facilité d'enfant, se riant de la mort comme de leur première culotte. Des héros qui n'ont jamais, jamais peur, qui ne meurent jamais, jamais. Ce sont toutes ces phrases lues ou relues, ces clichés de correspondants de guerre décrivant la guerre comme un western, l'adversaire comme des Indiens qui malgré leur courage et leur fanatisme n'ont jamais, jamais le dessus. Toutes ces photos, tous ces tableaux vivants que l'on prend pour argent comptant et que le photographe a montés, neuf fois sur dix, inventés pour faire plus vrai. (Allez, les gars, vous vous planquez là, et quand je vous fais signe, vous vous mettez à courir en tirant à toute volée. Je veux voir vos regards méchants, mé-chants!) Toutes ces séquences fabriquées, ces mensonges sur papier glacé. Mais quand arrive le tout premier coup de feu, quand le premier obus arrive en sifflant, quand le premier blessé arrive en se tenant le ventre, quand les choses sérieuses arrivent, que l'on a définitivement cessé de se faire peur de loin, de se raconter des boniments, alors on n'a jamais, jamais connu ÇA.

Trois heures donc. Le réveil en fanfare. Tous les bruits, tout le tintamarre guerrier, tout l'arsenal. « Aux abris! » Fuite dans la boue, en slip, chaussures à la main, vers les tranchées recouvertes de rondins, de sacs de sable, de plaques de béton. Et bousculade des réflexions primaires. Celle-ci par exemple : un obus, ce cognement de fer contre du fer, puis cet écroulement bref, celui d'un tombereau de grosses pierres basculant d'un seul coup de levier? Et cette question : où? Où sont-ils? Où vont-ils surgir? Et combien? Combien sont-ils? Mille ou dix mille? Combien de temps les défenseurs tiendront-ils? Et s'ils parviennent à franchir les mines, les barbelés, s'ils entrent dans cette tranchée, le couteau entre les dents, devra-t-on brandir sa carte de presse?

Serrés dans ce boyau humide et obscur avec toutes ces réflexions et toutes ces questions, et se dire en plus : et le métier? Le métier exige-t-il d'abandonner cet abri et d'aller exposer sa vie au-dehors? Où finit le métier? Où commence l'inutile intrépidité, le suicide? Du coin de l'œil on observe la réaction des autres, de l'autre. (Son profil dans le maigre filet de lune, ses lèvres agitées – une prière? –, ses yeux au plafond comme si de le fixer allait l'empêcher de s'effondrer.) Y aurait-il ici un type assez fou pour rompre avec ce troupeau de moutons terrorisés, avec cette peur agglutinée, et s'élancer par cette étroite ouverture dans cette nuit terrible?

Au bout d'un moment, l'oreille s'y est faite un peu, et le corps. Et le cerveau. Et l'on se dit : tu vois, tous les coups ne portent pas, ne sont pas mortels, ne t'en veulent pas personnellement. Et : voilà la raison du courage de certains. Voilà pourquoi ils n'ont pas autant de mérite qu'ils pourraient le croire eux-mêmes. Car ils savent, eux. Ils savent que la mort perd le plus souvent, que l'on passe le plus souvent à travers.

Une lueur tremble, conquiert son trou. Lueur de crypte. Avec elle je me sens tout de suite plus à l'aise. Moins que Lemaître cependant. Il griffonne son carnet, couvre des pages. Peut-être se trouve-t-il ailleurs, comme Glenmore, là-bas, entre ses écouteurs? Qui d'autre pourrait écrire, tenir un stylo à bille?

Les tirs ont subitement cessé, se sont tus dans un bel ensemble comme si un arbitre avait levé la main. Alors il a quitté son siège. Tranquillement. Comme dans le métro quand on descend à la prochaine. Et je l'ai suivi. Et Desmaisons nous a imités. Et tous les autres, en se croyant obligés. Et à présent nous voilà sous la lune, sous le grand ciel lumineux, si pur, si candide. Sous la lune qui dit : la guerre? Quelle guerre? Quelques-uns, des photographes, courent vers un hélicoptère en feu. Sur les pas de Lemaître, nous nous dirigeons en pataugeant vers le poste de secours dont le drapeau gît, accroché aux barbelés comme une blouse d'infirmier oubliée. Newton en barre l'entrée. Un aboyeur sur le trottoir chargé de détourner les passants de la boîte rivale : « Trois cents cadavres sur le terrain. Ils ont pris une pilée é-norme. Venez voir.

– Après, dit Lemaître qui l'écarte comme il ferait d'un ivrogne.

– Pertes légères de notre côté, continue Newton.

– Nous voulons voir les blessés », réclame Lemaître sur le ton d'un médecin pressé d'intervenir.

Newton a menti. Évidemment. Les blessés et les morts encombrent le poste. Et à chaque instant les brancardiers en déposent de nouveau, ne savent plus où les mettre. Les uns d'un côté, sous la lumière crue, ceux qui respirent encore, les morts dans le noir, exclus, déjà, effacés.

« Fais-moi une photo, mec, vite, une photo. »

La voix monte d'un brancard. Elle pourrait monter du centre de la terre elle n'aurait pas plus de profondeur. Voix d'un caporal américain pour Desmaisons qui ne l'avait pas remarqué. Un nom sur la poitrine : Gerald Brinks. Sa vie ne tient plus que par un fil. Que par ce fil pendu à cette bouteille glougloutante. Gerald Brinks, un nom qui dans quelques minutes ne voudra plus rien dire. Il répète : « Fais-moi une photo, vite. » Et il repousse la souffrance pour donner place, une pauvre petite place à un sourire. Une photo, vite. Avant que le fil ne casse. Une photo pour ceux qui restent derrière lui, pour ne pas partir sans laisser de trace. Flash, flash. Son visage s'éclaire comme s'il était en plein soleil. Comme s'il prenait le soleil allongé dans un champ, chez lui, dans le Dakota. Desmaisons jouit. Il a sa photo. Le caporal aussi. « Merci, mec. »

Lemaître me souffle : « Viens, petit. » Et il me prend par le bras comme un parent endeuillé le ferait avec un autre dans une allée de cimetière, après une inhumation.

Plus loin un Vietnamien agonise. Un enfant. Visage d'enfant, gémissements d'enfant. La lumière a beau frapper durement son front, la nuit descend dessus. Pose dessus ses mains gantées, cérémonieuses, avec une délicatesse infinie, une douceur de mère. Son front s'assombrit mais pas ses yeux. Ses yeux gardent une luminosité intense comme s'ils étaient éclairés de l'intérieur, comme si des lustres en cristral resplendissaient à l'intérieur, comme s'ils réfléchissaient les dorures d'une salle de trône. Ses lèvres grises remuent. Mais personne ne comprend. Il parle vietnamien, mâchoires scellées. Lemaître se penche sur sa bouche :

« Il dit : " Tuez-moi. " »

Et pour la première fois j'aperçois « quelque chose » sur le visage de Lemaître. Quelque chose qu'il a peut-être voulu refréner mais qui est passé quand même, qu'il n'a pu empêcher de se faufiler hors de lui.

Le gosse continue de geindre en crispant les poings, en chargeant ses poings de tout ce qui lui reste de vie, et tous les regardent. Tous regardent le jeune mourant et regardent Lemaître. Comme s'il lui appartenait de mettre fin à cette vie condamnée, à ces souffrances. « Tuez-moi », implore le jeune Vietnamien dans sa langue en fixant l'un après l'autre, comme un enfant malheureux, tous ceux qui l'entourent en silence. Et tous attendent de Lemaître qu'il se décide, qu'il parle ou qu'il agisse, comme s'il avait d'un mot, d'un geste, le pouvoir d'arrêter cette agonie. Sueur dans le dos, glace au creux des mains. Qui ne sent pas comme moi l'insupportable souffrance du mourant se transfuser? Je voudrais ne pas être ici, ne pas être au Viêt-nam, ne pas être journaliste. Ne pas être un voyeur. Un immonde voyeur. Nous sommes tous d'immondes voyeurs. Nous ne sommes au Viêt-nam que pour cela : surprendre les agonisants et en faire notre beurre. Des guetteurs d'ignoble, des fouilleurs de merde.

« Tuez-moi », répètent les lèvres du gosse. Alors Lemaître s'incline à nouveau vers lui, pose un genou à terre, lui parle à l'oreille. Et peu à peu les traits du jeune Vietnamien s'adoucissent, ses poings lâchent prise, ses mains bâillent, éclosent, lâchent lentement sa vie. Que lui raconte-t-il? Quelle histoire à sa façon? Lui parle-t-il de la lune qu'une meurtrière laisse filer comme du verre de la bouche d'un souffleur, là-bas où il fait noir? La lune qui doit éclairer si câlinement son village, cette nuit, si la guerre lui fiche la paix. Car Lemaître en sait beaucoup sur la lune, autant que les gens de son village, de son pays.

Il dit comme les Vietnamiens le disent : la lune est pleine d'eau. C'est évident. Il suffit d'observer les marées. La mer monte quand la lune est dans son plein parce que l'élément eau appartient à la lune comme le feu appartient au soleil.

Moi, surpris : si évident que ça?

Lui : si évident que les Vietnamiens croient qu'il existe des loupes pour recueillir l'eau des rayons lunaires. Avec une loupe ne peut-on pas produire du feu en visant le soleil?

Je réponds : si, bien sûr.

Lemaître : alors la lune doit, par le même moyen, produire l'élément eau qui se trouve rangé sous son chef. Quand on regarde la lune avec attention, prétend un vieil ouvrage, on y découvre non la figure d'une femme mais celle d'un lapin. Certains philosophes ont écrit que ce lapin existait réellement, mais il est facile de comprendre que ce n'est que fiction. Pourquoi? Parce que la lune appartient à l'élément eau. Or, quand on plonge un lapin dans l'eau, il meurt noyé comme les autres animaux. Ce qui ne se produirait pas si le lapin était un animal vraiment lunaire.

Et j'appuie en gardant mon sérieux : évident, évident, clair comme de l'eau de roche.

Est-ce cette histoire de lune qu'il décrit au mourant, lui coule délicatement dans l'oreille comme un coiffeur chinois glisse ses longues aiguilles à la recherche du bouchon de cérumen? Ou lui rappelle-t-il les précautions que sa mère a prises, que toutes les mères prennent pour assurer à leur enfant une santé ferme quand il est né à une heure néfaste? L'imagination fertile des mères vietnamiennes qui s'inquiètent du sort de leur progéniture née sous une mauvaise étoile.

Lemaître : alors elles ont un moyen infaillible. Elles vendent leur enfant aux génies ou au Bouddha. Le petit devient de ce fait l'enfant adoptif d'une puissance divine. Et toutes les influences nocives des esprits malfaisants sont conjurées. Cet enfant n'appartient plus désormais à sa mère. Aux autres de s'en débrouiller, de se charger de son âme.

Moi : pas si bête!

Lemaître : mais la vente exige de nombreuses formalités. Tout d'abord, elle ne peut se faire avant le centième jour de la naissance. Car pour présenter le nouveau-né devant l'autel, il faut attendre qu'il soit débarrassé des souillures de la délivrance. Et attendre que sa mère qui doit l'y amener soit elle-même exempte des impuretés de ses couches.

Au loin, des tirs. Encore. Épars. Toux sèche d'un malade derrière un paravent. Tandis que Lemaître chuchote toujours à l'oreille du jeune mourant et que tous continuent à les regarder, immobiles comme ces corps dans leur sac.

Il dit : ce n'est pas tout. La vente de l'enfant aux génies ou au Bouddha ne peut se faire n'importe quand. Il faut choisir un jour faste. Alors, à la date fixée, on apporte des offrandes à la pagode et au temple. Et un écrivain cultuel est chargé de la rédaction d'un placet et d'un contrat de vente en double expédition. Puis la cérémonie se déroule. On psalmodie le placet et on le brûle. La vente est devenue effective. Pour la vie.

Je m'étonne : pour la vie?

Lemaître : à moins que la santé de l'enfant ne se raffermisse. Dans ce cas, les parents peuvent en demander le rachat pour le soustraire aux exigences du génie protecteur. Une cérémonie de rachat a lieu au cours de laquelle on brûle les contrats.

A présent la nuit recouvre complètement le front du jeune marine. Ses mains gantées le recouvrent complètement. Alors Lemaître se détache de lui, de son oreille, et se relève. Épuisé. Comme s'il essayait de soulever ce jeune corps, comme s'il l'aidait à quitter son grabat. Se relève lentement. Et quand apparaît son visage, je vois qu'il est mouillé.

Aucun photographe n'a bougé, tripoté ses boutons, vissé son œil à l'œil. Aucun. Même Desmaisons. Il a arrêté sa danse du scalp autour des lits de camp, décroché le miroir qui l'admirait, admirait ses battements de pied, ses entrechats, ses coupés, ses coulés, et il regarde avec les autres, muet, paralysé. Regarde Gilles Lemaître, l'ancien, le dur, pleurer doucement, discrètement. Pleurer la mort de ce jeune Vietnamien.

Newton s'énerve, attire tout le monde dehors. Où le spectacle est selon lui beaucoup plus captivant. Peut-être. On s'extrait de l'abri, tout étourdi, comme d'un avion après dix heures de vol, et l'on se retrouve sous une voûte curieusement illuminée. Celle d'une grotte préhistorique aménagée pour les touristes. Gouffre béant dont les flambeaux suspendus dans le vide révèlent par instant les entrailles. Hauts-fonds des collines, stalagmites d'une cocoteraie, sculptures équestres des hélicoptères, draperies des filets de camouflage, chapiteaux couchés des canons, soldats en poncho comme des madones. Et tout cela modelé dans la glaise ou taillé dans la craie. Figé. Sous une banquise millénaire. Pendant le temps de combustion de ces fusées au magnésium que des avions invisibles sèment comme un arbre secoue ses lucioles. Caillé, congelé. Comme si chaque homme, chaque chose faisait le mort en attendant que ces avions se fatiguent et que la nuit revienne.

Mais soudain, rupture. Cette nuit polaire vient d'exploser. Et croulent du ciel des torrents de fonte en fusion. Les doux avions semeurs de cristaux sont devenus des cracheurs de feu. De leurs portes ouvertes pendent des langues de dragon. Et l'on imagine les tireurs arc-boutés sur leur machine, leurs dents soudées, leurs mains soudées. Le rire sardonique qui les secoue au rythme de ces mitrailleuses crachant leurs trois cents balles à la seconde. « Une balle dans chaque centimètre d'un terrain de football toutes les minutes! » exulte Newton comme si c'était lui l'inventeur de ces maudits hachoirs et non le diable. Et les footballeurs? On les imagine aussi. Je les imagine tapis dans leurs tranchées ou au fond de leurs souterrains creusés à la main, pressés les uns contre les autres, couvée de lapins entendant au-dessus les cris rauques des chasseurs et les abois des meutes.

Alors je me demande : où puisent-ils ce courage, cette invincibilité? Dans le communisme?

Et Lemaître : ils sont peut-être communistes, mais ils sont avant tout Vietnamiens. Et en tant que Vietnamiens, ils croient au *linh*, en ces êtres doués d'une puissance sans égale pour les protéger, et notamment en ces animaux dotés d'une force exceptionnelle, le tigre, le rhinocéros, le chat, le rat et la fourmi.

Pupilles dilatées, moi : la fourmi plus forte que Marx?

Lemaître : la fourmi sera toujours plus forte que Marx au Viêt-nam, plus forte que l'Oncle Hô et que tous ceux qui lui succéderont. Marx et ses adorateurs peuvent toujours dépouiller l'homme de son âme et le mener jusqu'à la mort avec le sourire, la fourmi est plus forte encore. Elle sape la fondation des maisons, mange la maison, mange la forêt et ronge l'homme en entier. Dans son combat avec l'homme, elle a toujours le dessus. Allez donc vous en débarrasser! La fourmi est *linh,* toute-puissante. Il est logique que les combattants l'invoquent quand ils veulent passer à travers les balles.

Incrédule, je demande encore : tu crois réellement que la fourmi est toute-puissante ?

Il dit avec force : comment ne le serait-elle pas dans un pays peuplé de génies, qui compte plus de génies que d'habitants, que d'arbres, que de nuages ? Tous ces êtres spirituels dont la volonté peut s'opposer à celle de l'homme le plus fort. Toutes ces puissances aveugles du ciel et de la terre, inaccessibles aux sens humains, dit Confucius, qui ne manifestent leur présence que par leurs actes. Que l'on cherche à apercevoir et que l'on ne voit jamais, que l'on cherche à entendre et que l'on n'entend pas. Elles sont partout, au-dessus de nous, à notre gauche, à notre droite. C'est un océan d'intelligences subtiles dont la volonté est toujours capricieuse, les goûts aussi éclectiques que ceux de l'homme, les besoins aussi pressants, les passions encore plus déchaînées.

Les avions ont rallumé leurs flambeaux, et à la faveur de cette lumière fantasmagorique, Newton nous entraîne vers les fortifications. Nous voyons alors les marines revenir de la bataille. Têtes et armes basses, dégouttant de boue et de sueur sous la pluie des watts. Équipe harassée retournant vers les vestiaires, le ballon sous le bras.

Puis Lemaître dit encore : les rats aussi seront toujours plus forts que Marx et plus forts que tous les pouvoirs établis au Viêt-nam. Vieux de trois cents ans, le rat acquiert la puissance magique et prévoit l'avenir. D'après les dictons populaires, sa vue perce les obstacles jusqu'à la distance de mille lis. Il se joue de tous les pièges qu'on lui tend et, le soir même, comme pour se venger et se moquer de ses ennemis, il grignotera le beau turban en crêpon du chef de la famille. Mais le chat est encore plus fort que lui. Le chat peut tuer le rat à distance par le seul effet de sa présence. A condition qu'aucune rivière, aucun fleuve ne s'entremette, car l'eau peut le déposséder de son fluide. Aussi lorsqu'on passe d'une rive à l'autre avec un chat, on aura soin de dessiner sa tête sur un papier que l'on jettera dans le fleuve. Il conservera alors tout son pouvoir protecteur.

Je demande, intéressé : et le tigre, et le rhinocéros ?

Mais le défilé des morts vient juste de commencer et les photographes déchargent leurs mitrailles à leur tour. Le défilé de tous ces combattants nord-vietnamiens tués par les mitrailleuses infernales. De tous ces Vietnamiens qui croyaient à la protection efficace des cinq plus puissants animaux magiques.

L'aube va poindre, et comme souvent au Viêt-nam, les guerriers des deux camps en ont profité pour aller se coucher. Les guerriers d'ici ressemblent aux chiens d'ici. Aux chiens nus qui parcourent la campagne en bande, la nuit, toute la nuit, et s'entr'égorgent. Et aux chiens devenus sauvages, redevenus loups, qui hantent la forêt, la terrorisent. On les entend la nuit, toute la nuit, aboyer sur tous les tons, concurrencer les geckos et les crapauds-buffle, et quand le jour tire ses rideaux, ils se laissent choir dans un trou d'ombre, haletant et léchant leurs plaies saignantes avant de succomber jusqu'au soir. Les chiens dorment. C'est alors que les oiseaux déploient leurs ailes, s'élancent comme maintenant je les vois. Tous les oiseaux du Viêt-nam. Les coqs sauvages de la rizière et de la forêt, et le vautour chauve au plumage endeuillé. Et la buse de Népaule au ventre blanc pur ponctué de larmes noires. Et la grue couronnée à la démarche élégante. Et le marabout amateur de cadavres. Tous les oiseaux s'envolent, reprennent leurs quêtes comme je les vois. Les faucons, les éperviers, les effraies, les aigles pêcheurs gris cendré. Et tous les oiseaux de fer que compte le Viêt-nam en guerre. Les milliers d'hélicoptères et les milliers d'avions chargés de chairs tremblantes et de bombes soufflantes.

« Embarquez! »

De leurs mixers emballés, les Huey de la Cav broient les derniers lambeaux de brouillard. Et la terre fond sous une moustiquaire de poussière. Et sous le casque, les grandes dents de Newton s'embrasent. Enseigne du bonheur. Les choses sérieuses vont enfin commencer.

Les hélicoptères ont pris leur envol avec tous les oiseaux du Viêt-nam, avec les vautours bruns et les buses huppées, et les jabirus qui ressemblent à de grandes cigognes noires et blanches. Et avec les corbeaux comme maintenant je les vois, les cent espèces de corbeaux croassant dans le ciel de ce pays aux millions d'oiseaux. Les grands corbeaux noirs au bec massif, au cri bas et rauque. Rok, rok, rok! Et les corbeaux à nuque cendrée, au vol plus rapide, au cri aigu. Kiak, kiak, kiak! Et toutes les corneilles mantelées aux criailleries agaçantes. Et sous les pattes du Huey, sous ses serres de rapace, j'ai vu. A travers la poudre rouge, les graviers rouges qui retombent comme des éclaboussures de sang, j'ai vu un, deux, trois cadavres oubliés sur la terre rouge, entre les ongles des barbelés. Trois cadavres oubliés et déjà recouverts de fourmis, déjà noirs de fourmis affamées.

Maintenant ces cadavres se rétrécissent, épousent la taille d'une fourmi, ressemblent à trois fourmis endormies dans un jardin japonais. Et la forêt grignote le camp, les collines pelées comme les fourmis grignotent les cadavres. La forêt vert céladon et vert malachite, bleu indigo et bleu cobalt, la grande forêt, increvable malgré tous les bombardements et tous les défoliants. La santé de fer de la forêt sous le déluge de fer. La forêt increvable à l'exemple de tous les petits hommes qui courent en sandalettes sous ces arbres comme les fourmis invincibles.

Et tandis que l'hélicoptère amorce un virage au-dessus de la toison comme s'il voulait la caresser dans le sens du poil, Jade revient dans mes pensées. Tandis que le Huey amorce ce virage sur l'aile, puis se lance dans un mouvement d'ascenseur, de bas en haut, oubliant mon estomac en bas, pendant quelques secondes. Revient dans mes pensées avec sa voix de très jeune fille. « Je voudrais vous revoir. » Demain, je la reverrai sans doute. Je m'arrangerai pour obtenir son numéro de téléphone. (Tâm me le communiquera.) Demain. En attendant elle marche dans mon esprit et dans le regard lumineux de Lemaître. Et marche dans la forêt avec nous, dans l'ombre bleue de la profonde forêt survolée. Marche sur la piste Hô Chi Minh avec les femmes guérilleros aux allures de garçon. Avec les filles de l'Oncle Hô, chaussées de nu-pieds, vêtues de calicot noir, les cheveux parfumés à l'huile de coco, le cou entortillé dans le foulard à damier noir et blanc des *nhà quê*, des paysans. A sa ceinture, une fiole contenant la bave d'un lézard contre les morsures de serpent, et des comprimés à base d'herbes contre les piqûres des mygales et des sensitives géantes. Sur son dos le hamac roulé et la boule de riz gluant. Rien ne l'effraie, Jade. Ni les serpents-minute tombant des arbres sur son passage, ni les sangsues collées aux chevilles, ni les scorpions pandinus gros comme des écrevisses, ni les yeux verts des fauves, la nuit. Ni les bombes à billes qui éclatent au sommet des fromagers et se répandent en sifflant comme dix mille flèches empoisonnées, ni le phosphore que l'on voit brûler pendant des jours et des nuits malgré la pluie battante. Sur le sentier de la guerre un homme la précède, vélo à la main, sifflet aux lèvres. Précède la longue file des maquisards à la démarche féline. *Máy bay!* Machines volantes! Le coup de sifflet a retenti alors que les Skyraider cherchent leurs cibles. Jade à plat ventre comme tout le monde. Tant pis pour les fourmis rouges ou jaunes. Tant pis pour la boue. Mais l'alerte passée, elle se relève, intacte. Immaculée comme les deux jeunes filles à bicyclette sur la route de Phan Rang. Plumes de Jade, duvet du cygne, duvet de l'eider sur lequel tout glisse, rien ne s'arrête.

Allez, Jade, c'est bientôt l'heure du réveil. Cinq heures dans la jungle, sous la moustiquaire poudrée de rosée. Concert animal. Coqs perchés dans leurs poulaillers aériens. Oiseau saluant le recommencement du jour par un martèlement d'enclume. Oiseau au ricanement de folle. Et celui que l'on entend se plaindre jour et nuit en répétant : « Oh! que je suis malheureux! » Et celui que l'on imagine haussant les épaules avec ses gloussements de moutard mal élevé. Et celui qui annonce le tigre avec ses curieux coups de tambourin, celui qui se régale des restes du tigre. Et la jacasserie des gibbons secouant les branches et les hamacs comme pour dire : « Alors, on n'a pas entendu la diane! »

Vite, Jade, le chemin est long jusqu'à la victoire. Et n'oublie pas tes viatiques avant de partir. Et n'oublie pas de te prosterner devant l'autel de l'animal fabuleux qui te donnera la force de vaincre la fatigue et la peur. Qui te rendra invulnérable et même invincible si tu possèdes sur toi une partie de cet animal. Une griffe de tigre ou quelques poils de sa moustache, ou de la corne de rhinocéros, ou un os de baleine, ou un morceau de peau de panthère, ou la perle que l'on trouve sur les défenses des éléphants centenaires.

Lemaître l'affirme : celui qui se procure comme le sorcier un bout de corne de rhinocéros et qui le met entre ses dents après l'avoir sculpté en forme de poisson peut descendre sans danger au fond de l'eau comme le crocodile ou le rhinocéros. Et celui qui porte sur lui comme le sorcier une griffe de tigre se garantit contre toute attaque et contre toutes sortes de maux. Celui-là devient aussi fort qu'une fourmi. Car le tigre est l'ennemi juré des fantômes et des mauvais esprits.

Les Huey survolent l'objectif présumé et font demi-tour.

75

Surgit alors Newton. Surgit sa mine déconfite d'officier de presse déconfit dans la lumière du poste de pilotage. « On rentre. Il y a maldonne. On nous a foutus dedans. Cette piste n'est pas la vraie piste Hô Chi Minh, mais une piste désaffectée. Un sentier de Comanches. Ça sera pour une autre fois. » Et giclent les rires des hommes sanglés, attachés à leur tringle, jappent les trente chiens-loups tenus en laisse. Et se réjouissent les petits hommes, en dessous, les guérilleros chaussés de nu-pieds et vêtus de calicot noir. Et se réjouit Jade entortillée dans son foulard à damier et marchant sous les arbres.

Alors Lemaître, triomphant : tu vois, les animaux magiques de la forêt sont vraiment les plus forts. L'homme et ses machines ne peut rien contre eux, jamais rien.

Et moi : j'en conviens.

Je n'ai plus qu'une hâte, maintenant : friser cette forêt bleu lapis, sauter ces collines velues, raser cette plaine suintante, argentée comme enduite de morve de limace. Qu'une hâte : revoir Jade dans sa tunique à fleurs rouges et blanches. Jade l'invincible.

6

Cette robe. D'une sévérité religieuse, sacerdotale. Cette robe qui tombe verticalement comme une aube en oubliant tout ou presque dans sa chute. Suspendue aux fines épaules, elle glisse vite, frôle la poitrine en ne saluant que ses sommets, esquive vite les hanches, s'attarde à peine sur la croupe en une respectueuse ondulation avant d'aller vite, très vite caresser le bas du pantalon de soie blanche. Tout est secret dans ce corps. Au point que le regard est surpris par le poignet qui apparaît, long et fin. Comment a-t-il réussi à se glisser comme un serpent hors du boyau de la manche où le bras est ligoté? Comment a-t-il fait son compte? Faut-il qu'il soit malin comme le cou, et aussi menu. Le cou qui s'échappe de sa souricière avec la joie discrète d'une jeune pousse hors du tronc d'arbre. Tout est décent, modeste dans ce corps. Comme s'il refusait la séduction. Comme s'il voulait passer inaperçu aux yeux du désir, se fondre dans un flou artistique afin de favoriser le reste, le visage. S'effacer devant son visage, reflet de l'âme.

J'ai donc retrouvé Jade sans effort. Grâce à Tâm. Une heure après, ma 2 CV de location s'arrêtait devant sa maison, le jardin plein de fleurs. « Un château. » Elle a ri devant mon émerveillement. J'avais dû patienter quelques minutes avant qu'elle n'entrât dans le salon, qu'elle n'en effleurât les dalles de ses escarpins brodés. Un domestique m'avait reçu à la porte. Pantalon blanc, veste blanche à brandebourgs. Solennel et silencieux. Et dans ce fauteuil en acajou tout à fait inconfortable, j'avais commencé ma minutieuse visite des lieux.

Comme on le fait chez le dentiste en guettant son tour. Étudié dans les moindres détails le peu qu'il m'était donné de voir où sa vie se déroule. Cette pièce s'ouvrant sur le jardin, s'offrant à sa fraîcheur par ses six portes-fenêtres. La table en teck, trapue, majestueuse et ses huit chaises au raide dossier, huit dignitaires en habit écoutant le discours du président. Et sur le mur, le panneau de laque où flottent dans une flaque de caramel au lait des lotus stylisés et des poissons mythologiques. Et dressé devant un miroir monumental comme un trône attendant son auguste séant : l'autel des ancêtres. Une imposante console en bois noir incrusté de nacre avec ses baguettes d'encens jaillissant de dix pots comme dans son atelier sous les toits, les brosses et les pinceaux d'un artiste peintre. Avec ses portraits de famille sous verre comme dans une vitrine de photographe. Ces photos coloriées, naïves. Personnages costumés, enluminés posant comme la Sainte Trinité sur des ciels angéliques. Visages lunaires, sourires inspirés. Petits pages, enfants modèles sages comme des images.

Jade ce mandarin miniature à côté de papa et de maman ? Sa silhouette dans la glace, soudain. Je me retourne. Elle s'approche du fond du salon. La même démarche que celle de toutes ces femmes dans la rue. Épaules immobiles, bras un peu trop balancés, pieds au ras du sol comme s'ils étaient nus, à plat sur le dallage. L'habitude héréditaire de retenir la sandale sans bride, sans contrefort. Elle s'approche avec lenteur comme si elle traversait un lieu de prière, comme si elle allait déposer des offrandes devant l'autel, devant les ancêtres encadrés. Une lenteur qui me permet de l'examiner tout à mon aise. Cette tunique si sévère, donc, noire, mortuaire, et ce pantalon blanc, bouffant, ce voile de mousseline qu'elle semble fouler comme une divinité son nuage, son coussin de pétales de lys. Et en haut, tout en haut, après les cachotteries du corps, après la timidité de la taille, après la pudeur de la poitrine, la grande nudité du visage, du front. Comme une récompense. Le dédommagement à la frustration.

Elle répète en riant, derrière moi : « Un château ! » Puis : « Pourquoi pas Versailles ? C'est notre maison de famille. Mon arrière-grand-père vivait déjà ici. Il était conseiller du gouverneur. » Elle montre les photos sur l'autel comme un philatéliste ses plus beaux timbres. L'index armé d'un ongle effilé, parfaitement peint, s'arrête sur un monsieur très digne, en lévite

damassée, une écharpe de soie barrant le buste. « C'est lui. »
J'en profite : « Et entre ces deux personnes, vous ? » Nouveau
petit rire suivi d'une ombre brutale : « Non, c'est ma mère. Je
ne suis pas sur cette photo, ni sur les autres. Ces photos sont
celles de nos chers disparus. » (Idiot. Comment ai-je pu poser
une question pareille ?) Un peu penaud je cherche d'autres
mots. Les trouve : « Vous avez beaucoup d'elle. (Original !)
C'est tout à fait frappant. » J'ai lancé cela sans réfléchir, et
maintenant, en y regardant de plus près, je me rends compte à
quel point je dis n'importe quoi. Mais c'est égal. Cette
ressemblance théorique paraît la satisfaire.

Une domestique arrive en catimini comme si elle sortait du
mur, du panneau de laque. Arrive yeux baissés, visage de bois,
dépose une carafe de jus de fruit, deux verres et se retire de la
même façon, les pieds traînaillants.

L'a-t-elle déclenché en sortant ? Le ventilateur de plafond
s'élance, entonne ses soupirs de cheval essoufflé, dispense son
haleine chevaline. Deux fauteuils face à face. Nous occupons
l'un et l'autre. Alors elle dit :

« Merci d'avoir accepté de venir jusqu'ici. »

Et moi, aussi banalement :

« C'était bien la moindre des choses. C'est un plaisir de vous
rencontrer. »

Sa voix descend jusqu'au chuchotement. (Qui pourrait
l'entendre à part ces oiseaux noirs sautillant sur la pelouse ?)
Maintenant je vais savoir. Comprendre pourquoi elle a poussé
l'audace jusqu'à m'appeler. Mais ses premiers mots forment
une question. Inquiète et en même temps suppliante : « Vous
n'avez rien dit à Gilles de notre rencontre ? » Bien sûr que non.
Elle soupire, rassurée. Puis : « Vous savez, je ne connais
personne d'autre à Saigon qui puisse me renseigner.

– A propos de Lemaître ?

– Oui. »

Lui avouer mon ignorance ? Surtout pas. Elle se fermerait,
couperait les ponts, alors adieu les confidences ! Lui laisser
croire au contraire que je possède tout ce qu'elle recherche ?
Comment entretenir une telle illusion ? Et puis un scrupule me
rattrape, s'accroche : trahir pareillement Lemaître ?

« Êtes-vous bien sûr que je sois le seul à pouvoir vous
répondre ?

– Tous ceux qui le connaissaient bien ici sont partis. Et vous

79

savez, c'est un ours. Vous, vous arrivez de France avec lui. Là-bas... »

Le ventilateur s'emballe. Comme s'il voulait décoller du plafond, partir « là-bas ».

Ainsi souhaite-t-elle que je lui révèle ce que Lemaître lui dérobe. La moitié de lui-même. Cette moitié lointaine, mystérieuse. Les exemples ne manquent pas de ces hommes qui profitent d'un changement de continent pour changer de vie, de femme. Comme ils abandonnent derrière eux les vêtements qui ne conviennent plus aux nouvelles conditions climatiques. Et comme ils les reprennent avec la même facilité aussitôt leur nid retrouvé et leurs habitudes. Lemaître cet homme-là? Pourquoi cette question ne la tourmenterait-elle pas quand elle le voit s'absenter pendant sept mois et lui revenir sans plus d'émotion que s'il était allé se faire tailler un costume à Hong Kong? (Quand je pense qu'il n'a même pas passé la première soirée de son retour avec elle!) Je me hasarde :

« Vous ne l'avez jamais accompagné en France?

– Jamais. »

Quelle véhémence! Un claquement de porte. (Cette porte que Lemaître doit lui claquer au nez à chaque fois qu'il décide de troquer sa chemise de brousse contre une veste de flanelle?)

Je pense : elle a peur. Peur de découvrir là-bas ce qu'elle imagine : une autre femme. Et peur de ne pouvoir se mettre en harmonie avec les manières des autres hommes, de ces hommes lointains. De se plier à leurs règles, à leurs coutumes. Et peur d'être pour eux ce que sont les filles des rizières et de la forêt pour les Saigonnaises. A moins qu'elle ne se soit refusée à tout voyage à deux par discrétion? Et lui aussi doit avoir peur. Non pas de la confrontation éventuelle de deux femmes – si tant est qu'une seconde femme existe – et pas plus du regard des autres hommes dans la rue, dans la vie de tous les jours, de leurs regards curieux ou méchamment caustiques. Sa peur, j'en suis sûr, c'est celle de voir Jade malheureuse dans un monde si différent du sien. De la voir s'étioler comme une fleur tombée de son vase. Car on ne déracine jamais le *luc binh*, la jacinthe d'eau qui recouvre tout ce que la terre compte ici d'ondes vives ou dormantes. On a beau tirer dessus de toutes ses forces, avec hargne, avec colère, elle reste toujours attachée à sa tige immensurable. A ce cordon ombilical qui la lie à son ventre de boue, aux entrailles limoneuses du Viêt-nam. Alors sauvagement on abat la lame, on coupe, on sabre la chaîne de cette ancre introuvable. Et quelques heures après la belle corolle violette s'incline et meurt. Aucune eau ne pourra la sauver. Elle refuse de boire. Refuse cette vie loin des siens. Il lui faut cette nourriture maternelle, cette eau trouble, brune, chargée de sédiments, ce sang des terres fécondes. Et il lui faut le silence des horizons noyés, la glissade endormie des sampaniers, la méditation des aigrettes, la compagnie des buffles végétatifs. Il lui faut tout cela pour vivre, pour être une fleur triomphante. Tout cela dont Jade serait privée, loin du Viêt-nam.

Elle avoue : « Je ne connais la France que dans les livres. Je n'y suis jamais allée. L'envie ne m'en a pas manqué. Mais que voulez-vous, la vie est ainsi faite. Je suis née ici et je me sens mieux ici.

– Votre sœur... (Je voudrais me cacher sous la table. Comment pourrais-je savoir que sa sœur vit à Paris?)

– Ma sœur est en France avec son mari. Elle semble y être bien. Nous n'avons pas le même caractère. D'ailleurs elle n'est que ma demi-sœur. Nous n'avons que très peu de choses en commun. Nous ne nous écrivons jamais. »

Sa sœur, sa mère, ses ennuis de cœur... Je croyais les Vietnamiennes plus secrètes. Habituées depuis tant de siècles à n'occuper qu'une place effacée dans la société, à marcher toujours derrière l'homme dans la rue, sur les diguettes des rizières. A dissimuler le moindre de leurs sentiments comme le plus petit carré de leur peau. Alors cette soudaine franchise et cette grande confiance? (Et si c'était un aveu? Le signe de l'attirance qu'elle éprouve à mon égard, de cette attirance que j'ai ressentie, moi, dès la première minute?)

Butée, elle repart à la charge :

« Vous l'avez vu pendant ces sept mois? »

Je lui explique que n'appartenant pas au même groupe de presse et travaillant donc dans des endroits différents nos relations ont toujours souffert de cet éloignement. « Mais nous nous sommes vus quand même de temps en temps. » Je lui raconte la fois où, après cette conférence de presse sur le Viêt-nam, il m'avait invité à boire un verre chez lui. Un verre d'alcool de sorgho. De « rosée de rose ». « Le meilleur », disait-il en caressant la bouteille. Et de cette autre fois où je lui

avais annoncé, tout fier : « J'ai mon visa. Je pars. » Et lui :
« Quand ça ? » « Le 18 mai. » Et lui : « Moi aussi. Nous
voyagerons ensemble. » Et lui raconte tout ce que j'ai appris,
avec lui, sur son pays, sur la sagesse populaire des Vietnamiens. Et elle rit en m'entendant citer quelques maximes tirées
du parler populaire. En m'entendant répéter comme sous sa
dictée : « C'est peine perdue que de jouer de la musique à
l'oreille d'un buffle » ou : « Le temps s'écoule rapidement
comme l'ombre d'un cheval blanc qui passe au galop devant
une fenêtre » ou : « On peut dessiner la peau du tigre mais on
ne peut pas dessiner ses os. On connaît la figure de l'homme
mais on ne connaît pas son cœur ». Elle rit, frappe doucement
dans ses mains et dit :

« Je croirais entendre mon oncle. »

Son oncle qui vit en province, à Cântho, où la famille
possède encore une propriété, au bord du fleuve, une grande
maison cernée d'hibiscus. Où toute sa jeunesse a baigné
dans cette bonne vieille sagesse paysanne, a macéré dedans
comme une racine de ginseng dans de l'alcool de riz. Elle me
demande :

« Savez-vous comment on dit, par exemple : apprendre au
vieux singe à faire la grimace ? »

Elle cligne les yeux davantage, et un peu plus, on pourrait
craindre de ne plus jamais les revoir. Joie. Les revoilà. Elle
s'exclame, toute jubilante : « Jouer du tambour à la porte du
génie du tonnerre ! » Et elle demande encore : « Savez-vous
comment on dit : être à la fois au four et au moulin ? » Mon
inutile concentration la comble de contentement. « Décorti-
quer du paddy tout en berçant son petit frère dans ses
bras ! »

Nous rions. Nous sommes loin de Lemaître, de ses questions
sur Lemaître. Que ne décide-t-on pas d'en rester là ? De rester
entre nous. Je contemple l'arc savant de ses sourcils. Quel
travail ils ont dû lui coûter devant le miroir ! Contemple ce nez
que j'estime au premier coup d'œil un peu trop ouvert mais
que j'admets tout aussi vite et auquel je rends même hommage. Elle sent mon regard peser comme si je la touchais d'un
doigt, et le trouble brouille un peu le sien. Aussitôt, elle repart
pour la France. Avec ces hélices affolées au plafond.

« Son appartement, il est grand ? »

Agacement. Une pointe d'agacement m'a piqué, ici, comme

un couteau. Lemaître! Ma présence ne lui suffit-elle pas? Elle veut savoir s'il vit seul? Eh bien! oui, il vit seul, et personne ne lui connaît de femme. Et puis que désire-t-elle donc encore savoir? S'il se couche tard ou au contraire comme les poules? S'il se lave les dents avant de se mettre au lit? S'il prend une bouillotte quand il a froid aux pieds? Pourquoi ne lui sortirais-je pas cela pour en finir? Et cela encore : vous le connaissez depuis dix ans, alors ne vous gênez pas, questionnez-le donc directement. Vous n'avez pas besoin d'intermédiaire. Et cela encore, et là je deviens vraiment mauvais : et vous, pendant son absence, pendant ces sept mois d'absence, qu'avez-vous donc fait de votre côté avec vos yeux de chatte et votre peau de nymphéa? Cette voiture que l'on a surprise devant chez vous, tard arrêtée? Et ces bains de mer en joyeuse compagnie? Je m'étonne de ma voix si douce.

« Cet appartement? il tiendrait dans cette pièce. Un mouchoir de poche. Parlons plutôt d'un studio. Une salle de séjour, une cuisine, une salle de bain. » Mais que partagent-ils donc dans leur intimité pour qu'elle ignore jusqu'à ces détails élémentaires de sa vie? Maintenant elle regarde ces oiseaux noirs qui ont poussé l'audace de s'aventurer sur le perron, devant les portes-fenêtres. Puis plus loin les frangipaniers dont l'ombre veloutée, frémissante, semble être leur odeur répandue sur le sol. Puis de part et d'autre de la pelouse, les deux vasques de porcelaine hérissées de leur bouquet de bananier offrant à deux mains, au creux de leurs mains, les langues pendantes, baveuses de ces arbres nains. Et s'en retournant vers moi comme fatiguée de sa flânerie :

« Il vit donc seul.

– Oui », dis-je sans penser trahir un secret, car Lemaître ne fait vraiment pas mystère de sa solitude depuis son divorce.

Ses cils battent doucement comme un cousin pris au piège d'une araignée. Ma réponse a l'air de l'attrister. Je lui exprime ma surprise. Elle laisse tomber :

« Je croyais qu'il vivait toujours avec sa femme. Ou avec une autre femme. »

Pourquoi donc ne se réjouit-elle pas plutôt de la nouvelle? Elle ne m'aidera pas à comprendre. Elle dit sur un autre ton :

« Il s'absente souvent longuement, mais il revient toujours. »

Et je m'interroge : pour qui? Pour qui revient-il toujours?

83

Pour elle? Ou pour ce pays, ou pour son métier? Dualité de l'amour tout court et de l'amour du métier et de ce continuel besoin de dépaysement. (Quel cœur de journaliste digne de ce nom ne souffre pas des coups qu'il se donne parfois jusqu'à en mourir?) Cette image qui s'impose à moi soudain, ce visage qui se superpose à celui de Jade, visage d'une femme blonde aux yeux bleus, sans mystère, sans défense, avalant la lumière comme ces portes grandes ouvertes. Antithèse de ce visage-là. Jacqueline. Le jour de mon départ à Paris, son pauvre sourire devant mon impatience, ma fièvre irrépressible, ma sensation d'être déjà loin, ailleurs. Cette valise que je n'arrivais pas à boucler, sur la serrure de laquelle je m'énervais. Et elle : « Tu vois, elle est comme moi, elle ne veut pas que tu partes. » Et cette chemise bleue à manches courtes, trop courtes à mon goût, qu'elle avait ajoutée au dernier moment à mon linge comme une mère précautionneuse, un jour de rentrée à l'internat. « Quand tu la porteras, tu penseras peut-être à moi. » Combien de pensées vers elle depuis que les roues du Boeing ont quitté leur piste d'envol? Combien de lettres en réponse aux siennes, débordantes, diluviennes?

J'ai envie de déclarer à Jade : dans cette lutte la femme est toujours perdante. Aussi forte soit-elle. Aucun artifice ne lui donnera jamais le dessus. Il faut qu'elle en prenne son parti, qu'elle s'en accommode vaille que vaille comme on doit s'accommoder du nez que la nature vous a légué. Ou qu'elle s'en aille. Dans le cas contraire, dans le cas où l'homme perd, on n'a pas affaire à un journaliste. On a affaire à un homme qui se croit journaliste. Car un journaliste ne perd pas. Il est toujours partant. Quelle que soit la couleur que prennent les yeux des femmes pour le retenir. Envie de dire cela, tout cela à cette femme, à ces yeux couleur de nuit sans lune. Mais je dis pour le plaisir de lui donner du plaisir :

« Il revient pour vous. Car vous incarnez un pays dont il ne peut pas se passer, dont il ne pourra jamais se passer. Vous êtes ce pays qu'il aime, qui est maintenant sa véritable patrie. Ce pays où il est né et où il voudrait mourir.

— C'est vrai qu'il aime le Viêt-nam.

— Il l'aime plus que tout le monde, dis-je.

— Plus que tout au monde, vous l'avez dit. »

Et elle ajoute, rêveusement : « Plus que moi-même. Un jour le Viêt-nam le prendra tout entier. J'en suis sûre.

– On le dirait envoûté par le Viêt-nam.

– Il est possible qu'il le soit. Il y a tellement de façons d'envoûter les gens ici. Les manuels de sorcellerie en regorgent. (Sa voix s'envole.) Demandez donc aux hommes de la campagne, à mon oncle ou à mon père. Peut-être qu'un sorcier possède sa statuette en bois.

– Sa statuette en bois?

– Son double, en quelque sorte. Une figurine qui porte ses traits, qui est son sosie en miniature. Avec cette statuette le magicien peut faire ce qu'il veut de vous. Et il peut vous apporter le mal comme le bien. »

Croire en ces balivernes! Une fille aussi moderne!

Elle entrevoit mon attendrissement un peu navré. Elle dit avec application :

« Il est difficile d'accepter de telles choses pour un esprit cartésien, et moi-même je suis restée longtemps à m'interroger. Jusqu'au jour où il a bien fallu admettre que j'avais tort d'être sceptique. »

Et elle raconte. L'envoûtement dont un de ses cousins a été victime, il y a très longtemps, contraint et forcé de céder toute sa fortune en rizière à un voisin, sorcier à ses heures.

« Cet homme s'est procuré sa photo. Et d'après cette photo il a taillé dans le bois une statuette qui avait son visage. Sur le visage il a tracé des lignes courbes entrecroisées, des liens qui devaient l'immobiliser. Et dans chacune des boucles de ces liens il a inscrit des caractères qui, réunis, signifiaient : " Je m'empare du nommé Tô Van Don. " Une fois par jour il a frappé cette statuette avec une badine. Au bout d'un mois, notre cousin a perdu toute volonté, et il a vendu ses terres à ce voisin pour une boule de riz. »

Je dois flotter dans la plus grande perplexité car elle me dit :

« Vous doutez. C'est bien normal. Comment un Tây, un Français, peut comprendre ça? Il faut être né ici pour comprendre ça. »

Et elle raconte une autre histoire. Celle de la mort subite d'un ami de son père. Mort sous les coups d'un charpentier qu'il n'avait pas rétribué comme il aurait dû.

« Cet homme était en bonne santé, il ne devait pas mourir. Eh bien! si, parce que le charpentier voulait sa mort. Ses héritiers l'ont su en prenant possession de la maison. Quand ils

85

ont découvert, clouée sur la poutre de la toiture que l'ouvrier avait refaite, l'effigie de leur parent portant à la main un couteau. »

Petit visage froncé, crispé dans sa certitude.

Curieux. Ce masque taillé dans le teck, dans le bois le plus dur, le bois de fer, me dérobe le visage qui m'a séduit. Il devrait donc me rebuter. Eh bien! non, il me charme. Serait-ce l'ensorcellement dont elle me parle? Elle dit encore :

« Tous les sorciers possèdent de ces dessins ou de ces statuettes façonnées dont ils se servent au nom de leurs clients. Ainsi ont-ils la possibilité d'envoûter qui ils veulent à leur demande. »

Je parierais bien qu'un de ces hommes est en train de façonner, sur sa demande, une statuette à mon effigie. Dans le teck.

A présent ses traits s'apaisent et l'enchantement s'intensifie. Et resurgissent en même temps tous les visages des femmes qui ont fleuri le jardin de ma vie. Tous ces visages si semblables dans leur nudité, dans leur fraîche franchise, dans leur manque de mystère. Le visage sans histoire de Jacqueline. A côté de celui-là, si déroutant, si compliqué. (Si plein de dangers cachés?) Comment sonder ces meurtrières, parer les coups, déjouer les pièges qu'elles pourraient contenir? Et comment expliquer que, loin de me méfier, je me sente pareillement fasciné? Que je me sois senti pareillement fasciné dès la première seconde à l'aéroport? L'attirance de l'inconnu? Du gouffre? Il y a un mot pour cela, me dis-je : sortilège. Ces femmes ont vraiment un pouvoir magique. Comme le tigre et la fourmi. J'affirme :

« C'est vous qui possédez la statuette de Gilles, cherchez bien. C'est vous qui l'avez envoûté. »

Je voudrais ajouter : j'en sais quelque chose!

Elle rit. La pendule manifeste malheureusement son impatience. Onze coups bien sentis. Une heure a passé. Si vite! Je me prépare à prendre congé. A regret. Quand le téléphone sonne. Une voix forte sort du combiné blanc. En anglais. Elle répond dans la même langue. On l'attend dans une demi-heure. Elle demande un délai supplémentaire en minaudant un peu. L'obtient. Raccroche, rougissante. Je lui propose :

« Si vous voulez, je vous dépose.
– Merci, merci, on vient me prendre. »

86

Elle a hâte, à présent, de me voir partir. De voir mon dos dans l'allée ombragée, sous les frangipaniers, la porte s'ouvrir sur la rue, là-bas, la rue me ravir.

Un instant j'ai envie d'attendre dans la 2 CV garée à deux pas le moment où ce type va descendre de voiture et appuyer sur la sonnette. Assis au volant, immobile, retenant presque mon souffle, j'observe le va-et-vient de la rue Phan Thanh Gian, de cette voie paisible où sommeillent tant de bourgeoises demeures derrière les hibiscus ou l'acanthe. Pendant que les corrosives confidences de Tâm bourdonnent à mon oreille, font autant de bruit que les guêpes dans les haies croulant sous les fleurs. Caresses d'ortie de ces racontars et cris d'une vendeuse de soupe fléchissant sous le double poids des balances enfumées. Ses petits pas courts et pressés et son cri de souris prise au piège : « *Miiiiiiii!* » Et le cri d'un cyclo en maraude, de ses roues appelant la burette. Et le cri des étourneaux de Chine et des pigeons de Cochinchine verts et chocolat, et celui des merles très européens sur la haute laine des pelouses.

Alors tout à coup je me demande : bon sang, où est la guerre? Et je me demande : qu'est-ce que tu fais là, près de cette balayeuse accroupie à l'ombre de son chapeau chinois au bord du trottoir? C'est toi cet homme dans cette 2 CV? Qui espionne une femme, essaie d'entrer par effraction dans son intimité? Pour le compte de qui? De Lemaître? En suis-je bien sûr? Mais où est donc la guerre que je suis venu couvrir, que j'appelais de mes vœux il n'y a pas si longtemps encore pour pouvoir exceller dans mon métier, égaler les plus grands cracks de mon métier, les Lemaître? Douze mille kilomètres en avion et des tonnes d'espérances. Pour aller se glisser sous le lit d'une donzelle?

Cabrage de mauvaise humeur de la 2 CV qui démarre. Ma guerre, elle est là. Dans ma poche. Un long papier que je vais de ce pas confier au télégraphe. Qui attend plié en quatre, frémissant de mon écriture électrique, que j'aie fini mes fredaines, ma cour de collégien évadé. Attend de s'élancer ventre à terre vers Paris avec tous ces mots mêlés chargés de beautés et d'horreurs, de courages et de petitesses. Et surtout de ma déception, de mon immense déconvenue à l'égard de ce pays et de ces hommes. Injuste? Je crains de l'être un peu. Mais comment le savoir? Éternelle interrogation du reporter à son retour. Comment savoir si j'ai bien vu, bien senti, bien écouté? Si je dis vrai? (J'entends déjà Lemaître : « Tu n'as pas le droit d'écrire ça, car tu ne connais rien encore. » Je l'entends écrire mon papier à l'envers.)

La cathédrale. J'ai trouvé une place pour ma voiture à l'ombre de ces deux tours romanes en briques roses rythmées de pierres grises. La cathédrale d'où sort à l'instant le cortège d'un mariage. Bel officier au bras de son épouse toute neuve sous la voûte des épées dressées. Battements des mains, des cloches insouciantes. Et au milieu de la chaussée, sur la place, le photographe, dos rond, jambes écartées devant son trépied, mouton à cinq pattes. Allez, mec, fais-moi une photo. Une photo, vite, avant que je ne meure.

Lemaître. Je le retrouve à la poste, quelques instants après, au moment où, penché sur un pupitre, j'adjoins cette scène du mariage à mon papier. Une pression sur l'épaule. C'est lui. Transpirant comme s'il venait de laver le carrelage de cette immense salle. Il me prie :

« Allez, petit, balance ton papier et viens boire un verre. J'ai dû pisser douze feuillets, je suis complètement déshydraté. »

Puis devant une bière, à la terrasse de l'hôtel : « Je suis invité à passer la journée de demain à Xuân Lôc, chez des amis planteurs. Tu viens? » Et il ajoute avant que mes lèvres ne bougent : « Jade sera là. »

Et hop! A peine l'ai-je quittée que le Ciel me la redonne. Comment faire un pas sans elle? On dirait même qu'elle est ici, à l'instant, attablée avec nous, lapant sa glace à petits coups de langue. Qu'elle est assise ici, entre nous deux, dans la tunique qu'elle portait tout à l'heure. J'entends son ventilateur s'ébrouer et sa pendule boitiller. Et je l'entends me raconter ses histoires de magie, ses contes à dormir debout. Tandis que mes yeux la déshabillent. Et maintenant je n'ose plus regarder Lemaître en face. Coupable. Je me sens si coupable. (Premiers symptômes de l'envoûtement?)

Après la bière, le dîner. On suit des confrères dans un restaurant. Le dîner et ses flic-flac coutumiers. Les potins de Saigon, ceux du métier, la rigolade. (Et la guerre?) Tout à l'heure un roulement continu a empli la nuit comme si quelqu'un déménageait, là-haut, n'en finissait pas de pousser ses meubles. Mais personne n'y a prêté attention. Pas plus qu'on se soucie de cette serveuse en deuil qui porte avec ses plats, sous son tablier, un enfant de six mois. Seul Lemaître l'a gratifiée d'un sourire. Les autres ne voient rien d'elle. Transparente. Ne voient que ce qu'elle dépose sur la table, les victuailles qu'elle ajoute aux victuailles. (Et la guerre?) Ne voient que le fond de leur verre et le bout de leur fourchette. Et moi, soudain, je ne vois que la guerre. Je ne vois que le visage du jeune Vietnamien qui se vidait doucement, l'autre jour, et demandait que l'on hâte son départ en douceur. Et que ce jeune Américain qui demandait une photo, la dernière. Je ne vois que la guerre, des villages napalmés, des torches vivantes courant comme des feux follets, des enfants morts dans le sein de leur mère. Le sang coule sur les nappes, déborde des verres et des bouteilles. Et les cadavres s'amoncellent sous les pieds des hommes attablés. Et les ordures de Saigon s'amoncellent dans les assiettes. Les ordures de trente ans de guerre, de trente ans de misère et de trente ans de débauche.

Qui ne sent pas l'odeur de pourriture montant de ces plats succulents? Et Lemaître, qu'attend-il pour crier, pour exhaler sa révolte, pour prendre la voix de toute cette souffrance? Et Jade, la bourgeoise, dans son nid douillet, derrière ses hibiscus, au milieu de ses domestiques et des photos de ses ancêtres? Jade l'impassible. Impassible comme le *nhà quê* penché sur son riz, dans son champ, à l'ombre de son cône, alors que la bataille fait rage à quelques mètres. Impénétrable visage du *nhà quê* sous son ombre éternelle, éternellement penché sur son labeur. Sourd à tout ce qui n'est pas le bruit que font ses pieds dans la glaise, le bruit de ventouse et les ébrouements de son buffle attelé à la houe. Insensible à toute autre chose. (Desmaisons: « Tu les as vus se plaindre des sangsues et des moustiques? Ils ont une peau d'éléphant. ») Jade et son beau visage de glaise.

Nausée. La nausée me gagne. Je voudrais me lever, partir. Quitter cette table, ce lieu, ce pays. Télégraphier au *Magazine*: j'en ai assez, je rentre. Je ne peux plus supporter ce monde implacable. J'en ai assez de me cogner la tête contre cette grande muraille, de me gaver de sang et d'ordure. Je pars tout de suite. Mais les forces me manquent. Écrasé sur ma chaise comme par la pesanteur, par les sauts périlleux d'un hélicoptère dans le vide.

Vite, un appui, un bras secourable! Lemaître. Il est là.

Avec son conseil: ne pars pas. Tu n'as encore rien vu.

Il te reste tant de choses à voir. Suis-moi, fais-moi confiance.
Et au pilote : à droite, toute!

L'hélicoptère dérape alors sur un côté comme un de ces disques en plastique avec lesquels les enfants s'amusent. Dérape et s'agenouille avec grâce près d'un miroir d'eau, se pose comme ce plat parfumé au bout de la fine main de la femme enceinte.

Et naît une île. Non, un village et ses trois aréquiers mâts de cocagne. Un village de paillotes, des buffles, des cochons noirs, des canards, des hommes. Et la rizière autour comme la mer, ses reflets de moire et sa paresse de bête mouillée séchant au soleil. Course d'enfants joyeux vers la machine qui tourne encore. Cortège de paysans endimanchés. Musique. Dans les maisons enfumées on prépare le thé pour les visiteurs, on fait cuire le riz noir dans de grandes marmites en cuivre.

Ma surprise est grande comme mes yeux.

Je demande : mais pourquoi donc cet accueil?

Lemaître : c'est la fête du septième jour de la naissance, la fête en l'honneur des douze déesses de la maternité. Car béni soit le Ciel, c'est un garçon. Avec une fille on aurait dû attendre le neuvième jour.

Un garçon! Jade est heureuse pour la mère (qui vient de coucher au milieu de la table, comme son nouveau-né dans ses langes, un long poisson blanc sur un lit de salade), un garçon pour entretenir le culte des ancêtres! Quel chagrin aurait conçu cette femme autrement! Pourtant il est bien dit aux mères de se réjouir pareillement, qu'elles héritent d'une fleur ou d'un bouton de fleur. (La fleur désignant le garçon.) Comme le paysan doit posséder deux sortes de paddy dans sa grange : le gluant et l'ordinaire.

Lemaître (qui gratifie cette femme d'un nouveau sourire alors qu'elle lui présente la sauce mayonnaise) : de toute façon elle ne s'inquiétait pas outre mesure. Car elle savait à quoi s'en tenir, ayant procédé avant l'accouchement à toutes les pratiques divinatoires. Placé à gauche, le fœtus ne pouvait forcément donner qu'un garçon. D'autant plus que la tête de la mère tournait à gauche quand on l'appelait exprès, par derrière.

Jade très émue : l'accouchement est proche.

Et moi : à quoi voit-on ça?

Elle montre une perche plantée devant la maison, et à son bout, un morceau de charbon de bois pincé dans une fente, et la fumée qui s'en dégage. Elle dit qu'il s'agit d'un poteau d'interdiction destiné à barrer l'entrée aux personnes dont les couches ont été difficiles et à celles qui souffrent de stérilité. De la fumée, il y en a aussi derrière la maison parce qu'on brûle là tous les effets portés pendant la grossesse. Et aussi dans la maison parce qu'on entretient un feu continuel sous le lit de la future accouchée afin d'éloigner les effluves toxiques que le sang de la délivrance va répandre autour de lui pendant trente jours. Jade me montre ce brasero et cette petite marmite de terre dans laquelle la servante va mettre le placenta et qu'elle enfouira ensuite dans le sol à côté de chez elle.

Lemaître précise : mais attention, à plus d'un mètre de profondeur si elle ne veut pas que son nourrisson ait le hoquet ou des vomissements. Et loin de la gouttière pour le mettre à l'abri de la conjonctivite ou de l'eczéma du cuir chevelu. A moins qu'elle ne mange un morceau de placenta après l'avoir mélangé à de la chaux pour être certaine d'élever son nourrisson. (Moi : quoi?) Mais ceci est plus rare. Comme elle fera avaler à son enfant un bout du cordon ombilical pour calmer ses coliques.

De l'hélicoptère qui fait le pied de grue et dont les bras reposent croisés au-dessus de la tête, nous avons sorti les cadeaux destinés à l'accouchée. Et maintenant que l'enfant a un mois, parents et amis entrent dans la maison, les bras chargés. Œufs de poule, pâtés (qu'ils appellent *ba tê*, ce qui m'amuse beaucoup), coupons de tissu, layettes et petits bijoux pour le nouveau-né.

Je voudrais faire compliment à la mère tant la beauté de son enfant l'irradie. Je m'approche d'elle, mon petit dictionnaire de poche à la main. M'approche du lit quand je sens une poigne sur mon épaule.

Lemaître, à mon oreille, pressant : arrête! Tu vas porter malheur à ce gosse!

Moi : mais comment?

Lui : si tu prononces le mot beauté ou santé, ou toute autre louange devant cet enfant, c'est comme si tu confisquais ses qualités à ton profit, comme si tu les lui volais.

Et de m'apprendre qu'en pareil cas les parents brûlent l'âme du malheureux complimenteur après son départ : quelques brins de paille arrachés à un balai.

Maintenant on place le nourrisson au milieu du lit, et autour de lui tout le monde fait cercle. Et autour de lui, sur une natte, ses parents ont déposé des outils de travail symbolisant les différentes professions du village. Un rateau de cultivateur, le panier rond avec lequel il sème le riz ou le tamis en bambou dans lequel il passe le paddy. Le filet du pêcheur et le marteau du charpentier, et la corbeille du vannier et le pinceau de l'écrivain public. Et l'on attend, silencieux, en fixant l'enfant avec attention comme l'on suivrait les sautillements d'un oiseau vers les graines qu'on lui aurait jetées. Jusqu'au moment où la petite main touche l'un de ces outils. Ce qu'elle fait. Ce qui déclenche un concert d'appréciations et d'ovations.

Lemaître enthousiaste : pêcheur! Il sera pêcheur. C'est le plus beau des métiers.

Il décrit alors le travail de tous les pêcheurs du Viêt-nam, de tous ces hommes courageux dont il connaît la rude existence. Décrit le travail des pêcheurs de *ca nuc*, cette sardine de dix centimètres de long, à la chair transparente que l'on rencontre par banc le long des côtes de Phu Quôc et de Phan Thiêt, et dont on tire le nuoc mam. Le travail des thoniers de Brito et celui des pêcheurs de requins de Juan Prieto, près de Qui Nhon, ces hommes intrépides. Et celui des chalutiers de la baie de Tourane, et celui des chasseurs de raies, et celui des rouliers des bouches du Mékong, et celui des pêcheurs de poulpes qui laissent des traînées sales sur le sable comme des encriers renversés.

Lemaître : souhaitons que la mer lui soit généreuse.

Il regarde avec anxiété les quelques fleurs que les pêcheurs ont piquées hier au bout du chevalet sur lequel sèchent leurs filets. A l'extrémité de cette pièce de bois en forme de bec d'oiseau fabuleux, rouge, jaune et bleu. Fleurs offertes au génie tutélaire du village. Fanées, la pêche sera mauvaise.

Je lance : fraîches!

Et du coup tous les convives tournent la tête vers moi avec étonnement.

Lemaître dit maintenant : ce n'est pas le tout, il va falloir donner un nom à ce futur pêcheur.

Et moi : il est né depuis un mois et il n'a toujours pas de nom?

Lemaître m'explique que dans les campagnes le registre d'état-civil étant plus ou moins tenu, les parents ne s'empressent pas toujours de donner un nom à leur progéniture. A cause des démons.

Je bougonne : toujours eux!

Et lui : toujours eux. Toujours prêts à se jeter sur le premier venu, sur le premier enfant mis au monde. De la même façon les parents éviteront plus tard d'appeler leurs enfants par leur nom personnel (c'est-à-dire le troisième composant de ce nom qui en possède deux séparés par une particule de liaison) pendant la nuit ou au cours de la traversée d'un lieu désert de peur que les esprits malfaisants ne retiennent leur identité. Sans nom l'enfant se nomme Garçon ou Fille. Jusqu'au moment où il prend l'envie à leur père de le désigner autrement. Par des qualités si c'est un garçon : le Bon, le Fort, le Courageux, la Loyauté, l'Intelligence, la Richesse. Ou des noms de choses : la Pierre, le Bois, la Montagne, le Marteau. Et les filles, bien sûr, par des noms de fleurs : Lotus, Orchidée, Tubéreuse, Rose, Chrysanthème. Ou par des noms de pierres précieuses, ou de perles, ou encore des noms de saison.

Alors sans retenue je crie le nom de Jade.

Et Lemaître dit : Ngoc Thach, le jade. Au Viêt-nam on donne plutôt le nom de Jade à un garçon, et c'est à un garçon que Tô Van Hùng voulait le donner. Quand Jade est née.

Et à l'appel de son nom Jade lance alors ses yeux comme elle lâcherait deux libellules, ses yeux qui vont de l'un à l'autre à la manière d'une libellule sans que l'on puisse prévoir où ils entendent se poser. Et je voudrais crier ce nom à nouveau, le crier à travers la table afin que ses ailes transparentes volent jusqu'à moi et se replient entre mes paupières. Mais Lemaître continue ses explications. Dit que parfois les parents ne se cassent pas la tête et donnent à leur enfant le nom de l'année où il est né : Rat, Cochon, Cheval... Ou celui de son lieu de naissance. Ou encore celui de son rang de filiation : le Deuxième (né), le Troisième (né) etc. Dit qu'il arrive aussi que le nom soit changé, plus tard, quand on constate que le choix primitif dépare la personnalité de l'enfant. Dit que l'on prend alors comme nom personnel (celui de la fin, le prénom en quelque sorte), une appellation qui conférera au nom complet une allure plus poétique ou plus littéraire, plus riche, chevaleresque, plus patriote. Le Sage, la Clarté, la Possession, l'Or, le Héros. Dit aussi – et là je me tords de rire parce que j'examine en même temps les têtes de tous ces gens autour de la table et

93

que ce qu'il dit pourrait fort bien leur convenir – dit que pour éloigner les enfants des démons (encore!), pour les mettre à l'abri de leur convoitise, les parents leur décernent des épithètes péjoratives : paresseux, niais, nain, lâche, galeux, ou des noms désignant des réalités vulgaires : testicules, verge, excrément. Et je ris encore plus fort à l'énoncé de tous les sobriquets. Ris de l'imagination des Vietnamiens pour baptiser leurs compatriotes et les étrangers. De tous ces rappels de tares, de défauts, de tics, de travers ou d'affaires de mœurs. Ris de Mme Noyau de Pêche aux joues grêlées par la variole et de Mme Picorée par un Poulet, à la peau du visage identique, et de Mme Quatrième Manguier que l'on a surprise en galante compagnie et dans une position incongrue, adossée à cet arbre fruitier, et de Mme Sampan Balancé qui a préféré la position horizontale pour s'adonner au même exercice.

Quand j'ai fini de rire, Lemaître m'avise : garde-toi bien d'appeler la première personne que tu rencontres par son nom personnel, c'est-à-dire par la partie finale de son nom, ou même par le nom de ses parents. Tu risques de la froisser sérieusement. Les plus susceptibles y voient même une véritable offense.

Ma voix facétieuse : surtout si elle s'appelle Excrément.

Jade, haussant les épaules : qu'elle s'appelle Excrément, Testicules ou Lumière du Ciel, c'est la même chose. Les bonnes manières exigent avant d'entrer chez quelqu'un de demander les noms qu'il faut s'abstenir de prononcer. Et en société le nom de famille seul est employé. A moins qu'il n'ait un titre universitaire, un grade de mandarinat, ou qu'il exerce une fonction publique. Dans ce cas, on dit avec beaucoup de respect (tête en avant du plongeur, mains jointes du plongeur, yeux amenuisés comme pour juger un tableau) : monsieur le licencié Nguyên, monsieur le mandarin du huitième degré Trân, monsieur le commis de première classe Lê.

Et je déclame en me retenant de rire et en me cassant en deux à mon tour comme si j'allais ramasser ma serviette sous la table : bien, monsieur le grand mandarin.

J'abandonne Lemaître à la sortie du restaurant. J'ai peur de le raccompagner chez lui. Trop peur qu'il m'entraîne encore je ne sais où. Là où Jade ne peut nous suivre. Demain je la reverrai. Toutes les étoiles me l'assurent.

7

Sept heures. Arrêt de la voiture devant l'hôtel, geignement des freins, brève génuflexion. Une 2 CV encore. La seule voiture que les Viêts n'arrêtent pas car ils savent qu'aucun Américain ne s'assiéra jamais dans une bagnole pareille. Au volant, un Cambodgien hilare, chapeau de toile posé sur un crâne de bronze comme une corbeille renversée. Et son sabir, toutes dents dehors :

« C'est moi passer marché pour demander cars chinois si Viêt Công couper rout', et c'est Chinois dir' pas Viêt Công pas rout' coupée. »

Et Lemaître montant un peu plus loin, se carrant à l'arrière sur la flasque banquette : « Si les cars chinois assurent que la route est libre, il faut les croire. Ils savent tout ce qui se passe ici, ces bougres-là. Et ne t'avise pas de prendre la route si tu vois qu'ils restent au garage. Tu risques de ne jamais arriver à destination. »

Cinq minutes encore et Jade prend place derrière moi, à côté de Lemaître. Derrière moi. La sentir si près et savoir qu'elle va demeurer là pendant des kilomètres. Que je vais partager avec elle cette heure de route et d'autres heures après, et le déjeuner et le dîner. Que je vais pendant des heures respirer son air, recueillir tous les mots de sa bouche.

Qui soupçonnerait en la voyant que nous nous sommes vus hier? Que nous nous sommes revus deux fois depuis mon arrivée au Viêt-nam? Je mesure bien ainsi son grand art de dissimulation. Ah! cette volonté de résister aux fouilles du regard, aux perquisitions du langage! De ne s'entrouvrir que contrainte et forcée. Ce parti pris du secret. Avec Jacqueline tout était si simple, à côté. En cinq sec on en avait fait le tour. Au point que je me sentais parfois mal rassasié, que j'éprouvais le besoin de me remettre à table. Tandis que celle-là...!

Xuân Lôc jaillit trop vite de sa terre rouge après un voyage sans histoire. Nous arrivons chez les planteurs. Et je vois aussitôt le dédain naître sur le front de notre hôtesse. Une Française. Quand la 2 CV dépose son monde devant la maison blanche, au bout de la route tracée au cordeau, au cœur de la forêt d'hévéas, de sa monotonie landaise. Quand Jade déploie sa grâce, tend sa fine main de cire à cette dizaine de personnes. Grain de dédain sur ce visage blême et mollasse contrastant avec la galanterie des hommes. Nicole. (Je prends immédiatement ce prénom en détestation.) Nicole, ballonnée de partout : joues, poitrine, arrière-train. (Elle a dû sortir de l'usine dont on aperçoit les tuiles entre les arbres, où l'on coagule le lait blanc de ces arbres.) De cette usine vers laquelle on ne va sûrement pas tarder à nous entraîner. A moins que l'on ne se contente d'une promenade en Jeep à travers la plantation ? J'ai deviné juste. Après un brin de toilette, l'excursion commence. Réservée aux hommes. Les femmes se sont assises sous la véranda où la table attend le déjeuner, diaprée de cristaux, nappée de lin, frissonnante d'impatience sous le vent chaud que la forêt pousse vers nous avec un bruit de mer qui roule.

La Jeep enfile l'avenue rouge, puis la lâche soudain pour entrer dans le temple du dieu Latex. Colonnes. Colonnes par cent, par mille dressées à dix mètres l'une de l'autre, soutenant une voûte vert sombre qu'aucun rayon solaire n'a la force de traverser. Colonnes ou jambes immobiles ? Jambes de chevaux alignés, cavalerie sans nombre prête pour la parade. Pour le passage du général. Que voici avec ses deux hôtes de marque. Qu'il abreuve de détails techniques et de chiffres. Trois mille cinq cents hectares découpés en « blocs » numérotés de cent hectares. Trois cent mille arbres. Dix-huit cents kilos de latex à l'hectare. Et pourquoi pas deux mille cinq cents dans quelques années ? Lemaître égratigne son calepin de quelques coups de stylo à bille. Par politesse. Car il sait tout déjà. M'a tout expliqué pendant notre voyage. Sait à quoi procèdent ces jeunes gens juchés à hauteur de feuillage sur un échafaudage de bambou. A un mariage. A la fécondation artificielle d'une fleur femelle d'hévéa. Gestes minutieux de ces éphèbes en espadrilles munis d'une pince arachnéenne. Hampe poudrée de pollen, lèvres fragiles de la minuscule corolle, pétales unis pour le meilleur et pour le pire, scellés par une goutte de semence. Et gestes minutieux de ces autres travailleurs accroupis le long des fûts, dans les couloirs sombres, une gouge à la main. Les saigneurs. L'arbre et sa blessure oblique, et son lent suintement, et son bol de terre vernie, rempli de sa crème, déposé à ses pieds comme une offrande.

Moteur coupé. Silence. Silence de l'immense armée des ombres. Ombres qui donnent à la terre rouge toutes les teintes du rouge. Celle du sang caillé, du coquelicot rouille, du violet vineux, et celles qui virent au rose argenté, qui scintillent comme des rubis balais. Ombres et moiteur extrême. Touffeur comme exhalée du silence lui-même. Mais ce n'est pas le silence vide du désert, celui du délaissement total, le silence profond, sans fond. C'est un silence habité, le silence d'une église archi-pleine au moment de l'Élévation. Le silence d'une salle de concert entre les deux mouvements d'une symphonie, entre l'*andante* et l'*adagio*. Ce silence fait de respect, d'attention et de ferveur, et d'haleine suspendue, d'exquise angoisse. Comme si tout d'un coup une baguette allait s'abattre, un ordre claquer, une trompette attaquer, et cette cavalerie innombrable se mettre en branle, ces troncs rugueux s'élancer, fiers de leur force, audacieux, et ce feuillage vernissé frémir comme une crinière et laisser pleuvoir enfin la poussière du soleil.

Le planteur a murmuré : « Écoutez ce silence. » Et nous écoutons, les yeux à demi fermés. Trois chasseurs couchés dans l'herbe admirant une biche au bord d'un étang. Les saigneurs ont les gestes lents des hommes qui travaillent au fond de la mer. On dirait qu'un peintre est au travail devant son chevalet, qu'il a incité chacun à retenir son souffle.

Mais soudain tout se brise. Dans un bruit de tonnerre. Deux avions en rase-mottes que la guerre vient d'envoyer là, de lancer comme un coup de haut-parleur pour nous rappeler son existence.

« Les A-37 de l'aéroport voisin, dit le planteur en écrasant le démarreur de la Jeep. Ils vont arroser les collines des alentours, car la nuit les Viêt Công les asticotent jusque sur leur piste.

– Alors cette promenade ? »

Toutes les dames nous attendent pour le déjeuner. Papotantes. Jade à l'écart, comme dédaignée. J'en souffre. J'esquisse

97

un mouvement vers elle. Trop tard. Lemaître m'a devancé. Il lui tapote la main, lui glisse dans un regard : « Je suis avec toi, le premier qui te touche aura affaire à moi. » Si ses yeux rencontraient les miens, ils liraient la même chose.

Tomates, concombres, artichauts. « De Dalat », précise Nicole, la femme en caoutchouc en se rengorgeant comme si cette station climatique lui appartenait, composait son jardin. Puis deux boys en blanc arrivent dans une glissade au ralenti sur le carrelage comme si c'était le sol qui roulait sous leurs pieds. Arrivent sous les ah! et les oh!, sous les applaudissements. Au bout de leurs bras tendus, au-dessus de leur tête, comme sur un pavois, un animal doré ruisselle sous les larmes.

« Un chevreuil!

– Un cerf cochon, rectifie le planteur. (Sa femme montre tant d'orgueil que je me demande si ce rôti de cinquante kilos au moins ne sort pas tout droit et tout cuit de son sein turgescent.) On l'appelle aussi cerf asthmatique ou cerf siffleur parce que son cri imite le sifflement triste de certains oiseaux. Il le termine souvent par un rire lugubre qui effraie les chasseurs. »

Le planteur, lui, termine ses explications d'un rire sardonique, et l'on pourrait croire que ce pauvre animal vient de se réveiller. Jade le croit sûrement, car je la vois soudain se rapprocher de Lemaître comme pour rechercher sa protection.

« Nous l'avons trouvé en bordure du lac de Ban Mê Thuôt. C'est mon ami Demariaux qui l'a tué. Un grand fusil s'il en est. Cet animal se défend courageusement contre les chiens avec ses cornes à trois branches. Mais celui-là, dès qu'il nous a vus, il a plongé et il a nagé avec une rapidité surprenante. Demariaux l'a eu d'un seul coup de calibre douze. »

Chasse terminée, on parle de latex et de tous ses substituts inventés pendant la dernière guerre. Les planteurs vantent le sang de leurs arbres à côté de ces produits de luxe, fruits du pétrole, du gaz ou de l'alcool. Tandis que leurs femmes discutent de leurs petits soucis, de leurs petites rancunes, de leur petite vie de sous-préfecture. Mais je n'entends personne. Je refuse d'entrer dans ce monde. Ce monde fermé à Jade. Où elle est interdite de séjour. Lemaître aussi semble sourd à tout.

Il me dit : viens, petit, laissons-les.

Et nous partons avec Jade dans la forêt clairière, là où l'on rencontre les plus beaux cervidés de la péninsule, les plus belles lyres des fronts en bataille. Nous partons avec l'ami Bordas, le guide des grandes chasses, dans ces territoires secrets où l'Européen ne s'aventure jamais. Dans cette forêt secrète que traverse à l'instant une flèche dorée, juste sous mon nez.

Lemaître : un muntjac! Comme il est beau! Heureusement qu'il nous a évités. Sa mâchoire supérieure est armée de deux canines coupantes avec lesquelles il éventre les chiens. (Jade se presse une nouvelle fois contre lui, et malgré ma jalousie bien naturelle, je savoure son air si joliment effarouché.) On l'appelle aussi cerf aboyeur. Son cri rauque ressemble à l'aboiement d'un chien amoureux au clair de lune.

Cet animal doit avoir l'oreille fine, car il se manifeste aussitôt. Une série de cornements âpres et plaintifs qui font dresser plus d'une tête autour de la table malgré l'inquiétude qu'y répandait déjà un petit champignon découvert ce matin même par les saigneurs à la base d'un tronc trop profondément incisé. Le chancre de l'hévéa. La mort à brève échéance pour combien d'arbres?

Lemaître, ce muntjac encore dans l'œil : c'est l'animal le plus élégant et le plus agile que je connaisse ici. Sa chasse est assez facile, car le pas de l'homme ne l'effraie qu'à courte distance. De plus le blanc de son arrière-train constitue une cible idéale.

Jade : comment oser tuer la perfection?

Lèvres et nez contractés, mine chiffonnée, cette fois. (Je n'aime pas voir tous ces plis de dégoût l'enlaidir.) Mais les fusils se cassent en deux et la mort se détourne, et la grâce renaît sur son visage quand s'approche soudain, frêle comme une jouvencelle malgré ses cent bons kilos, ce cerf d'Eld si rare, si précieux que sa destruction et sa capture ont été de tous temps prohibées.

Lorsqu'un cri s'élève. Cri assez fort pour que les boys manquent de laisser tomber les soufflés au chocolat qu'ils apportaient avec cérémonie. Un galop au loin. Des Sioux poursuivant un train à la télévision.

Lemaître : un cerf buffle! Son poids atteint facilement deux tonnes. Nous aurions intérêt à nous mettre à l'abri. (Ce que nous faisons aussitôt.) Quand il est en colère, il charge comme un taureau. Et gare à ses morsures, elles sont terribles!

On dirait qu'il en rajoute pour effrayer Jade, pour voir encore une fois sa main chercher la sienne sans souci des regards réprobateurs de ces dames.

Heureusement le bruit de galop meurt. Ouf!

Maintenant il ne veut pas heurter les oreilles de Jade, et pour cette raison il a baissé la voix. Peine perdue, elle sait écouter sans en donner l'impression. (L'apparente indifférence des félins toujours aux aguets.)

A mots soufflés, donc, il me confie : il faut que je te parle de cette étrange question des cornes molles de certains cervidés. (Tout juste si je l'ai entendu. Mais trois nez de planteur se sont brusquement relevés de leur assiette. Preuve de la fascination que cet aphrodisiaque doit exercer sur les esprits.) En décembre le cerf se débarrasse de ses vieilles cornes en les frottant contre les arbres. Commence alors la saison de la chasse. Partout dans la forêt c'est une traque obstinée. Tous les chasseurs veulent rapporter au village ces cornes molles au pouvoir irrésistible.

J'écarquille les yeux : irrésistible?

Il dit : oui, oui, tu peux m'en croire. Et croire les Russes avec. Leurs chercheurs ont montré que l'extrait de ces cornes, dénommé pantocrine, a par son action hormonale mâle une grande efficacité contre la déficience des maris et des amants.

Insupportable image que ces animaux souffrant, mutilés pour le plaisir des hommes, l'assouvissement de leurs besoins de puissance. Je manifeste ma révolte. D'un haussement d'épaules, Lemaître m'arrête. A l'entendre il n'y a pas opération plus indolore que le sciage de ces cornes à trois centimètres de leurs racines. Récupéré, le sang est mélangé à de l'alcool de riz. En cas d'hémorragie, encre de Chine diluée dans du charbon végétal, puis bandage. L'animal recouvre ensuite sa liberté.

Soupir de Jade. Qui la trahit. Et elle a beau resserrer ses paupières, emprisonner ses prunelles à la manière des oiseaux de nuit, j'ai eu grandement le temps d'apercevoir à l'intérieur le bond que ce chevreuil a fait pour rejoindre sa forêt natale.

A présent c'est la nuit. Et c'est, pareille à un récif isolé, la maison blanche, et c'est autour, un lagon de tranquillité lacté sous la lune comme un anneau d'écume et la rage de la mer

100

impuissante. Et c'est autour, l'immense harde des hévéas comme des bisons, épaule contre épaule, mufle au ras du sol. Mais une harde éloignée, à une folle distance dont on ne perçoit rien de son grondement de walkyries déchaînées. La nuit devant moi. Immobile. Enlisée dans sa vapeur sirupeuse. Mais avec ses rumeurs. Importantes à cause d'elle. Friture des grillons, alphabet morse d'un tam-tam. (Qui se parle à cette heure?) Et plus près, frou-frou du ventilateur, bruit de succion des margouillats en chasse sur les murs, grésillement d'une spirale d'encens soucieuse d'éloigner les bestioles dérangeantes.

Cloche sous vide de la moustiquaire. L'air aspiré jusqu'à la dernière molécule. Impossible de trouver le sommeil. Alors j'ai enfilé un short, une chemisette, chaussé mes claquettes de bois, et je suis sorti de la chambre. Et par le couloir qui longe la maison, ouvert sur la nuit comme une coursive sur le large, j'ai rejoint la véranda. Et là, maintenant, appuyé à la balustrade, je regarde la nuit, ses frémissements, ses lueurs comme je regarderais la mer du haut d'un pont promenade. Et du côté des cuisines encore éclairées, au bout de cette allée reliant la maison aux communs comme une passerelle sur un étang assoupi, je la découvre tout à coup. Allongée sur une natte, près de trois autres personnes, la femme enceinte et deux hommes, torse nu. Deux hommes des cuisines au torse aussi poli que la natte, tous quatre vautrés devant des cartes de couleur et des billets de banque. Jade. Jouant au *tu sac*. Et depuis longtemps à voir l'épaisseur des piastres et le bleu de la fatigue sous les yeux.

Étonnée? Moins que moi. A peine m'adresse-t-elle un sourire. Si claustrée dans sa réflexion, dominée par son jeu. Où est partie l'élégante Saigonnaise? Une paysanne. Rien ne la différencie d'une *nhà quê* de la rizière, une saine fille des plaines inondées aux jambes retenues par la boue comme les racines des palétuviers. Une vraie *nhà quê*. Couchée en chien de fusil, appuyée contre un coussin crasseux, pieds nus rabattus sous les fesses. Pantalon de coton noir de la campagne, chemisette blanche effrontée de liberté, cheveux tirés à la diable formant sur la nuque une mauvaise queue de cheval.

Je me sens aussi gêné que si je venais d'entrer chez quelqu'un sans frapper, de pousser la porte d'une chambre à coucher. Pourtant je ne gêne personne. Pas plus Jade que ses partenaires. Absents. Enfoncés dans le silence. Mais bien réveillés. La pupille agile dans sa rainure, allant d'un joueur à l'autre, d'une carte à l'autre.

Parfois la main se détend, gratte le bambou tressé sous la carte étroite, s'abat. Des soupirs se croisent. Un jet rouge éclabousse le fond de la cuvette. Le bétel expulsé de la bouche rouge de la femme enceinte. Préfiguration de l'accouchement. Rouge, jaune, vert, blanc des cent douze cartes du *tu sac*. Rouge des ongles aiguisés de Jade. J'aimerais comprendre la règle du jeu. Je m'y acharne. Mais c'est trop compliqué. Trop asiatique. Casse-tête de cette race impossible.

Soudain Jade perd. Perd un à un les billets mous comme du chiffon qu'elle sort un à un, qu'elle déroule après les avoir exhumés d'une pochette enfouie sous sa chemisette, à la ceinture. La veine l'a quittée, et soudain° elle court après comme une dératée. Son visage s'est cuirassé. Un durillon.

Alors elle essaie un subterfuge. Retourne subrepticement l'une des claquettes de la chiqueuse de bétel au moment où celle-ci se penche sur le côté pour cracher sa mixture. Met semelle en l'air cette claquette abandonnée derrière elle. Et elle attend que le hasard tourne en sa faveur. Mais les piastres lui filent toujours entre les doigts, et elle doit tenter autre chose, un autre stratagème. Elle allonge le bras vers moi, vers mes socques de bois. Moi debout près d'elle. Et touche mon pied droit. Très vite. Comme pour en chasser un moustique. Et sans même lever les yeux, l'air toujours aussi anxieux, âpre au gain. Comme elle rattraperait au vol un billet enlevé par un coup de vent. Et voici maintenant que la chance remontre son nez, lui restitue sa mise. La chance lui sourit à nouveau grâce à moi, et Jade me sourit. Et lorsqu'elle a ramassé trois fois sa mise, elle s'agenouille, s'étire et prononce quelques mots d'un air las, ce qui doit signifier qu'elle en a assez, qu'elle s'arrête. Et en effet, elle rentre son petit magot dans sa ceinture, se relève et me suit. Et me dit :

« Sans vous je perdais tout. »

D'un coup elle a reconquis sa noble allure. Vêtue d'un rien pourtant, dépouillée de tous ses artifices. A sa place d'autres s'en sortiraient sûrement moins bien. Elle me dit encore en me scrutant, inquiète : « Vous devez trouver ça bizarre...

– Quoi? Le jeu? En Europe les femmes jouent aussi aux cartes. (Mais pas avec le petit personnel, ni à deux heures du matin, couchées dans le couloir d'une cuisine!)

– Si, si, insiste-t-elle, vos yeux me l'ont avoué. Vous n'imaginiez pas que vous alliez me trouver ici, jouant aux cartes en cette compagnie. »

Non, non, bien sûr. Alors pour s'excuser :

« Nous sommes si superstitieux! Et il n'y a pas que la superstition qui nous pousse à jouer, il y a aussi toutes les forces extra-terrestres auxquelles nous croyons, qui régissent tous les actes de notre vie. Il ne faut surtout pas les contrarier. »

. Et elle me raconte ce qui lui est arrivé cette nuit, ce à quoi elle ne pouvait échapper. Après avoir rejoint sa chambre. (Quelle chambre? La sienne ou celle de Lemaître?) Après avoir rejoint sa chambre, et ne parvenant pas à s'endormir, elle s'est habillée et elle est sortie dans le couloir avec l'intention d'aller se désaltérer à la cuisine. Elle est sortie et elle a croisé juste devant sa porte, cette femme enceinte. « Malheur! chez nous, c'est un signe. Quand vous sortez de votre maison et que vous rencontrez une femme enceinte, c'est très mauvais. Le sang est impur et souille tout. De la même façon, il est interdit aux jeunes filles pubères de toucher aux fleurs et aux fruits de certains arbres. Elles les gâteraient. »

Et à peine Jade s'installait-elle dans le couloir avec les autres pour disputer cette partie, que la femme enceinte revenait et s'imposait.

« Et la chance vous a abandonnée aussitôt?

– Heureusement vous êtes arrivé, et d'un coup de pied vous avez envoyé ma guigne au diable.

– Ça ne m'étonne pas, dis-je en riant, mais sans pouvoir contenir une certaine fierté, au collège, dans notre équipe de foot, j'étais connu pour mes shoots prodigieux. »

Elle rit de bon cœur, et nous regagnons la véranda que la lune arrose comme un avion luciole. Marchons côte à côte, nos claquettes à la main afin de faire le moins de bruit possible, foulons ce carrelage encore tout chaud du grand soleil. Et sur la véranda, nous nous asseyons côte à côte dans un fauteuil en osier, face à la nuit, prenons place comme si l'on allait nous servir le thé. Et Jade me parle à voix basse. De jeu encore. Je la regarde, et tout de suite une sensation éclôt, me saisit d'abord à la gorge, me serre comme un nœud coulant. Puis descend jusqu'aux épaules, puis glisse, s'enroule autour de moi, de ma poitrine, de ma taille. Glisse. Descend là, en bas, au bas du corps, s'y plaque, s'y love, et remonte en flottant comme de l'air chaud, ondoie le long de la colonne vertébrale jusqu'à la nuque, jusqu'à la gorge, jusqu'à ce bâillement irrésistible.

La lune, les étoiles, la masse mouvante et sombre de la forêt, et cette sensation en moi grondant avec mon sang. Comme les flots bouillonnants du fleuve, l'eau jaune rageant contre les jonques à Saigon, avec ses paquets de jacinthes d'eau à la dérive, ses troncs de bananiers, ses animaux morts. Pendant que Jade me parle, me dit : « Les femmes, ici, jouent comme elles respirent, qu'elles soient riches ou pauvres. Elles sont même plus passionnées que les hommes. Pourquoi? Aimeraient-elles l'argent plus que les autres? Pourtant tout le monde aime l'argent. Les Françaises aussi doivent aimer l'argent, n'est-ce pas? » La découpe de son profil sur ce décor au fusain, sur cette mer noire, ces rochers, ces crêtes d'écume. La pommette haute coinçant l'œil qu'un doigt imaginaire étire vers la tempe. Le fruit mûr de la bouche que d'autres doigts imaginaires portent à des lèvres imaginaires. Et tous ces doigts imaginant les caresses.

Elle continue : « Le jeu fait perdre la tête des femmes, ici. J'en connais qui se sont ruinées complètement au *tu sac* et aux " trente-six bêtes ". Maison, voiture, tout! (Elle chante à la fin de ses phrases : touououout...!) Tenez, ma pauvre mère avant de mourir... »

Enfoncée dans le fauteuil, elle a replié les jambes contre elle, les genoux à la hauteur du menton, les mains nouées aux chevilles. Et j'admire le long fuseau des cuisses, leur coulée sous la peau brillante du *cai quân*. Et j'imagine que mes yeux doivent briller autant que ce tissu dans le noir – ont-ils jamais eu tant d'acuité? – mais elle n'en a que faire. Dit : « Ma mère, ma pauvre mère... eh bien! mon père était souvent obligé d'aller la chercher en pleine nuit chez une voisine où se rencontraient toutes les joueuses du quartier, obligé de l'arracher au *tu sac*. Et quand mon père partait en province, elle restait souvent coucher dehors et rentrait parfois comme une loque, vers neuf heures du matin, désespérée d'avoir tout perdu, mais bien décidée à retenter sa chance dès le soir même... »

Le fuseau souple de ses cuisses et leur courbe qui s'amorce derrière elle, et la poitrine que l'on soupçonne menue mais ferme sous la chemisette à peine échancrée, et ces bras potelés d'enfant, tendus, comme suspendus à la corde d'une balançoire. Ce corps. Jusqu'à présent elle me l'avait dissimulé, ce corps. Comme ses compagnes. Comme elles excellent toutes à le faire avec un certain goût pervers. Sous leur lévite au col de soutane, aux poignets étroits, étranglants comme des menottes. Jeunes ou vieilles, belles ou laides, quelle différence? Même uniforme. Même enveloppe de chrysalide éternelle. Corps incertain condamné à l'emprisonnement à vie. A côté de la liberté des Européennes! De la hardiesse de Jacqueline, de sa généreuse gorge, de la plénitude de ses épaules, de la promesse de ses jambes filant droit vers des mystères prévisibles...

« Alors, comment voulez-vous, continue-t-elle, comment pourrais-je être autrement avec une mère pareille? Une fois, au *ba quan*, un jeu d'origine chinoise, j'ai tout perdu. Tououout! J'ai perdu tellement d'argent que j'ai dû vendre le sac en croco que Gilles m'avait rapporté de France. Pauvre Gilles! Je le lui ai avoué. Et vous savez ce qu'il m'a dit? Il m'a cité un proverbe de mon pays : L'Empereur de Chine a droit à trente-six parasols d'or. A sa mort, il ne peut en emporter aucun dans le séjour des ombres. » Je dis : « C'est la sagesse même. » Et elle : « Vous avez raison, Gilles a raison, le proverbe a raison. On peut toujours désirer amasser de l'argent, un jour il ne vous sert plus à rien. Et sans parler de la mort, peut-être un jour prochain serons-nous obligés d'abandonner tout derrière nous, parents, maison, lune, étoiles (elle montre le ciel) tououout! Alors, adieu *tu sac* et *ba quan*! » Je voudrais qu'elle m'avoue pourquoi elle a tant désiré savoir si Lemaître vivait seul à Paris, et pourquoi elle a semblé peinée quand je le lui ai assuré. Regrette-t-elle de ne pas avoir accepté de le suivre quand il en était temps, de combler le vide créé par son divorce? Ou souffre-t-elle qu'il n'ait pas profité de sa liberté pour être plus souvent auprès d'elle sachant qu'elle-même ne ferait jamais le chemin vers lui?

Je ne peux rien lui arracher. Que ces mots : « C'est une vieille histoire. » Ont-ils seulement été amants un jour? Au début, peut-être. Quand il espérait l'avoir entièrement à lui. Alors pourquoi revient-il toujours? Parce qu'elle l'a envoûté avec son Viêt-Nam, qu'elle possède sa statuette en bois?

A présent elle a surpris mon regard. Senti quand il a glissé le long de son corps pour en cueillir un peu au passage. Je souhaiterais rapprocher mon fauteuil du sien, mais je n'ose pas. Peut-être n'attend-elle que cela. Mais je n'ose pas. Qu'est-ce qui me retient? Lemaître? Lemaître qui ne sait pas la retenir!

Alors soudain j'ose. Je rapproche mon fauteuil, lui prends la main, ses griffes rentrées de belle tigresse. J'ose. Et lui prends le bras, ce bras potelé qui lui reste de l'adolescence. J'ose. Et lui prends la bouche. Mélange mon souffle au sien. Deux coursiers dans le vent. Et lui prends la taille. J'ose. La prends à bras le corps. Prends ce corps qui, pour la première fois, ne se dérobe pas, se dévoile, s'offre, son jeune corps de sauvageonne. J'ose, et je ne pense plus à Lemaître, et je ne pense plus à Jacqueline qui m'attend, et je ne pense plus à la guerre qui m'attend, à toutes ses abominations et à tous mes propres dégoûts, et à tous mes remords. Je la prends avec violence comme les milliers de marines doivent prendre à l'instant même des milliers de filles dans les milliers de bordels du Viêt-Nam. Comme tous ces hommes désespérés doivent prendre leur dernier plaisir avant d'aller à la mort. Plongeon. Tout au fond d'elle. Jusqu'à toucher le sable, les roches, les algues, les coquillages. Désormais elle ne pourra plus rien me cacher. Nue. Elle est nue dedans, dehors. Malgré la longue tunique qui l'enferme jusqu'à la pomme d'Adam. Malgré ses paupières rétives lourdes de toute l'Asie. Nue. Comme une belle bête écorchée. Comme une forêt défoliée.

J'ai osé. J'ai osé penser que je la prenais. Sans doute aurais-je dû oser vraiment. Peut-être me reproche-t-elle mon manque d'audace. Mais maintenant c'est trop tard. Elle bâille avec l'abandon d'un petit animal, claque impudiquement sur sa cuisse pour écraser un moustique. Elle s'esclaffe en désignant mes jambes si blanches, si ridicules : « Ils doivent se régaler. Une peau de Tây! » Les moustiques? Je n'avais pas remarqué qu'il y en avait autant. N'avais pas réalisé qu'ils s'acharnaient sur moi. Elle se lève, détend les bras, les jambes avec le même naturel que les félins, la même nonchalance. Combien de centimètres nous séparent? Longueur d'un bras. Trop tard. Vraiment. Je l'entends me dire : « Si on allait se coucher? » Et je m'entends répondre : d'accord, avec vous. Et je prends respectueusement la main amicale qu'elle me tend. Et la lui rends aussitôt. Et la vois s'éloigner dans le couloir sur ses pattes de velours, ses griffes rentrées de belle tigresse. Et je demeure encore longtemps, là, dans ce fauteuil en osier, face à la forêt, à la lune, aux étoiles, sans ressentir la moindre piqûre de moustique. Longtemps à me traiter d'imbécile.

8

Au Continental, le caravansérail de la presse internationale, au milieu de tout ce monde cosmopolite, de cette foule bruyante que l'on croirait être celle d'un théâtre à l'entracte. D'un théâtre où l'on jouerait une tragédie. Foule jacassante, buvante, fumante, guettant sans en avoir l'air la sonnerie de la reprise. Et dans cette foule, Desmaisons et ses bras de moulin à vent. Desmaisons, l'appareil photo agrippé au cou comme un petit singe, et aux lèvres, bien entendu, l'ironie grinçante de l'ara. Monsieur s'est bien amusé à la campagne? Monsieur s'en est foutu plein la lampe pendant que son photographe trimait tant et plus? Ta gueule, Desmaisons! Et ce télex sortant de sa poche, accouru de Paris. Demandant urgence interview ambassadeur États-Unis avec vie familiale, etc. La merde, dit Desmaisons. Qui dit que ce reportage a été fait vingt mille fois et qu'ils n'ont qu'à demander à. Qui dit: s'ils s'imaginent qu'on peut approcher ce mec comme ça, ils se foutent le doigt dans l'œil. Qui dit: à toi de jouer.

Desmaisons sur la scène de son petit théâtre habituel, dans le rôle du grand reporter en fin de séjour, revenu de tout, avec pour public un bouquet de femmes journalistes fraîchement débarquées, arrivées la veille à voir leur pâleur de malades et leur accoutrement d'exploratrices acheté chez Marks and Spencer. Ce télex dans mes doigts et ce message trouvé dans mon casier, à côté de ma clef: Jacqueline. Deux appels hier à une heure d'intervalle. Pour m'annoncer quoi? Qu'elle m'attend, bien sûr. Qu'elle ne peut plus vivre sans moi. Qu'elle se plaint de mes lettres trop rares et trop courtes.

Jacqueline encore à l'instant. Dans la bouche de ce boy parcourant le hall et la terrasse à ma recherche. Jacqueline au téléphone. Tu es folle! M'appeler de si loin! Mais quelle heure est-il donc pour toi? Trois heures du matin! Tu es folle, je te dis. Et puis ces mots vrillant mon tympan. Quoi? Quoi? Venir ici? Mais tu n'y penses pas! Pendant que j'aperçois dans l'entrebâillement de la porte de la cabine quelques-unes de ces épouses ou de ces amies de journalistes, de ces femmes blanches oisives, malheureuses. Tirant sur la paille de leur orangeade, sur leur cigarette, étirant leur temps avec l'ennui devant les yeux comme une grande rue vide. Non, non, ce n'est pas un endroit pour les femmes. La guerre, les attentats dans les restaurants, les embuscades sur les routes... Je noircis le tableau à plaisir, ameute des bataillons de terroristes, dégou-pille des caisses de grenades, glisse des assassins sous les lits, sous les tables. Sans compter les microbes : amibes, peste, choléra. Et les serpents? (Elle a horreur des serpents.) Les pythons qui s'introduisent la nuit dans les habitations (car ils dorment le jour), et les cobras, les fameux serpents à lunettes. Et les plus dangereux, ceux qui tombent dans le cou, les serpents bananier qui tuent un bœuf en une minute.

Devant ce flot de venin, Jacqueline a battu en retraite. Dieu soit loué! Je sors de la cabine aussi mouillé que ce cyclo remontant la rue Tu Do, chargé d'un poussah.

Bière, fraîcheur d'une source babillante, l'été, en Savoie. Toujours la même image qui me revient quand ma gorge se sent à l'aise. Desmaisons continue son numéro dans un anglais d'Assimil alors qu'un petit cireur s'épuise sur l'une de ses chaussures, puis donne deux coups de brosse sur sa boîte pour lui faire changer de pied. Tandis que je regarde cette fille, en face, cette photographe américaine, cette grande plante très vivace, sortie d'une serre californienne, d'une pépinière olym-pique. Regarde cette suceuse de milk-shake à la chevelure léonine, portant son buste comme la coupe d'une championne de natation. Et regarde ces femmes blanches, si blanches, avec leurs jambes laiteuses, leurs bras laiteux de crémière et leurs joues roses, et leurs yeux vulnérables, leurs globes d'œuf sans coquille. Et regarde ces femmes dans la rue, en *ao dài*, ces créatures filiformes, impondérables, dont les pieds frôlent le sol comme ces fées sur les estampes chinoises. Ces êtres supraterrestres descendus un moment de là-haut pour perdre les hommes. Regarde ces Vietnamiennes sûres d'elles-mêmes, rayonnantes de leurs pouvoirs secrets, si solides sous leurs formes fragiles, si autoritaires sous leur effacement, si conscientes du désir qu'elles allument. Et regarde Jade dans son pantalon bouffant, au clair de lune, dans le faux-jour de la nuit tropicale. Et entends la voix de Lemaître à travers le pidgin de Desmaisons. Sa voix, un soir, dans son studio foutoir, dans ses livres, ses pipes, ses reliefs de cuisine.

Sa voix : un jour, elles vous conquièrent en douceur. On s'imagine avoir le dessus et ce sont elles qui l'ont. En douceur.

Me parle-t-il soudain de Jade, pense-t-il à elle quand il m'assure qu'elles s'infiltrent dans nos veines, goutte après goutte, qu'elles remontent jusqu'au cœur aussi silencieusement que la mer remonte ici chaque nuit jusqu'à cent kilomètres de ses côtes?

Il dit : ça peut durer longtemps. Et après, fini, on est cuit, ensorcelé. A leur merci. Les Viêts n'ont pas agi autrement à Diên Biên Phu. En creusant nuit et jour leurs tunnels avec leurs petits paniers, jusqu'au moment où ils sont arrivés sous les pieds du général de Castries. Comme les fourmis. Les fourmis ont toujours le dernier mot. Les fourmis rouges ne conquerront pas autrement la péninsule tout entière. Elles ont tout le temps. Les Vietnamiennes prennent tout leur temps dans leur combat face à l'homme. Comme l'opium. Par petites doses. Boulette après boulette. Jusqu'au moment où vous ne pouvez plus vous en passer.

Moi, sceptique : elles sont si fortes que ça?

Et lui : si fortes! Ce sont elles qui font la pluie et le beau temps dans ce pays. Sans le montrer. Sous leur air de ne pas vouloir y toucher. Elles marchent dans l'ombre de l'homme, dans la rue, s'esquivent dans les salons, passeraient volontiers sous le tapis. Soumises, humbles servantes du maître. L'homme roule des épaules, joue au mâle transcendant. Qui commande ici? Mais à la maison tout change. Le jules perd sa superbe. Les cris que l'on entend derrière la cloison, ce sont ceux de sa femme. Les cris d'une maîtresse femme qui mène sa famille à la baguette, et surtout, tient les cordons de la bourse. L'argent! Ah! l'argent! Ah! le petit commerce et les grandes affaires! Et les trafics en tous genres. La passion du profit, de la possession. Avoir. Avoir des robes étincelantes, des bijoux, des pierres précieuses.

Je me risque : vénales?

Lemaître : vénales. Tu as dit le mot, malheureusement. Souvent vénales et souvent futiles.

Moi : quand on est futile, on ne se préoccupe que de choses sans importance. Et l'argent est important. Plus important encore quand on est vénal, quand on va jusqu'à se laisser acheter au mépris de la morale.

Lemaître : je dis vénales et futiles, et je le maintiens. Parce que souvent l'argent gagné honnêtement ou obtenu un peu vite, trop vite, l'argent de derrière les fagots, l'argent des petites combines, de la resquille, et l'argent des nuits blanches, l'argent du hasard, celui du *tu sac* ou celui des « trente-six bêtes », et l'argent de la prostitution ne sert qu'aux futilités, aux frivolités, aux plaisirs passagers, aux avantages extérieurs. A la parure. Il y a quelque chose d'infantile chez elles, avec leur corps à peine terminé et leurs cris d'oisillon. Petites filles éblouies par les fanfreluches et les friandises. Quelque chose d'une poupée. D'artificiel, d'enveloppé dans du papier de soie, de sorti d'une boîte enrubannée. Elles sont comme les pies, attirées par tout ce qui brille. Pousse leur porte : pas de meuble ou presque, des babioles, des colifichets, rien. Une loge de danseuse. Logement provisoire. Des danseuses, des cigales.

Je dis qu'il faudrait savoir : des cigales ou des fourmis?

Lemaître : des cigales avec des pattes de fourmis. Une tête de cigale, des élytres de cigale, mais des mandibules de termite.

Je m'écrie épouvanté en pensant à Jade : mais ce sont de petits monstres!

Et lui : elles ne sont pas toutes comme ça, c'est vrai. Il y en a heureusement qui rachètent les autres. Qui travaillent durement et ne dépensent pas facilement. On les voit chargées de leur palanche, trottinant sans cesse, ou les pieds dans l'eau, courbées sous le chapeau éteignoir. Ou à la poupe du sampan, courbées sur la rame. Ou courbées sur les blessés dans les hôpitaux. Ou dans la forêt, trottinant encore, le fusil ou la trousse médicale sur l'épaule. Ce sont les vraies fourmis du Viêt-nam. Mais il faut bien connaître le pays pour les rencontrer. Parce que ce sont les cigales qui viennent au-devant de vous, à la passerelle de l'avion. Parce que ce sont elles que vous entendez, qui vous charment avec leurs mièvreries, leurs minauderies. Les autres sont silencieuses et invisibles. On dirait qu'elles ne vivent que la nuit.

Lemaître sort un livre de sa bibliothèque. L'ouvre. Un livre de Jean Star publié en 1900.

Il m'ordonne : lis ça. Rien n'a changé.

Mais il préfère lire lui-même, lit au hasard des pages : quelles voluptés peut bien réserver ce petit animal indifférent et égoïste, d'un attrait physique indécis, et si étranger aux états cérébraux du mâle? Et plus loin : c'est ainsi que nous les jugeons, nous, les nouveaux venus que l'air asiatique n'a pas encore imbibés (imbibés, quel mot plus juste?), et que nous gardons intacte notre esthétique occidentale. Nous ne prévoyons pas encore ses attitudes rep-ti-liennes (mot cassé en trois pour mieux le déglutir), les spirales possibles de son corps délié autour d'une victime blanche...

Et il me demande alors : qu'est-ce que tu dis de ça?

Il ne montrerait pas autant de plaisir à déguster une mangue.

Il continue : les anciens ici l'affirment, ce sont des goules raffinées et opiniâtres, expertes dans l'art de dessécher des muscles vigoureux, de vider des cervelles, d'abolir des volontés... (Il a ouvert son dictionnaire.) Goules, sortes de vampires femelles des légendes orientales.

Je m'indigne : vampires, réellement?

Il corrige, levant la tête : félin conviendrait mieux. (Il retourne à sa lecture.) Un étonnant pouvoir d'engluage réside souvent en ces petits félins... Tiens, qu'est-ce que je te disais!... Et si par surcroît, la solitude et l'opium leur viennent en aide, c'est alors une œuvre de dévastation...

Je dis en parlant de cet auteur : il n'y va pas de main morte.

Lemaître est émerveillé comme s'il venait de reconnaître quelqu'un sur un tableau en visitant un musée, comme s'il était tombé en arrêt devant ce tableau si ressemblant (et comme s'il découvrait ce texte).

Il lance : mais c'est exactement ça! Comment s'exprimer autrement? 1900? On pourrait écrire la même chose aujourd'hui. Ce type est un vrai zoologiste.

Et Jade? Grave question que je me pose, le pied sur la boîte en bois du cireur, l'œil sur ces petits félins passant et repassant devant la terrasse du Continental, devant cent guetteurs de fauves, cent lignes de mire ajustées. Jade. A quelle espèce appartient-elle : fourmi, cigale, vampire, petit félin? Grave

111

question à laquelle je voudrais bien que Lemaître réponde. « Allons-y », dis-je à Desmaisons en hélant deux pousses.

Envie de boxer les murs. Nerfs en boule. Car les quatre coups de téléphone que je viens d'envoyer à l'ambassade et au bureau de presse se sont heurtés à des regrets polis ou à des rebuffades. M. Martin ne reçoit pas. Ne reçoit pas de journalistes, surtout s'ils sont français, semble-t-il. Alors Desmaisons me dit : « Laisse-moi faire. » Et j'ai arrêté ces cyclos. Direction : la mission militaire américaine. Desmaisons connaît là un membre de la C.I.A. Mot magique, passe-partout capable de crocheter n'importe quelle serrure. Du moins l'assure-t-il. L'homme en question, un Acadien de Louisiane, chasseur de canards à ses heures, buveur de bière à toute heure. Joe Guidry. Une bonne tête joviale qui, jointe à son parler inimitable, celui des bayous, ne peut nous apparaître que comme l'espoir lui-même. Le voilà donc tripotant son téléphone avec ses grosses pattes rouges, ses doigts de mangeur d'écrevisses. Et appelant Ronald, Frank ou Larry, la ville entière. Et riant, riant sans cesse. Et buvant entre deux pintes de rire, pintant sa bière glacée à même la boîte couverte de givre. (Où ce grand peuple si sérieux, si industrieux, si appliqué va-t-il chercher ce rire de clown ?)

Étincelles dans les pupilles de Desmaisons. « C'est gagné », me souffle-t-il. Hélas! le Cajun repose son appareil, éteint son rire, soupire : « Pas de chance, mes amis, l'ambassadeur est vraiment trop occupé en ce moment. » Et il ajoute, sibyllin, avant de recommencer à rire : « D'ailleurs, vous aussi, vous allez sûrement l'être dans peu de temps. »

De retour à l'hôtel, tout devient clair. Cette agitation des confrères, ces courses dans le hall et dans les escaliers, ces taxis ameutés. Tout devient clair avec Tâm qui est là, qui nous attend depuis une heure, palpitant comme les nouvelles dont il est porteur. Offensive nord-vietnamienne dans la zone démilitarisée à Dông Hoi et à Dông Hà. Et ce n'est pas tout. Combats sur les hauts plateaux à Pleiku et à Kontum. Et ce n'est pas tout. Pression de trois divisions nord-vietnamiennes sur An Lôc, au sud. Et ce n'est pas tout. Reprise des bombardements aériens sur le Nord. Tâm, son énumération terminée, rictus épanoui : « Alors, qu'est-ce qu'on fait ? » Et Desmaisons : « On boit une bière. » Et Benson arrivant en coup de vent, chemise au vent : « Il paraît que deux régiments sont encerclés à An

Lôc.» Et Glenmore, ses petites dents d'écureuil, son pied battant la mesure : « C'est la danse, les enfants !» Et il se met à pousser un refrain syncopé comme s'il s'attendait à ce qu'on lui jette une pièce. Et puis Lemaître survenant en voisin. Calme comme à l'accoutumée. Nous disant : « Si ça vous intéresse, j'ai un tuyau pour aller à Dông Hà. Un C-130. Il part pour Danang vers onze heures. De là on pourra sûrement monter jusqu'à la zone des combats. » Coup d'œil sur nos montres. « Partons », dis-je.

Nous partons. Et nous nous retrouvons à Danang, dans la grande base américaine, l'hyper-marché de la guerre du Viêt-nam. Puis plus tard au fond d'un camion chargé de munitions, coincé entre deux autres camions chargés pareillement, dans un convoi sans fin que les Sud-Vietnamiens envoient dans le nord, vers les troupes assiégées de Dông Hoi et de Dông Hà. Plus tard, assis sur des caisses d'obus et de grenades, agrippés au dossier des banquettes, malmenés par la route rapiécée. Quatre heures de tremblements, de soubresauts, d'arrêts brutaux, de redémarrages, de poussière et encore de poussière. Jusqu'à la dégringolade du jour. Jusqu'à la glissade du soleil sur les hauts plateaux, sur les mamelons poilus, bleu acier. Jusqu'à l'entrée de Huê, l'endroit de l'embuscade.

Qu'est-ce qui vous prévient quand elle entre en scène, la guerre ? Qu'est-ce qui fait que l'on sait ? Avec tout ce bruit de moteur en nage, d'entrechoquements, de freins chantant à tue-tête. Avec cet hélicoptère fulminant, tempêtant au-dessus de la colonne, à l'avant, à l'arrière, sur les flancs, comme un chien de berger aux trousses de ses bêtes. La réponse surgit. Dans la bouche de Lemaître. Dans sa gorge : « Sautez !» Sauter ? Mais pourquoi ? Le camion a stoppé. Pile. Comme au pied d'un mur. J'ai sauté à la suite des autres, me recevant comme j'ai pu. Plutôt mal, car le plateau du camion est loin du sol. Du sol dur, rocailleux, invisible sous cette mauvaise lumière du jour mourant. Maintenant je comprends. Bon sang ! Comment n'ai-je pas compris plus vite ? Ces camions en flammes devant nous, derrière nous, et ces ballets de traceuses ici, là, partout. Et tout à coup ces explosions en chaîne, boules de feu projetées haut et fracassées. En miettes. Les munitions. Bon sang ! Mais que faisons-nous près de ce camion que l'imitation ne va pas tarder à inspirer ? Fuyons !

Fuyons ! Mais où ? De ce côté de la route, le rach, la rivière.

De l'autre la falaise. Abrupte. Où les Nord-Vietnamiens tendent leur piège. D'où chutent comme des comètes les queues bleutées des roquettes B-40. Plongeons. Tâm a montré l'exemple. Entrant dans l'eau jusqu'à la ceinture et ramant de ses deux bras pour avancer plus vite, tortue d'eau douce aux pattes palmées. Une eau couverte de lentilles. Apparence d'une pelouse tranquille, d'un green. Mais au-dessous la boue, la pourriture de la terre, et les sangsues, et les serpents, et pourquoi pas les crocodiles des marais. Tâm dans son élément, né de ce bourbier, de cette fange, avec ses frères de race, les chauffeurs et les passagers civils du convoi.

Desmaisons, sac de reporter au-dessus de la tête, petit trésor optique au bout de ses bras tendus comme un porteur africain derrière Brazza ou Stanley. Et moi dans les pas de Lemaître, dans les pas du grand Brazza traversant le Congo, sûr de la direction prise, de son aiguille aimantée. Vite. S'écarter de la route encore bien proche, de ce camion que les tirs vont frapper, envoyer au ciel. Heureusement le pied ne perd jamais le fond même si la pieuvre du limon l'enserre, tente de l'entraîner vers l'engloutissement. Et la rive est enfin atteinte. La rive, ou du moins la fin du rach et le début de la vase plus épaisse, du marécage. Une bouillie plantée de trâm, l'arbre qui fournit le bois de feu et les pieux. Et au moment, où nous nous aplatissons sous le feuillage, à bout de souffle, notre camion se volatilise. Et les éclats fusants hachent les branches comme un typhon. Et j'enfonce ma tête dans la boue. Et je sens la boue entrer dans mon nez, dans ma bouche et dans mes oreilles, cette pourriture de la terre. Et je pense à ce cadavre d'enfant aperçu tout à l'heure, au bord de la route, dans la rivière. A cet enfant offrant son dos, tête à demi immergée au milieu des lentilles d'eau de ce tapis vert tendre, comme s'il pêchait l'anabas. Et pense du même coup à l'anabas, à ce curieux poisson si commun au Viêt-nam, à ce poisson qui peut vivre à terre pendant plusieurs jours et parcourir de grandes distances en se glissant dans les herbes mouillées à l'aide des épines de ses nageoires dorsales et anales, de ses ongles acérés. Qui peut même monter aux arbres, à en croire les pêcheurs. Je suis l'anabas, le poisson voyageur. Dont les anciens habitants de l'Inde où il pullule aussi prétendaient qu'il tombait du ciel parce qu'ils le découvraient subitement dans des étangs clos où il n'en existait aucune trace auparavant. La tête dans la boue, je

114

songe étrangement à ce poisson étrange qui ressemble tellement aux habitants du Viêt-nam. A tous ces hommes amphi-
bies vivant dans la boue, pétrissant la boue, faits de boue,
couchés dans la boue pour s'en nourrir et y mourir.

Et nous voici à l'instant sur le dos d'un char comme sur le
dos d'un buffle au galop, nous retenant tant bien que mal à
tout ce que nos mains accrochent. Sur le dos d'un de ces
mastodontes rugissants dont les brusques haut-le-corps manquent de nous jeter bas comme un buffle furieux. Et nous voici
en train de rire, en train de nous moquer de nous-mêmes. De
nos frayeurs encore toutes frémissantes et de nos faces enfari-
nées, de nos têtes de cimentiers. Car soulevée par les chenilles,
la poussière nous givre comme un matin d'hiver, cristallise la
boue qui nous recouvre, nous donne un air de beignet aux
pommes. Voici nos rires sous nos masques de pierrots. Rires
de ceux qui s'en sont sortis de justesse. Qui se retrouvent après
avoir failli se perdre. Rire de Tâm plus comique que jamais
avec sa balle de Mongol encapuchonnée et ses deux crevasses
de glacier. Et rire de Desmaisons, rire avantageux, vaniteux
(qui veut-il encore impressionner?), rire de ses joues gonflées
comme des fesses de bébé talquées. Et rire de Lemaître sous sa
couche de sciure, rire d'un scieur de long après sa longue
journée de labeur.

Rires. Mais rogne souterraine d'avoir été interrompus dans
notre chasse aux trésors, dans notre course à l'information.
Rogne d'imaginer les confrères déjà à l'œuvre dans la zone des
combats.

Puis nous voici à Huê. Voici les premières maisons de Huê,
du moins ce qu'il en reste. Des ruines sous un linceul de
poussière. « La plus merveilleuse des villes! » soupire Lemaître
qui a vécu la bataille de 1968, la plus terrible bataille de rues de
la guerre du Viêt-nam. Et nous prenons une douche chez les
parachutistes vietnamiens, au bord de la rivière des Parfums.
Enfilons des vêtements propres, des morceaux d'uniforme. Et
nous moquons encore une fois de nous-mêmes, de nos dégai-
nes, de nos défroques de soldat manqué. Puis nous cherchons à
partir, vite, à quitter vite Huê, à continuer notre route vers les
combats, mais en vain. « Attendez demain », nous conseille-
t-on. Demain, un hélicoptère, un convoi routier, peut-être.
Demain! L'impatience nous tiraille de tous côtés, de mille
mains. Quand survient Binh.

Lemaître connaît bien ce petit colonel de paras, ce petit bonhomme au visage couturé. Il l'a vu à l'œuvre pendant la bataille, pendant cette terrible bataille de Huê. Survient Binh qui nous dit : « Allez, messieurs les journalistes, montez dans mon taxi, je vous emmène à la citadelle. » Et il rit comme nous riions tout à l'heure, car à l'exemple de Tâm, le rire le poursuit, ne le lâche pas. Il y a toujours quelqu'un qui rit en lui, qu'il ne peut jamais raisonner. Et nous embarquons dans sa Jeep pour visiter la cité impériale, pour éteindre un peu cette fièvre de cheval qui nous fait bouillir. Et à la lueur des phares, nous entrons dans la cité des fantômes.

De temps en temps le conducteur stoppe et annonce, par exemple : « Ici on a tenu toute une nuit avec une compagnie alors qu'ils étaient trois mille. A l'aube on s'est comptés, on n'était plus que cinquante. Mais les autres ont laissé deux cent cinquante gaziers sur le terrain. » Et il se met à rire. (Il prononce le mot « gazier » comme Bigeard, parle comme Bigeard, comme si nous étions nous-mêmes ses gaziers.) On s'attend toujours à ce qu'il nous déclare : « Ici s'élevait un temple construit par Gia Long, une petite merveille que la Chine nous enviait. » Mais à la place on l'entend nous rapporter : « Ici on a foutu trois mortiers, et pendant trois jours nos gaziers se sont relayés pour les servir, et au bout de trois jours, il y avait douze tombes des nôtres autour des mortiers. Mais on a tenu le coup quand même. » Et son rire explose encore.

Une fois, il arrête sa Jeep, nous montre une avenue royale bordée d'urnes, et l'on imagine qu'il va nous décrire l'arrivée de l'empereur suivi de sa cour, du cortège des bonzes, de la troupe des danseurs du Phénix et des danseurs du Cheval, et des orchestres de musique de chambre, celui de l'esplanade du Ciel et celui des Sept Sacrifices. Mais il nous raconte : « Au bout de cette avenue on a embossé un char. Il a fait un de ces carnages ! »

Sous les phares défilent des fortifications à la Vauban, des jardins, des étangs, tout ce que la guerre a bien voulu laisser au Viêt-nam, à son patrimoine après avoir pris sa part. La meilleure. Défilent des portiques, des pavillons et défilent des toitures décorées de dragons, de soleils, de pignons de porcelaine, de bois sculptés et dorés. Et le colonel balafré parle de ses gaziers. Dit : « Ils se sont battus comme des lions, et comme

116

d'habitude on a ignoré leur courage, on n'a parlé que du courage de ceux d'en face!» Puis défilent des vasques de bronze datant de 1660, ornées de fleurs, de légumes, d'arbres à résine et d'arbres fruitiers stylisés, ornés de jasmin, de camélia, de tournesol, de magnolia, de santal, de prunier, de haricot grimpant, de cannelle, de moutarde de Chine. Puis défilent les bas-reliefs et leurs grues cendrées, leurs canards mandarins, leurs perroquets, leurs marabouts, leurs boas, leurs limules et leurs mérous. Et le colonel Binh magnifie le courage de ses gaziers. Et crachant à un mètre comme s'il s'essayait à le faire le plus loin possible, maugrée entre ses dents : « Ils ont massacré cinq mille civils pendant leur occupation de la ville. On les a retrouvés dans un charnier, là, pas très loin. Mais pour la presse occidentale, les héros c'est eux. Comprenne qui voudra. »

Il éclate de rire. Et sous nos yeux fatigués, un ballet anime soudain la nuit déserte, les allées désertes de la Cité Interdite. Sous la lumière livide des phares dansent soudain tous les habitants massacrés de Huê. Les écoliers et les étudiants en tunique et pantalon blancs et les élégantes en robe violette – le fameux violet de Huê – et les paysans en noir ou en brun. Et dansent les jeunes filles à la longue chevelure parfumée.. Et celles coiffées du chapeau conique en feuilles de latanier – le fameux chapeau de Huê – en feuilles blanches, presque transparentes. Coiffées de ce chapeau attaché au menton par un ruban de soie vert, rose ou mauve, et agrémenté d'un paysage ou d'un petit poème glissé entre deux feuilles. Et dansent aussi tous les soldats morts de la citadelle, les Sud-Vietnamiens, les Américains et les Nord-Vietnamiens dans le brouillard humide de février, du Têt Mâu Thân. Dans la poussière rouge et la fumée noire montant des éboulis. Dans l'odeur âcre de la poudre, du caoutchouc brûlé et du gaz C.S. Dansent les gaziers, tous les gaziers héroïques du colonel et tous les gaziers oubliés de la guerre du Viêt-nam, les pauvres morts aux âmes oubliées, et danse le colonel lui-même pendant que glapissent les éclats de schrapnells et ceux de son rire.

Et tout à coup, sur le ton du commandement : «Allons bouffer, messieurs les journalistes. »

Autour d'une table bancale, le dîner avec les officiers à la fortune du pot. Le bouillon de légumes où nagent les crevettes, le crabe et le moineau rôti, les patates douces, les tubercules de lotus, les tranches étoilées des carambolas. Et la grande marmite de riz au cul noir, goudronné. Et le thé vert grillé fleurant le chrysanthème. Et l'alcool de riz gluant réchauffé dans le poing. Et l'amertume de Binh :

« Les Américains nous abandonnent. Ils ont déjà rapatrié une partie de leurs troupes en proclamant la vietnamisation. Bientôt ils se feront avoir par le Nord à la conférence de Paris et ils plieront bagage. Alors, pour nous ça sera la fin. (Sur sa joue droite et au cou, ses cicatrices se violacent, se gorgent de vin rouge.) La fin parce que d'un côté il y aura les Russes, la formidable aide des Russes, et de l'autre il n'y aura plus personne. Qu'une armée privée de tout. Déjà les Américains nous restreignent en armes et en munitions. »

Et il assure à Lemaître bourrant sa pipe avec lenteur, avec minutie, comme il la sculpterait dans la bruyère : « Ah ! si vous reveniez vous battre avec nous, si vos gaziers revenaient, nous gagnerions cette guerre. Parce que vous, vous aimez le Viêt-nam. Vous l'avez toujours aimé.

– C'est vrai, confirme Lemaître. Beaucoup d'entre nous aimaient ce pays. Et beaucoup d'entre nous continuent à l'aimer, je peux vous l'assurer. Beaucoup ne pourront jamais se consoler de l'avoir quitté. L'amour pour ce pays est incrusté là, ça ne peut plus sortir. »

Sa main se plaque sur sa poitrine, feuille plaquée par le vent, ses doigts s'accrochent avec hargne à la pochette de sa chemisette comme s'ils voulaient la déchirer. Y a-t-il jamais eu mots plus sincères, plus sentis qui soient nés de lui ? Le colonel :

« Ce n'est pas comme les Américains. Très peu ont pris goût au Viêt-nam. La plupart le haïssent. Ils arrivent en le haïssant. Ils partent en le haïssant.

– Et ils meurent pour lui avec la même haine, dit Tâm.

– Oui, dit Binh, ils meurent en maudissant le Viêt-nam. Ils pourraient bien maudire la guerre, ou ceux qui les ont envoyés ici. Mais non, c'est le Viêt-nam et les Vietnamiens qu'ils vouent aux gémonies, ils n'ont qu'une hâte : foutre le camp de ce pays qu'ils assimilent à l'enfer. »

(Son rire de possédé monte directement de l'enfer.)

« On n'a qu'à voir ce qu'ils écrivent sur leur casque », risque un jeune lieutenant dans un français hésitant et en rougissant un peu.

Binh acquiesce tristement : « Il suffit de lire sur leur tête pour voir ce qu'ils pensent de notre pays. Avez-vous envie de vous battre pour un pays que vous haïssez? On doit haïr ses ennemis, pas la terre qu'on a pour mission de défendre. »

Le jeune lieutenant plus hardiment :

« Pourtant il y en a qui se battent bien, mon colonel, on les a vus à Dak To et à Khé Sanh. Souvenez-vous, mon colonel, le premier bataillon du Neuvième marines, les Bérets Verts...

– Oui, oui, je me souviens, Dông, comme je me souviens de ceux qui étaient ici avec nous, qui se battaient avec nous, à Huê, ceux du 2/5, par exemple, quand il a fallu reprendre la citadelle, quand il a fallu chasser ces salopards de cette citadelle de merde avec mes gaziers. »

Et Binh repart à l'assaut des fortifications à la Vauban, de ce quadrilatère de dix kilomètres de pourtour, de ses murs hauts de six mètres, de ses fossés larges de trente. Repart avec ses gaziers, avec ses braves soldats. Et dans ses yeux flamboient la bataille avec l'alcool de riz et la bière, et sur sa joue et son cou, ses blessures s'ouvrent à nouveau, suintent à nouveau, s'écoulent en de doux et tendres épanchements. Feu et feu! Desmaisons a sorti ses appareils, et de temps en temps il envoie des giclées de feu au plafond, frappe les têtes d'une lumière glacée pareille à celle des départs d'artillerie.

Au bout d'une heure, la citadelle est prise. Non sans mal. Les cadavres et les blessés s'amoncellent autour des hommes à table. Cadavres de tous ces gaziers, de tous ces jeunes et braves gars que l'on va porter maintenant en terre derrière la fanfare du régiment, à travers les ruines et la cité impériale.

Voici l'aube enfin. Puis le soleil triomphant. Le soleil trouant le brouillard cotonneux de Huê, sa purée de pois traditionnelle. Et voici la citadelle sur laquelle flotte le drapeau du colonel Binh, les flammes rouges et or de son feu sacré. Et voici ses gaziers brandissant leur M-16 en signe de victoire. Et Lemaître brandissant son bras moucheté par les moussons vers la lagune oblongue de Tam Giang, ses vagues argentées, et sa cité lacustre, ses milliers de paillotes sur pilotis, au ras de l'eau saumâtre. Lemaître brandissant son bras vers le mont de l'Écran royal et vers sa forêt de pins, promenade des amoureux, et vers le ruban de cette rivière paresseuse.

Le voici brandissant son bras vers la colline du Belvédère que l'aube comme le crépuscule couvrent de ce violet de Huê

119

cher aux jeunes élégantes. Brandissant son bras vers la cordillère Truong Son, vers la grande muraille qui sépare le Viêt-nam du Laos. Vers l'ocre et le vert qu'une cascade déchire de sa langue d'acier.

Lemaître me disant : tu ne devineras jamais le nom de ce torrent qui déferle, là-bas, si loin, et qui roule vers nous.

Moi : je donne ma langue au chat.

Lui : la rivière des Parfums.

Moi : ces flots impétueux qui arrachent les arbres au passage, emportent les fougères géantes et même les rochers?

Lemaître : c'est le miracle de Huê. La rivière suit l'exemple des artistes qui ont façonné cette capitale, élevé ces temples, ces palais, ces tombeaux. Grâce, douceur, romantisme. Et les artistes ont accordé leurs œuvres avec les habitants, avec le type svelte, élancé, aristocratique des habitants de Huê, à leur culture raffinée et précieuse. Où les colonnes sont-elles les plus minces, les poutres les plus légères, la sculpture la plus proche de la dentelle? Quelle onde est plus douce que celle de la rivière des Parfums, de cet ancien torrent?

Et j'apprends pourquoi cette rivière porte ce nom alors qu'elle ne sent rien, même pas la vase ou le frai comme la plupart des rivières du Viêt-nam. Apprends qu'elle s'appelle ainsi parce qu'elle dérobe, dès sa source, et tout au long de sa jeunesse turbulente, les senteurs des plantes médicinales que la forêt tropicale élabore dans le secret de ses cornues. Le jonc odorant souverain contre les douleurs d'estomac, l'osmonde amère et astringente, la cardamome à la saveur chaude et stimulante, le benjoin, la bergamote. Tous ces arômes si bien décrits par Lemaître qu'ils finissent par descendre de la montagne et nous monter au nez avec ces effluves que nous envoie maintenant la brise. Que la brise marine ramasse en aval, à l'endroit où la rivière s'attarde au milieu des lacs aux lotus, des forêts de pins, des vergers de pamplemoussiers, d'orangers, de mandariniers, de citronniers.

Les odeurs, toutes les odeurs de Huê. Et les couleurs, toutes les couleurs de Huê. Vert antique des frondaisons, pourpre des cannas, patine des temples, des remparts, vert-de-gris des bronzes et, surprise, taches vermeilles, taches éclatantes des flamboyants dans le miroir bleu vert des eaux. Et taches brunes des sampans glissant sur leur image, et taches céladon des jeunes rizières, et bleu mauve du ciel, et rayures dorées des

hirondelles. Et surprise : du blanc. Taches blanches qui paillet-
tent le tout comme les plumes d'un oreiller dispersées dans le
vent. Comme des ibis ou des aigrettes. Les grandes et précieuses aigrettes des hauts plateaux, ces oiseaux célestes au plumage d'hermine que l'on voit marcher comme des demoiselles
au bord des eaux dormantes du Dak Lak. Les eaux mystérieuses de ce lac perdu au cœur du pays moï dont Lemaître parle
toujours comme d'une terre promise.

Lemaître me reprenant : demoiselles ? Pas de comparaison
plus juste. Car il s'agit bien des demoiselles de Huê. Des
écolières et des étudiantes qui se rendent à leurs classes dans
leur tunique blanche, avec leur chapeau conique blanc.

C'est là que Jade arrive. Arrive de la plage voisine de Thuân
An, en bordure de la mer Orientale et de la forêt de filaos. Elle
rapporte dans ses paniers des crabes, des huîtres, des poissons
bleus embaumant la marée, et aussi des longanes et des pommes
cannelle, et aussi des lys, et aussi – rarissime, ce qui arrache des
cris d'étonnement à tout le monde – une fleur de phyllocactus
que l'on ne voit qu'une fois dans sa vie. Jade arrive à temps.
Car une petite flûte en bois laqué vient de donner le signal.
L'empereur va faire son entrée, l'empereur Gia Long, lui-
même, qui lança en 1805 quelque cinq mille soldats et ouvriers
dans la construction de cette citadelle après consultation des
géomanciens et des astrologues. Une petite flûte en bois laqué,
puis un tambour en forme de sablier, puis un hautbois au
pavillon de cuivre et au timbre criard, puis une paire de
tambour en bois de jaquier recouvert de cuir de buffle, puis un
petit gong en cuivre jaune martelé, puis des cymbales assour-
dissantes. Instinctivement les officiers rectifient la position
tandis que Binh porte la main à sa casquette et que Jade se
prosterne comme un de ces saules blancs de Babylone.

Lemaître dans un souffle : voici Gia Long, le grand ami des
Français.

Bonnet à neuf dragons d'or, robe jaune, ceinture et sceptre
de jade, quelle fière allure ! Desmaisons s'avance, prêt à lui
décocher ses flèches, mais Lemaître s'y oppose. Pas d'incident
diplomatique. A genoux et mains jointes, Tâm s'abîme dans
l'adoration. Tandis que je reçois dans l'oreille le récit de la
période très embrouillée qui a précédé le règne de ce souverain
éminent, le fondateur de la dynastie des Nguyên. Et le récit de
l'aventure sanglante au cours de laquelle Gia Long a été chassé

de sa capitale par ses ennemis, les terribles Tây Son. Et le récit de la glorieuse reconquête vingt-six ans après, grâce à l'aide de son ami et conseiller, l'évêque français Pigneau de Béhaine.

Lemaître : voilà pourquoi les historiens communistes de Hanoi renient Gia Long, le traitent de réactionnaire, d'exploiteur éhonté du peuple et de vendu à la cause des étrangers, et couvrent la dynastie sanguinaire des Tây Son du grand compliment de progressiste. Voilà pourquoi aussi Huê se trouve être l'heureuse combinaison de deux cultures : celle de l'Asie et celle de l'Occident.

Mais l'index de Tâm barre soudain ses lèvres. Chut! Tandis que Desmaisons s'empare de son appareil à la dérobée comme s'il en délestait la poitrine d'un autre. Assis face au sud, la direction faste, l'empereur nous apparaît au bout de la double rangée de quarante colonnes du palais des grandes audiences.

Jade est si impressionnée qu'elle en oublie la solennité du lieu. Oublie qu'elle devrait au contraire s'arranger pour passer inaperçue puisque les femmes ont interdiction de pénétrer dans cette enceinte. Oublie tout et se presse contre Lemaître qui (heureusement) la repousse doucement, respectueux de la gravité du moment.

C'est alors que l'orchestre attaque. Hautbois, tambours, cymbales. Et que les danseurs sortent l'un après l'autre de l'ombre verte où ils se tenaient. Robes bleu turquoise constellées de perles, haut-de-chausses brodés, serrés aux chevilles, diadèmes en filigranes d'or. Les mimes militaires portant bouclier et hallebarde. Et moins menaçants, les mimes civils, une flûte à la main gauche, un sceptre dans la droite, et surmontés par une tête d'oiseau, l'oiseau Kim, celui du bon présage. Bonds joyeux des militaires, violence, gloire guerrière. Les glissades tranquilles des civils, languides tournoiements, lente mélopée, image de la paix.

Lemaître nous révèle que l'on a échappé au jeu d'échecs vivants. Que de temps en temps, le roi s'amuse à cela avec ses courtisans. Que vêtues d'une tunique noire, les dames de la cour représentent les pions, et que, richement costumés, le roi, le fou, le cavalier et la tour ont tous les droits sur elles quand ils gagnent. Et je frémis à l'idée que, belle comme elle est, Jade pourrait être une de ces dames avec lesquelles on joue. Frémis à l'idée de la voir finir dans l'habitation des concubines royales alors qu'elle est digne d'être la reine. Mais Tâm me tire par la manche. Lemaître m'appelle. Il me montre dans la cour du palais des ruines envahies par les ronces et les arbustes.

Il se lamente : voilà l'œuvre des vandales. Des grands révolutionnaires. Tout ce qui subsiste des habitations de la première reine, des appartements privés du roi, du palais des audiences ordinaires.

Je dis : tu veux parler des Nord-Vietnamiens en 1968?

Il dit : je veux parler du comité insurrectionnel qui s'empare du pouvoir le 23 août 1945 et oblige le dernier roi de la dynastie des Nguyên, Bao Dai, à démissionner. Voilà leurs œuvres. Ils se sont acharnés sur les derniers restes du patrimoine architectural de ce pays. Car où sont les autres monuments du Viêt-nam? Il n'y en a pas. Une tour effondrée par-ci, un tombeau éclaté sous la poussée des racines par-là, des pierres éparses abandonnées aux herbes et aux serpents. Les Vietnamiens ont un culte pour leurs ancêtres mais ils n'en ont pas pour les choses du passé. Les vieilles pierres, les meubles anciens, ils s'en moquent. Où est l'Angkor vietnamien? Les guerres ont eu raison des vestiges historiques que le climat ou l'indifférence des hommes ont épargnés. Les guerres, les pillards et les vandales. En 1968 aussi on a démoli par plaisir à Huê. On a voulu effacer l'héritage des rois, couper la tête à leur mémoire. La révolution n'a pas besoin de chefs-d'œuvre. On ne dira jamais assez le mal que nos sans-culottes ont semé dans les esprits du monde.

Le colonel Binh : quelle vérité! Combien n'ont retenu que la Terreur en apprenant la Révolution française! Ceux qui ont ordonné le massacre des cinq mille habitants de Huê sortent de vos universités, tous sont des Saint-Just et des Robespierre aux petits pieds.

Et il envoie son rire en l'air. Mais soudain l'orchestre avale ses dernières notes et une voix monocorde se met à flotter comme un grand oiseau indécis, ponctuée par les battements répétés d'un bâtonnet sur un grelot de bois. Grosse pomme incrustée de dragons et de poissons stylisés posée sur un coussinet. Battements lancinants qui pourraient bien servir à attirer l'attention de quelqu'un là-haut. Comme cette fumée bleue d'encens que le bleu du ciel aspire. Jade tente de me traduire les incantations du bonze. Pas facile. La voix vient, s'en va, traîne, se précipite, et elle y perd son latin.

Alors Lemaître : c'est la cérémonie d'excuse en l'honneur du dragon, le génie des eaux, le souffle procréateur et vivifiant. Le dragon est pour le Vietnamien comme pour le Chinois le symbole de la force, de la grandeur et de la noblesse, ce qui les a conduits à en faire l'emblème du pouvoir impérial. Les premiers empereurs d'Annam étaient dits de la race des dragons. Ils portaient sur les jambes un dragon enroulé et recommandaient à leurs paysans de se tatouer le corps avec cette allégorie afin d'échapper aux crocodiles qui infestaient les parties basses du delta.

Tâm dressant fièrement son cou de poulet comme pour pousser le cri de cet animal : le dragon est le Viêt-nam lui-même. Ses contorsions épousent la découpe onduleuse de ses côtes. Le dragon est le Vietnamien lui-même.

Et Lemaître : quelle autre divinité pourrait en effet mieux représenter le Vietnamien? Semi-aquatique, semi-terrestre, semi-aérienne, changeante, convertible à volonté, élastique, adroite... Eau de mer, eau des fleuves, nuages, pluies fécondantes, fertilité. Terre nourricière. Le dragon est aussi le symbole de la mentalité extrême-orientale. Caractère fuyant et souple du Vietnamien, capacité d'adaptation, imagination débordante que le sens critique ne parvient jamais à endiguer...

Il se fait tard et Binh propose d'aller voir les tombeaux qui sont si majestueux quand la lumière se fane. On laisse donc le prêtre et ses acolytes invoquer le dragon, procéder à l'offertoire de l'encens et des fleurs, verser dans un trou en terre les ingrédients qui calmeront sa fureur : le sel, l'huile d'arachide et l'eau teintée de rouge. Et l'on se dirige vers le sud de la capitale, vers les berges de la rivière des Parfums où les empereurs Nguyên ont fait bâtir leur dernière demeure selon un plan établi de leur vivant afin de se conformer aux considérations de l'astrologie et de la géomancie.

Et l'on voit sous la voûte soyeuse des pins divers édifices entourés de crotons qui sont d'anciennes résidences réservées à la cour et aux concubines, des rendez-vous de chasse, des théâtres, et même des pavillons de distraction où le roi venait jouer aux échecs en surveillant la construction de sa sépulture. Et après ce temple, on voit une immense terrasse dallée de marbre. Et après cette esplanade, une cour d'honneur pavée de carreaux précieux, et de chaque côté, une garde d'honneur, une haie figée de mandarins respectueux en pierre moussue. Et maintenant une enceinte circulaire de trois mètres de haut barrant le passage.

Moi, triomphant : c'est ici que le roi dort, n'est-ce pas?

Lemaître : oui.

Je veux aussitôt ouvrir la porte en marbre, pousser les deux lourds battants de bronze, mais je n'y arrive pas. Et Lemaître secoue la tête. Personne n'entre là. Personne ne trouble jamais le repos du roi. (Même pas ces avions qui passent haut, très haut, ces B-52 qui doivent revenir de Hanoi?) Le roi dort sous un vaste tumulus circulaire représentant l'image du soleil dans un coin ignoré de tous afin d'éviter une violation de sépulture.

Lemaître : car supposez qu'un criminel veuille nuire à la famille du souverain, l'anéantir, qu'est-ce qu'il fait? Il sait que le mort repose sur l'une des veines du dragon. Il cherche cette veine, la trouve, déterre les cendres du défunt, les disperse. Le malheur s'abat immédiatement sur la famille impériale. Aussi le mort ne dort-il jamais à l'endroit où on l'imagine, aux côtés de sa première femme.

Jade : de sa première femme?

Lemaître : oui.

Et je l'entends dire à Jade, lui souffler : si un jour je dois mourir sur cette terre, c'est dans un endroit pareil que je voudrais reposer, loin du bruit, dans cette paix solennelle où la mort est ce qu'elle doit être, non un anéantissement mais un retour à l'état de pureté.

Et je l'entends dire encore : la vie n'est qu'un séjour, la mort est un retour.

Et je vois la main de Jade se recroqueviller dans la sienne comme les pattes d'un oiseau mort de froid, sur le dos. Et j'ai mal d'entendre Lemaître parler de sa mort. Et mal de sentir le mal qu'il fait à Jade. Et mal de voir leurs mains accouplées comme par des menottes.

Et à présent je vois Jade s'émietter lentement sous une aile étincelante. Vois les derniers flamboyants de Huê, les dernières fleurs dans leurs cheveux perdre lentement leurs couleurs comme un pastel effacé. Et la mer s'offrir sur un plateau d'argent. Et là-bas, le col des Nuages accrocher ce qu'il faut au passage pour honorer sa réputation, empiler son ballot d'oreillers paresseux, lourds de sommeil.

« Dông Hà dans dix minutes », annonce le pilote.

Desmaisons charge son Nikon avec un plaisir qu'il éternise comme un tireur garnit son barillet, cartouche après cartouche, en imaginant déjà dans son poing les sauts de joie de son arme, ses aboiements de joie. Et Lemaître me sourit, sourit à Tâm, et sourit à la perspective du travail qui va reprendre. Sourit comme un mécano entendant son moteur tourner rond après la panne. Rond comme ceux de cet avion. La douce chanson de son moteur avant les aboiements de la guerre.

9

Dông Hà? Tombé. Dông Hoi? Tombé. Alors l'avion nous dépose à Quang Tri, plus au sud. A Quang Tri où nous découvrons une belle panique, la tragique colique des grandes peurs vietnamiennes. Armée débandée, réfugiés fuyant les combats, éternelles images du Sud courbant le dos sous les coups du Nord, tentant d'échapper à ses crocs. Et tout cela avec le calorifère de la saison sèche poussé à fond, et dans la figure le vent du Laos, le vent décapant que les Laotiens renvoient vers l'est, chassent brutalement vers la mer comme une nuée de corbeaux à coups de pétard. Et avec heureusement, de temps à autre, une brise molle venant du large en trottinant, souffle moribond d'un éventail au bout d'une main lasse, mais si bienvenu dans cette touffeur de bains turcs.

La pagaille sur les routes. Mélange habituel de matériels de guerre et de cuisine, de nomades et d'animaux domestiques. Et l'habituelle impassibilité des visages. Desmaisons consomme six rouleaux de pellicule et crache en l'air, persuadé qu'il n'a rien saisi d'impérissable, vaincu par la banalité. Avec devant lui, déjà, au *Magazine* l'air dégoûté du chef de la photo (« un con fini ») passant ses contacts sous la loupe comme un laborantin des selles au microscope.

Mais quelques heures après, à la nuit tombée, il a de quoi faire. Avec la peur. Dans une position d'artillerie, une batterie de 105 servie par des Vietnamiens. La seule troupe à l'allure de troupe dans cette armée qui se démaille comme un vieux tricot.

127

Un jour, Lemaître m'a confié : « La peur dont il faut avoir le plus peur, ce n'est pas celle que tu sécrètes soudain. Celle-là on peut souvent la maîtriser. C'est celle des autres. Celle-là te saute au cou en essayant de t'entraîner par le fond. »

Et effectivement, la peur n'a pas eu, au début, de véritables prises sur nous. Elle avait pourtant de quoi se nourrir. Obus tombant toutes les minutes (il y a un type, là-bas, avec un chrono, ce n'est pas possible), sol tremblant comme un pont de fer sous le passage simultané de deux trains rapides, lueurs déchirantes d'un four défonçant sa porte.

La peur s'est faite mienne quand j'ai vu un canonnier pénétrer dans la casemate, le visage en sang, et se blottir dans un coin comme un petit tas de linge sale après avoir crié d'une voix étranglée. Et quand Tâm a hurlé de cette même voix de chat ébouillanté : « Les Viêts arrivent! » Et quand une fusillade a éclaté à deux pas de là comme si un corps à corps se déroulait autour des pièces. Et quand les trois autres artilleurs ont quitté précipitamment leur poste pour rejoindre le blessé dans son trou de souris, se sont ratatinés à son exemple comme un chien sous le fouet. La peur s'est faite mienne à ce moment-là. J'ai senti deux mains m'agripper. Une main me poussant vers cet amas de chair tremblante, m'envoyant me coucher avec les autres, face contre terre. Et une main me retenant par le colback, celle qui devait s'appeler fierté, amour-propre. Et qui devait peut-être aussi s'appeler Desmaisons. Car Desmaisons semblait au-dessus de toute atteinte. Comme s'il n'était qu'un promeneur passant par là, par hasard. Et aussi comme s'il s'apprêtait à m'assaillir avec toute son ironie mordante, ses longues dents blanches, son nez dressé comme la trompe d'un éléphant facétieux.

Deux mains agissaient donc sur moi dans un sens et dans l'autre. Au point que pour finir, les deux forces s'annihilant, je suis resté planté au milieu de l'abri, incapable du moindre geste, comme foudroyé. C'était vraiment la première fois que j'éprouvais ces sensations, ce plomb dans le ventre et dans la poitrine, cette glue sous mes semelles et ce vide dans ma cervelle. Alors j'ai pensé que je devais être salement touché, étonné de ne pas voir mon sang jaillir de quelque trou dans mon corps.

Lemaître a enfoncé le pan de toile obstruant l'entrée, et il a disparu dans la nuit en feu, suivi de Tâm et de Desmaisons. Et

128

je me suis posé cette question : et toi, qu'est-ce que tu fais? Et cette question a servi de ressort. La peur de demeurer seul dominait vraiment toutes les autres. Cette question et celle de Lemaître revenant à l'instant sur ses pas, revenant me chercher :

« Mais qu'est-ce que tu fous, petit? »

Maintenant je cours derrière eux au fond d'un étroit boyau, écrase un corps – un mort? – mou, étrange, comme un matelas plein d'eau. Percute un casque abandonné, manque de m'étaler, me rattrape in extremis. Entends la voix de Desmaisons. « Par là! Par là! » Et celle de Tâm. A travers un pandemonium de tirs et d'explosions. Et perds ma peur en route. Comme je perdrais le contenu de mes poches. Allégé, guéri! Ma maladie est derrière avec ma honte et mon mépris pour le trouillard que j'étais. Et tout à coup un rire gargouille, monte, irrésistible, éclate. Et Lemaître s'arrête, se retourne : « Tu es dingue? » Mais je ris plus fort encore. Rien n'éteindra mon rire. Les balles peuvent siffler, le ciel s'effondrer. Rien. J'ai vaincu ma terreur et je suis heureux. Et je ris de bonheur. Et je me sens à présent comme Desmaisons, tout à l'heure, invulnérable, intouchable. Comme les montagnards, les Moïs que seule une balle en or est capable de frapper à mort.

Au bout d'un moment, nous échouons dans un poste de secours américain en plein déménagement. Précipitation des infirmiers pliant bagage, des brancardiers chargeant les ambulances. « *Come on!... Quickly!* » Nous escaladons un camion où s'entassent, pêle-mêle, blessés et matériel, et rejoignons ainsi la piste d'atterrissage éclairée par des fanaux au pétrole. Et c'est là qu'il va falloir encore que le centre nerveux, l'appareil moteur conserve son contrôle, que le moi fonctionne mieux. Là, au bord de la piste où nous attendons l'avion. Car les 130 soviétiques nous attendent aussi.

A peine entendons-nous les réacteurs, leurs essoufflements de train las dans la nuit, et le « *go!* » lâché par quelqu'un derrière, à peine nous mettons-nous à courir vers cet avion qui roule que les premiers obus commencent à chuinter puis à soulever des geysers de phosphore. Assez loin d'abord, puis de plus en plus près de ces lapins casqués que nous sommes, de ces sprinters engagés dans la course de leur vie. De ces pétochards que l'avion s'apprête à engloutir, gueule ouverte, piaffant, contenant son envie de prendre la clef des champs.

« *Go!* » Lemaître a bondi hors de son trou, Desmaisons a suivi, j'ai suivi. En bousculant les autres. Rien n'aurait pu nous arrêter. Mais Tâm? Tâm n'était pas derrière, je ne le sentais pas derrière moi. « Tâm! » Je l'appelle, l'appelle. Mais dans ce vacarme! L'appelle encore. (Si je reste là comme un poteau indicateur, je me fais bouziller.) L'appelle encore. (Ne joue pas au héros, tu n'as rien à y gagner.) Mais je ne m'écoute pas – à quelle raison suis-je accessible? – Et je décide de rebrousser chemin. Et je le découvre à l'endroit du départ. Il n'a pas bougé d'un pouce. Cloué. Écrasé sous une tonne de trouille. Noyé dans sa sueur. « Allez, viens! » Je l'arrache à la terre, l'extirpe de sa boue natale avec laquelle il fait corps. Je le tire, tire en l'injuriant, en le traitant de tous les noms. « Sale con de *nhà quê!* » Jusqu'au moment où il se remet sur ses jambes. Et maintenant nous courons ensemble. Tâm court comme il n'a jamais couru de sa vie et je ne me souviens pas moi-même avoir jamais couru aussi vite.

Le lendemain, sur la plage de China Beach, j'en frissonne encore. Vois encore le panneau de l'avion se refermer au moment où nous arrivions à ses pieds. Où les tirs d'artillerie redoublaient comme si les artilleurs s'acharnaient spéciale-ment sur nous. J'entends encore Lemaître hurler son anglais approximatif. Engueuler les deux types qui manœuvraient la machinerie. Je sens encore les bras de Lemaître et de Desmai-sons qui nous hissaient à l'intérieur pendant que le pilote mettait déjà pleins gaz, que son engin s'arrachait du sol comme un oiseau des griffes d'un chat. Et sens la main de Lemaître sur mon épaule, la bonne chaleur de sa main alors que le C-123 s'élevait dans un long soupir de soulagement. Alors qu'il rasait les collines boisées de Cam Lô, ces douces collines sur lesquelles Bao Dai chassait l'éléphant, le tigre, la panthère, le gaur, observait l'évolution des troupeaux de gaurs, d'une paillote sur pilotis, suivait leurs traces parfois pendant deux années de suite. Je sens encore la main de Lemaître. Sa chaude main. Et dans le rire de Tâm tout ce qu'il aurait pu me dire s'il n'avait pas été un sale con de *nhà quê*.

Sur la plage de China Beach, dans la baie de Danang. Dans le centre de repos où les marines viennent tout se refaire, nerfs, muscles, moral, viennent se réparer entre deux séjours dans une unité combattante. Danang, motel au bord de la *highway* de la guerre. Hamburgers congelés, *banana split*, Niagara de

Coke. *Juxe-box* assourdissant, derniers échantillons du septième art. Et présents partout, multiples échantillons de l'artisanat local le plus développé : le plus vieux métier du monde. Et sur le sable qui brûle les pieds, trois cents boys huilés, rissolant comme des hot-dogs.

Chargé de ses films, Desmaisons a pris ce matin la seule place disponible sur un avion. Et en attendant qu'une nouvelle possibilité de transport se présente, nous tuons l'ennui avec la patience d'une chercheuse de poux. D'abord à la cafétéria dans le froid nordique des climatiseurs poussés à mort, au milieu d'une cohue blanche et noire, ingurgitante, déballant ses biceps dans des tee-shirts immaculés. Orangeade en gobelet de carton géant et débâcle des glaçons. Strates des sandwiches de pain trop blanc, trop mou, à la fadeur de papier mâché, mares de sauce tomate. La cafétéria où les langues vont bon train, se fatiguent sur les offensives nord-vietnamiennes dans la zone démilitarisée et à Quang Tri. Et sur la chute sans combat de Hoai Anh, plus au sud, sur l'évacuation scandaleuse d'une division sud-vietnamienne qui a abandonné derrière elle ses conseillers américains. Dix officiers et sous-officiers qu'il a fallu ensuite aller enlever en catastrophe avec un hélicoptère comme des moutons cernés par les eaux sur le toit d'une ferme isolée.

Pendant qu'ils discutent de tout cela, les marines attablés regardent Tâm farouchement et mastiquent farouchement leur sandwich. Maugréent contre les Vietnamiens en fixant Tâm farouchement et en serrant les poings comme s'ils cassaient des noix. Tâm le frère de tous ces lâches Vietnamiens qui laissent tomber leurs frères d'armes au premier coup de feu. Alors Lemaître nous dit : « Foutons le camp, ça va tourner au vinaigre. » Nous sortons donc de la cafétéria, la queue basse. Et dehors, nous prenons nos jambes à notre cou jusqu'à la mer qui, à cet endroit, bat tous les records de beauté du Viêt-nam. Et au bout du sable blanc, nous nous débarrassons de nos vêtements et nous plongeons dans le bain vivifiant. Et nous nous amusons à nous éclabousser et à nous poursuivre en nageant. Nous nageons jusqu'à l'épuisement. Ensuite nous nous reposons en faisant la planche, les yeux au ciel, sur ce ciel si bleu qui se fiche de tout. Et nous imaginons que nous sommes ailleurs, vraiment ailleurs, dans un pays où il n'y a pas de peureux, pas de lâches, et où il n'y a pas plus de soldats

131

valeureux. Où il n'y a que des baigneurs heureux contemplant le ciel bleu sans ride, sans problème.

Plus tard, allongés sur la plage, nous écoutons ces grands enfants blonds, ces soldats dépouillés de leur tenue de guerre, de leur armure criailler dans l'écume comme des mouettes, batifoler avec des bouées, avec des ballons comme à Honolulu. Et plus tard, nous les voyons dormir à plat ventre, les jambes recouvertes, rattrapées par les flots, données aux vagues. Et plus tard encore, nous assistons à la rapide retraite du jour et à l'afflux de sang qui monte au front de la mer de Chine. En nous disant toujours : comment est-ce possible, ce trou dans la guerre, dans le mur de feu?

Puis soudain, au moment où la nuit s'installe comme chez elle (hallucination ou réalité?) : l'apparition de Jade. Tâm dort en boule, non loin. Nous sommes seuls ou presque sur la plage, et Jade arrive à la main d'un homme grand et fort. Pas de doute, c'est bien elle dans sa tunique fleurie, elle comme à l'aéroport, le premier jour. Et Lemaître doit le croire autant que moi, car redressé sur les coudes, il observe pareillement ce couple marchant au ras de l'eau. Jade arrive, et me reviennent les racontars. Revient la voiture de cet Américain à sa porte, et revient Jade, elle-même, sur la plage du cap Saint-Jacques avec des Américains. Et arrive Jade, maintenant, dans mes propres yeux, à la main de cet Américain, sur cette plage quasi déserte. Je la vois à contre-jour, auréolée de ce restant de lumière vermeille, mais comment s'y tromper? Ne la reconnaîtrais-je pas entre mille? Alors je m'écrie : « Mais c'est Jade! »

Lemaître rit et s'exclame : « Jade n'est pas là. Elle est à Saigon. » Mais en est-il si convaincu? Clignerait-il ainsi les paupières comme un conducteur ébloui? Vingt mètres encore et elle va passer près de nous. Indifférente à la présence de ces deux hommes couchés sur le sable, elle parle à son compagnon tout en balançant son bras attaché au sien. Quand elle nous verra! Je répète : « Je te dis que c'est elle. »

Et Lemaître : « On s'y laisserait prendre. La ressemblance est saisissante.

— Saisissante », dis-je, un peu déçu en m'apercevant de ma méprise, et en même temps, rasséréné comme un prêtre découvrant tout à coup dans l'assistance, pendant la messe, un grand pécheur qu'il imaginait perdu à jamais.

Passe la fausse Jade. Mais la vraie demeure avec nous. Dans nos pensées. Et dans le rire de Lemaître qui me dit :

« Tu la vois partout !

– C'est vrai », reconnais-je, et je me sens rougir. (Puis-je m'empêcher de la voir pourtout après l'avoir vue une fois ? Mais de là à la voir ici, dans ce camp américain, avec toutes les putains du Viêt-nam !)

Cliquettes des insectes saluant l'extinction des feux. Bavardage de la mer. Tandis que ce couple s'éloigne sur la plage mouchetée de noir, tigrée comme une mangue pourrissante. Rien de tel pour épanouir les confidences. Lemaître parle. Et Jade marche à nouveau sur le sable. Seule, cette fois. S'avance vers nous. J'admire l'oscillation de sa robe, celle de ses longs cheveux dénoués titillant ses épaules. Parle. Et me raconte à peu de chose près ce que je sais déjà grâce à Tâm. Leur rencontre chez l'ambassadeur. Le bal. L'audace qui s'est emparée de lui brusquement. Et Jade danse pour moi au milieu du grand salon, sous les regards furibonds de ses parents, sous les lustres éblouissants dont ses prunelles reflètent tous les cristaux. Lemaître parle, et je l'accompagne, le lendemain de cette soirée, fouillant Saigon à sa recherche. Et la retrouvant rue Phan Thanh Gian. Et se heurtant à porte close. « Famille bourgeoise, très attachée aux traditions, pas question de fréquentations en dehors de la caste. » Et la retrouvant plus tard à Cântho, à la suite de l'indiscrétion d'un domestique. Dans la propriété de famille où elle est allée passer quelques jours de vacances, dans la vieille maison au bord du fleuve. Au milieu de la grande plaine alluviale de l'ouest, le cœur hypertrophié du Sud-Viêt-nam, son grenier à riz. Là où le Mékong devient vingt Mékong, où aucun obstacle ne s'oppose à l'examen des yeux, que le discret bosquet des bananiers marquant un village ou la ligne légère des palétuviers soulignant un rach ou un canal.

Je suis avec Lemaître au bord du fleuve sans rive, du fleuve couché de tout son long sur l'étendue bien coiffée, bien ratissée des rizières. Au bord du fleuve ocre agité de tourbillons mordillant ses lèvres de boue, suçotant ses racines. Et nous entrons dans la maison, et nous la voyons immédiatement. Assise par terre, sur une natte, les jambes en tailleur, raccommodant on ne sait quel vêtement.

Je la sens gênée d'apparaître ainsi devant nous, dans une

tenue rudimentaire. En pyjama noir, pieds nus, les cheveux lâchés. On dirait une fille de la campagne, une fille des rizières, revenue tout juste de sa rizière, les jambes de son *cai quân* retroussées. Mais après la confusion, tout de suite après et très vite, le plaisir d'être ensemble, de se redécouvrir. De prendre tout son temps pour se regarder dans les yeux. Loin de tout, loin des autres yeux, du grand murmure de la ville. Dans cette maison si vide, dans ce silence de crypte troublé seulement par le froissement d'étoffe d'une servante muette et le bruit d'eau remuée du fleuve infatigable.

« Hélas! Le plaisir ne dura pas, regrette Lemaître. Elle attendait le retour du maître de maison, le retour de son vieil oncle, et je dus m'en aller. »

Je crois qu'il va arrêter là son récit alors que j'en voudrais encore. Mais non. Il continue. Intarissable. Comme s'il avait attendu d'être couché sur ce sable, sous les étoiles pour tout vider dans le sable, pour que ce sable boive tout, aspire tout. Il dit : « Après je lui ai proposé de l'épouser. J'aurais pu me libérer... Il y avait tellement longtemps que je ne me sentais plus marié. Mais son père a mis son veto, et elle a obéi. Au Viêt-nam on n'épouse pas un étranger. On demeure entre soi, entre gens du même pays, de la même race. Les unions avec les étrangers sont regardées d'un mauvais œil. Il faut voir les bouches se plisser, les têtes se renfrogner aux mots de *vo Tây*, femme d'Occidental ou de *vo Tàu*, femme de Chinois. »

Je m'étonne que les Chinois eux-mêmes soient à l'index.

« Plus encore que les Occidentaux. Ils sont cupides, disent les Vietnamiens, ils ne pensent qu'à l'argent, et les femmes qui les épousent ne pensent qu'à l'argent. »

Et il cite les paroles de cette chanson populaire qui fustige les mariages sino-vietnamiens. Qui exprime le chagrin de voir « un corps de jade souillé par les caresses d'un buffle », c'est-à-dire par l'animal le plus sot de la création. Et la tristesse d'un cœur de printemps privé à jamais de mots d'amour, condamné à n'embrasser qu' « une statue de bois ». « Même s'il t'aime, même s'il te gâte, dit la chanson, tu n'échapperas pas à cette vile réputation de fille de plaisir. »

« Pour les Vietnamiens, ajoute Lemaître, le Chinois ne pense qu'à l'argent et l'Occidental qu'à son plaisir, et l'union que l'on contracte avec eux ne peut être que passagère. Tu te maries avec un Tây? Pour combien de temps? Ce mariage est une véritable déchéance pour la famille. Être assez fou pour faire fi de la différence de la langue, de la mentalité, des mœurs. Des préjugés de race. Du métissage des enfants. Aussi, quelle que soit la position sociale du prétendant, quels que soient les sentiments de la jeune fille, plutôt la mort qu'un tel mariage! »

Je m'étonne encore : « Même si la jeune fille tient tête à son père, si son amour est plus fort que tout? »

Il rit de ma naïveté : « L'autorité du père s'exerce de façon absolue, et l'on ne connaît guère de jeunes filles qui ne s'y plient pas. Les mariages conclus en dépit des sentiments ne sont pas rares. La plupart du temps, les enfants se résignent. Trop habitués à subir le joug paternel. »

Je le relance : « Son père s'est donc opposé à votre mariage... »

(Je le devine souriant doucement comme à l'apparition d'une mariée sur le parvis d'une église.)

« C'était sans appel. Malgré mes nombreuses visites. Salamalecs, exquise politesse, mais toujours le même refus. Ma fille ne peut pas lier son sort au vôtre. Quoi que vous fassiez. C'est la nature. La volonté de Dieu qui a voulu mettre sur la terre des hommes différents. Vous ne comprenez pas? Demandez à Dieu, il vous l'expliquera. Vous me dites que Jade est d'accord pour vous épouser? Mais ce n'est pas possible puisque je suis contre ce mariage. D'ailleurs je serais pour que je ne pourrais pas vous aider. Car il faut que je vous l'apprenne... Et là il crut bien abattre mon espoir comme une bête malade en m'annonçant l'existence de Pham, de ce fiancé forcé. C'est le fils d'une famille amie, m'apprit-il. Des compatriotes, bien sûr. Lui saura la rendre heureuse. Pas vous puisque vous n'êtes pas vietnamien. Nous avons trouvé pour elle un allié de notre rang. Nous le cherchions depuis qu'elle est née. Jade sait qu'il est de son intérêt de se conformer à notre choix. Et il me sort un dicton : " Les enfants doivent s'asseoir là où leurs parents leur demandent de s'asseoir. " Et un autre : " Les oiseaux intelligents se perchent sur le toit des maisons de mandarin " ».

Fiancée contre son gré, Jade. Par des parents despotes qui ne croyaient pourtant pas l'être en se bornant à respecter les traditions de leur pays. Fiançailles dans toutes les règles comme l'avait désiré sa mère emportée par la maladie quelques mois après. Serments au clair de lune, devant sœur Lune, la patronne des amoureux, et au bord d'un fleuve (à Cântho). Puis agenouillés devant l'autel d'une pagode, devant le Bouddha pour lui demander une sanction en cas de parjure. Et après avoir échangé une mèche de cheveux.

Abasourdi au point de me demander si je ne me suis pas fait happer tout à coup par la machine à remonter le temps, je me récrie :

« Jade est une fille de son siècle, et elle s'est laissé forcer la main de cette façon-là ?

– Par respect pour ses parents, explique Lemaître. Et parce que dans la société vietnamienne le célibat est à fuir comme une maison hantée. Les baguettes marchent toujours par couple, rappelle le proverbe. Préserver la famille, continuer la descendance. L'obsession du chef de famille. Qui utilise souvent, pour ce faire, les services d'un entremetteur. Un homme jouissant d'une bonne réputation, et ayant femme et nombreux enfants. L'entremetteur va mener les deux jeunes gens par la main jusqu'au mariage. Le plus religieusement possible et selon les rites imposés par les lois. »

Cérémonie, cérémonie... Interminable cortège des cérémonies. Celle où l'entremetteur se rend chez les parents de la jeune fille, chargé de cadeaux, de bijoux, de mouchoirs, d'éventails et aussi de thé, de fruits et de fleurs. Et chargé des propositions de l'union projetée. (Cadeaux que l'on retournera à l'expéditeur si les renseignements obtenus sur le futur gendre ne sont pas ceux que l'on espérait.) Et celle au cours de laquelle les parents se rencontrent pour échanger le nom et l'âge des futurs époux. L'âge des deux jeunes gens si important à connaître pour déterminer les thèmes astrologiques, savoir si le mariage se présente sous des auspices favorables. Ces deux âges dont on étudiera sur des tables chinoises la compatibilité ou son contraire. Toutes ces indications, pronostics, diagnostics que l'on se communique au cours d'une troisième cérémonie. D'une troisième séance de conciliabules où l'on entend les parents discuter longuement des conditions du mariage. Et où l'on fixe la date de la quatrième cérémonie, celle des fiançailles.

Le fiancé de Jade. Lemaître le décrit. Tel qu'il l'a découvert, un jour, derrière une vitrine. Un jour avec elle, chez Brodard, dégustant une glace à la crème. Gros chat penché sur sa bouillie. Fines lunettes sur un nez court, incrustées dans les orbites, dans sa grosse tête de fort en thème, d'expert international penchée sur son rapport. Pham. Qu'il revit souvent à Saigon, en sa compagnie, au fond de la voiture conduite par Chu Câu, son chauffeur. Jusqu'au moment où l'armée eut besoin de ce garçon intelligent et l'écarta de sa fiancée. En le nommant très vite, grâce aux relations politiques de son père et malgré son inexpérience, attaché militaire à l'ambassade de Londres. La façon de le soustraire aux aléas de la vie guerrière. Et une chance pour Lemaître. Car si Jade avait bien voulu jusqu'alors se conformer à l'avis de sa famille et se promettre à cet homme d'avenir, elle avait rejeté toute idée de le suivre à l'étranger, de quitter son pays à son bras après un mariage précipité. Il fut donc décidé d'attendre son retour définitif à Saigon, c'est-à-dire à la fin de l'année. Mais quelque temps après, la mère de Jade mourait. Ce qui repoussa automatiquement le mariage de trois ans à cause du deuil. Et puis la situation militaire empirant, son futur beau-père manœuvra de telle sorte que Pham sauta de Londres à Athènes, puis à Amsterdam. Sans même pouvoir venir embrasser sa fiancée entre deux avions.

Lemaître : « Aujourd'hui il est à Washington. Il ne cesse de se balader d'une capitale à une autre en dépit de ses propres vœux. Sous-lieutenant, lieutenant, capitaine... Du galon, du galon... Mais d'amour, point. Son père a tellement peur de le voir crapahuter dans les rizières, au Cambodge ou ailleurs, et prendre un mauvais coup! A la guerre, c'est si vite arrivé. Il préfère donc l'exil au mariage ce qui ne fait évidemment pas l'affaire du père de Jade.

– Et elle, qu'en pense-t-elle? »

Il ne répond pas. Comme s'il écoutait la mer, comme s'il attendait qu'elle lui souffle la réponse. Et puis : « Je ne pense pas qu'elle ait jamais aimé ce garçon, qu'elle se soit jamais faite à l'idée de lier sa vie à la sienne. Sinon elle accepterait sûrement de l'épouser au cours d'un de ses brefs congés, ou même à l'étranger. Mais, à la longue, sa piété filiale est telle que je me demande si... » Une vague emporte la suite dans son léger fracas, et je n'ose le prier de se répéter. Comme je n'ose lui avouer les interrogations de Jade sur lui-même, sur sa vie à Paris.

Nous avons laissé la mer nous prendre à moitié, nous

enlacer par la taille. Et pendant qu'elle nous habille et qu'elle nous déshabille, qu'elle se glisse sous notre ventre et sur nos reins comme des mains lascives, nous assistons aux fiançailles officielles de Jade. Assistons à cette autre cérémonie si particulière à laquelle le père de Pham, aussi conformiste que celui de la promise, ne souhaitait pas qu'on échappât malgré tout son archaïsme. Voici donc Jade dans tous ses atours, attendant, immobile au milieu du salon, devant l'autel des ancêtres. Tandis qu'un cortège s'approche de la porte d'entrée, à travers le jardin fleuri. Cortège formé des parents de Pham et de leurs assistants des deux sexes en nombre pair. A leur tête, deux porteurs de lanternes. Derrière eux, Pham, suivi de deux jarres d'alcool de riz et d'un brancard sur de solides épaules et sous un parasol. Et sur ce brancard escorté par deux garçons d'honneur, entre deux cierges rouges et quatre pièces de soie de couleur différente, une sorte de corbeille en bois laqué rouge et noir contenant des feuilles de bétel et des noix d'arec, symbole de la fidélité conjugale. Et sur un coussin de soie, une paire de boucles d'oreilles. Et derrière ce fourniment, une caisse à claire-voie renfermant un porc vivant. Puis derrière cet animal, le père de Pham et ses assistants. Puis derrière eux, fermant la marche, la mère, enfin, et ses assistantes. Et à la porte grande ouverte, les parents de Jade, mains jointes sur la poitrine, accueillant ce monde et le faisant entrer avec force révérences.

La voici, Jade, toujours immobile, et intimidée, un peu apeurée. Alors que l'on sert le thé et le bétel, que l'on allume les cierges rouges et l'encens devant les portraits des ancêtres. La voici à côté de Pham, pendant le repas qui suit, s'efforçant de sourire à chaque toast cérémonieusement porté. Pignochant d'un air absent dans son assiette, mangeottant les gâteaux carrés, les gâteaux de fiançailles faits de riz gluant, de tranches de cochon et de pâte de dolique. S'enivrant gentiment pour endormir son angoisse. Et distribuant à ses parents et amies, avec les feuilles de bétel, les mots qui font croire au bonheur.

Lemaître : « La cinquième cérémonie, la dernière avant le mariage, n'avait pas été fixée d'une façon précise. Ce jour-là, les deux familles doivent débattre encore longuement. En général, on s'entend difficilement sur la date des noces, car il faut qu'elles aient lieu le jour le plus propice. Et qui peut faire le meilleur choix? Dans certaines familles, les fiancés attendent parfois plusieurs années avant de convoler. Dans d'autres, on les unit la semaine suivante. Chez Jade, le Ciel mit tout le monde d'accord. En rappelant sa mère. Et comme si ce deuil ne suffisait, en appelant le futur gendre sous les drapeaux. Normalement, après ses fiançailles, Pham aurait dû venir vivre sous son toit jusqu'au jour du mariage comme la coutume l'exige. Au lieu de cela il se retrouva à Dalat, à l'école des officiers. »

Lemaître se dit alors : maintenant, elle est à moi. Se dit : nous attendons la fin du deuil de trois ans et elle rompt ses fiançailles. Se dit : si son père ne veut pas du mariage, je l'emmène en France. Se dit et se redit : Jade est à moi, je la garde. Erreur. Elle le lui fait comprendre doucement. Elle n'appartient à personne. Pas plus à lui qu'à ce fiancé sur commande. Elle le laisse affronter son père inutilement. Lui refuse tout voyage en dehors du Viêt-nam. Lui refuse toute rencontre en public. Elle l'aime ? Oui. A sa manière. Indépendante. Altière. Avec des moments d'indifférence glacée qui pourraient ressembler à la mort de tout sentiment. Et d'autres moments pour racheter les autres cent fois, mille fois. D'autres moments d'une folle passion, mais où la raison garde toujours une voix prépondérante. Elle l'aime ainsi. En essayant de demeurer fidèle à la volonté de sa mère et de son père. Même si elle ne l'est pas à l'égard de Pham.

« Un jour prochain, pense-t-il tout haut, Pham reviendra peut-être définitivement au Viêt-nam et elle l'épousera. Par obéissance. Sa sœur s'est mariée de cette façon-là. Qui sait d'ailleurs si elle n'aurait pas mieux fait d'épouser ce garçon après son deuil. Elle vivrait aujourd'hui à Washington, loin de ce pays crucifié, loin de tout danger.

– Et loin de toi », dis-je.

Et je l'entends me répondre dans le friselis du reflux : « Loin de moi. Et ce serait sans doute mieux ainsi. Car que puis-je lui apporter de meilleur ? A mon âge. Moi qui ne suis pas né dans ce pays, pétri de sa terre. Qu'avais-je à venir troubler sa vie, à incurver son parcours, à m'immiscer dans son destin ? »

Et je l'entends me répondre encore : « Que pourrais-je lui souhaiter d'autre que de se marier avec ce garçon au plus vite, de ne plus perdre de temps avant de fonder un foyer ? »

Et il cite les vers d'une poétesse vietnamienne, les vers de Ho Xuân Huong :

Voici une jeune noix d'arec coupée en deux. Prends une

chique avant qu'elle ne se gâte. Si des liens d'hyménée doivent vous unir, que la chique prenne une belle couleur vermeille! Qu'elle ne reste pas verte comme la feuille, blanche comme la chaux!

Un peu plus tard, avec Tâm, à la cafétéria. Dans le hurlement du juke-box. Nous apprenons la chute de Quang Tri. Et la pression des troupes de Hanoi sur Pleiku et Kontum, sur les hauts plateaux. « Le Sud-Viêt-nam coupé en deux. » La manchette des journaux demain matin à Paris, à New York. Je l'entrevois déjà. Brillante de sa bave. Mais ça voudra dire quoi? Le Sud-Viêt-nam n'est-il pas déjà coupé en dix, en vingt morceaux?

Parti un instant, Lemaître revient. Un terrassier à la fin de sa tranchée, les chaussures crottées, la fatigue empilée sur les épaules. Revient s'asseoir et profite d'un arrêt brutal de la musique pour annoncer : « Les Sud-Coréens tiennent bon à An Khê, mais pour combien de temps? » Et encore : « Les B-52 bombardent le Nord, les Américains promettent aux Nord-Vietnamiens de les faire revenir à l'âge de pierre. » Il mastique plusieurs fois cette expression comme si elle avait du mal à passer sa glotte. L'âge de pierre. Pendant que le tourne-disque attaque à nouveau, lance ses choristes à l'assaut, matraque, mitraille, et qu'une grosse pluie tropicale en fait soudain autant. J'imagine son bruit sur la mer, et sur les paillotes, sur la tôle ondulée des pauvres, sur l'acier des tourelles, sur la bâche des camions, sur la toile de tente abritant les boyaux, sur le casque des sentinelles aux aguets. Le bruit que fait la pluie sur le Viêt-nam. Et le bruit qu'elle fait sur le toit des maisons de la rue Phan Thanh Gian, sur le toit de Jade. Et j'imagine Jade écoutant le tapage de cette grosse pluie qui s'acharne sur sa ville, affouille ses trottoirs de latérite, dépouille les racines de ses figuiers des Indes, les tire à fleur de peau.

Lemaître aussi regarde la nuit pleurer. Et attrapant à nouveau un silence au vol entre deux morceaux, il affirme avec une assurance qui semble le résultat d'une longue réflexion : « Les Américains ne pourront jamais gagner cette guerre. Jamais. Car ils refusent d'entendre la pluie tomber. Ils ferment leurs oreilles au Viêt-nam. »

J'approuve : « C'est vrai, on dirait qu'ils ne veulent entendre que leurs propres voix. »

Et je pense à Glenmore, à sa petite tête de rongeur prisonnière de son hit-parade.

Nous marchons maintenant sous l'ondée décroissante. Par bouffées, une odeur de graillon nous file, lourde, écœurante. Mais la brise du large mélangée à l'arôme du sable mouillé, finit par gagner. Tandis que, là-bas, Jimmy Hendrix perd, cogne son front contre les fenêtres, contre les vitres dégouttant comme un menton sous une fontaine, impuissant. Nous n'entendons plus que le bruit de cette pluie moins brutale et celui du ressac. Et soudain celui d'un tam-tam. Et puis celui d'un gong et celui d'une flûte, et celui de plusieurs tambours qui se rapprochent, qui ont l'air de venir du large. Qui viennent du large. Et puis le bruit sec des chapelets de pétards. Une fête?

Lemaître : non, des funérailles. Les pêcheurs ont trouvé ce matin sur le rivage un poisson gros comme un éléphant, et ils procèdent à ses obsèques.

Et moi : un poisson gros comme un éléphant...? Tu veux sans doute parler d'un...

Lemaître : arrête, malheureux! Je dis poisson-éléphant. Je pourrais dire aussi Monsieur Poisson ou Dame Poisson, ou encore Esprit Poisson. On ne peut désigner autrement ici ces cétacés qui dépassent la tonne sous peine de graves sanctions, de maladies, de mauvaises affaires...

En atterrissant sur la plage, l'esprit de la baleine – car c'en est une – une magnifique bête de dix-huit mètres de long, s'est emparé d'un individu traînant par ici au même moment, et il lui dicte ses volontés : rassembler la population, présider aux cérémonies de l'ensevelissement, veiller au culte du grand poisson défunt qui peut être aussi un dauphin ou un cachalot. Dans ses vêtements de deuil, chapeau de paille effrangé, habit blanc à larges manches, sans ourlets, avec les coutures au dehors et une petite pièce rapportée suspendue par derrière, l'homme nous accueille et accueille Jade qu'une jonque aux ailes nacrées vient de déposer en silence. Un autel émerge de la fumée de l'encens. A ses pieds, la baleine. Une fois halée hors de la limite des hautes eaux par cinquante gaillards bien charpentés. Et recouverte de tissus rouges. Et entourée d'offrandes.

Sarabande effrénée des mouches. Je me bouche le nez. On dirait que la mer rejette toute la pourriture de son ventre,

141

accouche de tous ses poissons mort-nés. Loin de craindre cette puanteur, les autres semblent, au contraire, vouloir la humer à pleins poumons.

Lemaître : ce que tu crois être une odeur abominable est en fait le plus pur parfum de sainteté. L'essence même de ce génie protecteur. (Et je me rappelle ses paroles à Paris, avant notre départ : le jour où tu te feras à l'odeur du nuoc mam, à l'odeur de pourriture dégagée par cette saumure de poisson, c'est que tu commenceras à te faire à ce pays, à l'aimer vraiment.) Et maintenant je respire ces miasmes à pleines narines, comme Tâm, comme Lemaître. M'en délecte. Comme Jade. Comme si nous traversions ensemble un bosquet d'ilang-ilang. Tandis que l'on recouvre le corps du cétacé d'un tumulus de sable et que l'on plante des baguettes d'encens à l'endroit de sa tête. On le laissera dormir ainsi un an ou trois ans avant de recueillir ses os blanchis. Comme on laisse ici dormir les hommes morts avant d'exhumer leurs restes au bout de trois ou quatre ans.

Et Jade m'apprend à mi-voix qu'un batelier qui perçoit le troisième coup du tam-tam implore aussitôt la protection du roi Baleine, car il veille éternellement sur les hommes de la mer. Et les hommes sont remplis de reconnaissance à l'égard de ce génie qui rend la pêche fructueuse et assure le retour au rivage. Reconnaissance de cette foule rassemblée en cet instant devant ce temple, plus au sud, où Lemaître vient de nous entraîner. Plus au sud, au bord de la baie de Tuy Hoà. Mais là le culte ne s'adresse pas à l'esprit d'un cétacé. Il s'adresse à celui d'un homme. D'un Français.

Je laisse éclater ma surprise : un Français?

Lemaître : oui, si longtemps après l'Indépendance, et malgré toutes les campagnes haineuses. Un Français nommé Guyomard. Il était résident de France à Qui Nhon, non loin d'ici. Un jour, au cours d'une excursion dans la baie, il mourut noyé. Par le truchement d'un médecin illettré qui dut recourir aux services d'un interprète, l'ancien résident demanda en français que son culte soit célébré dans le temple des baleines. Pour les pêcheurs de Chanh Thánh, Guyomard est un bon génie. Il leur accorde tout ce qu'ils demandent : mer calme, poissons en quantité, prospérité du village.

Jade me prend tout à coup par la main, ce que ni Lemaître ni Tâm ne remarquent (sensation soudaine de ces doigts frais remuant comme des alevins), et nous pénétrons dans ce temple dont l'ombre nous emmitoufle comme un fin brouillard d'automne. J'aperçois alors sur l'autel les objets symbolisant ce bon génie au long nez : un complet européen décoré de la Légion d'honneur, un feutre, une canne et des chaussures en papier.

Lemaître : tous les trois ans ces objets sont renouvelés par les notables du village. Brave Guyomard! Ton culte sera célébré longtemps encore sur ces rivages. Les mammifères nains n'ont pas fini de s'approcher de ton temple pour participer avec leurs ébats et leurs jets d'eau aux cérémonies propitiatoires.

Et en profitant du fracas d'une vague particulièrement véhémente, j'exhorte Guyomard par ces mots : sauve Jade, sauve-la de toutes les tempêtes.

Toute la nuit, j'écris. Rédige un long, long papier alors que la mer bat doucement la plage. Profonde nuit que je sonde parfois comme si je voulais arrêter la fuite de ces nuages étirés, ou plutôt celle de la lune que ces mèches de fumée sale semblent entraîner à grande vitesse comme une noix de coco tombée dans le Mékong. La nuit écrit son long roman, elle aussi. Manuscrit douloureux, surchargé de ratures. La nuit, et dessous, les cheveux gris de la mer, bien plaqués, lissés comme avec un peigne à poux. La mer ajoutant son grain de sel par-ci par-là, intervenant à tort et à travers. Toute la nuit, j'écris. Noircis mon papier de tout ce que j'ai amassé en moi depuis mes premières heures au Viêt-nam. Je n'arrête pas. Car quelque chose a cédé, à gauche, dans ma poitrine. Un barrage. Tous ces flots qu'il faut faire passer par le minuscule chas qui pleure son encre.

Oui, comment traduire ce que je ressens depuis quelques jours? Cette impression d'avoir toujours connu la terre que je foule. Comme si aucun autre horizon n'avait vraiment compté une seule fois dans le passé, vraiment marqué son passage dans ma mémoire. La France me paraît si loin aujourd'hui, repoussée au fin fond de la terre!

Personne ne pourra jamais comprendre. Jacqueline surtout pas. J'imagine ses lettres entassées sous ma porte, à l'hôtel, comme des feuilles mortes poussées là par le vent. Pour me répéter que les miennes sont rares? Qu'elle veut me rejoindre? Qu'elle prend l'avion demain? Jacqueline n'a pas sa place ici. D'ailleurs a-t-elle encore une place quelque part?

Jade. La voici de retour. (Toujours quand Jacqueline s'éloigne.) La voici à nouveau sur la plage. Marchant à mes côtés. Nos pas s'impriment sur le sable juteux, laissent leurs empreintes, notre identité. Et, à notre approche, la mer tressaille de tous ses poissons volants ricochant comme des galets, de tous ses dauphins et de ses cachalots jouant à saute-mouton, et de tous ses rois baleines qui nous préservent du naufrage. Ce monde de la mer semble heureux de nous voir marcher ainsi d'un pas de mariés au rythme des orgues. Nous sommes nus. D'une nudité très décente. Nus comme si nous étions nés de ce sable. Comme si nous marchions depuis toujours sur ce sable nu sans que nous puissions nous rappeler le jour de notre départ. Et derrière nous un homme nous regarde, au loin (aussi loin que Jacqueline), regarde notre silhouette se réduire. Lemaître. Il crie. Nous n'arrivons pas à saisir ce cri long et haut, ce cri de marin au sommet d'un mât. Et si c'était un cri désespéré, un appel au secours? Non, dit Jade, on n'appelle pas quelqu'un à l'aide sur ce ton-là. Alors un cri de rappel, une invite à revenir comme le cri de ces fanatiques de la musique à la fin d'un concert? Non plus, dit-elle. Alors un cri d'adieu? Peut-être, dit-elle en baissant la tête.

10

J'ai deviné juste. Une liasse de lettres m'attend au Continental. Jacqueline, et une seule lettre de mon père qui donne
quelques nouvelles de la famille et du pays. Famille? Pays? Pas
de doute le Viêt-nam m'a saisi par un pied et comme un de ces
crocodiles des marais, tire de toutes ses forces. Bientôt le corps
entier y passera.

Pauvre Jacqueline! Elle a abandonné tout espoir de venir. A
cause du coût excessif du voyage. Le *Magazine* ne pourrait-il
pas faire un effort? (Et puis quoi encore?) Elle envie Une telle à
qui l'ami vient d'envoyer un billet aller et retour. (Quel
imbécile!) Elle ne lit guère d'articles signés de moi. Le travail
ne doit pas m'occuper outre mesure. (La garce!)

Desmaisons entre dans la salle à manger au moment du
dessert. Avance entre les tables, ses ustensiles sur les pectoraux,
avance en comptant ses pas comme s'il évoluait sous des
projecteurs. Content comme tout. Une photo à la une! Exhibe
la couverture du *Magazine*. Un jeune marine américain meurt
dessus. Celui qui réclamait son portrait avant d'expirer. « C'est
pas chouette? » Il calcule tout haut le nombre de « briques »
que cette photo va lui rapporter à la revente. S'esclaffe en
voyant déjà son magot entassé sur la table à côté de sa glace à
la vanille. Enfourne la moitié de cette glace comme il enfour-
nerait ses billets dans sa poche. S'esclaffe et s'essuie la bouche
avec son bras nu. Pendant que le jeune marine meurt dans son
dernier sourire.

Je feuillette le *Magazine* à la recherche de mon article.
(L'anxiété d'une mère surveillant l'apparition de sa progéni-

ture à la sortie de l'école.) Le voici. Deux colonnes minables à côté d'une photo débordante, envahissante. Deux colonnes apeurées, serrées l'une contre l'autre, à côté de cet hélicoptère rugissant, montrant les dents. Que de sueurs inutiles! que d'ongles rongés pour rien!

Écroulement du ciel. Toute son eau par terre. D'un coup. Buée qui s'élève de la chaussée comme la fumée d'un feu souterrain. Pieds bien propres, une tribu de petits cireurs courent se mettre à l'abri sous la tente. Imperturbable un cyclo pédale, nez en l'air comme en plein soleil, le client cloîtré dans sa guitoune transparente. Manchette du *Courrier d'Extrême-Orient* sur le torse nu d'un gosse, gros titre taché de gouttes (de sang?) : « Résistance acharnée à An Lôc. » Sur la couverture de Desmaisons, le jeune marine n'en finit pas de mourir.

Nous guettons l'embellie, puis nous nous rendons à la mission américaine pour l'interview de l'ambassadeur à laquelle Paris tient toujours. Retrouvons Joe Guidry secouant la tête : ambassadeur plus occupé qu'il ne l'a jamais été. Facile à comprendre. Offensive ennemie en cours, bombardements aériens sur le Nord, minage des ports, appui de feu aux treize divisions sudistes engagées...

Que faire? Dehors, je regarde le soleil sucer les dernières flaques sur le trottoir, essuyer le feuillage des badamiers à grands coups d'éponge. Regarde la rue reprendre vie. Toc, toc, toc! Le bambou des vendeurs de soupe ambulants, la mélopée monocorde d'un marchand de bananes frites. « On s'en paie une? » Gazouillis d'une école en récréation. Claquettes lambinantes d'une passante pourtant affairée. Une idée me vient à propos de l'ambassadeur pendant que la banane fond sous ma langue. Jade travaille avec les Américains, semble même en connaître un particulièrement bien placé. Si je lui demandais de le faire intervenir, ne serait-ce pas un moyen de l'approcher?

Par chance c'est elle qui répond au téléphone. Elle a l'air heureuse d'entendre ma voix. Elle m'indique qu'elle a lu mon article dans le *Magazine*. « Très bon, très bon. » Elle met un petit « g » à la fin de certains mots. Délicieux. Je minimise : « Ils m'en ont coupé les trois quarts, ça ne rime plus à rien. » « Si, si, insiste-t-elle, c'est très bon'g, très bon'g, vous commencez à bien connaître mon pays. » Et elle me demande si j'accepterais de lui laisser lire mon original. Comment donc!

Elle me promet d'agir en notre faveur auprès des Américains.

Le lendemain matin, chez Givral, chez ce glacier sous les fenêtres du Continental, mon article dans la poche comme une lettre d'amour. Dix minutes à épier la rue, le jeu trompeur des ombres dispensées par les tamariniers. (Si elle ne venait pas? Prise de remords. De remords?) Elle vient avec un gros retard. Je l'ai reconnue de loin sans hésitation. Curieux comme je ne peux plus la confondre dans la foule, à présent, comme elle se détache d'un seul coup pour moi. Elle s'excuse en tapotant sur sa jolie montre. Arrêtée. Deux cafés. Avec croissants? Un seulement. La petite cuillère tourne avec ses ongles bien faits, ses amandes de corail. Et la tasse monte vers sa bouche avec ses volutes d'encens.

Sa tunique me fait penser à celle qu'elle portait à l'aéroport. Je le lui dis. Tout étonnée :

« Vous vous souvenez de cette robe? »

Et je la lui dépeins comme je détaillerais le plus beau tableau d'un musée. Comme un grand couturier vanterait la plus belle pièce de sa collection en regardant évoluer son modèle. Et elle semble en être toute troublée. Comme une femme est toujours troublée quand elle revoit une de ses vieilles robes dans les souvenirs d'un homme.

Des journalistes américains ont envahi la salle. Bruyants au possible. Elle marque un signe d'agacement, fronce les sourcils comme si elle craignait pour ses tympans. Je lui propose : « Si l'on allait ailleurs? » D'accord. Nous sortons. L'hôtel de ville et ses pâtisseries à la Fallières. Et de l'autre côté de la place, le marché aux fleurs. « Des roses! » Des roses de Dalat tout humides encore du serein des hauts plateaux. Ces fleurs si délicates, comment ont-elles fait pour traverser la grande tuerie des hommes? Et combien d'hommes sont morts pour les transporter jusqu'ici?

« Vous connaissez le marché devant la gare? »

Je le connaîtrais que je lui répondrais non. Pour ne pas la voir arrêter là ce petit tour. Elle évite le bazar des rapines, tout ce que l'homme a pu soutirer à l'homme en guerre, à l'Amérique en guerre. Et nous entrons sous les abris en paillote qui prolongent la halle centrale. Véritables rues couvertes où l'on manque à tout instant de se cogner aux objets trop bas suspendus. Marchand trônant au milieu de ses articles, au fond d'une espèce de caverne au plancher surélevé. Marchande de faïence, ses pots, ses bols, ses théières, théière elle-même avec ses mains aux hanches et sa tête enturbannée d'une serviette en guise de couvercle. Mercière accroupie devant ses coffrets vitrés remplis de boutons, de bobines.

« Venez », me répète-t-elle en se retournant et en riant. Et je lui emboîte le pas au plus près malgré les grappes de chalands agglutinés sur notre passage. Où veut-elle en venir, me conduire en m'attirant toujours plus loin, toujours plus loin? Souhaite-t-elle que je me perde dans les plus profonds replis du Viêt-nam? Malabars assis en tailleur dévidant des coupons et maniant le mètre en bois dans des tunnels de soieries, de cotonnades et de lainages aux odeurs d'apprêt et de suint. Grosses femmes couveuses de pommes cannelle, de bananes, de friandises éventant d'un air absent leurs marchandises. « Venez, venez. » Toujours plus loin, toujours plus profond.

A présent on quitte tout ce qui a charge de séduire l'étranger, les ivoires et les bleus de Chine, et les laques où se mirent tous les paysages et toutes les légendes, et la ferblanterie clinquante des dragons et tous les brûle-parfum. Et les mille et un modèles de valise et de sac en cuir grossièrement tannés. (Montagnes de bagages élevées là sans doute pour rappeler aux voyageurs le caractère provisoire de leur séjour.) On quitte tout cela et on franchit la frontière au-delà de laquelle commence la nécessité de vivre. De manger pour vivre. Et où commence la grande bataille des mouches pour vivre de la nourriture des hommes. Et où commence la grande compétition des odeurs. Et la grande compétition des couleurs. « On arrive. » Mais après quelle balade! Mares de sang des cochons égorgés et fiente des bêtes vivantes, et flaques des poissons rendant leur mer ou leur marécage, ou rendant leur sang rouillé. Nuoc mam. Et chair nauséeuse et savoureuse des énormes durions au cuir clouté. Et soudain, surprise de l'odorat. Surprise d'une suave senteur. Celle d'une meule de tabac noir qu'une femme vend par pincée. Et celle d'un tas de mangues qui embaument le parquet ciré. Et celle d'une brassée de menthe poivrée. On arrive. On est arrivé.

« Voilà! », s'écrie-t-elle, tout heureuse.

Des tables bancales et crasseuses, des tabourets, des bancs. Et perchés sur les bancs, à croupetons, perchés comme des hirondelles sur leur fil, des mangeurs de potage. Bol au ras des narines, baguettes gigotantes. Nous nous asseyons le long de l'étroit comptoir derrière lequel le gargotier officie en maillot de corps, biceps à l'air. Ici c'est plus propre. Les mouches n'osent pas nous survoler. A cause de la fumée qu'un feu de charbon de bois nous envoie par bouffée comme une grosse pipe.

Jade me demande ce que je veux manger. Je regarde avec appréhension ces choses qui se balancent au-dessus de nos têtes, accrochées à une tringle comme à un gibet : lambeaux de viande, abats, poulets nus, couenne boursouflée comme des vessies de poisson, anguilles dépecées. Et j'avoue mon peu d'appétit. J'ai tort de faire la fine bouche. C'est si bon'g! Elle commande un *hu tiêu*, un potage typiquement saigonnais au poulet et aux crevettes. Je la vois saliver pendant que l'homme s'active devant sa planche à découper. Bientôt, rempli à déborder, le bol odorant glisse jusqu'à elle.

« Ça ne vous tente pas? »

Gêné, je finis par capituler. Son sourire éclatant vaut bien ce petit sacrifice. Comme je suis maladroit avec mes baguettes! (J'aurais dû m'exercer avec Tâm.) Elle me houspille gentiment : « Mais non, pas comme ça. » J'implore son indulgence : « Vous savez, moi, à part mon stylo! Et encore! » Je cherche désespérément une cuillère, une fourchette, un ustensile domptable, civilisé. Mais rien. Que ces trucs inventés par les Asiatiques pour mieux nous dominer. Alors elle pose sa main sur la mienne, m'apprend comment actionner l'index et le médius sans que les autres bougent. Pincer le moindre vermicelle avec élégance. M'apprend à manger. Comme on m'a appris un jour à tenir un porte-plume. Et je m'exclame, béat comme si j'avais découvert le moyen de fabriquer de l'or: « Mais c'est facile! » Et maintenant, exprès, je laisse mes doigts faillir, retomber dans leur gaucherie afin de sentir encore les siens, leur douce contrainte. Et, peu à peu, tout me semble admissible autour de nous. Je ne vois plus le vol serré des mouches vertes en formation d'attaque, ni les orteils de ces avaleurs de soupe agrippés à leur perchoir. Ni à mes pieds, parmi les balayures, comme dans un crachoir de dentiste, les traînées sanglantes des chiqueuses de bétel. Tout est devenu tolérable. Où ont donc fui les odeurs détestables de l'Asie? Il n'y a plus sous mon nez que le fumet de ce savoureux bouillon et de ses herbes parfumées. Et sous mes yeux que Jade. Qui me dit :

« On est quand même mieux ici que chez Givral. »

Je réponds : « Oh ! oui. » Et elle me propose : « On en reprend encore un bol ? » Et je réponds comme si je n'avais pas mangé depuis trois jours : « Bien sûr. » Je suis prêt à ingurgiter une marmite entière. Prêt à affronter l'indigestion pour prolonger le plaisir d'être avec elle. Pour l'entendre murmurer : « C'est bon'g. » Pour admirer sa gracieuse façon de picorer dans son bol en imaginant les coups de bec d'un pluvier, le bec long et fin d'une aigrette fouillant la rizière. Pour retenir tout d'elle, tous ces petits riens que je ne remarquerais pas chez une autre, qui comptent tellement pendant la séparation, dont on a tellement besoin pour remplir le vide, déguiser le manque. Ces aide-mémoire si nécessaires au souvenir.

Depuis combien de temps dure notre rencontre ? Un quart d'heure ? Et nous ne nous sommes encore rien dit. Mais qu'aurions-nous dû nous dire ? A quoi devrais-je m'attendre qu'elle me dise ? Elle ne va quand même pas tout à coup abandonner ses baguettes et m'avouer sa flamme en me sautant au cou. Et moi, n'ai-je pas des milliers de mots à ma disposition ? Pourquoi n'en ai-je toujours pas trouvé un seul assez intelligent, à la hauteur de la situation ?

Je sais. Ce qui nous retient l'un et l'autre, c'est que quelqu'un est venu s'asseoir près de nous, dès notre arrivée ici. Quelqu'un qui nous observe en silence. Lemaître. Comment oublier son existence ? Mais comment, aussi, aurais-je pu me décider à jeter ma mise sur le tapis dès les premiers jours si j'avais senti que je n'avais rien à gagner et tout à perdre ? Si j'avais aperçu chez elle ou chez lui un drapeau se lever pour signifier : la place est prise ? Tandis qu'ils m'ont laissé faire. Qu'elle m'a même plutôt encouragé. (Et lui, donc, avec ses absences ?)

Elle repousse son bol et libère un soupir. Elle a eu les yeux plus gros que le ventre. Moi je lape mon bouillon jusqu'au bout avec une avidité surprenante et attrape avec une adresse plus surprenante encore les dernières nouilles collées à la porcelaine. Et elle s'écrie : « Bravo ! » Comme si je venais de sauter à pieds joints par-dessus le comptoir. Et elle ajoute : « Si Gilles vous voyait ! » Si Lemaître me voyait... Croit-elle vraiment qu'il ne s'étonnerait que de mes progrès dans le maniement de ces bouts de bois en nous découvrant ici, en tête à

tête? Alors j'en profite. Et pendant que mes paroles abandonnent ma bouche, deux mains me soulèvent les poumons, les
remontent jusqu'aux épaules. J'ose cette question :

« Et si Gilles NOUS voyait? »

Je l'observe avec un sourire saupoudré d'anxiété. Je joue
gros. Sa réponse sera un aveu. Et elle répond. Et je sens aussitôt
les deux mains lâcher prise, mes poumons reprendre leur place
et leur fonction normale. Elle répond par une légère contrac-
tion des lèvres et des yeux que l'on appelle aussi un sourire.
Par ce sourire très particulier dont on se sert généralement
pour signifier ce que l'on ne veut – ou l'on ne peut – signifier
autrement. Désireux d'exploiter l'avantage au plus vite, j'en-
chaîne :

« Sans vous je me serais arrangé avec mon journal pour
écourter mon séjour. J'aurais fait comme ailleurs : mon boulot,
et hop! l'avion. »

Et je lui décris toutes ces fois où je n'ai eu de cesse que de
boucler ma valise sitôt le reportage achevé, ces terres qui n'ont
rien laissé à mes semelles. Et dans un accès de sincérité et pour
atténuer la rudesse de mes propos, je corrige :

« Sans vous et sans Lemaître. Vous m'en avez tellement
appris sur le Viêt-nam, tous les deux, que j'ai l'impression
d'être ici depuis des années. »

Elle va parler. Mais chez moi d'autres paroles se précipitent.
Je la fixe droit dans les yeux, la traque dans son refuge, et je
répète dans un état second : « Sans vous, Jade, j'aurais déjà
quitté le Viêt-nam. »

Alors, d'un coup, tout apparaît insaisissable sur son visage,
tout a fondu. Dans un grand éclat de rire qui a rapproché
davantage ses paupières. De quelle façon différente aurait-elle
dû réagir? C'est si facile de rire quand on ne sait rien faire
d'autre! Moi aussi je me suis mis à rire. Deux chanteurs
entrelaçant leur voix à tue-tête.

Rires épuisés, nous voici de nouveau face à face. Sans rien, à
présent, pour nous séparer. Pour nous cacher l'un de l'autre.
Nous voici démasqués. Autour de nous, le grand marché, sa
vie. Miaulantes mégères, cyclos aspirant bruyamment leur
potage, marchandes lançant leurs appels comme des muezzins.
Et notre gargotier avec son bruit de hachoir. Et la foule comme
une lente rivière. Mais nous sommes plus seuls que si nous
traversions un fleuve dans une barque en pleine nuit. Elle et

moi. Et sur la table ces deux bols et ces deux paires de baguettes, et ces quatre mouches en excursion. Et sa main. Reposant à côté de la mienne. Si près. Comme j'aimerais avoir le courage d'avancer mon index de quelques centimètres, là, ainsi, et de le promener sur sa peau! Il a fait si souvent ce chemin avec d'autres, pourquoi aujourd'hui éprouve-t-il tant de mal à se décider?

« Alors, ce fameux article, me demande-t-elle soudain, vous me l'avez apporté? »

Je sors mes feuillets de la pochette de ma chemise. Ils sont un peu imprégnés de ma sueur. Ils vont lui mouiller les doigts... J'en ressens une certaine gêne. Elle examine ces pages aux sillons bien tracés et me dit : « J'aime votre écriture, elle ressemble à celle de mon père. Ce n'est pas comme celle de Gilles. Il écrit comme un médecin! » A la voir ainsi se pencher sur mes pleins et mes déliés, j'ai l'impression qu'elle me déshabille.

Elle range mon article dans son sac, entre un poudrier de laque et une pochette parfumée. (Quelle place de rêve!) Puis : « Je le lirai et je vous donnerai mon avis. Je suis sûre qu'il me plaira. Car j'ai beaucoup apprécié ce qui a paru dans le *Magazine*. » Je fais la moue. « Si, si, c'est sincère, il y a peu de journalistes qui sentent le Viêt-nam comme vous le sentez. Les autres sentent la guerre, s'occupent de la guerre, mais ils ignorent mon pays. On dirait qu'il n'existe pas pour eux. Cette guerre pourrait se passer autre part, ils écriraient la même chose. Vous et Gilles, c'est différent, le pays vous intéresse plus que la guerre. » « Le pays et ses habitants », dis-je malicieusement. Elle ne relève pas et dit encore, l'œil fixé sur trois beaux poissons battant de leurs nageoires dans une cuvette : « Un jour il faudra que je vous emmène dans notre maison au bord du fleuve. C'est une belle et vieille maison. Elle appartenait déjà à mon grand-père. J'y ai passé mon enfance. Nous y retournons parfois avec mon père. Câu Ba, l'un de mes oncles, y vit toujours. »

Et elle m'entretient de son père. Un vrai Vietnamien. Fier. D'une fierté discrète mais bien réelle. Le rendant incapable de pardonner la plus petite offense, le plus petit écart de langage. Pour qui toute piqûre d'amour-propre est une atteinte portée à son honneur, à sa réputation. Perdre la face? Plutôt perdre la vie! Elle m'entretient de son père, le vrai Vietnamien du Sud.

Ombrageux, jaloux de ses droits, orgueilleux, vaniteux. « Aussi vaniteux qu'un Français! » Mais ennemi de la violence. Mais fidèle en amitié, dévoué jusqu'à la mort à l'égard de ceux qu'il estime ou qu'il aime. Et insouciant. « Aussi insouciant, aussi peu prévoyant qu'un Français! » Et romantique, rêvant d'épopées, d'aventures extraordinaires. Le plus romantique de tous les Asiatiques. Et renfermé, secret. « Secret? Ce n'est pas possible », dis-je avec ironie. « Oui, secret. Pourquoi? Par timidité? Par réflexe défensif? Ou tout simplement parce que notre éducation l'exige? Je crois que c'est à cause de ça, en effet : l'éducation. N'extériorise pas tes sentiments. Ta joie, ta peine, tes pensées secrètes n'intéressent que toi-même. La politesse consiste à ne pas les faire partager à son prochain. Avez-vous déjà entendu un Vietnamien confier ses malheurs au premier venu? Non. Nous souffrons en silence.

– Vous mourez aussi en silence, dis-je. C'est ce qui vous différencie des autres. Quelqu'un d'autre sait-il mourir comme vous, sans un mot, comme si vous ne vouliez déranger personne?

– Mais cette éducation nous culpabilise. Ce respect profond que l'on nous inculque dès notre petite enfance. Salue tes parents le matin, enquiers-toi de leur santé à la fin de la journée en croisant les bras et en courbant légèrement la tête, comme ça. (Elle fait le geste.) Respect pour les vieux, respect pour les mandarins. Quand mon oncle marche dans les rues de Cântho, les têtes se courbent, on lui cède le passage. Encore maintenant. »

Câu Ba, son oncle, un fin lettré de culture confucéenne, le riche mandarin provincial de Cântho.

« A cause de ce respect, nous vivons tête baissée, continue-t-elle. Nous passons notre temps à faire des courbettes, des *lay*. Et nous passons aux yeux des Occidentaux pour des gens beaucoup trop polis, cérémonieux, pire, obséquieux. Comment voulez-vous que l'on ne donne pas cette impression quand tous nos rapports avec notre famille et la société sont codifiés? Que l'on s'adresse différemment aux gens selon leur âge et leur situation sociale? (Elle joint les mains devant elle, baisse le front avec une componction d'évêque pendant son sacre.) Bonjour, petit frère ou grand-père à un homme moins âgé ou plus âgé que vous. Bonjour oncle, à un homme plus âgé que votre père. Bonjour grand-père à quelqu'un qui pourrait être votre grand-père. Bonjour petit frère, petit-fils, petit-neveu, fils, enfant... On n'a jamais fini. J'informe respectueusement vénéré monsieur. Je vous demande la permission de vous remercier respectueusement et sincèrement, monsieur... Jamais de poignée de main, toujours ces *lay,* toujours ces prosternations. (Elle prend sa cuillère en porcelaine et me la tend avec ses deux mains jointes.) Voilà comment on donne ou on reçoit un objet. Jamais d'une seule main. Pas plus qu'on ne doit tutoyer qui que ce soit et regarder dans les yeux une personne de rang supérieur au sien. »

Je demande : « Alors, comment dois-je m'adresser à vous si je veux respecter toutes les règles? Vénérée grande dame? »

Elle pouffe, paume sur la bouche. (Une fillette dissipée, en classe, derrière son pupitre.)

« Mais non! »

Je me lève, joins les mains comme si j'allais m'adresser à Dieu lui-même, ploie vers elle dans une prosternation exagérée, très musulmane, dans l'attitude de supplication du pécheur qui a beaucoup à se faire pardonner, et je dis : « Je vous salue, ô très vénérée grande dame. »

Elle pouffe encore.

« Mais non, mais non! »

Affolée, elle lorgne les voisins à la ronde. Se donner pareillement en spectacle! Elle me demande de me taire, de me rasseoir. Ce que je fais. Et elle m'ordonne : « Regardez-moi. » Et elle me montre comment tenir mes mains devant ma poitrine et non sous mon nez, et elle me dit doucement : « *Chào em* », et me dit : « Répétez derrière moi : *Chào em.* » Et appliqué je répète, le bout des doigts pareillement soudés : « *Chào em.*

– C'est bien, c'est bien. Ça veut dire : bonjour petite sœur. Si j'étais plus âgée que vous, je serais votre grande sœur. Je suis donc votre petite sœur.

– Petite sœur »... Je redis ces mots avec tendresse comme s'ils signifiaient : « Je vous aime. » Je joins de nouveau les mains et prononce avec plus de tendresse encore, comme si mes lèvres formaient les mots « je vous aime » : « *Chào em,* bonjour petite sœur ».

Et elle répond avec la même tendresse : « *Chào anh,* bonjour grand frère ».

Silence. A présent nous sommes muets. Comme si l'on nous

154

avait demandé de nous taire. Deux enfants obéissants, à table, respectueux des règles. Nous sommes muets et nous nous regardons. Et je ne me souviens pas d'avoir jamais ressenti pareil trouble sous les yeux d'une femme. Et je pense une nouvelle fois à cet envoûtement dont Lemaître m'a parlé. A cet ensorcellement que le Viêt-nam exerce sur l'étranger de passage. Je regarde ce pur produit du Viêt-nam et regarde, autour, le Viêt-nam vivre, travailler, manger et le Viêt-nam crier, chanter, et le Viêt-nam sentir, répandre tous ses parfums et toutes ses puanteurs. Et résonne en moi cette phrase lue dans un vieux livre de 1902 prêté par Lemaître, résonne cette phrase apprise par cœur : « Ceux qui ont goûté au breuvage que versent les génies n'ont pu se défendre d'éprouver une ivresse mystérieuse et douce. » Et je rumine cette pensée : me voici en train de succomber sous le charme. Je regarde Jade me regarder, et ces autres pensées s'imposent : je sais à présent que je ne pourrai jamais plus me défaire de cette femme et de ce pays. Lemaître a raison. Nulle part ailleurs la fascination n'est plus forte, et en même temps plus sournoise, plus diabolique. Elle arrive en catimini et vous lie sans éveiller l'attention, vous capture lentement. Ainsi procèdent les racines des banians avec les murs des temples, des pagodes qu'elles étouffent pierre par pierre.

Son père retourne sur ses lèvres. Il partage avec elle la maison de la rue Phan Thanh Gian. Avec elle et cinq domestiques. Son père, M. Tô Van Hùng. Un grand monsieur. Ancien haut fonctionnaire de l'administration coloniale. Ancien secrétaire particulier d'un gouverneur de Cochinchine.

« Les lettrés, les mandarins sont souvent désabusés, m'apprend-elle en fixant la fumée que le gargotier chasse à coups d'éventail, et mon père l'a toujours été un peu. Ils considèrent la vie avec ironie. Ils sont pessimistes. Ils gémissent : " Pour un seul poisson qui nage, combien de pêcheurs lancent la ligne? " Et aussi : " Au fond du puits la grenouille croit que le ciel n'est pas plus grand qu'un fond de marmite. " Mon père ne croyait pas les Français quand ils promettaient l'indépendance au Viêt-nam. Lorsqu'on l'engageait à y croire, il haussait les épaules et soupirait : " Autant emprunter un peigne à un bonze. " Vous savez comment est le crâne de nos bonzes! Je l'ai souvent entendu prononcer cette citation : " L'homme en cette vie ressemble à l'ombre des éphémères. Le matin, il existe encore, le soir il a disparu, et sa pensée, son labeur aboutissent à la déception. " Bref, mon père a quitté les Français et il s'est enfermé dans sa maison. »

Elle me parle de son père et je voudrais l'entendre parler d'elle-même. Et je voudrais l'entendre me parler de Lemaître avec elle. Et je voudrais l'entendre parler de Pham, de son fiancé forcé. Mais elle continue de me parler de son père. Elle dit : « C'est un homme autoritaire comme beaucoup de pères vietnamiens. A la maison on lui a toujours obéi. »

Alors, vite, je saisis l'occasion par la queue. Je lance :

« Vous lui avez donc obéi quand il s'est opposé à votre mariage avec Gilles? »

Surprise? Non, elle ne paraît pas surprise que j'en connaisse autant sur leur compte. Et après une longue expiration que je sens venir de très loin, derrière cette fumée de charbon de bois qu'elle fixe toujours : « Au Viêt-nam, l'autorité paternelle est absolue, et mon père n'a jamais voulu fléchir malgré tous ceux qui sont intervenus en notre faveur. Sa fille épouserait un homme de son pays. Souvent on se promet entre amis d'unir ses enfants dès la naissance. C'était le cas avec Pham. (Pour la première fois elle prononce son nom. En fronçant un peu le nez comme si elle le déchiffrait sur la carte d'une contrée inconnue.)

– En France aussi ça arrive, dis-je, avec le souci de lui venir en aide, on rencontre encore ces sortes d'arrangements entre familles par l'intermédiaire d'un notaire ».

Elle reprend : « Dans les grandes familles, les parents font un choix sérieux parmi les prétendants nombreux qui se pressent sous leur fenêtre. Fortune, position sociale, vertus, tout est pesé, soupesé. Sans compter l'avis du géomancien. Le père a dit, les astres ont dit, et la fille n'a rien à dire. Le beau jade attend l'acquéreur qui sache apprécier son grand prix. »

De chaque côté de ses yeux, de petites rides courent comme des fourmis. Jusqu'à leur trou.

« J'aurais pu quitter le Viêt-nam, aller épouser Gilles en France. Je n'ai pas voulu. Rompre avec les miens, c'était impossible. Impossible. Vous ne pouvez pas comprendre ça, vous, les Tây. D'ailleurs ici, pour vous, tout se fait à l'envers, rien ne correspond à votre logique. »

Et elle énonce tout ce qui se fait à l'envers. A l'envers la façon d'éplucher les légumes et de tailler un bambou. En poussant la lame vers l'extérieur. A l'envers la façon d'écrire son nom. En finissant par le prénom. A l'envers la façon de porter le deuil. En s'habillant tout de blanc. Et la façon de fêter les anniversaires. En célébrant le jour de la mort. Et la façon de se saluer. En serrant ses propres mains. Et celle d'honorer les dames. En passant devant elles.

Elle rit. Et je note que même le visage a une manière bien différente d'exprimer la gaieté. Combien le rire touche peu à ses yeux, à ses joues, à l'inverse de ce qui se produit généralement chez un Occidental.

« Vous savez bien sûr, ce que fait un petit écolier blanc quand il sèche sur son problème. Il se gratte la tête. Eh bien, savez-vous ce que fait un petit écolier vietnamien dans la même situation ? »

Je sèche, me gratte la tête.

« Il se gratte un pied ! Vous voyez à quel point nous faisons tout à l'envers de vous.

– Après, dis-je, Gilles est rentré en France, et puis il est revenu ?...

– Pour repartir à nouveau. Il est comme la mer : on croit qu'elle est là, mais quand on rouvre les yeux, le lendemain matin, elle a disparu ». (Mais quand la mer est là, elle, elle reste au bord !)

Son rire ressemble à un sanglot étranglé. Elle pince un grain de riz oublié sur la table et le porte à ses lèvres.

Comment fréquenter un fantôme ? La mer les a toujours séparés. La mer, les traditions, la guerre, le métier, l'opium... Les jours n'ont jamais rien retenu pour eux. « On perd son temps à verser de l'eau sur la tête d'un canard... »

Elle évoque Thuy Kiêu, l'héroïne de Nguyên Du, le plus grand poète vietnamien, l'auteur du *Kim Vân Kiêu*. Une épopée de trois mille vers composée en une nuit grâce à l'inspiration divine. Une longue nuit pendant laquelle ses cheveux et sa barbe ont blanchi. La pauvre Thuy Kiêu dont la sublime plainte résonne ici depuis deux cents ans. Et elle évoque aussi les plaintes du Gynécée, du grand poète doré On Nhu Hâu qui passait sa vie de mandarin à noircir son écritoire et à boire de l'alcool parfumé au chrysanthème avec ses amis.

« Pour lui, remarque-t-elle, la vie d'une jolie femme est une fleur de tournesol. Elle naît avec le soleil, elle meurt avec le soleil. La beauté est éphémère, éphémère aussi la vie. Amours, richesses, bonheur... Tout cela n'est que mensonge. Seule la douleur ne ment pas. La vraie sagesse est de suivre la voie lumineuse du Bouddha. Le Nirvâna seul est durable et éternel. »

Je n'arrive pas à me faire à l'idée qu'une si charmante hirondelle puisse douter à ce point du printemps. Je demande sur ma lancée :

« Et Pham?

– Oh! Pham... (Elle atterrit après quelques coups d'ailes dans la fumée.) Nous n'avons jamais rompu. Quand il revient à Saigon, nous nous voyons. Aujourd'hui il est à Tai-Pei. Il espère que nous nous marierons à la fin de la guerre. C'est du moins ce qu'il répète toujours à mon père : " A la fin de la guerre... " Et les années défilent ». (Rires.)

Son père. Ses traits se durcissent soudain comme si elle le voyait fendre la foule du marché et s'approcher de nous, appuyé sur sa canne.

« Tout vaut mieux pour mon père qu'un mariage avec un étranger. Car un tel mariage serait à ses yeux comme si sa fille était devenue une épouse de second ou de troisième rang. Et comme le dit un proverbe populaire : " Mieux vaut mourir jeune que d'accepter d'être la femme de second rang ". »

D'accepter d'être dans les campagnes la « demoiselle servante », celle qui mange du riz froid, celle qui couche hors de la chambre conjugale. Une condition humiliante, déshonorante, le sort d'une damnée. Femme de Tây ou femme de Chinois, celle que les chansons satiriques poursuivent dans les marchés ou au passage des bacs comme un nuage de mouches une jarre de nuoc mam. « Quel regret! Ces kakis macérés offerts aux dents des rats!... O belles joues roses, pourquoi n'as-tu pas épousé un de nos compatriotes?... O mes sœurs, il y a mari et mari! »

Paroles que je crois entendre en découvrant à l'instant ces femmes autour de nous. Ces bonnes femmes que je n'avais pas vues s'asseoir non loin, et dont les yeux collés à Jade comme du riz gluant semblent chansonner à pleine voix. Elles doivent me prendre pour un Américain, et elle pour une « demoiselle servante ».

« Partons », décide-t-elle soudain changée.

Trois billets humides dans la main du gargotier, et ces yeux hargneux qui ne nous lâchent plus jusqu'au moment où la foule nous absorbe.

« Cyclo ! »

Un seul cyclo à l'horizon et ces nuages prêts à craquer. « Tant pis, on va essayer d'y tenir à deux. » Assis côte à côte sur le siège tendu de drap blanc du cycliste peinant, pédalant en danseuse. Du pauvre homme suant sous sa chemise en lambeaux, tailladée comme un drapeau héroïque. Assis contre elle, contre son corps conducteur, pressé comme un chat recherchant la chaleur. Et voir avec elle la poussière des trottoirs cloquer soudain sous les premières gouttes de l'orage, les passants se mettre à courir en tous sens comme les billes d'un sac crevé. Et entendre avec elle les jurons de l'homme qui se démène autour de sa machine arrêtée en pleine rue pour remonter sa capote, nous enfermer sous sa toile rapiécée, ne nous laisser qu'une fente pour la vue comme une moukère sous son voile. Et rire avec elle de ces enfants nus frétillant sous la douche bienfaisante, sur l'asphalte qui fume comme des bananes frites dans leur bassine. Rire de ces grosses femmes luisantes ajustant leurs récipients sous les gargouilles dégoulinantes. Rires de Jade après toute cette mélancolie distillée à plaisir. Rires insouciants du Sud pépiant comme cette bonne pluie qui lave tout d'un seul coup, qui débarbouille le Sud, lui enlève ses souillures et ses artifices, son maquillage outrancier, et le sang caillé de ses blessures. Rires de Jade qui emportent tous les soucis de Jade, tous ceux d'hier, d'aujourd'hui et de demain.

11

Ma surprise quand le lendemain, vers midi, le Cajun de la
C.I.A. m'appelle au téléphone. Quand il m'annonce dans un
grand éclat de rire : « Ton interview avec l'ambassadeur, c'est
O.K. » Ma surprise évaluant aussitôt le pouvoir de Jade, sa
capacité d'intervention. Car comment ne pas voir sa main
dans ce prodige? Sinon pourquoi ce diplomate surchargé,
préoccupé par une situation difficile, aurait-il subitement
décidé de changer d'avis? Ma surprise et mon trouble, mes
questions anxieuses : alors il faut donc comprendre que cette
simple interprète, cette modeste employée...? Et les assauts de
Tâm, encore, ses clapotis d'eau de vaisselle : quand je te disais
que... Tâm devant moi, à présent, écarquillant ses fentes de
tirelire : « Je ne sais pas de quelle façon tu t'es débrouillé, mais
tu dois avoir une introduction de première. »

Trois heures dans ma chambre à préparer mon interview
pendant qu'écrasée de chaleur la ville a suspendu tout frisson
de vie. Indolents remous de l'air bousculé par les palmes de
bois au plafond. Coulée de sueur sur le cou, le long du dos
comme des chatouillements de mouches. Estomac chargé de
bière. Et tête vide comme un poisson-lune. Mais pleine de
Jade. Je n'ai pas osé lui téléphoner pour la remercier. Si elle n'y
était pour rien? Ou si son père avait décroché? Pourtant quelle
envie d'entendre à nouveau sa voix! D'entendre son rire
enfantin, de l'entendre pouffer devant mon ignorance crasse
d'Occidental au long nez extrêmement désorienté par toutes les
subtilités extrême-orientales. De l'entendre me conseiller dans
le cyclo, sous la pluie battante : « Si vous voulez vraiment nous

comprendre, il vous faudra du temps. » Et gloussante de plaisir : « Par exemple, nous utilisons douze voyelles là où vous n'en utilisez que cinq. Allez donc vous y retrouver dans nos trois *a*, dans nos deux *e*, nos trois *o* et nos trois *u*! Dans les cinq accents qui font varier le sens de nos mots! » Et de l'entendre s'exclamer alors que je venais de lui signifier mon intention d'apprendre le vietnamien : « Merveilleux! Je serai votre professeur. » Comme j'aurais voulu que cette course dans ce fauteuil roulant, cuisses collées, flancs collés, chaleurs mêlées, continuât à n'en plus finir!

Le rendez-vous chez l'ambassadeur. Avec Desmaisons chargé comme une « boîte d'allumettes », ces frêles charrettes à cheval servant de taxi collectif. Nous sommes reçus par un certain Jim Foster, le dernier des officiants rencontrés avant la porte suprême. Jim Foster, un Américain du Nord plus américain encore que les autres Américains, avec un océan pour le séparer du reste des humains, l'océan Arctique de ses yeux gris-bleu, et le fard ardent des gens mordus par la froidure. Mais très amical avec ses deux visiteurs. Nous aidant de son mieux. Facilitant nos rapports avec ce diplomate distant, méfiant. Et après l'interview, la conversation à bâtons rompus dans la cafétéria de l'ambassade. Cet échange d'opinions, libre, spontané sur la guerre, sur les Vietnamiens. Avec, pour sa part, des accès de désabusement comme celui-ci (dans un français universitaire où l'on devine l'étudiant consciencieux qu'il a été) : « Le jour où nous partirons, que laisserons-nous ici en dehors des stocks de munitions et de rations K? » Et avec la lippe en avant comme un poisson dépité humant le verre épais de son aquarium après trois tours d'exploration : « Ces gens ne nous aiment pas. Ils ne nous détestent pas, ils nous méprisent gentiment. Sans nous le montrer. En nous souriant, en nous faisant des *lay* à n'en plus finir. (Il joint les mains devant ses cornées de fjord, baisse la tête comme pour tremper sa mèche dans sa tasse de mauvais café.) Respectueux de notre force, de notre richesse pour mieux profiter de nous. En nous faisant croire que nous sommes les meilleurs et qu'ils nous suivront jusqu'à la mort. »

Une gorgée de ce jus noir comme pour faire passer son amertume. Puis : « Je me suis pourtant attaché au Viêt-nam (Vietnaaaâm). J'aurai beaucoup de mal à m'en détacher, et j'y reviendrai aussitôt que possible. Et je ne suis pas le seul dans ce cas. Je connais des amis, des gens du Massachussetts, qui se sont tellement vietnamisés qu'ils vivent à la vietnamienne, comme de véritables Vietnamiens, en pyjama et en claquettes. »

(Ses yeux bleu pâle. Posés, immobiles. Comment cette glace polaire peut-elle résister à la fonte, si près de l'équateur?) Je demande tout à trac :

« Vous avez de bons amis vietnamiens?

– Je pense que oui. Nous sommes particulièrement liés à de grands bourgeois. Je ne sais pas s'ils aiment tous les Américains de Saigon, mais en tout cas ils nous portent, à ma femme et à moi-même, une amitié sincère. Nous leur sommes très reconnaissants. Sans eux le Viêt-nam nous serait bien inconnu. »

C'est là que j'entrevois soudain Jade. Et maintenant je n'ai de cesse que de fortifier mes présomptions. A chaque détour de phrase, elle apparaît dans « notre » robe. Au bord de la piscine et sur les courts de tennis du Cercle sportif. Avec Foster. Sur la plage du cap Saint-Jacques, sirotant des boissons glacées avant de se laisser rouler dans les vagues. Avec Foster. Et le soir venu, attendant sa voiture, les yeux de chat de sa voiture, au bout de la rue. Cette voiture arrêtée devant sa porte jusqu'au lendemain matin.

Pendant que Desmaisons ne se gêne pas pour brocarder devant lui la violente envie de fraternisation de ses concitoyens, les Américains : « Ils me font penser aux bonnes dames de l'Armée du Salut débarquant chez les clochards avec des bouteilles de lait. Avec cette différence que les Niaques sont plus vicieux. Ils ne flanquent pas le lait à la flotte, ils le revendent. Et ils en redemandent avec des courbettes. »

Sportivement, Foster accepte la comparaison. Il en rit même. Et je pense : avant d'être tué, le GI. est dépecé vivant. Ficelé sur le rivage par des milliers de lilliputiens qui le dépouillent de tout, des pieds à la tête. Des milliers de fourmis qui le grignotent à belles dents. Combien de Vietnamiens se livrent à la chasse au dollar plutôt qu'à celle du Viêt Công? Et combien d'Américains n'ont pas senti le doute pénétrer leur esprit. Et la révolte après la colère. N'est-ce pas pour cette raison qu'ils rembarquent à l'instant sur la pointe des pieds, qu'ils laisseront bientôt toutes ces fourmis se débrouiller entre elles?

162

« Il faut excuser les Vietnamiens, dis-je, ils sont fatigués de la guerre. Ils ne font que ça depuis trente ans. Ils ont connu trop de conquérants, trop de souffrances. »

Son regard me fait froid dans le dos. Deux glaçons dans un verre bleuté.

« Mais ils mourront du communisme s'ils ne veulent pas se battre.

– Les fourmis ont toujours eu le dernier mot, dis-je en me rappelant des paroles anciennes.

– Vous voulez prétendre qu'elles résistent au communisme?

– Certainement (et j'entends Lemaître s'exprimer à ma place), regardez ce qu'elles ont déjà fait du cadavre de Hô Chi Minh. Elles rongeront pareillement le cadavre du communisme. »

Sur la table, devant nous, dans cette cafétéria nickelée, aseptisée, climatisée, au milieu de cette ambassade supérieurement protégée, une fourmi vietnamienne monte silencieusement à l'assaut d'un sucrier américain.

Desmaisons profite d'une navette qui se rend à Tân Son Nhut, part expédier ses photos. Je reste seul avec Foster.

« Je vous ramène à l'hôtel », me propose-t-il.

Au bout d'un escalier de béton, dans les entrailles du bunker, la voiture. Sa voiture. Tapie dans l'ombre. Longue limousine noire, d'un brillant insolent, astiquée comme un char d'assaut un jour de défilé. Et à présent, son glissement hors de cet immeuble prison. Puis hors de cette rue si animée autrefois, avec ses restaurants et ses boutiques chinoises, et aujourd'hui désolée, encombrée de chevaux de frise, de fûts d'huile badigeonnés à la chaux et remplis de sable.

Et dès le premier arrêt dans un embouteillage, les premiers cris des gosses, des *bé con* : « *My! my!* »

Ils ont surgi on ne sait d'où. Porteurs de journaux, cireurs, vendeurs de cigarettes, de croûtes et de choses inavouables, herbe, poudre blanche... Gigotant autour de la voiture, frappant aux carreaux. « *My! my!* » Foster bougonne. « Quand est-ce que je n'entendrai plus ce mot? C'est le seul mot qu'ils ont dans la bouche. Il paraît que ça veut dire " Américain ". Mais je crois plutôt que ça veut dire " fric ". Toute ma vie j'entendrai ce cri. En Amérique, ailleurs : " Fric, fric! " Comment voulez-vous gagner une guerre avec ce mot dans la bouche? »

Angélique avec sa natte bien tirée, bien lissée, pincée sur la nuque, sa chemisette immaculée, une petite fille. Quel âge? Huit ans, tout au plus. Pieds nus, mais propre, soignée. Son sourire innocent. Et dans ses bras un carton à dessin. Qu'elle ouvre subrepticement devant notre pare-brise. Qui bâille comme les cuisses d'une femme. Bâille sur la chair rose d'une photo pornographique.

Chemin faisant, j'observe Foster au volant, son profil. Je n'ai jamais vu un homme ressembler davantage à un poisson. Lequel? Une gentille limande ou une murène aux dents d'acier, ce vorace des mers que les Romains nourrissaient avec des esclaves? Une murène et cette tanche des rizières... Je ne parviens pas à y croire.

Lemaître m'accueille à mon retour au Continental. Fiévreux. M'attire vers un endroit tranquille au fond du hall, et me souffle: « La paix est pour bientôt. » Il vient d'échanger un long dialogue avec son journal à Paris. Kissinger et Le Duc Tho sont prêts à s'entendre. Leur accord va être annoncé sous peu. Les gens du G.R.P. n'exigent plus l'élimination du président Thiêu, reconnaissent au contraire son administration. Concorde nationale. Respect mutuel.

« Les Américains vont rembarquer leurs dernières troupes. Avant la fin de l'année, la guerre du Viêt-nam sera finie. Finie. (Il a le geste autoritaire et définitif du chef d'orchestre pour conclure une symphonie.) Et ce ne sont pas les jusqu'auxboutistes sud-vietnamiens qui pourront s'y opposer. » Et il annonce en plus la manifestation organisée après-demain, dimanche, à la veille du scrutin présidentiel américain. Cinq mille catholiques originaires du Nord se rassembleront devant l'hôtel de ville pour y dénoncer le « cessez-le-feu sur place », les « trois composantes » et la « coalition avec les communistes ».

Face à face sur le trottoir, nous demeurons un instant silencieux. Devant une image. Celle de l'enfant unijambiste qui hante tous les jours, à l'heure du déjeuner, la terrasse de l'hôtel. Agile comme un petit singe, il arrive presque à courir sur ses deux minuscules béquilles quand on lui jette un billet ou une cigarette. On dirait alors qu'il s'amuse. Comme un enfant. Mais demain la guerre est finie, les enfants ne perdront plus leurs jambes dans les rizières. Lemaître se réveille:

« Tu n'as pas soif?

164

– Terriblement. »

Chez le vieux Bonelli, à l'Impérial. Avec tout ce qui reste de l'Indochine française, celle des derniers coloniaux, des derniers civils français accrochés à leur terre rouge comme un margouillat à son plafond. Dans le parfum de l'anis. Dans les yeux décolorés par mille soleils brûlants, mille saisons des pluies. Sous les peaux jaunies et ridées avant l'âge. Chapeaux de brousse déformés, shorts délavés ou costumes amidonnés, semelles de crêpe renforcées. Porte-documents à fermeture Eclair en peau de buffle ou en serpent pendu au poignet comme une petite bête en laisse. Corps secs, anguleux, bouffés par la malaria ou l'amibienne. Ou l'opium. Visages cuits, recuits. Vingt buveurs le long du bar. Que des amis pour Lemaître. Planteurs de thé, de café, surveillants de plantations d'hévéas, transporteurs. Anciens militaires pour la plupart. Ou ancien guide de chasse comme Bordas. Que Lemaître appelle toujours « l'ami Bordas ». Tu verras quand tu connaîtras l'ami Bordas. Oh! l'ami Bordas, comment va? L'ami Bordas, un drôle de bonhomme sans cheveux, sans joues, sans ventre, sans fesses. Un coup de trique. Les gnons de la dure vie dans la figure. Confit comme un kumquat. Et des yeux d'enfant étonné (encore). Des yeux bridés. Par quoi? Par le croisement des races ou par la réverbération des rayons ultraviolets sur les nuages? Ou par mimétisme? Lemaître prétend qu'il a du sang cham dans les veines. Les Chams, ces brahmanistes d'origine malayo-polynésienne, ces descendants du royaume Champa qui domina l'Annam jusqu'au XVIIᵉ siècle.

L'ami Bordas. C'est vrai qu'il a du Cham, l'attitude hiératique des divinités que les Chams ont laissées dans la brique de leurs hauts-reliefs avec leurs pilastres et leurs arcatures lancéolées.

« Alors, l'ami Bordas, quelles nouvelles? » interroge Lemaître.

L'étonnement agrandit le blanc de son œil.

« C'est toi le journaliste, c'est toi qui devrais apporter les nouvelles.

– Allons, l'ami Bordas, tu en sais toujours plus que tout le monde. »

Connu pour cela, en effet, chez les Français comme chez les Vietnamiens. D'une prescience d'hirondelle. Prévoyant les grands événements avec une précision diabolique. L'indépendance du Viêt-nam, Diên Biên Phu, les accords de Genève, l'arrivée des Américains...

L'ami Bordas dont les yeux se claquemurent à l'instant jusqu'à ne plus y voir. C'est toujours ainsi qu'il annonce son intention de s'adresser aux autres, à ceux qui ne savent pas.

« Les Américains vont signer une paix séparée et ils vont se retirer complètement, prédit-il de sa voix de basse si étrange chez un homme aussi fluet. Le Sud restera seul face au Nord. »

On ricane. Combien de fois a-t-on entendu ce genre de prophéties?

« Vous pouvez rire, grince-t-il, vous verrez bien dans quelques mois. »

D'où sort-il ces certitudes, l'ami Bordas? D'un bonze, dit Lemaître. D'un adepte du Grand Véhicule, son ami depuis des années. Il habite avec sa communauté, sur les hauts plateaux, au bord d'un lac, chez les Moïs. Une espèce de missionnaire chez ces montagnards que les Vietnamiens considèrent comme des sauvages alors qu'ils sont assurément les habitants les plus sages de la péninsule. L'ami Bordas vit là-bas le plus clair de son temps. Il ne retourne à Saigon, comme aujourd'hui, que pour toucher le mandat qu'on lui envoie régulièrement de France, sa retraite d'ancien guide. Un jour, il a emmené Lemaître chez ce bonze. Là-bas. Et depuis, il n'en est jamais tout à fait revenu. « Là-bas, on est vraiment loin de tout, affirme Lemaître, si tu savais... »

Là-bas, si tu savais... Parviendra-t-il jamais lui-même au fond, tout au fond du Viêt-nam?

Et nous voilà tous trois partis pour les hauts plateaux. Là-bas. Partis pour le pays du bonze inspiré, de la révélation divine. Pour le royaume des éléphants. Partis là-bas, si tu savais. Sur les traces de l'éléphant blanc. Dans la forêt clairière et les marais coupés d'arroyos torrentiels. Parmi les grues, les crabiers, les hérons, les marabouts et les coqs au plumage rouge éclatant, et les paons verts aux ocelles argentés et à la chair succulente. Et les télagons, ces petits mammifères nocturnes qui ressemblent à un goret, se nourrissent de fourmis et sèment derrière eux un relent ignoble de pourriture dont la terre reste imprégnée pendant des jours.

L'ami Bordas: avant notre arrivée dans ces régions, des bandits sanguinaires y semaient la terreur. Ils éventraient leurs

166

victimes pour s'emparer de leur fiel avant leur mort, car le fiel humain rend invulnérable.

Un frisson me saisit. Un autre quand je vois apparaître, rangés comme pour la parade, une trentaine d'éléphants de chasse et leurs cornacs. Mais ces animaux sont bien sages. Perchés sur leur cou, les hommes les dirigent d'une simple pression des genoux sur la nuque ou d'un chatouillement aux oreilles. Tout à l'heure, il faudra les approcher avec méfiance, car on les aura grisés à l'alcool de riz rougi de sang de poulet.

Fier vieillard, Koujinob s'avance. Culotte noire serrée aux mollets, vareuse blanche ornée de la Légion d'honneur. Koujinob, le grand chef des Moïs. Et derrière lui, ses sujets. Descendus de leurs cases montées sur pilotis. Hommes et femmes torse nu, couleur de brique, protégés seulement par un langouti, une pièce d'indienne nouée à la taille et passant entre les jambes. Hotte sur le dos, tige de la pipe fichée dans le chignon, machette sur l'épaule, bracelets de cuivre aux avant-bras et aux chevilles, cochon noir à la traîne au bout d'une ficelle. Et derrière eux la nappe de saphir du lac de Dak Lak, au bord duquel habite le bonze.

Je ne peux dissimuler ma hâte d'approcher ce mystérieux devin. J'ai déjà tiré sur la corde d'une pirogue, amené à moi l'embarcation. Mais aussitôt l'ami Bordas la repousse d'un coup de pied agile. Une vigueur étonnante pour un homme qui n'est plus tout jeune. Discrètement Lemaître m'explique que je vais trop vite en besogne, que l'on ne rencontre pas ce personnage aussi facilement. M'explique qu'il faut se faire annoncer, que l'on doit lui présenter à l'avance le motif de la visite, qu'il veut connaître d'abord les intentions profondes de son hôte.

Et Lemaître me recommande : attends, attends ton heure. Un jour je t'y emmènerai. Tu vois ce cap verdoyant, à deux kilomètres d'ici, de l'autre côté du lac, là où se mirent le cirque des collines rondes et leurs éperons bleuâtres – dont on dit, entre parenthèses, qu'ils symbolisent la reconnaissance éternelle des éléphants – tu vois cet îlot émeraude que l'on prendrait pour l'un de ces bancs de lotus dérivants? C'est là.

Je demande : là-bas?

Et lui : là-bas. Une hutte sur pilotis au milieu des bambous et des roseaux géants. Et dans l'herbe haute, derrière, un éléphant blanc qui paît tranquillement.

Quand on y arrive en pirogue, à la tombée du jour – c'est à cette heure seulement que le bonze reçoit – on dérange, paraît-il, tout un monde ailé insoupçonnable. Des pélicans blancs et des aigrettes dont le kilo de plumes se vendait en 1900 quelque trois mille francs-or, et dont le bec servait aux Chinois à crever les yeux des condamnés. On dérange aussi des grues antigones que les Vietnamiens apprivoisent pour remplacer les chiens de garde dans les maisons et prêter main-forte aux bergers dans les champs. Et aussi des plongeons condescendants qui font leur délice de petits crabes rouges et noirs, armés d'une seule pince. Et aussi des marabouts chauves qui préfèrent les rats et en consomment deux cents par jour. Et aussi des calaos rhinocéros au bec démesuré et au hennissement de poulain.

Un gros oiseau décolle à l'instant avec lourdeur, au ras de l'eau, comme s'il avait des bombes sous le ventre. Un calao?

Lemaître : c'est cela même.

Mais la chasse à l'éléphant blanc va commencer. L'ami Bordas l'annonce d'un geste bref par lequel il réclame aussi le silence. Deux guides se sont joints à lui et au chef Koujinob, deux chasseurs célèbres, Jean-Claude Demariaux et Guy Cheminaud, deux talentueux coureurs de brousse dont les yeux profonds et brillants comme l'âme de leur carabine racontent les scènes étranges qu'ils ont vécues. Sacrifices d'enfants devant des statues de bois semblables à celles de l'île de Pâques. Extraction par des villageois du liquide putréfié des cadavres pour s'en servir d'élixir de longue vie. Curée des chiens sauvages chassant toujours par meute de sept et arrachant les yeux de leurs victimes avant de les dévorer vivantes sans un seul aboiement.

Juchée sur les éléphants, la troupe se met en marche.

Lemaître, soudain : attendez!

Jade. On allait oublier Jade! Arrivée à la minute de Saigon dans le spider d'une Ford Araignée, par cette piste innommable saignant de sa terre rouge. Jade, tout de blanc vêtue, impeccable. Avec un casque colonial aux larges bords comme en portent les jeunes Anglaises de la gentry dans les films tournés aux Indes. Comment a-t-elle pu nous rejoindre après

168

un si long chemin? Je brûle de le lui demander. Mais trois hommes me l'enlèvent, la hissent sur le dos d'un de ces pachydermes jusqu'à une caisse garnie de coussins et recouverte d'une légère toiture de bambou. Devant cette ascension périlleuse, je ne cache pas mon inquiétude. Mais elle sourit et cela m'apaise.

Alors, la voix de l'ami Bordas : allons-y.

Et Jade me sourit de nouveau avec d'autant plus de liberté que Lemaître nous tourne le dos, admirer ces deux pics de hauteur inégale, ces deux pitons bleus que la chaîne annamitique dresse à l'horizon comme le Pape ses deux doigts du haut de son balcon.

L'ami Bordas : la Mère et l'Enfant. On les aperçoit aussi de la côte. Ils culminent à deux mille mètres. C'est sur les flancs de cet ancien volcan que se cachent les plus beaux éléphants, des géants de trois mètres de haut et pesant plus de trois tonnes. On y trouve aussi des rhinocéros, des chamois de l'Inde et des orangs-outans. (Ce dernier mot déclenche un haut-le-corps chez Jade, et je lui lance un regard qui veut la tranquilliser en lui rappelant que je suis là et que je ne permettrai jamais à une de ces bêtes dégoûtantes de grimper jusqu'à son perchoir.)

Mais Bordas ajoute : nous ne tenterons pas de vaincre ces sommets. Personne d'ailleurs n'a jamais réussi à le faire.

Nos éléphants s'ébranlent, et je voudrais ne pas entendre le rugissement intempestif de ces F-15 (la septième flotte n'est pas si loin à vol d'oiseau), ne pas les voir poignarder le ciel bleu, laisser leurs traces empâtées comme celle d'une ligne d'écriture sur un buvard. Curieusement, contrairement au mien, aucun menton ne s'est levé autour de moi, et les bêtes n'ont même pas remué les oreilles. Le Viêt-nam est loin quand on plonge dans son cœur.

A peine franchi le premier kilomètre en montagne que le guide de tête lance un signal. On s'arrête. Des empreintes d'éléphant sur la sente. Mieux, des bouses. Dont Koujinob vérifie le degré de chaleur en y enfonçant un orteil. Tiède. La harde n'est pas loin. Apparaît en effet, non loin de là, un endroit près d'une mare où le sol est tassé, comme cimenté par des milliers de piétinements.

L'ami Bordas (rapprochant sa monture de la nôtre) : le bal des éléphants. C'est ainsi que les indigènes appellent ces lieux.

169

Parce que les pachydermes aiment y danser au clair de lune après s'y être abreuvés et aspergés mutuellement.

Je sens Jade tressaillir encore. Son cœur doit cogner comme un moteur qui peine. Je me mets à sa place : se trouver soudain face à face avec le roi des éléphants sauvages, le roi du royaume des éléphants! D'autant plus que, comme les autres, elle sait que le premier qui aperçoit un éléphant blanc se voit garantir cent ans de bonheur et de prospérité.

Un chant s'élève. Deux voix de gorge aux inflexions singulières. Invocation du Gorni, le génie des forêts, le protecteur des éléphants sauvages : laissez-nous capturer tous les éléphants de la forêt et nous jurons de n'en jamais tuer aucun. (Car il faut éviter de tuer l'éléphant blanc.)

Lemaître : tuer l'éléphant blanc, c'est détruire le palladium qu'il représente, la garantie d'être heureux longtemps. Le Laos qui a mis l'éléphant blanc sur son drapeau, le Sang Pheuok, ne connaît que le malheur depuis qu'un membre de la famille royale a abattu un de ces pachydermes.

L'ami Bordas (forçant la voix car des buses planent au-dessus de la clairière et leurs graillements nous cassent les oreilles) : de tout temps l'homme a cherché à capturer cet animal fétiche. Les annales du Siam nous rapportent par exemple que des luttes terribles se sont engagées entre Birmans et Siamois pour la possession de deux d'entre eux en 1568. Combien d'hommes sont morts alors?

Lemaître : oui, combien d'hommes sont morts sur cette terre indochinoise pour capturer l'éléphant blanc! Combien de Vietnamiens, de Cambodgiens, de Laotiens! Et combien de Français depuis la conquête, d'étrangers de la Légion, d'Africains, d'Arabes! Et combien de Japonais et de Chinois! Et combien d'Américains, de Sud-Coréens, de Philippins, de Thaïlandais! Que de sang versé pour cet albinos! Et ça continue. Depuis trente ans. Y a-t-il une terre où les hommes s'entretuent avec cette constance? Pour un éléphant blanc?

Bordas : ... que personne n'arrivera jamais à capturer vraiment, car il échappe toujours à l'homme qui ne connaît pas la sagesse.

Je me promets de retenir ces dernières paroles quand j'entends Jade pousser un cri. Quand je la vois pointer son doigt en direction de la forêt. Un combat s'y livre. Invisible. Annoncé par le remous de certains arbres à leur sommet et un

170

brisement de bois. Et maintenant par des barrissements à fendre l'âme. Les éléphants de chasse sont partis à la charge. Lâchés un à un vers la bataille, un homme sur la nuque de chacun, l'enserrant de ses genoux, un autre sur la croupe, la frappant à coups de maillet.

Et voici qu'apparaissent les captifs. Jade bat des mains. (Elle a repoussé son casque en arrière et son front de marbre nankin brasille sous le soleil voilé.) Deux beaux éléphanteaux étroitement tenus en laisse par un nœud coulant passé sous le postérieur gauche. Et encadrés, flanc à flanc, par deux éléphants de chasse qui les contraignent à l'obéissance.

Jade, dépitée : mais ils ne sont pas blancs?

Pas blancs, en effet. Même pas d'une couleur approchant le manque de couleur. Mais gris. Gris éléphant.

Aussi dépité que Jade, qu'un client trompé sur la marchandise, je remarque à mon tour : c'est vrai qu'ils ne sont pas blancs.

Et Bordas, de sa voix caverneuse : peut-être est-ce parce que nous ne connaissons pas encore la sagesse?

Cependant, à la lisière de la forêt un drame se joue. Un jeune éléphant agonise. A genoux, comme en prière. Assommé par un de ses congénères dressés. Barrissements de douleur. Atroce. Les hommes l'abandonnent. A temps, heureusement. Car surgissent deux femelles, oreilles battantes, trompe en bataille. Qui tentent de relever le moribond, et ne le pouvant pas, l'achèvent, abrègent ses souffrances en se servant de leur trompe comme d'une massue.

L'ami Bordas : celui-là ne connaîtra pas la paix des cimetières.

Il emmène aussitôt tout le monde vers le nord, dans la direction vers laquelle les éléphants se tournent toujours, à la nuit tombée, au moment de s'endormir, debout, distants de quelques mètres les uns des autres. Vers le nord, où se trouve le grand cimetière des éléphants. Ce n'est pas comme on l'imagine un champ semé de massacres et de défenses, une nécropole monumentale encombrée d'ossements couleur de neige.

C'est une rivière, et je dis ma déception.

Bordas me coupe : là, la vieille bête goutteuse qui sent sa trompe s'ankyloser, sa langue s'épaissir, ses dents se déchausser, va se laisser lentement mourir de faim, mais pas de soif. Couchée sur le flanc à demi immergée, elle étanchera jusqu'à la

171

fin sa soif inextinguible, protégée en partie contre les mouches, les moustiques et les tiques qui harcèlent sa vieille peau craquelée. Là encore, elle est à l'abri du tigre, l'hôte le plus lâche de la jungle, celui qui attend que la mort approche de sa victime pour s'en emparer avant elle. Mais le moribond n'échappe au tigre que pour devenir la pâture des trionix, ces tortues aux mille dents, et celle des crabes et des crocodiles.

Jade fait un mouvement de répulsion en imaginant l'horrible mort de ces grands solitaires, et l'ami Bordas lui rappelle sans ménagement que l'homme n'a pas un sort plus enviable quand il retourne à la terre. Ce que je trouve bien cruel.

« Bon, dit Lemaître, on ne va quand même pas s'éterniser à parler d'éternité. »

Et il propose une autre tournée, et le vieux Bonelli calcule déjà, bouteille en main et moue satisfaite, le nombre de verres dont il va devoir jaunir le fond. Et l'ami Bordas à Lemaître :

« Quand reviens-tu nous voir au lac? »

Lemaître considérant la rue, le ciel moutonné, puis dans son poing le liquide laiteux :

« Peut-être plus tôt que tu ne penses. Car si tu dis vrai, ils n'auront bientôt plus besoin de moi au journal. »

Et il lui parle de son œuvre, de tous ces feuillets qu'il désirerait couvrir et couvrir, et que la guerre lui arrache des doigts à chaque instant. Lui parle de son œuvre jamais terminée. De son envie de fuir, de s'enfoncer, de se perdre dans le Viêt-nam de la sagesse, dans le royaume des éléphants blancs. D'aller rejoindre au bord de ce lac mystérieux dont les eaux profondes abritent – je viens de l'apprendre – des serpents que l'on distingue la nuit grâce à leurs anneaux scintillant comme des lampions. « En tout cas, notre ami t'attend, lui confirme l'ami Bordas. La dernière fois, tu lui as fait grande impression. » Et en exhibant ses dents gâtées comme un enfant désireux de montrer qu'il les a bien brossées, il répète en riant : « Le Maître attend Lemaître. » Je ne peux alors m'empêcher de penser à Jade qui l'attend aussi depuis tant d'années.

12

« Qu'est-ce qu'il disait, l'ami Bordas? » Lemaître exulte. Le Duc Tho et Kissinger viennent de signer l'accord sur la cessation de la guerre et le rétablissement de la paix au Viêt-nam. Il exulte, il paie à boire à tout le monde. « Allez, venez boire un coup, *let's take a glass.* » Accrochant chacun par la manche comme si c'était son anniversaire. Trente confrères autour de lui, au bar du Continental, dans le fracas des rires et des verres. Benson, le premier, toujours prêt à vider des bouteilles, surtout quand elles sont gratuites. Et Desmaisons accompagné de son double, celui qui a charge de l'admirer jour et nuit. Desmaisons lançant ses flashes à tort et à travers comme une coquette des feux avec sa bague. Et Glenmore. Il a mis cette fois-ci un air follement gai dans son appareil, et il trépigne furieusement comme un bœuf qui a marché dans un nid de fourmis rouges. Et tous ces Américains qui se voient déjà rappeler au bercail, qui voient déjà le télégramme arriver sur une soucoupe comme un bel œuf sur un hamburger.

Je n'en reviens pas. Assis dans un coin de la pièce avec les moustiques, près de Tâm aussi muet que moi. Regardant la scène. Jamais Lemaître n'est sorti ainsi de sa réserve. Même sous l'effet de l'alcool. A minuit sonnera le cessez-le-feu, en ce 27 janvier 1973. Sonnera la fin de la guerre américaine au Viêt-nam. Mais la paix, quand sonnera la paix? Deux hommes se sont serré la main devant les caméras, à Paris. Un Américain et un Nord-Vietnamien. Mais à quand la poignée de main du Nord et du Sud? Il n'y a que Lemaître pour y croire. Et Bordas.

173

L'autre jour, il m'a affirmé : « Une fois seuls, les Vietnamiens vont se retrouver comme de jeunes mariés après le départ des belles-mères. Alors, tu verras, ils rentreront leur couteau. Il leur faut ça pour comprendre qu'ils sont les habitants d'un même pays : cette confrontation seul à seul. » Et moi : « Tu crois sincèrement que Hanoi est prêt à s'entendre avec Thiêu comme les deux frères ennemis laotiens prétendent qu'ils vont le faire ? » Et lui balayant trente ans de haine d'un revers de main comme des miettes sur une table : « Thiêu va partir, il laissera la place à la troisième force. Des hommes de bonne volonté. La troisième force, voilà l'avenir. » Et ce soir, à qui veut l'entendre : « Un nouveau Viêt-nam est né, buvons à son avènement ! »

Vers dix heures, le bar fermant ses portes, la troupe s'éparpille. Et nous suivons Lemaître au restaurant. Il a bu un peu trop mais sa cervelle surnage. Il n'a pas faim. Repousse son assiette. A besoin de toutes ses capacités pour rassembler ses idées. Prononce lentement, après un répit, comme s'il se parlait seul, la tête entre les mains, face à un miroir : « La presse occidentale va progressivement se désintéresser du Viêt-nam. *Le Journal* me demandera sûrement de rentrer définitivement. » Je nourris la même crainte. Ce retour, Jacqueline le pressentait déjà dans sa dernière lettre. Hier. Pour elle, la fin d'une guerre de trente ans, c'est sa propre victoire. Kissinger et Le Duc Tho ont signé la fin de son abandon. Car quel journal maintiendra un envoyé spécial ? Lemaître a encore quelque chance de rester ici. Mais moi ? Et je m'en veux soudain. M'en veux de regretter ce cessez-le-feu qui va m'arracher à Jade. De regretter que les hommes arrêtent de s'entretuer et m'empêchent en même temps d'aimer. Je ne mange plus que parce qu'il le faut. Ma fourchette tremble dans mes doigts, et quand je la porte à ma bouche, une voix sort d'entre ses dents serrées. Une voix qui me traite de salaud.

J'entends Lemaître confier encore à son miroir : « Ils me demanderont peut-être de rentrer, et je ne crois pas que je pourrai rentrer. » Et j'entends les dents de ma fourchette proférer la même chose et continuer à m'injurier. Car je suis un salaud. Vraiment. J'espère vraiment que cette guerre reprendra de plus belle, que les hommes reprendront leurs vieilles habitudes sanguinaires, leur gué-guerre de trente ans, et que j'aurai ainsi tout loisir de demeurer ici afin de poursuivre mon petit commerce sentimental. A chaque bouchée, j'entends : « Salaud! Salaud! » Et à la fin, je laisse tomber ma fourchette par terre et donne un grand coup de pied dedans, l'envoie sous une autre table pour ne plus avoir à l'entendre. Pour éteindre sa chanson moralisatrice. Et je vois un boy se baisser pour la ramasser, celui justement qui claudique, qui a reçu un jour une balle dans la jambe à quinze ans pendant la guerre de trente ans. Et quand j'entends Lemaître proposer en émergeant de son miroir : « Je vais à Cholon, qui vient avec moi? », je m'entends répondre aussitôt : moi, moi.

Cholon, l'hôtel sordide, l'opium, la fuite. Quelle autre issue quand on sent ses semelles quitter le sol, son corps divaguer comme privé de capitaine?

Dans la 2 CV conduite par Tâm et dirigée par Lemaître. A droite, à gauche, ce pont sur l'arroyo, à gauche encore. Stop. Des compartiments ouverts sur la rue, offerts à la cohue des passants. Bonnes femmes à la machine à coudre, repasseuses soufflant sur le linge de pleines bouchées d'eau en brouillard. Bonshommes en maillot de corps de lutteur alanguis sur leur lit de camp, jambes haut-croisées. Enfants déchiquetant leur canne à sucre. Et les longs filets de pulmonaires que les chiqueuses abandonnent entre leurs genoux écartés.

Lemaître ouvre le chemin. Vingt mètres de trottoir à franchir dans la foule compacte, un ponceau sur un ruisseau puant et une maison de deux étages, volets clos, porte close. Cinq coups sur le battant de bois, plus un bien séparé des autres. Un rai de lumière, une face de lune. Deux yeux ensommeillés, chassieux. Hésitation, inspection. Puis un signe d'intelligence signifiant : « Faites vite. » J'ai un geste de recul. Encore. Cette pénombre, cette touffeur humide, ces miasmes... Trop tard. Derrière nous la porte s'est refermée, la clef a tourné deux fois sur elle-même.

Séparée de l'entrée par deux paravents, la chambre. Grande. Démunie de meubles. Éclairée seulement par une lampe à opium disposée sur un tabouret. Et les murs badigeonnés d'ombres chinoises, celles des quatre (cinq?) fumeurs allongés sur leur bat-flanc. Qui se voilent aussitôt la face avec un éventail. « Venez. » Le boy nous emmène ailleurs. Sur notre passage un petit ricanement de femme fuse derrière son écran de papier. Ascension d'un escalier vermoulu, trébuchements, jurons. Poussée sur une porte entrouverte. Le boy donne du

175

menton pour dire : nous y sommes. Obscurité de cinéma, lueur d'une lampe d'ouvreuse. Odeur de sueur lourde de son vinaigre. Nouvelle répulsion devant ces autres corps que je devine, vautrés autour d'un plateau chargé d'ustensiles. Le sol jonché d'épluchures de letchis, la natte sur le bat-flanc, collante, gluante, le verre de lampe opacifié par la souillure, rapiécé avec des boulettes d'opium.

Lemaître s'est dépouillé de sa chemise comme on la jette au sale, de ses chaussures comme un ivrogne de deux bouteilles vides. Et il s'est effondré sur ses planches de teck, et le noir l'a dérobé. Et Tâm l'a imité avec des mouvements moins brutaux. Et je suis seul, à présent, assis au bord du bat-flanc, n'osant m'étendre. Peur de toucher le bois granulé par la crasse, la natte humide, le traversin douteux.

Le boy m'apporte une théière brûlante, une tasse, étonné de mon immobilité. Alors il me montre comment se servir de la pipe de bambou noirci, des aiguilles, des boulettes de pâte brune. Comment se coucher en chien de fusil, tenir le tuyau, aspirer. Mais je sais déjà tout. Et surmontant mon dégoût, je tire une fois, deux fois sur le bambou pour lui faire voir qu'il n'a rien à m'apprendre. Et maintenant mes yeux commencent à s'habituer, à chercher la lumière. Et de chaque côté de moi j'aperçois deux femmes sur leur séant, l'une en tas, Bouddha enfoui dans sa graisse, l'autre squelettique, pantin démis, rafistolé à la va-vite. Deux formes inhumaines. Penchée sur la lampe, la maflue tête goulûment son tuyau et rejette la fumée par le nez. Un brûle-parfum en forme de tortue marine. Quand elle se rend compte que je l'observe, elle me sourit. Horreur! Un sourire si racoleur que je sens mes os se glacer. Partir. Je veux partir : ne pas rester une seconde de plus dans cette morgue. Retrouver la chaleur de la vie. Les hommes qui respirent, qui marchent, qui chantent. Retrouver la grâce, la douceur des femmes, leur corps de sylphide sous la soie aérienne. Retrouver Jade. Où est-elle à l'instant même?

Mais c'est elle, regarde. Elle arrive. Du fond de la pièce obscure. C'est elle. Avec sa robe européenne qui coule entre ses jambes comme du sable. Foster l'accompagne. L'ignoble! Il va la prendre par la taille, la prendre pour lui, me la prendre. Le scélérat! Non, elle est seule. Seule? Oui. Et ce n'est pas Foster, c'est le boy. (Imbécile!) Elle s'approche avec lui. Délicate, élégante. On lui donnerait vingt ans. Un bandeau luisant ceint son front, ses tempes. Elle a changé de coiffure? Ses yeux brillent d'un feu intense. Elle passe. Elle ne s'arrête pas. C'est trop fort! Jade! Le boy me sourit. M'engage à la suivre. Un rideau s'écarte sous sa main, une porte s'ouvre. Sur une chambre plus petite, moins sombre, avec un seul lit. Inoccupé. J'hésite, puis entre. (Ce rendez-vous semble avoir été préparé.) Je l'appelle encore. Elle se retourne. Jade. Non. Jade n'a pas les yeux aussi faits et les sourcils aussi arqués, et ce petit menton rond tout juste esquissé dans la masse de l'ovale. Et ces plis de la bouche et ces lèvres froncées comme sous le mordant d'une orange amère. Jade n'a pas ce visage. Jade n'est pas là. C'est Gisèle qui est là. Bonjour Gisèle. Gisèle, l'Eurasienne.

Elle ne s'étonne pas de ma présence, s'adresse à moi comme si elle me connaissait depuis toujours. Me dit doucement: «Alors, vous voulez fumer avec moi?» Et me dit: «Enlevez donc vos chaussures, mettez-vous à l'aise.» J'obéis comme à ma mère, à douze ans. (Drôle cette impression de ne plus s'appartenir entièrement, d'être à la merci d'un autre.) Sa voix a des inflexions particulières, celles des métis. D'un coup d'orteil sur chaque talon, elle détache ses escarpins et pose ses pieds nus sur le lit près de moi. Ils ne sont pas plats avec les doigts en éventail comme ceux des Vietnamiennes, mais cambrés comme ceux de Jacqueline. Et si menus, si jeunes. Des pieds de petit rat de l'Opéra, de petite fille modèle.

Elle sort un écrin en écaille de son sac, allume une cigarette à la flamme de la lampe à opium. Envoie une bouffée en l'air comme un baiser au plafond. Puis s'excuse: «Vous en vouliez peut-être une?» Je ne fume pas. Mais comme elle me tend sa cigarette allumée, je l'accepte. Elle s'est assise à côté de moi et me parle pendant que le boy nous sert le thé. Ici tout respire la propreté. La laque noire du plateau à opium, les aiguilles qui étincellent comme des fleurets. La lampe galbée laisserait passer une lumière éclatante si elle n'était chapeautée par un abat-jour en argent tressé. Gisèle s'ouvre à moi, me confie qu'elle aime se retrouver ici pour fumer, car la discrétion y est assurée. Elle vient toujours seule. Depuis son divorce d'avec un Français, un professeur du lycée Marie-Curie dont elle a été l'élève.

«C'est drôle, vous avez quelque chose de lui, vous avez son nez un peu relevé au bout. Vous le connaissez peut-être, il s'appelle Boutelet.» Elle l'a quitté parce qu'il refusait toujours

177

de répondre à ses appels téléphoniques. « C'est lui qui m'a initiée à l'opium. » Elle raffole de ces voyages dans le noir mais n'en abuse pas. « Ça me repose de ma vie trépidante. » Elle travaille dans une agence de voyage. « Les voyages, ça me connaît ! » (Son petit rire appartient bien au Viêt-nam.)

Curieuse : « Vous fumez donc ? » Je comprends bien qu'il s'agit de l'opium et non de cette Cotab que je malaxe comme de la pâte à modeler. Mon esprit flotte. En temps normal, j'aurais déjà emprisonné cette taille, écrasé cette bouche si facile. Mais je ne m'en sens ni l'audace ni la force.

Elle m'invite à m'allonger près d'elle et à reposer ma tête sur l'oreiller. Se laisser faire. Entendre quelque part en soi, vers son centre, une voix suave, dangereuse, murmurer : « Suivez-moi. » Et se voir emboîter le pas d'une ombre sans que la volonté ait un effort à fournir.

Précis, méticuleux, les doigts de l'Eurasienne s'agitent au-dessus de la lampe et du plateau. Grésillement de la flamme sous la boulette brune du chandoo piquée au bout de sa longue aiguille. Et métamorphose de ce mastic en une grosse bulle translucide aux reflets dorés, à l'odeur agréable. Et garnissage du fourneau par un double mouvement de torsion en deux sens de l'aiguille. J'attends, frémissant d'un bien-être futur doublé d'une moelleuse inquiétude. (Cette fois-ci, j'ai dix-sept ans, je monte les escaliers d'un hôtel borgne, place Blanche, derrière les fuseaux satinés d'une paire de jambes. Mes jambes à moi sont en coton.)

J'entends : « Aspirez lentement mais longuement. Il faut vous remplir les poumons. »

Je m'exécute pendant que les doigts aux ongles carminés préparent une autre pipe que la bouche bien dessinée guette déjà, entrouverte.

Après une profonde bouffée, elle me demande :

« Vous savez lire dans les lignes de la main ? Moi, je sais. »

Caresses sur ma paume. Ses sourcils s'arquent davantage. Mots qui volent, se heurtent en vol : intelligence... croix de mariage... ligne du soleil... mont de Saturne... fortune... plaine de Mars... étoile... élégance... lune... Vénus...

Mots que je reçois comme des balles de ping-pong. Insaisissables. Qui rebondissent, s'échappent au moment où je crois pouvoir les intercepter.

Alors elle s'énerve un peu, tire sur mon poignet :

« Approchez-vous donc, vous êtes au diable. »

Qui a bougé? Moi ou elle? Je m'étonne d'être à présent contre elle et curieusement derrière elle, contre son dos, contre ses cuisses. Deux boîtes l'une dans l'autre. Sa peau fleure le vétiver et le chat bien léché. Elle n'a pas lâché ma main mais elle s'est tue. Les deux mains se mêlent, s'entremêlent, se frictionnent comme si nous les réchauffions au-dessus d'un feu après une promenade en hiver.

Mais là s'arrêtent nos effusions. A ces deux mains qui s'accouplent. Car l'ivresse de l'opium a imposé ses limites. Elle nous a réunis de la tête aux chevilles, liés, soudés comme deux pièces d'acier. Elle fait en sorte que nous nous trouvions bien ainsi, que nous jouissions avec simplicité de cette adhérence, de cette communion prolongée. Mais elle nous interdit d'aller plus loin. En nous coupant en deux. Comme un hanneton sous les doigts d'un enfant cruel. D'un côté la tête, de l'autre l'abdomen. La tête ondoyant comme une fumée paisible. Planant comme la frégate noire à la longue queue fourchue, aperçue au large, sur la plage de Danang. Ou comme la chauve-souris frugivore d'un mètre cinquante d'envergure des tombeaux impériaux de Huê. Ou comme l'écureuil volant des forêts de Dak Lak, celui qui fait « ouin-ouin », la nuit. Comme tous ces animaux aériens que l'on croirait pendus au cou des anges. Nos esprits ondoient au-dessus de nous à une altitude d'aigle, observent avec indulgence ces corps qui remuent doucement avant de s'immobiliser, de s'enfoncer dans la paix éternelle. Les regardent avec tendresse et compassion.

Minuit. Nous sommes toujours emboîtés. Inertes. Quand soudain l'Eurasienne bouge, se tortille. Allons! Elle veut me tirer de l'assoupissement, me ressusciter. Car elle a faim maintenant. Car si cette drogue dissout l'homme avec sa fatigue, le débarrasse de son corps de plomb, elle peut aussi éveiller chez la femme des instincts qu'elle ne soupçonnerait pas elle-même en temps normal. Douloureux malentendu de l'opium. L'un est devenu un pur esprit, une âme rachetée, guérie du péché originel, délivré de la chair, des chaînes du désir. Qui n'aspire qu'au calme, à la douceur, à l'entente fraternelle, à la bonté : l'autre, l'opium l'a vendue au diable. Pieds et poings liés. Elle est violence, elle est agression. Elle veut assouvir à l'instant ce que son appétit d'ogresse réclame. Cruel désaccord.

179

A la fin, quand même, j'accepte le combat. Un combat rapide, mais acharné qui nous envoie tous les deux dans les cordes avec nos illusions de vainqueur. Et maintenant je suis bien. Je ne me suis jamais senti aussi bien. Si haut dans le ciel. Supérieur à tout. Avec Jade dans son odeur de chaton et de vétiver. C'est notre première nuit ensemble. Une vague haute de plusieurs étages nous a déposés sur le rivage, sur la plage de China Beach, là où les marines se dorent au soleil. Déposés délicatement comme un objet précieux dans une vitrine. Et nous laissons le flux et le reflux nous caresser comme un maître son chien, la mer nous décoller du sable, nous suspendre dans le vide comme un fakir entre deux chaises. Mais unis l'un à l'autre, accolés comme deux chaises d'église. Car nous sommes mari et femme. Car j'ai écouté Lemaître. J'ai épousé Jade ce matin.

Jade qui m'annonce avec un fard de rosière : voici le cortège.

Un cortège se rend en effet chez son père, en grande pompe. Et comme d'habitude un vieillard des plus respectables de par son âge et de par sa position sociale ouvre la marche sous son ombrelle. Et comme d'habitude le cortège se voit arrêter par un fil de soie rose tendu en travers du chemin par des mendiants et des vagabonds.

Et Lemaître me commande : donne-leur quelques piastres et tu auras le passage libre.

J'obtempère. Et quand le cortège arrive à la maison de la rue Phan Thanh Gian, il trouve de la même façon la porte barrée par les domestiques. Et sur un signe de Tâm, je dois encore mettre la main à la poche.

A présent éclatent les pétards et la joie. Et guidé par Tô Van Hùng, je m'en vais faire des prosternations rituelles devant l'autel des ancêtres. Puis on me présente à toute la famille, et chacun me prodigue des félicitations comme si je venais de gagner à un concours. Un concours? Mais c'en est un que j'ai remporté. Devant Pham, le diplomate, débarqué tout juste de Calcutta pour assister à ma victoire. Devant Jim Foster qui a eu l'idée – bien américaine – de s'envelopper dans la bannière étoilée pour que Jade le remarque au premier coup d'œil.

Tâm s'emporte contre Desmaisons car il dépasse vraiment les bornes. Il est monté sur la table à thé pour pouvoir mieux cracher ses jets blafards! Les deux hommes s'empoignent et Lemaître s'efforce de les séparer. Quand survient l'heure du banquet. Du festin. Le cochon laqué et les galettes de cheveux d'ange, les potages sucrés, les gâteaux ronds et les meringues au coco. Et le choum-choum numéro un, celui de la meilleure année.

Je bois plus que de raison, et au bout d'un moment je cherche à m'allonger quelque part, à piquer un petit somme clandestin.

Mais Lemaître a surpris mon manège : tu n'y penses pas! Au moment où le doyen d'âge va demander au père de Jade d'autoriser celle-ci à gagner le domicile conjugal!

Bon. Je me secoue, rejoins Jade dans le cortège dont le vieillard a repris la tête, un brûle-parfum dans les bras, noyé dans un nuage de fumée bleue.

Lemaître, tout bas : cet encens dissipe les émanations pernicieuses propagées par les méchantes langues qui profèrent toujours des calomnies sur le passage des cortèges nuptiaux. (Tâm se sent sûrement visé, car il hausse les épaules comme saisi d'un frisson.)

Et moi, me retournant : mais c'est un véritable déménagement!

Des porteurs, des charrettes, un camion chargé de literie, de meubles et de jolies malles recouvertes de soie rose. Tous les cadeaux que Jade a reçus de sa famille et de ses amis.

Elle lance soudain : attendez!

Elle allait oublier le principal. Le rite que toute mariée s'oblige à observer avant de quitter la maison paternelle. Ces neuf aiguilles qu'elle a le devoir d'épingler sur sa robe afin d'éloigner les mauvais génies rencontrés en route. Comme elle sera tenue, tout à l'heure, d'enjamber un brasero pour que les gnomes survivants s'y brûlent les orteils.

Le Continental a veillé à tout.

Un autel a été improvisé dans le jardin intérieur, et Jade et moi allons nous agenouiller devant pendant que de sa plus belle voix, le maître de cérémonie s'adresse au génie du Fil de Soie. Et je n'ai qu'une seule peur : que Benson, Glenmore et les autres ne descendent de leur chambre et ne se mettent à chanter à leur tour avec le prêtre comme ils le font généralement lorsque l'un d'eux vient de toucher son mois. Mais c'est l'heure de la sieste, et tout le monde dort, assommé. Ce que je suis un peu, moi aussi, je l'avoue. Et Lemaître doit une fois de plus me rappeler à l'ordre quand on me présente la coupe d'alcool, le breuvage divin dans lequel Jade a déjà trempé les lèvres. Et quand il faut mordre comme elle dans la même chique de bétel.

Ouf! la cérémonie s'achève. Après que chacun nous a souhaité de nombreuses progénitures. Et surtout, pour commencer, un garçon.

Je pose tout de suite la question : et si c'était une fille?

Lemaître aussitôt : ne parle pas de malheur. Une fille, c'est la déchéance. Car tout homme a le devoir de perpétuer le culte des ancêtres, et ce culte ne peut être pratiqué que par le sexe mâle. Aussi, quand une femme n'a pas de garçon, la loi et la coutume autorisent le mari à prendre une autre femme, une femme de second rang, et même une femme de troisième rang, si nécessaire. Le nombre de femmes est illimité. On dit dans les villages : quelle que soit la quantité d'eau, le fleuve la contiendra toujours. Traduction : l'homme peut posséder un grand nombre de femmes, il n'en aura jamais assez. Mais je ne te souhaite pas ce que l'on appelle un ménage à plusieurs chambres, c'est le crêpage de chignon permanent.

Je clame avec véhémence : mais je n'aime que Jade! Je l'aime trop pour la tromper avec une autre! Desmaisons rigole, mais c'est la vérité. Mon attachement pour Jade a la dureté du bois de fer.

Lemaître : c'est à cause de leur réputation d'impureté que l'on tient les femmes à l'écart des cérémonies religieuses. (Et la voix plus chuchotante que les soupirs de la mer dans une coquille) : naturellement ce caractère d'impureté de la femme s'est étendu à l'acte sexuel.

(Il ne me l'aurait pas appris que je l'aurais deviné.)

Et de cette même voix à la limite de l'audible : un effluve magique se dégage parfois de cet acte, un effluve des plus funestes dans certains cas. C'est ainsi que lorsque l'enfant a mal aux yeux ou la variole, ses parents ont pour obligation de s'abstenir de coucher ensemble sous peine de voir la maladie s'aggraver dangereusement. Si l'enfant a une conjonctivite, par exemple, son œil risque d'éclater comme une bulle de savon.

J'ai scellé l'oreille de Jade de deux baisers bruyants mais la pauvre a dû quand même entendre car elle s'est mise à remuer avec énergie contre moi comme la souffrance remue les âmes. On dirait qu'elle voudrait échapper au verrouillement de mes bras.

Lemaître, insensible à la scène, désireux avant tout de me rendre service : surtout ne couche pas avec ta femme sans avoir consulté le calendrier. L'acte sexuel est interdit à certaines époques où il est particulièrement impur : les 1er, 14, 15, 29 et 30 de chaque mois, le jour de la nouvelle lune, de la pleine lune, de la vieille lune. Si l'accouplement a lieu dans ces moments où la lune est fécondée par le soleil, son époux, l'homme risque d'être contaminé. Car la femme appartient au même principe femelle que la lune.

La lune, ce cerne dans l'entrebâillement pénible de mes paupières ? C'est bien elle. Et si elle brille tellement dans cette chambre à l'abri de toute lumière, c'est que l'on célèbre sa fête. La grande fête de la Mi-Automne, celle du Quinzième jour du Huitième mois. Le jour où elle prend sa revanche, où la nuit bat le jour en longueur. Le jour le plus propice pour le mariage.

Alors je m'exclame : nous ne pouvions pas choisir meilleur jour pour nous unir !

Et Jade sortant de son trouble et battant des mains : c'est vrai. Je vais te faire manger des gâteaux sucrés, ceux que l'on savoure traditionnellement ce jour-là. Des gâteaux de lune à la pâte de dolique avec des graines de lotus et de pastèque, et des lamelles de pamplemousse sec. Et je vais faire cuire des poulets et des canards après leur avoir donné l'apparence d'un brûle-parfum en forme de dragon. Et je vais décorer la maison d'éléphants, de chevaux et de licornes en papier. Et l'on ira à la campagne pour voir les paysans danser et les garçons et les filles jouer à la balançoire ou chanter langoureusement, et les lutteurs montrer leur force et leur adresse.

Mais soudain je sursaute. Cette chambre inconnue, cette lampe à la flamme vacillante, cette théière froide, ces deux tasses encore pleines ? Comme une ancre, je lance mon bras à droite, puis à gauche, à travers le lit. Vide comme cette chambre. L'Eurasienne s'est volatilisée, ne laissant que son parfum de vétiver.

Plus tard, quelques heures plus tard. Je me heurte à Lemaître dans la foule. Me cogne à lui à Tân Son Nhut où nous sommes venus assister au départ d'un contingent d'Américains. Et nous ne nous disons rien. Comme si nous n'avions rien conservé de la nuit. Comme ces GI's qui n'ont rien conservé du Viêt-nam.

J'explore les alentours, cette mêlée d'hommes et de bagages dans laquelle Desmaisons darde ses flèches fulgurantes. Enlacements, baisers mouillés. Pleure pas, baby, je te ferai venir à Memphis. De toute façon, elle ne pleure pas. Elle n'a jamais appris à pleurer. Et puis demain que restera-t-il de Bob? Une photo de Polaroïd, un climatiseur avec son petit ronron du souvenir, ses soupirs interminables, et quelques mots en anglais qu'elle ne retiendra pas plus qu'elle n'a su le retenir. Elle ne connaît même pas son nom de famille. Bob. Comme tous les autres. Adieu, Bob. Tu m'écriras, Bob? Tu me feras venir, Bob? Tout le monde dit adieu à Bob, aujourd'hui.

Une manchette hurle au bout de la main de Bob : *It's all over!* Cri de joie, de délivrance ou de douleur?

Là-bas, du même air indifférent, des observateurs viêt cong et nord-vietnamiens de la commission militaire mixte quadripartite comptent les partants. Comptent-ils aussi les cadavres, les morts de Khé Sanh, de Kontum? Le 30 mars tous ces grands types blonds aux mâchoires ambulantes devront avoir disparu du paysage. Seuls demeureront les conseillers militaires déguisés en civil, les diplomates, les agents secrets et les employés. Et Jim Foster? Il passe justement à l'instant avec d'autres officiers. Mais sans bagages. Lui aussi est venu dire adieu à Bob.

Lemaître au volant de la 2 CV du retour. Il m'avise de son absence prochaine : « Maintenant que les choses se calment, je vais prendre un peu de large. A la fin de la semaine, l'ami Bordas m'emmène à Dak Lak. J'y resterai quelques jours. J'ai prévenu le journal. » Une question voudrait forcer ma bouche : et Jade? L'a-t-il lue sur mes lèvres? Il ajoute : « Jade va en profiter pour se rendre à Cântho chez son oncle. Je lui ai assuré qu'elle pouvait compter sur toi en cas de besoin. J'ai bien fait? » (Comme si j'allais répondre non!) Son sourire en coulisse, sourire tendre. Un chœur de petits garçons en aube blanche se met à chanter dans mon esprit. « Elle a confiance en toi, tu sais, elle me l'a dit plusieurs fois. » Je l'observe. Son sourire l'éclaire comme un projecteur une statue. La même lumière chaude et dorée qui embrase soudain toute chose autour de moi. Les taudis bordant la route, les *car washing* et autres bordels de campagne en tôle ondulée avec leurs filles en mini-jupe bientôt au chômage, les tas d'immondices, et tout cela sous ce ciel de la mousson d'été, si lourd de sa colère contenue, si venimeux. Comme le Viêt-nam a changé pour mes yeux! Comme tout ce qui le compose m'apparaît acceptable!

J'écoute Lemaître parler à travers le chevrotement de la voiture. Il conduit lentement. Sous ses mains, le volant semble avoir la douceur de la peau. Il parle comme s'il était seul, me prouvant ainsi combien, à présent, il m'identifie à lui. Il me dit : « Un jour elle ne pourra plus compter sur toi. Le jour où ton journal te rappellera. Et ce jour va arriver. Et elle ne pourra plus compter sur moi non plus. Car je quitterai Saigon pour les hauts plateaux. Que deviendra-t-elle alors? Peut-être se décidera-t-elle à épouser son éternel fiancé? C'est encore ce qu'elle aura de mieux à faire. Pham va revenir au pays maintenant que la guerre est finie. » Cruelles paroles. Je voudrais qu'il s'explique davantage. J'ouvre la bouche. Trop tard. Tout s'écroule. Beaux nuages, vertigineuses cimes, Mont-Blanc, Himalaya des nuages, colonnes, voûtes, pourpris du monde, tout s'écroule. Et tout s'écroule pour moi en même temps que ce ciel d'orage, que cette furieuse avalanche.

Il a suffi d'une minute à l'eau pour assurer sa domination. Route ou rivière? La 2 CV tangue. Il faudrait crier maintenant pour se faire entendre. Crier. Comme je voudrais crier ce que j'ai sur le cœur! Expulser de mon cœur cette pesanteur qui l'écrase. Imiter ce ciel qui se débarrasse. Crier : mais je l'aime! Elle pourra toujours compter sur moi car je ne partirai jamais! Crier : je demeurerai ici jusqu'à ce qu'elle soit convaincue de m'aimer à son tour.

Les essuie-glaces et leurs hochements de dénégation, de menton désabusé. A quoi bon, à quoi bon. Et dans le vacarme, la voix de Lemaître soudain changée. Voix complice, voix de permissionnaire retrouvant ses copains à la caserne après une nuit de ribote :

« Alors, Gisèle... qu'est-ce que tu en penses? »

Gisèle, l'Eurasienne. Je l'avais déjà oubliée, chassée avec les derniers miasmes de mes poumons et de ma tête. Pourquoi la ressusciter? N'appartient-elle pas à la nuit, aux fantasmes inavouables de la nuit? Et si c'était lui qui l'avait poussée dans mes bras pour m'écarter de Jade? Je maugrée, accablé de remords et prêt à supporter toutes les moqueries que déclenchera mon aveu :

« Tu sais, je ne te suivrai plus dans ces endroits. J'ai trop peur d'y prendre goût.

– Je ne force personne à me suivre, réplique-t-il avec des yeux candides, de toute façon, deux ou trois pipes de temps à autre ne peuvent pas être dangereuses. Je prétends même que pris modérément à l'exemple des Chinois, l'opium est une drogue noble. Il en va autrement de l'héroïne et de la cocaïne qui sont faites pour les vicieux. Les Vietnamiens, les Français du Viêt-nam ne connaissaient pas ça avant l'arrivée des Américains. »

La pluie a mis une sourdine à son tapage sur la toile, mais l'inondation est telle que la voiture ne peut plus avancer. Prisonnière. Clapotis sous les pieds. Lente dérive de débris de toutes sortes. Crawl endiablé d'enfants, grouillement de leurs corps jaunes dans ce potage aux légumes. Il nous reste à attendre que le niveau baisse. Lemaître :

« Tu te demandes sûrement pourquoi je fume. Tu verras souvent les bonzes, les vrais, les ascètes, ceux qui se nourrissent uniquement de riz, de fruits et de quelques feuilles comestibles, fumer la pipe ou la cigarette. Les prescriptions de leurs lois qui sont au nombre de deux cent cinquante ferment les yeux sur ce petit agrément personnel. Je suis sûr que c'est pareil avec l'opium. Par le désir l'homme aspire sans cesse à une nouvelle existence où l'attendent la souffrance et la mort. Et l'opium aide à s'évader du désir, à devenir indifférent. Indifférent. »

Il a repris ce mot avec la satisfaction que l'on peut éprouver en découvrant, chez le coiffeur, sa nouvelle nuque dans une glace à main après une coupe en règle.

Une vague née du passage d'un porte-char, un gigantesque engin faisant fi du déluge, percute notre voiture à bâbord et nous secoue comme si des garnements s'amusaient à le faire. Il continue son monologue : « Tu vois cette eau boueuse, eh bien! quand le Bouddha a jeté les yeux sur le monde, il a vu des plantes percer au fond de l'eau et ne jamais fleurir, et il en a vu d'autres fleurir à la surface tels le lotus bleu ou le lotus blanc. De même en est-il pour les âmes. Celles qui restent au fond de l'eau ne s'épanouissent jamais, elles restent dans la souffrance. Et leur guérison ne dépend que de nous. Et seule la méditation nous permet de l'obtenir.

– Tu ne prétends quand même pas que tu apprends à méditer en tirant sur le bambou!

– Il y a des degrés dans la méditation, et le premier est la disparition du doute et de la réflexion. Puis vient le sentiment de béatitude, et enfin le moment où la douleur et le plaisir sont absents et où il ne reste que la perfection du souvenir et l'indifférence. Je ne dis pas que les bonzes ne peuvent pas en arriver là sans l'opium, je dis que l'opium est pour moi un moyen d'approcher ces connaissances. Ma perception devient plus aiguë, je descends au fond des pensées. Demain sans doute l'opium ne me sera plus nécessaire. »

Où va-t-il donc chercher tout cela? Et ce ton de prédicateur qui m'agace? Je savais qu'un jour il se détacherait de nous, de tout. Jade le sent déjà depuis si longtemps! Est-ce pour cette raison qu'elle se rapproche lentement de moi comme ce bout de bois au gré des flots?

Le niveau de l'eau baissant, nous avons réussi à poursuivre notre route. J'abandonne Lemaître devant sa porte, vois l'ombre décomposer sa haute silhouette. Et j'attends un instant avec ce moteur au ralenti, son ronronnement, mains immobiles sur le volant, yeux immobiles. Et remontent du fond de ma tête tous les mots, tous ses mots déposés là depuis mon arrivée au Viêt-nam : « Plus tard, tu feras comme moi, peut-être, quand tu auras franchi le rideau de feu. Tu regarderas alors les nuages comme moi je les regarde. » Et remontent tous les mots prononcés tout à l'heure, à peine avalés, non digérés. Ces mots qui reprennent un à un leur place dans les phrases. Confiance. Elle a confiance en toi, tu sais. Compter. Un jour elle ne pourra plus compter sur toi. Partirai. Sans moi non plus car je partirai. Pham. Le mieux qu'elle aura à faire, c'est de l'épouser...

A nouveau, la pluie remplit la voiture de son bruit de pieds nus. Elle bout sur le capot, tressaute à gros bouillons. Avec tous ces mots mélangés. Mais qui vient donc d'appuyer sur le démarreur? Qui conduit?

L'hôtel, son café-jardin style bord de Marne. Terminus.

« Qu'est-ce que vous foutiez? Je suis rentré depuis une demi-heure. »

Étalé sur un fauteuil du hall, Desmaisons dans sa sueur. Il fouille son sac fourre-tout comme une femme à l'affût de son rouge à lèvres, « Tu as deux lettres. » Au bout de sa main, enfin, deux enveloppes chiffonnées dont j'interroge aussitôt l'écriture. Jacqueline. Et l'autre? Elle porte une adresse dactylographiée. Sans doute quelque information anonyme comme tout journaliste en reçoit. « Peut-être serez-vous intéressé d'apprendre que... »

Bien entendu, l'ascenseur capitonné de rouge refuse de m'obéir. Trois étages à pied, et le bonheur de la douche malgré la plomberie défaillante. Et la lecture à plat ventre sur le lit, serviette autour des reins, et sur le dos le plumeau caressant du vieux ventilateur.

Impatiente, Jacqueline imagine déjà mon retour. Une femme de prisonnier comptant les jours, son tricot, son calendrier des postes crayonné. Elle me signale que tel journal a déjà rappelé son envoyé spécial, que tel autre s'apprête à le faire. Espère que mon hebdo ne tardera pas à imiter ses confrères. « Pourvu qu'ils se décident avant les vacances! » Suivent des projets mirobolants : voyage aux Antilles, appartement avec terrasse dans un quartier chic... Jacqueline, comme elle est loin, à présent, habitante d'un autre monde! Quel mal j'aurais à revenir vers elle, même en prenant l'avion! Le jour de mon retour. L'aéroport, l'escalier roulant (des jambes, une taille, un visage, c'est elle). Elle, agitant la main, son ruban de velours noir dans les cheveux (je suis sûr qu'elle le porte toujours). Et puis après, dans le taxi, sous sa grisaille habituelle (nous aurons encore un été pourri). La tête ailleurs, me demandant déjà comment je vais pouvoir vivre sans elle, sans Jade, sans le Viêt-nam.

La pluie a cessé de battre les persiennes entrouvertes, les tamariniers, les toits brillants. Plus de nuages. Le soleil. Où est parti ce vent du sud-ouest, ce porteur d'eau professionnel? En bas, la rue respire à nouveau, donne de la voix. Altercations des voitures, huées des motos, lamentations des colporteurs, pulsations de Saigon. Et la cathédrale ajoutant son grain de sel (mariage ou enterrement?). Oui, comment omettre ces choses, toutes ces choses de cette vie maintenant que leur place est faite, que leurs racines ont pris? Comment arracher les jacinthes d'eau aux tiges interminables ancrées dans le ventre des fleuves? Et comment expliquer tout cela à Jacqueline avec son ruban de velours et ses yeux cendrés comme son ciel?

Le téléphone, son grelot de l'autre siècle. Desmaisons. Il a faim. M'invite à le rejoindre à la salle à manger. M'annonce avant de raccrocher : « A propos, Foster, tout à l'heure, à Tân Son Nhut, il t'envoie ses amitiés. Il a rempilé pour un an. Il devait rentrer ces jours-ci. »

Je m'active. Chemisette blanche, pantalon bleu (ce salaud de Foster, il s'incruste). Première chaussette, deuxième chaussette (il faudra quand même que j'en aie le cœur net tôt ou tard), chaussure droite (la prochaine fois, j'interroge carrément Jade), chaussure gauche.

Inouï! L'ascenseur a repris son service. Pendant sa paresseuse descente, je décachette l'enveloppe à l'adresse dactylographiée. Ce n'est pas anonyme, c'est signé. De Jade. Elle a dû trouver plus discret d'utiliser la machine à écrire. Par contre la lettre est de sa main. Je ne me sens plus dans un ascenseur mais dans une capsule, à trente mille mètres, dans le silence absolu de la stratosphère.

13

Le bac de My Thuân, le ferraillement de ses chaînes, le grincement de ses poulies. Et la 2 CV blottie entre un camion militaire et un car chinois au toit garni de paniers et de cages piaillantes. J'observe la manœuvre des mariniers. Fixé à une bouée au milieu du fleuve, enroulé par des bras d'acier, le câble va tirer le bac à contre-courant. L'attirer au milieu du fleuve. Puis le laisser filer en se dévidant, l'abandonner au courant qui l'emmènera jusqu'à l'autre rive grâce à quelques coups de barre bien ajustés. J'observe cette subtile manœuvre tandis que les passagers du car jacassent, jouent aux dés, au *bâu tôm cua ca cop* (la gourde, l'écrevisse, le crabe, le poisson, le tigre), assis sur les talons, ou mangent dans la même position le nez au fond du bol. Tandis que, contrariés dans leur course, les flots jaunes pestent contre les fûts vides qui servent de flotteurs à la plate-forme, les frappent avec un bruit de fessée, postillonnent de fureur.

Giclée de cette eau tiède sur mon torse nu et souffle du fleuve en pleine figure comme le vent vivifiant du large. Odeurs de frai et de limon, d'aquarium sale, de fine pourriture. Odeurs du Mékong. Odeurs ramassées le long des cinq mille kilomètres de son cours avec les animaux morts et les arbres morts, et les fougères géantes arrachées à la jungle, et les pavots en fleur, et le thé et le tabac, et les sables gemmifères. Ramassées depuis l'Himalaya jusque dans les défilés héroïques du Laos et dans les plaines paresseuses du Cambodge où il s'étale parfois sur douze kilomètres de largeur, assuré enfin de pouvoir en prendre à son aise.

Tâm a décidé de m'accompagner dans mon voyage. Des parents à visiter à Long Xuyên, m'a-t-il dit. En fait, il souffrait de me voir partir seul. Il me déposera donc à Cântho, en passant, et me reprendra au retour. Il n'a pas fallu longtemps à ce Vietnamien futé pour comprendre les raisons de mon désir subit de campagne. Car sans jamais le montrer, comme un sourcier décèle une nappe souterraine au simple frémissement de sa baguette, il a flairé dès le début mon attirance pour Jade. Aussi n'a-t-il pas été étonné lorsque je lui ai annoncé mon intention de me rendre à Cântho tout de suite après le départ de Lemaître pour Dak Lak. Mon intention d'aller effectuer là-bas « une enquête sur la situation dans le delta ». Cântho, le berceau de la famille de Jade.

Et à présent donc, sur le bac, la poitrine offerte comme la mienne au vent mouillé, cloquée de gouttes ocrées, il me raconte ses parties de pêche avec les enfants des *nhà quê* dans les rachs et les rizières. De ses pêches aux gouramis destinées aux repas familiaux, et aux « têtes de serpent » dont la chair est aussi succulente. Et des pêches pour s'amuser, pour exciter l'humeur agressive des minuscules « combattants », pour les voir changer de couleur, hérisser leurs nageoires et doubler de volume devant leurs compagnons ou devant leur propre image dans le morceau de miroir tendu par les enfants. Pour voir les poissons archers lancer leurs gouttes d'eau à un mètre de hauteur et attraper le moucheron ou la fourmi pendu par un fil au-dessus du bocal.

Tâm me parle, mais je ne lui prête qu'une oreille. J'admire la bataille d'une chaloupe à vapeur tirant, essoufflée, sa ribambelle de jonques comme une mère de famille sa marmaille récalcitrante. Et je pense à Jade. A sa lettre de l'autre jour. A cette lettre que je pourrais récrire d'un seul trait, ligne après ligne, de la première à la dernière. Récrire sur la surface de ce fleuve où tremblotent un soleil de craie et des nuages. Et sur les rizières couleur de menthe et sur l'empire du palétuvier et du palmier d'eau. Et sur la proue haute et pointue de ces bateaux rouge cinabre, sur la proue aux grands yeux humains de ces bateaux qui filent vers l'une des neuf bouches du Mékong. Cette lettre que je revois dans ma main à la sortie de l'ascenseur, posée comme un bel oiseau au bout de mes doigts, un oiseau hardi au possible.

« Je vous avais promis de vous dire tout ce que je pense de

votre article, et comme je n'ose pas, je vous l'écris. » Et j'entends sa voix malgré elle, sa voix de demoiselle rougissante s'émerveillant de ma jeune passion pour le Viêt-nam. Je l'entends me dire : « Vous aimez maintenant mon pays comme une femme. » Et me dire son plaisir d'avoir partagé ce moment avec moi au marché central. Et son plaisir quand je lui ai avoué : « Sans vous et Lemaître, j'aurais déjà quitté le Viêt-nam. » Et son plaisir redoublé quand j'ai ajouté, tout de suite après, en me corrigeant : « Sans VOUS j'aurais déjà quitté le Viêt-nam. » Et me dire enfin : « Je vais à Cântho chez mon oncle, après-demain. Je vous avais proposé de vous y emmener un jour. Je connais quelqu'un qui loue des chambres d'hôte, vous pourriez y passer le week-end. »

Me voici donc voguant vers elle avec Tâm sur ce fleuve aux rives plates, effacées comme des sourcils épilés. Et me voici sur la rive opposée dans la voiture haletante sous le soleil voilé, dans un convoi de camions militaires et d'autocars débordant de leur peuple et de leur attirail. Dans la poussière. Riant encore une fois de nos têtes de clown blanc. Et riant à la vue de ces deux poulets qui viennent de choisir la liberté, de décoller du toit de l'autocar précédent. Et à la vue de ces deux baigneuses effarouchées, surprises au bord d'un arroyo, moulées dans leur robe ruisselante.

« Notre maison est au bord du fleuve, à droite après le pont. Vous ne pourrez pas vous tromper : c'est la plus belle. » La plus belle! Une bâtisse sans grâce séparée du fleuve par une murette en ruine et un chemin qui ne vaut guère mieux. Deux étages en ciment armé blanchi à la chaux, du plus mauvais style colonial. Avec un balcon bordé d'une balustrade en brique ajourée, accroché à la façade comme la poitrine trop lourde d'une nourrice. Et autour, un jardin en friche, livré à la nature généreuse, aux poules maigrichonnes et aux cochons planche. L'habituel laisser-aller, conséquence du découragement devant l'omnipotent climat, ses moussons successives et contraires qui font et défont tout à leur convenance.

Mon arrivée jette l'émoi parmi la volaille qui s'enfuit à tire-d'aile et chez les bonnes que je vois jaillir soudain de la cuisine attenante à la grande maison comme si le feu avait pris à la paille de la toiture. Joyeuse petite panique. On dirait que je viens d'entrer par mégarde dans une loge de danseuse. Prévenue par des chuchotis et de petits rires, Jade m'accueille. Elle se tient au milieu de la grande pièce carrelée et vide de meubles. Vide? Non, elle n'est pas vide, cette pièce, mais elle fait vide avec ses bat-flanc de teck poussés contre les murs décrépis comme des sampans amarrés au bord d'un quai désert, ces deux gros buffets noirs et ces quelques fauteuils club perdus dans l'espace inoccupé. Salle d'attente après le départ du dernier train. Mais Jade est là, au milieu de ce dallage rouge et blanc, et plus rien d'autre ne compte. Elle est tout ce qui manque ici. Elle est comme le soleil après un jour glacé, comme une trouée dans les nuages après trois heures de navigation aux instruments.

Elle me dit des choses insignifiantes. M'interroge sur mon voyage. « Vous n'avez pas dû attendre trop longtemps au bac, au moins? » Mais elle me déballerait le contenu de son cœur, ainsi, comme ce panier à ouvrage renversé, que mes oreilles n'éprouveraient pas plus de douceur. Une femme sert du thé sur un guéridon, tout près. Une fillette apporte une assiette de fruits et de gâteaux. D'autres vont et viennent dans la pièce. Mais elle est seule dans mes yeux. Dans sa robe à fleurs rouges. Car elle a remis sa robe de l'aéroport dont je lui ai avoué l'autre jour tout ce qu'elle représente pour moi. Cette robe qui parle mieux qu'elle encore. Aussi peut-elle toujours me demander si je veux du sucre ou non, je réponds n'importe quoi. Au point qu'elle éclate de rire. (Décidément, je ne me ferai jamais à ce rire dont elle enveloppe toute gêne, qui me la voile comme un rideau.) Je cherche mes mots pour lui adresser un compliment sur sa robe, pour lui montrer que j'ai compris le message. Ils arrivent au bout de ma langue, les voici. Mais quelqu'un vient d'émerger de l'ombre. Une vieille dame décharnée, branlante que Jade me présente, qu'elle prend par le bras avec un ménagement infini comme si elle craignait de la voir se casser en morceaux. Sa gouvernante, la tendre gardienne de son enfance. L'aïeule, son sourire un peu grimaçant, ses dents laquées de noir.

Puis un vieillard s'approche à son tour dans une robe blanche et brillante. Ses pieds d'ascète flottent tout au bout comme ceux d'un fantôme sous son drap. Son grand-père? Non, son oncle, Câu Ba. Dont elle signale le portrait, non loin, dans ce cadre rond accroché au mur qui nous fixe comme un cyclope. Un mandarin superbe couvert de soie brochée à grands ramages représentant des animaux symboliques, des oiseaux, des fleurs. Et sur la tête, une mitre en crin noir tressé de laquelle partent de chaque côté comme des oreilles à la Walt Disney deux antennes horizontales. Et à la hauteur de la ceinture sertie de fausses pierres, une longue tablette en ivoire relevée du bout qu'il tient à deux mains et qu'il couve des yeux comme un prêtre son ostensoir.

« Mon oncle était un personnage très important de la région », dit-elle en aparté. (Une médaille brille dans le regard du vieillard, et ses trois longs poils sous le menton se balancent avec satisfaction.)

Câu Ba paraît si vieux que je renonce à lui donner un âge.

Suivent trois autres personnes un peu plus jeunes, trois femmes chiquant le bétel, le chignon clouté d'épingles d'or. Tout ce monde est muet, intimidé mais souriant. Tout ce monde autour de Jade! Moi qui m'imaginais pouvoir en profiter d'une manière exclusive, qui me voyais débarquant sur une île déserte habitée par une seule naïade.

Il me faut donc prendre mon mal en patience, accepter de la partager comme je vais partager ce déjeuner que j'attends, assis en tailleur sur l'un des bat-flanc avec toute la maisonnée. Partager tous ces aliments odorants et craquants, toutes ces sauces piquantes qu'une kyrielle de bonnes femmes et de pucelles apportent dans leur porcelaine avec une onction d'enfant de chœur. Cette vaisselle de poupée qu'elles alignent sur le bois verni comme pour l'offrir à quelque divinité.

Au contraire des autres, l'ancien mandarin manie le français. Mais heureusement pour moi il a l'oreille dure. Aussi ne saisit-il rien de ce que je glisse à Jade et qu'elle s'obstine, d'ailleurs, à ne pas saisir. Des mots certes résolument alambiqués, d'une ironie sans doute un peu trop subtile, par lesquels je souhaiterais lui donner à sentir mon regret, tout mon regret de ne pas me retrouver avec elle en tête à tête comme au marché de Saigon. A la fin, quand même, après m'avoir contraint à lui parler plus franc et plus fort au risque d'alerter le vieillard, elle accuse réception. Mais par un éclat de rire, encore. Et j'enrage à nouveau en la voyant s'évanouir derrière son décor factice.

Le déjeuner commence et l'on fait silence. Attentif à ne pas commettre d'impair, j'observe le rituel. Observe l'aïeul remplissant de riz fumant le bol de l'oncle, et le mien. Puis Jade

194

remplissant le bol des autres et le sien. Observe chacun élevant sa paire de baguettes à deux mains jusqu'au front sur un signe de l'oncle et marmonnant une prière. Et chacun attendant, pour honorer le repas, que le vieillard ait avalé la première cuillerée de bouillon puis trempé le premier morceau de poisson dans une soucoupe de nuoc mam. Ce nuoc mam que je savoure aujourd'hui alors qu'il me rebutait tant dans les premiers jours, qu'il me procurait tant de dégoût comme le Viêt-nam lui-même. Quel plaisir à présent de déguster cette saumure de poisson agrémentée de citron, d'ail, de piment, de sucre et de poudre de bélostome, une punaise d'eau dont la piqûre est paraît-il redoutable! Quel plaisir de mordre dans tous ces petits rouleaux, dans tous ces petits paquets, ces petits sachets, ces bribes, ces parcelles, ces portions pour enfant! De mordre dans toutes ces succulentes choses, à belles dents, comme un ours dans un gâteau de cire.

Jade admire avec ses voisines mon adresse toute vietnamienne et toute nouvelle à attraper chaque aliment du premier coup, à pincer chaque bouchée avec mes baguettes comme si je n'avais jamais utilisé autre chose depuis ma naissance. Admire ma faim de loup. Mon enthousiasme devant le poisson mariné cru dans la saumure et le lait de coco, devant les vers palmistes qui ont la saveur de l'amande grillée, et surtout devant le nid d'hirondelle salagane, ce varech parfumé qu'elle a fait venir de la côte. Et mon enthousiasme devant l'agar-agar, ces algues poisseuses et gélatineuses que l'on voit nager, au marché, comme des méduses dans les cuvettes de plastique.

Amusée, elle m'épie pendant que je termine mon bol, que je pose mes baguettes en travers de mon bol comme on se doit de le faire à la fin de chaque repas. Et maintenant, dans la cour, derrière la maison, c'est à moi de la considérer de la même façon. De la respirer. De respirer l'air qu'elle déplace avec grâce de ses frêles bras et de son corps alors qu'en compagnie des bonzes elle offre aux *nhà quê* indigents qui se pressent, des chiques de bétel, des aubergines jaunes, des bols de riz, des tasses de thé bouillant.

Elle est coiffée d'un large chapeau de latanier, du même modèle que ceux des paysans. Un bandeau de soie l'attache au menton. L'ombre me subtilise son visage, mais de temps en temps elle renverse son abat-jour sur la nuque et elle se prête au soleil. La foule des pauvres fait cercle autour d'elle dans leur calicot noir. Front baissé, l'humilité dans le regard, l'épaule ronde, le chapeau à plat contre la poitrine, ils ressemblent à des pénitents au pied d'un calvaire. A présent les femmes leur distribuent des billets d'une piastre et des cigarettes. Les fines mains de Jade ont les gestes délicats d'un prêtre donnant la communion. Et les mains rugueuses ont la même douceur religieuse pour remercier et glisser les présents dans la ceinture à côté des papiers et des chiques de bétel.

Par gratitude à l'égard de leur bienfaitrice, un des hommes s'est mis à chanter, entraîné par les autres. Sa voix ondule, monte au plus haut pour descendre d'un seul coup au plus bas, sans transition. L'homme chante un *hò*, une chanson de travail comme on la chante dans la rizière ou à la ferme pour rendre l'effort moins pénible. Chante le repiquage du jeune riz et son blanchiment au pilon et chante le râpage du coprah et la préparation de la chaux pour le bétel. Chante sa prose rythmée reprise aussitôt en chœur. Et pendant que les voix s'élèvent, malmenées par le vent chaud, je ne quitte pas Jade des yeux. Et Jade écoute, la tête légèrement renversée en arrière, les paupières mi-closes, très consciente de l'insistance de mon regard. Quand la voix s'en va, volée, envolée, les cigales donnent de la leur, cachées dans les citronniers. Et les moineaux dans les aréquiers. Et les chiens sont comme au spectacle, assis près des hommes, langues pendantes, attentifs.

Une femme est en train de découper dans le sens de la longueur une noix d'arec débarrassée de son écorce verte, et la graine fractionnée saigne un peu comme si le couteau avait entaillé le doigt. Elle étale ensuite sur une feuille d'arec la chaux teintée de rose qu'elle a puisée dans un pot artistiquement ouvragé. Puis elle ajoute une pincée de tabac et quelques fines tranches d'écorce de *cây chai* d'un rouge violacé. Et elle enroule le tout comme ces petits pâtés de viande hachée, de crabe et de soja dans leur galette de riz et leur feuille de salade. Le tout que me présente Jade à deux mains comme on offre ses poignets à lier. Et évidemment je ne peux qu'accepter cette sorte de cigare que j'hésite quand même à porter à ma bouche.

« Allez, n'hésitez pas, vous allez voir comme c'est bon. »

Elle montre l'exemple avec une chique que l'on vient de lui tendre. Et toute l'assemblée guette le moment où je vais me décider à croquer dans cette feuille chargée de son étrange farce. Le moment où ma bouche va relâcher aux commissures une salive rouge écarlate comme le fait à l'instant celle de Jade.

« Allez! » m'encourage-t-elle encore en riant.

Je mords et mes dents crissent. L'assistance laisse éclater sa joie. Et Jade applaudit comme lorsqu'elle m'a vu vaincre la complexité du problème des baguettes au marché. Puis elle me demande :

« Qu'est-ce que vous en pensez? C'est bon? »

Bouche plus que pleine, je réponds « oui » du menton, et tout le monde redouble d'effusion. La feuille provoque bien quelques picotements dans la gorge, la noix d'arec paraît un peu trop astringente, mais la chaux est d'une saveur agréable. Elle me dit : « Il faut la mâcher pendant un quart d'heure environ avant de rejeter les résidus. » Et elle traduit en riant ce que les paysans lancent à mon intention. « Ils disent qu'avec cette chique vous allez vous sentir mieux. Que vous allez bien digérer votre repas, moins transpirer, que votre cœur va battre avec plus d'entrain. Ils disent aussi que vous allez ressentir une douce euphorie. Les chiqueurs passent d'ailleurs pour être toujours d'excellente humeur.

– Ils ont raison, dis-je en plongeant dans ses prunelles avec effronterie, je me sens déjà nager dans le bonheur.

– Mais vous avez à peine mordu dedans! »

Et elle tient à m'apprendre que le bétel accompagne sans cesse les jours des Vietnamiens en constituant un plaisir de tous les instants, et surtout en marquant les étapes essentielles de leur séjour sur la terre. Qu'il n'existe guère d'offrande sans bétel, que la noix et la feuille d'arec sont dédiées aux déités à tous les grands moments de l'existence. A la naissance d'un enfant, à son passage de la porte du savoir, le jour de son mariage où un plateau chargé d'une bottelette de feuilles de bétel et d'une grappe de noix, le tout enveloppé d'une draperie rouge, symbolise la future vie en commun des jeunes époux. Dans la chambre nuptiale où le jeune couple doit consommer cent chiques – ou une seule, symbolique – après les avoir offertes aux génies pour les remercier avec chaleur de bien vouloir perpétuer cette union pendant cent ans. Et à l'instant de la mort où « l'âme de soie » du défunt est placée dans une boîte à bétel afin qu'elle puisse participer, par le couvercle entrouvert, à toutes ces cérémonies du souvenir que l'on donnera plus tard en son honneur.

Mais les femmes pouffent soudain derrière leurs mains ou leur chapeau conique, gloussent comme de vraies pondeuses en dévisageant Jade. Et comme je vois que leurs rires s'adressent aussi à moi, je veux savoir. Et elle m'informe que le fait pour une jeune fille de recevoir une chique de bétel d'un garçon est considéré comme un engagement sérieux et que c'est pour cette raison qu'ils se moquent gentiment de nous. Je demande :

« Et l'inverse, quand c'est le garçon qui reçoit ? »

Elle s'échappe un instant à la faveur d'un rire. Puis elle avoue en rougissant : « Chez nous, l'échange des chiques est le prélude de toute entreprise galante.

– Il faut donc que je vous en offre une à mon tour ? »

Nouveau rire, bouche close.

Je prends une chique à côté du pot à chaux, et à deux mains, ainsi que je l'ai vue agir tout à l'heure, je la lui présente très cérémonieusement, nuque cassée, comme si je livrais à ma reine la tête d'un supplicié sur un plateau. Les rires étouffés repartent aussitôt à la charge. Alors le chanteur s'approche de nous et il s'applique à psalmodier une sorte de poème tout en s'adressant à l'un puis à l'autre. En se penchant vers l'un puis vers l'autre à l'exemple d'un violoniste dans un cabaret tzigane. Et Jade a beau faire, elle se voit obligée de traduire les paroles. De m'expliquer que la chique renferme de la chaux de Chine et de la cannelle parfumée, qu'elle trouble la tête et le cœur quand on la perd, et qu'elle peut être forte, fade ou piquante. De me rapporter aussi, plus vite, en fronçant les sourcils comme un interprète surpris par ce qu'il a charge de transmettre en clair, de me répéter cette question posée par le poème : « Mais dites-moi, quand serons-nous mari et femme ? » Évidemment cette question ravit l'assistance qui redouble de gloussements et de jappements. Et encouragé par tant de succès et par l'air comblé que j'affiche, l'air de celui qui veut montrer à tous la réalité de ses sentiments, l'homme persévère. Et chacune de ses strophes déclenche de nouveaux épanchements de joie. Et encore une fois Jade doit traduire, car tout le monde attend qu'elle le fasse, tout le monde l'y force. J'entends alors ces paroles naïves, la douce voix de Jade murmurer comme à l'oreille, pour moi seul : « Premièrement je vous aime parce que vos longues tresses pendent comme des queues de coq. Deuxièmement je vous aime parce que vos joues roses ont des fossettes en forme de sapèques. Troisièmement je vous aime parce que vos lèvres rouges s'entrouvrent comme une fleur épanouie... » Et ceci jusqu'à la dixième strophe, jusqu'à ce que je l'entende souffler avant de se taire, de tomber dans un silence que j'attribue à son intense émotion : « Dixièmement je vous adore parce que nous serons bientôt mari et femme. »

Mais une cloche vient de tinter, annonçant la reprise du travail dans les champs. A regret et à reculons, les hommes s'en vont, courbés dans leur dernier *lay*. Partout le riz est mûr et la moisson bat son plein. Juchés sur des perches, les enfants éloignent les oiseaux en leur jetant des boules de terre glaise. Et les sampans silencieux glissent entre les joncs, chargés de blonds monticules, leur rameuse dressée, toute raide, comme marchant sur les eaux. Pendant qu'ici et là, déjà, on procède au repiquage après le piétinement des buffles attachés par les cornes, quatre par quatre.

A peine sommes-nous rentrés à la maison que commence une partie de *tu sac*. Pour ma déveine. Car bien sûr, Jade ne va pas manquer de rejoindre les joueuses sur l'un des larges bat-flanc. Comment lui signifier que j'en ai assez de devoir la prêter à d'autres, morceler mon bien ?

L'aïeule n'est pas la dernière à racler de ses ongles longs la natte brillante qui sert de tapis de jeu. Fragile cette vieille dame ? Les cartes à la main, une vigueur soudaine l'anime comme si elle la puisait dans ces touffes de bétel dont elle se frotte les dents à chaque pause, que les servantes préparent sans arrêt pour toutes ces dames affairées, comme les pourvoyeurs bourrent les obus de leur charge pendant que les tireurs s'activent devant les culasses.

Mais le Ciel me protège. Le démon a beau lancer vers Jade ses petits bruits tentateurs, ses grattements, ses soupirs et les clins d'yeux de ses tas de piastres, elle ne quitte pas son fauteuil. Elle écoute Câu Ba, son vieil oncle, l'ancien mandarin. Écoute le vieil homme me raconter une histoire de chevaux et de mandarins. « Les mandarins allaient rarement à cheval, dit le vieil homme. Seuls les petits mandarins, ceux que l'on appelle les *huyên*, les militaires qui, on le sait, étaient gens de peu d'importance, usaient de ce moyen de transport. Les gens importants n'allaient pas à cheval parce que, vous l'avez vu, nos chevaux sont ridiculement petits, et un homme important ne peut être ridicule. Cela n'a pas empêché l'un de nos empereurs, Minh Mang, de mourir des suites d'une chute de cheval. (Battement de ses trois poils mentonniers sous la secousse d'un rire bref.) Personne ne l'a plaint, d'ailleurs, car il était particulièrement féroce. (Autre rire bref.) Les chevaux que vous avez importés par la suite de France et d'Algérie nous ont beaucoup surpris par leur haute taille. A tel point qu'un jour, un mandarin particulièrement stupide demanda à l'un de vos officiers : « Si vos chevaux sont aussi grands, comment sont donc vos éléphants? »

L'heure a tourné et Câu Ba parle toujours, et je ne me lasse pas de l'entendre tout en couvant Jade des yeux, tout en essayant de caramboler les siens et de les emprisonner. Je ne suis pas seul avec elle? Personne pourtant ne nous sépare. Surtout pas ce vieil homme dont je sens la furtive connivence. Et surtout pas ces femmes enfermées dans leur jeu. Ni les autres occupées à leurs travaux ménagers. Le soleil vient de chuter comme une pierre, et les premières ombres, leurs doigts timides s'emparent doucement de chaque recoin. Sur l'autel des ancêtres, une pieuse femme a allumé l'encens et le feu comme chaque jour à l'aurore et au crépuscule. Et les *joss sticks* de santal répandent leur parfum, et leurs rougeoiements ressemblent à ceux d'un village tout en haut d'une montagne. Dans un français très pur Câu Ba me confie : « Ce feu qui brûle est chaud à notre cœur. Il permet au lit de nos parents de ne pas refroidir, et il avive le souvenir que nous conservons d'eux tout en nous inspirant respect et recueillement. »

Il s'est levé et Jade l'a suivi. Puis ils se prosternent ensemble devant l'autel, devant ces deux tables qui le composent. Devant la table d'encens avec sa lampe, son brûle-parfum, ses baguettes odoriférantes, sa coupe de fruits et son vase à fleurs. Et devant la table d'offrandes que l'on appelle aussi le lit des ancêtres. Devant ces objets symboliques, toutes ces choses hétéroclites que l'on dirait exposées dans la vitrine d'un brocanteur. Quatre tasses à thé, quatre baguettes à riz plantées verticalement, un cornet à cigarettes, un nécessaire à bétel, une paire d'oreillers, des photographies et toutes ces reliques dont se servaient les morts, de leur vivant, pour manger, pour boire, pour écrire, pour fumer. Et les planchettes obligatoires avec leurs beaux caractères noirs sur fond rouge donnant l'identité des défunts et leur temps de présence sur la terre.

La mort. Curieux comme on vit avec elle ici. Comme on lui

a enlevé toute idée d'horreur. Curieux comme elle m'est également devenue familière depuis que le Viêt-nam a pénétré mes veines. La magie, expliquerait Lemaître, l'œuvre des génies. Et je l'entends me dire ce que l'on dit au Viêt-Nam : les âmes des morts remplissent l'air que l'on respire car ils continuent à vivre avec les vivants. Ils ont la même vie matérielle, ils mangent, boivent, participent comme eux à tous les actes des jours. Comment faire alors pour ne pas finir par s'habituer à l'intimité de la mort ?

Dehors. Le fleuve a gardé une lumière assez vive comme s'il charriait une matière en fusion. Nous avons suivi le vieil homme sur la berge, et les clapotis couvrent un peu sa voix :

« Regardez, voici l'endroit que j'ai choisi pour y retrouver mes ancêtres. »

Un mausolée sous les arbres, sous quatre cocotiers. Quatre grands flandrins hélant un bateau.

« L'homme prévoyant ne se laisse pas surprendre par la mort, m'expose-t-il, il règle tout à l'avance jusqu'au moindre détail. Celui qui ne fait pas ça risque fort d'être abandonné dans l'au-delà. Affamé, il devient une âme malfaisante, une âme réduite à errer dans les ténèbres. »

Frayeur ou fraîcheur de la brume ? Un frisson a saisi Jade, et instinctivement je me suis rapproché d'elle comme si j'allais devoir la défendre. Elle est si près de moi maintenant et si fragile dans son enveloppe de soie, si périssable !

Le vieillard dit encore avec le même sourire immobile : « Les vieux comme moi attendent avec sérénité l'heure suprême. Quand l'heure de la retraite sonne et qu'ils savent que leur séjour temporaire dans le monde des poussières va bientôt finir, ils pratiquent la dévotion plus que jamais. Jeune, on trouve sa joie au foyer, vieux, à la pagode. »

Câu Ba n'a pas pensé seulement à sa tombe. Il a pensé à sa bière, l'a fait construire dans le bois de son choix, l'a fait laquer rouge et or, et il a veillé à son étanchéité. Et il n'a pas seulement pensé à son cercueil, il a pensé aussi au linceul et aux accessoires qui recouvriront sa dépouille. Pensé à faire imprimer sur le linceul les sceaux porte-bonheur du Bouddha qui doivent lui assurer la tranquillité éternelle. Et lorsque toutes ces préparations ont été achevées, il a placé sa bière et son linceul en réserve sous l'autel des ancêtres, dans la pièce principale de la maison, et personne n'a jugé cette idée lugubre. Ni les membres de sa famille ni les visiteurs. Tout le monde a estimé au contraire que c'était la sagesse même, la meilleure précaution pour quitter sagement cette vallée de larmes.

Je demande à l'oncle s'il n'a pas peur des débordements du fleuve, si ce mausolée ne risque pas d'en souffrir.

« Pas du tout. Si vous observez bien, vous verrez qu'il est bâti sur un monticule. C'est une digue. La crue ne peut pas l'atteindre. (Son rire en forme de hoquet secoue à nouveau ses poils sous le menton. Un insecte agitant ses antennes.) Figurez-vous que le géomancien voulait me rouler. Il avait justement choisi un endroit où les ossements auraient été rapidement détruits par les eaux. Mais je ne me suis pas laissé faire, j'ai changé de géomancien. Si la terre savait parler, les mâchoires des géomanciens s'arracheraient d'elles-mêmes! »

Ses héritiers l'ont échappé belle. Car il l'affirme, la bonne conservation ou la destruction des ossements des parents et aïeux exerce une influence bienfaisante ou malfaisante sur l'avenir de la descendance. « Pour être mandarin, il faut un " bon " tombeau, pour être un grand homme, il faut descendre d'une grande lignée. » Et un tombeau judicieusement construit doit tenir compte de l'orientation du vent et de la circulation de l'eau, des veines d'eau en surface ou sous terre qui sont en fait les veines du dragon. Il n'est pas donné à tout le monde de trouver ce lieu idéal, ce centre nerveux où convergent tous les éléments générateurs de la terre. Cela nécessite d'avoir sous la main un géomancien qui ne vous raconte pas n'importe quoi.

Jade dit maintenant qu'il faut que nous rentrions. Que l'on doit nous attendre pour le dîner. La nuit est venue, et les eaux rouge feu se sont moirées de noir. Sang et goudron mélangés. Sur un fleuve, les ténèbres imposent difficilement leur loi, car il garde toujours un peu de soleil au fond, en réserve. Câu Ba lève le menton. Puis en le hochant :

« Le ciel a la couleur de la graisse de chien, nous aurons de la pluie. C'est ennuyeux pour la récolte. »

Tout à coup un cri animal retentit, provenant du mausolée. Une sorte de gloussement suivi de cinq ou six notes uniformes allant crescendo, puis après un arrêt de quelques secondes, d'un cri guttural, cadencé, decrescendo. Tok-ké, tok-ké. Cri répété huit, neuf fois et plus, syllabes bien détachées. Cri d'un de ces grands lézards gris bleuté, moucheté de rouge et de vert. Combien de tok-ké a-t-il lancés, cette fois-ci, ce tokai caché dans le tombeau vide? Le vieillard a compté, et Jade aussi. Et le vieillard assure : « Huit, chiffre pair, il contredit le ciel blanc, il fera donc soleil. » Et Jade dit qu'elle a compté le même nombre de tok-ké, mais elle n'avoue pas quelle conclusion elle en tire. Elle sourit simplement. Me sourit. Et en nous ouvrant le chemin du retour, le vieillard me fait savoir : « Chez nous, il y a des gens qui jouent de l'argent avec le cri du tokai. Avec quoi ne jouerait-on pas au Viêt-nam? Et il y en a d'autres qui croient pouvoir deviner l'avenir de la même façon. Pair, ça porte bonheur, impair, c'est le contraire. Y a-t-il vraiment un peuple plus superstitieux sur la terre? »

Plus que jamais confisquées par le *tu sac*, les joueuses ne lèvent pas la tête à l'annonce du repas. D'autres femmes sont arrivées en renfort, et la grande pièce résonne étrangement. Expirations, chuchotis, frottements sur la natte, claquement de la salive rouge que les chiqueuses lancent avec satisfaction dans leur crachoir. Vaincue par la fatigue, l'aïeule a rejoint son hamac. Une jambe pendant au-dehors, comme abandonnée, elle s'y balance tout en continuant à suivre la partie d'un œil. Tandis qu'une bonne masse quelques membres endoloris par les pauses immobiles et la dureté des bat-flanc, et que l'odeur de son onguent résineux stagne lourdement dans la chaleur avec les moustiques.

Pagode. Il manque bien quelques statues pour se croire à l'intérieur d'une pagode, mais le reste y est : va-et-vient feutré, piétinements, cliquetis de vaisselle, fumée de l'encens, et ces marmottements continuels qui ressemblent à des prières. Et ce roulement discret de tam-tam que la nuit apporte par les fenêtres ouvertes comme pour rappeler sa présence. Et cette lumière faite de néon criard et de lampes à pétrole.

Posée sur un bat-flanc au milieu d'un rassemblement de bols et de soucoupes, la marmite de riz fume et les baguettes se battent autour, volent comme les ciseaux de vingt coiffeurs. Quelques joueuses ont quand même délaissé leurs cartes pour rallier les dîneurs, mais la plupart manquent à l'appel. « Tant pis pour elles, dit Câu Ba, les buffles qui arrivent en retard boivent de l'eau troublée. »

Tout à l'heure, j'ai bien cru perdre Jade pour la soirée. Les joueuses l'avaient attirée, et nul doute qu'elle se serait assise à côté d'elles si je ne l'avais pas aussitôt implorée du regard. Et son immédiate obéissance m'a confirmé dans mes espérances.

Après le repas, un contretemps survient : la chambre d'hôte que l'on me destinait dans une maison voisine ne semble plus disponible. Une discussion animée s'engage à ce sujet, coupée d'allées et venues. Puis Jade tranche : « Nous allons aménager un petit coin pour vous au premier étage, vous y serez mieux encore que chez ces gens où l'on voulait vous envoyer. » Ce que Câu Ba traduit dans sa sagesse habituelle : « Si tu ne peux pas offrir du poulet à ton hôte, offre-lui du canard. » Joie secrète. Dormir sous ce toit. Sous son toit! Qu'espérer de plus? Non que j'ose imaginer pouvoir ainsi m'approcher davantage. Mais je jugerais vraiment cruel que la nuit nous sépare plus longtemps.

Quelques pas vers la porte du fond, et Jade nous quitte. Hélas! Sa chambre se cache derrière l'autel des ancêtres, à côté de celle de son oncle. Petits sourires, courbettes en direction du vieillard, et un paravent de bambou happe sa silhouette. A présent, je monte l'escalier derrière une servante et sa lampe à pétrole, monte jusqu'à mon « petit coin » : un lit de camp sous sa moustiquaire, une armoire funèbre luisant de ses incrustations de nacre comme des yeux de chat dans la nuit, et sur le mur, une tenture en bambou tressé où se couche un soleil rouge.

Un instant j'essaie de dormir. Sans succès. Trop de chaleur. Trop de pensées. J'ouvre les contrevents. Le tokai n'a pas menti : plus un nuage. Des scintillements de nacre, encore. Et la lune. Et dessous, le décor d'un panneau de laque. Le fleuve et ses reflets, des paillotes au bord, les quatre cocotiers en faction, gardiens du mausolée, et la plaine sous une vapeur indigo qui a l'air d'être la cendre du jour consumé. Le fleuve. Qui file vers sa fin, vers les pis du Viêt-nam. Vers les hautes nefs que l'on dirait sorties de l'eau lorsqu'on les aperçoit au ras des rizières inondées. Et vers les voiles chinoises nervurées et les voiles en laize de latanier que l'on prendrait pour des cormorans blessés traînant leurs ailes. Le fleuve que j'entends grommeler dans sa course, disputer sa terre à la terre, son sable, ses alluvions et sa fourrure à la rive.

Alors je pense à Lemaître. Au bord du lac mystérieux, dans sa maison sur pilotis, avec l'ami Bordas. Pense à la nuit silencieuse de Lemaître enfermé dans son œuvre ou sa méditation. Pense à lui et me persuade de cette évidence : un jour il ne reviendra plus. Il dira adieu à tout et on ne le reverra plus jamais. Ni à Saigon ni à Paris. A Paris où l'on se demandera ce qu'il est devenu. Où ses lecteurs attendront ses articles, ses livres, où ses confrères se poseront de grandes questions sur son compte. Mais ils n'auront jamais de réponse. Il aura disparu pour tout le monde. Et pour Jade.

Jade. J'entends des craquements dans l'escalier. Vite, je ferme les contrevents. Si c'était elle? Si j'allais la sentir soudain contre moi, chaude comme cette nuit? Si nous allions tomber ensemble sur ce lit comme deux troncs de bananiers arrachés à la rive par ce fleuve coléreux et nous laisser rouler jusqu'à l'embouchure?

14

Elle n'est pas venue. De toute la nuit. Nuit creuse, à oublier. Qu'aurais-je pensé d'elle si elle était venue? Si elle avait abusé de l'hospitalité de son oncle pour aller partager la couche d'un hôte? Car tout le monde l'aurait su, bien sûr. Tout le monde l'aurait entendue monter l'escalier malgré son pas plume. Et ce matin, où ses yeux auraient-ils pu se poser sans rencontrer les gros nuages des reproches? Ma seule présence à Cântho ne suffit-elle pas? Comment oser inviter sous son toit un Tây, un étranger? Tô Van Hùng est-il au courant? Décidément cette petite fera toujours fi des conventions. Son pauvre fiancé a raison de reculer son mariage indéfiniment. Il faut arriver à l'âge de son oncle, à son degré de philosophie, pour accepter de tels manquements aux convenances.

Six heures. Le jour entre. Grand déjà. Avec l'odeur d'un feu de bois, fumée parfumée montant comme celle d'une Players avec la brume du fleuve, avec les bruits lointains de la campagne. Le halètement du tarare qui sépare le grain de la balle, le martèlement du pilon. Et les bruits plus proches. Pleurs d'un bébé, d'un autre. Raclements de socques. Caquètements, chant d'un coq enroué. Et la crécelle des servantes remontée pour la journée.

Toutes là, les servantes, dans la cour de brique glissante d'humidité. Accroupies comme si elles couvaient quelque chose, ces aubergines, ces marrons d'eau épars. Écopant l'eau des jarres vernissées, piochant dedans à coups de cette louche faite d'une vieille boîte de lait Nestlé au bout d'un bambou. Pour laver les légumes. Ou pour laver sept fois le riz. Ou pour se laver elles-mêmes d'une seule main vite passée sur le corps, de haut en bas, à travers le calicot reluisant sous les rondeurs comme ces pastèques prêtes au sacrifice.

Et Jade. Revenue de sa nuit. Pour mon plaisir. Jade entre deux lamelles de mes persiennes, dans un coin de la cour, ignorante de cet œil qui l'épie, occupée elle aussi par ses ablutions. Jade sous ses écailles d'anguille, ses cheveux amassés sur la tête en paquet comme une colporteuse chargée pour le marché.

Un avion a surgi, haut, suivi d'un second courant après. Et dans la salle de séjour où je rejoins tout le monde, le vieil homme a exhumé un poste de radio comme s'il espérait savoir pourquoi l'on vient de survoler sa maison. La radio a dû connaître bon nombre de ses anniversaires, mais la voix du speaker y résonne clair. (Voix d'un jeune homme au fond d'une maison en ruine.) Jade dit ce que la radio dit. Dit que Thiêu ne décolère pas. Qu'invité pour la première fois aux États-Unis, il n'a eu le droit qu'à un *breakfast* avec Nixon dans sa propriété de San Clemente, mais que ce voyage officiel restera quand même dans les annales. La radio dit aussi que le Viêt-nam a disparu de la première page des journaux, là-bas, qu'on ne parle que des huit mille avions et hélicoptères perdus au cours de la guerre, et des six cents pilotes et membres d'équipage libérés il y a peu de temps par Hanoi. Mais qu'on ne parle pas des infiltrations communistes dans le Sud depuis le commencement de la trêve. Qu'on ne parle pas non plus de la route stratégique que les Nord-Vietnamiens sont en train de construire à travers jungle et montagnes pour relier la région côtière du centre au delta du Mékong. Ni du pipe-line de quatre mille cinq cents kilomètres qui pourra abreuver leurs camions et leurs chars à moins de cent vingt kilomètres de Saigon. Mais la radio dit que Thiêu demeure optimiste, qu'il contrôle quatre-vingt-cinq pour cent du territoire sud-vietnamien, et qu'il pourra aisément reconquérir le reste « aussitôt que cet armistice imposé contre tout bon sens sera terminé ».

A chaque nouvelle l'aïeul secoue la tête. (De quel côté penche-t-elle?) La radio annonce encore qu'un ambassadeur américain va en chasser un autre à Saigon. Au mot d'ambassadeur, mes pensées volent vers Foster. Foster qui a donc décidé de rester au Viêt-nam. Par civisme ou pour Jade?

Nous sommes sortis. Seuls, cette fois, Pour la première fois.

Nous longeons la berge, au bord de l'eau chocolatée. Nous sommes là tous les trois, elle, le fleuve et moi. Le soleil ne se donne pas encore trop de mal, et la fraîcheur de l'aube n'a pas quitté les banians et les bambous. Elle s'accroche, décidée à survivre. Bras ballants, mais soucieuses, affairées, des fillettes déambulent, panier sur la tête, yeux sur le chemin, dents noires déjà, comme si elles avaient sucé leur porte-plume. En « baba » noir, des hommes les précèdent sans rien sur la tête, eux, qu'un chapeau, un feutre noir ou un abat-jour de paille, et les bras pareillement désœuvrés. Ils marchent comme s'ils avaient tout leur temps, cent ans.

« C'est la fête, aujourd'hui, m'apprend Jade, la fête du génie tutélaire. La cérémonie va commencer en ville. Vous voulez voir ? »

Non, le génie me pardonnera, je ne désire rien voir d'autre qu'elle.

Une cigogne passe. Trois coups d'aile et un atterrissage en douceur sur une balle de paddy, une révérence de mandarin. Nous nous arrêtons. Je l'invite à s'asseoir à côté de moi sur une barque retournée. Et brutalement j'évoque le séjour de Lemaître à Dak Lak. Et ces mots me viennent : « Un jour il restera là-bas, vous ne le pensez pas ? » Et elle me répond tout aussi brutalement : « Peut-être. »

La cigogne reprend son vol. Lentement. Pour que l'on puisse l'admirer à satiété. Elle la suit des yeux un instant, puis elle ajoute :

« Il n'a jamais fait que ce qu'il a voulu.

– Et s'il s'en va, que faites-vous ? »

Elle rit.

« Que voulez-vous que je fasse ? Me faire brûler comme un bronze sur la place publique ?

– Vous épouserez Pham ? »

Elle a une mimique qui signifie : fichez-moi la paix. Et elle boucle son visage. Puis elle se ravise, relève la tête et laisse tomber comme pour en finir : « Je n'épouserai pas Pham. Pham ne veut pas vivre au Viêt-nam, et moi je ne quitterai jamais le Viêt-nam.

– Même pour aller en Amérique ? »

(Souvenir d'un reportage de guerre. Une route que je devais traverser, dangereuse. Que j'ai traversée d'un bond, sans un frisson. Je viens de la traverser une nouvelle fois, les fusils n'ont pas claqué, mais ils pourraient encore le faire.)

« L'Amérique? Pourquoi l'Amérique? »

Je suis sûr d'avoir dépassé les bornes. Elle a pris un air que je ne lui connais pas, celui d'une châtelaine surprenant des campeurs dans son parc. Je me rattrape :

« Tout le monde veut partir pour l'Amérique. Vous savez combien on donne pour avoir un visa. Et vous, travaillant avec les Américains, je suppose que ça vous serait très facile. Et puis vous parlez l'anglais couramment.

– L'Amérique! Je ne sais pas ce que j'irais faire en Amérique. D'ailleurs je quitte mon service à la mission américaine dès la semaine prochaine, il est dissous.

– Il y en a qui veulent aller vivre à Dak Lak et d'autres en Amérique.

– Moi, dit-elle, je préfère Saigon. »

Comment faire jaillir le nom de Foster, faire en sorte qu'il naisse sur ses lèvres et non sur les miennes? Une chaloupe toute vieille, toute déglinguée, remonte à l'instant le fleuve, apparaît entre les bambous comme sur une carte postale de 1920. Tandis que légère, fringante, la vedette militaire qui l'escorte semble rire de ses efforts. J'ose :

« A propos, j'ai des remerciements à vous adresser. »

Elle me dévisage soudainement détendue.

« Oui, dis-je, à propos de mon interview avec l'ambassadeur, l'autre jour. Vous avez été très efficace ».

Elle semble comprendre mais espère une explication complémentaire. A moins qu'elle ne joue la comédie. J'ajoute :

« Vous êtes très bien vue à l'ambassade. »

Ça y est. Elle a lancé le nom. Comme on lance sa main devant soi pour intercepter le vol d'un moucheron, pour se passer les nerfs, d'un air faussement dégagé. Elle n'a pas lancé le nom de Foster, mais son prénom. Elle a dit : « Vous avez dû rencontrer Jim. » Et j'ai ressenti comme une brûlure. Et maintenant elle dit avec la mine de quelqu'un qui daigne donner quelques éclaircissements tout en montrant qu'il pourrait très bien s'en tenir là : « Jim est un vieil ami. Quand j'ai appris que vous aviez des difficultés pour obtenir ce que vous vouliez, je l'ai fait intervenir. »

Elle a voulu se lever, rompre avec ce dialogue ennuyeux, mais plus rapide je l'ai retenue par un poignet. Et les deux pressions qui maintiennent la tunique fermée à cet endroit ont sauté. Et la soie laisse filer la peau sous mes doigts. Peau d'une douceur surprenante. Pour me faire pardonner, je souhaiterais porter ces poignets à mes lèvres, mais d'un mouvement brusque elle s'est libérée. Et elle a appuyé de deux coups secs sur les pressions que j'ai entendues claquer comme des puces écrasées sous l'ongle. Et à présent, debout, toute dignité reconquise, elle me dit en m'entraînant d'un geste : « Venez, je vous emmène à la fête. »

La ville, les rues bondées sous les flamboyants. La procession a commencé. Derrière une musique langoureuse et une foison d'oriflammes rouge et or, le défilé des notables en brocart bleu brodé de caractères chinois, en turban noir, en souliers vernis, et derrière, le bon peuple.

« Ils vont chez le président du conseil des notables, m'explique-t-elle. Ils vont chercher le brevet royal destiné au génie tutélaire. »

Elle m'annoncerait qu'ils viendraient m'emmener pour me pendre au plus grand arbre, je n'aurais pas plus d'yeux pour eux. Je n'en ai que pour elle. Je me fiche bien de tout ce qui n'est pas elle. Je ne vois pas cette table portée par quatre hommes robustes sous des parasols richement ornés. C'est pourtant sur sa nappe que l'on déposera le brevet, entre ces brûle-parfum et ces chandeliers étincelants pour le transporter jusqu'au temple cantonal. Ne vois pas les buffles et le bœuf que l'on se prépare à sacrifier et que des enfants conduisent à coups de bâton. Et ne vois pas davantage cette foule pressante, cette ville aux maisons vides, aux rues pleines. Ne vois qu'elle. Elle qui me presse :

« Dépêchons-nous, nous allons rater l'entrée à la maison communale. »

Nous essayons de courir, mais ce n'est pas facile. Et à un moment nous nous perdons. Je la cherche avec hargne, en bousculant tout le monde. Comment la retrouver parmi toutes ces tuniques aux couleurs si voisines, ces visages dont le malin plaisir est de se ressembler ? Voici dix minutes que je tourne en rond. Et ma chemise rend de l'eau tellement je me suis démené. Et les gens toisent avec étonnement cet étranger égaré. Et soudain je me dis : elle t'a plaqué. Elle a voulu le faire tout à l'heure, au bord du fleuve, et elle a estimé plus commode et moins théâtral de te semer dans cette foule. Et je me reproche de l'avoir brutalisée. Me reproche les questions insidieuses, cette effraction dans sa vie. Et je me dis : à toi de te débrouiller pour rentrer. Tu ne connais rien de cette ville, tu connais à peine le nom de ton hôte, et comble de malheur, le ciel s'obscurcit, l'averse, la grosse averse tropicale amasse ses munitions.

« L'entrée à la maison communale. » Ses mots me reviennent. Sans doute a-t-elle tout simplement décidé de suivre le cortège en présumant que j'en ferais autant. J'entreprends donc de rattraper les parasols que je vois tanguer au loin, champignons multicolores au milieu des chapeaux champignons. Mais la foule a encore épaissi, et je n'avance qu'au pas comme à travers une jungle inextricable.

Une robe rouge, la sienne. Là. Derrière ce bonze en toge safran. Là. Je l'appelle. Ce n'est pas elle. Je commence à désespérer. Je me dis encore : il est écrit que je passerai ma vie à chercher cette femme sans jamais la rencontrer vraiment. Et je pense à la douceur de sa peau à l'endroit du poignet, dans l'échancrure de la soie. Douceur perdue. Et je me dis encore : qu'ai-je à courir après une femme qui échappe toujours aux hommes ?

Mais soudain apparaît Lemaître.

Qui me demande : pourquoi cours-tu ? Regarde autour de toi, as-tu jamais vu quelqu'un courir ? Le temps est plus fort que toi. Aucune de tes enjambées ne changera jamais ça. Le fleuve va à la mer. Suis-le.

Il me saisit le bras. Nous traversons la foule comme un buisson frais, plein de fleurs. Et les chanteurs ambulants, les mendiants, les aveugles venus spécialement pour la fête des villages environnants accompagnent nos pas de leur vielle à deux cordes, de leurs cliquettes en bois et de leur cithare fabriquée avec une boîte en fer-blanc ou une touque à pétrole. Nous accompagnent de leurs chants d'amour et de leurs chants satiriques, et parfois érotiques. Et les gens rient autour de nous de leurs bons mots et de leurs sous-entendus, rient aux éclats. Et Jade n'est pas la dernière à rire. Je l'ai prise par la main, aussi naturellement que Lemaître m'a pris par le bras, et je sens à nouveau sa douce peau glisser sous mes doigts.

La procession s'éloigne avec ses parasols et ses oriflammes. Lemaître m'invite alors à me joindre au public qui assiste au déroulement de la pièce qu'une troupe donne sur la place du marché. Un tréteau de quatre mètres sur deux, une natte, une flûte traversière, une vielle, deux petits tambours, et les comédiens. Et le plus important d'entre eux qui demande à la volée : faut-il que je me présente? Et la foule de répondre : il le faut bien! Jade m'explique le rôle de chacun, le rôle du bouffon, celui du vieillard, celui de la folle et celui du moine bouddhiste. Mais elle voit bien que pour moi le spectacle n'est pas sur la scène.

A présent Lemaître annonce, sérieux : le dieu du sol nous attend, il faut aller le rejoindre.

Le dieu du sol et de la terre nourricière, cette double divinité combinée en une seule : le génie tutélaire. Le génie de chaque village et celui de chaque ville combiné en un seul, celui du pays tout entier, celui de la patrie.

Lemaître : dans le monde des esprits, celui-là a le rang de prince. On l'appelle d'ailleurs Grand Seigneur. Il n'appartient pas à la mythologie, mais à la légende des hommes. Car il était homme avant de mourir, avant de devenir un génie. Il était grand lettré, philosophe, philanthrope, valeureux soldat, sage administrateur. Et parce qu'il avait qualité pour devenir Fils du Ciel, on lui a confié la mission de veiller après sa mort sur le bonheur de ses sujets.

On est arrivé au temple cantonal. Non sans mal. Le temple qui renferme l'histoire écrite du héros sanctifié. Un manuscrit gardé jalousement et secrètement que l'on s'interdit de livrer à la curiosité des étrangers sous peine de voir la ville s'enfoncer dans le malheur. La mémoire magnifiée de celui qui représente pour chacun des habitants les mêmes souvenirs et les mêmes aspirations, le même passé et la même raison de croire en l'avenir, la même foi ardente. Cette maison commune où les notables entrent à la file indienne avec des airs compassés de vieille demoiselle.

J'ai réussi à me glisser dans la cour à leur suite en y entraînant Jade. Je ne suis pas peu satisfait de constater que je n'ai pas perdu ma main de reporter expérimenté, triomphant à chaque fois des épreuves. Je m'apprête à déclarer à Jade que je ne l'ai jamais vue aussi belle avec cette rosée tiède qui nimbe son front, quand la cérémonie s'ouvre. Quand les musiciens frappent sur leur tronc d'arbre évidé, fermé aux deux bouts et fendu en son centre. Frappent de leur grosse batte de bois. Trois coups. Puis frappent trois autres coups sur une cloche de bronze. Puis plusieurs autres coups accélérés terminés par un coup sec comme pour demander plus d'attention encore.

Lemaître souffle : les offrandes.

Horreur. Un coutelas s'est levé et a fait gicler le sang du bœuf puis celui des deux buffles. Et le sang avait tellement envie de se répandre, de s'offrir en expiation et pour la prospérité générale qu'il a arrosé l'assistance. Qu'il a maculé toutes les robes et toutes les coiffures. Comme le sang des sacrifiés bibliques dont les prêtres aspergeaient l'autel et le peuple. Je vois alors la tache rouge qui s'est ajoutée aux fleurs rouges sur la tunique de Jade. Cette goutte parmi les gouttes. Je vois le sang couler sur le front de Lemaître comme s'il avait reçu, lui aussi, cette lame brillante sur la tête. Lemaître qui ne sait pas que son front saigne comme ces animaux. (De là où il est avec tout ce sang répandu sur lui, on dirait que sa vie s'en va lentement, s'enfuit par cette blessure au front.)

On a dépecé les animaux, et l'on procède à la distribution de la viande aux notables d'après un protocole très établi. Sensées représenter la bête entière, la tête et la queue du premier animal reviennent au président des notables, les suivants se partageant, selon leur rang, le reste des morceaux de choix. Cuisinés, les deux autres animaux sont servis au cours d'un banquet qui rassemble tous les notables de la ville, les grands et les petits comme les anciens à la retraite. Et je prends place à côté des grands avec Jade et Lemaître sur l'un des lits de camp du milieu. Tandis que le gros de l'assistance s'assied sur les nattes recouvrant le sol tout autour. Et nous festoyons. Je déglutis mon sauté de veau au soja et m'esclaffe en voyant Jade manger comme une paysanne, porter le bol au menton pour enfourner son riz avec un fort bruit d'aspiration. Et quand le président des notables en a terminé, il rote à plusieurs reprises sur un ton sans réplique pour faire partager à tous sa très noble satisfaction. Et Lemaître fait comme ses voisins, se cure les dents avec une aiguille de bambou, grimace derrière sa main déployée comme s'il s'arrachait une molaire.

Bon. Rassasié, je voudrais lever le camp, mais Lemaître me foudroie de son œil gris. Et sa main dans la mienne, Jade tente de m'instiller sa patience asiatique. Quand le ciel crève. Patatras! Il fallait s'y attendre. Pesant pareillement depuis si longtemps sur la ville. C'est la panique dans la foule. On court, on se ratatine par paquets sous les grands chapeaux protecteurs. Je reste figé au milieu du boulevard, aveuglé. Arbre solitaire assiégé par la crue. Et Jade que j'ai perdue, où la retrouver? L'idée resurgit alors qu'elle a profité de cette cohue pour me fausser compagnie.

Le fleuve. Où est le fleuve qui mène à la maison? Je m'y dirige au son de cette sirène, de ce long pleur de chaloupe. Et Jade m'apparaît soudain. Sa pauvre robe à fleurs! Et ses cheveux désordonnés! Mais elle est belle et elle me sourit. L'eau descend en rigole le long de ses joues, mais ce n'est pas triste comme des larmes. C'est frais, c'est vivifiant. Ça sent la propreté du ciel.

Bêtement je chuchote : « Jade. » Et elle prononce aussi mon prénom. J'ai l'impression d'avoir marché longtemps sous la pluie pour la conquérir. Pendant des années. Autour de nous, c'est comme si la ville s'était vidée, comme si cette eau avait emporté tout le monde. Comme s'il n'y avait plus que nous sous la pluie, dégouttant comme ces statues qui tiennent des jets d'eau au milieu des fontaines.

« Jade... »

Je n'ai que ce mot à la bouche. Je l'ai attirée contre moi, c'est la première fois que je la sens vraiment des pieds à la tête, que je la sens vraiment à moi. Nous rentrons à la maison en longeant le fleuve. L'averse a décliné de force mais elle nous défigure encore. Et nous nous mettons à rire du fouillis de nos cheveux et de nos vêtements pitoyables. A rire de nos souliers qui gargouillent. « Si nous marchions pieds nus? » me propose-t-elle alors. Et nous voilà comme des *nhà quê* barbotant jusqu'aux chevilles pour se rendre au marché, sans souci des autres. Je lui serre la main plus fort, plus fort, et je grave dans ma tête : nous ne nous quitterons plus jamais, à présent, et nous marcherons toujours ainsi dans l'eau et sous la pluie, pieds nus comme des *nhà quê*. Nous nous moquerons toujours de la pluie et des gens rencontrés en chemin.

Fidèle au rendez-vous, la 2 CV de Tâm grince à l'heure convenue devant le marché. Jade n'a pas voulu m'accompagner jusqu'au lieu de rencontre, mais elle a fait un bout de chemin avec moi sur le siège du cyclo que son oncle connaît, qui la connaît aussi pour l'avoir transportée, enfant, lorsqu'elle allait à l'école sur les genoux de sa sœur. Les pneus du cyclo chantaient sur le bitume, car le soleil avait depuis longtemps repris l'offensive, tété depuis longtemps toutes les effusions du ciel. Ne demeuraient que les traces de la boue rouge le long des caniveaux comme celles que répandent les abattoirs après un assassinat en règle.

Elle se taisait. Moi aussi. Nous nous parlions pourtant. Autrement. Avec nos corps. Avec nos flancs qui se touchaient, avec nos cuisses. Et avec nos mains, les plus bavardes. Et je pensais : c'est bien commode ce langage quand on a peur des mots, ce langage sans parole.

Saigon, sa foule désœuvrée, et à la terrasse de l'hôtel, Desmaisons rutilant de tous ses appareils. Et la tête longue :

« C'est la merde, il n'y a plus rien à foutre. Je vais demander à décaniller d'ici. Le Viêt-nam c'est fini. Maintenant, c'est le Proche-Orient qui est intéressant, tout le monde le dit. »

Froissement dans ma poche. Une nouvelle lettre de Jacqueline. Froissement de hautes herbes au passage d'un guépard. Lettre triomphante m'annonçant la fermeture de la plupart des bureaux français de Saigon. « Au *Magazine,* il paraît qu'on doit se décider cette semaine !!! » Trois points d'exclamation comme trois poignards plantés dans le mur, au ras de ma tête. Je regarde les minuscules feuilles de tamariniers pailletant le trottoir comme les confettis mouillés d'un bal qui se meurt. Et toutes ces capsules de bière, de boissons gazeuses enfoncées dans le goudron mou à mes pieds, semées par des générations de serveurs abreuvant des générations de militaires et de journalistes assoiffés. Je regarde toutes ces capsules de bouteilles incrustées dans la peau de Saigon comme des coquillages fossiles dans le crétacé, et je me demande : comment vas-tu faire, toi, pour extirper ta peau de cette peau? Et je me demande encore : qui à ma place enverrait son journal aux pelotes après son rappel et continuerait à vivre ici, romprait avec tout, avec sa vie professionnelle, sa famille, ses amis, l'Occident? Qui déciderait de changer de peau? De devenir quelqu'un d'autre ailleurs pour demeurer avec une fée?

Le retour de Jade. Je l'attendais avec une fébrilité d'accoucheur. Elle avait dit : fin mai. Elle est revenue le 30 mai de Cântho. Pour apprendre que son père était tombé malade. On allait justement célébrer la fête du Cinquième jour du Cinquième mois, une fête surtout marquée par des préoccupations de santé. Et Jade vit là un signe du destin, comme son frère Son, évadé pour un temps de son régiment.

Depuis lors les médecins se relaient au chevet de Tô Van

Hùng. Et en raccompagnant chacun à sa voiture, en écoutant ses explications, Jade semble de jour en jour plus découragée. C'est ce que m'a confié le brave Chù Câu, le chauffeur de la famille, quand je l'ai rencontré en ville, à la pharmacie Nguyên Chi Nhiêu. A l'entendre, son patron n'aurait pas pu choisir pire moment pour tomber malade. Parce que le Cinquième mois qui marque le début des grandes chaleurs, amène toujours au Viêt-nam des épidémies graves. Parce qu'en atteignant son apogée, le soleil communique à toute chose une vigueur nouvelle, porte au plus haut degré les influences bonnes ou mauvaises. Mais c'est aussi pendant cette période que les remèdes magiques agissent avec la plus grande efficacité.

Pauvre Jade dans le malheur! Comme si elle était malade elle-même, elle se terre. Mais il m'arrive cependant de la rencontrer. Chez le pharmacien ou chez Givral où elle achète des sorbets à la papaye qu'une vieille tante prétend souverains contre pareils maux. Son père souffre de troubles hépatiques aigus accompagnés de fortes fièvres, et rien ne semble capable de le guérir. Aussi a-t-on conseillé à Jade de faire appeler un médecin chinois qui a déjà ressuscité bon nombre de moribonds du quartier. Et à la maison, les domestiques l'ont travaillée au corps pour que le sorcier intervienne. Aussi, à la fin, sans qu'elle le désire vraiment, tout le monde s'y est mis, s'est retrouvé au chevet de Tô Van Hùng : la Faculté, la Chine et la magie avec ses « dix mille pouvoirs ».

Le fils du Céleste Empire a d'abord tâté le pouls à l'aide de trois doigts : l'index, le médius et l'annulaire. Tâté le pouls de chaque poignet. Car d'après Jade, il dit que le pouls droit et le pouls gauche sont différents. Et qu'un homme expérimenté doit savoir reconnaître neuf battements distincts à chaque poignet. Dix-huit battements correspondent chacun à un organe ou à un groupe d'organes. Et il dit que la palpitation doit être successivement superficielle, demi-profonde et profonde, que c'est le seul moyen d'obtenir un diagnostic très poussé. Et il dit que le pouls gauche et profond de Tô Van Hùng révèle en effet un foie très malade. Et il dit que dans le foie domine l'élément métal, que sa couleur sympathique est le blanc, que son goût est âcre, que son odeur est celle de la viande, son végétal les grains oléagineux, son animal le chien, son nombre le 9, son sentiment la peine. Et il dit que l'ouest est son orientation, que son emblème est le zodiaque et que sa saison est l'automne. Et il dit que pour guérir Tô Van Hùng, il faut donc que les médicaments prescrits soient des plantes à fleurs blanches, de saveur âcre, des graines ou des huiles extraites de ces graines, et des sels métalliques. Et il dit que la viande de chien lui est conseillée et qu'il faudra sans doute attendre l'automne pour qu'il connaisse une guérison complète. Et il dit les heures exactes auxquelles le malade devra recevoir ses médicaments, les heures les plus favorables. Et il dit que le courant nerveux du foie passant par la face interne de la jambe, il y aura lieu de piquer cet endroit-là de quelques aiguilles en métal blanc, et ceci à plusieurs reprises.

Et Jade me dit : « Vous vous rendez compte, s'il faut attendre l'automne ? » Et elle dit qu'elle a tremblé quand elle a vu le sorcier entrer à son tour sous son toit la première fois, ses feuilles de papier de couleur et ses amulettes. Quand elle a vu Thiêm Bay, la femme de chambre et Chu Bay, le cuisinier, et leurs deux petites nièces, Hông et Cuc s'effacer devant lui, se courber et joindre les mains comme s'il tombait du ciel. Et elle dit que s'il ne tenait qu'à elle, elle lui refuserait sa porte. Mais que son père a donné son assentiment, et que son oncle croit au pouvoir des devins. Et elle dit qu'elle n'y croit pas. Mais je la soupçonne d'y croire un peu. Car elle montre trop de complaisance à décrire ces prescriptions rituelles, et je sais déjà le grand respect – ou la grande crainte – qu'elle manifeste pour tout ce qui tient de la magie. Sa complaisance à décrire ce qu'ont fait Chu Bay et sa femme sur les instructions de l'homme étrange. Cette cueillette de feuilles et d'herbes, de cent espèces différentes dans la campagne, le Cinquième jour du Cinquième mois, à midi précis, pour en faire une infusion, « une drogue de longue vie ». Et l'eau qu'ils ont rapportée du même endroit, qu'ils ont recueillie à l'intérieur d'un bambou à nœuds. Cette « eau des esprits » dans laquelle ils ont fait bouillir des foies de poulet. Et ces feuilles d'armoise avec lesquelles ils ont confectionné une statuette représentant le génie de la famille, une statuette qu'ils ont déposée sur le seuil de la maison pour préserver de l'air malsain. Et ces poupées de bambou et de papier à l'effigie de Tô Van Hùng qu'ils ont remises au bonhomme pour qu'il les brûle, pour que les puissances infernales s'en emparent à la place du malade.

Jade me décrit tout cela en haussant les épaules, mais je sens bien que ce petit mépris n'est qu'artifice, façade pour le Tây

217

que je suis, toujours enclin à ironiser, à railler l'incompréhensible. Sens bien qu'elle est prête à croire à toutes les vertus magiques pour sauver son père. A croire qu'un morceau de gingembre sur lequel le sorcier a tracé avec la langue et l'index de la main droite la formule : ciel, terre, soleil, lune, eau, feu, vent, atmosphère va venir à bout de sa fièvre. Que quelques incantations au-dessus de sa tête auront le même effet. Ou quelques gestes rituels comme de poser l'extrémité du pouce à la base d'une des douze phalanges des quatre autres doigts de la main. Ou de tracer en l'air avec une baguette allumée les signes et les caractères qui chasseront du corps atteint les miasmes empoisonnés que le génie malfaisant y a glissés.

Au bout d'un mois, surprise, rue Phan Thanh Gian. Comme les paupières engourdies d'un convalescent, les persiennes du premier étage se redonnent lentement à la lumière. Tô Van Hùng va mieux. La fièvre a fondu comme un mauvais songe. Mais le foie reste bien mal en point. Aussi les médecins demeurent-ils circonspects. Et Jade ne quitte son chevet que quelques heures par jour. Pour aller à l'ambassade américaine. Car elle travaille à cet endroit depuis que la mission militaire a fermé ses portes. Travaille aux côtés de Jim Foster. C'est Tâm qui me l'a appris. Avec son petit rire idiot. M'apprenant aussi que la voiture noire la ramène parfois à la maison paternelle.

Jim Foster. Ainsi a-t-il réussi à prolonger son séjour après avoir renvoyé sa femme en Amérique. Alors que moi je vais être contraint de quitter le Viêt-nam. Mon journal vient de le décider. Retour immédiat sans discussion possible. Nouvelle arrivée hier au téléphone. Lettre suit. Désespoir. A tout instant, je me répète ces mots : quitter le Viêt-nam. Comme si de les faire passer et repasser dans ma tête allait les rendre plus digestibles. Et je regarde tout avec des yeux démesurés, engrange tout, en me reprochant de n'avoir pas su assez moissonner pour l'avenir. Regarde tout, écoute tout, sens tout. Vite. Prends tout ce que mes yeux, mes oreilles et mon nez peuvent prendre encore avant de partir. Pour regarder, écouter, sentir encore le Viêt-nam quand je serai loin de lui. Pour aider mes souvenirs.

Tout à l'heure une folle idée a fulguré, a traversé ma cervelle comme un chien traverse la rue au milieu des voitures. Folle idée, mais pourquoi irréalisable? Si Jade consentait à me suivre en France? Si je demandais à prendre mes vacances sur place afin d'attendre la guérison de son père, et si je l'emmenais? Si je réussissais là où d'autres ont échoué? Où Lemaître a échoué? Lemaître revenu de Dak Lak depuis deux jours, prêts à y retourner. Quoi que son journal en décide. Trop ancien, lui, et trop influent pour se laisser imposer la moindre contrainte. Un mot au patron suffirait. Un mot à son ami, à son complice. « Je reste. » Et il resterait. Un papier de temps en temps pour justifier de sa présence, et l'affaire serait entendue. Tandis que moi...

Lui livrer mon tourment? Je me vois quand même obligé de l'entretenir de Cântho. Ce soir, chez lui, je lui dis très vite, comme je lui rapporterais un fait sans importance : « A propos, je suis allé passer le week-end à Cântho. »

Attendant sa réaction, intéressé comme un chimiste devant sa cornue. Et entendant ces mots désinvoltes : « Je sais, je sais, elle m'a raconté. » Et l'entendant encore ajouter en riant comme s'il voulait me montrer à quel point tout ceci le laisse froid : « Il paraît que vous avez pris une saucée de première! » Et l'entendant me faire un cours sur le régime des moussons d'Asie. L'entendant m'énoncer d'un air docte, comme s'il commentait une carte scolaire accrochée au mur : « Cette année, la mousson d'été qui arrive sur le Sud est en avance. Elle est la conséquence de la vaste dépression qui existe alors sur les Indes. Ce courant chaud et humide provient de deux sources différentes : d'une part de l'air de l'océan Indien, d'autre part des alizés de l'hémisphère Sud qui franchissent l'équateur. Le vaste anticyclone subtropical... » L'entendant me faire ce cours inutile, et ne l'entendant plus. Entendant les rires de Jade sous la pluie et nos pieds qui gargouillaient dans les chaussures. Et entendant aussi la sirène de la chaloupe, son long pleur sous la pluie, son long cri d'adieu. Et me ressaisissant, me disant : elle lui a parlé de cet orage pour ne pas avoir à lui parler d'autre chose, pour masquer sa gêne.

Mais Lemaître revient tout à coup du golfe du Bengale pour lâcher :

« Je suis heureux qu'elle ait trouvé un véritable ami en toi. Les chics types de ton espèce ne courent pas les rues par ici. Dommage que tu t'en ailles. Car moi aussi je vais partir. Repartir pour Dak Lak.

– Oui, dis-je en souhaitant qu'il complète sa pensée, dommage que je sois forcé de m'en aller.

– C'est une brave fille. Elle mérite l'amitié des gens sincères. »

Quelqu'un chez moi m'ordonne de me retenir, m'empêche de crier : mais je n'ai rien à faire de l'amitié! Je ne suis pas un ami sincère. Je ne suis pas un chic type. Un chic type ne trompe pas la confiance d'un ami pour prendre sa place dans le cœur d'une femme. Tandis que quelqu'un d'autre me conseille de lui déclarer plus posément : je crois que Jade commence à m'aimer. De lui déclarer aussi : c'est de ta faute, tu n'aurais pas dû t'absenter toujours au propre et au figuré. C'est toi qui m'as poussé dans ses bras. Toi qui as créé ce manque dont j'ai profité. De lui déclarer encore : je vais quitter le Viêt-nam avec elle. Je vais l'arracher à cette pourriture bien-aimée. L'arracher à tous ses fantômes, à toi, le fantôme. L'arracher à tous ses mauvais génies, à son fiancé fantôme, à son Américain fantôme, à tous les revenants de son pays qui la hantent, à toutes ces âmes mortes qui veulent lui interdire de vivre comme les autres femmes, ailleurs, et d'aimer comme on aime ailleurs, librement. L'arracher à son père, à ses ancêtres, tirer sur ce *luc binh* à la tige sans fin, l'arracher aux entrailles du fleuve pour que le courant l'emporte jusqu'à la mer.

Mais lui-même, Lemaître, n'a-t-il pas couru après cette chimère un jour? A l'époque où il ne pensait guère encore à son œuvre? N'a-t-il pas tenté de la déraciner, de l'emporter avec lui? Et n'est-ce pas aussi peut-être par lassitude, après coup, par découragement qu'il s'est lancé dans cette fuite interminable?

Comme s'il souhaitait conclure, il a laissé tomber : « Maintenant que la guerre s'achève, elle va épouser son fiancé. Ici, il arrive qu'on s'attende ainsi pendant des années, et à la fin, on se fait une raison. »

Et après un temps, le temps de deux ou trois tours d'hélice au plafond, de deux ou trois battements d'aile :

« On se fait une raison. Elle se fera une raison. »

Alors je prends feu, des flammes emplissent mes yeux. Je dis sans entendre le son de ma voix :

« Et Foster? »

Un rire de gorge et de nez veut sortir, mais sa bouche fermée l'empêche de passer.

« Foster? Qu'est-ce que tu crois qu'il est pour elle?

– Je ne sais pas. Tâm m'a dit que...

220

– Tâm t'a dit! (Il hausse une seule épaule comme pour y rajuster la courroie d'un sac.) Je sais ce que Tâm t'a dit. Il me l'a dit aussi, un jour. Il t'a dit que sa voiture reste parfois toute une nuit devant sa porte. C'est ça? »

J'acquiesce comme si c'était ma voiture que l'on avait surprise à cet endroit. Il ricane.

« Sa voiture est restée une fois devant sa porte, c'est vrai. Mais ce que cette langue de vipère feint d'ignorer, c'est qu'un camion-grue de l'armée est venu la chercher le lendemain matin. Et qu'à côté du chauffeur, il y avait qui? Foster. La veille, il était rentré chez lui en taxi. En réalité, c'est sa femme qui s'est entichée d'elle. Elle est comme toutes ces Américaines qui se sentent investies d'une mission sur la terre. Celle de sauver les âmes du communisme. »

Ainsi Tâm m'a raconté des histoires. Pluie de fleurs, arcs de triomphe, vivats frénétiques. Jade décorée sur le front des troupes. Mais cela n'empêche que la sollicitude de cet Américain à son égard continue de me tracasser. Car il est bien possible que Lemaître ne sache pas tout.

Il s'étire comme quelqu'un qui s'imagine déjà en vacances, sur une plage, avec la mer dansante dans ses yeux demi-clos.

« J'ai encore quelques travaux à faire dans une bibliothèque, et après, je pars. Là-bas j'aurai ma case, mon jardin, l'ami Bordas me prépare tout.

– Et ton journal?

– Ils ne vont plus avoir besoin de moi ici. J'ai promis de leur donner un numéro de téléphone pour les cas d'urgence. Mais le temps qu'ils me dénichent! »

Et de la main il évoque les fils téléphoniques escaladant les montagnes, sautant les ponts de singe à travers la forêt et se perdant dans le faisceau des lianes.

La curiosité me tarabuste. Je lui demande ce que Jade pense de cette nouvelle absence. Un autre geste montre cette fois-ci les nuages, le vaste monde, et peut-être la lointaine contrée où se trouve aujourd'hui Pham, l'insaisissable fiancé. Puis il m'invite à l'accompagner à Cholon. « Une dernière pipe avant de partir, ça ne peut que te faire du bien. » Mais je décline l'offre. Mon beau souci est de rencontrer Jade au plus vite, de lui annoncer mon départ et de l'engager à m'accompagner.

Elle a consenti que je vienne la chercher chez elle. Dimanche. Grincement de freins de mon bolide. Ses pas sur le gravier de l'allée. Sa robe européenne. (Fraîche surprise de ses jambes, de ses bras, de son cou dévoilés.) Bonjour, bonjour. Je lui ouvre la portière et nous partons sans savoir où le moteur nous entraîne, au petit bonheur des rues. Seule façon d'échapper à l'indiscrétion. La santé de son père s'est encore améliorée. Heureusement. Sinon elle n'aurait pas accepté ce petit tour. Nous arrivons dans le quartier de la Citadelle. Une atmosphère étrange s'en dégage comme si une présence mystérieuse flottait dans l'air avec les nuées de moucherons et de moustiques que les frondaisons lâchent comme de la fumée.

« On s'arrête ? »

D'accord. Les hauts arbres occultent presque entièrement le ciel et les plantes grimpantes, le mur des propriétés. C'est dans ces parages que se tenaient l'habitation du premier gouverneur, l'hôpital, la chapelle et le cimetière des pionniers. C'est là, aussi, que la pluie nous a surpris, l'autre jour, en rentrant du marché couvert, serrés l'un contre l'autre dans un cyclo-pousse. Je le lui rappelle et elle a un sourire plus doux que celui d'une accouchée découvrant son enfant à son réveil.

Mais il faut bien que je me décide. Et je me décide. Je lui apprends mon départ. Et au lieu de ce que j'imaginais, de ce que j'espérais, je l'entends émettre ces choses : « Vous partez ? Quand ça ? La semaine prochaine ? Alors vous allez peut-être voyager avec les Hoi. Vous savez, les Hoi qui... » Et elle me raconte comment ces gens ont amassé une belle fortune avec les Américains, et comment ils se sont procuré leur visa. Me détaille la richesse de ces gens-là sans oublier le diamant de madame Hoi que l'on dit « aussi gros que ça ». Et elle touche le bouton du starter, le caresse comme s'il jetait mille feux.

« Si vous êtes assis à côté d'elle dans l'avion, regardez-le, il vaut vraiment le coup d'œil. »

Le diamant de madame Hoi! Je lui annonce que je vais quitter le Viêt-nam, la quitter, et elle me parle du bouchon de carafe de cette bonne femme! Fureur. Je sens mes tempes battre comme des vagues sur une falaise, mes veines se dilater comme des rails sous l'effet de la chaleur. Elles vont éclater. Fureur. J'ai envie de démarrer en trombe, de foncer, et d'abandonner cette femme impossible à la première station de taxi. Cette femme futile. Comme toutes ces petites bourgeoises de Saigon, préoccupées seulement par leur toilette et leurs bijoux. Fureur que je contiens en serrant sa main, subitement.

En la serrant dans mon poing. Et je lui ordonne de me regarder et de m'écouter. Et étonnée par tant de violence, elle m'écoute en ouvrant de grands yeux, sans doute les plus grands qu'elle n'ait jamais ouverts. « Jade, lui dis-je gravement... » Et je lui jure que je me moque bien du diamant de madame Hoi et de tous les autres diamants de Saigon. Et que dans l'avion, je n'aurai que deux pierres dans les yeux, celles qui brillent à l'instant dans les miens. Deux pierres qui valent pour moi mille fois plus que tous les plus beaux diamants du Viêt-nam. Les deux prunelles de ses yeux, ces deux perles de jais. Car elle va partir avec moi, elle va me suivre en France. Et je lui jure que sur ce doigt-là (je le serre si fort qu'il craque aux jointures) brillera plus tard un diamant, certes plus modeste que celui de madame Hoi, mais sûrement plus lourd d'amour et de fidélité.

Mes lèvres pèsent maintenant sur cette phalange douloureuse. Et quand elle relève la tête, je vois ces deux perles luire avec une intensité extrême. Fini l'air joliment indifférent de la fleur. Elle pleure. Pleure doucement, silencieusement. Presque sans larme. Une légère exsudation de son cristallin rougi. Et c'est elle, à présent, qui me tord les doigts jusqu'à me faire mal. Elle qui me baise les doigts, un à un, comme si elle s'attendait à ce qu'ils lui pardonnent. Elle qui me mouille la main de son suintement de plaie. Et quand elle relève la tête à son tour, je comprends qu'elle marmonne : « Je ne peux pas... je ne peux pas... » Et je ne comprends rien d'autre dans ce bredouillement où français et vietnamien se mélangent. Je comprends seulement : « Je ne peux pas... Je ne peux pas... » Et j'invente le reste sans risque de me tromper. Je ne peux pas te suivre, quitter mon pays, mon père, nos ancêtres. Je ne peux pas quitter mon monde et entrer dans le tien. Et je comprends tout le mal qu'elle s'est donné jusqu'à présent pour s'interdire de s'attacher à moi, comme elle s'est interdit de s'attacher à Lemaître, sachant que, tôt ou tard, la mer finirait par gagner.

A travers une haie d'hibiscus j'aperçois une villa blanche, des persiennes vertes, un toit rose, des parterres de fleurs. Image d'un tranquille bonheur. Et à côté de moi, j'entends une femme pleurer doucement. Et soudain, j'entends la pluie, la grosse pluie de juin surgir au galop. Je l'entends fouailler le capot de la voiture et les bananiers voisins avec un fracas de feu de paillote. Et cette pluie ajoute à ma tristesse.

15

Le départ de Lemaître pour Dak Lak à l'aube. La voiture
chargée de livres et encore de livres. Et l'ami Bordas protestant
contre cette débauche encyclopédique qui fait dangereusement
plier les ressorts de sa voiture, et qui, d'après lui, ne lui servira
pas ou si peu. Le départ pour les berges du lac mystérieux où ils
doivent rejoindre le bonze et sa communauté de moines
assistants, de novices adolescents et enfants, et de quelques
dames âgées à la tête rasée, mères ou vieilles parentes. Son
départ de notre vie pour aller s'enfermer dans le silence.
S'imposer la parole basse, le geste mesuré, l'allure lente et
feutrée. Faire le vide autour de soi pour aider selon la règle à
l'extinction progressive des passions.

Mais un départ sans morosité. Au contraire. Son dernier
dîner avec nous et d'autres, au Continental. Ce que l'on a ri!
Desmaisons mimant les bonzes, enveloppé dans une nappe à
carreaux croisée sur la poitrine comme la tunique traditionnelle. Cognant sur un verre à grands coups de fourchette, et
psalmodiant une prière fantaisiste où émergeaient les seuls
mots de vietnamien retenus, c'est-à-dire les plus orduriers.
Faisant le tour des tables, une assiette à la main, replié sur son
humilité et sa pauvreté, et récoltant, outre quelques pépins de
mangoustan, trois dollars généreusement donnés par de com-
patissantes Américaines.

Une grande rigolade, mais aussi quelques apartés avec moi
qui voulais savoir. Pouvoir me le figurer quand il serait hors de
portée. Continuer à le fréquenter par la pensée. Lui disant :
« Mais enfin, comment peux-tu prétendre, toi, le plus grand

224

égoïste de la terre, espérer atteindre la charité totale, le désir de salvation universelle ? »

Et lui : « Erreur, erreur ! Le bouddhisme du Grand Véhicule ne prône pas l'amour essentiel des autres hommes mais bien plutôt l'esprit d'abandon, de dépouillement, et en somme, un égoïsme raffiné. Comme dans le brahmanisme, pour que le don soit parfait, celui qui donne ne doit pas savoir à qui il donne ni ce qu'il donne ni même s'il donne. »

Alors, moi : « Et ton orgueil, que fais-tu de ton orgueil démesuré ? »

Et lui : « Le détachement de soi se fait sans mépris de soi, sans humilité. Au contraire. Avec un orgueil inaltérable et serein et je dirais, un orgueil presque nécessaire. » Et de me tranquilliser sur son sort. De m'assurer qu'il n'entrait pas à la Trappe. Qu'il aurait une vie libre et sans tristesse. Que selon sa ferveur ou sa fantaisie il pourrait s'adonner à la méditation ou s'en dispenser complètement. Qu'il pourrait poursuivre son œuvre tout en s'occupant de l'entretien de la pagode et du jardin. Ou tout en recevant les visiteurs, ceux qui viennent solliciter une intervention auprès des Grands Bienfaiteurs, à l'occasion d'une naissance, d'un mariage, d'une maladie, d'un deuil ou d'une transaction difficile.

« Ne t'inquiète pas, m'assure-t-il encore en riant (comme si j'avais besoin d'être tranquillisé jusqu'à ce point) je suis un simple curieux, un invité de la communauté. Je reste laïque. Aucune cérémonie ne m'ordonnera novice ou moine. Je ne porterai pas la robe brune. Il me suffira de dire ou de penser la formule suivante : « Aujourd'hui, moi, Gilles Lemaître, je me soumets à la règle. » La règle qui consiste à faire le bien, à éviter le mal et à purifier son cœur. A éclairer son propre chemin, à être selon la formule du Bouddha, sa propre lampe. » Et d'ajouter avec un clin d'œil en portant à sa bouche un tuyau de bambou imaginaire : « Pour plus de sûreté, je l'emporterai, cette lampe. »

Mais Jade ? Il hausse les épaules. L'absence répétée ne finit-elle pas toujours par creuser son trou ? Et qu'y a-t-il donc entre eux maintenant, à part le doux souvenir de quelques pas ensemble ? « Je m'éloigne d'elle un peu plus, et c'est tout. » Mais il me dit aussi que si elle veut le revoir, un jour, il reviendra sans hésitation. Qu'il reviendra toujours pour elle. Mais il sait qu'elle ne le lui demandera jamais. « Jamais. »

Mon silence. Mon amertume. Revivant cet instant dans la voiture. L'instant où j'ai compris que j'allais vraiment la perdre. Encore une fois je me sens près de l'aveu. Peut-être d'ailleurs n'attend-il que cela. N'attend-il que je lui avoue : tu m'as poussé dans les bras du Viêt-nam et j'ai tout pris, tout volé, et il ne te reste plus qu'à partir, qu'à oublier. Comme moi. Nous n'avons plus qu'à mêler nos souffrances. Mais au lieu de cela je l'informe simplement que ma place dans l'avion est réservée. Que je pars le 4 juillet avec Desmaisons. Et lui déclare que je le remercie de m'avoir fait découvrir ce pays. Et que je lui en veux. Excessivement. Car sans lui je ne connaî-trais pas ce déchirement d'avoir à l'arracher de moi.

Sa portière claque, mécontente. Le moteur entre en colère. Lemaître se penche à la fenêtre : « Si tu étais resté, je t'aurais demandé de me donner de temps en temps des nouvelles de Jade. Elle te fait confiance, tu sais. Un type comme toi... » – «... Ne court pas les rues! », finis-je dans un rire sauvage où trépigne la hargne.

La voiture ployant sous la charge dans la rue Tu Do, le dernier sourire alors que le soleil risque une tête à travers les tamariniers. (Ses yeux d'adieu ont déjà la couleur de ce lac qui va l'engloutir.) Cette photo que j'emporterai avec d'autres, à côté de celles de Jade.

Je ne saurai jamais comment il a pris congé d'elle. Elle ne me l'a pas confié et je ne le lui ai pas demandé. Je ne le lui demanderai jamais. Nous avons décidé d'aller passer cette journée de dimanche à Vung Tàu, le Deauville du Sud (que tout le monde continue d'appeler, ici, le cap Saint-Jacques. La nostalgie est vraiment une maladie). A passer notre dernier dimanche sur la plage, loin de la moiteur taupée de Saigon, de ce radeau cerné par les marécages.

Quand je lui ai proposé cette promenade, elle a sauté de joie. (Il y a toujours en elle une jeunette qui désobéit à sa pudeur atavique, à sa hantise de gêner les autres par ses sentiments. Une petite fille qui sautille et applaudit comme à la vue d'un manège.) Tout excitée, elle s'est écriée : « Nous irons sur la plage de Long Hai et nous pêcherons des poissons-lanterne. » Et elle m'a décrit ces poissons en forme de vessie recouverts de piquants qui, une fois séchés, servent d'objets d'ornement. Et elle s'est exclamée encore avec ravissement comme si elle avait déjà la mer à mi-jambes : « Peut-être pourrons-nous même

226

attraper une tortue? » Une tortue à écailles, à carapace dentelée sur les bords comme celles que l'on suspend ici dans les salons pareils à des tableaux de maître.

« C'est facile de les capturer, on les surprend au moment où elles pondent dans le sable, et hop! on les retourne sur le dos. »

Clémente, la mousson retient ses épanchements. Pour notre bonheur. Le ciel semble ignorer la saison. Et Jade est si heureuse qu'à un moment du voyage, elle entonne une chanson. Un filet de voix doux à l'extrême. Elle chante comme un enfant, un enfant sage auquel ses parents ont demandé de chanter devant leurs amis, un dimanche, afin de montrer combien il est en avance sur son âge.

Et maintenant je l'entends traduire les paroles mélancoliques de cette chanson très connue, datant du xvie siècle, les paroles du Kim Vân Kiêu, le monument de la littérature classique vietnamienne :

Choisir entre une union, fruit d'un heureux hasard, ou les neuf peines des parents? D'un côté l'amour, de l'autre la piété filiale. Quel est donc le plus lourd? Oublions les serments jurés au nom de la mer et des monts! Élevée et mise au monde, une fille doit d'abord payer ces deux bienfaits.

Mélancoliques paroles qu'elle prononce sans tristesse, bien au contraire, comme s'il ne fallait pas y voir quelque allusion à notre situation.

Tout en conduisant j'apprécie de nouveau son profil sur le plat des marais salants, et me reviennent encore ces mots de « petit félin » découverts dans un livre ancien et caractérisant la femme de ce pays. Et me reviennent, du même auteur, ces « yeux avares de clarté et de sourires » qui se ferment devant les regards. Ces paupières qui « retombent alourdies sous un poids insupportable et inconnu ». Et ces « lumières fugitives et rares » qui passent parfois « entre les cils battants comme des éclairs courts et sournois dans le ciel cuivré des typhons ». Et en descendant le long de son cou, de son épaule nue, de sa poitrine à peine marquée, je donne un peu raison à une femme jalouse. Cette romancière du nom de Jeanne Leuba qui écrivit un jour, il y a bien longtemps, à Saigon, en voyant ces ingénues raser les trottoirs de leurs pieds ailés et les officiers leur jeter des regards concupiscents sous leur casque colonial : « Je finis par me demander si ce goût des hommes blancs n'est pas un mélange d'éléments insanes : excitation de la créature exotique, excitation du pseudo-mystère de l'âme indigène, excitation de cet aspect même de petite fille, excitation du costume, presque tous les hommes étant, voire à leur insu, sensibles au travesti. »

Insouciante Jade. Comment peut-elle afficher autant de gaieté quand elle sait que nous vivons notre dernier grand jour ensemble? Et quel plus beau voyage aurais-je dû lui donner à faire pour surpasser celui-ci? Pour l'emporter sur cette excursion qui la ramène dans son enfance, avec sa mère, son père, ses frères et sa sœur? Dans la grosse voiture noire que l'on regardait passer sur la route du cap Saint-Jacques en se découvrant, en joignant les mains. Son père qui va mieux, beaucoup mieux. Au point qu'on l'autorise à présent à se lever, à arpenter son jardin.

Et dans son ardeur, oubliant toute précaution : « C'est grâce au crapaud. »

Je tombe des nues : « Au crapaud? »

Elle rit, gênée, refusant maintenant d'aller plus loin. Elle a si peur de mes railleries. (Un enfant encore, un enfant qui a fait un dessin et le cache sous ses bras repliés.) Mais j'insiste tellement en l'assurant de toute mon indulgence qu'elle finit par me raconter son histoire de crapaud. Par me dire comment cet animal a avalé le mal de son père. L'histoire de ce crapaud que Thiêm Bay, la femme de chambre, a apporté un soir, de la part du sorcier. Apporté comme un cadeau de prix dans une petite boîte bien ficelée. Et qu'elle a ensuite enseveli sous la fenêtre de Tô Van Hùng, la fenêtre la plus proche de son lit, celle vers laquelle le malade tourne toujours la tête en dormant. De façon que son souffle aille vers la bête enterrée, que la maladie passe de l'un à l'autre. Ce crapaud dans la gueule duquel elle avait pris soin de glisser un *bua*, un papier votif que l'on avait entouré d'un fil de couleur, trente-six fois, après avoir prononcé les paroles rituelles : « Que le génie du mal disparaisse immédiatement, que le feu, l'eau, le vent et l'air guérissent le malade. »

« Le lendemain matin, croyez-le ou non, mon père se réveillait très étonné de voir un médecin à son chevet. Depuis lors sa guérison s'accélère. »

Et moi, tout de suite, tandis que j'appuie sur le frein à cause du passage d'un convoi militaire :

« Alors, vous allez pouvoir partir avec moi... ? »

Et comme elle ne me répond pas, comme elle me regarde d'un air gentiment découragé (un dresseur devant un chien savant refusant obstinément de sauter dans son cerceau), je lui dis en faisant mine d'ouvrir la portière :

« Je vais attraper un crapaud.

– Un crapaud ?

– Pour lui faire avaler votre maladie, vous guérir. »

Mais je sais bien qu'aucun crapaud du Viêt-nam ne pourra jamais la délivrer de son mal.

La mer. Elle se montre tout de suite après nous avoir envoyé son odeur de poissonnerie lavée à grande eau. Jade tendait le cou depuis un moment pour la surprendre. Pour être la première à crier son nom. Comme elle était toujours la première à le faire dans la grosse voiture noire de son père. Et cette fois-ci, elle a encore gagné. Et la petite fille qu'elle est a de nouveau sauté à pieds joints hors d'elle-même, de son être réservé. Et elle s'extasie, imagine tous les plaisirs que cette étendue glauque semée d'oiseaux blancs va nous offrir.

Le dernier jour. La dernière dernière journée avec elle. Je la vis en prenant tout mon temps. Comme on passe un film au ralenti sur une table de montage. Je la laisse s'étaler, se prélasser afin de pouvoir la ruminer plus tard, me la resservir quand je n'aurai plus que cela à ma disposition. Que ces restes.

Jade, je la mets partout dans ce décor que je vais arracher, emporter avec elle, dépoter comme une plante bien vivante. Elle est sur ces rochers gigantesques à l'ombre desquels nous contemplons la plage arquée, veloutée d'herbes grasses. Et elle est sur le grand large que la vapeur mange à l'horizon. Et sur ces lames pourpres qui roulent sur le sable dans leurs dentelles comme des têtes de marquis sous la guillotine. Et sur ces voiles triangulaires, sur ces coques allongées, et sur ces étraves effilées comme des sabres.

Courir. Je la vois courir à perdre haleine en s'éclaboussant, le visage éclaboussé d'un grand rire et de soleil. Courir vers moi qui lui ouvre mes bras, qui lui offre ma poitrine et qui me referme sur elle, et tombe avec elle, meurs avec elle, avec son grand rire dans les vagues mourantes. Et manger. Manger dans un boui-boui pas cher avec les pêcheurs, avec les familles en vacances. La vois manger comme une fille de chez elle, accroupie avec les autres, affairée, les baguettes furetantes, insatiables, donnant la becquée à sa bouche puérile. Croquer à belles dents les abalones craquantes et les seiches sautées sur leur lit de coriandre, et le crabe au sel que l'on tue sans pitié d'un coup de dague dans l'abdomen. Et savourer la salade de méduse et les œufs de limule au pamplemousse, et le poisson au safran, à la ciboule et à la menthe violette. Et le riz gluant à la vanille et le maïs saupoudré de sucre et de coco, et vendu dans une feuille de bananier. Goûter une dernière fois à tous ces mets avec elle pour les conserver dans les souvenirs du palais sous une gorgée bouillante de thé vert. Et dormir après, ou faire semblant de dormir dans ce creux de rocher où la mer vient de temps en temps nous grignoter les orteils. Je la vois dormir dans son maillot blanc, allongée sur le sable comme un long poisson rejeté, nageoires tombantes, ouïes immobiles. Le sable sur sa peau comme du coco râpé, comme un coussin de satin sous son corps d'ivoire, bibelot dans une vitrine. Je la regarde dormir et j'encastre ses formes sous mes paupières pour les mettre à l'abri de l'effacement. L'encastre tout entière pour la caresser dans mes songes comme ce vent chaud gorgé de sel et d'iode.

« Si on allait chercher des tortues ? »

La voilà bondissant comme une bête captive soudain délivrée, sa queue de cheval abandonnée derrière elle comme si elle n'en voulait plus. La voilà m'apprenant, en fouillant l'eau et le sable, qu'il y a deux sortes de tortues : celles que l'on mange et celles que l'on ne mange pas, que l'on contemple. Et que celles que l'on mange sont petites et ont le bord uni et l'écaille trop travaillée. Et que celles que l'on ne mange pas sont grandes et ont une carapace très recherchée, surtout celles que l'on dit de couleur « cerise », ainsi que les blond rouge et les mouchetées jaune sur fond noir. Que celles-là se nourrissent de serpents et de méduses, raison pour laquelle on en trouve parfois échouées sur le rivage, la gorge enflée, asphyxiées.

Mais au bout d'une heure de vadrouille le long de l'eau, point de tortue. Même pas une trace sur le sable. Déception de Jade. « Avec mon père et mes frères on en avait attrapé deux. Elles sont exposées dans une chambre. Un jour je vous les montrerai. » Un jour...

Descendu de son embarcation, un pêcheur nous explique que la ponte est finie depuis deux mois et que, par conséquent,

230

il est vain de courir après. Que les seules tortues accessibles se pêchent en haute mer, autour des îles du large, sur les fonds rocheux. Que l'on entoure le lieu de pêche avec des filets, que l'on frappe ensuite l'eau avec un bâton, et que les tortues qui sortent de leur cachette se prennent les pattes dans les mailles.

« Pauvres tortues! » se lamente-t-elle maintenant.

Sur la coque du bateau de pêche qui s'éloigne, deux yeux gravés en creux sur fond rouge et surmontant un panneau jaune clair nous regardent fixement. Deux amandes comme celles de Jade. Et elle dit : « Ces yeux doivent attirer la protection des génies de la mer, de la reine des naïades, de la déesse des marées, de celle du chenal et de celle des poissons. A la proue de chaque bateau, il y a aussi un autel, et les pêcheurs emportent souvent de quoi faire un sacrifice en mer au cas où des paroles ou un acte imprudent auraient pu mécontenter un de ces génies. » Et en fixant cette proue ocellée, je songe à toutes ces mers que je vais traverser, à tous ces déserts d'oubli.

Après un dernier bain, il faut commencer à penser au retour. Le soleil ne nous a pas délaissés une seule minute. Comme s'il savait. Et maintenant, il s'en va vers l'ouest, vers la presqu'île de Càmau, vers Bornéo, Java, Singapour. Une vapeur carmine descend alors que la mer s'enfonce, elle, dans un bleu profond, qu'elle accueille déjà la nuit. Tandis qu'au ras de l'eau des salanganes lancent leurs derniers cris, leurs remontrances au jour qui les lâche. Tandis que nous nous tenons par la taille devant cette carte postale comme si nous appartenions à son décor, comme si nous étions fixés depuis longtemps sur cette photo, à côté de ces rochers. Et que Jade lance tout à coup en m'entraînant dans sa course : « Vite, allons nous rhabiller, sinon gare aux moustiques! » Mous-tique! J'avais oublié sa façon d'articuler ce mot. Quelle douceur pour mon oreille! Je m'engage à le placer sur la longue liste des choses à retenir, à conserver pour les jours de grand-faim.

A présent, à l'auberge des Roches Noires où nous venons de prendre une douche, elle me rejoint. Et cette fois-ci, oubliant toute pudeur, elle se coiffe devant moi et devant d'autres personnes. En deux temps trois mouvements, de quelques doigts volants, elle transforme sa crinière en un sage chignon dans lequel elle plante, comme une signature, un petit peigne en ivoire. Puis de la pointe d'un crayon gras, elle épaissit ses sourcils invisibles, haut placés. Et en suivant ce travail dans le miroir, je remue ces mots dans ma bouche fermée : non, tu ne peux être privé de tout cela à jamais. Puis je lui dis de nouveau dans un souffle, tout contre son oreille pour qu'elle soit la seule à m'entendre : « Ne nous quittons pas, Jade, partons ensemble... » Et elle se retourne, secoue la tête et répond doucement, tristement : « Non, non, vous ne pouvez pas comprendre. » Comment pourrait-il comprendre, en effet, ce pauvre esprit occidental avec sa logique très particulière? Comprendre qu'un et un ne font pas deux quand tout le monde s'en mêle, la famille, l'oncle second, la tante troisième, la petite sœur, le grand frère, les ancêtres errants et non errants, les astrologues, les bonzes et les millions de génies bons et mauvais?

Le retour vers Saigon juste avant que la route ne se ferme aux voyageurs, redevienne la propriété des adversaires. Les étincelles des premières lucioles comme des briquets battus dans le vent. Et les postes militaires illuminés comme des gares avec ces soldats bras ballants comme des permissionnaires sur un quai. Et la voix de Jade à travers le geignement du moteur. La voix futile de Jade. Indifférente à la fuite du temps, à cette vitesse qui nous rapproche de la séparation.

Plus qu'un jour encore. Un jour où nous n'aurons peut-être pas la possibilité de nous rencontrer. Notre dernier jour. Et cette voix parlant d'autre chose. De cinéma. Quelle attirance pour le cinéma! « Vous avez vu ce film avec Gregory Peck que l'on joue au Nam Quang? » Et la voilà assise dans le noir, plongée dans une intrigue sirupeuse qui n'en finit plus. Parlant de cinéma ou du dernier potin recueilli dans un salon, et de la dernière chanson née dans un *quán*, dans une de ces gargotes fréquentées par les étudiants pacifistes qui fument des cigarettes imbibées d'opium.

Sa voix futile dans le vent de la vitesse : « L'eau de la rivière ne l'atteint pas, mais bien que suspendue dans l'air elle renferme de l'eau à l'intérieur. Qu'est-ce que c'est? » (Ses devinettes d'écolière!) Je fais semblant de chercher. Et elle, triomphante : « La noix de coco! » Et son rire d'enfant que j'adore, que j'exècre.

Tandis que nous nous approchons de Saigon, je me promets de la garder, de ne pas la rendre à son père. Je décide : je vais la

232

garder au moins une nuit, cette nuit. En me demandant ce que je vais devoir inventer pour la convaincre de demeurer avec moi. (Cette fois-ci j'ai dix-huit ans, une fille derrière moi, sur une moto, une nuit d'été...) Quel boniment, quel subterfuge? Je lui demande:

« Jade, nous pourrons nous voir avant mon départ? »

Elle répond : bien sûr, bien sûr. Mais quand? elle ne le sait pas. Et où? non plus. Sûrement pas à l'aéroport. Elle n'aime pas les aéroports. C'est pourtant là que nous nous sommes rencontrés. Justement, il ne faut pas se dire adieu à l'endroit où l'on a échangé le premier regard. Pourquoi? Parce que ça ne se fait pas. Parce que c'est « comme ça ». Alors demain? Peut-être. Mais pourquoi ne pas se quitter ce soir? Ce soir? Mais pourquoi précipiter le dénouement, pourquoi négliger ce sursis, dédaigner ces heures de grâce? Parce qu'il serait peut-être moins douloureux de se quitter après une si belle journée, avec ce sel encore sur les lèvres et dans les cheveux. Parce qu'ensuite la nuit viendrait et enterrerait tout. Parce que nous n'aurions plus une journée à nous dire : il faut que nous en finissions. Parce que c'est mieux « comme ça ».

Alors je vois distinctement l'irritation monter jusqu'à ma cervelle. Elle est glacée et silencieuse. Et soudain la voiture se met à accélérer, à gémir de ses quatre pneus dans les virages. Et Jade sent sûrement la peur chatouiller ses bras nus, le dessus de ses mains. Et moi, dans ma tête cathédrale : elle veut rentrer chez elle, chez son père, eh bien! qu'elle y aille, qu'elle ne perde pas une seconde. Elle aurait d'ailleurs dû y rester. Ne jamais sortir de ce lieu d'obscurantisme, d'intolérance, de fanatisme religieux, d'exaltation cocardière. Rester avec ses ancêtres, ses morts qui passent leur temps à jouer à la dînette avec leur bol de riz, les bananes à cochon, et à jouer des tours de cochon aux vivants. Rester avec sa mythologie et ses croquemitaines, avec toutes ses fables d'enfant et ses superstitions de vieilles femmes. Avec ses pierres avaleuses de foudre et ses crapauds avaleurs de maux. Et moi je n'aurais jamais dû m'attacher à elle, essayer de la délivrer de tous ses liens, d'exorciser ses démons. N'aurais jamais dû me laisser prendre à ses chichis, à ses chinoiseries.

Arrêt. J'ai décidé de m'arrêter. En pleine rue. Là. Et elle m'observe, interloquée, encore effrayée par mes excentricités. J'ai décidé de ne plus me laisser faire, de prendre les commandes. Décidé. Ah! mais. Qu'ai-je à perdre? Demain, après-demain, au revoir et merci, on s'est assez vus, on s'oublie. Elle veut rentrer chez elle, rompre à l'instant? – car il s'agit bien d'une rupture – eh bien! je m'y oppose. Elle ne me quittera pas sans m'avoir tout offert. J'ai décidé. Il faudra qu'elle m'obéisse. Bel et bien décidé. Et d'ailleurs, au fond d'elle-même... Tout à l'heure, sur la plage, flanc contre flanc...

« Je vous emmène chez moi. »

Soubresaut. Le sien ou celui que la voiture a fait en démarrant brutalement? La voiture qui a des ailes. Et Jade qui ne sait plus quoi dire. Et moi qui brûle les carrefours et ne peux plus cesser de parler. Qui dis : « Vous comprenez, je suis incapable de vous quitter ainsi. C'est plus fort que moi. Incapable de me faire à ces mots : demain je ne la reverrai plus. Alors, pardonnez-moi si je suis devenu un peu fou. (Et je me demande si je ne le suis pas devenu complètement, et elle se demande sans doute la même chose tout en essayant de ne pas trop montrer son inquiétude, de rester digne.) Et puis (je viens enfin de déterrer le prétexte que je cherchais depuis le départ du cap Saint-Jacques), j'ai des affaires à vous rendre. Ces livres que vous m'avez prêtés sur le Viêt-nam. Demain je n'aurai pas le temps. Les bagages, les adieux... Et comme vous ne voulez pas aller à l'aéroport... »

Arrivé à l'hôtel je parle encore. Mais plus devant la porte grande ouverte. Et plus dans l'escalier qu'elle monte devant moi (car l'ascenseur est en panne, évidemment, le traître), qu'elle monte noblement comme celui d'un château, qu'elle monte superbement comme une cliente importante, très riche et très honnête. Une cliente étrangère qui ne connaît personne à Saigon et surtout pas l'homme qui la suit à trois marches de distance.

Vlan! La porte de la chambre, derrière nous, sous l'effet d'un courant d'air. Et nous voici seuls, soudain. Face à face. Après ce vlan. Derrière ce panneau de bois qui vient de nous arracher aux autres. Et je n'entends plus rien. Plus le bruissement de la rue. Plus le crincrin du ventilateur. Plus le goutte-à-goutte de la douche mal fermée. Plus rien. Que ma voix intérieure. Qui chuchote : tu vas la prendre et ainsi tu l'emporteras avec toi malgré elle, et ainsi elle t'appartiendra malgré la distance et malgré tous les ensorcellements.

Et c'est comme un ballet silencieux, comme un ballet sur

l'écran d'un téléviseur lointain, derrière la lourde glace d'une vitrine. C'est comme un ballet de plongeurs sous-marins, de nageurs en eau profonde, un court métrage d'océanographe. C'est lent et un peu solennel, d'une lenteur religieuse, d'une grande délicatesse. Des glissements de longs poissons dorés, de doux battements de nageoires. C'est ainsi au début. Jusqu'au moment où la lumière bascule dans un trou. Jusqu'à ce que les fentes des volets commencent à me lancer des clins d'œil complices. Et jusqu'à ce que la mousson s'y mette avec son troupeau de milliers de têtes, avec ses lances à incendie, avec son boucan de tous les diables. Alors tout se précipite, tout s'excite, tout s'exaspère, tout devient fiévreux, ardent, enragé. Comme tout ce qui se passe au même moment derrière les contrevents, dans le ciel et sur la ville. Comme tout ce qui se passe dans cette nuit violentée par la pluie et l'orage, sur la terre noyée et la mer déchaînée, sur cette terre de violence. Et d'un seul coup, dans la chambre, tout fait un boucan de tous les diables. Jusqu'au moment où la pluie cesse. Comme si on avait dit au ciel : ça suffit, on ne s'entend plus et maintenant on a besoin de s'entendre. Et les mots reviennent tout doucement sur les lèvres mouillées. Et la lumière retrouve le front, les yeux, la poitrine, le ventre. La lumière nous dévoile l'un à l'autre.

Alors Jade me lance à brûle-pourpoint : je veux un enfant.

Elle m'emmène à la pagode après avoir pris soin de ne me donner aucune viande à manger, ni d'oignon ni d'ail car l'âcre odeur de ces bulbes incommode les maîtres des lieux. Et après avoir pris soin de se laver elle-même les mains et le visage des cinq parfums classiques. Et le bonze procède aussitôt à une cérémonie officielle devant le Bouddha dressé sur l'autel et ses deux assesseurs : *Nam dàu*, l'Étoile du sud, et *Bac dàu*, l'Étoile du nord. Devant les génies de l'année et du cycle, et devant les Cinq Tigres. Il offre du riz gluant et des fruits à l'Empereur suprême et à ses acolytes, un morceau de porc cru aux Cinq Tigres. Et pour payer les services de l'officiant, Jade dépose à ses pieds vingt mètres de coton et dix ou vingt piastres. Puis le bonze donne trois coups de tam-tam et de gong. Puis Jade me demande d'exécuter devant l'autel cinq prosternations. Ce que je fais maladroitement. Alors le bonze lance son appel au Bouddha et aux génies pour que la fécondité descende sur le sein de Jade.

A la sortie de la pagode, elle m'explique : dans le Nord, les femmes qui veulent avoir un enfant se rendent à la grotte de Huong Tich, le Vestige du Parfum, car le Bouddha et les génies de cette grotte passent pour posséder un pouvoir exceptionnel.

Je corrige : se rendaient. Les femmes du Nord se rendaient à cette grotte.

Et elle : oui, se rendaient, car aujourd'hui l'accès de cette grotte doit être interdit. Cette grotte renferme une rangée de rochers qui affectent des formes humaines, qui ressemblent à des demoiselles et à de jeunes garçons. Alors après avoir fait ses dévotions, chaque femme porte son choix sur l'un des enfants du Bouddha, lui prodigue les caresses les plus tendres et l'exhorte à la suivre jusque chez elle. En chemin, l'enfant dans son bras, elle lui achète des jouets et des sucreries. Elle paie sur le sampan deux fois le prix du transport, pour elle et pour l'enfant imaginaire. Elle lui parle comme si elle le tenait vraiment contre elle et personne ne semble étonné. Et de retour chez elle, les gens de la maison souhaitent la bienvenue à cet hôte providentiel. On prépare le berceau, et l'on met sur la table un couvert supplémentaire. Et l'on attend le jour béni où le visiteur invisible acceptera vraiment de rejoindre la famille.

Je demande : et si ce n'est pas le cas, si tu ne peux pas avoir d'enfant?

De deux doigts elle me ferme la bouche : tais-toi. Ne parle pas de malheur. Etre *tuyêt tu*, sans héritier, est la plus méchante de toutes les imprécations. Et être *vô hâu thê*, sans postérité, la plus grande de toutes les impiétés filiales. Dans le temps, la stérilité pouvait motiver la répudiation ou l'acceptation par l'épouse de voir son mari chercher une femme de second rang.

Je veux chasser ces nuages noirs que j'ai stupidement posés sur sa tête : n'en parlons plus. Nous aurons un enfant. Une fille. Pour qu'elle te ressemble.

Mais elle, toujours soucieuse : même par cent voies détournées vous ne pouvez éviter les rigueurs du destin, dit un proverbe de chez nous. Si je n'ai pas d'enfant, c'est que je paie l'un de mes actes antérieurs, c'est que j'ai mérité la sanction céleste, l'expiation de mes fautes.

Moi, embarrassé au possible : allons, n'y pense plus, pense à notre fille, comment voudras-tu qu'on l'appelle?

Et Jade : ou peut-être n'aurais-je pas commis de faute.

Peut-être que ma stérilité sera due au fait que nous n'avons pas bien étudié nos horoscopes à fond. Alors si des prières ne suffisent pas, il nous restera à tromper le sort. En adoptant l'un des enfants d'une famille nombreuse.

J'insiste : mais puisque je te dis que nous aurons une fille et qu'elle te ressemblera, et que nous l'appellerons comme tu voudras.

Elle : non. Nous aurons un garçon. Car il devra entretenir le culte des ancêtres.

Moi : va pour un garçon. La fille arrivera après.

Et la gaieté mutine revient subitement sur son visage comme les cornes sur la tête d'un escargot.

Elle dit : je le porterai avec la même précaution que l'on porte un œuf sur la main plate. Il sera beau comme le jade, car il sera notre enfant. Son berceau sentira le musc et l'encens, et des branches de pêcher le couronneront et les papillons et les abeilles voltigeront autour de lui. Et quand notre fille arrivera, elle aura la grâce de Thuy Kiêu, l'héroïne du poète. Sa taille sera fluette comme la tige d'un abricotier. Les nuages perdront leur beauté à côté de la noirceur de sa longue chevelure, et la neige sa splendeur à côté de la blancheur de sa peau. Et elle vivra retirée derrière des stores et des tentures brodées.

Moi : tu ne m'as toujours pas dit comment tu voudras qu'on l'appelle.

Elle : nous l'appellerons Kim, c'est-à-dire Or, car il sera notre trésor. Et son nom fera partie intégrante de son individu et s'identifiera avec son âme. Et pendant sept jours, on aura bien soin d'éloigner de sa présence tous ceux et celles dont on craindra pour lui l'influence maléfique. Et tous les objets susceptibles d'apporter de l'extérieur des fluides pervers : les oreillers, les éventails, les balais. Et surtout les billets de banque qui passent dans tant de mains.

J'ajoute (sardonique) : et l'on profitera du moment où il ne dormira pas pour lui relever la partie supérieure du nez afin qu'elle ne soit pas trop aplatie, et pour lui masser les jambes afin qu'elles ne soient pas torses.

Jade : qui t'a dit ça ?

J'avoue : Lemaître.

Elle, en riant : c'est vrai, les mères vietnamiennes ont toujours peur d'avoir un enfant au nez aplati et aux jambes torses. Aussi font-elles ça. Est-ce que les mères françaises ont peur que leur enfant ait un trop long nez et de trop grandes oreilles? (Elle toise mon nez et mes oreilles, les estime au juger comme une ménagère une tranche de bœuf que le boucher lui propose.)

Moi : peut-être. (Et je tâte mes appendices, les soumets à l'appréciation de mes doigts et les juge un tantinet disproportionnés.)

Ses sourcils me rappellent au sérieux : ce n'est pas le tout, il faut maintenant que nous pensions à l'avenir de notre enfant.

Moi, étonné : mais il me semble que d'après vos croyances, l'homme reçoit dès sa naissance une destinée qu'il ne lui appartient pas de modifier, que tout est déjà écrit comme chez les musulmans, qu'il n'y a qu'à laisser faire les dieux?

Jade : tatatata. Si c'est Gilles qui t'a appris ça, je ne le félicite pas. S'il faut porter foi en effet à la fatalité du sort, il faut aussi que l'homme fasse tout son possible. Son destin ne sera réalisé qu'à ce prix. La morale confucéenne combat avec beaucoup de vigueur cette tendance à l'indolence des fatalistes. Ce serait trop facile : on met un enfant au monde et on le confie au destin. Non. Si le terme de la vie d'un enfant est fixé à l'avance, faut-il encore que par leur faute ses parents ne l'abrègent pas. S'il est voué à la maladie, par exemple...

Je coupe : il y a des vaccins pour ça.

Agacée par tant d'hérésie : comme si la médecine pouvait tout! Demande donc à nos paysans ce qui est le plus efficace : les remèdes ou l'influence des génies.

Elle se caresse doucement le ventre comme s'il cachait déjà une promesse et murmure : j'espère que nous penserons sérieusement à son éducation. Chez nous on dit que l'éducation commence alors que l'enfant est encore dans le ventre de sa mère. La mère a le rôle prépondérant, elle exerce sur l'âme du petit être une influence agissante. Elle lui apprend à manger, à boire, à empaqueter, à ouvrir. Tous les gestes. Mais sa très grande tendresse l'incline souvent à une indulgence excessive. Les mères vietnamiennes sont toujours trop faibles avec leur enfant. Il faudra que tu sois un père sévère, un père craint.

Je proteste : je ne le pourrai pas et je ne le veux pas!

Elle, main en l'air : il faudra que tu saches manier le rotin.

Moi : c'est hors de question. Je ne veux pas que notre enfant ait cet air contristé, cet air de chien battu qu'ont parfois les enfants ici.

Jade : alors attends-toi à ce qu'il se gâte comme du poisson réfractaire au sel.

Et moi, de toutes mes forces : je m'attends à ce qu'il soit le mieux éduqué du monde. Je m'attends à ce qu'il soit le plus intelligent et le plus beau, car il sera notre enfant. Car il sortira de ton ventre, du ventre de la plus belle et de la plus intelligente mère du Viêt-nam.

Elle dort. Réellement. Sur le dos. Les deux bras derrière la tête comme s'ils avaient pris congé du corps. Poupée oubliée. J'allonge la main et je caresse ces mots en silence : c'est son ventre, le ventre de Jade. Un ventre lisse et blanc, celui qu'avaient, paraît-il, les pythons d'Asie à la naissance du monde avant que, choqué, le Créateur ne leur peignît leur prude résille rouge violet avec un pinceau de bambou. Puis je porte la main plus haut, et je caresse ces autres mots : c'est sa poitrine, la poitrine de Jade. Je la détaille ainsi des cheveux aux orteils, j'apprécie ma possession. Et quand j'ai fini, je vois qu'elle me considère de la même façon comme pour se dire : c'est à moi. Derrière les persiennes, la ville parle encore, souffle, tousse, parle vite avant de fermer pour la nuit. Les gens vont et viennent avec leur bruit de sabots, castagnettes lentes. Mais nous nous taisons. Dans une chambre voisine, on parle aussi, une voix forte, celle de la radio ou de la télévision, et au-dessus ou au-dessous, des éclats de rire et d'eau mélangés. Mais nous nous taisons. Je pense alors : c'est souvent ce qui se passe, après, ce silence. Après ce boucan de tous les diables.

Mais soudain le ciel relance sa cavalerie fracassante. Et en même temps un élan nous reprend, une poussée irrésistible, encore une fois, nous mêlons notre bruit à celui du ciel. Et nous sombrons ensemble dans les flots écumeux de la grande tempête. Et quand le silence revient sur la pointe des pieds, le silence de la nuit et le silence des sens, quand l'apaisement a refait son nid, je m'aperçois qu'elle pleure. Sa tête mouillée sur son bras mouillé, et son nez reniflant de gamine enrhumée, et son menton baissé que j'essaie de relever. Et les questions bêtes qui s'imposent toujours à ce moment-là : les pourquoi pleures-tu et les réponds-moi veux-tu, et les mais enfin dis-le-moi, et les allez, c'est fini, mouche-toi donc. Et les sanglots qui éclatent sans retenue quand le visage a trouvé à se dissimuler. Et les mots étouffés au fond de la cache, loin du regard : « Je n'aurais pas dû... »

Le remords. C'est donc ce sentiment-là? L'odeur fétide de la honte? La honte de s'être livrée, d'avoir tout donné contre un peu de plaisir?

« Comment tu n'aurais pas dû? »

Je la tutoie! Pour la première fois. Je le fais non pour sacrifier aux conventions mais parce que j'en éprouve le besoin impératif. Parce que je sais qu'à présent elle m'appartient.

Butée. Petit museau boutonné.

« Dis-moi, tu regrettes? »

Elle fait oui de la tête. Oui, en frottant son front en eau contre ma poitrine. Puis en tombant sur moi tout d'un bloc comme si une balle l'avait touchée en plein front : « Je regrette que vous partiez et que je ne puisse pas partir avec vous. Je regrette de vous avoir fait croire que j'étais à vous pour toujours. » Et elle me dit encore : « Je vous ai menti et j'ai honte. Je n'aurais pas dû vous suivre ici, faire comme si nous étions mari et femme. Demain vous allez partir sans moi, je vous laisserai partir sans moi comme une femme sans cœur, sans pitié, infidèle, indigne... »

Alors je la redresse à nouveau, je prends son visage à pleines mains et lui déclare, nez contre nez : « Je t'attendrai. » Et pour bien montrer combien j'attache d'importance à cet engagement, je ne lui dis rien d'autre. Que ces mots : « Je t'attendrai. » En ajoutant pour moi seul, dans ma tête, écrivant dans ma tête sur un fronton de marbre : je t'attendrai tout le temps qu'il faudra. Je t'attendrai malgré la distance et malgré les autres femmes. Je ne reviendrai jamais du Viêt-nam. Je serai toujours avec toi comme si nous ne nous étions jamais quittés. Je t'attendrai à l'autre bout du monde car je sais qu'un jour nous serons réunis.

A présent elle veut s'en aller. Tout de suite. Prendre une douche, s'habiller, s'en aller. Une autre personne semble tout à coup l'habiter. Une petite personne assez étonnée, assez déconcertée de se surprendre là, nue devant un homme nu, dans une chambre d'hôtel. Comme si elle s'était réveillée dans les bras d'un inconnu. S'en aller, oublier. Redevenir la fille de Tô Van Hùng, la fiancée de Pham. La Vietnamienne honorable, la fille de bonne famille qui ne fréquente pas les étrangers. Et qui surtout ne les suit pas dans leur chambre à l'hôtel. A l'hôtel! Elle inspecte cette pièce avec effroi, les murs, l'armoire, les fauteuils. Un prisonnier découvrant avec répulsion le trou glacial dans lequel on vient de le jeter. On dirait aussi qu'elle se rend compte seulement maintenant combien sa poitrine s'est développée depuis son enfance, combien elle est provocante. Elle tente de la soustraire au regard, de ses bras croisés, mains sur les épaules, mais l'homme la lorgne quand même, l'assassin! Et il s'en repaît, il ne veut plus s'en défaire. Comme s'il avait une autorisation spéciale.

« Jade, reste avec moi, encore... »

Non. Trop de remords l'oppressent, l'étouffent. Trop de choses à fuir. Elle se lève. Et d'un bond s'éclipse vers la douche. D'un bond de quadrupède. Croupe blanche au clair de lune.

La serviette. Il n'y a pas de serviette. Elle en cherche une et n'en trouve pas. Elle me le dit, me le crie. J'arrive avec, la lui tend.

« Non, n'avance pas, ne regarde pas! »

Vaine prière. Je suis déjà dans la cabine. Je l'enveloppe dans la grande serviette éponge. Je l'enveloppe de mes bras, la serre contre moi avec rudesse comme si j'avais à la réchauffer. Et je lui dis : « Jade, tu m'as tutoyé. C'est la première fois. Tu m'as dit : n'avance pas, ne regarde pas. Plus rien ne nous sépare maintenant. » Et je lui dis : « Reste avec moi, ne t'en vas pas. Tu as tout le temps pour partir. » Je lui dis : « Reste toute la nuit, toute la nuit. Tu te rends compte, Jade, toute une nuit pour nous? » Quand je la sens fléchir, s'abandonner, se laisser glisser contre ma peau mouillée par la sienne, je me mets à rire. Et elle se met à rire avec moi, et nous nous laissons tomber sur le lit, et nous nous y roulons comme dans l'herbe.

Le lendemain, après cette nuit ensemble, nous nous quittons dès les premières heures du jour. Avant que la clientèle ne peuple les couloirs, que la rue ne revive vraiment. Elle m'annonce : « Je vais chez mon oncle à Cântho. Comme ça je n'aurai pas envie d'aller à l'aéroport demain. Mon père peut se passer de moi pendant deux jours. » L'aéroport, pour elle, ce serait comme un enterrement. Elle ajoute : « Et puis nos adieux n'intéressent que nous. » Toujours sa maladive pudeur.

La porte s'ouvre et l'ascenseur la prend. J'entends le sale bruit qu'il fait. (Cette fois-ci, il n'aurait pas l'idée de tomber en panne!) Elle a refusé que je la raccompagne chez elle. « Je préfère prendre un taxi, j'arriverai en taxi chez moi. » Ma 2 CV appartient sans doute au passé, à cette nuit qu'elle devra vite oublier. La fille de Tô Van Hùng arrivera donc en taxi. Comme de la gare. Toute neuve. Seulement marquée à la mémoire.

Le taxi. Une vieille 4 CV stationnée le long de l'ancien théâtre. Le chauffeur accroupi à côté, fouillant dans son bol de ses doigts montés sur échasses. Elle l'appelle. L'auto se trémousse longuement, glougloute, incapable de réveiller son moteur. J'espère aussitôt qu'elle va remonter pour demander le secours de ma voiture. Mais la guimbarde finit par se laisser faire, et je la vois se glisser à l'intérieur sans même lever la tête vers la fenêtre où elle sait pourtant que je la guette.

La pluie a lavé la rue à fond, poncé les trottoirs qui étincellent de leurs tablettes de grès. Tout à l'heure, c'est sûr, le soleil s'installera pour la journée. Encore un peu de temps et il accrochera ses premières fleurs jaunes dans le chignon des tamariniers. Dernière journée ensoleillée. Dernier jour à serrer des mains, à remercier pour les grands et les petits services rendus. Et à bourrer les valises. Et à vider verre sur verre avec ceux que l'on ne reverra plus. Desmaisons lançant sur tout et chacun des rafales d'éclairs comme un chasseur bombardier abandonne sa charge au petit bonheur la chance avant de rentrer à sa base. Tu m'enverras une photo? Bien sûr. (C'est comme si c'était fait.) Et ce dîner chez le vieux Bonelli avec le souvenir de Lemaître flottant dans l'odeur de l'anis. Lemaître à qui j'ai écrit, l'autre jour, sans me méprendre sur le pouvoir de ma lettre à franchir tous les obstacles jusqu'à son refuge. Lemaître revenant dans le fracas des rires et des verres. Daubé sur la vie monacale qui lui est prétendument imposée. Desmaisons : « Vous vous rendez compte, lever à trois heures du matin, bouillie de riz à quatre heures, une autre bouillie à onze heures, une autre encore à six heures, et à dix heures, dodo, panier, pattes en rond! »

Et de le dépeindre en robe brune et en sandalettes, de lui raser la tête, de marquer son crâne de la brûlure des moxas, des boulettes d'encens. De l'enfoncer dans une méditation extatique. Mais je sais bien qu'il vit là-bas comme il l'entend, sacrifiant le plus gros de son temps à son œuvre. « Sacré Lemaître. Si on nous avait dit un jour qu'il deviendrait curé! »

Tâm demeure silencieux. Dans son coin, dans son assiette.

Que va-t-il devenir sans nous, sans moi, sans Lemaître, et même sans Desmaisons et ses brutalités de langage? Combien de temps pourra-t-il vivre de ses souvenirs? A moins que la guerre ne reparte au galop. N'est-ce pas ce qu'il espère au fond de lui-même, que l'on recommence à s'entretuer pour qu'il vive à nouveau? Il dit, une fois, en parlant des « gens d'en face » : « Ils vont passer l'année à se remplumer après la raclée qu'on leur a donnée, et en juin prochain, au moment de la saison des pluies où tous les avions sont cloués au sol, vloum! Ça va repartir pour un tour.

– D'ici que nous soyons obligés de revenir...! » dis-je en me voyant déjà à Tân Son Nhut dans trois mois, en apercevant la tunique rouge et blanche au milieu de la foule comme une fontaine jaillissante au bout de trois mois de trotte à travers un désert. Et en me reprochant encore une fois de souhaiter que la soif du sang reprenne cette terre pour que je retrouve Jade. Ce dernier dîner à Saigon où je laisse doucement l'alcool m'enlever. Où je rejoins Jade chez son oncle, à la campagne, dans la maison du fleuve. Le fleuve avec ses millions de têtes couronnées de grappes mauves, avec ses chaloupes consciencieuses et ses jonques poussives comme de grosses Chinoises transpirant sous leur panier au marché.

Il doit pleuvoir à Cântho. Il y pleut si souvent. Hier le vieil oncle a dû dire : « Le ciel est blanc, couleur de la graisse de chien, c'est de l'eau demain. » Jade sous la pluie battante, les claquettes à la main, les flots boueux jusqu'aux chevilles. Et riant. Et se pressant contre moi, pressant son corps de poisson, essorant ses cheveux d'algue. Comment pourra-t-il pleuvoir plus tard n'importe où sans que je la voie rire à travers les gouttes?

L'aéroport. Elle a eu mille fois raison de ne pas venir. Tout ce monde étranger à notre amour. Tout ce bruit d'embrassades et de jérémiades. Tandis qu'elle est là-bas, intacte, exempte de la souillure des larmes. Comme je l'ai vue le premier jour, ici, alors qu'elle me disait comme je lui disais moi-même (je l'entends en même temps que ces tampons qui s'acharnent méchamment sur mon passeport) : nous ne nous connaissions pas, mais je savais que tu existais quelque part sur la terre, et je t'attendais.

DEUXIÈME PARTIE

16

Un an après. Après une année chargée à outrance. En août 1974. Le jour où l'on me dit, un beau matin, le jour béni, cent fois béni (ce genre de jour qui apparaît sur le calendrier comme une pépite dans un morceau de charbon), ce jour où l'on me dit au *Magazine* : « On va peut-être renvoyer une équipe au Viêt-nam, tu veux partir? » Je reviens de Syrie. Avec Desmaisons justement. Reviens de cette nouvelle guerre sans fin. Reviens pour la énième fois, persuadé que je vais y retourner avant l'automne. Si sûr de cela qu'ayant oublié une veste à l'hôtel des Omeyades, à Damas, j'ai téléphoné de l'aéroport : « Gardez-la-moi jusqu'à la semaine prochaine. » Si sûr de refaire ce voyage encore et encore avec mon éternelle soif de reporter, d'intoxiqué sur le chemin de son bistrot habituel.

Mais le 9 août, Richard Nixon démissionne pour éviter d'être mis en accusation. Quitte la Maison-Blanche après avoir signé une loi imposant une limite d'un milliard de dollars à l'aide américaine au Sud-Viêt-nam pendant les onze mois suivants. Et deux jours après, crac! la Chambre des représentants s'empresse de réduire de nouveau cette somme de trois cents millions. Et aussitôt tous ceux qui s'intéressent encore au sort de ce pays lointain, qui connaissent la réalité des choses sur le terrain, tous ceux-là se disent en hochant la tête : « L'hallali va sonner. »

Un an après donc, dans la moiteur d'août, dans le vide absolu d'un Paris en vacances, ce nom claque à nouveau aux oreilles : Viêt-nam. Et en même temps, un autre reprend vie en moi : l'espoir. « Tu veux partir? » Me lancer pareille question!

Alors que je guette depuis si longtemps cette occasion comme le cambrioleur la tombée du jour, que j'invente depuis si longtemps tous les stratagèmes pour pouvoir m'approcher de Saigon, tous les reportages au Japon, en Australie, au Kamtchatka...! Pour pouvoir poser le pied à Saigon, au moins pendant quelques heures, le temps d'une escale, et respirer pendant quelques heures l'odeur de la pluie dans la poussière du Viêt-nam.

Pauvre Jacqueline! Retrouvée à l'autre bout de l'avion, l'année dernière, et s'imaginant qu'elle ne m'avait jamais perdu. Et moi m'imaginant descendre d'un de ces nuages traversés. Pas mécontent finalement qu'on m'attendît à mon retour sur terre. On se sent si démuni après un tel voyage. On a tellement besoin d'un guide en abordant cette planète inconnue. J'étais comme un grand malade à la sortie de l'hôpital, à la sortie de sa grande maladie. Jacqueline me tenait par le bras et me rapprenait doucement à marcher. Elle me tenait par le bras, mais ce n'était pas moi. Pas l'homme qui l'avait quittée un jour. Elle avait beau se dire le contraire, ce n'était pas du tout le même homme. Elle avait beau serrer mon bras comme pour se persuader qu'il lui appartenait bien, il n'y avait rien à faire, c'était un étranger.

Qui aurait pu lui expliquer cela? Lemaître, peut-être s'il avait été là, s'il était revenu à ce moment-là. Il lui aurait déclaré avec sérieux : c'est très simple, mademoiselle, il est envoûté. Et il lui aurait parlé de ces poudres que fabriquent les sorciers vietnamiens pour rendre les gens dépendants. De tous ces ensorcellements à distance avec lesquels ils mènent les hommes comme au bout d'une laisse invisible. Et il lui aurait parlé en riant des mille façons dont on parvient à agir sur quelqu'un sans qu'il s'en doute. De la façon de se l'attacher à la vie à la mort en versant, par exemple, dans son thé, de la bave de tigre. De le faire souffrir dans ses parties sexuelles en enfonçant dans la terre, à l'endroit où il vient d'uriner, une arête de raie ou un poignard. De lui faire voir des gens sans tête en trempant la mèche de sa lampe dans le sang d'un chat décapité. De lui faire voir des fantômes, la nuit, en envoyant dans sa chambre, à l'aide d'une sarbacane, des boulettes de papier rougies du sang d'un enfant mort-né...

Fantômes. Comment lutter contre ces fantômes qui habitent encore, vingt ans, trente ans après, ces hommes revenus d'Indochine, ces anciens colons, ces soldats, ces hommes jamais tout à fait revenus? Qui leur donnent des yeux étranges pour évoquer des rochers dans la mer, des bruits de sabots sur un trottoir, des froissements de soie sur la peau?

Jalouse, Jacqueline ne l'est que de ce pays. Elle ne peut pas être jalouse de Jade, car je ne lui ai jamais parlé d'elle. Jade n'existe pas pour elle. Jade semble d'ailleurs s'évertuer à n'exister pour personne. Jamais de lettre, jamais de message par quelque voyageur. Une rupture totale.

Après trois coups de sonde envoyés et perdus corps et biens dans les profondeurs, trois coups d'épée dans l'eau, j'ai baissé pavillon. N'écrivant plus, n'essayant plus d'interroger sa sœur Anh Tuyêt, à Paris, ne surveillant plus les allées et venues des connaissances. Et me mentant, me racontant des histoires pour tromper mon attente, me donner des raisons de survivre. Me disant : son père a demandé aux domestiques de détourner son courrier. Me disant : son père a rechuté, et il lui a fait promettre d'oublier cet étranger jusqu'à sa guérison, de ne pas risquer de contrarier les génies et les ancêtres par des actes défendus. Et me disant, les jours néfastes, les jours où la pluie tiède de l'orage ressemble trop à celle de la mousson d'été, où une silhouette entrevue dans la rue joue tant soit peu les imitations : et si elle était elle-même tombée malade? Ou si tout à coup, d'un avion d'Amérique avait débarqué à Saigon un diplomate nommé Pham? Ou si ce type de l'ambassade américaine resté derrière moi...

« Tu veux partir?... » Mais le *Magazine* change subitement d'avis. La situation au Viêt-nam ne presse plus. Moins en tout cas que ce qui se passe à Washington. Je pars donc. Pour Washington. Cinq mois en Amérique, dans l'anonymat de la grande foule américaine, cinq mois de fuite en avant. Avec Desmaisons, encore. C'est tout compte fait préférable à l'ennui de demeurer à Paris, ou à celui de retrouver son lit et son armoire dans un hôtel de Damas.

Là, je suis un peu plus loin de tout et plus près du Viêt-nam. Loin de tout ce qui m'éloigne du Viêt-nam, les autres guerres et les autres femmes. La trop affectueuse Jacqueline.

Dans la Plymouth de location, Desmaisons conduisant au sortir de la Pennsylvania. La radio allumée, le souffle polaire du climatiseur, l'*expressway* glissant le long des vitres. *Speed limit 55.* Et mes pensées avec ces mouettes insolites voletant comme des vieux papiers au-dessus du Potomac. Situation militaire considérablement aggravée au Sud-Viêt-nam. *One way. Signal ahead.* Desmaisons derrière ses Ray-Ban, la bouche pleine d'une bouchée interminable. Nos services évaluent à quatre-vingt mille hommes, six cents chars, cinq cents canons et deux cents pièces anti-aériennes, les moyens qui ont franchi le dix-septième parallèle sans transiter par les points d'entrée prévus par les accords de Paris. *No parking on shoulders.* Qu'attend donc le journal pour nous renvoyer là-bas? Nous allons arriver comme les carabiniers. *Stop ahead.* Une Ford à droite, une Buick à gauche. Une boîte de Coke entre les genoux, une boîte de Coke entre les lèvres, une bouteille de Coke entre des seins énormes et noirs. Le regard perdu sur la ligne bleue des gratte-ciel. Et toute cette musique perdue que personne n'écoutera jamais, toute cette musique de l'Amérique anxieuse, ces ritournelles d'ascenseurs et d'aérogares, ces airs qui finissent dans l'air. Et ces odeurs de friture. *Leaders fried chickens.* Le pipeline qui court le long de la piste Hô Chi Minh a été doublé et prolongé à travers la partie orientale du Cambodge jusqu'à la zone du Bec de Canard située à moins de quatre cents kilomètres de Saigon. Exxon, Exxon. *Happy birthday America.* Le champ de bataille de chaque division communiste a été minutieusement préparé. Les emplacements individuels, les abris, les postes de secours sont creusés et camouflés, des repaires de tir mis en place, les distances étalonnées, les hausses calculées. (Général Binh, directeur des services de renseignements.) Et dans le poste de radio, encore, la musique. Creuse, creuse, travaille, travaille, broie, tape, cogne, la musique. Le travail infatigable des hommes encordés à leurs instruments. *Join the army.* Les pistes ouvertes au bulldozer par nos exploitants forestiers dans les zones boisées entourant nos villes du Centre et de l'Est, pourraient favoriser, le moment venu, la percée par surprise des blindés ennemis vers nos centres urbains. Et Jade qui ne se doute de rien, Jade dans son froissement de mousseline, sur le trottoir carrelé comme du Suchard. Et sur les trottoirs de Washington, tous ces hommes qui se croisent sans regard, tous ces grands costauds en bras de chemise, biceps tendus comme s'ils voulaient en venir aux mains, se tomber dessus à bras raccourcis. *Exit 162.* Tous ces gens qui se foutent du « Vietnaaaâm ».

Jacqueline a voulu me rejoindre pour quelques jours. Comment l'en empêcher? Elle arrive au début de décembre. Les courants d'air des rues de New York coupent les jambes comme des lames de glace. Vitrines chamarrées, déjà, boules dorées, cierges rouges dans les sapins, passants noyés dans la fumée chaude des bouches d'égout. Et Jacqueline dans son manteau de loup. Jacqueline, pas trop méfiante, ignorante de toutes ces nouvelles du Viêt-nam, émoustillée par sa découverte de l'Amérique.

Dans une avenue qui devrait être celle des Amériques, Jacqueline marche en se serrant contre moi, heureuse de me sentir là, captif de son bras. Quand je m'arrête soudain. Quand elle me voit glisser, m'éloigner. Je n'ai pourtant pas fait un pas de côté, je suis toujours ancré à son bras, là, sous la pluie, mais on dirait que ce bras ne retient plus rien, qu'il flotte dans le vide comme la manche d'un mutilé. Inutile. Elle me demande : « Mais qu'est-ce que tu as? » Et je la dévisage sans répondre comme si elle parlait une langue inconnue. Et elle suit mes yeux. Et elle comprend. C'est une vitrine de librairie, crasseuse, triste, étrangère à la fête que tout annonce. C'est un amas de livres. Et au milieu de ces livres, de ces piles désordonnées, il y a, exposée comme un diplôme dans la chambre d'un vieil ingénieur, pendue comme un mauvais linge à sécher, toute froissée, une carte. Celle du Viêt-nam. Elle a compris que mes fantômes n'étaient pas partis très loin.

Et elle peut toujours s'approprier mon bras, le tenailler, me faire mal, je l'ai quittée, j'ai quitté New York, l'Amérique. Je suis entré dans cette carte jaunie, piquée de chiures de mouche, sans doute grâce à l'un de ces génies malfaisants qui se permettent toutes les vilénies. Et je marche sous la pluie, à Cântho, marche au bras d'une autre.

Une heure après, à l'hôtel, Paris m'appelle au téléphone. Jacqueline sort juste de la salle de bains quand je raccroche le combiné. Et tout de suite, elle saisit. En voyant la couleur de mes yeux. On a décidé de me renvoyer là-bas. Dans les chiures de mouche.

Le lendemain à Paris, la valise au milieu de la chambre, bras en croix, dépenaillée. Il y en aura toujours une dans ma vie qu'il faudra enjamber comme un homme couché de tout son long, sans vergogne, un ivrogne. La valise entre Jacqueline et moi, pour lui barrer le passage vers moi. Demain elle entendra

251

ses serrures claquer, ce bruit de menottes refermées, et elle reprendra sa station patiente dans la queue des jours.

Prévenir Jade? Ou débarquer sans crier gare, éviter de semer l'alarme rue Phan Thanh Gian? Mon coup de téléphone, de ma chambre au Continental : c'est moi. Pas possible! Si, si, c'est moi. Je suis là, tout près de toi. Que la ville à traverser. Je prends un taxi, j'accours, je t'ouvre les bras... Et les angoisses : Jade? Elle est partie. Où ça? Moi pas connaît'. Partie sans laisser d'adresse dans une direction inconnue. Avec Pham. Quelque part sur la vaste planète... Partie, que resterait-il de ce pays?

Lemaître me disait : les arrivées en bateau laissaient le temps aux yeux de s'y faire, aux sentiments de vous envelopper gentiment. Il y avait à leur bout, sur le quai, des drapeaux, des fleurs, des fanfares. On entrait au port comme dans une grande salle de fête. L'avion est un instrument brutal qui arrache les hommes aux hommes, les projette dans l'inconnu de l'espace, les abandonne, étourdis, perdus dans d'autres bras surpris de leur chute.

Je l'ai prévenue. Par une lettre. L'a-t-elle reçue? Comment le savoir? Je lui ai dit de ne pas venir à l'aéroport à cause de Desmaisons, des autres. Et puis parce qu'elle n'aime pas ça. Que je lui téléphonerais une fois à l'hôtel. Que je ferais cela avant toute autre chose. Avant même d'ouvrir ma valise.

Tâm resurgit. Brave Tâm! La mousse de son sourire lui emporte tout comme celle d'un shampooing débordant. Tâm, c'est un peu de Jade, déjà. Nous nous embrassons. On dirait deux frères. Savions-nous combien nous serions heureux de nous retrouver? Je lui parle de Paris, du journal. Il me parle d'ici, de la situation qui s'est aggravée. Je voudrais tant l'entendre parler d'elle. Mais il m'entraîne sur la route 14. (Et la mousse a disparu de ses joues. Comme s'il les avait rincées.) Et il m'apprend que les Viêt Công ont déclenché leur offensive. Qu'ils encerclent Phuoc Binh, la capitale de la province montagneuse de Phuoc Long, cette zone vitale entre le centre du pays et le delta du Mékong, située à une soixantaine de kilomètres au nord de Saigon. Qu'officiers dans les rangers, ses deux frères sont aux premières loges. Que pendant la saison des pluies, Hanoi a préparé son coup en silence, que maintenant il n'y a plus de paix, plus d'accords. Que c'est la guerre qui recommence.

Après Phuoc Binh, les divisions de Tra, le général nord-vietnamien, s'élanceraient sûrement vers les hauts plateaux, vers Ban Mê Thuôt en remontant cette route 14, cette route reliant le centre du pays à Saigon. Ban Mê Thuôt, si près de Dak Lak, du lac mystérieux de Lemaître.

Lemaître. Tâm a eu quelques nouvelles de lui, il y a peu de temps. Il continue son œuvre. Est-il inquiet? Il n'y a pas de raison, assure-t-il. La guerre ne peut rien contre les sages, contre la sagesse. Dak Lak demeurera toujours une oasis.

Lemaître. Il faudra que j'aille le voir un jour. Avec Jade, si la guerre permet le voyage, bien sûr. (Les flamants roses, les éléphants blancs et ce drôle de type que j'aimerais serrer sur mon cœur.) Mais la guerre risque bien d'empêcher ces retrouvailles. A entendre Tâm, ses tintements de tocsin dans son rire habituel :

« Les communistes seront à Saigon avant le prochain Têt. Tous les devins le disent. Et on ne pense qu'à une chose ici : foutre le camp. Regarde. »

Toutes ces familles autour de nous, dans cette aérogare, ces bagages de riches. Des privilégiés. (Si c'étaient eux les vrais sages?)

« On ferait bien d'essayer de convaincre Lemaître de quitter Dak Lak, propose Tâm. Les forestiers et les planteurs de thé de Blao et de Djiring se sont déjà repliés.

– Peut-être que l'ami Bordas... »

Fou rire de Tâm. « Il est encore plus inconscient! »

Maintenant, sur le chemin de la ville, je n'entends qu'elle, je ne vois qu'elle. N'entends pas Tâm raconter à Desmaisons comment le conseiller spécial du président Thiêu dirige personnellement la vente des stupéfiants à l'étranger. N'entends pas les ricanements de Desmaisons, ces craquètements de sel dans le feu. N'entends rien. N'entends que Jade. Et ne vois rien. Ne vois pas la ville avancer, toute chose reprendre sa place dans mes yeux, quitter ma mémoire, mon imagination et rejoindre réellement l'existence.

L'hôtel. Des visages, des voix familières. Et l'ascenseur rouge. (Il marche!) Et la chambre, la même, avec sa douche qui fuit, son ventilateur, sa flemme. Et le téléphone. Son numéro. Je le sais par cœur mais je le vérifie quand même. Et la sonnerie. La sonnerie du téléphone, à Saigon, c'est vrai qu'elle fait ce bruit-là dans l'oreille. Trois coups et l'on décroche. Et on répond. Et c'est elle. Je dis comme je l'ai répété si souvent dans mes songes : c'est moi. Et elle dit, fidèle à ce même dialogue imaginé : pas possible! Et je dis : si, c'est moi, je suis ici, à Saïgon, je prends un taxi, j'arrive. Et elle dit – et là tout diffère car elle improvise : « Non, ne viens pas. » Je veux savoir pourquoi, pourquoi. Mais elle ne veut rien me dire de plus. Elle me dit seulement : « Ne viens pas, ne viens pas. » Et le téléphone retombe à l'autre bout, s'effondre. C'est cruel une ligne qui se rompt ainsi, terrible ce vide qui suit, ce précipice.

Tâm me rejoint deux heures après, apporte quelques nouvelles fraîches de la guerre dans la salle à manger où Desmaisons m'a poussé comme une bête malade.

« J'ai réussi à trouver un hélico pour demain, nous informe-t-il. Il faut être à Biên Hoa à sept heures. Ça va chauffer. Les Nord-Vietnamiens sont huit mille. »

Et je pense : tant mieux. Vite qu'on se tue, qu'on en finisse. Que ce pays chavire, sombre haut et bas et ne laisse aucune trace sur l'eau.

Questionner Tâm sur Jade? Je ne peux pas rester sans savoir. Sans savoir pourquoi il ne faut pas venir. Pham. Il a rappliqué du bout du monde et il l'a épousée. Ou Foster? Il s'est débarrassé de sa femme, l'a renvoyée aux États-Unis, et maintenant, avec elle... A moins qu'il ne s'agisse simplement de son père. C'est cela, son père a rechuté et elle est condamnée à vivre à son chevet. Prisonnière. Et tout à l'heure, elle parlait avec la crainte qu'il l'entendît. Mais oui, c'est pour cette raison qu'elle parlait si bas, qu'elle était si laconique. Mais oui.

La rappeler? Non, je vais aller dormir. Une bonne nuit là-dessus et l'on y verra plus clair. Une bonne balade dans les airs au milieu des missiles, et une bonne balade avec des rangers sous un casque et un gilet pare-balle. Ce vieil ivrogne de Benson a ressuscité, lui aussi. Avec la guerre. L'alcool n'a pas encore eu raison de lui? Le voilà avec ses grandes tapes dans le dos, heureux d'apprendre qu'il ne sera pas le seul, demain, dans l'hélicoptère, à voir la mort donner ses coups de faux à tort et à travers derrière les hublots.

« Allez, me lance-t-il, tu vas quand même pas refuser de sabler le champagne avec nous. »

D'accord pour un verre. Et puis pour un autre. Un verre

pour Jade. Et un verre pour Pham. Et un verre pour Foster. Et un verre pour Lemaître pendant qu'on y est. C'est commode des copains autour de soi, leur chaleur, quand on n'a plus rien d'autre, quand le téléphone bégaie dans le vide, quand on se sent épuisé comme un oiseau qui a trop volé.

Sept heures, le lendemain, la tête encore ensablée, la tête contre la carlingue vibrante d'un Chinook, dans son boucan de vieux camion démantibulé. Et tout de suite après, dès l'expulsion dans les nuages, la peur. Cette vieille garce que j'imaginais avoir enterrée dans mes souvenirs, la peur vient s'asseoir là, avec tous ces types casqués, sanglés. Avec ce tangage que le Chinook a pris soudain comme si le pilote avait bu à la santé de ses cinquante clients avant de prendre les commandes. Même Desmaisons, pourtant si fier-à-bras d'ordinaire, Desmaisons se cramponne à son siège, s'accroche à ce métal suspendu par un fil, en serrant les dents. Moi, je tente de retenir mon estomac, son contenu noyé dans le champagne, essaie de lui donner des ordres, de le rappeler à la dignité, de ne pas se laisser aller comme un enfant dans un autocar. (Quand ce foutu truc dehors s'arrêtera-t-il de nous secouer comme un prunier?)

Deux balles. Deux balles ont touché l'hélicoptère. On l'a su après. L'une a frappé un rotor, et le pilote a bien cru qu'elle l'avait brisé, que l'engin allait se mettre en vrille, descendre en tournoyant comme ces ailes de platane que les gosses se collent sur le nez. Mais Dieu ne l'a pas voulu. Par contre, il a voulu que l'autre balle tue. Traverse la tôle et les reins d'un jeune soldat. Et que ce jeune soldat meure discrètement sans que personne ne s'en rende compte. Au point que lorsque tout le monde s'est levé, au terminus, on a pensé qu'il dormait, le casque sur le nez, la tête sur l'épaule. On a crié après. Eh! machin on est arrivé! Mais machin dormait toujours. Machin dormait à jamais. Dans son dos, sur sa chemise, son pantalon, le sang brillait, sombre, tout frais, de la gelée de groseille. Un enfant qui se serait mouillé dans son sommeil. Et quand j'ai posé le pied à terre, quand mes pieds ont touché la terre comme les pieds d'un nourrisson le ventre de sa mère, j'ai failli me baisser pour baiser le sol à pleine bouche comme le font les astronautes à leur retour des étoiles.

A présent, dans le camion qui nous emmène vers la bataille, la peur n'est plus là. Elle est restée dans l'hélicoptère, au pied de cette flaque dont les mouches s'enivrent. La peur n'est plus là, une joie la remplace. Une joie égoïste, mauvaise, une joie que l'on distingue dans les yeux avec ces mots : tant pis pour lui, moi je vis encore.

Une Jeep passe. Le colonel Binh, le petit colonel de Huê. Desmaisons le hèle. Binh fait signe au camion de s'arrêter, et le camion s'arrête, et pendant cinq minutes la guerre s'arrête, tout s'arrête pour que des hommes se retrouvent, pour que des amis retrouvent leurs mains, leur voix.

Nous continuons notre chemin dans la Jeep. Et Binh lance dans le vent :

« Messieurs les journalistes, on est dans un beau merdier avec les accords de Paris ! »

Il nous décrit la situation de son armée comme un patron parlerait d'un cas désespéré à de jeunes internes au pied d'un lit.

« Qu'est-ce que vous voulez qu'on foute ? La réduction de l'aide américaine nous place dans un état d'infériorité flagrante. Nos véhicules et nos avions ne reçoivent plus que cinquante pour cent de leur ancienne dotation de carburant. Et faute de pièces de rechange, trente pour cent des avions sont fixés au sol. Et après ça, si on perd cette guerre, on dira que nous n'avons pas voulu nous battre. »

Amère voix du colonel dans le vent et la poussière rouge. Je regarde ce petit homme sec, fait du même cuir tanné que ses bottes. Regarde cet homme né pour la guerre, qui n'a jamais connu que la guerre. Comment peut-il vivre ainsi, sans la promesse d'une belle journée tranquille, sans la douceur d'une voix de femme ? (Si la guerre mourait subitement, il mourrait avec.)

« Phuoc Binh va tomber, prédit-il – et il étreint subitement son volant comme s'il allait tomber lui-même – nos gaziers ne peuvent rien contre ça. Ils sont écrasés sous les bombes et les roquettes. Et nos pilotes n'ont pas de B-52 qui volent à dix mille mètres. Les Sam les abattent comme des mouches. »

La route a perdu son goudron, et des fondrières la creusent par endroit. On dirait qu'elle sait que la guerre va s'en emparer un peu plus loin. D'une main, Binh évite les trous avec la dextérité d'un forain debout sur une voiture tamponneuse. Il crie :

« Thiêu aussi va tomber.

– S'il tombe, dis-je, tout tombera avec lui. Vous ne pensez pas?

– Oui, répète le colonel, tout tombera, le Viêt-nam tombera, et avec lui le Cambodge et le Laos. Et nous n'aurons plus qu'à nous foutre à la mer ou à nous balancer une grenade sous les fesses. »

A chaque coup de volant un peu brusque, deux grenades roulent sous mes pieds, roulent comme des pommes oubliées par un écolier, à quatre heures, dans la voiture de son père.

« S'il tombe, reprend le colonel, il aura quand même bien mérité de la patrie. Je ne sais pas si l'histoire dira ça, mais moi je le dis. »

Il se réjouit de la décision que Thiêu vient de prendre, la mise à la retraite d'office de trois cent cinquante-sept officiers supérieurs jugés incapables ou corrompus. Se réjouit de cette épuration qui ne peut que redonner un peu de courage au ventre à ses « gaziers ». Et il crache avec violence par-dessus son épaule comme s'il crachait à la figure d'un de ces mauvais officiers.

Après un court moment la guerre est là. Voilà, c'est la guerre, on y est. A n'en pas douter. On y entre comme on entrerait dans un théâtre en plein milieu du spectacle, avec ces comédiens sur les planches dont on comprend mal l'interprétation, les dialogues, et, de l'autre côté de la rampe, les spectateurs attentifs, immobiles, figés dans leur trou noir. Et maintenant que le premier obus tombe avec le bruit mat d'une plaque de fonte sur une autre plaque de fonte, que le jeu vient de glisser de la scène à la salle, une voix se plaint dans l'oreille de cette perpétuelle déraison des hommes à vouloir se prouver qu'ils restent jusqu'au bout les maîtres de leur destin.

Il y a quelques heures encore on appartenait à un autre monde, à une autre race d'hommes. Un monde civilisé. On se savait assuré de pouvoir compter sur son prochain, sur la solidarité humaine. Fini. C'est bien fini. On est seul et on a le monde contre soi, tous les hommes qui cherchent votre perte, concourent à vous broyer, à vous éliminer de la vie. Le voisin? Il n'existe plus. Il lutte pour lui-même. Il ne pense qu'à lui, à sortir de ce piège où il s'est fourré, quitte à vous marcher sur la tête. Pourquoi se laisse-t-on prendre ainsi à chaque fois? Il faudrait prévenir les autres, les arrêter avant qu'ils ne se fourvoient à leur tour. Je m'en persuade pendant que les brancardiers déposent devant nous le premier mourant : une paysanne que l'on vient de repêcher dans le rach longeant la route. Pendant que je vois cette jeune Viêtnamienne étendue dans l'herbe, le corps éclaté sous ses lambeaux de calicot mouillé. Un brouillard épais descend les pentes boisées, coule du ciel bouché mais lumineux. Et la jeune fille fixe ce ciel de lait de ses yeux grands ouverts, de toute la blancheur de lait de ses yeux écarquillés. Et en regardant cette jeune blessée souffrante et silencieuse, je pense à tous les blessés que la guerre tue en ce moment consciencieusement sur la terre du Viêt-nam et à tous ceux qu'elle a déjà tués depuis trente ans, et à tous ceux qu'elle va tuer encore. Et je pense à Jade, habitante de cette terre de mort, de cette terre d'âmes errantes. Jade qui ressemble tellement à cette jeune mourante silencieuse. A toutes ces jeunes agonisantes qui acceptent leur sort sans un pleur, sans un grincement de dents. Je pense à Jade et je pense aussi à Lemaître. Car Lemaître est condamné comme elle. Depuis qu'il a choisi de vivre sur cette terre de mort. Qu'il se pénètre chaque jour de l'idée de la souffrance universelle. Qu'il a renoncé à toutes les joies terrestres pour ne voir de la vie que son aspect le plus décevant qui aboutit le plus souvent au néant.

Lemaître : dans toute la vie humaine, ne voyons-nous pas la maladie, la vieillesse et la mort? Le vice et la misère ne saturent-ils pas le monde?

Et pendant que j'assiste à la scène où l'infirmier ferme les yeux de la jeune paysanne, et pendant que Desmaisons la noie de lumière comme s'il voulait saisir aussi l'évasion de son âme, Lemaître me décrit la mort du Bouddha.

Il me raconte : un soir, en son palais de Kapilavastu, alors qu'il sentait son cœur rempli d'angoisse et de trouble, ses femmes, pour le détourner de sa tristesse, s'étaient rassemblées autour de lui. Belles, parées, elles s'efforçaient de lui plaire par leurs chants et leurs danses. Au milieu de la nuit, le Boddhi-satva s'éveilla et les contempla, endormies. Et les trouvant hideuses dans leur sommeil, il pensa : en vérité, je demeure au milieu d'un cimetière. C'est ainsi qu'il demanda à ses disciples de se livrer à la méditation sur la mort qu'il appela la méditation du cimetière. De se livrer à la méditation du cimetière après celle sur l'amour, celle sur la pitié, celle sur la joie, celle sur l'impiété et celle sur la sérénité.

Je m'écrie : voilà bien des rêveries pour Orientaux! Des rêveries dangereuses où l'esprit s'égare sans direction, où le contrôle de soi vous échappe.

Et il réplique doucement : non pas. La méditation aide l'esprit à se concentrer. C'est le meilleur exercice pour l'intelligence. La méditation est pour le Bouddha ce que la prière est pour Jésus. Et c'est par elle que disparaît l'ignorance, cause de tous nos maux. Et celui qui a la connaissance et la méditation est près du Nirvâna.

Jade ajoute son mot : le Nirvâna, le terme de la douleur, la délivrance. La délivrance étant l'action de passer dans un autre lieu aussi vite que le vent.

Et Lemaître : le Nirvâna est la paix suprême dans la connaissance absolue, dans l'illumination. Affranchis des ardeurs brûlantes de la douleur, nous découvrons le chemin qui mène à la calme et sereine fraîcheur de la béatitude.

Des soldats portent la jeune fille en terre et une fusée hurle soudain comme un chien hurle à la mort. Ses *via*, ses fluides vitaux qui animaient son corps suivent son cadavre, se vouent à la pourriture. Tandis que le *hôn,* son âme, survit à l'anéantissement.

Alors moi, naïvement : heureuse fille, la voilà débarrassée à jamais de ses souffrances terrestres. Elle va pouvoir habiter un autre monde comme un pur esprit éthéré sensible aux seuls rayons de la lumière divine.

Lemaître : hélas! A la différence de la conception de l'immortalité de l'âme en Occident, le *hôn* ne se détache que partiellement des choses terrestres pour habiter dans un autre monde. Il continue à planer dans la maison natale. Le trépas ne délivre pas ces morts des obligations contractées de leur vivant, ni de leur haine, ni de leurs rancœurs. De même qu'ils se vengent des affronts en accablant de malheurs ceux qui ont porté atteinte à leurs droits.

Je remarque : pas étonnant que la guerre n'arrive jamais à prendre fin malgré toutes les tables rondes.

Phuoc Binh tombe le 6 janvier. A la jumelle on peut voir le drapeau rouge flotter sur la plus haute des maisons. Une tache de sang sur le drap blanc du ciel. C'est la première localité importante, le premier chef-lieu de province conquis par l'adversaire depuis l'occupation de Quang Tri, trois ans plus tôt. Stupeur à Saigon, stupeur après ce coup de semonce, et consternation devant la passivité des Américains qui laissent les chars soviétiques écraser, piétiner les accords de Paris. Et tristesse devant ces débris de la garnison et cette population hagarde pour qui la capitale brille comme un feu dans la nuit. Un feu de camp destiné à éloigner les fauves.

« C'est le commencement de la fin, affirme Binh aux commandes de sa Jeep crottée comme un buffle, les Russes viennent de fournir à Hanoi des moyens considérables. De quoi équiper cinquante-cinq régiments de chars, de fusées, de D.C.A. Maintenant ils vont se jeter sur les hauts plateaux. Ensuite, sus à Saigon ! »

Saigon. J'espérais une lettre. La voyais déjà dans mon casier à l'hôtel, ou glissée sous ma porte, dans la chambre, comme un rayon de soleil. Voyais aussi le petit papillon bleu des messages téléphoniques. Mais rien. « Non, monsieur, personne ne vous a appelé, personne n'a demandé après vous. »

Trois heures à rédiger mon article, couché nu en travers de mon lit, des coulées glacées dans le dos, celles du ventilateur, et dans la gorge, celles de la bière « 33 ». Et une heure pour envoyer ce papier dans les airs, dans la nuit qui est tombée à mon insu, dans le ciel étoilé de la mousson d'hiver.

Et après, à la poste, le téléphone. Le coup de téléphone à Jade dans la cabine étouffante. La sonnerie solitaire. Celle d'un réveille-matin dans une chambre voisine, en pleine nuit, une pendule détraquée sonnant pour personne. Deux essais pour rien. Et après, la révolte. (Comment ! Nous habitons sous le même ciel et je n'ai pas encore été fichu de revoir le bout de son nez ?) L'envie de prendre un taxi et de débarquer chez elle et de lui lancer à la figure ce que je pense de toutes les petites chipies de son espèce et des Vietnamiennes en général. Comme ils avaient raison nos ancêtres débarqués sur cette terre ! Comme j'appuie leurs jugements sans complaisance sur ces étranges créatures découvertes sous les premières caresses d'un panka ! Qu'a-t-elle donc pour elle, en effet, « cette petite âme de singe dans un corps de reptile » ? Dont la peau « recuite à mille soleils torrides est d'un bronze invariable et ne laisse passer ni le rose des pudeurs, ni la pâleur des passions ». Pourquoi se laisse-t-on prendre à cette femme indifférente à tout, absente, qui « traîne quelque part sur une natte, mâchant son bétel, peignant sa noire chevelure » ? Exigeante, insupportable, querelleuse, rapace, rusée, menteuse, infidèle. Que lui reste-t-il ?

J'ai appelé Tâm au secours. Je l'ai prié de venir me rejoindre. Dissoudre mon cafard. Il voit ma tristesse et il l'attribue à la situation désastreuse que traverse son pays. Au fond, il a raison de penser que je suis triste à cause du Viêt-nam, de ce pays exigeant, querelleur, rapace, rusé, menteur, infidèle. De ce pays insupportable.

« Allons-y », dit Tâm.

Le scooter saute en avant comme un lévrier lâché dans un cynodrome. Le vent moite s'empare de nous avec un bruit de drapeau déployé. Et les lumières de la ville se jettent sur nous comme les abeilles d'une ruche renversée. Et le rire de Tâm pétarade avec le même entrain que son engin. Je lui crie :

« Où allons-nous ?

– En Chine ! » Encore ! Et nous entrons dans la nuit de Cholon, la nuit différente de la grande ville chinoise. Fourneaux-comptoirs sur le bord des trottoirs, boutiques rouges, noires, bleues, or, et leurs lanternes vénitiennes. Linge pendu à tous les balcons comme dans les teintureries. Coiffeurs et arracheurs de dents en plein air. Avec le miaulement des musiques et le claquement des dominos plaqués sur les tables. Avec les hardes de biches alertes et cambrées caquetant gaiement par les rues. Leur grâce hautaine, leur col officier, leur robe fendue de chaque côté jusqu'à mi-cuisses, fendue pour les yeux des hommes, fendue comme leurs yeux de biche.

Nous entrons dans Cholon et Tâm m'annonce : « Je t'emmène au théâtre. » Et je me récrie : « Mais on ne va rien y comprendre ! » Et Tâm rétorque qu'il connaît le cantonais et qu'il va mieux comprendre qu'à la Comédie-Française. Alors nous allons nous asseoir dans une salle surchargée de dragons et d'enluminures au milieu d'un public bon enfant buvant force tasses de thé en grignotant des graines de pastèque. Un public bavard qui a l'air de se moquer parfaitement des évolutions des acteurs, de ces personnages grimés et grimaciers, aux costumes chamarrés, de leurs gestes d'automates et de leur voix de fausset. Et au bout d'un quart d'heure, les oreilles cassées par le tintamarre des gongs, des cymbales, des xylophones, des trompettes et des tambours, nous battons en retraite. D'autant plus que Tâm semble aussi fermé au chinois que je le suis moi-même.

Clins d'yeux fluorescents d'une maison de jeux. Je rattrape

Tâm par la manche. « Allons plutôt boire un verre. » Et nous poussons la porte d'une boîte où se trémoussent quelques taxi-girls au son d'un orchestre philippin. Cinq ou six naïades au corps luisant sous la lumière bleutée, comme huilé. (Diable! elles sortent tout droit d'une piscine!) En panne de cavalier, deux d'entre elles se tortillent en cadence, face à face, l'œil à la traîne vers les consommateurs. Deux chouettes tournant au-dessus du paddy, à l'affût des mulots. Je commande une bière et Tâm une mixture à base de makuelo. Mais une minute après, les deux danseuses nous rejoignent à table, et la bouteille de champagne arrive dans son seau comme si elle était descendue du plafond. Daisy. C'est le nom de la moins laide. Daisy, son nez pas trop aplati et ses sourcils haut placés accusant un air épaté. (Épaté de se voir assise avec des messieurs, d'exercer ce métier de la nuit.) Daisy m'invitant à danser dans son espéranto façonné au fil des tangos. Non merci. Tâm accepte trois tangos languissants. Puis sans se soucier des filles qui ne se soucient, elles-mêmes, que de remplir nos coupes, n'attendent que le moment de retourner la bouteille dans son seau, de lui plonger la tête dans l'eau glacée comme pour lui faire passer ses vapeurs, nous nous mettons à parler. De Jade. Parce que Tâm a deviné que je ne souhaitais que cela. Et à bout portant, il m'apprend tout. M'apprend que son père a rechuté. Que cette fois-ci, c'est encore plus grave. (Dieu me pardonnera, je me sens soulagé.) Qu'elle a fait venir à son chevet un médecin américain.

« On l'a vu arriver en voiture, rue Phan Thanh Gian », précise-t-il.

(Décidément, on passe donc son temps à surveiller la circulation devant sa porte!) Il me confie encore :

« Foster l'accompagnait.

– Je me fous de Foster! »

Un fouet. Ma phrase a cinglé comme un fouet.

On dirait qu'il frotte sa joue endolorie.

« Je ne voulais pas...

– Je sais », dis-je d'une voix adoucie. Puis après un répit pendant lequel un violon détaché des autres vient grincer à mon oreille comme un moustique affamé : « Foster m'indiffère. J'en ai assez d'entendre parler de lui à propos de Jade. Il n'est rien pour elle. Tout ce que l'on raconte sur leurs relations est faux.

– Bon », fait Tâm, désireux de changer de sujet. (Il a la tête d'un automobiliste qui découvre les dégâts qu'il vient de causer à un tiers.) Les filles ont commandé une seconde bouteille de champagne, et peu à peu, en grimpant le long de mon dos, de ma nuque vers la cervelle, l'alcool trace en moi un chemin de plus en plus lumineux. Et à la fin, je me sens si bien que je demande à Tâm de me parler à nouveau de Jade. Alors Tâm me raconte comment elle tournait la tête des garçons, à quinze ans, quand elle passait dans la rue avec sa sœur, Anh Tuyêt. Quand les garçons du lycée Chasseloup-Laubat les suivaient jusque chez elles en les chahutant. Les deux taxi-girls papotent comme si elles attendaient leur tour chez le coiffeur, et je cours dans la rue après les filles de Tô Van Hùng.

« Jade était la plus jolie, bien entendu. C'était surtout elle qui nous attirait. On pensait qu'elle allait se marier la première, mais on s'est trompé. »

Il ajoute cette question : « On se demande qui doit avoir le plus de patience : elle ou son fiancé ? » Puis cette nouvelle : « Son fiancé vient justement d'arriver. »

A jeun, l'aiguille m'aurait transpercé jusqu'à l'os, mais avec tout cet alcool, elle s'est enlisée dans le gras. « Ne viens pas, ne viens pas... » Alors ? Ce n'était pas seulement son père, c'était Pham, aussi. Et je me dis aussitôt : je me fous de Pham ! Et j'éclate de rire. Et Tâm m'imite. Et maintenant, dansons !

« *Come on,* Daisy ! »

Me voilà donc sur le parquet ciré glissant comme sur une patinoire olympique, glissant avec ce corps chaud, cette caille sous les étoiles de la boule de verre tournoyante. Me voilà contre Daisy, contre sa bouche, mêlant nos souffles. Daisy ma fleur, quittons tout le monde et demeurons jusqu'à l'aube ensemble, jusqu'à l'épuisement. Mais Daisy ne se laisse pas faire. Daisy veut rentrer gentiment chez elle, chez sa maman. Après avoir touché le prix de son roulis, de ses déhanchements.

« *Come on,* Daisy, tu verras comme la nuit est courte dans mes bras. »

La fille se dandine et Tâm rit à pleine gorge. Car il sait bien qu'une taxi-girl consent rarement à faire des heures supplémentaires avec un client en dehors du dancing. Rit donc à la pensée que je vais rester sur ma faim. Sur ma faim de Français si assurés de leur pouvoir sur les femmes. Si présomptueux. Qui prétendent toujours apprendre aux licenciés à entrer au camp des lettrés. Qui osent jouer du tambour à la porte du génie du tonnerre.

« Allez, viens, on rentre », me dit-il en me prenant par le bras avec douceur comme il ferait avec un aveugle au bord d'un trottoir. Et sur son scooter, pendu à son cou comme à un bec de gaz, je hurle : « Je me fous de Daisy ! »

17

Le papier qu'il faut écrire coûte que coûte avant le départ de l'avion et les mots qui ne viennent pas, qui restent collés aux parois du crâne comme une hostie à la voûte palatine, refusent d'en déloger. Maudit papier que l'hémorragie du temps laisse indifférent. Fuite éperdue des minutes et paralysie cérébrale, enlisement irrépressible des idées. Et quand on en a terminé, quand on a poussé le dernier soupir avec le mot de la fin, le délice du travail accompli, la satisfaction de soi avec la délivrance d'un mal absolu.

Maintenant, de retour de l'aéroport, je téléphone à Jade. J'entends la sonnerie ruminer, et je vois, là-bas, l'appareil noir posé sur un guéridon. L'appareil que la sonnerie agite, incapable de la ressusciter. Je le vois distinctement car la maison est vide, sonne le creux comme si on venait de la déménager. Et je vois Tô Van Hùng à l'hôpital ou mort, et je vois Jade quittant le jardin au bras de Pham, Jade arrivant à Tân Son Nhut avec tous ses bagages.

Mais elle ne s'est pas envolée. Je la rencontre le lendemain. Grâce à Chu Câu, son chauffeur, que je surnomme aussitôt avec affection, Caoutchouc. Il attend sa maîtresse devant la pharmacie. Un instant après, elle sort du magasin, sort de la pharmacie, un paquet dans les bras, le visage tourmenté, lointain. Quand je lance son prénom, je peux me rendre compte à quel point il s'éclaire. Par le seul effet de ma voix, je lui ai rendu sa joie. Jade est là. Que l'on essaie encore de me l'arracher!

Elle me tend la main et j'ai envie de la garder. Je tiens Jade.

265

Enfin. Je ne veux plus la lâcher. Mais la portière ouverte la réclame, entend me la reprendre. Alors je ne fais ni une ni deux, je monte derrière elle, dans la voiture, m'assieds à ses côtés, à l'arrière. Dans son rétroviseur Caoutchouc ne laisse rien filtrer, mais, je le jurerais, il me donne raison, il me félicite même de mon audace. Et sans attendre que Jade lui demande de rallonger le chemin du retour, il s'engage aussitôt dans la direction opposée à la rue Phan Thanh Gian, va se perdre au-delà du pont de Gia Dinh, parmi la horde des cars chinois et des camions débordants.

Tout de suite mes questions se succèdent dans la précipitation comme si elles craignaient de ne pas trouver place, de voir s'arrêter l'auto au terminus. Je lui demande... Qu'est-ce que je lui demande! Tout ce que je me demandais moi-même quand j'étais loin d'elle. Je lui demande : pourquoi n'as-tu jamais répondu à mes lettres? Et lui demande : tu voulais m'oublier complètement? Et lui demande : et ces messages que je t'ai fait porter un jour par Un tel et Un tel? Et lui demande : qu'as-tu pensé quand tu as su que je revenais? Et je lui demande de se souvenir des derniers moments passés ensemble. De cette pluie qui fouettait les persiennes de notre chambre, de cette radio que l'on entendait crier, à côté, comme un homme en colère après sa femme. Et de se souvenir de cette serviette éponge que je lui avais tendue après la douche, dont je l'avais enroulée, dans laquelle je l'avais serrée comme un *nem* dans sa feuille translucide. Et je ne lui demande rien au sujet de Pham. Et elle me répond comme à son habitude sans répondre tout à fait. Met son père en avant pour expliquer son silence, la maladie de son père dont il n'arrive pas à se délivrer. Et elle me montre les médicaments qu'elle vient d'acheter, vide le sac du pharmacien sur ses genoux comme sur le comptoir d'un douanier inquisiteur.

« Mais une lettre, Jade... tu ne vas quand même pas me dire... »

De sa main libre elle me ferme la bouche. « *Im, im.* » (« Silence, silence. ») Et de ma bouche je lui ferme la sienne. Et nous restons ainsi un bon moment sans souci de Caoutchouc, de son rétroviseur, des voitures frôlantes et des cars pleins de curieux aux fenêtres. Puis elle enfouit son visage dans le creux de mon épaule, l'écrase, et murmure plusieurs fois : « Je ne sais plus... » Et quand elle revient à moi, je vois que des taches

266

brunes mouchettent ma veste beige comme sur le sable sec les premières gouttes d'une averse.

« Je ne sais plus... » Et je traduis : je ne sais plus ce que je dois faire... mon père qui se meurt... et cet homme qui se meurt pour moi... Et Pham ? Oui, et Pham qui a quitté ses ambassades pour retrouver sa patiente fiancée. Pour l'épouser, peut-être. Pham qui l'attend à l'instant, sûrement, car lui, il a ses entrées rue Phan Thanh Gian. Sûrement. Il la rencontre toutes les fois qu'il le désire. Sûrement. Sûrement.

Maintenant, elle s'est redressée, et nuque sur le dossier, yeux perdus, mi-clos, elle me donne son visage dans la plus parfaite immobilité comme si un photographe lui avait demandé de tenir la pose. Seuls son front, la voûte de son nez et le bout de son menton réfléchissent la lumière. Le reste, l'ombre le poudre de son pastel. Comme je remercie ma mémoire d'avoir été si fidèle, d'avoir si bien su garder son image ! Les hauts sourcils à peine marqués et les paupières si bien cachées, inexistantes. Les paupières délicatement entaillées et commençant de chaque côté du nez par un petit coup de burin oblique. Et la laque noire de ses yeux remplissant abusivement l'étroit espace comme si le blanc n'avait pas le droit, lui aussi, à son coin de fenêtre. Et le nez qui s'arrête en chemin pour musarder, pour respirer à pleines narines et pour laisser couler de sa paroi médiane une fine rigole vers la pulpe plissée des lèvres. Et les pommettes campées comme de fières collines. Et le menton achevant divinement l'ovale où tout cela est enfermé pour mon plaisir. Comment laisser ce visage s'enfuir à nouveau, vivre à nouveau loin de lui ? Impossible, impossible. Je me suis résigné une première fois, il n'y en aura pas une seconde.

« Jade, lui dis-je, décidé, je suis revenu pour t'emmener avec moi. »

Et je l'entends me répéter comme si elle craignait que Caoutchouc prête l'oreille : « *Im, im !* » (« Silence, silence ! ») Mais je continue : « Il faut partir d'ici, abandonner ce pays tout de suite. Tous ceux qui sont bien placés te le confirmeront : c'est fichu. Dans six mois, les Viêts seront ici et la porte se refermera. Les Américains ont fait une croix sur le Viêt-nam. Hier encore, à l'aéroport, je les ai vus partir, tous les gens au courant, tous les prudents. Ils remplissaient les couloirs. Des visas, ça s'achète. Je t'aiderai à les obtenir. Et tu feras soigner ton père à Paris. Là-bas, nous sommes très forts en maladies tropicales. Il guérira... »

Arrêt brutal. Caoutchouc vient de freiner en jurant. Surgi d'un nuage de poussière, un convoi de réfugiés bloque le carrefour. Triste cortège ordinaire. Tous les véhicules disponibles jusqu'au triporteur, couverts de matelas, de volailles, de bébés hurlants et de grand-mères hagardes. Plus désolant encore, ces soldats qui ont cessé de l'être, mêlés à ce pauvre monde, lambeaux d'une armée en déroute.

L'œil fixe, Jade regarde passer le lent défilé de la défaite, cette grande pagaille. Son Viêt-nam s'écroule. L'œil fixe, presque indifférente. Elle dit :

« Pham est revenu. Il veut m'emmener en Amérique. » (Des cris, des klaxons. En fermant les yeux on pourrait croire à un mariage.) De la même voix monocorde, elle reprend :

« Je lui ai fait savoir que je n'irai pas en Amérique. »

Une altercation a éclaté à deux pas de la voiture. Des parachutistes dans une Jeep reprochent leur attitude à des militaires en rupture de ban. Les sourcils froncés, l'air déterminé, elle prononce pour la seconde fois cette phrase en élevant le ton : « Je n'irai pas en Amérique. » Et en se pressant davantage contre moi, comme si quelqu'un s'apprêtait à lui saisir le bras et à la sortir de la voiture : « Mon pays peut crouler, je ne le quitterai pas. Je ne le quitterai jamais. Jamais. » Elle martèle ce mot en donnant du front contre ma poitrine. « Jamais.

– Mais Jade... »

(Cette flamme dans son regard, cette violence, comment est-elle arrivée là ?)

« Il veut m'épouser là-bas, il ne veut pas se marier ici. Là-bas, en Amérique, où il n'y a pas la guerre. Alors je lui ai dit : ici ou là-bas, je ne t'épouserai jamais. Jamais. »

Elle martèle ce mot comme un clou dans le mur. Mais brusquement elle s'écarte de moi. Comme si elle venait d'entrevoir une personne de connaissance dans une des voitures naviguant à notre hauteur. Caoutchouc nous a rapprochés de chez elle à notre insu, et nous n'allons pas tarder à voir apparaître la maison de Tô Van Hùng derrière ses hibiscus et ses bambous dorés.

« Chu Câu te reconduira à l'hôtel », m'indique-t-elle, au moment où nous nous engageons dans sa rue.

268

Sa main glisse à nouveau hors de la mienne, s'esquive, nœud qui se défait, et encore une fois je n'ai plus qu'à me résigner, à abdiquer malgré toutes mes résolutions. Il faudra donc que mes victoires soient toujours éphémères. A peine l'ai-je reconquise que je la perds. Que je me pose la sempiternelle question : quand la reverrai-je ?

Nous sommes convenus qu'elle me téléphonerait demain matin afin que nous nous rencontrions dans la soirée. Mais à mon retour à l'hôtel la nouvelle que Desmaisons me réserve contrarie nos plans. Les autorités nous donnent l'autorisation de nous rendre à Ban Mê Thuôt, le chef-lieu du Darlac, à trois cents kilomètres au nord, comme nous en avions émis le désir. Nous voulons voir, avions-nous proposé, « comment la population des hauts plateaux se prépare à se défendre contre une éventuelle offensive ». Mais mon vrai but est, bien évidemment, d'y retrouver Lemaître et de le persuader de se replier sur Saigon, première étape vers le rapatriement.

Connaissant le chemin, Desmaisons m'assure que le train demeure, en ces temps agités, le seul moyen raisonnable de se rendre dans cette région. Le train jusqu'à Dalat, et après une voiture ou le car chinois par l'ancienne route coloniale n° 21.

A la gare. Les vieux wagons en bois du transindochinois, la banquette où l'on s'entasse à dix ou douze, le sol rougi de crachats, la plate-forme où l'on resquille, où l'on reçoit des escarbilles. Et la machine soupirante, déjà épuisée avant le premier coup de piston.

Je n'ai pas pu prévenir Jade de notre départ précipité. Je l'ai appelée et le téléphone sonnait, sonnait. Tout à l'heure elle m'appellera, et dans ma chambre le téléphone sonnera, sonnera. A présent nous regardons le Sud dérouler sa nappe verte et terre de Sienne. Compter ses paillotes, ses cocotiers hautains, les plumes d'autruche de ses bambous et ses rivières chocolat. Regardons les soldats enfants derrière leurs palissades d'aréquier ou au sommet de leur tour de garde en rondins. Les petits colporteurs sautillant sur les traverses, escaladant les marchepieds, les tampons, chargés de leur pacotille. Les marchandes en pyjama accroupies le long de la voie, derrière leur marmite enfumée concurrençant la locomotive.

Nous regardons le Viêt-nam nous suivre en courant, le pauvre Viêt-nam déguenillé, appauvri par la guerre éternelle, et

269

le Viêt-nam éternel, ses vieillards squelettiques et très dignes, leur barbichette rare, ses belles paysannes à la tresse pendante. Et nous regardons l'armée des *nho*, des enfants infatigables, des plus grands débrouillards du Viêt-nam, des plus libres enfants de la terre, et nous les voyons jouer à la guerre, pan! pan! au milieu des hommes enfants, des soldats au corps d'enfant sous leur casque trop grand, trop lourd. Et nous regardons passer les pagodes mystérieuses, et passer les tombeaux monumentaux, ces îles dans la rizière, et passer les buffles en prière, agenouillés dans la boue, et les pique-bœufs debout sur leur dos, et les rameuses debout sur leur bateau. Et passer les étangs couverts de lentilles d'eau et les rivières couvertes de jacinthes d'eau. Et soudain, une plaine sablonneuse, et la mer brillant au loin, très loin, la mer de Chine. Et passer le pays des Chams en chignon, dont les femmes ont le cou cerclé d'ambre et les oreilles percées d'argent. Et passer la montagne abrupte où la crémaillère s'agrippe de toutes ses dents, et passer d'un seul coup, en montant de mille mètres, des tropiques à l'Europe. Dalat. La gare de Dalat copiée sur celle de Deauville, et les pins des Landes, et les lacs des Vosges, et le crachin de Bretagne, et les chaumières normandes.

Quitté Dalat et son sommeil de sous-préfecture, voici la piste rouge et ses lacets de cime en cime, et les précipices sans fond, et la forêt ténébreuse. Voici le plateau Moï. Et voici, dès le dernier col franchi, le lac de Dak Lak. Trois kilomètres de saphir serti d'émeraude d'où s'envole, pour faire mieux encore, une lente escadrille de hérons. Enchantement, majesté souveraine et pensive. Comme je comprends le choix de Lemaître! Où peut-on mieux méditer et parfaire son œuvre que dans ce lieu de tous les apaisements?

Un ancien poste de la garde indigène, sorte de grand chalet en bois dominant le lac du haut d'un promontoire. C'est là qu'il loge. Là que quelques excellents fusils d'Indochine tels que Maulini et Cheminaud ont campé autrefois. Leurs massacres ornent les cloisons comme autant de plaques commémoratives. Lemaître! A peine amaigri, le même homme, le même sourire un peu contraint, la même voix profonde pour me dire (comme si c'était lui et non moi qui arrivait après tout ce chemin) : « Alors, qu'est-ce que tu deviens? »

Sacré Lemaître! Muet à présent, comme moi, muets tous les deux, et nous souriant en nous redécouvrant comme deux copains de régiment, deux anciens du 132ᵉ, longtemps après la guerre. Et puis, au bout d'un moment, avec son air pince-sans-rire : « Alors, tu reviens nous voir ? Je croyais que tu ne devais jamais revenir. » Et puis : « Qu'est-ce qui t'amène de nouveau au Viêt-nam ? La guerre ? Elle va finir. Dans deux mois, le Nord et le Sud s'embrassent sur la bouche. » Et puis, tout à coup, d'une autre voix, de celle qu'il n'utilise que rarement : « Que devient Jade ? Bordas m'a dit que son père avait été malade... » Il veut m'entendre parler de Jade, voir Jade évoluer, marcher devant lui. Alors je lui parle d'elle. Pendant que de la terrasse, Desmaisons s'amuse avec des canards pourpres et des oies cendrées, et avec les huttes sur pilotis des villages muongs. Je lui parle de Jade comme j'en parlerais à un inconnu de rencontre qui aurait tout à apprendre d'elle. Et je le vois s'évader, s'élancer plus loin encore que les roseaux bleus, de l'autre côté du lac, plus loin que les collines où fument doucement des feux de broussaille. Et quand j'ai fini de parler, il me demande :

« Et Pham, qu'est-ce qu'elle va faire maintenant qu'il est rentré ? »

A trois cents kilomètres de Saigon, dans le plus grand des isolements, au milieu de sa nature sauvage il n'ignore donc rien des faits et gestes de Jade. Je lui apprends que Pham lui a proposé de l'emmener en Amérique et qu'elle a refusé.

« Elle a peut-être raison, dit-il, je ne la vois pas en Amérique. Elle y serait malheureuse. Au début, je souhaitais qu'elle quitte le pays, mais je me trompais. »

Le soleil amorce son départ, et le lac change de couleur, vire au rose, au rose jaune pâle de la rose thé, le teint des joues de Jade. Au-dessus de nous, une bande d'aigrettes produit comme un bruit de peupliers sous un coup de vent.

« Un jour je lui ai demandé de partir avec moi en France, reprend-il, et elle m'a répondu que sa place était ici, qu'elle ne plierait jamais bagage. Non, je ne la vois vraiment pas à Washington ou ailleurs. »

Il regarde le soleil décliner comme si c'était la première fois. J'objecte :

« Mais aujourd'hui, la situation a évolué, il ne fait pas bon rester ici. Il vaudrait mieux qu'elle parte tout de suite, quitte à revenir plus tard.

– Qu'elle parte avec toi, n'est-ce pas ? »

Ses yeux m'ont accroché et ne délogent plus. Deux guêpes immobiles suçant leur pollen. Me reproche-t-il soudain de m'être attaché à elle? Il me rassure aussitôt :

« Elle m'a toujours assuré qu'elle avait une grande confiance en toi, je pense que tu comptes beaucoup pour elle. Il y a longtemps que je sais ça. (Il pose sa main sur mon épaule, et cela me fait chaud comme d'obtenir un pardon.) Tu es un brave type, et je suis sûr que tu la rendrais heureuse. Seulement, petit, voilà, elle n'épousera jamais un Tây. Jamais tant que son père vivra. »

Desmaisons se régale du couchant, et de l'endroit où il se tient, il ne peut rien cueillir de notre conversation. La main retourne se percher sur mon épaule avec la brusquerie d'un faucon.

« Vous êtes jeunes, tous les deux, et dès le début, j'ai pensé que tu représentais pour elle le meilleur parti. Hélas!... (Il marque une pause. Sa main devient plus lourde, comme si elle avait démesurément grossi.) Promets-moi une chose, petit, si un jour elle courait un danger quelconque et que je ne sois pas là pour l'aider, promets-moi de me remplacer auprès d'elle. »

Je souhaiterais l'entretenir de Foster, de toutes ses attentions pour elle. Ne pense-t-il pas quand même que... Mais un cri fuse :

« Le rayon vert! Je l'ai eu! »

Desmaisons. Il exulte, vole vers nous, son appareil de photo à bout de bras comme un coureur avec son relais.

« Cette fois-ci, je ne l'ai pas loupé. J'ai appuyé juste à temps. »

Et il décrit l'émerveillement qui a été le sien de saisir le dernier soupir de l'astre. Mais je ne l'écoute pas. Penché au-dessus d'un magnétophone imaginaire, j'écoute de nouveau ce que Lemaître vient juste de me confier.

Nous dînons frugalement. L'ami Bordas s'est joint à nous. Face à la fenêtre donnant sur le lac, une table surchargée de papiers et de livres évoque le patient travail de l'écrivain.

« Mais c'est le Bottin! » s'exclame Desmaisons en découvrant d'autres feuillets couverts d'écriture sur des étagères.

« Tu es parti pour égaler l'œuvre de Bouddha », dis-je de mon côté.

Il éclate de rire : « Ce n'est pas difficile! Le Bienheureux, pas plus que ses premiers disciples, n'a rien écrit. La littérature bouddhiste est d'une richesse inouïe. Il paraît que les volumes d'un seul ouvrage tibétain pouvaient faire la charge de quatre-vingts chameaux, mais il n'y a pas une seule ligne de la main du Bouddha. Tout son enseignement a été oral. Il appartenait à une caste militaire et royale, mais il n'était pas un érudit. »

Je m'étonne de cette révélation tandis que Desmaisons réclame à boire, l'eau n'étant pas sa boisson préférée.

« Désolé, lui répond Bordas, mais il n'y a pas d'alcool ici. Les adeptes laïques désireux d'avancer dans la Voie, pratiquent les six règles : ne pas tuer, ne pas voler, ne pas commettre d'impudicité, ne pas mentir, ne pas railler, ne pas boire d'alcool. »

Desmaisons avec un rire gras : « Et avec les bonnes femmes, c'est la même chose : tintin ? »

Bordas nous apprend alors que le Bouddha a manifesté une très grande répugnance à l'égard des femmes au cours de sa vie. Que Mara, le Malin, lui a envoyé ses filles dans l'espoir de le séduire, mais qu'il leur a lancé : « Vous n'avez aucune chance de succès auprès de moi car je suis un Bouddha, c'est-à-dire un éveillé, un éclairé, un Bouddha parfait et délivré de toutes les passions. »

« Cette défiance à l'égard des femmes, elle existe encore aujourd'hui en Orient, constate Lemaître. Il faut voir l'attitude des Vietnamiens dans leur ménage. La femme doit s'effacer devant l'homme, elle reste pour l'homme l'être impur et trompeur dont parle le Bouddha. C'est une déchéance de naître femme. On ne peut pas atteindre le Nirvâna dans un corps de femme. »

Puis il me parle de sa vie à Dak Lak. Vie partagée entre l'écriture et la méditation. Desmaisons est sorti avec Bordas, attiré par un clair de lune exemplaire, et la conversation se met à voler assez haut. « La méditation, énonce-t-il, ce n'est pas la contemplation ridicule de son nombril, c'est le moyen de parvenir à la connaissance, à la sagesse. On ne médite pas du premier coup. Il faut s'entraîner. Les bonzes de la pagode passent leur temps à s'apprendre à méditer. » Et il me dit que les pagodes du Viêt-nam ne sont ni des églises, ni des couvents, encore moins des monastères de style tibétain, mais simplement la maison d'un religieux qui peut y résider seul ou en

273

compagnie d'autres personnes. Que l'on n'y vit pas cloîtré, que les visiteurs vont et viennent du matin au soir, apportant animation et même gaieté.

Les crapauds-buffles ont commencé leur concert. Il m'invite à aller jusqu'à la fenêtre. Me montre le lac gris perle sous la lune. Tranquillité suprême.

« A celui qui médite, il faut le calme et le silence comme ici », m'assure-t-il en baissant la voix comme si un enfant dormait à côté. (Les crapauds-buffles viennent de se taire dans un bel ensemble. A croire qu'ils veulent eux aussi l'entendre.) Et de mémoire, il cite les paroles du Bouddha à propos du moine : « Sur le bord des rivières parées de fleurs et que couronne la guirlande diaprée des forêts, il est assis, joyeux, plongé dans la méditation. Il ne peut y avoir de joie plus haute. »

Je l'observe tout à coup comme si je ne le connaissais pas. A cet endroit de la pièce, éloigné de toute source de lumière, la lune donne à plein et son visage brille d'une lueur dorée. (Un Renoir éclairé dans un musée.) Je me répète : cet homme m'étonnera toujours. Et je me souviens du journaliste dont j'enviais le talent et que je voulais égaler. Où est-il celui-là? Comment a-t-il fait son compte pour abandonner quarante ans de vie passionnante et jeter l'Occident et son éducation aux orties? Et le mot envoûtement me revient comme dans la bouche un goût étrange et tenace.

Je l'observe tout étonné et l'entends m'affirmer qu'il se sent aujourd'hui de plus en plus pénétré de la sagesse. Qu'il arrive à concentrer son esprit sur tout ce qui l'entoure et en particulier sur l'inconsistance des choses humaines. « Dans la méditation sur l'amour, me dit-il, le disciple nourrit en lui un sentiment de bienveillance à l'égard de tous les êtres, même à l'égard des animaux et des végétaux. Dans la méditation sur la pitié il contemple la détresse infinie des hommes, sur la joie il se réjouit du bonheur d'autrui, sur l'impureté il envisage tous les péchés de la chair. (Le chahut des crapauds-buffles reprend d'un seul coup et il doit hausser la voix.) Et puis il y a la méditation sur la mort. Là, selon les propres termes du Bouddha, il s'imagine un cadavre gisant sur le champ de sépultures, une charpente d'os dont la chair pend, éclaboussée de sang, rattachée par les muscles ou une charpente d'os dépouillée de chair. Et le disciple doit ressasser cette vérité : un jour mon corps deviendra semblable à ce cadavre, sa destinée est identique, rien ne peut l'y soustraire.

– « Poussière tu es...

– Oui, déclare-t-il, les formes les plus admirables sont périssables et ne sont qu'illusion des sens. Mis en présence de la beauté sous la forme la plus parfaite, le bouddhiste voit toujours surgir derrière elle la décrépitude hideuse. »

Je songe à Jade et je frémis. « Quelle philosophie fataliste et morbide!

– Non, s'indigne-t-il, choqué comme si j'avais blasphémé, les bouddhistes sont seulement réalistes. L'illusion est une des grandes causes de la souffrance humaine.

– Ils ne pensent qu'à la destruction et à la mort. Nous, nous avons la résurrection, l'espérance.

– Et le Nirvâna? Le Nirvâna n'est ni la destruction ni la mort. Tous les hommes atteindront le Nirvâna, a dit le Bouddha.

– Le Nirvâna est le néant.

– Crois-tu que le bouddhisme existerait depuis si longtemps, depuis le VIIᵉ siècle avant Jésus-Christ, et qu'il aurait réuni autant d'adeptes s'il n'avait jamais promis à ses fidèles que le néant? »

La conversation a lieu maintenant sur les planches mal équarries de la terrasse. Étrangement, devant nous, à quelques mètres, une croix de bois étend ses maigres bras sous la lune. La tombe du garde principal Faure, l'un des premiers occupants de ce poste. Noyé il y a bien longtemps au cours d'un coup de vent sur le lac.

« Le Nirvâna équivaut si peu au néant qu'il peut être atteint avant la mort, assure Lemaître. Étymologiquement le mot Nirvâna évoque l'idée d'extinction d'un feu, d'une lumière. C'est l'extinction du feu des désirs et des passions, l'extinction de la souffrance. C'est donc la délivrance. »

Silence. Avec la soudaineté d'un transistor dont on aurait tourné le bouton, les crapauds-buffles ont rabattu leur caquet. Silence d'une nuit de paix trop belle pour être vraie. Demain, peut-être, les canons saccageront ce paradis comme le reste. J'imagine les guetteurs nord-vietnamiens perchés au sommet des grands arbres, là-bas, repérant déjà leurs cibles. Demain, cette nuit, peut-être, l'offensive...

Retour de Desmaisons et de Bordas. Je ne suis pas mécontent de les revoir. Ce cours de bouddhisme commençait à m'ennuyer passablement. Un homme les suit, de forte corpulence. Un Moï. Revêtu d'un simple langouti et le cou orné d'un collier de canines de chien. Pour quelques piastres il s'offre de nous promener sur le lac en profitant de cette lune sans défaut. Nous embarquons tous sur son long sampan qu'il meut à l'aide d'une perche, debout à l'arrière. Ajoncs géants, roseaux arborescents, le canot se coule comme un furet dans le riz mûr, dérangeant des pluviers et de gros poissons noirs. Puis l'on aborde le large, le miroir, là où la lune peut se contempler en toute liberté. Et là encore, devant ce beau sommeil de la terre, je me mets à craindre pour la vie des gens que j'aime.

Mais soudain j'aperçois Jade. Elle est assise à côté de Lemaître au fond du sampan. Dans son dos ses longs cheveux et la lune composent une même cascade. Je l'appelle, elle se retourne et sourit. Et maintenant elle me parle, j'entends ses mots en même temps que le bruit d'eau que produit la perche en crevant la surface.

Elle m'annonce : nous allons honorer *Duc Thây,* Noble Maître.

J'ignore qui est Noble Maître, et elle m'apprend à mi-voix qu'il s'agit du tigre. Qu'il y a danger de prononcer son nom car nommer un être c'est le rendre présent, et la présence du tigre est redoutable. On le désigne donc par des périphrases, généralement des qualificatifs honorifiques destinés à flatter son orgueil : Altesse, Prince, Général, ou bien Monsieur Trente Pas, parce qu'après avoir parcouru trente pas il est censé oublier la conversation qu'il vient de surprendre, ou bien encore, donc, Noble Maître.

Lemaître : par suite des ravages effrayants qu'il occasionne, il occupe le premier rang parmi les animaux doués d'un pouvoir surnaturel. Il tient sous sa juridiction tous les habitants de la forêt, animaux comme végétaux. Aussi, avant de couper un arbre, le coolie a soin d'obtenir le pardon de l'esprit qui l'habite, le pardon de noble maître.

Éberlué je demande : mais enfin, pourquoi aller taquiner cet animal dangereux et nuisible ?

Lemaître : c'est vrai. Il peut être dangereux et nuisible à cause de ses redoutables qualités naturelles et magiques. Mais il est aussi un être bienfaisant car il est assimilé au soleil, et à ce titre, il est l'ennemi juré des fantômes et des mauvais esprits.

Je proteste : mais c'est tout à fait contradictoire!

Et lui : et alors? La contradiction n'a jamais embarrassé les Vietnamiens. Ils en sont pétris. Et puis au fond, est-ce vraiment contradictoire? Le tigre est le symbole du bien et du mal. Eh bien, le mal guérit le mal, donc produit le bien.

On a accosté en bordure de la forêt, à l'entrée d'un village. Et devant nous apparaît un temple dédié à *Ong Cop,* Monsieur Tigre, une niche au ras du sol décorée d'une image naïve. Et devant cette niche, des baguettes d'encens dans un pot rempli de sable. Et devant ces baguettes, trois assiettes contenant l'une l'arec et le bétel, l'autre de l'eau pure, la troisième un morceau de viande crue. Et devant ces trois assiettes, le sorcier lançant des invocations. Sa voix grimpe le long de l'arbre, vers la cime, la lune, dit : vous êtes né dans la profondeur des forêts. Vous êtes le roi des animaux. Quand la nuit est obscure, vos yeux brûlent comme des étoiles. Votre mugissement engendre la tempête. Quand vous traversez la forêt, tous les animaux s'agenouillent devant vous.

Jade *mezza voce* : si tu souhaites obtenir quelque chose de Noble Maître, si tu as un vœu particulier à formuler, c'est le moment.

(Comment a-t-elle bien pu oser me tutoyer? Par bonheur, personne ne semble l'avoir remarqué.) Bien sûr que j'ai un vœu à formuler! Alors Jade me demande de l'écrire sur un morceau de papier qu'il faut ensuite plier en quatre après avoir tracé dessus l'effigie de Noble Maître. Et j'écris distinctement : que Jade sorte indemne de la tourmente de son pays. Puis je dessine un tigre, ou du moins ce que je crois être un tigre avec sa robe tachetée, sa longue queue et sa paire de moustaches. Puis je plie le papier et le donne au sorcier.

Et je crie aussitôt en essayant de le lui reprendre : attendez!

J'aurais souhaité ajouter un mot. Le nom de Lemaître à côté de celui de Jade. Dommage. Le sorcier a déjà déposé le *bua* près de la viande fraîche, et la cérémonie a commencé. Tombé à quatre pattes devant l'autel, le magicien demande à Noble Maître de s'incarner en lui. (Desmaisons pointe et tire, ne perd pas une seconde.) Et soudain l'homme se met à rugir, à darder ses ongles comme des griffes, et Jade, étonnamment, ne bronche pas. Et il se précipite sur le morceau de viande, le déchire à belles dents et fracasse en même temps l'assiette en faïence. Et Jade reste tout aussi impassible.

Lemaître soupire, soulagé : ça y est, il est en lui, le message est passé.

Et maintenant que l'homme a recouvré son calme, un assistant lui frictionne le torse et les membres à l'alcool de riz. Et de nouveau sur ses jambes, l'homme m'offre avec force courbettes les deux petits osselets que le tigre a sur l'épaule et qui concèdent le privilège de sortir vivant de tous les pièges de la mort.

Cris, pleurs, battements déchaînés des tambours. Qu'y a-t-il donc? Tout le village en émoi fait cercle, là-bas. On s'approche. Un homme étendu, lacéré, déchiqueté, le visage sucé, limé. Horrible. Dans un sursaut de dégoût, Jade s'est jetée dans mes bras. Horrible mort. Dépouillé de sa peau, le crâne du malheureux est devenu d'un blanc de papier mâché. La marque du tigre. Mieux qu'un scalpel, sa langue râpeuse dissèque les chairs.

L'ami Bordas : ils disent que son frère est mort pareillement, il y a un mois, dévoré par un tigre, et que son esprit, privé de sépulture et d'offrandes mortuaires réclame un nouveau compagnon. Pour eux l'esprit de chaque victime du tigre chevauche sur le dos de son meurtrier et il est condamné à le diriger.

La voix monocorde du sorcier chante les louanges du disparu. Et je scrute la forêt, les grandes orgues de l'épaisse forêt où rôdent tous les tigres sacrés du Viêt-nam, les plus lâches gangsters de la jungle. J'épie leurs yeux de feu, leurs empreintes fraîches dans la terre meuble, leurs fumées encore molles, les griffures qu'ils laissent sur les arbres. Et je me dis : combien portent sur leur dos des esprits privés de sépulture et d'offrandes, qui réclament un nouveau compagnon d'infortune?

Mais la promenade en sampan se termine comme elle a commencé. Comme un charme. On peut même assister, au moment du retour, à une danse de villageoises sous la clarté intense d'un feu d'ébénier. Douze jeunes filles sans voile tournant lentement sur elles-mêmes au son d'un khène nostalgique, se balançant d'un pied sur l'autre en penchant légèrement le buste à droite, à gauche, en avant, en arrière. Douze danseuses dont le visage empreint d'une étonnante gravité et les mouvements d'une extrême nonchalance traduisent toute la mélancolie de ce triste et beau pays.

Au cours de la soirée qui suit je tente de raisonner Lemaître, l'engage à rentrer avec nous, à quitter le Viêt-nam. La guerre, dis-je, ne souffrira plus longtemps cette enclave protégée, cette exception dans son empire. A quelque distance d'ici, nous le savons, les Nord-Vietnamiens rassemblent leurs divisions, remplissent le réservoir de leurs chars.

Mais Lemaître secoue la tête : « Qui pourrait être intéressé par ces forêts clairières, cette brousse et ces montagnes où ne vivent que quelques tribus éparses? Et puis la guerre va mourir, ce sont ses derniers soubresauts. L'ami Bordas nous l'assure, et il ne se trompe jamais. Pas vrai, l'ami Bordas? »

L'étrange bonhomme chauve presse ses paupières comme pour en extraire quelque liquide.

« Ce n'est pas moi qui le prédis, c'est notre ami le bonze, et je ne l'ai jamais pris en défaut. Il m'a annoncé que dans trois mois, tout au plus, on n'entendra plus un seul coup de fusil du nord au sud.

– Peut-être, dis-je, mais on pourrait bien entendre les cris étouffés d'un peuple asservi. »

Les paupières de Bordas refont leur pincement de lèvres.

« Le Bouddha a dit : " Celui qui est victorieux doit se souvenir de l'instabilité des choses terrestres. Son succès peut être grand, mais si grand soit-il, la roue de la destinée peut tourner et le renverser dans la poussière. " »

Tout à coup un meuglement de taureau en colère monte du lac, comme sortant des eaux. Un tigre? Un tigre et l'esprit de sa victime sur son dos? Une âme morte cherchant une autre âme morte?

Sans se démonter l'ami Bordas reprend : « Cependant, a dit encore le Bouddha, si le victorieux se modère, s'il apaise toute haine dans son cœur, s'il relève son ennemi abattu et lui dit : " venez, maintenant, faisons la paix et soyons frères ", il remporte une victoire qui n'est point un succès passager, car ses fruits dureront éternellement.

– Un crocodile! »

Desmaisons s'est emparé de son appareil de photo. Solidement lié à une perche reposant sur les épaules de deux Moïs, un crocodile de trois mètres de long montre son dos squameux et ses yeux rouges. Vivant.

279

« Ils l'ont retourné comme une tortue alors qu'il dormait, nous apprend Lemaître. C'est le rugissement qu'on a entendu. Maintenant ils vont le découper en tranches. Avec du curry, du piment et du poivre rouge, c'est délicieux. »

Mais c'est au tigre que je songe. Au tigre mangeur d'hommes poursuivant Jade à travers le Viêt-nam, l'esprit de sa victime accroché à sa crinière de feu.

18

De retour à Saigon, le remords m'attend, plus pressant encore. Le remords d'avoir laissé Lemaître à Dak Lak, si près de Pleiku, à vol d'oiseau, si près de l'endroit où – dernière nouvelle – Dung, l'élève de Giap, pèse maintenant avec toutes ses divisions.

De retour à Saïgon, dans cette ville insensible et frivole où l'on vient de célébrer le Têt, la nouvelle année lunaire, celle du Chat, à grand renfort de pétards et de bombances. Je suis comme une enseigne lumineuse oubliée au fronton d'un cinéma alors que la nuit a fui. Je clignote dans le vide.

Comme il est beau, pourtant, le ciel du printemps ressuscité! Ce bleu d'Indochine que l'on voudrait garder sous ses paupières, à l'abri de l'oubli, afin de pouvoir en profiter longtemps, longtemps, hors saison, quand les pluies piétinent, quand on ne croit plus à sa transparence.

Heureusement, inspirée au possible, Jade m'envoie Caoutchouc. Il m'a demandé vers sept heures du soir à la réception. M'a fait comprendre qu'elle m'attendait chez elle. Chez elle? Oui, les domestiques ont prolongé leur visite traditionnelle à leur famille. Elle reste donc seule avec son père. Et Caoutchouc, notre complice. Caoutchouc qui m'emmène donc, tout sourire, dans sa voiture, rue Phan Thanh Gian comme il me conduirait à mon mariage.

Ma rentrée par une porte dérobée, sous un ficus géant, au fond d'une niche d'hibiscus. Et les chuchotis dans la nuit, et le silence de deux corps qui se retrouvent. Et les frottements d'étoffe, et les embrassements à n'en plus finir. Et la marche à pas comptés dans le jardin pour atteindre l'arrière de la maison, l'œil rivé à la seule fenêtre éclairée, celle de Tô Van Hùng. Et les pas de loup dans l'escalier craquant, et la porte que l'on referme derrière soi comme le couvercle d'une boîte à bijoux. Et les bijoux brillant dans les yeux sur le velours bleu nuit dont la pénombre recouvre son visage. Et les nouvelles étreintes jusqu'à en mourir. Et quand le souffle revenu, on peut se parler enfin, tous ces mots impatients qui vous submergent. Qui attendaient leur tour derrière les baisers, en piaffant, et qui se précipitent, à présent, dans le plus grand désordre. Tous ces mots que Jade essaie d'étouffer de son mieux avec des chut! avec l'index sur la bouche, avec de gros yeux, effrayée à la pensée qu'un seul pourrait traverser les murs pourtant épais et parvenir jusqu'aux oreilles de son père. Mais abruti de sirop d'opium – la traîtresse – Tô Van Hùng dort d'un sommeil sans faille à côté de son poste de radio que l'on entend palabrer pour personne.

« Jade, dis-je, la guerre se rapproche, elle va arriver jusqu'ici.

– N'arrive que ce qui doit arriver... »

Toujours cette acceptation de l'inévitable, cette volonté de ne pas avoir de volonté devant ce qu'elle appelle la fatalité. Lutter? Pourquoi lutter quand on sait qu'une force surnaturelle a pris votre destin dans sa main de fer? Que le courant emporte irrémédiablement tout vers la mer? Pauvres généraux sud-vietnamiens, quelles troupes peuvent-ils opposer aux génies?

« Il faut partir, Jade, faire comme toutes tes relations, vendre ce qu'il est encore possible de vendre et partir. »

Étendue en travers du lit, tête renversée près d'un jeu de cartes renversé, cheveux renversés au bout de son long cou comme un vase renversé, m'écoute-t-elle seulement? Elle est en cet instant la gosse que je découvre toujours avec l'agacement du grand frère. La gosse horripilante que l'on giflerait volontiers, pour qui rien de sérieux ne semble mériter considération. Je lui parle. Lui parle de Lemaître, du danger qu'il court et du remords qui me dévore, et que fait-elle? Elle rit. Rit derrière sa main. Rit comme une pensionnaire de couvent sous ses couvertures. Rit de son petit rire de perruche et me dit : « Un *nhà quê* pareil! Il ne peut rien lui arriver. » Et quand je lui parle de l'offensive en cours, de l'encerclement de Pleiku par quatre divisions, Pleiku sur le chemin de Ban Mê Thuôt, de Dak Lak, elle rit toujours. Et d'un bond hors du lit, elle m'offre sur un plateau tous les reliefs du Têt, les fruits confits traditionnels dans leur boîte ronde à petits compartiments, les gâteaux, les bonbons et quelques fleurs de prunier sauvage. Et elle me montre avec une joie de lycéenne couronnée le paquet de piastres qu'elle a gagné au « trente-six bêtes ». Et quand je prétends que les Nord-Vietnamiens seront à Saigon avant peu, qu'ils feront une bouchée de la résistance du Sud, elle rit encore. Que devrait-elle faire d'autre devant ces événements déterminés à l'avance? Est-ce à elle d'essayer d'infléchir la résolution des génies qui président et orientent la destinée humaine quand les prêtres et les sorciers eux-mêmes baissent pavillon? Et moi, que devrais-je faire? Me fâcher? La secouer comme un cancre sur son banc? Elle rit. Ah! si je pouvais comprendre ce que le rire vietnamien cache aux non-Vietnamiens!

Tôt le matin je file à l'anglaise. Là-haut, à l'étage, une lampe continue à brûler et la radio à moudre ses paroles. Au bout de la rue, une vendeuse ambulante me propose du maïs salé et sucré, parfumé au sésame, et sa voisine un potage au porc. Tout juste six heures. Une de ces fringales! Je mange, assis au bord du trottoir avec deux autres convives, des conducteurs de tricycles à moteur, assis, eux, dans leur fauteuil comme un coiffeur dans son salon et très surpris à la vue de ce Tây tombé du lit.

Je décide de rentrer à pied. L'air est presque frais, comme s'il soufflait des rizières embrumées encore couvertes de leurs sueurs froides, ou peut-être même de la mer. A peine sortie de la nuit, la ville bée comme une pastèque éclatée, ruisselante. J'aime cette heure que Saigon ne montre qu'à son petit peuple, ne réserve qu'à un certain nombre d'initiés triés sur le volet. En projection spéciale. Cette heure qui vous donne l'impression de faire partie de ce monde nu-pieds, d'appartenir vraiment au Viêt-nam. L'heure des odeurs que l'on débusque avant tous les endormis. L'odeur du feu de trâm, de ce bois aux senteurs d'eucalyptus, sous la marmite de soupe qui chauffe dans le plateau de la balance. Des fruits débordant des paniers, des poissons frétillant sous les coups d'éventail. Des baguettes d'encens, l'haleine des pagodes. L'heure où les fenêtres se rallument, l'une après l'autre, comme des braises qui reprennent.

Je marche dans Saigon et Jade ne me quitte pas. Couchée en chien de fusil comme je l'ai découverte ce matin à côté de moi. J'allonge la main, lui caresse l'épaule comme je ferais d'un galet et me dis que c'est ça le bonheur. Émerger de la nuit, reprendre le cours de la vie, la marche avec les autres, et savoir que l'on n'est plus seul. Qu'un autre moi existe, tout près, au bout de la main, pense, palpite, et qu'il suffit de ce léger mouvement, celui-ci, pour s'assurer de sa possession. Et contre elle, couché sur elle comme un nageur sur une vague, sur une longue vague accourue du fond de la mer, j'imagine que la guerre vient de finir, qu'elle va enfin nous ficher la paix.

Hélas! Quinze jours après, cette traînée de poudre au centre de presse, tous ces journalistes s'élançant vers les téléphones, s'empoignant, s'arrachant les téléphones comme s'ils se disputaient des bouées de sauvetage. Car c'est bien un naufrage ce que l'on apprend tout à coup, ce que personne n'aurait pu prévoir. La prise de Ban Mê Thuôt! A deux pas du lac de Lemaître! Mais alors, cette pression sur Pleiku? Une diversion. Pour forcer les Sudistes à renforcer la ville, et ce faisant, à dégarnir Ban Mê Thuôt, plus au sud. Ban Mê Thuôt et ses cent soixante mille habitants défendue seulement par un régiment et quelques groupes de rangers, et tombant sous le coup de boutoir de trois divisions après un tir d'artillerie en règle et les assauts répétés d'une centaine de chars. Et reconquise par trois cents parachutistes sous les ordres de Pham Van Phu, un général héroïque, un ancien de Diên Biên Phu. Mais pour quelques heures seulement. Le temps qu'arrive de Saigon l'ordre de décrocher, de quitter la ville. Et d'évacuer en même temps Pleiku et Kontum. De les évacuer sans combat malgré l'opposition de Phu, son refus obstiné. L'ordre d'abandonner les provinces septentrionales du Viêt-nam, ses hauts plateaux adossés au Laos et au Cambodge. D' « élaguer le sommet pour garder la base ».

« C'est la débâcle, confirme Tâm, les garnisons et la population s'enfuient pêle-mêle à travers la montagne, poursuivies par les communistes. »

Dans mes yeux, son sourire ahuri, son habituelle grimace de pudeur, et le visage de Lemaître. La foule hallucinée des réfugiés. Et le visage de Lemaître. Le harcèlement des adversaires, nuée de taons fondant sur le troupeau en débandade. Et le noble et tranquille visage de Lemaître alors que nous parlions sur le ponton de Dak Lak, au pied de sa maison lacustre. Alors qu'il me disait avec un sourire désarmant : « Les Viêts? Qu'est-ce que tu veux qu'ils me fassent? Je suis presque un bonze, maintenant! Et ils ne touchent jamais aux bonzes. »

Cette piste rouge qui se tortille dans mes souvenirs comme un ver coupé, que nous avions empruntée entre pics et ravins pour aller et revenir du lac, Lemaître y peine avec Bordas, j'en suis sûr, emporté par les flots des autres. A moins qu'il n'ait choisi de rester sur place, de s'accrocher à son lac, à sa maison en attendant que déferlent les envahisseurs? En attendant les combats et peut-être la capture. Et peut-être, à présent, la marche épuisante, sous bonne garde, vers un camp de prisonniers.

« Tâm, tu vas nous trouver le moyen d'aller à Dalat. Il faut que nous y soyons demain matin. »

J'ai décidé. Nous irons au secours de Lemaître. Desmaisons peut toujours me promettre l'asile, je n'en démords pas. Rejoindre Dalat coûte que coûte. Et de là remonter vers Dak Lak par cette même piste à travers la brousse, à contre-courant des réfugiés.

« Dingue! Dingue! » hurle Desmaisons dans le hall du Continental comme si quelqu'un portait ce nom-là et qu'il l'appelait au téléphone. Mais il ajoute : « Après tout c'est lui le patron. A lui de jouer. »

Deux heures après, Tâm revient. Avec le sourire. Mais je ne me laisse plus prendre à ces signes extérieurs qui ne signifient généralement jamais ce que l'on imagine. Et j'ai raison. Il m'informe qu'il est inutile de tenter d'atteindre les hauts plateaux. Pas d'avion, pas de train et interdiction de prendre la route.

Au même moment Benson entre à l'hôtel avec deux autres photographes dans le même état, barbe de trois jours, vêtements fripés et déchirés comme s'ils venaient de se battre sur le trottoir.

Ils arrivent de Pleiku dont ils ont vécu l'évacuation sauvage. « *Mess!* » Gâchis. Ce mot ne cesse d'encombrer la gorge de l'Australien comme un chat dont il ne parviendrait pas à se débarrasser. Il nous fait le récit de la chute de la ville et je crois entendre du Corneille. Un grand verre de bière disparaît dans sa tête massive, et l'on dirait qu'il le rejette déjà de tous ses pores.

« *Mess!* Hier matin, à l'aube, on nous fourre dans un hélico. Adieu Pleiku! Direction Danang. Et qu'est-ce qu'on voit alors? Des milliers de civils, deux cent mille peut-être, s'enfuyant de Pleiku et de Kontum par cette mauvaise route taillée dans la montagne. Des milliers et des milliers de gens avec leurs bagages, leurs vélos, et même leurs animaux, et tout ça mélangé aux soldats et à leur matériel... »

Retourner là-bas? Hors de question. La retraite a tourné au désastre. La division nord-vietnamienne 320 s'est jetée sur les fuyards. Carnage.

« Et Danang? avance Desmaisons. De là on pourra rayonner et même monter jusqu'au dix-septième parallèle...?

— Danang? (L'Australien rote sans retenue.) Les derniers Américains sont en train d'y faire leur valise. »

Les Américains... Foster approche justement. Accompagné d'un homme corpulent, du chewing-gum plein la bouche, et de Guidry, le Cajun de la C.I.A., toujours aussi rigolard avec sa casquette de réclame. Foster, son teint d'anémié, son œil bleu ardoise, de cette couleur que doivent avoir les banquises à la tombée du jour. Faut-il qu'il ait besoin de se changer les idées pour qu'on le voie sortir ainsi de son bunker!

« Danang va tomber, déclare-t-il en s'asseyant à notre table avec les deux autres. Les Nord-Vietnamiens vont atteindre la côte. Au nord, ils ont franchi le parallèle et culbuté la garnison de Quang Tri. Tout craque. »

D'expulser ces mauvaises nouvelles de ses lèvres exsangues semble l'avoir soulagé. Ses traits se sont détendus et ses joues ont pris un peu de rouge comme s'il les avait passées au fond de teint.

« Et Washington ne réagit toujours pas, dis-je sans avoir peur d'enfoncer le fer dans la plaie.

— Pour Washington la guerre est finie. Ford ne va pas se remettre ça sur le dos. Vous avez vu le dernier sondage? Soixante-dix-huit pour cent des Américains sont opposés au vote par notre Congrès d'une augmentation de l'aide à Pnom Penh et à Saigon. Douze pour cent seulement y sont favorables. Les communistes peuvent avoir le vent en poupe, Ford joue au golf à Palm Spring. »

Il a un rire étrange. (Un médecin légiste découvrant un bouchon de champagne dans la gorge d'un noceur trouvé mort devant une boîte de nuit.)

286

Le mâcheur de chewing-gum dirige la World Airways, une compagnie au service de l'ambassade américaine et de la C.I.A. Il parle français comme un acteur mal doublé. Il articule en poursuivant sa mastication laborieuse : « Bientôt nous ne pourrons plus nous poser à Danang. La base va être submergée par les réfugiés de Huê qui cherchent à se faire évacuer vers le sud.

– Huê! (J'ai l'impression d'avoir sauté en l'air.) Mais Thiêu vient de déclarer que la ville serait défendue.

– Trop tard, réplique Foster. Le général qui commande là-bas avait donné le signal de l'évacuation. La 1ʳᵉ division d'infanterie, la plus belle unité de l'armée vietnamienne, commençait à se replier sur Danang quand Thiêu a parlé. Maintenant, elle ne peut plus faire demi-tour. Elle en est empêchée par tous les gens de Huê qui se rappellent les massacres de 1968 perpétués par les communistes et s'enfuient à toutes jambes.

– *Mess!* » jette de nouveau Benson.

Dans la même coulée d'amertume, Foster avoue que sur l'ordre de Washington l'ambassade se vide progressivement de son personnel américain. Que l'on ne garde que les éléments essentiels. Et d'une voix plus forte, pour bien montrer qu'il est, lui aussi de cet avis : « Notre ambassadeur méprise ces mesures de précaution, car il refuse de croire à l'effondrement. Il est persuadé qu'avec sept cents millions de dollars supplémentaires, Thiêu pourrait mobiliser de nouvelles unités et reprendre le dessus. Il espère bien avoir gain de cause à la Maison-Blanche.

– Et moi, ajoute le Cajun en s'adressant à nous, j'espère bien que vous allez imprimer ça dans vos journaux de merde. »

J'observe Foster au moment où son nez bute contre son verre comme celui d'un poisson contre la paroi d'un aquarium. Il ne m'a jamais inspiré de sympathie. Et pourtant, à l'instant, je sens flotter doucement allant vers lui et sortant de moi une certaine indulgence. Flotter comme la fumée bleue de la cigarette que Guidry vient d'expulser. Indulgence pour un homme qui s'insurge contre la lâcheté de son pays. Qui comme moi ne peut pas admettre cet abandon. Une idée m'effleure : si je lui demandais son aide pour arracher Jade à son pays, lui procurer un visa? Idiot! S'il a prolongé son séjour, ce n'est pas peut-être pour la voir s'en aller. Et puis Jade m'appartient. Je n'ai pas à la confier à un autre. Surtout pas à lui.

L'homme au chewing-gum nous annonce qu'il doit se rendre à Danang demain avec l'un de ses 707. Il ajoute une phrase, mais une bouchée l'englue. Guidry nous traduit : « Il nous emmène si vous le voulez. » Nous acceptons, bien sûr. Le Cajun sera aussi du voyage. Celui-là rit comme si nous devions partir ensemble au carnaval de La Nouvelle-Orléans.

Une fois seul avec Desmaisons le remords repart à l'assaut. Où est Lemaître? Desmaisons nie toute inquiétude. Pour me tranquilliser? « Se faire du mouron pour un démerdard comme lui! A l'heure qu'il est, il s'envoie un scotch à Dalat, les doigts de pied en éventail. »

Tournée des lieux où les nouvelles de la brousse arrivent toujours grâce à de mystérieuses filières. Longue station chez le vieux Bonelli où les langues vont bon train parmi les Français que l'espoir commence à lâcher. Dalat? Les maraîchers ne s'y risquent plus. Le téléphone avec Dalat? Même en temps normal il ne fonctionne pas. A cause des éléphants. Ils renversent les poteaux parce qu'ils n'aiment pas leurs bourdonnements... Un barbu pose l'index sur une carte épinglée au mur du bar. (Il possède un petit avion et connaît tous les recoins de ce pays.) Il touche un endroit que de nombreux doigts ont déjà foulé, le marquant comme un piétinement d'éléphant au bord d'une mare. A son avis les gens de Ban Mê Thuôt n'ont pas dû vouloir s'enfuir vers Dalat, mais plutôt vers Nhatrang. « Par cette route. » Comme ceux de Pleiku et de Qui Nhon qui ont filé droit vers Qui Nhon, vers la mer. (Nhatrang, si bas sur la carte, si loin de Danang où nous allons.)

Revoir Jade avant de partir. Impossible. Chez elle le téléphone ne répond pas, et à son bureau, on m'informe qu'elle s'est absentée pour la journée. Et nous nous envolons dans la soirée, quittons cette ville, sa coupable insouciance, et nous atterrissons sans coup férir à Danang. Dans la folie.

Danang encerclée par les réfugiés, par la foule sourde et aveugle qui veut envahir la base militaire, l'aéroport, le port. Qu'il faut repousser sans ménagement comme on repousse à coup de rame des naufragés accrochés à un radeau en train de sombrer. Et ces photographes, ces cameramen, ces artistes de la plaque sensible et au cœur insensible qui tirent, tirent dans le tas, sourds et aveugles.

« C'est décidé en haut lieu, jubile Joe Guidry, épanoui. On va vider tout ça en huit jours grâce au plus grand pont aérien jamais réalisé au Viêt-nam. Il ne restera plus un seul civil ici. »

Trois jours à Danang, trois jours et trois nuits dans la grande termitière chambardée, et pas de pont aérien en vue. «On attend les ordres de Washington, dit le Cajun, ils vont venir. » Et il nous donne quelques nouvelles réconfortantes. La décision de Ford d'envoyer à Saigon le général Weyand, l'ancien commandant en chef au Viêt-nam. Et sa promesse de faire tous ses efforts pour obtenir des congressmen le vote des crédits demandés. Mais je sais aussi qu'il nous cache quelque chose : le Congrès vient de se mettre en vacances jusqu'au 7 avril. Sourd et aveugle.

Un château de sable miné par la marée montante. C'est cela, à présent, le Viêt-nam. Chaque jour un pan de mur s'écroule dans un bruit épouvantable. Après Pleiku et Kontum vient le tour d'An Lôc, à la frontière cambodgienne, à une heure de route de Saigon. L'ennemi se rapproche du donjon. An Lôc, « paix et prospérité », en **vietnamien.** Assiégée et résistant victorieusement en 1972, et évacuée aujourd'hui sans combat. Car on ne se bat nulle part comme on devrait se battre. On se replie en désordre. Vers le donjon. Comme si Saigon était devenue un terrain neutre, interdit à la guerre, ou une jetée inexpugnable, une île insubmersible.

Cinq jours à Danang, et Huê tombe. Bras en l'air. La capitale impériale se rend, oubliant ses milliers de morts héroïques de 1968, le courage surhumain de la First Cav et des paras vietnamiens. Je pense au colonel Binh et à ses « gaziers ». Au désespoir du petit colonel qui a reconquis cette ville maison par maison il y a sept ans. Binh en guerre depuis vingt-trois ans.

Des hauts plateaux, les Nord-Vietnamiens se ruent en direction de la côte. Torrent impérieux arrachant tout, broyant tout dans sa course vers la mer. Le 27 mars, chute de Qui Nhon à quatre cents kilomètres au sud de Huê. Le Sud coupé à la ceinture. Le dragon d'Annam sectionné par le milieu comme un vulgaire lombric. La plage de Qui Nhon noire des cadavres de Pleiku, de leurs valises gonflées, de leur linge éparpillé, de tous leurs biens au soleil abandonnés au grand soleil. Qui Nhon, et à peine à deux cents kilomètres plus au sud, Nhatrang où est peut-être Lemaître.

Il n'y aura pas de pont aérien à Danang. Seulement quelques Boeing dont on guette le ronronnement, les yeux collés à l'horizon. Pas de pont aérien car c'est trop tard. L'encerclement de la ville, de la base et de leurs milliers de réfugiés s'ébauche déjà dans les faubourgs. Trente-cinq mille Nord-Vietnamiens resserrent lentement leurs tenailles sur la seconde ville sud-vietnamienne.

Trois explosions coup sur coup. « Les roquettes ! » Nous courons nous mettre à l'abri. Courons vers l'un des hangars bétonnés en bordure de la piste d'atterrissage, courons avec d'autres reporters dont nous venons seulement de découvrir la présence.

Les avions ont atterri. Ils continuent de mugir tout en avalant leurs foules pressées. L'embarquement a lieu sans trop de désordre. Quand la première roquette s'écrase sur la ville. Alors c'est le signal. Comme si les Nord-Vietnamiens avaient lancé non une fusée mais un ordre. L'ordre d'envahir les pistes, de monter à l'assaut des Boeing abandonnés par leurs gardes mués eux-mêmes en fuyards.

Pitié, pauvre pitié ! Encore une fois il n'y a pas de raison de penser à elle, de lui faire une petite place dans la tête à côté de tous les réflexes professionnels. Ne sommes-nous pas seulement des témoins ? Des spectateurs ? Irresponsables. Étrangers à la souffrance des hommes. Vous avez vu ce drame, ces femmes que l'on écrase, ces enfants qui étouffent, ces fuyards mitraillant d'autres fuyards ? Non ? Nous passons. Des passants ordinaires.

Guidry apparaît. Il a perdu sa casquette de pêcheur d'écrevisses, don d'une marque de bière. Mais il a un enfant sur les bras. Une mère l'a hissé là, dans la cohue. Là, en Amérique, déjà, espère-t-elle. Il essaie de s'approcher de nous, de notre enceinte gardée, demeurée jusqu'à présent inviolée, mais il n'y parvient pas. Un footballeur américain, le ballon dans les bras, quinze joueurs pendus à ses basques. Quand atterrit le dernier avion. Nous savons qu'il n'y en aura pas d'autre. Et la multitude le sait aussi. Car les missiles tombent maintenant sur le terrain, et dans peu de temps les pistes seront impraticables.

L'avion s'immobilise et l'on roule les passerelles jusqu'à ses portes. Cette fois-ci, tout va bien. La troupe contient la foule. Pas pour longtemps ! Une barrière se renverse, puis une autre. Un fleuve. Des milliers de réfugiés se bousculent, tombent. Je vois Desmaisons se jeter dans la masse et j'en fais autant. Lacérée, sa chemise canari flotte derrière lui comme si son dos avait pris feu. Comment arrivons-nous à l'avion? Arrivons-nous avec Guidry et son enfant à monter sur l'un des escabeaux roulants alors que le Boeing rugit déjà d'impatience? Scène à jamais enchâssée dans ma mémoire comme une relique. Je me sens poussé, porté jusqu'à cette passerelle que des grimpeurs agiles escaladent comme des gosses le mur d'un verger. Et quand je suis dessus, j'aperçois une femme. Prisonnière de la foule, en bas. Une jeune femme qui me tend un paquet, une boule enveloppée de serviettes, un bébé. Qui me tend douloureusement ce fruit de sa personne et me prie de le prendre, et joint ses mains sur son front en signe de gratitude, et me sourit, même, quand j'ouvre les bras et les referme sur le précieux fardeau. Sourire de Jade.

A présent le Boeing s'énerve, trépide, car les communistes ajustent leur tir. Et les hommes (où sont donc les femmes?) entrent, entrent toujours dans l'avion, bourrent l'avion, se tassent à plusieurs sur les fauteuils, s'accroupissent dans le couloir. Trois cents hommes comprimés. Et l'équipage et les marines ne parviennent pas à repousser les passerelles et à manœuvrer les portes. Et tout à coup le pilote décide d'en finir. L'avion desserre ses freins et bouscule les passerelles. Je vois alors par les hublots des hommes lâcher prise et s'écraser sur le bitume, ou rouler comme des rondins sous le souffle des réacteurs. Je vois des grappes humaines tomber de plus haut encore. Tomber du train d'atterrissage comme des serres d'un épervier où elles étaient accrochées. Tomber et s'aplatir sur la piste grise pour ne plus bouger. Et je vois, quand l'avion rase la plage, des milliers d'hommes et de femmes qui s'avancent dans la mer. Qui marchent dans la mer en étreignant leur enfant, marchent vers des péniches et des bateaux de pêche. Des dizaines et des dizaines de corps étendus dans la mer, piétinés par les vagues comme s'ils l'avaient été par les hommes.

Dès notre descente d'avion à Tân Son Nhut, Guidry a remis sa charge à une assistante sociale. Je ne veux pas me dessaisir de la mienne. Comme si cet enfant m'appartenait définitivement. Charge d'âme. Cette mère me l'a confié, je n'ai pas le droit de l'abandonner au premier venu. Jade s'en occupera. J'en suis sûr. Elle m'a laissé un message à l'hôtel. « Sonne deux fois et refais ton appel. »

291

Une heure après, elle m'attend dans la voiture noire, sous les grands arbres de l'avenue voisine. Elle me voit m'approcher avec mon paquet. Et dès qu'elle a compris de quoi il retourne, elle fond, se pâme. Et la voilà serrant déjà le bébé contre elle avec un air de possession. Et s'exclamant comme le ferait une infirmière à la porte d'une accouchée : « C'est une fille! » Et moi, tout penaud : « Ah! bon? » Je ne m'étais pas encore posé la question! Et maintenant, nous rions tellement tous les deux, et Caoutchouc aussi avec ses chicots, que l'enfant fond en larmes. Alors Jade le berce tendrement, couvre de baisers son nez miniature, ses paupières d'Esquimaude tirée du sommeil.

Hông. La rose. Elle s'appelle ainsi. C'est écrit sur un morceau d'étoffe autour de son poignet. « Deux ans, note Jade après avoir calculé sur ses doigts comme une écolière. Elle a deux ans, c'est un beau bébé pour son âge. » Je n'en reviens pas. Elle est si menue, si légère! Deux ans? Je lui donnerais six mois tout au plus. Mais elle m'explique. M'apprend qu'à sa naissance l'enfant vietnamien a déjà un an. Et deux ans le jour du Têt qui suit sa venue au monde. Même s'il a vu le jour trois mois avant cette fête. Comme c'est le cas pour Hông qui n'a donc, en réalité, que trois mois. « Décidément, dis-je, vous ne ferez jamais rien comme tout le monde. » Et nous redoublons de rire.

Comme je l'ai prévu, Hông peuple aussitôt la solitude de Jade, remplit sa vie jusqu'au bord.

« Elle est notre enfant, me dit-elle. Tu es son père et je suis sa mère. J'en ferai une vraie Vietnamienne. »

Et je me sens partagé entre les reproches et les louanges que je m'adresse à moi-même. Reproches de lui avoir fourni une autre raison de s'accrocher à cette terre, de refuser le déracinement. Avec ces petites racines supplémentaires. Et louanges pour ce cadeau de chair qui ne peut que nous lier davantage, nous greffer comme deux sauvageons.

Dix fois je lui raconte comment ce bébé m'est tombé du ciel. Mais elle n'en démord pas. Si sa mère a décidé de s'en séparer, de le donner à quelqu'un, c'est parce qu'elle voulait le soustraire aux griffes des *ma qui*, des mauvais génies.

« Cette femme devait craindre pour la santé de Hông, imagine-t-elle, extatique, comme pénétrée par une soudaine illumination, et elle a rusé avec les *ma qui*, elle a fait semblant

292

de se désintéresser d'elle. Et ce détachement va les décourager, ils vont cesser de l'assaillir. Elle aurait pu tout aussi bien faire semblant d'abandonner Hông dans un marché. »

Je n'ose pas lui révéler que les *ma qui* en question portent des sandales Hô Chi Minh et le drapeau rouge.

La curiosité me pousse à lui demander comment Tô Van Hùng a accueilli l'arrivée de cet enfant inconnu sous son toit. « Très bien, répond-elle. Pour lui, c'est très simple : j'ai rencontré sa mère au marché et elle m'a demandé de l'adopter selon la coutume du *bo cho*, de l'abandon au marché. » Les orphelins courent les rues. Son père a dû plutôt penser qu'elle a eu pitié de l'un d'entre eux. De toute façon, malade comme il est, Tô Van Hùng ne se préoccupe guère des faits et gestes de sa fille et de la vie de la maisonnée. Jamais il ne quitte sa chambre. On ne l'a vu qu'une fois, cette année, dans le salon du rez-de-chaussée. Le jour du Têt. Pour la cérémonie devant l'autel des ancêtres. Il est si faible ! Chaque matin, Jade remercie tous ses dieux – et cela exige du temps – de ne pas avoir profité lâchement de la nuit pour le lui ravir.

Mais ce matin, c'est de la campagne que parviennent les noires nouvelles. De Câu Ba, son vieil oncle. Mourant, ou peut-être même déjà mort. Elle doit donc se rendre à Cântho sans tarder. Je lui propose de l'y conduire demain en voiture. Demain. Car Desmaisons utilise la 2 CV toute la journée. Non, dit-elle, aujourd'hui. Tout de suite. Elle est la plus proche parente du moribond, et il lui importe de connaître l'heure exacte où il rendra le dernier soupir. Informé de cette précision, le bonze sera ainsi en mesure de rechercher, par des calculs appropriés, si le décès ne risque pas d'en entraîner un autre dans la famille.

Aller à Cântho. Aujourd'hui. Tout de suite. Elle décide d'emprunter le car chinois. Pourquoi pas la voiture de Caout-chouc ? Non, depuis que son maître garde la chambre, Caout-chouc ne s'éloigne plus de Saigon. Le car chinois ! Avec ces routes coupe-gorge ! Alors je lui propose aussitôt : « Je t'accom-pagne. » Elle confie Hông à Thiêm Bay et nous montons dans la voiture noire, allons au marché central d'où rayonnent la plupart des autocars desservant le delta. Et chemin faisant, alors que nous croisons la navette de l'aéroport chargée de voyageurs, elle m'avoue : « Pham est parti. » Elle m'avoue cela si vite et sur un ton si banal que je ne l'enregistre qu'avec

293

retard. Comme on ne ressent qu'après coup la brûlure d'une aiguille plantée d'une main experte.

« Il aurait voulu t'épouser ici, n'est-ce pas?

— C'est ce que mon père espérait. Mon pauvre père! Son rêve. Mais Pham avait trop peur de rester ici. Même pour un mois, Pham a toujours eu peur de la guerre. »

Sa bouche, son nez se froncent comme sous l'effet d'une saveur amère. Peur. C'est bien ce mot qui lui donne cette expression de mépris.

La peur ne me taquine pas un instant pendant le voyage en autocar. La peur de tomber dans une embuscade sanglante. Serré entre Jade et une paysanne débordant de graisse et de paquets, mâchonnant philosophiquement son bétel, je savoure, au contraire, tous les charmes de cette promenade champêtre. Admire cette Beauce piquetée de cocotiers, avec ici et là, au milieu, un *nhà quê* tout seul, immobile. Tout seul comme une statue dans un parc. Et ici et là, la verrue noirâtre d'un buffle aussi immobile, et par-dessus, un pique-bœuf saisi de la même contemplation. Et par-dessus encore un ciel chauffé à blanc. Danang, où est Danang, où sont les troupeaux affolés? Pourquoi faut-il toujours qu'une moitié du Viêt-nam ignore le sort de l'autre?

Mais sur le bac, dans le brisement de l'eau, dans la jacasserie des gens, je retourne à Dak Lak, à la promenade en barque avec Lemaître, à ses si confiantes paroles. Et comme un vieux refrain agaçant, mon remords radote. Et Jade doit le sentir car sa main recherche soudain la mienne, indifférente à la curiosité des autres.

Le vieil oncle ne nous a pas attendus. Son corps repose sur le sol de la chambre. Non sur son lit. On vient juste de l'étendre là, sur les carreaux vernis en souhaitant que le principe vital épars dans la terre le ranime. Quelqu'un est monté sur le toit de la maison avec le même espoir. Il agite un vêtement du défunt et crie son nom à trois reprises, et crie après son *hôn*, son âme indestructible, et après ses *via*, ces fluides qui abandonnent les cadavres à la pourriture.

Mais Câu Ba ne bouge plus. Malgré tous ceux qui autour de lui l'appellent avec une belle conviction. Alors, pour s'assurer de l'arrêt de ses poumons, on lui met sous le nez quelques filaments de coton. Puis une vieille femme recouvre son visage d'un carré de soie blanche pour que son âme y passe. Puis on procède aux ablutions de sa dépouille avant de la revêtir du costume princier des mandarins. De la mitre en crins noirs, de la robe de brocart à grands ramages, avec ses ailes dans le dos et ses pierres fausses à la ceinture, des énormes bottes chinoises aux épaisses et blanches semelles que Câu Ba n'a portées qu'une seule fois, le jour où on l'a reçu à la cour de Huê. Et l'officiant au crâne astiqué comme un cuivre – bonze ou sorcier? – glisse entre les lèvres grises du riz gluant cru et trois pièces de monnaie ancienne, symboles de la nourriture et des frais « pour le thé », de ces viatiques indispensables pour bien voyager. Et après la mise en bière, il approche un miroir des yeux à jamais fermés et prononce cette oraison : « J'ouvre les yeux du mort pour qu'ils soient accessibles à la lumière. » Puis avec un couteau il pratique trois entailles sur le cercueil. A la tête, au centre et aux pieds, et dit : « Coupons les malheurs que le Ciel nous envoie, les morts obtiendront la félicité et leur famille vivra longtemps. » Puis on procède à la mise en bière.

Toutes les femmes présentes se mettent aussitôt à l'ouvrage, et Jade les aide, cachant son inexpérience derrière la grâce de ses gestes. (Elle a changé de robe, passé un *ao dài* immaculé.) Les mains s'agitent autour du mandarin couché dans son suaire de coton rouge. Elles calent son corps avec du papier or et argent, et avec les habits qui le revêtaient au moment de l'agonie, comblent les vides avec des paquets de thé, sans oublier le jeu de cartes et le calendrier qui sont toujours bien utiles au cours d'une longue route.

Je crois bon de m'éclipser au moment où l'on boucle la porte de la pièce avec un drap blanc. La veillée commence. Le mort va partager ses repas avec l'assistance sur une table installée près du cercueil. Et trois fois par jour on renouvellera ses mets.

Le chemin au tombeau devra être purifié des influences néfastes, ces puissances du mal que la pourriture de mort attire comme les mouches. Alors à minuit, à l'heure où abondent ces êtres de sac et de corde, Jade se rend, accompagnée des garçons de cérémonie (robe bleue et toque noire de bachelier), au carrefour le plus proche pour offrir un poulet, du bétel et une fiole d'alcool aux génies vicinaux.

Et ce matin, donc, à neuf heures, l'heure fixée par le bonze et le sorcier, se déroule la levée du corps. Coups de claquette. Le mort quitte le sol au bout de seize bras musclés et se retrouve sur son brancard en forme de dragon, tête menaçante et queue en fer de lance. On a posé une maison en papier sur le cercueil, un véritable modèle réduit avec ses différentes pièces et ses meubles sculptés et incrustés. La maison du défunt dans l'autre monde. Et l'on a posé, à l'avant et à l'arrière, une tasse remplie d'eau que les porteurs veilleront à ne pas renverser pendant le trajet s'ils veulent recevoir une forte récompense à l'arrivée. Car dans le cas contraire, l'âme du vieil oncle risque de se sauver, effrayée, et de s'égarer, d'errer à la recherche de sa dépouille jusqu'à la fin des temps pour le malheur du mort et de ses héritiers.

Le convoi funèbre se forme. En tête, très fiers de l'être, deux porteurs avec une lanterne sphérique. Et derrière, d'autres porteurs avec un mannequin représentant un guerrier, avec une banderole arborant les titres honorifiques de Câu Ba, avec une oriflamme en soie rose annonçant son grade de mandarinat. Et d'autres porteurs encore avec une table supportant une psyché, un pot de fleurs, un brûle-parfum fumant comme les naseaux d'un animal enragé. Et d'autres encore avec toutes sortes de victuailles. Et l'orchestre. Tambours, cymbaliers, flûtistes. Suivis de porteurs de tablettes clamant les deux vertus cardinales de l'homme, le loyalisme et la loyauté. Et puis l'autel du défunt avec son portrait dressé au milieu comme sur une commode. Et enfin le brancard.

Alors, au moment où je crois que nous allons nous mettre en marche, j'assiste à une scène étrange. Souffle coupé. Je vois Jade sortir des rangs et se porter à l'avant du cortège. Et tout à coup tomber à genoux, puis se coucher, s'allonger en travers du chemin. Geste d'humiliation ? De désespoir ? Je la vois embrasser la terre, la poussière, salir son beau corps de fée, et demeurer ainsi dans la plus grande immobilité. Statue mise à bas.

Et je me dis aussitôt : Jade est morte.

Je suis persuadé que c'est elle que l'on conduit à l'instant au cimetière. Pour elle que de vieilles croyantes psalmodient des prières en tenant au-dessus de leur tête un long pont en étoffe. Pour elle que l'on répand sur la route des lingots en papier d'or et d'argent, de la monnaie de singe afin d'acheter la complaisance des génies.

Je me dis : Jade est morte et je la conduis au cimetière. Ça ne pouvait pas finir autrement.

Mais non, elle n'est pas morte. Elle s'est relevée dès le signal de départ, dès les deux coups de claquette et les premières notes de l'orchestre. Et elle marche avec les autres. Marche à côté de moi. Son *ao dài* porte encore quelques traces de poussière et son front aussi, à la naissance des cheveux. Je m'emploie à les faire disparaître avec son mouchoir. Mais sans succès.

Et elle dit : laisse, tu n'y arriveras pas. C'est de la terre de mon pays.

C'est vrai que cette terre tient à elle, s'accroche.

Le long du fleuve, le cortège avance lentement. Plus lentement encore que ces jonques somnolentes. Et le soleil donne toute sa mesure. Je voudrais bien que l'on accélère le mouvement, mais les porteurs craignent de renverser leurs tasses et que l'âme du mort s'évade de la bière et détale comme un lapin.

Câu Ba est arrivé enfin devant sa dernière demeure. Devant le tombeau qu'il a fait construire avec tant de soin. Et l'officiant vient d'y descendre pour tracer, au fond, à l'aide de son bâton magique, des traits entrecroisés destinés à conjurer définitivement les démons. Et le géomancien y pénètre à son tour avec une boussole pour déterminer l'orientation à assigner au cercueil.

Jade me confie : les deux âmes vont maintenant se séparer. C'est le moment crucial. L'âme corporelle va entrer dans le tombeau avec les restes mortels. Et il faut espérer qu'elle le fasse sans traîner, qu'elle ne rechigne pas. L'autre, l'âme spirituelle va revenir avec nous, à la maison dans une tablette de jujubier. Elle va passer de ce bout de soie blanche à ce morceau de bois. Et chez nous, elle deviendra notre protection et notre conseillère.

Jade me parle encore mais j'ai peine à l'entendre. Comme si elle me parlait du fond de la terre, du fond de ce tombeau. Le ciel n'existe plus, le fleuve, la foule non plus. Linceul du ciel translucide. Étouffement mou des sons. Balles de chiffon des voix amorties. De ma propre voix. Qui interpelle Jade.

Qui lui crie : regarde !

Jade regarde et ne voit rien. Ne comprend pas pourquoi j'ai cet air terrifié.

Je lui crie encore : mais regarde, regarde donc!

Elle regarde, et elle voit l'autel du défunt que l'on vient de déposer très cérémonieusement près du tombeau comme l'exige le cérémonial. Et elle ne voit rien d'autre.

Et je crie alors : regarde, regarde sur l'autel!

Et sur l'autel Jade aperçoit enfin ce que j'aperçois moi-même. Le portrait du défunt dans son cadre de bois doré. Ce n'est pas celui d'un mandarin chamarré, ce n'est plus celui de son vieil oncle. C'est celui d'un homme au nez court, au menton brutal, aux cheveux ras et chiches, aux yeux décolorés. Celui de Lemaître.

Fatalité! Son âme va quitter le carré de soie pour s'introduire dans le bois. Et après avoir flotté un instant comme un pélican rose au-dessus des eaux dormantes de Dak Lak, elle va piquer du nez comme un cormoran affamé et disparaître dans une gloire d'éclaboussures.

Jade secoue gentiment mon bras : allons, reprends-toi.

Et elle me pousse vers l'officiant qui attend, à l'ouest du tombeau, à côté de l'autel dressé. Qui m'attend pour consacrer le passage de l'âme de la soie au bois, son changement de résidence. Et je m'avance, lourd d'une tristesse indicible. Et pendant que la maison de papier brûle sur l'autel, part en fumée sous les doigts du bonze, moi qui ne connais pas cette langue, je me mets à écrire en chinois le nom de Lemaître sur la tablette de bois. Son nom, de deux coups de pinceau qui me ravissent. Et je plante comme un vrai lettré, avec une dextérité folle, la virgule supérieure sur le caractère final : 主 *chú*. Et j'en reste comme deux ronds de flan, comme les apôtres frappés du Saint-Esprit et s'entendant parler une langue étrangère.

Dès lors tout va vite. On a fermé le tombeau après d'autres prosternations, quatre exactement. Et l'on a allumé devant sa porte scellée un paquet d'encens. Et la fumée fait éternuer quelqu'un si fort que des oiseaux blancs, attirés par le spectacle et posés sur le fleuve, décollent dans un bel ensemble comme les pigeons de la place Saint-Marc.

Et Jade dit, guillerette : on rentre à la maison.

Un air de fête s'est subitement emparé de chacun, et je n'y échappe pas. Je me sens maintenant léger au possible, débarrassé de toute souffrance morale comme si, avant de se refermer, le tombeau avait retenu, pour les garder près du cadavre, les regrets et les pleurs, ce que la mort oublie généralement derrière elle. Et incarnée dans la tablette, l'âme retourne à la maison avec nous, sur le brancard, au milieu d'un joyeux cortège.

Des groupes sont montés dans un char à bancs et l'on fait la causette, et patati! et patata! Et l'orchestre a abandonné ses marches larmoyantes pour des refrains inimaginables. Pour des rengaines occidentales martelées de coups de cymbales. La marche nuptiale de Mendelssohn, *Viens poupoule!* et *Si tu reviens*.

Et Jade me demande, plus guillerette encore : tu sens le cochon grillé? Gilles aimait tellement ça!

Bonheur de nos estomacs vides depuis l'aube, voici dans la cour où l'on entre, le festin que l'on prépare activement. Matrones époumonées, ventrues comme leurs marmites, et le bruit de leur souffle chargé d'étincelles. Cochons empalés transpirant de toute leur graisse, comme passés à la cire, gâteaux demi-sphériques sortant du four à la queue leu leu comme des pèlerins d'un autocar. Et dans un coin, couvées par quelques gardes salivants, les jarres de choum-choum, cadeau posthume du cher disparu.

Assis tous les deux sur un bat-flanc à côté des autres, nous commençons à nous servir. Et Lemaître mange avec nous, de bon appétit, à sa table, près de l'autel.

Et à un moment, dans ce brouhaha de marché couvert, il nous lance, baguettes en l'air : ce porc est délicieux, mais ça ne vaut quand même pas un bon morceau de crocodile au curry, au piment et au poivre rouge.

Et nous partons à rire.

Quand nous quittons Cântho, tard dans la soirée, le ciel est blanc, couleur de la graisse de chien. Et je me rappelle ce que le vieil oncle disait d'un ciel pareil. Que cela annonce la pluie. Comme le jaune de la graisse de poule annonce le vent. Et passé le bac, la pluie lui donne soudain raison. Mais aucun signe ne me permet de deviner qu'un message de l'ami Bordas m'attend à l'hôtel.

19

L'ami Bordas. Comment va, l'ami Bordas? J'entends encore, je vois encore Lemaître me présenter cet étrange bonhomme au corps sec, de sauterelle morte de soif. J'entends encore Lemaître, je le vois encore, mais seul Bordas est devant moi avec ses yeux de Cham énigmatique, de statue trouvée sur une île inconnue. Ses yeux à demi clos de chasseur pointant son arme. Et sa façon de les fermer tout à fait avant de répondre à une question puis de les rouvrir prudemment, de filtrer la lumière comme s'il s'employait à enfiler une aiguille.

Lemaître, il a perdu sa trace au moment de la retraite de Ban Mê Thuôt, au moment où la population, fuyant la ville, a déferlé sur Dak Lak, a tout balayé dans sa course échevelée vers la mer.

« Vous le connaissez, il n'en a jamais fait qu'à sa tête. Je lui ai conseillé de filer avec nous, il m'a dit qu'on risquerait davantage dans la brousse, qu'on allait être pris entre deux feux. Il est resté. Tout le monde a filé, tous les planteurs de thé et de café, mais lui il a voulu rester. »

Entre les cils de l'ancien guide de chasse, comme à travers un rideau de bambou, je vois la scène. Je vois Bordas dans la voiture dont il vient de prendre le volant, et à côté de lui, le supérieur de la communauté, apeuré, et derrière eux, trois novices tout frais tondus et aussi tremblants. Et je vois le vieux poste au bord du lac, et Lemaître sur sa terrasse en planches, les signes qu'il leur lance comme s'il assistait à leur départ en vacances. Et au loin, les hordes de la déroute et la meute impitoyable qui leur colle aux talons. Et le calvaire de ces réfugiés à travers la montagne et la forêt. Deux cent mille naufragés dans l'océan végétal. Direction : le littoral qui poudroie au soleil, là-bas, avec son sable, couché de tout son long comme une femme nue. Mais comment l'atteindre ? Comment franchir ces cent trente kilomètres de mauvaise piste, ces gués, ces ponts écroulés, ces barbelés de la nature que sont les épineux ? Et ces guêpiers que les maquisards, maîtres de la forêt depuis vingt ans, tendent avec la perfidie des vieux chasseurs de fauves ?

Soif, faim, épuisement. Horreur. Et vrombissement goulu des mouches sur les cadavres abandonnés. Et claquement de joie des armes. Et chute molle des corps dans les eaux des torrents furieux que la mer appelle.

Voilà ce que l'ami Bordas a connu. Et Lemaître ? Qui peut dire qu'il n'a pas changé d'avis au dernier moment, et qu'après avoir vécu cette même aventure, il ne se trouve pas aujourd'hui sur un navire voguant vers le sud ?

« C'est possible, acquiesce Bordas en disjoignant les paupières, ébloui comme s'il sortait d'un cinéma, mais je penserais plutôt qu'il est prisonnier comme Mgr Paul Seitz, l'évêque de Kontum. Lui aussi il a refusé d'être évacué, et nous savons que les Viêts l'ont capturé. »

Et comme à son habitude, le curieux homme joue maintenant au prophète, me répète ce que le bonze a vu dans l'avenir, ce qu'il lui a décrit pendant leur fuite avec le même tranquille aplomb que s'il lui avait rapporté des faits passés. M'annonce encore une fois que la guerre va finir. Mais mal finir. Que bientôt les rues de Saigon deviendront comme ces torrents de montagne, rouge sang. Que les survivants tenteront comme les pauvres Moïs des hauts plateaux de courir à la mer et de se jeter à l'eau pour atteindre de frêles esquifs. Que les toits des immeubles se hérisseront de bras tendus, d'enfants tendus au bout de bras suppliants. Résonneront des cris déchirants d'un peuple appelant le ciel et ses occupants à son secours.

Dans les rues de Saigon, en ce dimanche 6 avril, comment y croire ? Dans les rues avec Desmaisons et Tâm, à la recherche de notre pitance hebdomadaire. Comment illustrer la panique d'une ville assiégée, les derniers jours d'une citadelle, comme on nous le demande à Paris en ignorant la réalité ? Sous les flamboyants en fleur, Saigon continue sa petite vie de cigale. Danseuse éblouie par les feux de la rampe et par sa propre beauté. Continue à douter que la guerre pourrait un jour salir ses jolis souliers.

« Alors, demande Pierre Harcourt, bourru et narquois, où sont vos scènes d'émeute et de désespoir? Où est votre Bérésina? »

Harcourt, né à Hanoi. Un habitué de la ligne Paris-Saigon. Débarqué le jour même de la Caravelle d'Air Vietnam, envoyé par une agence pour couvrir Pearl Harbour et se retrouvant à Saint-Tropez en plein cœur des folies d'août. Et retrouvant les kiosques des fleuristes débordant de roses et de glaïeuls. Et les cinémas bondés avec le dernier navet à la mode. Et la cathédrale avec sa foule endimanchée. Et la terrasse du Continental avec ses habitués. Et les boulevards pestant et puant. Et cette odeur de putsch dans l'air. La chute de Thiêu. Renversé par ses généraux. Tant d'officiers l'accusent d'être l'artisan de la débâcle! Mais non. Thiêu tient bon, emprisonne ses détracteurs, punit les défaitistes, exhorte l'armée à se ressaisir. Et appuyé sur sa canne de golf, la visière au ras des yeux, Gerald Ford déclare d'un ton ferme : « Nous ne laisserons pas s'installer un régime communiste à Saigon, ni à Pnom Penh... Les États-Unis demeurent un allié digne de confiance... »

Mardi, rendez-vous avec Jade. Mardi 8 avril, annonce *le Courrier d'Extrême-Orient*, affalé sur le trottoir, les deux bras ouverts sur l'optimisme du président américain. Rendez-vous avec Jade et Hông au jardin botanique, de bonne heure, pour devancer la grande chaleur de cette fin de saison sèche. 7 h 30, peut-être. Près du musée Blanchard de la Brosse, près de l'endroit où vécut jusqu'à sa mort, en 1799, Mgr Pignau de Béhaine, le protecteur et ami de Nguyên Anh, le futur empereur Gia Long. Jade si mince dans son *ao dài* blanc, si lisse, si sage sous ses cheveux sages, dans ce sage décor d'arbres, de massifs et de pelouses. Jade et Hông sur la hanche, Vierge d'albâtre dans le parc d'un couvent.

Notre joie profonde de nous revoir comme si des jours et des jours nous avaient séparés, et ma joie particulière de redécouvrir contre elle, accroché à elle comme une feuille à sa branche, ce petit être que je lui ai offert. Et tout à coup, ces sifflements, ces explosions. Et ces cris :

« Ils bombardent le palais! »

Ce jardinier quittant sa bêche et courant, bras en l'air. Et ces deux soldats couchés dans l'herbe comme si des éclats les avaient fauchés.

L'avion – car c'est d'un avion que ce vacarme est né – recommence sa stridulation de scie mécanique, et cette fois-ci, donne du canon et de la mitrailleuse. Le palais est proche. Pas de doute, c'est bien l'objectif. Thiêu, la tête éclatée, Thiêu, les bras en croix sous les décombres. Desmaisons doit déjà courir vers ce panache noir qui prend du ventre. Et les autres. Et moi dans ma promenade sentimentale...? Je fais entrer Jade dans le petit musée, et je lui ordonne : « Ne bouge pas d'ici. » Et je fends l'air à travers les pelouses et les plates-bandes. Et je rejoins l'attroupement qui s'est formé derrière des chevaux de frise, à quelque distance du palais présidentiel, un bloc de béton, de marbre et de verre teinté que la fumée cache entièrement. Interdiction de franchir ce barrage gardé par des soldats menaçants. Surgi en scooter avec Tâm, Desmaisons peut tempêter, et Benson encore essoufflé, et Harcourt, arrivé à pied du marché, rien n'y fait.

Un peu plus tard, sorti indemne du bombardement, le président parle à la radio, dit – la vérité – qu'il s'agit d'un acte isolé, d'un jeune pilote exalté, et non d'un complot ourdi par son entourage.

« Thiêu me fait penser à un commandant de U-Boot qui se cramponne à la barre, refuse de se rendre et de faire surface. » (Harcourt. Je sais qu'il éprouvera la même douleur si par malheur ce pays sombre.)

Indifférente à l'agitation de la ville, Jade est rentrée calmement chez elle. Ne sait-on pas que les orages ne durent jamais longtemps ici? Que le soleil est toujours vainqueur? Je revois Harcourt le soir même, des nouvelles brûlantes sur les lèvres. Les Viêts approchent de la capitale. Tapis dans les plantations d'hévéas, fourmis rouges sous les feuilles mortes, ils attendent le signal. Pendant qu'au marché les vendeurs de valises en peau de buffle mal travaillée et de cantines de style militaire accumulent piastres et dollars. Des dollars à mille piastres l'unité. Je reviens de l'aéroport, encore assourdi par le bruit des adieux. Je dis à Jade pour saper son entêtement :

« Ils s'en vont tous, et lorsqu'ils ne s'en vont pas, ils expédient leur femme et leurs gosses. Il faut voir l'ambiance. »

Je lui raconte le départ des Américains. Il y a un mois, on en comptait encore huit mille. Combien en reste-t-il aujourd'hui?

Et elle m'apprend qu'elle n'a pratiquement plus de travail à l'ambassade. Et elle s'oblige à ajouter ce que visiblement une bonne moitié d'elle-même voudrait garder entre ses dents comme on retient quelqu'un par le pan de sa veste : « Jim m'a conseillé de partir... » Et je lui dis en me retenant à mon tour pour ne pas trop montrer ma satisfaction : « C'est la sagesse même. »

Enfin j'ai un allié. Mais de quoi se mêle-t-il encore ? Je lui avoue l'agacement que me procurent ses assiduités. Et elle hausse les épaules en lâchant son petit rire, son petit rideau de fumée. Et encore une fois je me dis qu'avec une autre, en France, avec Jacqueline, par exemple, je saurais depuis longtemps sur quel pied danser.

En tout cas, elle n'est pas plus disposée à écouter Foster. Elle s'enferme dans sa résolution. Le bateau coule ? Raison de plus pour s'accrocher à son bord. Et puis a-t-on jamais vu un Sud-Vietnamien se noyer ? A trois ans, l'enfant qui tombe du sampan familial ne se noie pas. Comme un caneton, il fait déjà, sans les avoir appris, les mouvements qui vont le sauver. « Nous surnagerons toujours. » Et puis les Sudistes sont plus malins que les Tonkinois. Et plus riches. « Personne ne meurt de faim, chez nous. Du riz, du poisson, il suffit de se baisser pour en ramasser. Alors que là-haut, c'est la misère. Nous survivrons toujours. »

Plus malins, plus riches... Lemaître me disait cela aussi au bord de son lac tranquille. Les Polonais aussi disaient cela, et les Roumains, et les Hongrois...

A l'aube du 11 avril, ces coups redoublés contre ma porte, à l'hôtel. Tâm. Avec son rictus à contretemps :

« Ils ont attaqué à Xuân Lôc. Deux mille hommes et des chars. La ville est aux trois quarts prise. »

Xuân Lôc, à soixante-dix-huit kilomètres d'ici ! Cette journée, cette nuit passées dans la plantation de Xuân Lôc avec Jade... Quand était-ce ? L'infini des hévéas, le silence. La guerre avait si peu d'importance ! Et ce dîner où l'on avait parlé chasse, et cette partie de cartes dans la nuit. Et Lemaître...

Desmaisons tiré du lit de la même manière, déjà prêt, chargeant ses appareils dans le couloir, dépeigné comme un gamin bagarreur. Et Benson réveillé par le bruit, suppliant qu'on l'attende, son gros corps emballé dans une serviette, déjà en sueur. Un boxeur au sortir du ring.

Et une heure après, au fond d'un camion, tous quatre agglutinés à une cargaison humaine en treillis camouflé, en béret marron. De farouches rangers truffés de grenades, la poitrine barrée par une bande de cartouches comme celle des coureurs cyclistes par leur boyau de rechange. Secoués dans ce camion, enfumés de poussière rouge. Et tant que ce camion roule avec les autres, avec le bruit des autres, ce sursis que nous laisse la peur, que nous savons si fragile, prêt à nous abandonner au premier arrêt des moteurs. Quand nous entendrons vraiment la guerre.

La voilà. Avec le tapement des Chinook, leur chahut de moissonneuse-batteuse, les coups de fouet dans l'eau des mitrailleuses électriques, les explosions sales, assourdies par la boue. Avec les cris des hommes, des braves, des couards, des fous, des révoltés. Tout ce que nous croyions avoir oublié et qui nous rappelle brutalement à l'ordre.

Tâm a réussi à recueillir quelques miettes pour nos carnets de notes. Des chiffres. Trois divisions nord-vietnamiennes, un régiment de chars, une trentaine de pièces tractées soviétiques de 130 et de 152. Et du côté sudiste, une division d'infanterie, une brigade de paras, des rangers, des blindés. Mais pour comprendre leurs manœuvres, rien à faire. Comme d'habitude. Pauvres stratèges penchés sur leur carte à l'abri des sacs de sable, comment s'y reconnaissent-ils eux-mêmes?

Binh, le petit colonel! Je viens de l'apercevoir, sautant d'une Jeep en marche. Et à présent donnant des ordres à un groupe d'officiers près d'une maison en ruine. Calme, tout à son affaire, sans plus de souci pour ces éclats qui trissent qu'un soudeur à l'arc pour ses étincelles.

Plaisir de découvrir un visage familier dans l'anonymat de la mêlée, sous l'acier égalisateur. Il nous dit que les communistes occupent une partie de la ville et de la plantation, mais que ses «gaziers» ont contre-attaqué, cette nuit, et que les autres commencent à décrocher. Binh. Quand décrochera-t-il, lui-même? Quand quittera-t-il son casque et son colt pour regarder ses enfants grandir? Sur son cou, du côté droit, la cicatrice grimpe vers la joue, sanglante comme si elle sourdait directement du cœur.

«Ce que je vous disais à Huê... Vous vous souvenez? Les Américains... Vous voyez ce qu'ils ont fait, ce qu'ils font...

305

Tous ces gaziers qui sont morts à côté des nôtres. Pour rien. »

Mais la guerre crie après lui, l'appelle, ouvrier que sa machine réclame. Alors il escalade sa Jeep et disparaît dans la poussière comme un cavalier rattrapant son peloton.

A présent les hévéas s'approchent en colonnes serrées, rectilignes, sous leur fourrure lustrée, carrés de grenadiers à l'attaque. Et par bonds successifs, les rangers avancent d'arbre en arbre. Tandis qu'un blindé roule de conserve, ravalant sa rage, cliquetant doucement de ses chenilles comme un fantôme de ses chaînes. L'usine, la maison du planteur, la piscine... Reconstruction du décor. Mais où sont mes personnages? Morts? En tout cas les coolies ont survécu. Sourds à la bataille, comme le *nhà quê* sous son abat-jour (sous cette cache moins faite pour protéger du soleil que pour fuir le monde), ils perpétuent leurs gestes de saigneur. Attentifs au seul sang qui s'écoule de leurs arbres.

Toute la nuit ainsi. A voir le ciel se déchirer soudain sous les fulgurances. Rideaux d'un château en feu. Vitraux d'une cathédrale bombardée. Et puis l'aurore enfin, sereine comme un jour de paix, si étonnée elle-même d'arriver à bon port malgré une nuit pareille. (Un soleil de dimanche d'été sans douleur d'enfantement.) L'aurore. Alors on se dit : maintenant ça va finir. Après une nuit blanche, l'homme a besoin de repos. Mais non. Ça recommence. La danse des pantins casqués derrière les arbres et les éventrations de la terre rouge, et la procession des brancards couverts de chairs souffrantes. Et l'alignement des blessés couchés sur les feuilles, et celui, à leur tête, de leurs fusils fichés en terre, la bouteille de plasma sanguin suspendue à la crosse. La machine à tuer qui redonne vie.

Et Binh sautant à nouveau de sa Jeep, sautant, cette fois-ci allègrement comme un pompier d'un autobus, un samedi soir :

« Ouf! on a dégagé la ville. Ils ont laissé quatre cents gus sur le carreau. Ça va remonter le moral de tout le monde. »

Sa balafre rutile maintenant comme de beaux caractères chinois, ceux des jours de fête.

Nous devons rentrer à Saigon pour expédier câbles et photos. Et personne, vraiment personne n'a trouvé mauvaise cette décision de quitter la bataille, de rompre avec la guerre.

Chez le reporter il y a deux hommes en un. Monsieur Casse-cou et Monsieur Prudence. A un moment ou à un autre, fatigue aidant, nerfs à bout, le second l'emporte sur le premier. Messieurs Prudence retournent donc vers la civilisation. Vers un autre monde. (Je me pince, je n'en crois pas mes yeux.) Trottoirs bondés comme un bal. Nymphettes poids plume lustrées comme des plumes, en amazone sur les scooters. Jeunes gens aux poignets étincelants de montres et de gourmettes. Boutiques tapageuses comme des poitrines de demi-mondaines. Klaxons italiens. Airs à la mode. Drôle de peuple. A soixante-dix kilomètres d'ici, on se bat, on meurt, je peux le certifier, le crier sur les toits. Vraiment? Vraiment? Et je vois en sortant de la poste des centaines de visages illuminés flamboyant d'une foi indestructible alors que la cathédrale annonce aux quatre vents la bonne nouvelle. Celle de l'ordination de vingt-cinq prêtres. Vingt-cinq nouveaux représentants de Dieu sur cette terre vouée au démon. Vingt-cinq chasubles blanches marquées d'une croix rouge. Vingt-cinq paires de mains jointes au milieu de la foule joyeuse des parents, des amis. Vingt-cinq paires d'yeux flamboyant d'une foi indestructible au milieu de la bataille. Drôle de peuple indestructible.

Au Continental et au Caravelle, juste en face, les journalistes débarquent à pleins taxis d'Europe, d'Amérique, du Japon, s'entassent à deux ou trois dans les chambres, déballent leur attirail en vue de la grande production internationale. Tandis qu'à côté, le Brinks, l'hôtel réquisitionné par les Américains, se vide clandestinement, la nuit, perd ses clients, un à un, comme frappé d'une épidémie foudroyante.

Jade. J'attends le soir pour la rencontrer. Juste avant le couvre-feu, avant neuf heures. Il m'est devenu impossible de cacher plus longtemps à Tâm où je passe parfois mes nuits. Car il lui faut me retrouver vite en cas d'urgence. A mon aveu, il m'a montré son rire idiot, cette grimace qui le défigure comme certains génies rigolards et insolents dans les pagodes. Et cette fois-ci, je m'en suis accommodé. Il y a belle lurette que mon secret n'en est plus un pour lui.

Jade est venue me rejoindre sous la douche qui me lave de toutes mes fatigues. Et une nouvelle fois, nous avons mêlé nos corps ruisselants. Et maintenant, sur le lit, je lui rapporte tout ce que j'ai vécu à Xuân Lôc. Mais elle ne m'écoute pas, m'offre encore sa belle indifférence. Et je lui rapporte aussi tout ce que l'on raconte en ville. Que Thiêu fait expédier en Suisse les seize tonnes d'or de la réserve nationale. Que les commerçants de Cholon achètent des kilomètres de tissu rouge et jaune en prévision du pavoisement auquel les vainqueurs vont astreindre chaque habitant. Que tous les civils américains ont reçu pour consigne de se préparer à partir dans les trente jours. Je lui rapporte tout cela, assiégé de nouveau par le fol espoir de l'ébranler. Et je lui demande :

« Tu m'entends, Jade ? »

Et elle fait « hon-hon », la bouche pleine. En mangeant un mangoustan, couchée sur le ventre. Rien d'autre ne compte pour elle que le travail de ses doigts occupés à extraire la pulpe blanche de ses petites alvéoles. Alors je revois l'homme et sa gouge au pied de son hévéa, pendant la bataille. Et le paysan sous son chapeau parasol, dans sa rizière labourée par les chars. Et le tic de Tâm. Quand un geignement me tire de mes réflexions. Hông. Je l'avais oubliée! Hông dans son berceau, sous sa moustiquaire, au fond de la pièce. Jade a sursauté. Attentive, dès lors, tout yeux, tout oreilles. Qu'ai-je pensé d'elle? Qu'elle était absente, qu'elle avait la tête ailleurs? Elle a bondi jusqu'à l'enfant et elle a plongé la tête dans le tulle qui pend du plafond comme un dais royal. Et dénouée, la serviette qui lui ceignait les reins a glissé à ses pieds. Petit tas mouillé. Nue, maintenant, sous son voile flottant, mariée impudique.

Elle a pris Hông et elle m'a rejoint sur le lit. Et je la serre contre moi, les serre toutes les deux. Et elle parle doucement au bébé pendant que je les étreins doucement mais sûrement. Personne ne pourrait dessouder mes bras. Même pas la guerre. Personne. Je les tiens et les tiens bien. Il y a des choses comme cela plus fortes que la force elle-même, que la volonté de millions d'hommes.

A présent elle s'est mise à chanter une berceuse. Cinq notes qui reviennent sans cesse. Do mi fa sol la. Je les tiens toujours, et j'entends à travers sa voix celle de Lemaître tandis que le soleil descend sur le lac et que des aigrettes tracent des jambages à l'horizon, une phrase au bout d'une page. « Promets-moi, petit, si un jour elle courait un danger quelconque et que je ne sois pas là... » Et je les serre soudain si solidement que Hông laisse échapper un petit cri.

A six heures, après cette nuit à trois. Le chuchotement de la première pluie de la saison, les miaulements du speaker dans le transistor. (Jade l'a ouvert pour moi seulement car elle ne veut rien entendre.) Ces miaulements qu'elle me traduit et cette nouvelle hurlant comme une sirène : la chute de Pnom Penh. Après cinq mois de siège, de bombardements. La chute. Après la fuite honteuse en hélicoptère de l'ambassadeur des États-Unis, John Gunther Dean, son drapeau plié sous le bras, l'échine pliée, les genoux pliés. (Je retiendrai toujours ce nom.)

Pnom Penh aujourd'hui, Saigon demain? Demain où doit se décider à Washington le déblocage des sept cents millions de dollars de crédits supplémentaires réclamés par Ford pour aider le Sud-Viêt-nam, pour lui permettre de mobiliser de nouvelles unités. « Jade, j'ai peur pour toi, j'ai peur pour ton pays. » Dans le petit jour, sa silhouette contre la fenêtre, contre les rayures de la pluie.

Nous avons décidé de nous retrouver dorénavant ailleurs. Dans le petit studio que j'ai fini par louer rue Tu Do, entre le Continental et la cathédrale. Au troisième étage de l'immeuble que Lemaître a habité. Sous le toit de Lemaître! « Il nous protègera », m'a-t-elle dit avec joie comme si elle venait de le voir apparaître sous l'averse, déployant ses ailes d'ange gardien tissées de byssus tel le parasol d'un voiturier à la porte d'un palace.

La bataille vient de reprendre à Xuân Lôc et je veux y retourner tout de suite, mais un câble du *Magazine* me retient au dernier moment. La résistance, le courage, le sacrifice n'intéressent personne à Paris. On se fiche de savoir que les Sudistes se battent à un contre quatre et se battent bien. De toute façon, le courage ne peut pas être de leur côté. Depuis que cette guerre dure, le courage est à Sparte, chez les *bô dôi* à la Kalachnikov, ou chez les petits hommes verts du G.R.P. aux sandales taillées dans de vieux pneus, ces chiffonniers toujours victorieux. La panique, le renoncement, la lâcheté, le sauve-qui-peut, voilà ce que réclament les lecteurs du *Magazine,* la bouche ouverte, ce à quoi on s'attend de la part de ces Vietnamiens corrompus par l'Amérique.

Alors j'obéis. Du fiel dans la bouche. Une journée entière à traquer la veulerie. A filmer les frissons, les sueurs froides, les fesses serrées, les dents claquantes. Et à entendre Desmaisons se réjouir de toutes ces belles photos, de ses œuvres impérissables. A Biên Hoa, dans la grande base militaire, la fuite des rats. Pendant que les chasseurs bombardiers décollent, atterrissent, que leurs pilotes, morts de fatigue, se relaient aux commandes de ces avions morts de fatigue. La fuite des rats engraissés par le dollar. Valises lourdes, doigts lourds de diamants, cous lourds de perles fines, coffres vidés des Mercedes, ventres chargés des avions géants. Et cœur lourd des pilotes de A-37. Pendant que les 130 soviétiques cognent à quelques kilomètres de là, saluent ces départs à leur manière. Et la fuite des grands blonds aux cheveux ras sortant de leurs autobus grillagés, de tous ces ambassadeurs honteux, leur drapeau roulé sous le bras.

Foster. Je me bute à lui au coin d'un mur de valises. Comment, lui aussi? Non, il ne part pas. Il restera jusqu'au bout. (Sa tête n'a jamais autant tenu du poisson. Un thon placide aux yeux ronds, doux et humides au milieu d'un banc de harengs affolés.)

« Plus de cinq mille des nôtres sont encore ici, se lamente-t-il, et il faut qu'ils s'en aillent sans attendre. Ce sont les employés des grandes sociétés, des travaux publics, des banques... Et puis il y a tous les Vietnamiens qui ont travaillé avec nous. Combien sont-ils...? (Ses paupières supérieures palpitent un peu comme des ouïes.) Cent mille, deux cent mille? Avec leurs familles, ça fait bien un million.

– Vous allez emmener tout ça?

– J'en ferais partir davantage si c'était en mon pouvoir.

– Vous pensez que les autres vont vous en laisser le temps? (Geste dubitatif, lent coup de nageoire.)

– De toute façon, aucune évacuation massive ne sera entreprise tant que Martin (l'ambassadeur) s'y refuse. Il veut éviter la panique. Et il croit que tout peut encore être sauvé si nos parlementaires se décident à voter ces fameux crédits ».

Cramponné à son périscope, le commandant de U-Boot revient sous mes yeux. Foster, lui, glisse derrière un hublot, museau imperturbable, glisse au milieu de la tempête comme au fond d'un étang paisible sous une couche de nénuphars.

Il me propose de me ramener à Saigon. « Comme ça nous pourrons discuter un peu. » Je sais qu'il va me parler de Jade. (J'en ai tellement envie moi-même!) Je laisse Desmaisons rentrer avec Tâm et monte dans sa Chevrolet climatisée que deux marines occupent déjà, mitraillette sur les genoux, œil soupçonneux sous la visière.

Défilé habituel des bords de route. Cagnas grouillantes, animaux pataugeurs, buvettes peuplées d'inactifs. Et toujours la nuée des *nho,* des gosses courant après la voiture américaine, tendant les mains, lançant le cri magique qui doit faire tomber la manne du ciel : « *My! my!* » Ce cri que l'on ne cesse de pousser depuis si longtemps au Viêt-nam, que le Sud-Viêt-nam pousse encore en direction de Washington, *My! my!* en tendant les mains comme ces poulbots en haillons, en courant après cette grosse voiture. Mais le Viêt-nam peut toujours s'époumoner, la voiture ne s'arrêtera pas, car les *My* n'ont plus rien à donner.

« Nous nous sommes séparés de la totalité du personnel vietnamien, m'indique Foster. La plupart de ces gens nous ont demandé de les aider à quitter le Viêt-nam. C'est ce que nous appelons dans notre jargon des personnes à haut risque, des victimes potentielles d'une éventuelle prise de pouvoir par les communistes. »

Et il m'avertit sans transition que « Mademoiselle Tô Thi Ngoc » est de celles-là, précisant qu'à sa connaissance elle n'a pas l'intention de s'en aller. (Nos amours sont-elles à ce point publiques pour qu'il ose m'entretenir de son cas aussi librement ?)

« Je sais, lui dis-je simplement.

– Certes, reprend-il, elle n'a jamais occupé un poste très important chez nous. Mais avec les communistes... Et puis sa famille appartient à la grande bourgeoisie. Vous ne pouvez pas l'inciter à partir ? »

Il me regarde fixement, la bouche entrouverte. Un poisson rouge très décoloré guettant la lente descente d'un moucheron tombé accidentellement à l'eau. Malgré son impassibilité diplomatique, il a l'air sincèrement chagriné. Le signe d'un attachement pour Jade plus profond que celui que je lui prête ? J'ai envie de l'envoyer sur les roses. Mais ma curiosité est plus forte. Droit entre les yeux, je lui flanque cette question comme mon poing entre les yeux :

« Mais enfin, Foster, pourquoi vous intéressez-vous tant à elle ? »

Le coup a porté. Il vacille. Non, il veut simplement me montrer l'affliction que je viens de lui procurer. Il retourne à l'anglais pour me parler directement du cœur : « *Oh! I am very sorry...!* » Et il me tranquillise aussitôt avec une sincérité sans ombre. Me fait connaître l'amitié qui liait Jade et sa femme et l'engagement qu'il a pris avec cette dernière avant son retour aux États-Unis. La promesse de sauver Jade. « Elle est comme une petite sœur pour Marilyn. »

Brave poisson du Potomac! Me voici enfin délivré. A deux, peut-être pourrons-nous réussir avec Jade là où j'ai toujours échoué.

« Je crains fort qu'elle ne veuille jamais s'exiler, dis-je tristement. Son père est malade, intransportable...

– Intransportable! Personne n'est intransportable. »

Le poisson vient de donner un coup de queue, et maintenant il reprend sa position statique le long du hublot. Immobile aussi la Chevrolet qui a stoppé à quelques mètres de l'immeuble fortifié de l'ambassade, le nez au ras des chevaux de frise. Meurtrières, portes blindées, marines en gants blancs. L'image du sous-marin en plongée refait surface. Brusquement, Foster se retourne vers moi, et avec une familiarité étonnante :

« Ecoutez-moi bien, mon vieux... (il parle sur un ton grave et à fleur de voix comme s'il craignait d'être capté par une oreille électronique dissimulée dans cet amas de béton)... nos dirigeants se conduisent comme des lâches, et je n'ai pas l'intention d'être lâche à mon tour. Je sortirai donc d'ici tous ces gens-là, les uns après les autres. Tous ces gens sans exception, et ceci jusqu'au dernier moment, dussé-je rester coincé moi-même ».

Et après un temps qui me permet de voir que ses prunelles ne sont pas découpées dans la glace comme je l'ai toujours cru : « Il faut tout faire pour convaincre Jade de sortir d'ici. Tout faire. »

Un ami. Je compte un ami de plus au monde. Et je m'en veux de l'antipathie qu'il m'inspirait encore ce matin. J'ai manifesté le désir d'aller serrer la main de Guidry. (Avec l'arrière-pensée de lui soutirer quelques informations.) Papiers, fouille de la Chevrolet, inspection de ses entrailles. Deux mains gantées à l'ouvrage. Et plongée au fond de cet univers aseptisé et réfrigéré, plongée à bord du sous-marin cher à Harcourt.

Pour la première fois le Cajun m'apparaît tendu. (La tempête commence à gronder sérieusement à la surface.) Entre deux coups de fil il me dit : « Nous essayons d'organiser un

312

véritable pont aérien avec les appareils que nous pouvons récupérer à travers le Pacifique. Mais ce n'est pas facile, car ni la Thaïlande, ni Singapour, ni Formose ne semblent vouloir accepter d'ouvrir leurs portes à un afflux massif de réfugiés. Heureusement nous avons nos bases à Guam et aux Philippines. »

Derrière les vitres en verre spécial, une violente pluie d'orage biffe le ciel à grands coups de crayon rageurs mais silencieux. C'est bien la première fois que je n'entends pas le bruit de la pluie au Viêt-nam. Et je me dis en songeant encore à Glenmore et à Lemaître sur la plage de Danang : les Américains ont eu tort d'avoir résolument fermé les oreilles au bruit de la pluie vietnamienne. D'avoir vécu en vase clos, sourds aux cris et aux murmures du Viêt-nam.

En me raccompagnant à la sortie, Foster revient sur Jade. Comment la convaincre, lui montrer le danger qu'elle court? « Allions nos efforts, me dit-il, je vais la convoquer ici et la persuader de nous écouter. Restons en contact. »

Nous nous serrons la main et je sens une grande chaleur monter le long de mon bras, celle que connaît le boulanger qui enfourne.

Quand je quitte l'ambassade, l'orage redouble. Mais je n'attends pas une seconde et m'élance sous la pluie battante. J'ai besoin qu'elle me frappe à toute volée, qu'elle me batte comme plâtre. Besoin de l'entendre. Je lui offre mon visage, mes yeux grands ouverts, ma bouche. Je suis seul à marcher ainsi dans la rue. Et à l'abri des stores et des contrevents, on doit me regarder avec étonnement. D'autant plus que je souris. Car je ne suis pas aussi seul que cela. Jade marche à mes côtés. Elle rit sous la pluie pendant que ses pieds gargouillent dans ses chaussures. Pendant que les gouttes sautillent autour de nous comme des oignons pilonnés sans sel. Nous rentrons de Cântho, le long du fleuve charriant ses jacinthes d'eau. Rentrons à la maison où Câu Ba nous attend dans son beau costume de mandarin.

Il nous dit : vous arrivez à temps.

Et nous pénétrons ensemble dans une pagode, dans la pénombre propice au recueillement de ce lieu saint où trônent sur leur siège de lotus, imposants dans leur robe de bronze, les trois grands Bouddhas : Amithabâ, Cakyamouni et Maitreya.

Et Câu Ba nous déclare : nous allons procéder à la cérémonie du *làm chay* qui doit assurer la paix à l'âme du défunt en cas de mort violente.

Et moi, effrayé : de mort violente?

Câu Ba : oui, de mort par suicide, par accident ou par meurtre.

Et la main de Jade se raidit dans la mienne comme celle d'un moribond à l'instant suprême. Sur l'autel des ancêtres, au milieu des baguettes fumantes et des offrandes est le portrait de Lemaître. Est sa photo en couleurs, debout sur le ponton, au bord du lac, près de la longue barque que l'argent des eaux irradie. Est le visage d'un homme que l'on pourrait croire malheureux, mais à tort. Il sourit même. En observant au loin l'évolution de cet oiseau étrange qui ressemble à un aigle et qui n'en est pas un. Tête ornée d'une huppe éclatante, plumes du cou dorées, les autres pourprées, la queue mi-blanche mi-incarnate.

Câu Ba s'exclame : c'est le phénix. Regardez comme ses yeux étincellent. C'est le symbole du bonheur, de la vertu et de l'intelligence. Il tient de l'oiseau, du dragon, du serpent, de la tortue et du poisson. Il ne meurt jamais. Quand il sent sa fin approcher, il se construit un nid avec des brindilles enduites de gomme et il l'expose au soleil. Et le soleil qui le consume fait naître de ses cendres un nouveau phénix plus resplendissant, plus fabuleux encore. L'enfant du soleil.

Et Jade souligne, rassérénée : c'est le plus bel animal de mon pays.

Moi : plus beau que le tigre tout-puissant, plus beau que l'éléphant blanc?

Elle : plus beau que tous les plus beaux animaux du Viêtnam.

La pluie nous cravache toujours, et une mare s'agrandit à nos pieds comme si nous tombions d'un filet avec une tonne de poissons. Comme si nous sortions du lac de Dak Lak. Et je prie le bonze de nous excuser de salir ainsi le sol du sanctuaire, et de nous présenter dans cet état comme deux noyés repêchés par les Sauveteurs bretons.

Mais Câu Ba nous tranquillise : ne vous excusez pas. Cette eau est au contraire salutaire. Car avant chaque sacrifice celui à qui incombe le sacerdoce doit se soumettre au pouvoir purificateur de l'eau. C'est la moindre des prudences pour passer sans danger d'un endroit profane à un milieu sacré. Car on n'entre pas en contact avec les morts et les puissances spirituelles aussi facilement que les chrétiens vont à la messe. Il y a danger. Comme il y a danger, ensuite, pour retrouver le profane.

Jade me tient fermement le bras et me souffle : nous avons un pied dans le sacré, marchons droit.

Et c'est à ce moment-là que nous voyons Lemaître. Au moment où le bonze accomplit le rite de l'offertoire des parfums en allumant les bâtonnets d'encens, où il demande à l'âme retournée au principe mâle de venir protéger les survivants. Que nous voyons Lemaître comme on voit toujours son ancêtre apparaître quand le chef de famille vêtu de ses plus beaux habits verse trois tasses de thé et dit après quatre prosternations : aujourd'hui je t'invite à retourner sur terre pour jouir de la réception que t'offrent respectueusement tes descendants. Que nous voyons Lemaître et que je l'entends me dire comme s'il se tenait à côté de nous, sur la terrasse du Continental, dans la relative fraîcheur du crépuscule : approche-toi.

Je m'approche.

Et posant la main sur mon épaule, Lemaître dépose ces mots dans mon oreille : je suis mort mais non anéanti. Mon âme demeure avec vous, vit avec vous, participe à vos joies et à vos douleurs, cherche à exaucer vos prières, accepte les offrandes que vous lui présentez sur l'autel.

Et il dépose encore ces mots : le *hôn* d'une personne victime de mort violente conserve une puissance de vitalité extraordinaire, mais sans sépulture elle est condamnée à tourner sans fin comme un oiseau sans nid. Ainsi est la mienne.

Et il dépose encore ces mots, transfiguré soudain par la tristesse comme un sapin alourdi de neige : mon âme errante et malheureuse a besoin de vos prières éternellement.

Et ces mots en regardant Jade comme on regarde le soleil à l'instant où il quitte les hommes au ras de la mer : veille sur elle, petit, ne cesse jamais, car les génies malfaisants sont partout. Ils hantent les cadavres impurs des millions de morts du Viêt-nam. On peut toujours brûler des papiers votifs, distribuer des sachets de riz et de sel aux pauvres à la fête du Quinzième jour du Huitième mois, la fête des âmes errantes, leur vengeance est infinie.

Lemaître parle encore mais la pluie est si violente qu'elle

emporte sa voix et qu'elle emporte aussi la voix de Jade et son rire primesautier.

Seuls retentissent à présent le rire des boys de l'hôtel quand ils me voient entrer et le rire de Desmaisons trinquant avec Benson et des reporters à la peau très blanche, tout juste sortis du ventre d'un avion. Et le bruit énorme, de fin du monde, le bruit de cette bombe spéciale, toute neuve, de cette merveille de la technique de mort que l'on vient de lâcher sur les petits hommes verts qui encerclent Xuân Lôc. « Mille macchabées d'un seul coup! s'ébaudit Desmaisons en riant plus fort encore comme si on le chatouillait sous les bras. Et pas une blessure visible, rien qu'un peu de sang sous le nez et au coin de la bouche. »

Mille nouvelles âmes errantes. Mais Xuân Lôc est sauvée. Pour combien de temps? Les stratèges de bistrot refont Diên Biên Phu à leur manière, envahissent la Chine, prennent Pékin à l'arme blanche, atomisent Hanoi. Je les abandonne pour aller me changer. Une lettre et un message traînent sous ma porte à côté du *Saigon Post*. Une lettre de Jacqueline. Avec des photos. Celles de notre séjour aux États-Unis. La statue de la Liberté et Jacqueline. Les cataractes de néon de Time Square et Jacqueline. L'Amérique a-t-elle existé avant que Jacqueline n'y jette l'ancre? Photos en couleurs déposées sur les grises colonnes du journal, fleurs tristes sur une pierre tombale.

Le message émane de l'ami Bordas et concerne Lemaître. Donne les nouvelles qu'un planteur échappé à la capture a rapportées de lui.

Qui a bu soudainement la pluie? Le ciel s'est ouvert et une lumière rouge injecte de sang les flaques des trottoirs. Un à un les passants sortent de leur abri, estourbis comme des souris enfumées. Et pour la première fois j'entends le canon rouler tout près. Tout près de Saigon. Et je veux croire qu'il s'agit de l'orage.

20

L'ami Bordas, encore lui, avec son masque taillé dans le sel, son faciès de vieux loup de mer, de Cham arrivé d'une île lointaine. Encore lui avec ses prédictions de malheur, et surtout avec les nouvelles qu'un planteur de Ban Mê Thuôt vient de lui laisser avant de prendre l'avion pour la France. Les nouvelles de Lemaître. Et soudain, il n'y a plus rien autour de moi, à l'Impérial, chez le vieux Bonelli. Plus de buveurs de Ricard et de bonimenteurs, et plus d'éclats de rire, et plus de tintements de verres et de fourchettes, et plus de guitares rappelant d'autres soleils. Il y a le nuage des fumeurs, et derrière, cette tête d'idole primitive, et derrière encore, un homme qui se bat pour sa vie. Il y a peu de chose dans la bouche de Bordas, des miettes, mais si précieuses! Des miettes d'ami.

Voilà. Les Viêts sont entrés à Dak Lak peu après la chute de Ban Mê Thuôt. Mais avant leur irruption, le planteur a aperçu Lemaître au bord du lac, au milieu d'un groupe de bonzes. Et il lui a crié : « Montez, montez avec nous! » Mais il lui a fait signe, lui a répondu : « Non, non. » Mais le planteur a insisté, et il a fini par l'embarquer de force. Mais au bout de quelques kilomètres ils ont dû abandonner la voiture à cause d'un pont détruit, et ils ont marché avec la foule des fugitifs et coupé à travers la forêt pour échapper à la poursuite. Mais ils sont tombés dans une embuscade, et les soldats qui les accompagnaient ont fléchi sous le nombre. Mais eux, ils ont réussi à passer à travers les mailles en emmenant leurs blessés, et ils ont encore marché, marché. Mais bien vite ils ont manqué de vivres malgré quelques singes que les Moïs ont capturés, des « bouzous » moqueurs, claqueurs de dents et de babines, et ils ont été obligés de manger des baies et des racines. Et ils ont pu ainsi apaiser un peu leur faim. Mais Lemaître s'est brusquement affaibli à cause d'une mauvaise blessure à la jambe droite provoquée par les épineux, et il retardait tout le monde. Mais personne ne voulait l'abandonner en dépit de ses adjurations. Et ils ont encore marché, marché. Mais au moment même où, du haut d'un piton, la mer apparaissait, les Viêts ont resurgi dans leur dos, tuant encore une centaine d'entre eux. Le planteur est parvenu à se dépêtrer une nouvelle fois avec un petit groupe. Mais il a perdu Lemaître. Il a vu des prisonniers s'éloigner sous bonne garde, les mains liées, et il a pensé qu'il était du nombre. Il n'a rien pu dire de plus à son sujet. Voilà.

Voilà. La fumée, la tête de statue, et puis rien d'autre. Rien d'autre.

Au sortir du restaurant, un ciel limpide m'ouvre les bras, et je pense à celui de Dak Lak quand le soleil vient à bout de la brume matinale. Pense à ce poudroiement d'or qui semble monter de la forêt, de son plumage rose. Pense à la douceur vermeille des lointains qui se fondent et aux lueurs d'incendie vite éteint du grand lac tout proche. A leur ardeur épuisée qui s'attarde au fond des eaux comme un adieu.

Hélas! à présent la saison des pluies est là. Et les hauts plateaux doivent hiberner dans leur épais cocon. Et du ciel défunt doit tomber cette poussière d'eau infinie, d'océan pulvérisé. Et les coups de faux de l'aigre bise doivent siffler sur cette nature noyée, grelottante. Et les prisonniers à moitié nus et tremblants de fièvre doivent se presser, accroupis et recroquevillés sous les feuilles ruisselantes des lataniers. Et Lemaître doit être parmi eux, s'il n'est déjà mort, enseveli.

Le scooter de Tâm saille soudain de la circulation et s'arrête devant moi. Tâm au bord du trottoir, machine ronflante entre les jambes. Voix de tête crépitant comme son moteur à deux temps :

« Il paraît que Thiêu est sur le point de démissionner. Les rangers ont fait sauter la tombe de son père à la dynamite. Ils l'accusent d'être responsable de la débâcle. Et il veut foutre le camp. »

Je monte derrière lui, et nous voici fusant vers le palais

présidentiel. Pour rien. Pour voir des policiers battre la semelle et quelques limousines se couler lentement par les grilles entrouvertes comme des panthères noires hors de leur cage. Mais une demi-heure avant le couvre-feu, brusque branle-bas. Nervosité de la ménagerie. Ronde impatiente des Jeeps et des motos. Ballet inquiet des ombres derrière les barreaux de l'enceinte, sous les jongleries des jets d'eau illuminés.

Transistor à l'oreille, la voix de Thiêu à l'intérieur. Ferme. Et puis exaspérée, mordante de défi. « Jamais je n'aurais cru qu'un homme tel que M. Kissinger conduirait notre peuple à un destin aussi désastreux... » Et puis amère, désespérée. Pour annoncer sa démission. Après huit ans de mêlée au corps à corps. En espérant que son départ obligerait les Nord-Vietnamiens à appliquer les accords de Paris, empêcherait la chute de Saigon, apporterait la paix, cette paix qu'on lui reproche de ne jamais avoir désirée.

« C'est foutu, dit Tâm dans son ricanement mécanique. C'est pas maintenant que les communistes sont aux portes de Saigon qu'ils vont s'asseoir autour d'une table de conférence. »

Lumière après lumière, les ténèbres affouillent le palais. Évanouissement du dernier jet d'eau, extinction des feux de la rampe. Le Sud-Viêt-nam entier entre dans la nuit. Un frisson me traverse le dos comme si un glaçon l'avait descendu. Je vois le Viêt-nam en morceaux, une statue brisée au pied de son socle. Comme la tombe du père de Thiêu. Tâm et ses gloussements de volaille, quel va être son sort si les Viêts prennent Saigon? Lui, sa femme, ses enfants, ses frères, officiers de rangers? A voir sa tête la question l'obsède sûrement moins que celle de savoir si un voleur ne va pas faire main basse sur son scooter garé, là-bas, sous un arbre comme un cheval attendant son maître.

Et le lendemain, dans les rues, sur les visages des passants, ce même détachement, cette acceptation de l'inconnu qui ressemble à une agonie paisible.

Un vieil homme remplace Thiêu. Tran Van Huong. Malade, les yeux éteints derrière des verres éteints. A mille lieues de Thiêu, le coq, l'Artaban. Desmaisons le photographie au moment où il sort péniblement de sa 4 CV, un tacot dont la survie tient, comme la sienne, du miracle. Et l'image de l'effondrement s'impose à nouveau, plein cadre.

Mardi 22 avril, Jade vient me prendre en voiture. Et les chicots de Caoutchouc dans le rétroviseur, elle me confie : « Foster m'a priée de me rendre à son bureau. » Bien. Il a fait ce qu'il m'avait promis de faire. Elle l'a donc rencontré, et tout de suite il lui a conseillé de quitter le pays. Avec son père. Il a le pouvoir, s'il le désire, de faire sortir huit personnes du Viêt-nam. Comme tout Américain présent à Saigon. « Huit. » Il composait ce chiffre avec ses doigts. Mais il lui fallait se décider immédiatement. Alors elle s'est décidée. Elle a répondu : non. Et Foster a changé de couleur, abandonné la blancheur du turbot pour le rose du saumon. Lui disant qu'elle tenait bien du Viêt-nam, de ce pays impossible. Que l'on ne pouvait pas sauver un noyé qui refuse obstinément de nager.

Caoutchouc a engagé la voiture dans la rue Tu Do. Et encore sous le coup de cette altercation, Jade me serre le bras : « Regarde. » Et j'aperçois une boutique de fleuriste. Et derrière la vitrine, au milieu des dernières roses de Dalat, la tête blanche d'une vieille dame. Chrysanthème en pot.

« C'est Mme Galant. Je la connais depuis toujours. Eh bien! hier, elle m'a annoncé qu'elle ne partirait pas. Que d'autres faisaient leurs valises, mais qu'elle ne ferait pas les siennes. Qu'elle n'abandonnerait pas son personnel. Qu'elle n'abandonnerait pas ce pays qui est le sien depuis cinquante ans. » (Morsure de ses ongles dans mon poignet comme si elle s'accrochait au rebord d'un toit, dans le vide.)

La pulpe de ses lèvres s'est contractée. Étoile de mer au creux d'une main. Elle ajoute d'une voix douce : « Moi aussi c'est mon pays. » Caoutchouc laisse passer trois autocars particulièrement pressés et bourrés de partants, les employés vietnamiens de deux banques américaines et leur famille. Mines réjouies derrière les vitres. (Paris, l'été, des touristes en route pour Montmartre.) Jade lâche alors quelques sarcasmes dans leur direction, puis avec son petit rire convulsif, elle décrit les couloirs de l'ambassade encombrés de caisses d'emballage, la sciure et la paille sur les moquettes, la grosse coquille de béton qui perd peu à peu sa matière vivante. Et devant le bâtiment du consulat, ces centaines de Vietnamiens qui campent sur des chaises pliantes, attendant la clef pour sortir du Viêt-nam et celle qui leur ouvrira la porte des États-Unis. Et elle dit en riant, cette fois-ci, de bon cœur, comme si un clown occupait subitement le cirque de son esprit : « Il faut les voir quand on les appelle pour leur laissez-passer. Ils courent comme un fantôme qui va terrasser un ancêtre. »

Le rire de Jade, le rire de Tâm. Le Viêt-nam est en train de mourir dans un éclat de rire.

Et à Xuân Lôc, comment sont-ils morts ? Xuân Lôc que l'on vient d'abandonner « devant des forces très supérieures en nombre ». Nouvelle tombée à l'instant où tombent le jour et le rideau de fer des magasins, où se vident les cinémas.

« Après Xuân Lôc, c'est le cap Saint-Jacques, prophétise Desmaisons, et après c'est Biên Hoa, et après c'est nous. »

Et il se met à rire, lui aussi, tout comme ceux avec qui il sirote, Benson, le gros rougeaud, et les autres, les nouveaux, la peau encore malade de leur froide Europe. Un seul ne rit pas, ne boit pas. Retranché derrière son journal, à l'écart, blotti dans ses réflexions comme sous un poncho détrempé. Un brin dédaigneux. Ailleurs. Pierre Harcourt. A Xuân Lôc. Il s'y trouvait encore la veille. Déposé par un hélicoptère entre deux mitrailleurs gantés d'amiante.

« L'enfer, murmure-t-il au bout d'un moment sur un ton métallique, militaire, camouflant pudiquement toute émotion, deux mille obus de 130 à l'heure, des cadavres couverts de rats. A cinq contre un, et avec des munitions au compte-gouttes. Cent cartouches par jour et par homme alors que les M-16 tirent quatre cents coups minute. Comment pouvaient-ils tenir ? »

Ce soir-là le téléphone ne répond pas chez Jade. Beaucoup de téléphones ne répondent plus dans la société saigonnaise, sonnent dans des maisons abandonnées aux cancrelats et aux pillards. Mais je sais, bien sûr, qu'elle n'a pas bougé de la rue Phan Thanh Gian. Et je crains soudain pour la vie de son père. Puis après coup envisage cette mort comme une incidence favorable, comme une chance de circonvenir son obstination, son refus d'échapper au naufrage. Et le reproche brandit à nouveau son doigt sous mon nez. Et le lendemain, dans le camion qui m'emmène à la base de Biên Hoa avec les autres, serré entre Desmaisons et Benson, je m'en veux encore tout en me demandant avec irritation ce qui m'empêche vraiment d'être plus fort que cet entêtement suicidaire.

Roulant vers Saigon, mélangés à des loques d'unités militaires, des flots de réfugiés retardent la marche. Saigon, havre dérisoire, refuge de toutes les lâchetés. Saigon, et après? Le saut dans le vide? Sous la bâche du camion, tous trois muets, effarés par cette hémorragie. On nous a dit : « Ça barde à An Lôc, dans les plantations de caoutchouc. » An Lôc, au nord de Saigon, vers le Cambodge. Alors nous avons décidé de nous y porter. Comme on va à une partie de chasse. Équipement, provisions de bouche et espérances du tableau idéal. Un Chinook doit nous prendre entre deux missions de ravitaillement.

A présent il y a l'hélicoptère ventru, sombre oiseau de nuit, et un avion géant enfournant ses platées humaines. Et des chasseurs à réaction F-5 lustrés, comme en sueur, encore vibrants du feu de l'action. Il y a Desmaisons, la licorne, avec son téléobjectif fixé au front, pointé, et des cameramen, l'épaule ployant sous la charge comme saint Christophe. Il y a une grande clarté à l'horizon, du côté de la mer, et Câu Ba me dit à l'oreille que c'est signe de pluie. Et il y a du chiendent d'une pâleur mortelle le long du macadam, et il me dit que ce blanchissement annonce la fin du beau temps. Et puis soudain il n'y a plus rien. Que le bruit. Et la peur. « Les 130! »

« Benson! » Desmaisons et moi nous avons volé jusqu'à une murette de sacs de sable destinée à abriter les avions des tirs tendus, et l'œil au ras de ce masque, nous crions après l'Australien qui cherche un abri en tournant sur lui-même, affolé comme un gros bourdon prisonnier d'un pot de confiture. Les explosions se succèdent toutes les cinq secondes, assomment le sol avec une régularité parfaite comme la masse de deux carriers engagés dans une compétition d'enfer à l'apparition de leur contremaître. Et Benson nous rejoint enfin, s'aplatit de tout son long à côté de nous comme si on lui avait fait un croc-en-jambe. Dès lors, les arrivées d'obus se rapprochent, commencent à encercler cet îlot protégé. Et je me dis que les canonniers doivent nous voir, ce n'est pas possible, doivent s'acharner à nous viser comme par jeu en ricanant à chaque coup bien ajusté. Me dis avec un calme dont je suis ébloui, un calme de premier chrétien dans la fosse aux lions : nous allons laisser notre vie ici, derrière ces sacs de sable, le nez dans ce chiendent décoloré. Et à un moment, je crois réellement que la mort a fait son œuvre. Qu'elle m'a pris réellement. Un obus a frappé le bitume juste à côté des sacs, et un amas de sable, de terre, de pierres et d'autres objets nous a recouverts. Et comme je n'y vois plus rien et que l'étourdissement m'englue, je pense avoir franchi la frontière de l'existence, inauguré mon voyage céleste. Une porte s'est ouverte au fond du noir de ma tête et une lumière a jailli, intense comme un parfum violent. Et je marche vers cette lumière comme vers un autel embrasé, et des anges font la haie en tendant leurs ailes comme des polytechniciens leur épée. Et je m'émerveille de la douceur avec laquelle on peut passer de vie à trépas.

« Merde! » Le cri de Desmaisons. Il n'a pas été touché. Personne ne l'a été, ni moi ni Benson, mais l'un de ses appareils a souffert, à demi écrasé. Moindre mal à côté de ce que l'on aperçoit là-bas, ces pauvres marionnettes incandescentes gigotant parmi la fumée et les ferrailles tordues par les flammes. Cet avion crachant le feu de tous ses hublots, la queue dégorgeant de sa cargaison douloureuse.

Dès la première minute du pilonnage, corbeaux levés par un coup de fusil, les plus chanceux des avions et des hélicoptères ont décampé sans attendre leurs passagers. C'est le cas de notre Chinook. Inutile de compter sur d'autre transport. Il n'y en aura plus. Nous retournons donc à Saigon.

Saigon qui rouvre ses bras, indolente. A chaque fois, c'est pareil. A chaque fois que nous revenons de la guerre pourtant si proche. Ce mépris total pour les événements! Où ces gens cachent-ils leur inquiétude et certains leur chagrin? Tournent les cinémas et tournent les Honda et les voitures de sport décoiffantes. Et chantent les ritournelles dans les boutiques et dans les bars. Et s'agitent les politiciens de tous bords, les jusqu'au-boutistes et les défaitistes, les opportunistes et les attentistes, et ceux qui se portent déjà au-devant des vainqueurs, la bouche en cœur et les bras chargés de fleurs. Paroles historiques à l'Assemblée, banderoles vengeresses dans les rues, discours fleuve à la radio et à la télévision, manigances dans les coulisses.

Et Tâm qui croit encore au miracle! Incorrigible naïf comme tous ses frères, comme tous ces adorateurs de génies et ces joueurs de *tu sac*. Tâm qui croit que le Grand Minh est l'homme providentiel. (Quel Vietnamien n'a jamais cru de sa vie aux interventions divines?)

323

« Il a des contacts avec l'autre côté. On lui donne les pleins pouvoirs et la guerre s'arrête. Après, je lui fais confiance pour rouler les gens du Nord dans la farine. Car c'est un vrai Sudiste, il est né à Mytho... »

Les mots de Lemaître, encore, « cette guerre finira par des embrassades générales », ou « les Cochinchinois sont plus astucieux que les Tonkinois ». En attendant, les Tonkinois semblent démontrer le contraire.

Et les Américains? Tâm déclenche son rire automatique. (On dirait qu'il vient d'abaisser un commutateur.) « On n'a plus besoin d'eux. La guerre est finie. » Hier soir Ford a parlé. A l'université de Tulane, à La Nouvelle-Orléans. A déclaré que les États-Unis ne livreraient pas une nouvelle guerre. Que les Américains devaient tourner la page et retrouver le sentiment de fierté qu'ils éprouvaient avant ce conflit.

« Le sentiment de fierté! » Foster. Au bar de l'hôtel Brinks où s'affairent des marines en civil, le front perlé de la sueur des déménageurs. Au bar avec moi et deux journalistes américains, deux hommes de télévision, un Kennedy et un John Wayne. Foster plongeant sa hure d'esturgeon dans son orangeade. Et puis refaisant surface pour saluer le cran de son ambassadeur, sa décision de rester coûte que coûte à son poste (cramponné à son fameux périscope). L'obstination et l'inconscience de l'ambassadeur Martin qui, bourré de médicaments, somnambulique, vient seulement de céder aux pressions de Washington en déclenchant les plans d'évacuation d'urgence.

Wagonnets puisant inlassablement leur chargement au fond de la mine, les avions-cargos s'envolent à présent, jour et nuit, à la cadence de deux par heure.

« Guidry et moi, on a décidé de se consacrer entièrement au départ de nos amis vietnamiens, me confie Foster. Moi je m'occupe de l'enregistrement, et lui, à Tân Son Nhut, de l'expédition. Je crois qu'après ça nous pourrons facilement dénicher un job à la T.W.A. »

Feu follet d'un bref sourire. Il m'entraîne vers la sortie. Sur le trottoir, sous une pluie poudreuse née avec la nuit. Un vieux monsieur compassé comme un mandarin nous propose, mains jointes, quelques millions de piastres contre un mariage blanc avec sa fille et le divorce instantané à l'arrivée aux États-Unis. Foster décline aimablement l'offre comme il le ferait dans un salon avec une dame d'âge mûr désireuse de danser un twist.

Et au volant de sa Chevrolet, d'une voix sifflante : « Je connais des types, chez nous, qui font des affaires d'or avec ce genre de marchandages. »

Près de la place Chiên Si, un immeuble moderne, et au sommet, son appartement. Valises laissant dépasser leur linge comme un pantalon le pan d'une chemise. Costumes tombés de leur cintre comme des fusillés au pied de leur poteau. Conserves moisies, bouteilles débouchées, assiettes sales. Odeur de loge de concierge. Excuses de Foster. Il a procédé au départ de sa bonne, hier avec toute sa famille. Aujourd'hui, elle doit se trouver à Hawaï. « Ce qui n'est pas l'endroit idéal pour laver ma vaisselle et faire mon ménage. »

Whisky à la main, nous sortons sur le balcon qui domine la ville mouillée, les toits brillants comme d'une jetée une grève à marée basse. Un souffle vivifiant nous fouette gentiment, et je pense à l'haleine du fleuve, à Cântho, avec Jade. Et pense à celle que le lac et la forêt m'envoyaient, à côté de Lemaître. Pense à Lemaître. Et comme si Foster m'avait entendu prononcer son nom, il le prononce soudain lui-même. M'assure qu'il ne craint pas pour sa vie depuis qu'il sait que les planteurs français et les prêtres faits prisonniers à Kontum et à Ban Mê Thuôt ne souffrent pas de sévices. Mais je n'en crois rien. Pour moi Lemaître est mort. Quelqu'un me l'assure. Que je ne puis nommer.

Comment Jade a-t-elle fini par fleurir sur les lèvres de Foster? Elle est là. Je l'entends rire comme une petite folle des paroles inquiètes qu'il envoie dans le vent à l'instant à son sujet. Toutes les employées de l'ambassade et de la mission militaire ont déjà gagné un lieu sûr, hors du Viêt-nam. Qu'attend-elle?

« S'ils la prennent, dit-il, ils la tueront. (Il s'est tourné brusquement vers moi et ces mots m'ont frappé de plein fouet.) Nous savons ce qu'ils font à Danang, à Nhatrang, à Phan Rang. Ils n'ont aucune pitié pour ceux qui ont travaillé pour nous. »

Grondement d'artillerie lointaine, éclairement brutal de l'horizon. Je serre mon verre de toutes mes forces. Le briser. Voir mon sang gicler.

Grelots du téléphone. Foster s'en va répondre. Je demeure seul avec la nuit. Silencieuse, une fusée éclairante s'épanouit du côté de l'aéroport, puis descend avec grâce en prenant tout

325

son temps comme une danseuse étoile un escalier de parade.

Foster revient un peu plus défait. Cette fois-ci il a l'air d'une vieille truite laissée pour compte dans un vivier de restaurant. « C'était Guidry, il arrive. »

Un instant après, le Cajun sonne à la porte. Lui, il a repris du poil de la bête. Conforme à ses ancêtres. Il engouffre son scotch d'un seul trait, recrache à grand bruit les glaçons comme des noyaux de pêche avant de raconter ce qu'il a vu. Les adieux de Thiêu au Viêt-nam. Pathétiques et comiques à la fois. Trois Chevrolet blindées traversant, tous feux éteints, l'aire de stationnement des avions d'Air America. Coup de frein de cinéma. Portières s'ouvrant toutes ensemble. Chicago, 1930. Un petit homme aux cheveux calamistrés, tiré à quatre épingles comme un chef de rayon de confection. Solides gaillards portant des valises très lourdes jusqu'au C-118 dont les réacteurs tournaient déjà. Thiêu, des paquets plein les bras, caméra et sacs à l'épaule. Le touriste. Et au pied de la passerelle, l'ambassadeur Martin. Raide comme un steward. Et pour finir, une simple poignée de main. « Au revoir. » C'est tout.

Ma nuit se passe à écrire. A entendre le frôlement soyeux du ventilateur et le goutte-à-goutte de la douche. (Y a-t-il une douche, au Viêt-nam, qui ne refuse pas d'obéir à son robinet?) Toute la nuit dans mon petit studio avec ces images de désagrégation, d'écroulement. Avec les mots terribles de Foster : « Ils la tueront. » Et l'image de Jade plaquée contre le ciel impavide. Son rire jeté à la face de l'angoisse. Et ma promesse écrite sur la nuit avec un bâton de lumière : « Je ne quitterai pas le Viêt-nam sans elle. » Puis les premières lueurs du jour et les premiers chuchotis de la ville, et la première odeur de soupe mijotant en plein air, et les premiers claquements de socques dans l'escalier comme dans la coursive d'un paquebot.

Samedi 26 avril. Tant pis pour le qu'en-dira-t-on. A peine sorti de la poste, je me précipite rue Phan Thanh Gian. Tout le monde m'a vu entrer dans la maison. Chu Bay, le cuisinier, et Thiêm Bay, la servante, fureteuse, et leurs deux petites nièces pouffant derrière leurs mains. « Je m'en fous. » Jade se préparait à monter dans la voiture déjà ronronnante. Caoutchouc lui ouvrait la portière. En m'apercevant au bout du jardin, elle m'a rejoint et m'a emmené à l'intérieur de la villa, mi-contrariée, mi-réjouie.

« Mais qu'est-ce qui t'arrive, à cette heure...?

– Je ne pouvais pas attendre... »

Je l'embrasse. Les autres doivent être au spectacle, mais elle me laisse faire. Qu'importe! Elle crie quelque chose à Caoutchouc, sans doute de rentrer la voiture. Un crachin tombe sur les cannas, mollement, délicatement. On dirait qu'il veille à ne pas les abîmer. Un jour, me dis-je, il faudra que je me souvienne aussi de ce jardin.

Hông, où est-elle? Comment va-t-elle? « Vite, je veux la voir. » « Viens », dit-elle. Nous traversons la grande pièce où les meubles s'ennuient plus que jamais comme des yachts, l'hiver, dans un port. Passons devant l'autel des ancêtres, montons l'escalier craquant. La chambre de Tô Van Hùng est là. Cette lourde porte, cette odeur de médicament. « Chut! » Il dort, son père, après une nuit difficile. Voici la chambre de Jade, et puis au fond, sous le halo de la moustiquaire, le petit lit. Mais sans Hông. L'enfant arrive derrière nous sur la hanche d'une des nièces, de Cuc. Elle nous suivait silencieusement, pieds nus, la chemisette flottante sur le pantalon noir, le corps penché de l'autre côté pour faire contrepoids.

« Mademoiselle déjeunait à l'office », me dit Jade.

Frimousse barbouillée, ourson tombé dans la crème.

« Prends-la, m'enjoint-elle, c'est ta fille avant d'être la mienne. »

Elle demande à Cuc de déposer son fardeau dans mes bras d'homme pataud. Et à présent que je sens cette boule chaude contre moi, une gêne m'envahit, un trouble indéfinissable. Miniature de vie, bout d'être, et pourtant si importante chose. Si légère pour ma force et en même temps si lourde de promesses.

« C'est ta fille, répète-t-elle. D'ailleurs elle le sait. Regarde comme elle te sourit. »

Elle traduit pour Cuc, et elles rient toutes les deux. Des copines de classe à la sortie des Oiseaux.

Un jet surgit à l'instant à basse altitude, répand son tonnerre, et Hông se met à pleurer. Et je ne sais plus que faire de ce petit animal criard. Je voudrais que l'on m'en débarrasse. Et Jade redouble de rire, oubliant le vieil homme malade à côté, son père que l'on entend maintenant appeler à travers la porte et agiter sa sonnette.

Et s'il apparaissait soudain sur le palier? Et s'il apercevait sa fille avec un homme dans sa chambre ? Avec ce Tây ? Mais Jade me tranquillise. M'annonce une grande nouvelle. Elle lui a avoué mon existence. Après le départ de Pham. Et dévoré par le chagrin et la déception que lui a causés cette fuite méprisable, Tô Van Hùng a accepté l'inacceptable. L'idée qu'un étranger courageux et généreux s'offre à venir en aide à sa fille. En tout bien tout honneur.

Une grande et belle nouvelle. Me voici donc absous de mon péché originel ! Alors je m'interroge : si j'allais le voir ? Si je poussais cette porte et disais : ordonnez à votre fille de quitter le pays car elle est en danger de mort. Ils vont la tuer ! Si je lui disais : accompagnez-la puisqu'elle ne veut pas partir sans vous, partez tout de suite...

Mais on monte dans l'escalier. Thiêm Bay chargée d'un plateau où tintent flacons et ustensiles de soin. Et Jade me souffle : « Viens, je t'emmène. » Nous donnons un dernier baiser sur le front du bambin qui a retrouvé son sourire et ses gargouillis de contentement, et nous descendons au garage.

Le crachin a disparu. Absorbé. Impatient le soleil frappe derrière une croûte épaisse de nuages. Les portières claquent. Vite, ce jardin encore comme si je ne devais plus le revoir. Cérémonieux éléphants de porcelaine, feuilles dentelées des daturas, leurs corolles mauves en forme d'entonnoir, prunus astiqués comme des tuiles de pagode. Hibiscus. Lauriers-roses aux sueurs nocives. Jade : « On m'interdisait d'y toucher quand il avait plu dessus. » Et leurs chenilles velues qui la regardaient dans les yeux. « Brrrr...! »

En attendant c'est moi qui la regarde au fond des yeux et qui sent une chenille ramper sur ma peau, une douce chenille caresser mon dos comme un effleurement de lèvres.

En tressautant, tout enjouée (une petite fille, ses socquettes blanches, ses souliers vernis), elle me propose : « Si on allait au cap Saint-Jacques ? » Les vaguettes lui bécotent déjà les jarrets, le ressac mousse dans ses oreilles. « Allons-y, implore-t-elle avec sa moue d'enfant gâtée, nous mangerons du poisson au thé et du pâté de seiche à l'auberge des Roches Noires. » Et moi, bouche ouverte comme ce poisson au milieu de sa garniture : « Tu es folle ! » Comment n'a-t-elle pas conscience de la situation ? N'entend-elle pas le canon, la nuit, quand le cirque automobile a démonté son chapiteau ? Et les journaux aux manchettes saignantes, sur la poitrine des boys, dans la rue ?

« Mais Jade, dis-je, attendri et compatissant, les promenades au cap, c'est fini, les baignades, les pique-niques sur la plage, fini, fini. Les Viêts sont aux portes de Biên Hoa, et bientôt, peut-être aujourd'hui, ils vont couper la route du cap. »

Décontenancée? Non, tout juste un peu chiffonnée par ce contretemps qui la prive de sa balade au bord de la mer. Elle avait tellement envie d'iode, d'oiseaux blancs, de rochers battus.

« Alors allons à la pointe des Blagueurs », décide-t-elle avec un entrain revigoré. Et la voilà partie vers le port, à travers la ville, avec le même enthousiasme que si je n'avais pas contrarié ses plans. Que si le cap Saint-Jacques nous attendait quand même avec ses baigneurs jouant dans les vagues, avec ses parasols frémissants, ses nappes de papier frémissant sur les tables, l'odeur de friture, celle de l'huile pour brunir.

Elle veut manger un crabe au sel. A cette heure? Pourquoi ne mangerait-on pas de crabe au sel à dix heures du matin? Va pour le crabe au sel! Je l'accompagne à contrecœur. La faim m'a quitté depuis quelques jours, depuis cette peur sous les obus à Biên Hoa, et depuis que Lemaître me poursuit avec son corps de prisonnier squelettique, avec sa faim de crève-la-faim. Lemaître dont nous ne parlons jamais ensemble. Dont je ne connais pas le poids qu'il a mis sur son cœur.

Elle mange, Jade. Elle se régale de son tourteau salé, parfumé au poivre vert, se lèche les doigts. Elle ne regarde pas les jonques replètes d'une multitude bourdonnante qui descendent lentement sur les gros bouillons sales. Ne regarde pas les fins sampans qui, plus pressés mais tout aussi chargés, les gagnent de vitesse. Elle mange, elle jouit de cette succulente chose. Même les navires de guerre se sont laissé submerger, croulent sous ces fourmillements blancs et noirs, ressemblent, au loin, à des rochers couverts de goélands. Elle ne les regarde pas. C'est pourtant son pays qui se vide ainsi par les veines. Elle mange comme si elle n'avait jamais mangé. Et moi je ne parviens pas à forcer ma gorge. Je voudrais tant retenir tout ce que je sens partir, tout ce que l'on m'arrache des yeux. Arrêter ce glissement vers l'embouchure où tout se dilue, vers la disparition.

Elle a fini son crabe au sel. Ses baguettes ont retrouvé leur repos en travers de son bol bien nettoyé. Et maintenant je lui

329

parle en la fixant comme si je voulais l'hypnotiser : « Écoute-moi bien, Jade... » Et je l'avertis que dans quelques jours, peut-être, les communistes entreront à Saigon, et qu'ils refermeront les portes derrière eux comme ils l'ont fait à Hanoï. Et je la préviens : « Tu ne pourras plus sortir. » Et j'insiste cruellement : « Ils te tueront, car tu as travaillé avec les Américains, et ils tuent à petit feu tous ceux qui ont travaillé pour eux. »

« *Di di !* » (« Fous le camp ! ») Ma colère contre un gosse qui me propose trois ou quatre mille piastres pour un dollar. Et contre un autre portant sous son bras comme un lourd cartable un paquet de journaux où l'on apprend que Huong est sur le point de remettre le pouvoir à Minh. Et colère silencieuse devant ce tendre visage où rien ne bouge.

« Alors, fais-je, tu n'as rien à me répondre ? »

Deux oiseaux marins volettent un instant et se posent sur un objet flottant, s'en vont ainsi vers la mer. Deux oiseaux de la couleur des oiseaux de Dak Lak. Alors elle parle. Elle a posé sa main sur la mienne aussi doucement que ces oiseaux se sont posés sur cette épave et elle parle. Sa main est très chaude, et c'est comme si son sang passait de son corps au mien. Elle parle. M'affirme qu'elle n'a pas peur de la mort, qu'il n'y a que les Tây pour avoir peur de la mort, de cette peur irraisonnée. Car elle sait qu'elle continuera à vivre au-delà de la mort, à manger, à boire, à partager les jours des gens aimés. Elle demeurera à mes côtés toujours, toujours. Même si l'océan fait le grand écart, si les continents dérivent. Toujours, toujours.

Un bateau lance son cri comme la chaloupe de Cântho. (Pourquoi faut-il toujours que les bateaux appellent la tristesse ?) J'entends Jade parler, mais sa voix se mêle à ce mugissement, s'effiloche dans le vent du fleuve. (La retenir, elle aussi, la graver sur un disque d'or.) Quel argument opposer à la métaphysique ? Comment convaincre celui qui se croit plus fort que la mort ? Je voudrais crier haut, moi aussi, comme ce bateau, pour couvrir la petite musique des génies. Je lui annonce : « J'ai parlé à Foster, il est prêt à tout faire pour toi et ton père. Il vous procurera des visas, des papiers, tout. Il l'a promis à sa femme. Il te suffit de dire oui. » Et sa voix poursuit son monologue : « Une chose seulement m'effraie : que mon âme ne connaisse pas le repos, qu'elle erre au-delà des fleuves et des montagnes, là où règnent les ténèbres. Qu'elle se

330

disperse dans l'espace et qu'on ne puisse jamais la trouver. Que le matin elle semble attendre la pluie, que le soir elle suive les nuages. Qu'elle se pose un instant sur des buissons ou sur des branches pour reprendre aussitôt son vol. Si mon âme voltigeait ainsi sans jamais savoir où se fixer, ce serait la pire des choses... »

Dimanche 27 avril. Fin de la nuit ou commencement? Réveil sur un volcan. Plusieurs explosions viennent de secouer la ville. J'ai senti Jade tomber dans mes bras comme d'un toit. Jade? Mon esprit déboule des limbes. Oui, elle est restée avec moi, au studio, hier soir, surprise par le couvre-feu. J'ai bondi jusqu'à la fenêtre. Elle aussi. M'étreignant toujours fortement, m'enserrant la taille par derrière. Nous collons l'un à l'autre. Du côté du port, des flammes. Et dans le ciel surchargé, du rouge, du jaune, du gris, reflets de dix incendies. Et dans la ville encore abasourdie, maintenant, les stridulations des secours. Pompiers, ambulances, police, leur ruée dans les rues désertes. Quelle heure? Quatre heures.

« Tu crois qu'ils attaquent? » demande-t-elle d'une voix douce.

Elle ne tremble pas. (Elle est contre moi.) De la curiosité, rien de plus.

« Peut-être. »

Ses bras me font mal. Elle ne veut donc plus me lâcher? Je l'entraîne ainsi vers le téléphone que la sonnerie secoue. Tâm. Il m'apprend qu'il s'agit de roquettes, qu'ils ont tiré au hasard pour semer la panique. Pour montrer qu'ils tiennent Saigon à leur merci. « Ils ont tapé où? » (Jade ne semble même pas intéressée de savoir si son quartier a été touché. Elle me taquine la nuque de sa langue.) Tâm distingue des flammes du côté du marché. « Ça flambe aussi vers la pointe des Blagueurs. » Mais de là où il se trouve – la terrasse d'un voisin – il n'a qu'une vue partielle. Cette saloperie de couvre-feu qui nous condamne à l'immobilité! J'enrage aussi avec Desmaisons que je joins enfin au Continental après dix essais infructueux. « J'ai envie de sortir quand même », avance-t-il. « Fais pas le con, ils vont te flinguer. »

On se recouche mais le sommeil se dérobe. Alors on se parle dans le noir, ensevelis, aux confins de l'inconscience. Les mots sont doux, soyeux comme la peau sous les caresses. Ils vibrent à l'intérieur avec toutes nos fibres nerveuses et ils expirent après une longue et suave transe quand les corps prennent la parole à leur tour. Quand ils élèvent le ton, crient jusqu'à s'assourdir, se jettent l'un contre l'autre avec un bruit de frappement, celui des lames sur les roches noires du cap Saint-Jacques.

Nous faisons un voyage qui n'en finit plus. Et soudain je pense que je l'ai arrachée à son rivage, qu'elle est à dix mille lieues avec moi, hors d'atteinte. Que j'ai mis un monde entre elle et ici, que la guerre ne la rattrapera plus. Je pense que nous sommes à Paris (je ne pense plus à Jacqueline), que le jour se lève à Paris entre les lames des persiennes, et que nous avons toute une journée devant nous comme un beau lac à traverser d'une rame paresseuse. Que nous sommes à Paris après une longue nuit ensemble, et que rien, plus rien ne peut nous séparer. Même pas une autre femme. Que les jours s'étalent devant nous, tranquilles comme du riz mûr, roulent jusqu'à l'infini.

Je pense à cela quand Lemaître s'avance, vient vers nous d'un pas aussi tranquille, émerge de l'infini. Et il nous voit heureux, si heureux que la joie embrase son visage blanc, si blanc. Et il me dit, je l'entends dire (à moi seulement) : tu m'as écouté, petit, c'est bien, tu l'as sauvée. Comme je te remercie! Et il dit encore : maintenant je peux partir, disparaître à jamais de vos vies, de la vie.

Sept heures. Cloches enjouées de la cathédrale. Première messe. Pourquoi les dimanches n'existeraient-ils plus? Fin du couvre-feu. Le jour est là et le métier nous rappelle au devoir.

« Huit roquettes de 122, répète Tâm. La première a touché l'hôtel Majestic, la seconde s'est écrasée près de la gare et les six autres sont allées foutre le feu du côté de la direction générale de la police. Il y a des dizaines de victimes. »

Course à travers la circulation déjà dense et plus insouciante que jamais. Photos de cadavres charbonneux allongés sur les brancards, arbres morts couchés dans la neige. Photos. A dix-sept heures devant le bâtiment pompeux du Sénat où le président de la République a convoqué tous les parlementaires. Hymne national, garde dans la tenue blanche des grands jours. Séance abominable. Injures, volées de coups. Partisans du dernier carré contre ceux du drapeau blanc. Et à la nuit tombante, la voix lasse du président du Sénat, tête fripée comme un ballon d'enfant dégonflé : « Rien ne sert de se lamenter, nous sommes battus. Nous devons accepter cette humiliation... en nous disant qu'il est moins dur qu'elle vienne de nos frères que d'étrangers... J'espère simplement que les vainqueurs comprendront que les Sud-Vietnamiens sont leurs frères... Nous n'avons plus d'autre choix que de confier les pleins pouvoirs au général Minh afin qu'il engage des négociations en vue d'un cessez-le-feu... » Négocier avec un envahisseur alors qu'il occupe déjà tout le pays! Qu'il clame à Hanoi et à Paris que Minh vaut les autres et que les combats ne cesseront que lorsque le dernier soldat sudiste aura levé les bras!

Rêves d'un peuple de rêveurs. Rêves des consommateurs aux terrasses, *csiucsia* à leurs pieds comme en prière. Rêves des sirènes sur les trottoirs et des dernières filles de bar, et des androgynes en blue-jeans. Qui sait parmi eux ce que les murs du Sénat viennent d'entendre? Qui se soucie de ce qu'a déclaré le général Don, le ministre de la Défense, il y a un instant à la tribune? Que quatorze divisions nord-vietnamiennes encerclent la capitale, que des commandos de sapeurs harcèlent déjà les banlieues, que l'armée n'en peut plus, que l'aviation bat de l'aile, qu'il ne reste plus qu'une division pour défendre la ville et quelques compagnies de paras et de rangers? Que tout est perdu?

Comme j'aurais envie de prendre chaque passant à bras-le-corps, de le secouer et de lui crier dans les oreilles : mais regardez donc les choses en face, cessez de rêver, descendez de vos Honda rutilantes et de vos Mercedes, et prenez les armes, sauvez au moins l'honneur!

Jade au téléphone, tout à l'heure. Elle aussi elle rêve. Je lui dis que toutes les compagnies d'aviation ont décidé d'interrompre leur escale à Tân Son Nhut, à l'exception d'Air France et d'Air Vietnam. Que les banques vont mettre la clef sous la porte, et que, demain matin, tout le monde va guetter leur ouverture pour retirer les dépôts. A-t-elle de l'argent sur son compte? Oui, bien sûr. Alors? Alors on verra demain. Elle rêve. Je lui dis que six mille personnes attendent devant la mission militaire américaine une place problématique dans un avion du pont aérien. Lui dis : « Mais écoute donc le canon! Tu l'entends? » Elle n'entend rien, elle rêve. Elle me parle de Hông. Des premiers pas de Hông, ce matin, dans le jardin.

« Ses premiers pas, tu te rends compte? » Elle me parle de son père. De son anniversaire, aujourd'hui. Un jour faste parce qu'il est sous l'influence d'une certaine planète et que cette conjonction va certainement indiquer enfin au médecin le remède radical. Elle rêve. Elle me parle d'une robe qu'elle a aperçue dans une vitrine du passage de l'Eden et qui ne peut que me plaire. « J'irai l'essayer demain matin. »

Lundi 28 avril. Passage de l'Eden, la boutique a fermé. Comme toutes ses voisines. Jade se désole. Où est Mme Huyên, la propriétaire? Et tous les commerçants de la rue Tu Do? Grilles tirées, rideaux de fer baissés. Et où se terre la faune des bars en mini-jupe et en pantalon moulant? Des silhouettes traditionnelles la remplacent. Stricts chignons, ongles décolorés, tuniques boutonnées jusqu'au menton. La cigarette pour seule trace du passé. « La peur des communistes, madame, on dit qu'ils n'aiment pas les femmes qui se parfument. »

Pour tout ce monde la nuit a porté conseil. Tandis que les autres continuent leurs rêves. Et que silencieusement, tranquillement des parachutistes prennent position dans la ville, s'embusquent derrière les murs, les arbres, se cachent dans les jardins. On dirait qu'ils font en sorte de ne troubler personne, de ne pas déranger les rêves.

« Eh! M'sieurs les journalistes! » Nous nous retournons. Binh. Le petit colonel. Vautré sur le siège de sa Jeep comme un banquier américain dans son fauteuil, une jambe en dehors, comme démise. Binh et ses balafres d'étudiant prussien, bol dans une main, baguettes dans l'autre.

« Un *bo bun*? »

Un parachutiste nous sert un bol de ce bifteck coupé en fines lamelles, fleurant l'ail et la citronnelle. Nous mangeons, appuyés à la murette d'une propriété proche de l'ambassade de France. Dans notre dos, un jet d'eau pépie sur du gazon. Bottillons luisants, tenue irréprochable, les « gaziers » attendent, l'arme au poing, couchés ou accroupis derrière les arbres. Attendent quoi?

« Personne ne se fait de cinéma, avoue Binh. Mes gaziers encore moins que moi. Ça craque de partout. A Trang Bàng, sur la route de Xuân Lôc. A Hônai où des gosses de quinze ans, des miliciens catholiques, se battent à la grenade contre les T-54. La route du cap Saint-Jacques est coupée, Biên Hoa isolée. D'ici vingt-quatre heures, ils sont ici.

– Alors?

– Alors ça va être la châtaigne. La dernière. Nous n'avons pas l'intention de leur donner notre peau pour rien. Ils prendront peut-être Saigon, mais ils le paieront cher. »

Le ciel se dilate, sombre et empourpré. Comme s'il avait reçu un grand coup sur une pommette. Hématome. Indifférente aux petites affaires des hommes, la mousson marine rassemble ses forces en ordre de bataille.

« Vous êtes prêts à mourir? demande brutalement Desmaisons, incrédule et un tantinet goguenard.

– Oui », répond Binh, sans hésitation ni agacement.

Joignant les mains, un tout jeune soldat l'a débarrassé de son bol avec déférence. Un enfant de chœur au moment de l'offertoire. Le colonel a peur de tomber dans les grands mots. Il dit simplement : « Nous sommes prêts à mourir pour notre pays comme vous l'êtes sans doute pour vos photos.

– De toute façon, c'est foutu, dit Desmaisons. Vous êtes une poignée contre une flopée. Vous feriez mieux de faire comme les autres : vous carapater. »

Et il cite tous ces chefs de guerre qui ont abandonné la guerre pour prendre le large. Et toutes ces troupes débandées qui jettent leurs armes, jettent le manche après la cognée.

« Tous des rats! crache Binh. (Ses cicatrices faciales ont adopté la teinte du ciel.) Des rats puants que je voudrais écraser sous mon talon. Nous, nous sommes des soldats qui ne veulent pas mourir enchaînés comme des esclaves. (Tant pis pour les grands mots.) S'ils nous délogent de Saigon, nous continuerons la lutte dans le delta. Et s'il nous faut mourir, nous mourrons libres. Avec honneur. (Sa pudeur rapplique.) Vous savez ce qu'on dit, chez nous, dans ces cas-là? " Si les pages sont déchirées, garde au moins intact le dos de la reliure. " »

Deux gouttes d'eau sur le capot de la Jeep, deux gouttes de cette vessie pleine qui ne peut plus se retenir. Gouttes de semence écrasant une poussière noire, charbonneuse, celle qui retombe des cheminées de l'ambassade américaine voisine où les incinérateurs ronflent depuis trois jours en dévorant les papiers confidentiels.

Binh renifle cette boue noire sur son index et retrousse les

335

narines : « De la merde de rat. » Et il éclate de rire. Avec Tâm. Ils sont les seuls à rire.

Dans la Jeep, la radio qui ronronnait avec la placidité d'une bouilloire se met soudain à piailler. Ordres brefs. Les hommes montent dans les camions.

« Nous partons, nous informe Binh. Nous allons donner un coup de main aux rangers encerclés à Biên Hoa.

– On monte avec vous?

– O.K. »

Convoi sur l'autoroute. Obusiers, canons tractés, blindés, camions, godets d'une chaîne sans fin charroyant le minerai vers les gueulards des hauts fourneaux. Et le flot contraire des réfugiés, le catarre sans fin d'un peuple clopinant à la patience muette. Et le roulement sourd de la canonnade, et les flap-flap presque joyeux des hélicoptères, leurs applaudissements saugrenus. Et la furia des jets en rase-mottes, leurs clameurs saugrenues de fête aérienne. Et bienvenue et réconfortante, la sauvage irruption de l'averse tropicale qui semble pouvoir éteindre d'un seul coup tous les feux de la guerre.

Phoque émergeant d'un bassin au zoo, Benson passe dans une Jeep découverte avec une équipe de télévision. Dit que New Port, ce port militaire creusé par les Américains à trois kilomètres à peine du cœur de la capitale, est sur le point d'être investi. Que cinq cargos y mouillaient, attendant leur lot de fugitifs, et qu'ils ont dû appareiller à vide pour le cap Saint-Jacques. Et dit qu'on se bat au corps à corps dans les rues du cap Saint-Jacques. Et sous la pluie drue m'apparaît Jade, ses cheveux de fucus, sa peau d'écaille blonde, ses châteaux de sable. Et sous la pluie drue nous apparaît Pierre Harcourt dans une autre Jeep. Qui dit qu'il vient de voir une scène pathétique. Et ses yeux la voient encore, voient les jeunes cadets de l'académie militaire de Dalat, les braves petits saint-cyriens de Dalat se préparer au combat dans leur tenue numéro un, dans leurs chaussures bien cirées. Et voient leur visage d'enfants décidés, leur gravité d'enfants courageux. Et voient derrière eux, sur leur sac posé à terre, le shako rouge et or qu'ils coifferont lorsqu'il leur faudra mourir.

Biên Hoa, ville morte. Desmaisons s'est foulé le pied en sautant du camion. « Merde! » Je l'aide comme je peux. « Merde de merde! » Tâm porte son matériel. Sans un mot, les petits soldats de Binh ont recommencé leur exercice bien rodé.

Ils bondissent de trou en trou, se rapprochent de la ligne de feu, de la base où des avions furieux essaient encore de s'évader malgré les obstacles éparpillés sur les pistes. Et la première rafale jaillit. Et la peur s'abat sur le dos comme un fauve tombé d'une branche. Et je mords encore une fois la boue, me ratatine encore une fois, incapable de me relever, comme blessé à mort. Et Tâm mord la boue à côté de moi, pas plus valide. Et nous voudrions que la guerre s'arrête d'un seul coup. Que Binh lance un ordre à ses hommes et qu'ils éclatent de rire, et qu'ils jettent leurs armes en l'air comme les saint-cyriens jettent leurs casoars le jour du triomphe. Et qu'ils s'embrassent comme s'ils avaient gagné la guerre.

Le retour à Saigon après cette sombre matinée. Comment recommencer à boire, à manger, à rigoler? L'asthénie. Le corps ramolli, l'esprit déglingué. Le retour et l'afflux des nouvelles affligeantes. Tout fout le camp, et pendant ce temps-là, Minh qui a remplacé Huong tend la main aux « frères de l'autre côté », leur tend une fleur de *cành mai*, de prunier, la fleur symbolique du Têt, du renouveau. Dérision. Et les généraux s'envolent, se bousculent en civil sur les passerelles des avions-cargos. Et les pilotes accrochent des réservoirs supplémentaires à leurs ailes et bourrent leur avion de leur famille. Et les soldats abandonnent leur uniforme en pleine rue comme des mouches leur larve. Et d'autres, les vrais soldats, continuent à mourir consciencieusement. Comme l'un des frères de Tâm, un ranger. Pauvre Tâm. Continuent à mourir pour le Viêt-nam qui n'existe plus. Comme Son, le frère de Jade. Elle vient de me l'apprendre. Et je viens de lui confirmer la mort de Lemaître.

Nous nous sommes retrouvés au studio avec ces deux morts sur les bras, ces deux corps si lourds. Et brutalement, comme la nuit, la pluie a fondu sur la ville avec son bruit d'éboulement. Et après la pluie, vers six heures et demie, alors que la ville se remettait de sa raclée, le ciel s'est fracassé et nous avons bien cru le recevoir sur la tête.

21

Jade a crié, crié. Mais je dévale l'escalier, m'élance vers le Continental, vers Desmaisons qui doit déjà opérer sur le trottoir.

Figée, la ville, couchée par terre. Pendant que le ciel s'embrase. Mitrailleuses, canons automatiques, geysers de balles traçantes. Lueurs oranges des déflagrations que l'on pourrait croire souterraines tellement le sol en frissonne. Allongés, les automobilistes, sous leur voiture immobile. Blottis, les femmes et leurs enfants dans les encoignures des portes.

« Desmaisons ! »

Canard boitillant, rasant les murs, c'est lui.

« Des avions ! » hurle-t-il. Ils ont encore attaqué le palais.

Remontée de la rue Tu Do, course d'obstacles. Méli-mélo de corps vautrés dans les flaques, fouillis de ferraille, de bicyclettes et de cyclomoteurs entrelacés, motos pissant leur essence. L'enfer autour de la cathédrale. Canons jumelés rougeoyant de plaisir, braqués sur le ciel avec les deux clochers de brique qui blanchissent de frayeur. Bruit de gamelle des douilles fumantes tombant des culasses sur les trottoirs.

« Des partisans de Cao Ky. Ils refusent la capitulation, explique un officier surexcité au moment même où décroît le feu des armes lourdes. Alors ils ont bombardé le palais pour tuer Minh. »

Balivernes. Le palais est intact. C'est l'aéroport qui était visé. Tâm en revenait justement après l'enterrement de son frère. Avions, hélicoptères, dépôt de munitions, tout a sauté. Des morts et des morts... Sous les bombes de trois bi-réacteurs portant les cocardes sud-vietnamiennes, trois appareils capturés par les communistes à Phan Rang. Et Tân Son Nhut brûle.

« Allons-y », décide Desmaisons.

Impossible. Il y a des barrages partout, et le couvre-feu va sonner à huit heures. Pour vingt-quatre heures.

« Mais mes photos, proteste Desmaisons, elles vont rester dans la boîte ! » (Ses tableaux du Louvre perdus pour tout le monde.)

De toute façon plus aucun avion ne décolle. Le dernier, un D.C. 6 d'Air Vietnam a réussi à s'arracher du sol en feu avec cent fugitifs. Il vole vers les Philippines. Sans espoir de retour.

« Je tente le coup quand même », s'obstine Desmaisons.

La 2 CV a enfoncé le mur de pluie. Ses deux feux arrière ont déjà fondu. Deux poissons rouges. Il n'ira pas loin. Jusqu'à la cathédrale. Là on l'arrêtera et on le reconduira à l'hôtel sous bonne escorte après quelques palabres. Moi je cours sous les hallebardes jusqu'au studio. Jade, bien sûr, n'y est plus. Elle est rentrée chez elle. Elle attend mon appel, l'angoisse sur la poitrine comme un chat en boule. « Je te rejoins », lui dis-je. Et elle dit : « Non, non, ne fais pas ça, ils tirent sur tous les passants. » Et je dis : « Si, si, j'arrive. » Et elle dit encore, mais dans le vide : « Non, non. »

Quatre à quatre dans l'escalier. Et une fois dans la rue, une progression de Sioux le long des immeubles, de porche en porche, le déluge pour complice. Et au bout d'un moment, des phares dans la figure, une voiture qui se jette sur moi. Et ces cris dans ma tête : on va m'écraser, on va me tirer dessus ! Et je ne vois plus rien qu'un halo autour d'un astre immergé. Et cette pensée : c'est peut-être ce que l'on voit quand on entre dans l'autre monde. Et soudain j'entends quelqu'un m'appeler à travers le fracas de l'eau, et je me dis : ça y est, on m'appelle déjà, on m'a reconnu, là-haut.

Ce n'est que Guidry dans une Chevrolet de l'ambassade avec un marine. Guidry, son tutoiement, son haleine houblonnée. Joe Guidry, l'envoyé du Ciel. Et son grand rire des bayous quand je lui avoue où je vais ainsi risquant une balle perdue. « Chez une tit' fille ! » Ah ! ces Français, ils ne changeront jamais. Le monde s'écroule, mais ils pensent encore à l'amour. « C'est tout pareil comme nous. »

Mouillé comme je suis, j'ai la chair de poule sous la soufflerie sibérienne de la voiture, à côté de ce marine monobloc aussi glacial que sa mitraillette suédoise. Pendant que Guidry me parle, s'interrompt pour coller sur sa joue, affectueusement, sa radio portative, pour répondre à ses nasillements. Me parle, m'annonce que le pont aérien a été suspendu et que l'on se demande si l'on va pouvoir le reprendre, pouvoir évacuer le dernier carré d'Américains, un millier de personnes environ, et les milliers de Vietnamiens entassés dans l'annexe de la mission militaire à l'aéroport. Car à présent, il ne reste plus que cette porte de sortie : Tân Son Nhut. Biên Hoa succombe, New Port également.

Couinement de la radio. Guidry m'informe que tout Américain devra avoir vidé les lieux dans les vingt-quatre heures. Concession de Minh aux « frères de l'autre côté » pour les inciter à négocier. L'Acadien secoue sa tignasse.

« Asteur, j' connais pas quoi c'est comment on va faire. »

Les hélicoptères, ceux de la septième flotte, seule planche de salut. Mais combien de passages à chaque voyage ? Guidry s'emporte contre l'ambassadeur. Depuis trois semaines il s'oppose à ce que l'on coupe un arbre qui gêne l'atterrissage de ces engins dans sa cour. Pour lui, cet arbre, c'est le Viêt-nam lui-même. Il croit encore possible de le sauver. Fou rire du Cajun : « Il ne veut pas lâcher la patate ! »

Jade m'a vu descendre de la Chevrolet sous les pâles lumignons de la rue, surprise que j'arrive aussi vite. Mais dans quel état ! « Pauvre amour ! » Une fumée d'encens monte lascivement l'escalier, se coule sous la porte de la chambre, stagne au ras du frais carrelage. Souvenir de la cérémonie de ce matin, au retour du cimetière militaire, avec cette tunique blanche qu'elle porte encore et qui sent la pagode, et ces quelques fleurs qu'elle a rapportées, des fleurs de lotus, celles que l'on pose traditionnellement sur les tombes et que l'on appelle : *hoa sen*.

« Son est mort en vrai héros, murmure-t-elle. Comme son frère. Il a lancé son char contre un autre, contre celui qui l'attaquait, et ils ont sauté tous les deux en même temps. »

Grave dans sa fierté, la voix a tremblé légèrement quand les deux coques d'acier se sont heurtées, ont éclaté, mais l'émotion est absente de son visage. Elle réside en des lieux trop profonds pour crever la surface. Par contre, celle que son père montrait, paraît-il, au moment où la nouvelle a frappé, et celle qu'il continue à montrer depuis lors ne peuvent pas être plus

340

intenses. Et Jade s'en inquiète : « Il n'y a pas plus grand drame pour un père que de perdre le seul fils qui lui reste, car qui va s'occuper maintenant du sacerdoce familial? Une femme ne peut pas exercer les fonctions de chef de culte. »

Désespoir de Tô Van Hùng privé de descendant. D'un fils à qui incombera le devoir de lui rendre son séjour outre-tombe agréable, de porter son deuil, d'honorer sa mémoire, d'inviter sa famille aux solennités du souvenir.

Survient l'autre mort au moment où Hông se réveille, pousse son cri de petite bête affamée. Survient Lemaître. La mort de Lemaître telle que Bordas me l'a racontée et telle que je la raconte à présent par le menu sans plus d'émotion qu'elle-même, tout à l'heure, pour raconter le choc de deux hommes l'un contre l'autre.

« Alors voilà », dis-je, et je raconte pendant que l'enfant, aussitôt calmée, semble m'écouter dans les bras maternels, fascinée par le mouvement de mes lèvres. Je raconte et Lemaître marche, marche avec sa mauvaise blessure à la jambe. Et il se sent faiblir, sent la vie traîner la jambe, elle aussi, derrière lui. Mais il s'accroche. Se cramponne à ce bonze et à ce planteur qui rapporteront sa mort à Bordas, plus tard, quand ils rallieront Saigon. S'accroche et répète aux deux hommes, dans un souffle, les mots qu'ils rapporteront à l'ami Bordas avec le manuscrit de l'œuvre inachevée. Répète qu'il veut survivre, qu'il veut rentrer à Saigon pour retrouver Jade et lui demander de partir, de ne pas demeurer un jour de plus au Viêt-nam. Je répète ces mots de Lemaître, ses ultimes pensées qui la suppliaient de partir, de faire une croix sur son pays, et elle commence doucement à pleurer comme je l'ai déjà vue pleurer une fois. Des larmes qui ne coulent pas comme généralement coulent les larmes, mais suppurent comme des gélivures dans l'écorce d'un arbre.

Et dans ces gélivures argentées meurt maintenant Lemaître. Il s'est adossé à un arbre, à l'écorce rugueuse d'un *gô lim*, de cet arbre dans lequel on sculpte les beaux meubles, et il dit à ses compagnons : « Laissez-moi. »

Et l'on entend les coups de machette des *bô dôi* s'ouvrant un chemin dans la jungle, au loin, dans leur poursuite implacable. Et sur ce piton dominant la forêt, on voit, au loin, au-delà de la mer bleu vert des arbres, la vraie mer liquide que le soleil chauffe et réchauffe comme une soupe.

341

Et Lemaître dit à nouveau : laissez-moi.

Il est assis au pied de cet arbre au bois jaune orange, et près de lui perce un pied de *quynh* qui ne fleurit qu'une fois l'an et dont l'éclosion est un plaisir recherché. Et autour de lui, dans l'immensité végétale où le regard s'enlise, gravitent tous les animaux de cette terre brûlante. Le tapir et le gaur, le bouquetin du Népal et le tigre du Bengale, la panthère grise et la noire, et la marbrée, celle du Siam, et le chien sauvage au poil fauve qui se déplace toujours par groupe de sept, la plus féroce des bêtes féroces du Viêt-nam. Et dans les feuillages au-dessus de lui, tous les animaux volants, et tous ceux de la gente sautillante et ricanante. Le semnopithèque noir à la culotte rouge et le gibbon aux favoris jaunes, et le macaque à la longue queue au bout de laquelle il se laisse pendre, tête en bas. Et l'écureuil géant au ventre crème que l'on cuit à la broche.

Et Lemaître dit encore : laissez-moi.

Et cette fois-ci ses compagnons consentent à le laisser, à l'abandonner, car les Viêts forcent la marche, et l'on entend même, maintenant, leurs voix vindicatives. Alors Lemaître appuie sa tête contre l'écorce rugueuse et il ferme doucement les paupières comme s'il recherchait un mot oublié. Et il s'endort ainsi, dépouillé de plaisir et de désir, riche de sagesse, dit le bonze.

Je dis à Jade : voilà comment Lemaître est mort.

Et Jade me dit : il ne mourra jamais, car aucun mort ne meurt jamais. (Ses yeux ont bu les larmes et on dirait qu'ils enfantent un sourire.) Et elle dit encore, illuminée par la certitude : mon oncle n'est pas mort, mes frères ne sont pas morts, Gilles n'est pas mort. Ils vivront pendant des siècles encore en renaissant de leurs cendres. Le Viêt-nam est un bûcher au nom d'immortalité.

Sur le lac de Dak Lak s'élève l'oiseau fabuleux qui tient du serpent, du dragon, de la tortue et du poisson, et dont le plumage éclate des cinq couleurs sacrées.

Jade s'exclame, émerveillée : Gilles est entré dans le repos et l'illumination comme le Bouddha! (Et Hông éclate de rire comme si elle avait compris.)

Et Jade me raconte à son tour la mort d'un homme, celle du Bienheureux, en 544 avant Jésus-Christ, à la troisième heure de la nuit. Au moment où, arrivé sur le bord de la rivière

Hiranyavati, dans un petit bois de sandaliers blancs, il commanda à son disciple et cousin Ananda de lui dresser un lit de repos entre deux arbres, la tête tournée vers le nord.

Elle raconte : dès qu'il fut étendu, et bien que ce ne fût pas la saison, les arbres au-dessus de sa tête se couvrirent de fleurs. Et à ce miracle, Ananda comprit que le Bienheureux rentrait dans le Nirvâna. Et bien qu'il fût lui aussi un sage, Ananda ne put retenir ses pleurs. Alors le Maître demanda à Ananda de ne pas gémir, de ne pas désespérer. Et il lui rappela encore une fois de se détacher, de se séparer de tout ce qui est né, créé, fabriqué, de tout ce que l'homme aime, de tout ce qui le charme.

Minuit, et nous ne dormons toujours pas. La pluie heurte les volets comme si la maison fendait des flots colériques, et l'on entend aussi la ronde continue des avions du pont aérien qui a repris. Bruit d'une usine tournant à fond, donnant toute la mesure de ses turbines. Et l'on entend aussi l'artillerie manifester sa puissance. Monstrueux tonneaux dévalant une monstrueuse montagne jusqu'au choc final sur de monstrueux rochers qui les pulvérisent.

Mais dans le noir, les yeux ouverts, serrés l'un contre l'autre, nous nous sentons bien quand même. Car la maison tient bon, tout tient bon quand nos corps sont cimentés. Ils forment un monolithe indestructible.

Mardi 29 avril. 3 h 40 du matin. L'explosion a ébranlé la maison comme si elle l'avait soulevée d'un mètre pour la laisser retomber avec tout son fourbi dans un bruit cataclysmique. Hông s'est mise à sangloter, et d'autres voix ont retenti à l'étage et dans le jardin. Et d'autres explosions moins fortes ont suivi avec des sirènes et des coups d'avertisseur véhéments. J'ai fait un saut jusqu'à la fenêtre tandis que dans un réflexe de protection, Jade a couru jusqu'à Hông pour la défendre de ses bras noués. Au-dessus des arbres, à quelques kilomètres – oui, à quelques kilomètres et non tout près comme on aurait pu le croire – une boule de feu grossissait dans le ciel noir, gigantesque lustre allumant ses millions de bougies les unes après les autres.

« Tân Son Nhut, dis-je, les dépôts de carburant ont été touchés de plein fouet. »

A présent les déflagrations se succèdent sans répit, catapulte détraquée, machine à tuer actionnée par un maniaque. Je m'habille en hâte, Jade aussi, pantalon, blouse, claquettes.

« Le téléphone, où est-il? » (Il n'a pas changé de place mais je ne parviens plus à ordonner les choses autour de moi.)

Elle m'accompagne au rez-de-chaussée jusqu'à l'appareil. Autel des ancêtres, relents d'encens, de fruits abandonnés. Dans le jardin une lanterne s'approche. Caoutchouc et sa famille. Qui entre, muette, terrorisée et indifférente à ma présence. Thiêm Bay a pris Hông à califourchon sur sa hanche, la berce d'avant en arrière. Et Jade remonte l'escalier en entendant son père l'appeler.

Occupé, le Continental. Tous les journalistes doivent courir aux nouvelles, prisonniers de leur hôtel. Tâm répond au bout de quatre appels. Dans un débit nerveux, à la limite du bégaiement, où s'entrelardent des accès de rire tués dans l'œuf, il m'apprend que les Viêts veulent couper toute possibilité de fuite mais que les avions continuent à décoller malgré le pilonnage des roquettes et des canons de 130. (Rires.) Que de la terrasse où il se tenait tout à l'heure, il a vu leur ascension fulgurante sur le fond d'incendie qui contrefait l'aurore. (Rires.) Qu'il en a même vu un éclater à quelques mètres du sol comme s'il était chargé de pièces d'artifice. (Rires.) Qu'aux premières heures du jour, les communistes encercleront l'aéroport et qu'il ne faudra plus essayer de partir par là. Je lui demande :

« Et toi, comment vas-tu partir? Tu y as pensé? »

Rires. Je répète ma question. Et il me répond que même s'il le désirait, il ne pourrait pas emprunter l'un de ces avions, car les Américains les réservent à leurs protégés.

« Mais non! (J'ai crié.) C'est faux. Si tu le veux, je téléphone à Foster et à Guidry, et ils te font sortir, toi et ta famille.

– C'est trop tard. (Rires.) Tout à l'heure, les communistes défileront rue Tu Do. Ils le disent dans leur radio. »

Trop tard. Comment est-il possible qu'il soit trop tard? Et Jade, comment se pourrait-il qu'il soit trop tard pour elle? Jade, que fait-elle? Je l'appelle de toutes mes forces comme si elle était montée sur le toit. Inutile. La voici, elle vient vers moi à l'instant même. Elle descend de l'étage, marche après marche, lentement, cérémonieusement. Son père est à son bras. Un fantôme. Maigre, étonnamment maigre. Dans une robe blanche à manches pagodes, une étoffe grossière et non ourlée flottant sur un pantalon de même texture, retenue à la taille par une ceinture en feuilles de bananier tressées. Et sur la

344

tête un mouchoir blanc noué derrière, et par-dessus, une couronne de paille supportant un demi-cintre recouvert de la même cotonnade. Et à la main droite le bâton des pleurs, un bambou.

Tô Van Hùng en grand deuil de son fils Son, le valeureux officier.

Il s'avance à travers la pièce alors que les roquettes poursuivent leurs hurlements et leurs cognements. S'avance au-devant de moi qui le découvre, qui ne l'ai jamais revu depuis notre rencontre, notre seule rencontre, il y a longtemps, si longtemps, dans la pâtisserie de la rue Tu Do. S'avance et me sourit doucement. Et me parle doucement maintenant qu'il me fait face, qu'il a pris place sur l'un de ces fauteuils en cuir noir. Et je l'entends soudain comme dans un rêve, l'entends me demander d'emmener Jade et Hông, me supplie, mains jointes, de les emmener sans tarder. Tô Van Hùng!

« Ils le serinent à la radio, leur vengeance sera terrible, me souffle-t-il d'une voix épuisée en jetant les yeux à la ronde comme si la maison était déjà investie. Partez tout de suite. Moi je reste ici, près de nos ancêtres. Nous veillerons sur vous de loin. »

Et sur sa prière, l'une des petites nièces a allumé un bouquet de *joss sticks*, et la fumée monte vers le lustre avec la langueur d'un serpent au pied de son charmeur. Et j'entends maintenant Tô Van Hùng me confier son désespoir de ne plus être en état de compter sur un fils pour entretenir le culte des ancêtres. Et m'aviser que dans ce cas, pour assurer la pérennité à tout prix, on a recours à l'adoption. Que l'on choisit alors un neveu ou un cousin, et à défaut d'un parent, le fils d'une concubine. Ou à défaut encore, lorsqu'il n'y a plus de postérité, un ami, ou même un simple voisin à condition qu'il soit plus jeune que le disparu. Car le rôle d'officiant se transmet obligatoirement d'une génération à l'autre. La chaîne ne doit jamais être rompue.

Et pour que la chaîne ne soit pas rompue, Tô Van Hùng me propose de m'adopter. De devenir le continuateur du culte familial.

« Vous avez fait preuve de courage, reconnaît-il, vous méritez notre confiance. Vous êtes digne de l'affection de ma fille. »

Et j'en reste coi. Un *Tây*! Un étranger dont, il n'y a pas si longtemps encore, il n'aurait pu souffrir la simple présence sous son toit... Faut-il que Jade lui ait dit des choses et des choses!

Alors après s'être incliné devant l'autel, il me tend trois bâtonnets d'encens allumés. Et je me prosterne à mon tour et plante ces bâtonnets dans la vasque remplie de sable où vingt autres grésillent. Et tout à coup les explosions reprennent, secouent à nouveau la maison. Comme si ce geste d'Occidental avait contrarié le génie du tonnerre. Et sans tremblement dans la voix, le père de Jade me remercie. Me déclare très solennellement :

« Vous êtes dorénavant le lien qui unit les morts et les vivants de notre famille, qui les met en communion. Vous êtes le pont entre l'autre monde et celui-ci. Vous êtes l'anneau de la chaîne continue et indéfinie de la succession des ancêtres. Vous êtes le garant de la société éternelle que rien ne peut détruire. »

Et je regarde Jade. Et je lis dans ses yeux qui n'ont pas cillé : rien ne pourra plus jamais nous séparer. Nous sommes liés pour toujours comme le ciel et la terre.

Cinq heures dix. Le bombardement a cessé. Comme si le retour du jour avait envoyé les artilleurs au lit. J'ai fini par joindre Desmaisons au Continental. Harcourt vient de lui apprendre qu'un Boeing formosan va tenter la belle vers dix ou onze heures. « Je le prends », décide-t-il. Il ne veut pas se retrouver prisonnier et se faire saisir ses films, ou tout simplement les laisser périmer « comme des yaourts ». « Tu viens avec moi ? » Je réponds non. Si Saigon meurt, je me dois d'assister à sa mort. Et à peine ai-je raccroché que je regrette ce non trop rapide. Si j'arrivais à embarquer Jade et Hông sur cet avion de la dernière chance ? Je recompose le numéro de Desmaisons. Mais ce n'est pas sa voix que je capte, c'est celle de Foster. Il appelait Jade. Il n'est pas surpris de tomber sur moi. Il me dit : « Je voulais prévenir Jade. » Et il m'annonce la fermeture de l'ambassade des États-Unis. Exigée par Minh. Et en même temps le départ immédiat de tous les ressortissants américains.

« S'ils ne tirent plus sur Tân Son Nhut, m'explique-t-il, c'est pour nous permettre de reprendre notre pont aérien. Nous allons organiser des convois d'autobus pour ramasser les gens dans la ville. »

Puis abandonnant sa voix ordinaire : « Je vous en prie, convainquez-la de partir.

– Pas la peine, dis-je. C'est fait.

– Bravo! s'écrie-t-il comme s'il venait de me voir smasher superbement au ping-pong. Demandez-lui de se préparer. Guidry va vous rappeler de Tân Son Nhut pour vous donner de nouvelles consignes. »

Tâm. Je songe à lui. Le sauver, lui et sa famille. Je m'en ouvre à Foster.

« Qu'il essaie d'aller à l'ambassade à pied. Qu'il présente un papier avec mon nom dessus... »

Un papier! Combien de papiers vont flotter à travers les grilles de cette enceinte au bout de mains implorantes? De toute manière Tâm ne répond plus au téléphone. Un espoir, cependant, monte avec l'encens : son oncle marin, ce patron de pêche au Nhà Bè... Peut-être va-t-il le rejoindre avec sa famille? Mais un ricanement me revient, fracassant, et ces mots : trop tard.

Depuis que son père a décidé, Jade s'est murée. Il lui a ordonné de partir. Bon, elle va partir. Mais elle n'a rien de quelqu'un sur le départ. Et je ne me sens pas le courage de l'obliger à se presser. Elle va partir, mais elle partira comme elle l'a toujours fait, le matin, quand elle quittait la maison avec Caoutchouc dans la voiture noire. Sans hâte. Les voisins qui la verront s'éloigner avec Hông sur les genoux ne soupçonneront jamais qu'elle tourne une page de sa vie. Non. Jamais. Elle veut croire elle-même qu'elle s'en va pour revenir.

Six heures. Pas de Guidry. Foster, par contre, avec ce calme prodigieusement agaçant. Nageur sur le dos contemplant les étoiles au milieu d'un océan démonté.

« Nous ne savons pas si le pont aérien va reprendre. Les pistes sont encombrées de toutes sortes de choses, de bombes abandonnées, de réservoirs d'essence, d'appareils détruits, d'autres tournant encore mais sans pilote... C'est ennuyeux. (Il se racle la gorge. Ça va mieux.) Et l'ambassadeur refuse toujours de déclencher l'évacuation par hélicoptère à partir du centre ville. Vous n'avez pas eu Guidry? C'est ennuyeux. » (Nouveau raclement de gorge. Ces climatiseurs qui marchent trop fort! Il paraît que Graham Martin souffre d'une laryngite aiguë, qu'il peut à peine parler.)

Que faire? Attendre. Attendre que Guidry téléphone et donne la liste des points de rassemblement.

Sonnerie. Ma main s'abat sur le combiné. C'est Tâm. Je le préviens pour l'ambassade, le papier, le nom de Foster. Rires. Deux mille mains se tendent déjà vers les marines de garde, agitant des papiers, des poignées de dollars à travers le portail de derrière, rue ex-Chasseloup-Laubat. Alors l'ambassade de France? Rires. Les gendarmes en condamnent l'entrée aux citoyens français eux-mêmes. La France ferme sa porte. La France! Tâm rit de plus belle en annonçant que Saigon est en train de se couvrir de drapeaux français, que la rue Tu Do a ressorti ses habits mités du temps de Catinat. Les gens espèrent ainsi pouvoir sauvegarder leur vie et leurs biens en cas de combat de rues. Saigon va mourir enveloppée dans le drapeau tricolore.

« Fous le camp, Tâm, va à l'ambassade ou va au port. »

J'ai encore crié. Toute mon angoisse que j'ai lâchée ainsi comme un chien méchant. Et Tâm n'a pas répondu. Il s'est mis à rire. Encore.

L'appel de Guidry. Arrivé vers sept heures. Au moment où je m'apprête à tenter l'expédition vers l'aéroport avec Jade et Hông dans la voiture de Caoutchouc. Le Cajun m'en dissuade. Plus aucun avion ne part, plus aucun n'atterrit. Et la population affolée s'élance vers Tân Son Nhut, avertisseurs bloqués, femmes hystériques au volant de poids-lourds, soldats paniqués s'ouvrant le passage à coups de carabine. Pendant que lentement les mâchoires se referment sur la base aérienne. « Il m'a fallu une heure pour revenir de là-bas avec les autobus vides », grogne Guidry.

« Alors? » Je bous. J'ai l'impression que mon cœur lui-même est en train de piétiner un accélérateur, pris comme les autres par cette envie de fuite éperdue.

« Plus d'avion, répète Guidry, même plus pour l'ambassadeur. » Il voulait que l'on fasse venir un avion spécial de Thaïlande pour sa femme, Dottie. Pas d'avion pour Dottie. Elle partira par hélicoptère quand l'ordre sera donné par son mari de déclencher l'opération Option IV, l'évacuation verticale, grâce aux soixante-dix Chinook des marines embarqués sur les porte-avions de la septième flotte croisant à trente kilomètres des côtes.

Le rire acadien emplit le téléphone. On a coupé l'arbre de

Graham Martin dans la cour, cette nuit. « Il a pas rien dit ! »

Je demande encore : « Alors ? »

Le Cajun est évasif. Conseille de se diriger vers l'ambassade afin d'être prêt à profiter de l'opération hélicoptère. Ou vers le port. Des autobus ont charge d'y emmener le personnel de la résidence. Il y aurait, là-bas, des péniches toutes prêtes à évacuer le plus grand nombre de candidats au départ.

Mais Tâm qui a refait surface au Continental où il a rejoint Desmaisons, nous avertit aussitôt : « N'allez pas au port. Des milliers de gens y courent pour embarquer sur le premier bateau, et ils courent vers leur perte, car en aval des pillards les guettent pour les massacrer, et plus loin, les communistes récupèrent les restes. »

Desmaisons s'est emparé de l'appareil : « Je ne pars plus. Harcourt a emporté mes films. Qu'est-ce que tu fous ? » (Le ton acidulé du reproche.)

Des paras résisteraient avec un courage fou du côté de Tân Son Nhut. Ce seraient bien les seuls. L'armée a perdu ses chefs, son âme. « Je suis sûr que c'est Binh et ses gaziers, affirme Desmaisons, on y va ? »

D'accord. J'ai donné mon accord. Je vais devoir abandonner Jade à son sort, mais je n'hésite pas une seconde. Le métier m'a rattrapé, se pend à mes basques. Une seconde personne plus forte que la première qui a crié comme en pleine salle de rédaction : « Je suis prêt. » Je veux continuer à témoigner, à écrire l'histoire quotidienne. Pour que les hommes n'oublient pas. Qu'ils sachent grâce à moi – l'indispensable – que des soldats se sont battus jusqu'au bout.

Desmaisons s'est tu. Foster parle à son tour. Guidry n'a été d'aucun secours ? C'est ennuyeux. Ici, à l'ambassade, on brûle les dernières archives, on fracasse gaillardement les machines à écrire en les précipitant du haut des escaliers. Sur l'aire de récréation, autour de la piscine aux eaux croupissantes, un millier de familles américaines et vietnamiennes patientent, assises sur leurs bagages. Les autobus pour Tân Son Nhut devraient bien finir par apparaître. Mais encore faudrait-il qu'ils puissent pénétrer dans l'enceinte, traverser cette foule excitée qui s'accroche au treillis métallique de la porte d'entrée... Après tout, à quoi servirait d'aller à l'aéroport ? Les gros porteurs ne s'y posent plus, tournent à haute altitude comme

349

des buses méfiantes et regagnent leur base lointaine. Restent les hélicoptères. Mais quand l'ambassadeur comprendra-t-il qu'il est temps de déclencher leur noria?

« Tous ces pauvres gens qui comptent sur nous! » se désole Foster.

Le remords de l'Amérique entière semble peser sur lui. Dans sa voix, l'Empire State Building oscille sur sa base. « Nous n'allons jamais pouvoir les évacuer tous, c'est horrible. » Le mot « horrible » a remplacé « ennuyeux ». Liquéfié, son sang de poisson des banquises! Foster nage en pleine mer chaude des sentiments.

« Alors? fais-je à nouveau. (Mes nerfs bandent comme les muscles d'un coureur, les pieds dans les marques.)

– Conduisez-la tout de suite avec sa fille à mon appartement, vous savez, non loin de la place Chiên Si. J'y ai donné rendez-vous à une vingtaine d'amis vietnamiens, Pham Van Vy, l'un des chefs de la guerre psychologique, et les siens. Des " haut risque ". Je viendrai prendre tout le monde vers onze heures avec un autobus. Au revoir, mon ami. Ah! c'est vraiment horrible. » (« Horrible », le dernier mot que je vais entendre sortir de sa bouche?)

Caoutchouc au volant, les portières refermées, le moteur qui s'ébroue, le jardin qui défile. Et les adieux tout frais imprimés. Mains jointes et fronts baissés. Et pudique luisance au fond des failles où les pupilles se tapissent. Et murmures soufflés directement du cœur.

Huit heures moins deux. La voiture roule maintenant vers le Continental. Je suis assis à côté de Caoutchouc, muet comme lui. Comme Jade était muette avant que la porte ne se refermât au dernier étage de cet immeuble où je viens de la laisser avec Hông et leur petite valise. Lorsque Hông a retrouvé ses gros sanglots comme si elle avait pressenti un autre abandon. Lorsque j'ai annoncé à Jade que j'essaierais d'entrer à l'ambassade, plus tard, à mon retour de Tân Son Nhut. Plus tard, quand elle y serait arrivée elle-même. Que je la reverrais là, sûrement, ou plus tard, sur un porte-avions, ou plus tard... Je suis muet mais soulagé, et je dirais même presque heureux. Car je peux annoncer à Lemaître : je t'ai obéi. Tout à l'heure, une machine vrombissante va l'arracher à cette terre cruelle. La tragédie se terminera sans elle. Mission accomplie.

Maintenant, avec Desmaisons et Tâm, nous tentons d'aller à

l'aéroport. « *Mau lên,* vite, Caoutchouc! » Pas facile avec cette ruée dont le but est identique, avec cette colique débordante. *Mau lên!* Avec ces pillards dépeçant au beau milieu de la chaussée des véhicules abandonnés comme s'ils abattaient sur place du bétail volé. Avec ces déserteurs jouant de la mitraillette, jouant aux baroudeurs exténués, pressés de rentrer dans leur foyer.

Caoutchouc a dû nous lâcher devant les chevaux de frise de Tân Son Nhut. Et je lui ai demandé de retourner chez Foster au cas où son autobus ferait défaillance. Et avant de le voir claquer sa portière, je l'ai embrassé comme un vieil oncle de province. Dévoué Caoutchouc!

Jeep au vol. Des paras de Binh rejoignent la bataille et nous prennent au passage. Et nous voici avec eux le long de la piste où des chasseurs bombardiers farcis de réfugiés roulent au milieu des obstacles en cherchant à décoller au plus vite. Nous voici sous les balles, couchés dans un fossé. Et j'aperçois Binh, debout à quelques mètres, une main pointant le pistolet, l'autre en l'air comme Bonaparte au pont d'Arcole. Et maintenant, derrière, les avions se soustraient, un à un, à la capture, s'enfuient pour toujours. Et les hommes de Binh avancent en tirant. Je les aperçois à travers le brouillage de ma peur. Ils sont ma bravoure, mon audace, ils me vengent de ma grande trouille de civil, me rachètent. Et j'aperçois Desmaisons, ce crâneur de Desmaisons, courant en dépit de sa foulure, de son pied de bois, courant sous la grêle mortelle comme un athlète blessé continue l'épreuve pour sa belle. Et je grommelle entre mes dents : sacré Desmaisons, sacré matamore, le voilà encore avec son numéro de montreur d'ours, d'avaleur de sabre! Grommelle : il va se faire tuer, il va mourir comme un trapéziste écrasé sur le tapis-brosse!

Mais Desmaisons ne court pas pour la galerie. Il a vu Binh tomber. S'écrouler. Le petit colonel embrasser la terre, la piste, la dernière planche de salut pour les autres. Et il s'élance à son secours. Et il s'agenouille maintenant près de lui, près de son corps ensanglanté. Et je me dis encore : ce salaud de Desmaisons, il va lui voler sa mort, il va la saisir à la seconde même où elle succèdera à sa vie! Comme il a saisi le rayon vert, l'expiration du soleil, un soir, à Dak Lak. Mais Desmaisons se moque de son Leica comme des balles. Seul l'occupe cet homme dont la vie s'achève. Il se rachète lui-même, Desmaisons. Rachète au prix fort toutes les photos volées aux moribonds du Viêt-nam.

Touché au poumon, le poumon percé, Binh ne pouvait survivre. C'est moi qui lui ai fermé les yeux dans l'ambulance. La sirène bramait, le chauffeur fendait la foule à grands coups de volant et d'apostrophes, et le petit colonel prononçait ses derniers mots d'officier. Deux autres blessés, deux de ses « gaziers » perdaient leur sang au-dessus de lui, et des gouttes tombaient sur lui comme d'un robinet mal fermé. Et il s'inquiétait pour eux, et il les encourageait en plaisantant et en serrant les dents. Il souffrait mais refusait de le montrer. Il ressemblait au Viêt-nam comme deux gouttes de sang. Il avait toujours ressemblé au Viêt-nam. Il crispait les mâchoires et il riait. On peut dire qu'il a ri jusqu'au bout de sa vie. J'entendrai son rire jusqu'au bout de la mienne.

A la fin, quand même, il a repris un peu son sérieux pour parler de ses gaziers. Pour souffler : « Vous les avez vus se battre, ce sont de bons soldats. Dites-le bien à tout le monde, m'sieurs les journalistes. » Après, une goutte de sang s'est écrasée sur sa main. Alors il a regardé ce coquelicot épanoui et il s'est mis encore à rire, et il a soufflé : « C'est du bon sang de gazier, du sang de bon soldat. Ce n'est pas du sang de rat. » Et il est mort.

Onze heures. Hôpital Grall. Lits qu'il faut enjamber dans les couloirs ouverts sur un ciel congestionné comme un furoncle. Plaintes, misère de l'homme. Et un téléphone enfin disponible dans une cabine où grouillent des cafards. Et la voix de Foster, méconnaissable, ses paroles qui se bousculent, se débandent comme ces insectes affolés sur les murs couverts de moisissure.

« Je ne peux plus sortir de l'ambassade. Je ne peux pas aller à mon appartement... »

L'irruption d'un hélicoptère, ce brondissement de toupie sur le toit de son bunker le force à élever le ton. « C'est horrible... » Au moment de partir, tout à l'heure, avec l'autobus, par la porte arrière de l'ambassade... Au moment où Washington s'apprête à intimer l'ordre de l'évacuation verticale à Graham Martin... Les marines de garde lèvent les barrières devant son autobus... Quand une grenade est lancée dans la houle qui bat l'enceinte, dans la multitude pleurante et suppliante, grosse de dix mille personnes. Alors les soldats abaissent brutalement

352

leurs potences, cadenassent les grilles. Bouclent tout. Et Foster a beau se débattre, implorer le sergent, le menacer. « Je suis prisonnier, c'est horrible... »

Sa voix sombre maintenant dans les taillades que l'hélicoptère jette à tour de bras pour quitter le toit de l'ambassade. Tchop-tchop-tchop-tchop... Je crie :

« Demandez donc à l'un de ces hélicoptères de se poser sur la terrasse de votre immeuble. Près de la place Chiên Si, il y a toute la place nécessaire! »

Il me répond que c'est impossible. Que treize toits ont été répertoriés dans Saigon et que le sien ne figure pas sur le plan confié aux pilotes. Trop exigu. Les autres ont reçu un aménagement sommaire, des numéros à la peinture, des fanaux et un groupe de sécurité composé de marines armés qui gardent leurs accès. Tchop-tchop-tchop-tchop...

« Alors demandez à ces amis qui vous attendent chez vous de rallier tout de suite l'une de ces terrasses. »

Impossible. Chacune contient déjà son lot de partants et les marines s'opposeront à tout surcroît de charge. J'entends encore : « Pham Van Vy, s'ils le prennent, c'est horrible... » Tchop-tchop-tchop-tchop...

Communication coupée. Je rappelle. Occupé, occupé. Je demande à Tâm s'il connaît quelqu'un dans l'immeuble de Foster à qui je pourrais téléphoner. A quelle adresse? « Près de la place Chiên Si. » Il y a cinq immeubles similaires à cet endroit. Et si on y allait? Pour quoi faire? Pour y prendre Jade et l'emmener à l'ambassade. Rêve! « On n'y arrivera jamais. On ne parviendra même pas à approcher le quartier environnant. Et ça tire de partout. »

Et Desmaisons, couché sur le carrelage, torse nu, tête dans ses bras repliés sous la nuque, comme au bord d'une piscine : « Je suis crevé et j'ai la dalle. Allez, rentrons. »

Mais il a peine à se relever, à poser le pied par terre. Cheville enflée, énorme. Tâm a glissé une épaule sous son aisselle et il le soulève en riant. Et il parvient ainsi à le faire avancer sans trop de douleur. Et Desmaisons souffle entre ses dents, appréhendant l'élancement subit. Et il grogne : « Si on m'avait dit qu'il faudrait que je me fasse porter par un *nhà quê*! » Et Tâm rit plus fort. Et cet hélico qui continue à envoyer ses coups de battoir, à secouer son tapis : tchop-tchop-tchop-tchop...

Treize heures. Le déjeuner dans le patio de l'hôtel. Tous ces journalistes attablés, caquetant, buvant, tous ces palais et ces estomacs froidement acharnés à leurs fonctions. Et ces boys et leur servilité coutumière, et ces plats appétissants, ce fumet de cuisine bourgeoise... Saigon meurt, le Viêt-nam meurt, Binh est mort, Lemaître est mort, Jade est en danger de mort, et l'on se préoccupe de savoir quel est le plat du jour.

Dix fois je rappelle l'ambassade. Occupé, occupé. Deux fois la rue Phan Thanh Gian. En espérant quelque nouvelle de Caoutchouc. Mais là, pas de réponse. Alors je sors de l'hôtel. Je ne veux plus voir ces gens essuyer leur bouche gourmande, ne veux plus les entendre. Appuyé contre la porte d'entrée, je cherche à comprendre comment j'ai pu me laisser ainsi ligoter par les événements. Et je bats ma coulpe. Me repens d'avoir quitté Jade et Hông aussi facilement, d'avoir remis leur destin entre les mains d'un tiers sans savoir s'il réussirait dans son plan. De ne pas les avoir confiées à Harcourt. Oui, j'aurais dû les emmener à Tân Son Nhut et les pousser dans cet avion chinois, ce dernier avion civil échappé du Viêt-nam que j'ai aperçu vers onze heures fonçant droit vers la côte comme un pigeon de ball-trap.

De l'autre côté de la rue, des pillards ont éventré un magasin américain, et loin de les en empêcher les policiers participent au déménagement. Classeurs, machines à écrire, climatiseurs, réfrigérateurs, tout a des ailes. Mais j'ai l'esprit ailleurs. A peine si je remarque également ces paras qui marchent, là-bas, le long du mur, d'un pas souple, professionnel, l'arme attentive, étrangers à la débâcle, à la décomposition.

« Tiens, mange. »

Tâm, un sandwich à la main. La main amicale. Et le rire d'enfant attardé. Il a compris sur quoi flottent mes yeux et il me dit :

« Si on allait chez Foster ?

– Merci, Tâm, tu es un ami. »

Je suggère à Desmaisons qu'il serait bon de couvrir l'un de ces départs par les toits. Je l'engage à venir avec nous, mais il refuse. Son pied endolori trempant dans une cuvette, sous la table, il s'empiffre et promet de nous rejoindre plus tard. « Salut. » Tâm monte sur son scooter, actionne sa pédale de démarreur comme il lui donnerait des coups d'éperon pour lui communiquer sa rage, et nous partons.

Nous traversons la ville délirante et nous arrivons à l'immeuble de Foster. Et nous n'avons même pas besoin de sonner à sa porte car elle bâille. Sur un appartement vide, pillé, gratté jusqu'à l'os. Alors, après avoir réparé les fils arrachés, je téléphone à Foster. Occupé comme toujours. Jusqu'au moment où je l'ai enfin. Où il m'annonce qu'il a demandé au groupe de se rendre place Chiên Si, au n° 6, dans l'immeuble de Joe Guidry dont le toit plat va bientôt s'ouvrir aux hélicoptères. M'annonce qu'il a reçu l'assurance que des Huey d'Air America s'y poseraient dès que retentirait l'ordre d'évacuation par cette voie, vers quinze heures. M'annonce que prévenu grâce à son récepteur portatif, le Cajun, qui se trouve en ce moment quelque part à Tân Son Nhut, contrôlera lui-même l'exécution de cet embarquement prioritaire. Et il m'informe d'une autre voix :

« J'ai pu parler à Jade. Je lui ai dit que ma famille l'attendait déjà à Washington. Elle semblait très calme. Je lui ai fait mes adieux. C'est horrible... »

Horrible. Son dernier mot. Cette fois-ci, j'en suis sûr. Car l'ambassadeur vient d'embarquer sa femme dans un hélicoptère, et lui-même ne tardera certainement pas à la suivre. Et Foster devra fuir à son tour. A contrecœur. Car il resterait bien à Saigon. Avec quelques autres. Pour montrer à ses amis vietnamiens, à ceux qui refusent de déposer les armes que l'Amérique ne compte pas que des lâches.

Place Chiên Si, l'invasion, la submersion. Des milliers d'impatients. Comme autour de l'ambassade américaine, comme autour de toutes les aires d'atterrissage. Et Foster qui s'imagine que Jade et son groupe ne partagent cette porte de sortie avec personne! Comment approcher de l'immeuble à travers cette bousculade, ces bagages, ces véhicules entremêlés? Et comment apercevoir Jade? A moins qu'elle ne soit déjà à l'abri, là-haut, sur ce toit, parmi ces têtes minuscules? (Mon Dieu, faites qu'elle y soit!)

Dix casques d'acier, dix marines survolent la foule, s'ouvrent un chemin vers l'arrière du bâtiment. Et sur leurs talons, quelques civils occidentaux et des journalistes, Benson, Glenmore, d'autres visages familiers. « Hey! » L'Australien nous a vus. Il crie dans notre direction, puis interpelle les marines. Qui décident de nous attendre. Une volée de coups de coude, et nous les rejoignons. Et nous apprenons par Benson (une valise à chaque main lui fait perdre sa bière à grands verres)

355

que cette terrasse constitue le point de ralliement de la presse internationale. Qu'un autobus militaire cueille en ce moment tous nos confrères dans les hôtels pour les emmener ici. Et nous apprenons aussi qu'un accord secret aurait été conclu avec les Nord-Vietnamiens qui ne s'opposeraient pas à cette ultime évacuation à condition que les hélicoptères empruntent un couloir déterminé et que tout soit achevé à dix-neuf heures.

Nous finissons par arriver à l'escalier de service dont d'autres marines défendent l'entrée comme s'il s'agissait de leur femme. Un escalier en colimaçon enroulé comme une liane autour de son axe, une vis donnant sur le vide et croulant sous le nombre. Des civils américains, des Vietnamiens, des enfants, des valises... Et Jade? Je m'enquiers d'elle. Mais personne ne la connaît, personne. Et je gravis marche après marche, étage après étage, les yeux perdus en bas, dans ce grouillement qui s'étend à présent aux rues adjacentes. Et Jade n'apparaît pas. Vingt fausses Jade apparaissent, chargées d'un enfant, mais pas elle. Et au fur et à mesure que je prends de la hauteur, à chaque pas, dans cet escalier étroit et abrupt, c'est comme si je m'éloignais d'elle, comme si je quittais lentement le Viêt-nam sans elle. Pas à pas.

Et tout à coup, je sursaute. « La voiture! » Tâm a repéré la voiture noire de Caoutchouc, prisonnière de la foule. Vide? Trop de distance nous sépare. J'imagine Jade, Hông sur les genoux, assise au fond, découragée.

Redescendre. Se battre avec cette populace, parvenir à atteindre la voiture, à ouvrir ses portières... Redescendre? Folie. Et Tâm me dit : « Elle est là-haut, elle nous attend. » S'il pouvait dire vrai! Je ne serai tranquille que lorsque je toucherai sa main. Et l'escalier tourne toujours, et le toit de la voiture se rapetisse, luit comme un scarabée mort au milieu des fourmis.

Deux étages. La montée ralentit à l'extrême. S'arrête. « Qu'est-ce qui se passe? » Du palier situé juste au-dessus, Benson explique que la terrasse refuse du monde et que les marines vont en interdire l'entrée car il ne restera bientôt plus de place pour la manœuvre des hélicoptères.

L'arrêt s'éternise. Aboiements militaires. Benson avait raison. Plus question d'avancer. On vient de verrouiller la porte. Alors? Alors s'asseoir si c'est possible et attendre que commence l'évacuation aérienne. Quand? En principe dans une heure. Un voyage en deux étapes. Un premier paquet de douze passagers jusqu'à la mission militaire américaine de Tân Son Nhut dans un Huey argenté d'Air America, un second de soixante jusqu'au porte-avions à bord d'un engin lourd des marines.

Une heure de patience! Bouche fermée, je m'entends crier : laissez-moi monter! Immobile, impuissant, je me vois grimper à l'assaut de cet escalier avec une agilité de gibbon, sauter par-dessus les bagages et les corps abandonnés et défoncer cette porte, là-haut, cette porte sur le ciel. Et je me vois sur une marche, brisé, la tête dans les mains, lourde d'un poids énorme, des haltères de tous mes remords. Plusieurs fois, grâce à Benson, j'ai cherché à faire passer un message sur la terrasse, tenté de savoir si elle était derrière cette porte avec Pham Van Vy. Mais la porte de fer demeure close, ne veut même pas s'entrouvrir.

Guidry, le seul espoir. Quand il arrivera avec les consignes de Foster. Quand il s'inquiétera de Pham Van Vy et des autres Vietnamiens qui lui ont été confiés. Une heure à se ronger les ongles, à honnir ces confrères, ces fuyards, ces rats. Car nous, nous ne nous sauvons pas, nous n'avons pas de bagages.

Quinze heures. L'heure a fondu sans qu'aucun aéronef ne se montre. Il y a quelques minutes, on a tendu l'oreille vers l'aéroport d'où provenait un sourd bougonnement, le chœur d'un essaim de rotors. Et des marines assis avec tout le monde ont annoncé en connaisseurs : « Les Chevaliers de la Mer. » Et d'autres ont traduit : « Les CH-46 et les CH-53 embarqués sur les porte-avions. » Et nous avons pensé que le moment approchait. Mais le bruit a décru et on n'a plus perçu que celui de la bataille lointaine. Et le bruissement de souk de la rue, et les huées coléreuses des voitures captives.

Et brusquement Tâm éclate de rire, de son rire de tête à gifle, et il braille : « Desmaisons! » C'est lui en effet, cet échalas sortant d'un autobus, au pied de l'immeuble, avec des cameramen chargés comme des coolies. Lui avec sa patte folle. Sans valise. Juste son sac de reportage.

Au bout d'un moment, plus léger que les autres, il a réussi à se hisser dans notre escalier jusqu'à portée de voix. Et par-dessus la rampe, il m'informe que peu avant son départ du Continental, Foster désespérant de me retrouver l'a demandé au téléphone. Il voulait me rassurer sur le sort du groupe. « Ces gens sont ici, crie Desmaisons, sur la terrasse ou bien dans l'appartement de Guidry! » Dans l'appartement de Guidry! Comment n'y ai-je pas songé? A moins qu'ils ne soient bloqués dans l'escalier intérieur, car on le dit aussi comble que celui-ci. Alors ce Cajun de malheur, que fait-il avec son hélicoptère? Je l'envoie au diable, lui, ses grenouilles et ses écrevisses louisianaises.

Quinze heures douze à ma montre. Tchop-tchop-tchop-tchop... Incursion d'un monstre kaki, panse frisant les toits. Mille têtes en l'air, mille soupirs. Décompression d'un stade après un dégagement salutaire au ras des buts. L'engin va aborder la terrasse. Hélas! Il continue son chemin, dédaigneux. Sans doute jusqu'à l'ambassade avec un renfort de troupe, car d'après Desmaisons, « c'est le bordel, là-bas ». Des déserteurs en armes escaladent les grilles de l'enceinte, une femme s'est suicidée, des pillards vident l'économat de la chancellerie.

Une heure encore. Tchop-tchop-tchop-tchop... Deux autres hélicoptères lourds font mine de s'approcher, et au dernier moment, obliquent comme le premier vers l'ambassade. Levée de protestation comme dans une salle de cinéma au moment d'une coupure de son.

Mais brusquement un ordre glapit dans les radios portatives. Regroupement de tous les marines sur la terrasse. Qu'est-ce que cela signifie? Que les Américains vont déguerpir, abandonner tout le monde? Le bruit en court immédiatement et les injures volent. Et les dix marines ne parviennent pas à s'arracher à la ruche. Empêtrés par leur arme et par leur équipement. Accrochés par des mains vindicatives. Des femmes qui tirent sur leur treillis, se pendent à leur musette, à leurs cartouchières. Qui les conjurent de rester, leur tendent leurs gosses, leur bourrent les poches de dollars. Gardons ces soldats en otage, ils ne partiront pas sans nous! Illusion. Les marines se fâchent, donnent du poing, de la crosse, et au bout d'un quart d'heure, la porte de la terrasse se referme sur le dernier.

Désolation. Cinq heures passées, et le soleil va commencer sa glissade du haut en bas de son mur brûlant, et dans une heure il piétinera la terre, et dans deux heures la nuit épaisse de la saison des pluies interdira tout mouvement aux hélicoptères. Et à ce moment-là, s'il faut en croire ce que l'on a dit, les Nord-Vietnamiens rompront la trêve et bombarderont à nouveau l'aéroport.

Une femme me harponne. « Vous êtes français, vous devez nous aider. » Elle me montre des billets d'avion, des lettres de recommandation, des diplômes. Sur sa main qui s'énerve un brillant jette des éclairs de frayeur. (Le bouchon de carafe de Madame Hoï...) « Nous étions sur la liste des départs, regardez, voici nos autorisations, mais il y a tant de listes fausses ! »

Tchop-tchop-tchop-tchop... Fol espoir. Cinq, six, sept hélicoptères, huit avec celui-là, à la traîne, plus bas que les autres. Celui-là qui pique droit sur l'immeuble. Qui va s'y poser. Sûr ? Qui s'y pose. Sûr ! Exaltation. Cris de cow-boys des journalistes. En bas, la cohue s'agite, ondule comme sous le souffle de cet oiseau béni.

Guidry ! J'ai reconnu la chanson du Huey, son sifflement de vapeur libérée. Guidry descendu du ciel. Il obéit à Foster, il cherche Jade et Hông dans la foule, il les embarque dans cet hélicoptère qui maintenant tourne à faible régime... Et soudain s'emporte à nouveau. Et s'élève. Et salue l'assistance d'un coup de sa queue d'argent. Et fonce droit vers Tân Son Nhut. Alors qu'un autre surgit à son tour, s'immobilise au-dessus des têtes, suspendu comme une apparition divine, rutilant des feux du couchant, broyant le soleil rouge, le pulvérisant.

Jade est peut-être donc déjà partie... Mais comment le savoir ? Quatre fois le Huey a fait l'aller et retour. Et trois fois la porte de la terrasse a laissé passer quelques personnes, des civils américains, des journalistes. Et à chaque fois on a entendu des cris, des pleurs, des empoignades. Les marines repoussent tous les Vietnamiens munis ou non d'un papier de sortie. C'est ce que Tâm croit saisir dans les vociférations des femmes. Le doute me gagne : Guidry a oublié sa mission. Je me déchaîne à nouveau contre lui, comprends mieux le mépris de Foster pour ces « Confédérés inconséquents et frondeurs ».

Le jour baisse, baisse, et les rotations continuent. Et Benson voit tout à coup la porte s'ouvrir devant lui, et Glenmore aussi, avec ses écouteurs plaqués sur les tempes comme des oreillettes de chasseur d'ours blanc. Et Benson nous lance un dernier adieu, promet de nous mettre de la bière au frais sur le porte-avions. Et je lui demande de prévenir Guidry de ma présence, mais il ne m'écoute pas. N'écoute comme Glenmore que sa voix intérieure, que cet Australien qui s'enfuit, que ce rat qui vient de trouver une épave pour s'y accrocher.

22

Marche après marche, voici la porte de fer. Enfin. Je la sens contre ma joue alors que l'on nous presse, derrière. Un couple de vieux, attendrissants, enlacés comme de jeunes mariés, et deux cameramen américains avec leur sac à dos de montagnard, et la Vietnamienne et sa fille, papiers au bout des doigts comme une clef. Et des Américains encore, en bermuda et en chemisette à fleurs, touristes pour Hawaï. Voici la porte. Et voici, accourant du lointain, le sifflement strident, le hurlement du ciel. Et voici dans l'écartement trois marines, trois géants. Et Tâm obéit aussitôt à mes conseils, tente de se glisser entre leurs jambes pendant que je les accapare. Mais sans succès. Et j'ai beau supplier, m'indigner, protester, la soldatesque ne cède pas. Les Vietnamiens après, s'il reste de la place.

Alors je vois rouge. Le rouge de tout mon sang à la tête. Crie. Ne sais pas ce que je crie. Et me précipite, front en avant, front d'un taureau de combat, me projette contre ce barrage d'uniformes. Et sous le coup, les marines relâchent un peu leur résistance. Mais bien vite ils me maîtrisent, laissant sortir du même coup la mère et sa fille, les deux petits vieux et Tâm, et Desmaisons qui nous a rattrapés je ne sais comment. Et comme d'autres vont se ruer dans la brèche, ils me libèrent pour refermer la porte, et j'en profite pour m'esquiver à mon tour.

Masque éclairé du pilote assis aux commandes, lueurs sinistres des gyrophares. Vingt personnes attendent dans un coin de la terrasse, allongées à côté de leurs bagages tandis que la nuit s'empare des toits, des arbres. Où est Jade? Et Guidry?

361

Dans ce groupe? Non. A l'intérieur du Huey déjà prêt à partir? Non plus. Mais Tâm me tire par la manche. « La porte, là! » Cette autre porte contre laquelle des soldats appuient de toutes leurs forces, sourds aux coups de poings qui l'ébranlent. La porte donnant à l'intérieur de l'immeuble. Jade est derrière, mais oui, j'en suis sûr. Avec ces gens dont Guidry a la charge.

J'avise un civil américain muni d'une radio portative. Je lui explique. Guidry, les ordres de Foster, ces gens qu'il faut à tout prix arracher aux adversaires... Il se confie à son appareil comme il coulerait un secret dans l'oreille d'un ami. Puis il attend. Puis il secoue la tête, impuissant. Mais brusquement la petite boîte bourdonne : « *Let me talk to him.* » Foster! Qui me parle de son bureau à l'ambassade. Qui me dit... Mais comment saisir un mot avec cet engin qui déclenche à l'instant son cyclone, avec ce cymbalier pris de démence?... Qui me dit, une fois le Huey envolé... Mais c'est à lui maintenant de ne plus pouvoir entendre sa propre voix tant le vacarme a crû de son côté. Grenades, coups de masse, de hache. Les spécialistes des transmissions détruisent les installations utilisées pour les liaisons avec Washington. Au bout d'un moment, enfin, il parvient à se faire comprendre. Il me demande si j'ai vu passer le groupe de Pham Van Vy avec Jade. « Non, non! » Il tente alors de me tranquilliser. Me signale : « Guidry est à Tân Son Nhut, il ne les a pas vus non plus, mais il est persuadé qu'ils sont déjà sur un porte-avions. D'ailleurs quelqu'un lui a assuré avoir aperçu Vy. Il montait dans un Chinook des marines, à l'aéroport. » Je crie :

« Mais Jim, si ça se trouve, ils sont encore dans l'appartement de Guidry, au quatrième étage, ou dans l'escalier intérieur! (J'ai le gosier aussi desséché qu'un cracheur de feu au bout de sa journée de travail.)

– Nous avons appelé dix fois à l'appartement, ça sonne dans le vide. Et s'ils étaient dans l'escalier, on le saurait. Joe les a fait demander à plusieurs reprises par les marines de garde à la porte. Et puis Vy, tout le monde le connaît, à Saigon, avec sa tête de citrouille. »

Un Huey revient alors que la pluie s'en mêle, ventre de squale entre deux eaux.

« *Don't worry*, crie encore Foster à travers les rugissements, elle est sauvée, pas de problème! »

Dans quelques minutes, l'un de ces engins emportera Foster. L'emmènera directement à bord du navire amiral. A l'exemple de son ambassadeur. L'Amérique roulée sous son bras. Et dans une demi-heure, à six heures quarante-cinq, les hélicoptères accompliront leur dernier voyage. Car la trêve sera près de s'achever. Alors les tankistes nord-vietnamiens mettront leurs moteurs en route.

Fausse aurore des incendies éclaboussant les nuages. Volées de clous d'or des traceuses découpant la nuit selon leurs pointillés. Saigon va mourir.

« Adieu », me dit Foster.

Le marine chargé de l'opération a fait ses comptes. A part ce groupe entassé au bord de la terrasse, il ne reste ni civil américain ni journaliste à évacuer. Les autres, ceux qui tambourinent contre les portes, qui s'égosillent dans les escaliers, il refuse de les entendre. Ce sont des Vietnamiens. Ils demeureront au Viêt-nam. Les génies les ont abandonnés, et tous leurs animaux protecteurs. Ils peuvent toujours crier « *My! My!* », allumer des brasiers sur tous les toits comme on en aperçoit, ici et là, dans l'espoir d'attirer l'un de ces dragons volants, les divinités ne répondent plus au feu sacré des vestales.

Six heures quarante-cinq. Dernier hélicoptère. Non un Huey fluet où ne tiennent que douze personnes, mais un Chinook des marines, massif comme un autobus. Et Guidry surgit. Guidry! Émerge de l'ondée sous sa casquette à visière enfoncée jusqu'aux sourcils et lance des mots vers moi. Mais la bête géante aux gros yeux saillants vibre de toutes ses fibres de métal et ses élytres malaxent la pluie avec un bruit de moulin à eau. Alors il se rapproche, et mains comme un mégaphone, hurle dans mes oreilles. Me demande lui aussi si je n'ai pas vu passer Pham Van Vy! Mais comment? Ne l'a-t-on pas croisé à Tân Son Nhut au moment où...? Oui, mais rien n'est moins sûr, car Vy ressemble tellement à cet ancien secrétaire d'État qui...

Autour de nous les marines s'énervent. « *Hurry up!* » Deux mètres de charpente, cent kilos de muscle, cassé en deux sous les pales, le sergent rabat son monde vers la porte de l'engin, à grands coups de gueule comme s'il s'agissait de bleus à l'exercice. Dans l'habitacle, sous leur casque de joueur de base-ball, face baignée d'une lueur livide comme devant un écran de télévision noir et blanc, deux hommes consultent leur montre. Dans cinq minutes, fin de l'évacuation. Ordre de l'amiral Gayler, commandant la septième flotte. Ordre de Washington. « *Hurry up!* »

« Attendez, s'exclame Guidry, je dois embarquer quelqu'un de très important, je ne peux pas le laisser ici, et il est peut-être derrière cette porte!

– Pas le temps, réplique le sergent, les ordres sont les ordres! »

Tchop-tchop-tchop-tchop... Les soldats encadrent les partants, les canalisent. Tâm s'est dissimulé derrière la petite construction où se trouve logée la machinerie de l'ascenseur. Il ne veut pas être du voyage. Car il craint que cet hélicoptère ne rejoigne directement son navire transporteur au lieu de rallier Tân Son Nhut comme les précédents et il n'a pas l'intention de quitter le Viêt-nam, sa femme, ses enfants. Il y a un instant, je l'ai entrevu sous la pluie redoublante. Il courait à quatre pattes dans les flaques. Il venait de me serrer la main. Et maintenant son rire m'emplit la tête plus encore que ce boucan du diable.

Tchop-tchop-tchop-tchop... Le Cajun affronte toujours le sergent, lui jette à la figure que cet appareil peut contenir soixante-dix passagers et que nous ne sommes que vingt-cinq sur cette terrasse. Et l'on voit, à la fin, le sous-officier dénombrer ses clients comme un scrutateur ses bulletins de vote. Puis on le voit parler dans sa radio. Puis on voit le pilote parler à son tour, derrière ses essuie-glaces. Sans doute à ses supérieurs, quelque part en mer de Chine. Puis regarder encore une fois son poignet et parler à nouveau. Puis le sous-officier se mettre à aboyer à la cantonade :

« O.K. Pas plus de quarante-cinq personnes. Il nous reste trois minutes et demie! »

Bond de Guidry, moi derrière. Et Desmaisons avec ses flashes. Bond vers cette porte donnant à l'intérieur de l'immeuble, cette porte que des marines ouvrent toute grande. Et par laquelle le Cajun braille le nom de Pham Van Vy. Et par laquelle on entend des bêlements en anglais provenant de l'étage inférieur : « Il est là, il est là! » Et Guidry : « Où ça? » Et la réponse : « En bas, en bas! » Et Guidry : « Qu'il monte tout de suite, qu'on s'écarte pour qu'il monte avec son groupe! » Et les bêlements de cent protestataires : « Et nous? Et nous? » Et les marines arc-boutés faisant rempart de leur corps. Et moi criant le nom de Jade et essayant de la reconnaître dans cet empilement humain qui obstrue la cage de l'escalier. Et les marines commençant à filtrer les gens, à les laisser passer un par un en les comptant à gorge déployée comme s'ils se comptaient eux-mêmes dans une cour de caserne : « *One! two! three!...* » Et le sergent comptant après eux de la même voix de stentor : « *One! two! three!...* »

« *Hey! wait a minute!* »

Guidry cherchant désespérément sa tête de citrouille dans ce terrier grouillant. Et moi cherchant désespérément la seule tête qui m'intéresse parmi toutes ces têtes vietnamiennes, la seule tête intéressante du Viêt-nam. Et la découvrant soudain avec Hông, si petites toutes les deux, tout au fond du terrier, deux renardeaux apeurés. La découvrant et criant son nom. Criant à travers tout ce bruit, tous ces pleurs, toutes ces supplications. Criant comme dans un cauchemar lorsque la voix s'enlise, lorsqu'elle bute contre un bâillon. Tchop-tchop-tchop-tchop... criant son nom comme on crie de douleur. Son nom comme si j'implorais le Ciel, comme si je criais grâce. Tchop-tchop-tchop-tchop... à travers cette coalition de sons, ces clameurs d'homme et de machine.

Les marines continuent à lancer leurs chiffres à tue-tête : « *Twenty four! twenty five!...* » Et le géant galonné répète ces chiffres à tue-tête en poussant les élus vers d'autres soldats qui les font se courber et courir et s'engouffrer dans les profondeurs du dragon tressaillant. Et Guidry continue à clamer :

« Une minute! Une minute! »

Et le pilote à la figure blême, cadavérique reluque son bracelet-montre. Et la pluie décuple sa violence. Et les pales tournoyantes ont l'air de prendre de la vitesse, de vouloir s'emballer, à bout de patience, comme décidées à en finir avec ce dernier travail, avec ces heures supplémentaires. Et le décompte se poursuit en s'accélérant :

« *Thirty! thirty one! thirty two!...* »

Et tout à coup Guidry exulte : « Le voilà! » Pham Yan Vy, le tonneau, le plein de soupe, haletant, suffocant. Le voilà avec sa femme, ses filles, ses collaborateurs. Et Jade. Et Hông dans ses bras. Derrière. Tout en bas. Tout en bas des marches. Sur le palier du dessous, encore. Tout en bas dans la cohue. Jade que je distingue à peine, qui ne doit pas m'apercevoir elle-même. Qui ne doit pas m'entendre. Tout en bas. Que n'atteint pas ma voix, ma pauvre voix à travers la furie mécanique. Tchop-tchop-tchop-tchop... Et à travers les adjurations de Guidry : « *Mau! mau!* » (« Vite! vite! »).

Et à travers le barrissement des marines : « *Thirty five! thirty six! thirty seven!...* »

Et Pham Van Vy approche, rampe, s'extrait lentement de la mêlée comme un ver blanc de son bourgeonnement. Il n'a plus que quelques marches à franchir. Quand un ordre claque. Explose. Le sergent comme un beau diable :

« C'est fini! On arrête! Fini, fini! »

Il tend son poignet, son bracelet-montre. Son cadran phosphorescent, ses aiguilles impitoyables. Et le pilote tend aussi son poignet devant sa tête de mort. « Décollage immédiat. » Et Guidry hurle :

« Vous aviez dit quarante-cinq, il reste encore huit places! »

Hurle pour rien. Le sergent ordonne à ses hommes de rabattre la porte. Guidry s'entête :

« Vous ne pouvez pas! Je dois emmener ces gens, c'est un ordre de l'ambassadeur. (Desmaisons et moi, nous l'aidons – et Tâm qui vient d'arriver à la rescousse – nous maintenons la porte ouverte. Quatre contre six.)

– Je me fous de votre ambassadeur! éructe le sous-officier. L'ambassadeur est parti. C'est l'amiral qui commande. »

Pugilat. Le Cajun n'a pas la carrure du sergent, mais la colère multiplie ses forces. Il l'a empoigné et il le secoue. Sa casquette publicitaire tangue comme au sommet d'un jet d'eau. Alors aussitôt les marines abandonnent la porte pour voler au secours de leur gradé. Et trois Vietnamiens saisissent l'occasion pour se faufiler. Puis Pham Van Vy, sa femme, ses deux filles. Sept chats sauvages détalant sous la lune au milieu d'une clairière. Escaladant l'échelle jusqu'à la porte de l'hélicoptère dressé sur ses pattes comme un cheval de Troie, les flancs rebondis. L'hélicoptère dont le pilote s'échauffe, actionne nerveusement la manette des gaz. Tchop-tchop-tchop-tchop...

Jade. Si loin encore. Inaccessible. Plus loin encore qu'il y a quelques minutes, dirait-on. Comme si un flux inverse la repoussait, l'attirait par le fond. Combien sont-ils donc devant elle, agglomérés, formant bloc, masse compacte, se battant pour atteindre ce trou dans la nuit? Je l'appelle... Encore. Encore. Me jette dans la meute. Et Tâm en fait autant.

Voler par-dessus ces têtes. Et l'attraper. Les attraper, elle et Hông. Les attraper par leurs ailes de libellule et les arracher au courant contraire, aux tentacules. Les enlever. Et les hisser jusqu'à la porte. La porte sur le ciel.

Hélas! En trente secondes, tout s'est joué. Guidry a abandonné la partie dès qu'il a vu déboucher Pham Van Vy, la citrouille débouler sous les lumières pleurantes. Et le sergent a recouvré son pouvoir. « Fermez la porte! » Et ses hommes ont pesé contre le battant métallique, pesé de tout leur poids, mais sans pouvoir la refermer complètement. Car j'étais coincé dedans. La moitié du corps bloquée dans l'étroite embrasure. Jusqu'au moment où l'un des marines a réussi à me dégager en me tirant vers lui comme un âne têtu, en m'agrippant par la ceinture qui a cassé. Alors j'ai entendu la porte claquer derrière moi, claquer cruellement comme de contentement, comme un gourmet claque la langue. Claquer sur Jade, sur Hông. Et sur Tâm qui les avait déjà rejointes pour les aider à sortir de là.

Et j'ai entendu le sergent beugler : « Embarquez! » Et les marines ont tout lâché d'un seul coup pour se replier vers l'hélicoptère. Et la porte s'est rouverte grande sur le ciel. Et l'autre porte également. Et comme le sang d'un animal égorgé, la foule a jailli à gros bouillons. Envahi la terrasse. Et en carré, à reculons, le M-16 pointé, les marines ont battu en retraite vers l'engin soufflant, sifflant, dont les pattes semblaient avoir déjà quitté le sol tellement le reste piaffait. Et pris dans cette nasse, dans ce carré d'acier, Desmaisons et moi, nous avons dû, nous aussi, reculer, reculer. Et en un rien de temps, l'échelle est arrivée sous mes pieds, et des bras sans douceur m'ont soulevé de terre, et la carlingue a vibré dans mon dos, a frémi dans tout mon corps. Tchop-tchop-tchop-tchop...

En trente secondes tout s'est joué. J'ai encore crié son nom. Crié que je ne voulais pas partir. Mais qui m'aurait entendu dans les tchop-tchop-tchop-tchop? Tout était fini. L'aire d'envol a soudain basculé, tout a basculé derrière le mitrailleur arrière ganté d'amiante, assis au bord du vide comme un pêcheur à la ligne. Saigon a basculé. Tout a basculé dans les tchop-tchop-tchop-tchop...

A présent les lumières de la cabine s'éteignent et les lumières du sol s'imposent, éclosent. Dernières lumières du Viêt-nam. Dernières pulsations de la terre, derniers signaux des hommes. Lumières d'une paillote dans la rizière, image d'une famille réunie autour d'un feu. Lumière d'un feu paisible, témoignage de l'indestructible confiance en la vie, preuve de l'espérance. Et lumières des milliers de camions et de chars, des flambeaux de la victoire qui gagnent la ville mourante. Et lumières des milliers de bateaux de toutes sortes qui gagnent le large à toute vapeur. Lumières clignotantes comme des yeux en larmes. Et lumières des poignards qui montent vers nous comme les boules d'un jongleur, avec une vertigineuse lenteur. Dernier salut des vainqueurs aux fuyards.

Et à présent je vois Jade sur la terrasse du Cajun où la pluie a cessé. Jade et Hông sur sa hanche, mêlant leur sourire sous les étoiles. Et Tâm, derrière, qui les pousse vers moi en riant. Tâm et son rire niais d'enfant éternel. Et je vois le vieil oncle, dans sa robe de brocart safrané.

Qui dit : aujourd'hui c'est la fête du Troisième jour du Troisième mois. Le soleil entre dans le signe du Taureau. Allez visiter mon tombeau, balayer le tertre et honorer le génie du sol. Apportez-lui du riz gluant cuit, des pieds de porc, un coq, et des objets votifs en papier, un cheval, un chapeau et un bonnet, et brûlez-les sur ma tombe. Le génie sera satisfait et mon âme sera heureuse, et son bonheur rejaillira sur vos existences.

Et en examinant le ciel, Câu Ba caresse ses trois poils avec satisfaction et dit encore : le soleil du Troisième mois fait sortir la langue du vieux chien.

Et le père de Jade survient à son tour et se prosterne devant l'autel des ancêtres, se prosterne devant le portrait de son glorieux fils, Son, en grand uniforme, et allume trois bâtonnets d'encens. Sa robe est bleue, couleur du ciel et du printemps, ses manches longues, larges et flottantes. Sa coiffure, un bonnet noir, rigide, formé de deux étages et garni, par derrière, de deux bandelettes retombant sur la nuque. Ses chaussures, des bottes chinoises, avec des semelles épaisses en papier. Il m'entraîne à l'est de la maison, du côté de la lumière vivifiante, là où se trouvent rangées dans leurs armoires les tablettes funéraires. Et après m'avoir répété les règles de dévolution du sacerdoce familial, il me remet les tablettes de bois précieux.

Et devant Jade rayonnante, il me supplie : emportez-les, je

vous les confie. Chacune d'entre elles représente une génération. Gardez-les précieusement. Perdues, elles ne sont pas remplaçables.

Plus loin, je vois Binh, le petit colonel. Vois ses soldats morts couchés autour de lui, ses chers gaziers. Et les jeunes filles de Huê sur leur bicyclette, en tunique et pantalon blanc, et les élégantes en robe violette, le fameux violet de Huê. Avec leur chapeau conique en feuilles de latanier, en feuilles blanches quasi transparentes. Et leur longue chevelure parfumée à la fleur d'oranger. Je vois Binh sous les grands pins vigoureux et tristes de la citadelle de Huê, et sous les frangipaniers aux pâles squelettes de madrépore, et parmi les crotons qui allument leurs torches entre les tombeaux impériaux de Huê, et parmi les ruines affligeantes de la pauvre capitale impériale.

Et tandis que les ambulances vagissent comme tous les blessés qu'elles transportent, Binh prononce ses derniers mots d'homme, souffle : vous les avez vus se battre, ce sont de bons soldats, dites-le bien à tout le monde, messieurs les journalistes.

Et il éclate de rire en pensant à tous ces rats qui quittent le navire. Et je vois l'ami Bordas, cet ancien guide de chasse, juché comme un cornac sur le cou d'un éléphant blanc et sortant de la forêt. Je le vois avec tous les animaux de la forêt, le tigre dont il ne faut jamais prononcer le nom, les paons verts aux ocelles argentés, les coqs sauvages au plumage pourpre et les calaos rhinocéros au hennissement de poulain, et les cyons, les chiens cruels qui n'aboient jamais, ne jappent jamais et les grands bœufs gaurs, despotes de la jungle.

Je lui demande : alors, l'ami Bordas, qu'en penses-tu?

Et il me répond de sa voix de basse, de sa voix de bas-ventre : le Viêt-nam est mort, vive le Viêt-nam!

Puis Lemaître m'apparaît enfin dans l'air vibrant de Dak Lak. Près de lui pousse un pied de *quynh,* embaume cette fleur veloutée qui ne fleurit que lorsque l'on est à côté d'elle, que lorsqu'elle se sent assurée d'être admirée. Et autour de lui sont rassemblés tous les génies du Viêt-nam. Tous les génies vivant dans le monde des vivants. Sont rassemblés tous les génies immanents et toutes les âmes errantes. Les âmes de tous les morts de la guerre, de tous les Vietnamiens et de tous les autres. Les âmes inquiètes traînant leur peine comme un lion mort par la queue. Et autour de lui sont rassemblées toutes les âmes pures, puissantes, admises dans le monde de l'au-delà, dans la société des ancêtres, dans la paix pendant dix mille générations.

Lemaître se tient debout sur la terrasse de Dak Lak, au bord du lac, avec tout ce monde autour de lui, avec Jade et moi-même, et il nous sourit pendant que s'envole le phénix, le plus beau de tous les oiseaux.

Et Jade dit avec fierté : le plus beau de tous les oiseaux du Viêt-nam.

Et lui : le plus beau et le plus fabuleux, celui qui tient de cinq animaux à la fois et qui porte les cinq couleurs sacrées.

Je vois alors cet oiseau fabuleux s'élever au-dessus du lac et vriller vers le soleil. Et Hông rire et agiter ses petites mains comme si elle voulait l'attraper, comme s'il s'agissait d'un papillon, de l'ornithoptère à la livrée vert moiré.

Et Lemaître dit : le Viêt-nam est comme cet oiseau immortel, il peut brûler, il renaîtra de ses cendres. Il vole vers l'endroit où l'on ne connaît ni la fin ni le commencement, où la douleur n'existe pas, vers la délivrance de la mort. Vers l'Empire de Jade.

Cet ouvrage a été réalisé sur
Système Cameron
par la SOCIÉTÉ NOUVELLE FIRMIN-DIDOT
Mesnil-sur-l'Estrée
pour le compte des Éditions de la Table Ronde
le 9 avril 1986

Imprimé en France
Dépôt légal : avril 1986
N° d'édition : 2305 – N° d'impression : 4068
ISBN : 2-7103-0280-2